DAVID IGNATIUS

Reporter ohne Auftrag

Buch

Eric Truell, 37jähriger Anwärter auf den Pulitzer-Preis, ist Auslandskorrespondent des *New York Mirror* in Paris. Dort lernt er einen undurchsichtigen Informanten kennen und kommt so seiner – wie er glaubt – bislang besten Story auf die Spur: Truell deckt illegale Machenschaften fränzösischer Regierungsmitglieder auf, die mit allen Mitteln versuchen, die USA bei einem Milliardengeschäft mit China auszubooten. Auf eigene Faust recherchiert Truell weiter und erfährt, daß hinter dem Telekommunikationsauftrag mehr steckt: Die Franzosen schrecken nämlich nicht davor zurück, zusammen mit den Chinesen heimtückische biologische Massenvernichtungsmittel zu entwickeln. Truell kümmert sich nicht allzusehr um die Herkunft seines Materials; sein Ehrgeiz treibt ihn so weit, daß er mit der CIA gemeinsame Sache macht. Dabei merkt er nicht, daß er nur eine Schachfigur im Spiel der Mächtigen ist. In Peking gerät die Geschichte dann außer Kontrolle. Truell wird an der Ermordung eines seiner Kollegen mitschuldig. Hals über Kopf flieht er über Boston und Montreal nach New York, wo es zu einer überraschenden Wende des Geschehens kommt...

Autor

David Ignatius studierte in Harvard und Cambridge. 1976 begann er seine journalistische Laufbahn beim *Wall Street Journal* als Reporter und war später als Auslandskorrespondent im Nahen Osten tätig. Seit 1986 ist er leitender Redakteur bei der *Washington Post*. Er lebt mit seiner Frau und drei Kindern in einem Vorort von Washington, D. C.

David Ignatius

Reporter ohne Auftrag

Roman

Aus dem Amerikanischen von
Sonja Schuhmacher
und Rita Seuß

GOLDMANN

Die Originalausgabe erschien 1994 unter dem Titel
»A Firing Offense«
bei Random House New York.

Umwelthinweis:
Alle bedruckten Materialien dieses Taschenbuches
sind chlorfrei und umweltschonend.

Der Goldmann Verlag
ist ein Unternehmen der Verlagsgruppe Bertelsmann GmbH

Genehmigte Taschenbuchausgabe 7/99

Umschlaggestaltung: Design Team München
Umschlagfoto: Zefa / Photex
Satz: Uhl + Massopust, Aalen
Druck: Elsnerdruck, Berlin
Titelnummer: 44383
BH · Herstellung: Sebastian Strohmaier
Made in Germany
ISBN 3-442-44383-0

1 3 5 7 9 10 8 6 4 2

Für meine Eltern
Paul und Nancy Ignatius

Die Handlung dieses Buches spielt zwar an realen Schauplätzen, ist aber frei erfunden. Die Personen, Ereignisse und Institutionen haben keinerlei Vorbilder in der Wirklichkeit. In den wenigen Fällen, in denen Namen aus der Realität benutzt wurden – wie im Falle des bekannten französischen Restaurants Taillevent –, sind die geschilderten Personen, Ereignisse und Dialoge ohne jeden Bezug zur Wirklichkeit.

»Reporter sollten in der Regel auf Aktivitäten und Tätigkeiten außerhalb der Zeitung verzichten, insbesondere sollten sie keine engen Kontakte zu Regierungsstellen pflegen, da dadurch die grundlegende Verpflichtung der Zeitung zu Unabhängigkeit und Objektivität nicht mehr gewährleistet ist. Jeder vorsätzliche Verstoß gegen diese Grundsätze kann die Kündigung zur Folge haben.«

Aus den Verhaltensgrundsätzen des *New York Mirror*

Prolog

Ein Begräbnis

Mai 1996

Arthur Bowmans Begräbnis in Washington war ein Ereignis und so großartig inszeniert, wie es sich Bowman nur hätte wünschen können. Die Feier fand in der St. John's Episcopal Church statt, einem schmucklosen Bau am Lafayette Square gegenüber dem Weißen Haus. Die Kirche war fast bis auf den letzten Platz gefüllt. Der Vizepräsident und vier Kabinettsmitglieder, ein paar Dutzend Senatoren und Kongreßabgeordnete hatten sich eingefunden. Sie saßen in den vorderen Reihen bei der Familie, doch diesmal rückten sie in den Hintergrund, und wir, die Journalisten, waren die eigentlichen Akteure. Fast die gesamte Zeitung hatte sich versammelt. Der Verleger, der Chefredakteur und die Halbgötter waren aus New York eingeflogen, doch Hunderte weiterer waren gekommen – Reporter aus allen Ressorts, Text- und Nachrichtenredakteure, Redaktionsassistenten: die ganze Belegschaft.

Ich saß in der ersten Reihe zwischen Edwin Weiss, dem Chefredakteur, und Philip Sellinger, dem Herausgeber. Weiss hatte mich gebeten, bei dem Begräbnis etwas vorzulesen. Ich war der letzte, der mit Arthur Bowman vor seinem Tod in Peking zusammengewesen war, und ich hatte seine sterblichen Überreste nach Washington begleitet. Der Chefredakteur meinte, diese Geste sei ein Symbol für die Kontinuität der Zeitung: Ein lieber Kollege trat ab, und die jüngere Generation stand bereit, die Stafette zu übernehmen.

Während wir auf den Beginn der Feier warteten, erfüllte leises Gemurmel den Kirchenraum, das von Minute zu Minute weiter anschwoll. Ein jeder beugte sich zu seinem Nebenmann, um den neuesten Klatsch aus Washington oder Brancheninformationen auszutauschen und über die Anwesenden und die Nichtanwesenden zu tuscheln. Als sich der Pfarrer von seinem Stuhl erhob und zum Lesepult schritt, war das Gemurmel fast zu einem Tosen geworden.

»Ich bin die Auferstehung und das Leben, spricht der Herr«, begann er, und sofort erstarben die Stimmen. Die Trauergäste blätterten in ihren Gebetbüchern und suchten den Abschnitt »Begräbnisfeier«. Wer wußte eigentlich, daß Arthur Bowman der Episkopalkirche angehört hatte? Dies war eines seiner vielen Geheimnisse. Ich blickte über die Schulter hinweg auf die Versammlung. Alle, die mir auf dieser Welt etwas bedeuteten, hatten sich unter dieser Kirchenkuppel eingefunden. Ein paar Reihen hinter mir meine Ex-Freundin Annie Baron, die bereits mit einem Taschentuch ihre Nase betupfte. Als sie mich sah, versuchte sie zu lächeln, aber eine Träne rollte ihr über die Wange. Sie neigte ihren langen Hals nach hinten und strich sich im Zuge dieser Bewegung Haarsträhnen aus der Stirn. Eine Schauspielerin, selbst in ihrem Schmerz. »Nichts haben wir in diese Welt gebracht«, fuhr der Pfarrer fort, »und nichts nehmen wir aus ihr mit.« Gleich war ich an der Reihe.

Es herrschte ein erdrückendes Schweigen. Der Pfarrer nickte mir zu, ich stand auf und ging zum Pult. Für das Begräbnis hatte ich mich schlicht gekleidet – dunkelblauer Anzug, weißes Hemd und rote Krawatte. Trotzdem sah ich vermutlich aus wie ein kalifornischer Bengel: mager, knapp 1,80 groß, rotblondes Haar. Seitenscheitel. Ich war siebenunddreißig Jahre alt; ich hatte noch allzuwenig Blessuren abgekriegt und sah viel zu gesund für einen Reporter aus.

Ich hatte damit gerechnet, daß es mich nervös machen würde, vor so vielen berühmten Leuten zu sprechen, aber nun empfand ich eine vollkommene, weltentrückte innere Ruhe. Im Geist war ich noch in China, über den schwerverletzten Arthur Bowman gebeugt und ihm das Blut vom Mund wischend, während er nach Worten und nach Luft rang, bevor er starb. Das Gellen in meinen Ohren war die Sirene des Krankenwagens auf dem Chang'an-Boulevard, der Straße des Ewigen Friedens, bestellt von jenen Männern, die ihn ermordet hatten.

Philip Sellinger blickte mich erwartungsvoll an. In seinen Augen lag ein seltsames Funkeln. Sein bester Freund war tot, die Zeitung aber lebte. Ich räusperte mich. In diesem Augenblick stand ich auf der Brücke dieses Totenschiffs, das uns alle – Arthur und mich und Hunderte unserer Kollegen – hinübertrug in unsere Vorstellung von einem Leben nach dem Tod. Wir Journalisten waren die letzten, die noch an den Gott der Geschichte glaubten. Wir waren seine geheime Priesterschaft, und obwohl wir es niemals zugegeben hätten, glaubten wir, besser zu sein als gewöhnliche Menschen. Wir bemühten uns, das Ideal einer gottgleichen Unparteilichkeit aufrechtzuerhalten, aber so oft, wie auch in Arthurs Fall, waren wir irgendwo unterwegs auf verhängnisvolle Weise korrumpiert worden, verstrickt in den Ereignissen, über die wir berichteten.

»Für alle, die mich nicht kennen«, begann ich, »ich bin Eric Truell. Ich habe Arthur bei seiner letzten Reportage nach China begleitet, und ich war bei ihm, als er starb.« Ich machte eine Pause. Das war genug. Ein Wort mehr, und ich hätte angefangen zu lügen. »Die Familie Bowman hat mich gebeten, einen Psalm zu lesen, den sich Arthur zu Hause in der Familienbibel eigens markiert hatte. Es ist Psalm 102.«

Ich räusperte mich erneut und fing an zu lesen – langsam und gleichmäßig, wie es mir der Pfarrer gesagt hatte. Wie vieles in Arthurs Leben, so war auch das Begräbnis eine Art Theater, und ich wollte die mir zugewiesene Rolle so gut wie möglich spielen. »Herr, höre mein Beten! Mein Schreien dringe zu dir. Verbirg dein Antlitz nicht vor mir!« Meine Stimme war laut, klar, unwirklich. Die Gesichter der Versammelten wandten sich mir voller Aufmerksamkeit und Erwartung zu. »Wenn ich in Not bin, wende dein Ohr mir zu! Wenn ich dich anrufe, erhöre mich bald! Meine Tage sind wie Rauch verschwunden, meine Glieder wie von Feuer verbrannt. Versengt wie Gras und verdorrt ist mein Herz, so daß ich vergessen habe, mein Brot zu essen. Vor lauter Stöhnen und Schreien bin ich nur noch Haut und Knochen.«

Ich hatte den Psalm bestimmt ein Dutzend Mal gelesen, aber erst jetzt, als ich die Worte laut sprach, erkannte ich, was für traurige, verzweifelte Verse es waren. Die Versammelten wirkten nicht besonders verstört. Die meisten von ihnen trugen die unbewegte, duldsame Miene areligiöser Menschen zur Schau, die nur darauf warteten, daß der ganze Hokuspokus ein Ende hatte. »Ich liege wach, und ich klage wie ein einsamer Vogel auf dem Dach. Den ganzen Tag schmähen mich die Feinde; die mich verhöhnen, nennen meinen Namen beim Fluchen. Staub muß ich essen wie Brot, mit Tränen mische ich meinen Trank ... Meine Tage schwinden dahin wie Schatten, ich verdorre wie Gras.« Ich hielt einen Augenblick inne und blickte auf die Trauergemeinde. Ob ich der einzige war, der Arthur selbst diese Worte sprechen hörte? Es folgten ein paar weitere Verse – fröhlicheren Inhalts, die alte Leier von Gott, der alle Feinde und Peiniger vernichtet –, dann war ich fertig.

Ich kehrte auf meinen Platz zurück. Ed Weiss drückte mir den Arm, als er an mir vorbei hinaufstieg, um seine Ansprache zu halten. Er umfaßte das Pult rechts und links mit beiden Händen wie das Steuerrad eines Autos und blickte seine Zuhörer an. Trotz seiner sechzig Jahre hatte er noch kantige Züge: harte Backenknochen; eine Nase, gekrümmt wie die eines Indianerhäuptlings; graues, aus der Stirn gekämmtes Haar – und dann die Überraschung: sein entzückendes, freundliches Lächeln. Dieses Lächeln konnte die Trauergemeinde nur zuversichtlich stimmen. Die Trauergäste waren eher seine Schäflein als die des Pfarrers. Er zog einen vorbereiteten Text aus der Tasche, legte ihn aber zur Seite, ohne ihn auseinanderzufalten, und fing an zu sprechen.

»Dies ist meine Erinnerung an meinen Freund Arthur: ein heißer Nachmittag in Phnom Penh, auf dem Höhepunkt des Krieges in Kambodscha. Ein Grüppchen von uns hat sich zum Flughafen begeben, um eine Maschine nach Thailand zu erwischen. Wir sitzen im Terminal auf dem Boden, hinter den Sandsäcken, und rauchen. Alle paar Minuten schlägt in der Nähe des Flughafens eine Granate ein. Wir sind müde, niedergeschlagen, voller Selbstmitleid. Nach einer Weile taucht ein zweimotoriges Flugzeug auf, kreist über dem Airport und landet. Die wöchentliche Maschine aus Bangkok, auf die wir gewartet hatten. Die Tür geht auf, und heraus kommt ein Mann in einem weißen Leinenanzug – dem schönsten Anzug, den man sich vorstellen kann –, eine Flasche Champagner in der Hand. Es ist Arthur, wer sonst. Er geht quer über das Rollfeld, achtet nicht auf das Kreischen des Geschosses, das nur wenige hundert Meter entfernt einschlägt. Als er in die Halle kommt, blickt er in die Runde, auf uns, die wir hinter unseren Sandsäcken kauern und ihn wie Murmeltiere im Bau anstarren. ›Hallo, Jungs!‹ ruft er. ›Sagt bloß nicht, daß ihr abreisen wollt!‹ Er läßt den Korken knallen und reicht die Champagnerflasche herum.

Müßig zu sagen, daß an jenem Tag keiner von uns Phnom Penh verließ. Wie hätten wir uns das leisten können, da doch Arthur Bowman eingetroffen war? Unsere Chefs hatten uns auf der Stelle wieder hergeschickt, sobald seine Berichte in der *New York Times* erschienen wären. Ich kann mir lebhaft die Telegramme vorstellen, die wir von der Auslandsredaktion erhalten hätten: ›*Times* beim Massaker der Roten Khmer an vorderster Front. Warum wir weitab vom Schuß?‹« Verhaltenes Gelächter aus den hinteren Reihen, wo die Altgedienten saßen. »Der *Mirror* war damals häufig weitab vom Schuß, doch wir wollten eine große Zeitung werden. Als ich nach meiner Rückkehr Chef des Auslandsressorts geworden war, setzte ich mich sofort mit Phil

Sellinger zusammen, um Arthur von der *Times* abzuwerben. Es war der beste Treffer, den wir je gelandet haben.

Einen besseren Kriegsberichterstatter als Arthur gab es nicht, denn keiner war ein besserer Reporter. Punktum! Nicht nur, weil er härter arbeitete als wir alle und weil er gewitzter war – nein, es war etwas anderes. Seine Berichte hatten eine urwüchsige Kraft und Lebendigkeit. Arthur war kein behutsamer Journalist, der emsig Informationshäppchen zusammenträgt. Er sog eine Geschichte in vollen Zügen ein, schluckte, verschlang sie. Seine Energie und sein Appetit waren überwältigend. Auch wenn es schon weit nach Mitternacht und längst Zeit fürs Bett war, saß Arthur immer noch an der Bar, begierig, noch eine Story zum besten zu geben, noch einen Drink zu kippen. Man selbst blieb am nächsten Morgen im Bett liegen und schlief bis zehn Uhr aus, und wenn man dann schließlich hinunterkam und nach Arthur fragte, hieß es im Hotel, er sei schon um halb acht losgezogen, um den Premierminister zu interviewen – ein Interview, das er am Abend vorher zu erwähnen vergaß, als er seine Lebensgeschichte erzählte.«

Weiss hielt inne; er blickte hinauf zu den vollendeten weißen Rundbögen des Kirchenschiffs und hinab auf Bowmans schwarzen Sarg. Traurig schüttelte er den Kopf und murmelte etwas, das klang wie »Scheiße«. Dann zog er ein weißes Taschentuch heraus, schneuzte sich die Nase und fuhr fort:

»Einmal vor vielen Jahren fragte ich Arthur nach seinem Geheimnis. Wie er die Leute dazu brachte, daß sie ihm so viel erzählten. Wie es ihm gelang, ihnen Dinge zu entlocken, die sie ihrer eigenen Mutter nicht anvertraut hätten. Setzte er sie unter Druck? Umgarnte er sie oder was sonst? Und wissen Sie, was mir Arthur zur Antwort gab? ›Das verstehst du nicht, Ed‹, sagte er. ›Die Leute reden gern. Sie warten nur auf jemanden, der ihnen Fragen stellt.‹ Das war sein ganzes Geheimnis. Keine Zauberei war im Spiel. Die Leute reden gern.

All die Jahre hindurch haben die Leute Arthur viel erzählt.

Zuviel, wie mir manchmal scheint. Besonders, nachdem er als unser Chefkorrespondent nach Washington zurückgekehrt ist. Ich sehe hier vor mir die hochrangigen Politiker, die gekommen sind, um Arthur die letzte Ehre zu erweisen, und ich frage Sie: Gab es etwas, was Arthur nicht wußte? Gab es eine politische Position, interne Machtkämpfe oder persönliche Differenzen, von denen Arthur nicht schon gehört hatte? Das meiste von dem, was er wußte, landete im *Mirror*, wo es hingehört. Nicht alles, aber doch das meiste.«

Der Chefredakteur lächelte. Der Verleger, zwei Plätze weiter, lachte kopfschüttelnd, und auch andere glucksten in sich hinein. Für eins war Arthur berühmt: Er kannte alle Geheimnisse. Offenbar war ich der einzige, der das nicht lustig fand, aber das war mein Problem.

»Er war ein großartiger Mensch. Er hätte Besseres verdient als das. So zu sterben, so weit weg.« Ed Weiss machte eine Pause, zuerst dachte ich, um Luft zu holen. Aber er blickte auf den Sarg, kämpfte mit den Tränen und reckte die Faust in die Höhe: »Adieu, lieber Freund!« rief er und biß sich auf die Lippen, um ein Schluchzen zu unterdrücken.

Viele im Saal weinten jetzt. Ich war, glaube ich, der einzige, dessen Augen trocken blieben. Aber ich wußte zuviel.

Als nächstes sprach der Verleger Philip Sellinger. Ein schlanker Mann mit silbergrauen Locken und funkelnden blauen Augen. Die emotionale Anspannung im Raum war so groß, und ich fragte mich, was er sagen würde. Arthur war seit Collegezeiten sein bester Freund gewesen. Sellinger hatte am Telefon geweint, als ich aus Peking anrief, um die traurige Nachricht zu melden. Aber nun war er vollkommen ruhig und sprach über seinen Freund, als säße er im Zimmer nebenan.

»Ich möchte Ihnen einen Brief vorlesen, den mir Arthur Bowman vor ein paar Jahren geschickt hat«, begann er. »Ich erhielt im Laufe der Jahre viele Briefe von Arthur, aber der hier ist mir, glaube ich, der liebste von allen.

›Lieber Philip‹, schrieb er darin. ›Ich belästige dich nur ungern mit so trivialen Dingen wie diesen, aber die Buchhaltung will mir einige Ausgaben meiner letzten Europareise nicht erstatten. Besonders ungehalten ist man über eine Rechnung im Restaurant Mirabelle in London, die annähernd 2300 Pfund beträgt.‹« Sellinger machte eine Pause, und einige Trauergäste fingen an zu lachen. »›Unter uns, Philip, laß dir erklären, wie es war. Meine Gäste an jenem Abend waren zwei hohe Tiere vom britischen Auswärtigen Amt nebst Gattinnen. Da sie über die Jahre hinweg von enormem Nutzen für die Zeitung waren, wollte ich mich mit einem schönen Abend revanchieren. Wie immer bei den Briten waren die Weine der Haken an der Sache. Wir tranken einen guten weißen Burgunder zum Fisch, einen Bâtard-Montrachet, glaube ich. Und einen besonders guten Rotwein, einen 1982er Léoville-Las-Cases. Zum Dessert schlugen meine Gäste einen Château Rieussec vor, hinzu kam die unvermeidliche Flasche Portwein, und das alles summierte sich. Mir ist es peinlich, daß die Endrechnung so hoch war, Philip, aber ich muß dir nicht erklären, wie wichtig es ist, Kontakte wie diese zu pflegen. Ich hätte mir gewünscht, es wäre billiger abgegangen, aber guter Journalismus hat eben seinen Preis. Wie immer, Arthur.‹«

Sellinger hielt inne und lächelte. Mittlerweile lachte die ganze Kirche. Das war eine Seite an Bowman, über die man sich seit Jahren das Maul zerriß, die aber selten ernst diskutiert wurde. »Und hier meine Wertschätzung für Arthur Bowman«, fuhr der Verleger fort. »Ich nahm das Spesenformular und schrieb eine Notiz für die Buchhaltung an den Rand: ›Verbuchen zu Lasten des Verlegers. Mr. Bowman ist jeden Penny wert.‹ Ich bin mir nicht sicher, ob außer mir jemals jemand wissen wird, wie wahr dieser Satz ist.

Ich mochte Arthur Bowman. Er war mein bester Freund. Wir lernten uns vor vielen Jahren kennen, als ich Geschäftsführer des Harvard Crimson und er dessen Vorsitzender war. Wir behielten diese Arbeitsteilung auch später bei: Arthur war der Reporter und Abenteurer, ich der Buchhalter. Aber er war stets mein Verbündeter. Er hat Dinge für diese Zeitung getan, von denen die Welt nie etwas erfahren wird. Ich schulde ihm unendlich viel.«

Als ich Sellinger so dastehen sah, edelmütig und rechtschaffen, fragte ich mich, ob er seinen Freund wirklich so gut verstanden hatte, wie er glaubte. Was für eine Belastung muß es für Bowman gewesen sein, so sehr geliebt zu werden, eine ganze Institution verkörpern zu müssen! Kein Wunder, daß er so müde gewesen war.

Nach Sellingers Rede sangen wir einen alten anglikanischen Hymnus: »Der ewige Strom der Zeit trägt alle seine Söhne mit sich fort«. Zum Schluß folgten noch ein paar Gebete. Wir Sargträger wurden nach vorne gerufen und trugen Arthur Bowmans Sarg bis zum Leichenwagen vor der Kirche. Als wir den Sarg in dem langen schwarzen Cadillac abgelegt hatten, nahm mich Ed Weiss am Arm und flüsterte mir ins Ohr: »Als ich Sie diesen Psalm lesen hörte, war es, als würde eine Fackel weitergereicht«, sagte er. »Das war heute mein einziger Trost.«

Dann gingen wir in die Kirche zurück. Es war ein Frühlingsnachmittag, die Luft war mild und voller Blütenduft. Kollegen aus der Redaktion kamen auf mich zu, schüttelten mir die Hand. Zum erstenmal an diesem Tag war mir nach Weinen zumute. Nicht um Arthur, sondern um mich. Alle meine liebsten Freunde hier versammelt zu sehen – in Trauer um einen Mann, der, wie sie aus tiefstem Herzen glaubten, die große Tradition unserer Zeitung repräsentierte. Unvorstellbar, ihnen jemals die Wahrheit zu sagen – die Wahrheit über Arthur und über mich.

Aber in den Monaten seit Arthur Bowmans Begräbnis ist so viel geschehen, daß ich jetzt einsehe: Ich habe keine Wahl. Ich muß die Geschichte erzählen, wie sie sich in Wahrheit zugetragen hat. Und die Wahrheit wird viele Menschen verstören.

I

Paris

Mai–Juli 1994

1

Zu dem Zeitpunkt, den ich als den Anfang dieser Geschichte betrachte, arbeitete ich als Korrespondent des *Mirror* in Paris. Ich war schon zwei Jahre dort und fing an, mich zu langweilen – ein Sachverhalt, der bei dem späteren Geschehen möglicherweise eine Rolle spielte. Nicht selten ist Langeweile der Brennstoff des Journalismus, der Zunder, an dem sich unter geeigneten Umständen die Flamme der Neugier entzündet, die einen Reporter mit seiner Story verbindet. Diesen Energieschub braucht man, denn im Gegensatz zur landläufigen Meinung ist Journalismus meistens nicht besonders aufregend. Reporter verbringen die meiste Zeit mit Warten, daß etwas passiert: in einer Hotelhalle stehen und warten, daß eine Sitzung zu Ende geht; auf einer Polizeiwache herumsitzen und warten, bis einer der Bullen einem Futter gibt; in einem Keller in Beirut hocken und auf das Ende der Bombardements warten, um dann hinauszugehen und festzustellen, was von der Stadt noch übrig ist. Und in der Regel akzeptieren wir dieses Warten und diese Passivität; es ist wie an einer Abschußrampe vor dem Start. Aber allzuviel Langeweile kann gelegentlich zuviel Hitze erzeugen, die Story mit einer verzehrenden, grenzenlosen, unkontrollierbaren Leidenschaft aufladen. Und vermutlich war das hier der Fall.

Es war im Mai 1994, zwei Jahre vor dem Begräbnis am Lafayette Square. Ich fuhr die Marne entlang, unterwegs zu einem Vorort östlich von Paris, um einen französischen Wissenschaftler namens Roger Navarre zu interviewen. Der Pressesprecher seiner Firma hatte mich ein paar Tage zuvor angerufen und gesagt, ihr Mann habe ein neues Verfahren zur Regeneration von Gehirnzellen entwickelt. Es klang, als habe man einen neuen Polio-Impfstoff entdeckt, ein Mittel gegen die Alzheimersche Krankheit oder gegen die amyotrophe Lateralsklerose oder sogar zur Heilung von durchtrennten Rückenmarksnerven. Unser Wissenschaftsredakteur meinte, wenn das stimme, sei es auf jeden Fall eine Meldung wert – obwohl er seine Zweifel hege, da die Erkenntnisse bisher noch in keiner medizinischen Zeitschrift der USA veröffentlicht worden seien. Aber er wollte sichergehen, daß uns keiner den Knüller vor der Nase wegschnappte. Schon ziemlich bescheuert, wenn man sich's überlegt – die Vorstellung, eine andere Zeitung mit einem Bericht über einen lebensrettenden wissenschaftlichen Durchbruch ausstechen zu wollen. Aber so läuft der Hase in unserer Branche. Falls sonst nichts dabei heraussprang, meinte der Wissenschaftsredakteur, würde ich wenigstens einen hübschen Ausflug aufs Land machen und könne dann eine Reportage über französische Biotechnologie schreiben. Im Grunde war ich ganz froh: Es gab kaum echte Neuigkeiten in Frankreich, auf die die Zeitung noch Wert legte. Den Großteil meiner Zeit verbrachte ich auf der Jagd nach netten Geschichtchen über Essen und Wein und französische Filmstars – und wartete darauf, daß ein Flugzeug abstürzte oder eine Fähre sank, um wenigstens einmal wieder auf die Titelseite zu kommen.

Es war ein strahlender Frühlingsnachmittag, der einem ins Bewußtsein rief, daß Frankreich den ganzen Verdruß dennoch lohnte. Und ich war unterwegs, was an sich schon ein Gegenmittel gegen meine Langeweile war. Ich hatte das Fenster meines Renault heruntergekurbelt – das Pariser Büro besaß immerhin noch einen Wagen, auch wenn es nichts zu berichten gab – und fuhr durch den Bois de Vincennes, die hohen, dunklen Bäume entlang, die den Park säumten. Auf dem Beifahrersitz lag ein Stapel wissenschaftlicher Dokumente, die meine Assistentin für mich zusammengetragen hatte – über die neuesten Entwicklungen in der Neurobiologie. Noch bis vor achtundvierzig Stunden hatte ich keinen blassen Schimmer von dieser Materie gehabt. Auch jetzt wußte ich eigentlich nicht viel, doch hatte ich im Laufe der Jahre die Kunst des Bluffens enorm verfeinert, auch wenn ich nur über spärliches Material verfügte. Wir Journalisten sind alle gewiefte Bluffer; das ist eins unserer Berufsgeheimnisse.

Ich hatte das Autoradio eingeschaltet; der französische Sprecher ratterte die Nachrichten herunter. Sportergebnisse, das Neueste vom Balkan, eine Meldung über einen Polizeieinsatz in der Rue Lamennais nahe den Champs-Élysées. Das klang alles sehr weit weg. Ich fuhr zu schnell, was in Frankreich beinahe zum guten Ton gehört, und hatte jenes Gefühl, das mich häufig überkommt, wenn ich unterwegs bin zu einer Story – eine Vorahnung, daß das Vertraute dem Unerwarteten weichen würde. Die Möglichkeit solcher Begegnungen – trotz der Windstille auf dem glatten, gläsernen Meer der Langeweile – machte mir meinen Beruf erträglich. Dies war das Spiel des Journalismus: geduldig auf eine Chance zu warten und dann zuzuschlagen. Ich war immer ein versierter Spieler gewesen, schon während meiner Kindheit in Nordkalifornien.

Wir alle werden geformt und verformt durch unsere Kindheitserfahrungen. Ich hatte eine glückliche und sorglose Kindheit, was an sich betrachtet schon eine Last war – die Last der Unbeschwertheit. Menschen mit seelischen Narben wissen, daß sie auf der Hut sein müssen; sie lernen, ihre Leidenschaften zu kontrollieren; sie wissen, was sie verletzen kann. Solche Lektionen habe ich in meiner Kindheit nicht gelernt. Mein Vater war Professor für Medizin an der University of California in Davis, und ich wuchs in der unwiederbringlichen Idylle des Kaliforniens der sechziger und siebziger Jahre auf. Wir hatten ein großes Haus mit Swimmingpool, einem Pferd für meine Schwester und einem Tennisplatz für mich. Und meine Hauptbeschäftigung bis zu meinem achtzehnten Lebensjahr war: Tennisbälle schlagen. Millionen Tennisbälle, Schmetterbälle, diagonal über den Platz, Vorhand, Rückhand, Slice, Topspin. Immer wieder, *bum, bum, bum, bum,* bis ich eine Tennisballdose, irgendwo auf der anderen Seite des Netzes aufgestellt, zielsicher treffen konnte. So verbrachte ich meine Jugend. Haight-Ashbury mit all seinen Erschütterungen lag jenseits der Berge und gehörte einem anderen Sonnensystem an. Ich lebte in dem von der Sonne verwöhnten Sacramento Valley, schlug gelbe Tennisbälle und pflückte Orangen von den Bäumen in unserem Garten.

Mein erstes großes Abenteuer war das College-Studium in Stanford, 145 Kilometer jenseits der Bay. Sie nahmen mich nicht zuletzt wegen meiner Fähigkeiten im Tennis auf, aber ich schnitt auch bei der Prüfung gut ab; außerdem wollten sie meinem Vater einen Gefallen tun, der in Stanford Medizin studiert hatte und noch gelegentlich hier Vorlesungen hielt. Am Tag meiner Ankunft im Jahr 1977, zu Beginn des ersten Collegejahres, hatte ich nichts anderes im Kopf, als in die Tennismannschaft einzutreten und bei bundesweiten Turnieren zu spielen. Aber mir erging es wie vielen jungen Sportlern: Die Zeit war reif, sich aus der Enge und dem Eingeschnürtsein der vergangenen Jahre zu befreien.

Und so geschah es. Im Frühling, noch im ersten Jahr am College, wurde mir klar, daß das Leben mehr zu bieten hatte, als kleine gelbe Bälle zu schmettern. Mein »innerer Frühling« vollzog sich erstaunlich abrupt – erstaunlich wohl vor allem für meine Eltern, als ich ihnen verkündete, daß ich aus der Tennismannschaft des College ausgestiegen war. Diese Entscheidung war richtig. In den paar Monaten in Stanford hatte ich gemerkt, daß ich zwar ein ganz passabler Tennisspieler war, es aber niemals zum Superstar bringen würde. Und in der Tat war ich ja bereit für größere Herausforderungen, als auf diese verdammten Tennisballdosen zu zielen.

Wie alle Studenten las ich Gedichte – lesen wir denn nach dem College je wieder welche? –, und meine Freundin Annie und ich brachen jedesmal in Tränen aus, wenn wir zusammen »Ariel« lasen. Doch der Mensch lebt nicht von Gedichten allein, außer wenn es ihm gelingt, sie zu veröffentlichen. Und ich merkte allmählich, daß mir der Sport abging, nicht weil ich aktiv spielen, sondern weil ich irgendwie mit Sport in Verbindung bleiben wollte. Deshalb hatte ich am Ende des zweiten Collegejahres damit begonnen, für den *Stanford Daily* Sportberichte zu schreiben, danach auch richtige Artikel, was mir mehr Spaß bereitete als alles, was ich bisher getan hatte. Das Artikelschreiben besaß eine Klarheit, eine Unmittelbarkeit, und gerade das hatte mir beim Tennis auch gefallen. Eines Abends, als ich im Büro des *Daily* saß, erlitt der Rektor von Stanford einen Herzinfarkt, und man bat mich, darüber zu schreiben, weil ich schnell war und keine Fehler machte; außerdem war bald Redaktionsschluß. Und ich machte was aus der Story. Das war voll und ganz mein Ding. In den Sommerferien arbeitete ich bei einem kleinen Lokalblatt in unserer Gegend, dem *Santa-Rosa News-Herald*. Als ich mein Studium abgeschlossen hatte, wußte ich ganz genau, was ich wollte. Ich wollte für eine große Zeitung arbeiten und für den Rest meines Lebens schreiben. *Bum, bum, bum, bum.* Aufstellen, zielen, treffen. Ich bewarb mich um ein Volontariat bei der *Times*, der *Post*, dem *Journal* und dem *Mirror*; das erste Angebot kam vom *Mirror*.

Ich war ein guter Reporter, doch noch wichtiger war, daß ich Glück hatte. Anfangs schickte man mich in die U-Bahn, wie es üblich war. Zwei Monate lang war ich für Long Island zuständig. Ein schwarzer Teenager wurde in einem weißen Viertel zu Tode geprügelt. Ich war einundzwanzig und kam aus Kalifornien – und ich war zu neu in New York, als daß ich nicht jedem die Fragen gestellt hätte, die sich mir aufdrängten. Wer meine Berichte las, wußte genau, was passiert war. Die Leute in diesem Viertel haßten die Schwarzen schlicht und einfach, und sie hatten diesen armen Jungen zusammengeschlagen, bis er nur noch ein blutiges Häufchen war. Meine Berichte erschienen eine Woche lang täglich auf der ersten Seite. Danach hatte ich weitere gute Aufträge: einen Korruptionsskandal in Long Island City; einen sagenhaften Mordfall, bei dem ein Richter am Landgericht seine Frau mit den Strapsen und Strümpfen erdrosselte, die sie von ihrem Liebhaber bekommen hatte; eine Serie über üble Bullen im Polizeiquartier von New York City.

1983 wurde jemand gebraucht, der bereit war, Hals über Kopf nach Beirut zu gehen. Ich meldete mich freiwillig, und plötzlich berichtete ich über einen Krieg, in dem übel zugerichtete U. S.-Marines in Leichensäcke gesteckt wurden. Das Pech dieser toten Marines war mein Glück. Schreiben, handeln, sein – es gab keinen Zwiespalt zwischen Denken und Handeln – und die Zeitung druckte alles, was ich schrieb, auf Seite eins. Mit meinen vierundzwanzig Jahren war ich eigentlich viel zu jung für einen Auslandskorrespondenten, aber ich machte meinen Job, und sie ließen mich machen. Nach vier Jahren im Nahen Osten schickten sie mich nach Hongkong, vier Jahre später dann nach Paris. Erst als ich nach Paris ging – was wohl der Lohn für meine Leistungen sein sollte –, kam dieses Gefühl der Mittelmäßigkeit und Langeweile auf. Das war nicht mein Ding – zuviel nachdenken über das, was ich tat. Ich hatte das Gefühl, über alle diese Begebenheiten in Frankreich schon einmal geschrieben zu haben: über algerische Einwanderer in Marseille, Handelskriege mit den USA, französische Politiker und ihre Geliebten, die Ankunft des Beaujolais Nouveau. Es war wirklich ein unsäglicher Job.

Ich sehnte mich zurück nach den alten Zeiten in Beirut und Hongkong, wo ich jeden Morgen damit rechnen konnte, daß eine vollkommen schräge Type zur Tür hereinkam und mich von meinem banalen Dasein erlöste, indem sie mich in die Merkwürdigkeiten seines oder ihres Lebens einweihte. Diese stets gegebene Möglichkeit der Erlösung war es in erster Linie, was mich am Journalistenhandwerk so anzog und mich bis dahin bei der Stange gehalten hatte. Es war der ideale Job: Er bot die Chance, mit Menschen in den Grenzbereichen des Lebens zu verkehren, mit Menschen, die sämtliche Regeln brechen – ohne selbst Regeln brechen zu müssen.

Nach dreiviertelstündiger Fahrt gelangte ich zu dem ummauerten Komplex des Forschungszentrums, in dem Roger Navarre arbeitete. Über dem Stacheldraht hing ein Schild mit der Aufschrift »Unétat, S. A.«: So hieß das französische Konsortium, dem der Biotechnologie-Betrieb gehörte. Unétat war die heißeste Firma jenes Jahres. Ende der achtziger Jahre privatisiert, schluckte sie alle möglichen Hochtechnologieunternehmen. An der Spitze stand ein charismatischer Mann namens Alain Peyron. In der Presse hieß es, er betreibe seine Geschäfte »sexy«, was in Frankreich eine Metapher für Erfolg war.

Ein uniformierter Wachposten am Tor wollte meinen Ausweis sehen; nachdem er meinen Namen in seinem Computer überprüft hatte, händigte er mir einen Sicherheitspaß von Unétat aus. Die Franzosen waren wie besessen von Sicherheitsvorkehrungen, besonders wenn es um Technologie ging. Ich hatte den Verdacht, daß das reine Selbstüberschätzung war – denn wer hätte wohl aus Frankreich etwas stehlen wollen? Aber das gehörte zum starken Konservatismus dieser Gesellschaft. Trotz ihrer angeblichen Liberalität liebten die Franzosen Vorschriften. Im Gebäude selbst wurde ich wieder angehalten, erneut mußte ich mich ausweisen, und schließlich wurde ich zum Pressesprecher vorgelassen, einem pedantisch wirkenden Menschen, der trotz des warmen Frühlingstags einen Wollpullover trug.

Navarre erwartete mich in seinem Labor. Ein dunkelhaariger, dünner Mann mit den glänzenden Augen und der sauertöpfischen Miene eines Menschen, der sein Leben in Innenräumen verbringt. Er schüttelte mir schüchtern die Hand und fühlte sich in Anwesenheit seines Aufpassers, des Pressesprechers, offenbar unbehaglich. Der ließ sich nun darüber aus, welche »Wunder« der gute Doktor vollbringe, der mit seinen Forschungsergebnissen die Welt retten würde. Als der Pressesprecher ein mögliches

Interesse der Wall Street an der Entdeckung erwähnte, hob der Wissenschaftler die Hand und unterbrach ihn. Er war ein zurückhaltender Mensch, der sich nicht gern vermarkten ließ. Als ich ihn bat, mir einige seiner Experimente zu zeigen, schien er sehr erleichtert.

Navarre führte mich in ein angrenzendes Labor und wies auf mehrere an der Wand aufgereihte Käfige mit Mäusen. Auf ihren Schädeln waren die Spuren einer Operation zu erkennen. Die Öffnungen, die man in ihren Schädel gebohrt hatte, waren mit rotem Wachs versiegelt. »Das hier ist das Wunder«, sagte er und zeigte auf die Nagetiere. »Noch vor wenigen Wochen hatten sie kein Gedächtnis. Wir hatten eine Neuronenbahn in ihrem Gehirn durchschnitten. Sie waren genau wie die Menschen mit der Alzheimerschen Krankheit, die am Verfall dieser Nervenbahnen leiden. Nicht einmal die einfachsten Gedächtnistests haben sie bestanden.«

Ich kritzelte ein paar Notizen auf meinen Block, denn ich wollte den Eindruck erwecken, ganz bei der Sache zu sein. Aber meine Gedanken schweiften ab. Seine Beschreibung der Mäuse ohne Gedächtnis rief mir meine alte Tante in Erinnerung, die ich vor ein paar Jahren in einem Altersheim in Kalifornien besucht hatte. Diese dumpf starrenden Gesichter, gestrandet in einer ewigen Gegenwart. Anfangs möchte man noch lächeln oder etwas Freundliches sagen, aber nach einer Weile will man nur noch weg.

»Ich will Ihnen den Test zeigen, den wir mit den Mäusen gemacht haben«, sagte Dr. Navarre fröhlich. Er führte mich zu einer Experimentiervorrichtung: einem Bottich, etwa so groß wie ein Weinfaß, gefüllt mit einer milchig weißen Flüssigkeit. Navarre erklärte, an einem bestimmten Punkt in dem Bottich, eineinhalb Zentimeter unterhalb der Wasseroberfläche, befinde sich eine kleine Rampe. Bei dem Experiment wurden die Mäuse in den Bottich gesetzt und planschten umher, bis sie die Rampe fanden.

»Für die Maus kommt es nun darauf an, sich daran zu erinnern, wo sich die Rampe befindet«, fuhr der Wissenschaftler fort. »Bis sie sie finden, sind die Mäuse klatschnaß, was ihnen gar nicht behagt. Wenn sie aber lernen, wo die Rampe ist, sind sie gerettet. Alle diese Mäuse erinnerten sich jedesmal daran, wo sich die Rampe befand. Aber als wir ihnen die Gehirnbahnen durchschnitten, waren sie verloren. Sie hatten keine Erinnerung mehr daran, wie sie die Rampe finden konnten, und mußten jedesmal nach dem Zufallsprinzip suchen; also wurden sie patschnaß und waren sehr unglücklich.

Anschließend unterzogen wir sie unserer Behandlung. Und dann? Ich werde es Ihnen zeigen. Nach wenigen Monaten waren sie geheilt. Ihre Erinnerungen kehrten zurück, und zwar in vollem Umfang.«

Navarre brachte einen Käfig mit einer der behandelten Mäuse zum Tisch. Er öffnete die Käfigtür, nahm die Maus heraus und setzte sie behutsam an den Rand des Bottichs. Die Maus schwamm entschlossen zu der unsichtbaren Rampe. Als die erste Maus sicher auf dem Rampensockel gelandet war, brachte Navarre sie in den Käfig zurück und nahm eine andere heraus, die den Test ebensogut bestand; dann wiederholte er das Experiment mit einer dritten Maus. »Sehen Sie!« sagte er, als die letzte Maus wieder im Käfig war. »Sie sind geheilt.«

»Wie haben Sie das gemacht?« fragte ich. Ich wollte mich für dieses Thema begeistern. Ich war entschlossen, diesem in klösterlicher Abgeschiedenheit arbeitenden kleinen Mann den ganzen Nachmittag zuzuhören und dann eine Reportage darüber zu schreiben, wie seine Mäuse die Welt verändern würden. Auf keinen Fall wollte ich wieder in die Mittelmäßigkeit und Langeweile zurückfallen.

»Wir haben ihnen eine Substanz verabreicht, die man Neurotrophine nennt: ein Nervenwuchsfaktor, der es den durchtrennten Gehirnbahnen ermöglicht, sich zu regenerieren. Darin besteht die eigentliche Heilung.« Er erläuterte mir das Grundlagenwissen: Neurotrophine sind die wichtigsten Werkzeuge des Nervensystems. Sie ernähren die Nervenfasern, die Axonen des Rückenmarks. Ohne Neurotrophine sterben die Axonen ab; mit Neurotrophinen aber können auch die Axonen durchtrennter Nervenbahnen im Rückenmark wachsen und sich regenerieren. Aber das Gehirn bringt auch ein verhängnisvolles Gegenstück zu den lebenswichtigen Neurotrophinen hervor, die sogenannten »Selbstmordgene«, die die Gehirnzellen und deren Verbindungen zerstören. Was die Alzheimersche Krankheit so verheerend macht, ist nach Meinung von Dr. Navarre die Tatsache, daß diese Selbstmordgene die Nervenzellen der Vorderhirnbahn angreifen und deren Verkümmerung und Absterben bewirken. Eine Behandlung, durch die diese nützlichen Neurotrophine ins Gehirn gelangen, könnte die Nervenbahnen wieder aufbauen und Alzheimer heilen.

»Genau das habe ich mit meinen Mäusen gemacht«, sagte Dr. Navarre und deutete auf die Tiere in ihren Käfigen. »Ich habe einen Weg gefunden, um die Neurotrophine in ihr Gehirn zu schleusen, und die Nervenbahnen fingen an, sich zu regenerieren. Aus den verdummten Mäusen wurden wieder kluge Mäuse. Sie waren geheilt!«

Ich nickte, aber meine Aufmerksamkeit wurde abgelenkt. Von draußen auf dem Gang hörte ich Stimmen. Am anderen Ende des Labors wurde die Tür geöffnet, und ein Wachmann rief nach dem Pressesprecher. Der eilte davon und ließ mich mit Dr. Navarre allein.

»Aber wie haben Sie es angestellt?« fragte ich noch einmal. »Wie haben Sie die Neurotrophine ins Gehirn gebracht? Ich dachte, es gibt da eine Schranke, die den Zugang versperrt.« Auf meinen Spickzetteln, die ich mir in den letzten vierundzwanzig Stunden durchgelesen hatte, hatte ich etwas entdeckt, was als »Blut-Hirn-Schranke« bezeichnet wurde. Glukose und einige Proteine können zwar ins Gehirn eindringen, die meisten anderen Substanzen jedoch nicht. Deshalb ist es für die Ärzte auch so heikel, bestimmte Gehirnkrankheiten mit Medikamenten zu behandeln.

»Das ist meine Entdeckung«, entgegnete Navarre gelassen. »Ich habe einen Chaperone gefunden, der die Neurotrophine ins Gehirn schleusen kann.«

»Und wie heißt dieser Chaperone?« fragte ich und machte weitere Notizen. Ich wollte eine großartige Reportage schreiben, aber die Sache war derart kompliziert, und obwohl ich gut bluffen konnte, war ich mir nicht sicher, ob ich wirklich alle seine Ausführungen richtig verstanden hatte.

»Mein Chaperone ist ein außergewöhnliches Protein, bekannt als Prion. Niemand weiß genau, weshalb, aber diese Prionen können die Blut-Hirn-Schranke überwinden. Wenn wir also an das Prion ein Neurotrophin erzeugendes Virus anbinden können, sind wir in der Lage, diese Neurotrophine in genügend großer Menge ins Gehirn zu schleusen und diese entsetzlichen Krankheiten zu heilen – genau wie bei den Mäusen.« Er senkte die Stimme. »Aber ich muß Ihnen die Wahrheit sagen: Die Sache hat einen Haken.«

Dr. Navarre warf einen Blick auf die Tür, um sicherzugehen, daß der Pressesprecher noch nicht wieder da war. »Meine Kollegen bei Unétat haben offensichtlich kein Interesse daran, dieses Problem zu begreifen. Sie träumen von den Milliarden Dollar, die man mit einem Heilverfahren für die Alzheimersche Krankheit verdienen kann, aber es ist ein ernstzunehmendes Problem. Diese Prionen können zwar, wie ich hoffe, lebensrettende Chaperone sein. Aber mutierte Formen davon können offenbar auch die schlimmsten Gehirnkrankheiten auslösen, die spongiformen Enzephalipathien, die in einem Zeitraum von zehn Jahren das Gehirn durchlöchern. Diese Krankheiten sind grauenhaft. Die Betroffenen leiden zuerst unter Koordinationsschwierigkeiten und später unter fortschreitender Demenz. Meine Kollegen wären sehr ungehalten, wenn sie wüßten, daß ich Ihnen das gesagt habe. Aber es wird Ihnen helfen zu verstehen, weshalb wir noch längst nicht von einer Heilmethode sprechen können.«

Auf einmal hatte sich die dunkle Wolke der Mittelmäßigkeit herabgesenkt. Dr. Navarre hatte also gar kein Wundermittel entdeckt. Ich stellte ihm noch ein paar Fragen, wie diese Behandlung funktionieren würde, einmal angenommen, die Idee mit dem Prion als Chaperone ließe sich gefahrlos realisieren. Er antwortete mit ausführlichen Erläuterungen, denen ich nur schwer folgen konnte, und drückte mir ein paar Fachartikel in die Hand, die mir, wie er sagte, gewisse Punkte verdeutlichen würden; ich hatte allerdings den Verdacht, daß ich sie ebensowenig verstehen würde. Meine Hoffnung, meine Reportage auf der Titelseite oder wenigstens auf der ersten Seite des Wissenschaftsteils zu plazieren, schwanden dahin. Ich war richtig dankbar, als der Pressesprecher wiederkam.

»Tut mir leid«, sagte er. Seine vorherige wichtigtuerische Art war wie weggeblasen. Sein Gesicht war gerötet, seine Bewegungen waren fahrig. »Wir müssen das Interview abbrechen. In Paris gibt es Probleme. Die Polizei warnt die Bevölkerung. Unweit der Champs-Élysées ist etwas passiert. Ich glaube, Sie müssen gehen.«

»Aber er ist doch unser Gast«, protestierte Dr. Navarre. »Vielleicht hat er noch Fragen?«

»Was ist los in Paris?« drängte ich. Es klang nach einer guten Story. Zwar wollte ich meinem neuen Freund Navarre gegenüber nicht unhöflich sein, aber er und seine unausgegorene Heilmethode für die Alzheimersche Krankheit konnten warten. Für eine Reportage gab das Thema noch nicht genug her, jedenfalls nicht für den *New York Mirror*.

»Ich kenne noch keine Einzelheiten«, sagte der Pressesprecher. »Meine Informationen stammen aus dem Datennetz von Unétat. Sicher kommt es auch im Radio. Tut mir außerordentlich leid. Vielleicht kommen Sie ein andermal wieder und führen das Interview zu Ende.«

Ich schüttelte Dr. Navarre die Hand. Wir würden uns bestimmt nicht wiedersehen. Wenn er sein Problem mit den Prionen lösen und ein wirksames Heilverfahren präsentieren konnte, würde ich längst nicht mehr in Paris sein und an anderen Themen arbeiten. Er sah so traurig aus, als ich ging. In seinem Labor mußte er sich wirklich wie im Gefängnis fühlen. Er tat mir leid, so mutterseelenallein mit seinen Mäusen und seinen Bewachern. Aber wie meine arabischen Freunde zu sagen pflegten: Die Karawane zieht weiter.

Als ich zum Auto zurückging, läutete mein Handy. Es war Pascale, meine Mitarbeiterin im Pariser Büro. Ihre Stimme klang zittrig. Sie wollte mir eine Meldung vorlesen, die eben von Reuters gekommen war. Im Taillevent, dem wohl berühmtesten Drei-Sterne-Restaurant in Paris, sei ein Dutzend Geiseln genommen worden. Unter ihnen befänden sich Restaurantbedienstete sowie Gäste, die sich beim Mittagessen zu lange Zeit gelassen hatten. Die Polizei habe das Gebäude umstellt. Über die Identität der Geiselnehmer und ihre Forderungen sei noch nichts bekannt.

Ich sagte, ich käme so schnell wie möglich ins Büro zurück. Als Pascale mich fragte, ob sie früher nach Hause gehen könne, sagte ich ja. Offensichtlich war sie verstört; sie hatte eine kleine Tochter; und wir zahlten nicht gut genug, als daß wir von ihr hätten verlangen können, irgendwelche Risiken auf sich zu nehmen.

2

Der Verkehr rollte in die Gegenrichtung, stadtauswärts. Sogar im Bois de Vincennes hatte sich der Verkehr stadtauswärts auf drei Fahrstreifen ausgebreitet, und so blieb nur eine Spur in meine Richtung. Es waren meistenteils tolle Schlitten, Mercedes und große Citroëns. Die Radionachrichten klangen nach wie vor zuversichtlich – die Polizei habe das Gebäude umstellt, die Lage sei unter Kontrolle. Doch die Pariser spürten wohl instinktiv, daß diese Version nicht stimmen konnte. Etwas Gefährliches war in der Rue Lamennais im Gange; nur Idioten und arme Schlucker würden sich dieser Gefahr aussetzen. Das Verkehrschaos in diesem gepflegten Park rief mir in Erinnerung, daß Frankreich hinter seinen sauber gestutzten Hecken dennoch ein mediterranes Land war – ein Ort, an dem die Leute Bescheid wissen, ohne daß man ihnen etwas gesagt hat; wo man hinter offiziellen Verlautbarungen Lügen vermutet. In dieser Hinsicht hatte es Ähnlichkeiten mit Beirut; die libanesischen Kriegsherren schienen stets zu wissen, welcher Teil der Stadt an einem bestimmten Abend unter Beschuß genommen würde, und es gelang ihnen immer, sich fernzuhalten. Die Reichen, die gut informiert waren, kamen in jenem Krieg – wie in anderen Kriegen – immer mit dem Leben davon.

Als ich in Paris eintraf, war es 15.30 Uhr, also 9.30 Uhr in New York, und das bedeutete, daß die Auslandsredakteurin Lynn Frenzel aller Wahrscheinlichkeit nach im Büro war. Ich wählte die Nummer des Auslandsressorts und erwartete, daß die Redaktionsassistentin abheben würde, doch Lynn meldete sich selbst.

»Möglicherweise habe ich heute eine Story, Lynn«, sagte ich. »Könnte interessant sein. Ich wollte euch schon mal vorwarnen.« Man sollte eine gute Story nie hochjubeln. Das war eine der Spielregeln.

»Ja, ich weiß«, antwortete sie unbeeindruckt. »Wir haben die Agenturmeldungen schon auf dem Tisch liegen.« Lynn Frenzel war in letzter Zeit nicht gut drauf. Ihr Mann hatte sie mit dem Baby sitzenlassen, und dazu hatte sie sämtliche großen Babys der Auslandsredaktion des *Mirror* am Hals.

»Was sagen die Meldungen?« erkundigte ich mich. »Ich bin noch auf dem Rückweg zum Büro.«

»Das ist mir nicht entgangen«, erwiderte sie. »Hab schon versucht, dich zu erreichen. Pascale meinte, du seist unterwegs wegen dieser schwachsinnigen Reportage für den Wissenschaftsteil.« Sie war wirklich nicht gut drauf.

»Was ist mit den Agenturmeldungen?« beharrte ich. Auch das war eine der Spielregeln für Auslandskorrespondenten. Von den Agenturen klauen, was das Zeug hält. Ein Korrespondent, der neu in eine Stadt kommt, sucht immer erst das örtliche Büro von AP oder Reuters auf. Damit war die Verbindung zum Zentralnervensystem hergestellt.

»Reuters meldet, es seien fünfzehn Geiseln im Restaurant. Sie werden festgehalten von fünf Personen, die zu einer Gruppe namens Vert/Vertu gehören – mit Schrägstrich dazwischen –, Reuters übersetzt es als ›Grüne Tugend‹. Kann das stimmen? Auf französisch klingt es besser. AP nennt den Namen der Gruppe nicht, zitiert aber jemanden, der sich aus dem Restaurant retten konnte. Demnach sind zwei der fünf Geiselnehmer Schwarze, und sie protestieren gegen die französischen Atomwaffentests in Westafrika. Agence France-Presse ist unergiebig. Bringt nur die Polizeimeldungen. Wissen wir etwas über französische Atomwaffentests in Westafrika? Noch nie davon gehört.«

»Nein. Ich auch nicht. Ich dachte, sie machen Versuche im Südpazifik.«

»Tja, bis Redaktionsschluß wirst du es ja wohl herausgefunden haben. Wenn du den Artikel nicht verpfuschst, könnte es etwas für die erste Seite sein.«

»Vielleicht solltet ihr einfach die Agenturmeldungen nehmen«, bemerkte ich sarkastisch. Aber sie hatte schon aufgelegt.

Die erste Straßensperre der Polizei befand sich an der Rue de Rivoli unweit des Louvre. Der Polizist trug den dunkelblauen Overall und die schwarzen Knobelbecher der Police Nationale. Ich zeigte ihm meine Aufenthaltserlaubnis und meinen Presseausweis und erklärte, ich müsse zu meinem Büro in der Rue de Faubourg St.-Honoré, etwa eineinhalb Kilometer von hier. Er übergab mir einen Passierschein mit dem Vermerk PRESSE in leuchtend roten Buchstaben, den ich an die Windschutzscheibe heften sollte. Damit passierte ich ungehindert einen weiteren Kontrollpunkt an der Place de la Concorde, doch auf den Champs-Élysées, ein paar Häuserblocks von meinem Büro entfernt, wurde ich erneut angehalten. Mittlerweile waren kaum noch Autos und Fußgänger unterwegs, nur diese Hundertschaften der paramilitärischen Polizei in ihren dunkelblauen Uniformen.

»*Journaliste américain*«, erklärte ich und schwenkte meine Pressepapiere. In vielen Ländern reicht das aus, um einen Kontrollpunkt zu passieren. Doch der französische Polizist schüttelte den Kopf; er hieß mich aussteigen, während seine Kollegen mit der Presseabteilung des Außenministeriums telefonierten, um meine Angaben zu überprüfen. Jemand mußte ihnen empfohlen haben, mich freundlich zu behandeln, denn er schrieb mir einen besonderen *laissez-passer* mit der ausdrücklichen Erlaubnis, zu meinem Büro zu fahren – es lag unweit der Rue Lamennais, also in der Sperrzone.

Oben im Büro angekommen, schaltete ich gleich den Fernseher ein. CNN zeigte eine Live-Aufnahme des Gebäudes. Ich konnte das schwarze Gitter des Vordachs mit seinen feinziselierten Ecken sowie den Namen »Taillevent« über dem Eingang deutlich erkennen. Im Vordergrund sah man ein paar Polizisten, ansonsten war die schmale Straße leer. Die französischen Fernsehanstalten zeigten alle dasselbe Bild. Die Kommentare waren auf allen Kanälen Schrott. Keiner wußte wirklich Bescheid.

Pascale hatte die Agenturmeldungen wohlgeordnet auf meinem Schreibtisch gestapelt. Daneben lagen Ausschnitte aus der französischen Presse über Atomwaffenversuche im Südpazifik. Außerdem hatte Pascale einen Zettel dagelassen, auf dem sie sich entschuldigte, daß sie nichts über die Gruppe Vert/Vertu gefunden hatte; auch ihre Freundin bei AFP habe keine Informationen über diese Organisation. Wie nett von Pascale. Ich war froh, daß ich sie hatte nach Hause gehen lassen.

Kurz vor 19 Uhr kam eine weitere Meldung von Reuters mit den Forderungen der Organisation Vert/Vertu, die wenige Minuten zuvor per Fax im Pariser Büro der Agentur eingegangen waren. Die Gruppe verlangte erstens ein Eingeständnis der französischen Regierung, daß sie in den vergangenen zwei Jahren geheime Atomwaffentests in der Wüste von Niger durchgeführt habe. Zweitens sollte die französische Regierung zehn Milliarden Dollar als Entschädigung an Niger und die anderen ehemaligen französischen Kolonien in Westafrika zahlen, darunter Kamerun, Tschad, die Zentralafrikanische Republik, Gabun, Mauretanien, Senegal, Togo und Burkina Faso. Drittens forderten sie freien Abzug der Geiselnehmer aus Frankreich. Falls ihre Forderungen nicht erfüllt würden, wollte Vert/Vertu die Geiseln dem radioaktiven Material aussetzen, das man in der Wüste von Niger gesammelt und ins Restaurant gebracht habe.

Dreißig Sekunden nachdem Reuters diese Meldung herausgegeben hatte, rief mich Lynn Frenzel an. »Das ist wirklich eine ziemlich gute Story«, meinte sie. »Weiss sagt, du kannst soviel Platz haben, wie du willst. Also, leg los.« Ihre Stimme klang ganz aufgeregt. »Dieses Restaurant liegt doch in der Nähe des Büros, nicht wahr?«

»Ein paar Häuserblocks entfernt. Die Polizei hat das gesamte Viertel abgesperrt. Sie haben mir einen Passierschein für das Büro ausgestellt.«

»Du Glücklicher«, sagte sie. »Hals- und Beinbruch.« Frenzel durfte das sagen. Sie hatte vor zehn Jahren eine Kugel ins Bein bekommen, als sie über den Bürgerkrieg in El Salvador berichtete.

Um 19.30 Uhr gab die französische Regierung eine Erklärung heraus, die in Radio und Fernsehen live übertragen wurde. Ein Sprecher sagte, die Behauptungen von Vert/Vertu seien »aus der Luft gegriffen«, »lächerlich« und »vollkommen unwahr«. Weiter hieß es, die französische Regierung sei nur bereit, über eine Aufgabe der »Umwelt-Terroristen« zu verhandeln, und drohte, wenn sie nicht auf der Stelle aus dem Gebäude herauskämen, würde es sie »teuer zu stehen kommen«.

Die Reaktion auf die Regierungserklärung ließ nicht lange auf sich warten: Um 19.45 Uhr öffnete sich die Tür des Restaurants, und ein ganz in Weiß gekleideter Mann wurde herausgestoßen. Ich erlebte es live im Fernsehen mit. Wie sich herausstellte, war es ein algerischer Hilfskellner. Er hatte eine schriftliche Botschaft von Vert/Vertu bei sich. Man hatte ihm eingeschärft, falls die Mitteilung nicht sofort im Fernsehen verlesen würde, werde man den Sommelier des Restaurants erschießen. Der Algerier stand nun also vor der Kamera und verlas nervös, was auf seinem Zettel stand. Wenn die französische Regierung den Forderungen bis Mitternacht nicht nachkäme, würde Vert/Vertu damit beginnen, die Geiseln dem radioaktiven Material aus Afrika auszusetzen. »Der Tod der Geiseln wird die Wahrheit unserer Behauptungen beweisen«, hieß es abschließend.

Das war wirklich eine verdammt gute Story. Sofort setzte ich mich an den Computer, um etwas für die Frühausgabe zu schreiben. Ich verwurstelte die Agenturmeldungen, die Erklärungen der französischen Regierung und der Organisation Vert/Vertu, pickte etwas aus der Fernsehberichterstattung heraus und aus den Ausschnitten, die Pascale für mich zusammengesucht hatte. Außerdem erstellte ich eine Zeichnung mit dem Grundriß des Speisesaals, in dem die Geiseln festgehalten wurden, so wie ich ihn von meinem einzigen Besuch im Taillevent ein Jahr zuvor in Erinnerung hatte. Ich bemühte mich, meine beste Quelle im französischen Außenministerium zu aktivieren, doch er wollte meinen Anruf nicht entgegennehmen, und der Pressesprecher der amerikansichen Botschaft erwies sich als völlige Lusche. Er schien Angst vor seinem eigenen Job zu haben. So hämmerte ich – »schreiben« wäre zuviel gesagt – Schnipsel und Fetzen aus anderer Leute Arbeit in den Computer und warf dabei hin und wieder einen Blick auf den Fernsehschirm, wo das Geschehen vor dem Taillevent live gezeigt wurde. Näher kam ich an die Wirklichkeit nicht heran. Ich machte meinen Bericht fertig und lieferte ihn für die Frühausgabe ab.

Dann lehnte ich mich in meinem Stuhl zurück, schloß die Augen und wartete auf das angenehme Summen, das ertönt, wenn die Datei abgeschickt ist. Es war »Miller Time« oder in meinem Fall »Martini Time«. Doch ich hatte ein flaues Gefühl im Magen. Eine Leere, ein Unbehagen. Was war los? Ich hatte gute Arbeit geleistet, einen Artikel geschrieben, der in der Zeitung am nächsten Morgen groß rauskommen würde – er war sicher nicht schlechter als die Meldungen der Konkurrenz. Aber ich verspürte eine Beklemmung. Alles war aus zweiter Hand; ohne Fleisch an den Knochen. Ein paar Häuserblocks von mir entfernt spielte sich eine große Story ab, und ich hatte passiv darüber berichtet, aus der Ferne, als fände das alles auf einem anderen Kontinent statt. Ich fühlte mich mehr als unbehaglich. Ich schämte mich. Was war mit mir passiert, daß ich mit vierunddreißig Jahren so lasch geworden war?

»Du bist ein Stümper, Eric«, sagte ich laut. »Ein gottverdammter Stümper.«

Ich stand vom Schreibtisch auf und ging ans Fenster. Mein Büro befand sich im sechsten Stock, mit Blick über die Dächer des ganzen Viertels. Ein Fenster ging nach Osten auf die Rue de Faubourg St.-Honoré, die wohl berühmteste Einkaufsstraße von Paris mit den Boutiquen von Versace, Hermès und Yves Saint-Laurent. Sie war jetzt menschenleer. Keiner »leckte die Fenster«, wie die Franzosen einen Schaufensterbummel umschreiben; keine Autos weit und breit. Das andere Fenster ging nach Südwesten und bot einen Blick über die Dächer bis zum Eiffelturm. Dort, ein paar Häuserblocks weiter, war ein gespenstisches Licht zu sehen, es mußte das Flutlicht sein, das auf das kleine *hôtel particulier* in der Rue Lamennais gerichtet war; dort befanden sich die fünfzehn Geiseln und die unbekannten Terroristen, die sie festhielten. Das Bild des Taillevent-Vordachs flimmerte noch immer über den Fernsehschirm. Sicherlich war es von zumindest momentanem Interesse für die Weltöffentlichkeit zu erfahren, wer diese Menschen dort drinnen waren.

Ein weiterer Augenblick der Zerknirschung genügte, dann hatte ich Feuer gefangen. Dies war in der Tat eine Story, die eine Chance bot, sich »mit Ruhm zu bekleckern«, wie Ed Weiss gerne sagte. Ein bißchen mehr Einsatz würde sich lohnen. Zumindest mußte ich das Gebäude selbst in Augenschein nehmen, statt es bloß auf diesem verdammten Bildschirm anzustarren.

Ich rief noch einmal Lynn Frenzel an. Sie hatte meinen Text überflogen und fand ihn ganz prima. Ich solle nach Hause gehen, wo ich in größerer Sicherheit sei, und die Story auf den aktuellen Stand bringen, falls es Neuigkeiten gäbe. Ich murmelte, daß ich im Viertel noch ein wenig spazierengehen wolle. »Wenn ich auf etwas Interessantes stoße, rufe ich dich vom Handy aus an.«

»Geh nach Hause, Eric«, sagte sie.

Es war dunkel draußen, als ich kurz nach 20 Uhr das Büro verließ. Das Café auf der anderen Straßenseite, Le Saint Philippe, war leer und regelrecht verbarrikadiert. Ebenso Le Griffon, das noblere Lokal ein paar Türen weiter. Die Straße stieg rund vierhundert Meter leicht an, bis zur Avenue de Friedland, einem großen, von Bäumen gesäumten Boulevard, der zum Arc de Triomphe führte. Ich hatte gehofft, auf diesem Weg näher an das Restaurant heranzukommen. Aber nach ein paar hundert Metern sah ich die Panzerfahrzeuge und die blau uniformierten Polizisten am Ende der Straße. Die Polizisten unterhielten sich, lehnten sich gegen ihre Busse, rauchten, warteten auf ihren Einsatz. Es war klar, daß ich hier nicht weiterkam.

Aber ich kannte mich in der Gegend aus. Ich ging nach links in die Rue de Berri, vorbei an den noblen Kunstgalerien und Antiquitätenläden, einen Häuserblock weiter bis zur Rue d'Artois, die steil anstieg zu einem Schneider, den auch ich manchmal aufsuchte. Er hieß Filippo Anselmo und behauptete, für nur 3000 Franc die besten Anzüge in ganz Paris zu machen – außer man war Araber, denn dann verlangte er den doppelten Preis. Ich drückte mich an den Häusermauern entlang, möglichst im Schatten, aber bisher hatte ich keinen Polizisten entdeckt. Das Viertel war schon vor Stunden geräumt worden. Am Ende dieser Häuserzeile kam ich in die Rue de Washington, eine breitere Straße, die parallel zur Avenue de Friedland verlief. Ab jetzt hieß alles »Élysée« nach der berühmten Hauptverkehrsstraße in der Nähe. Ein Damenfriseur nannte sich »Nuances Élysées«. Ein chinesisches Restaurnat hieß »Mandarin Élysée Chinois«.

Ich war fast da. Jetzt mußte ich äußerst vorsichtig sein. Ich ging über das Kopfsteinpflaster auf die andere Seite der Rue de Washington und schlich mich einen endlosen Häuserblock entlang zur Ecke Rue Lamennais. Als ich näher kam, sah ich wieder das Flutlicht der Polizei und hörte das Kreischen ihrer Funkgeräte. Das Eckhaus war ein moderner Stein- und Betonklotz, der eine Privatbank beherbergte. Als ich mich weiter vorwagte, hörte ich Stimmen von der anderen Straßenseite und roch Zigarettenrauch. Leute unterhielten sich über andere, die sie kannten, über teure Bars und Restaurants und über Reisen in die Vereinigten Staaten. Wie Bullen hörten sie sich nicht an.

Ich bog um die Ecke in die Rue Lamennais. Fünfzig Meter weiter lag das vom Flutlicht angestrahlte Portal des Taillevent. Gut zehn Meter von mir entfernt, inmitten einer Polizeieskorte, stand ein Grüppchen französischer Journalisten. Ich erkannte eine Reporterin, eine Frau namens Patrice vom *Figaro*. Sie sah mich und winkte, aber der Polizist war schneller. Er erklärte mir, ich befände mich in der Sperrzone, und verlangte, meine Papiere zu sehen. Ich zeigte ihm meinen Presseausweis und das *laissez-passer*, aber er meinte, das sei hier nicht gültig. Er schien entschlossen, mich davonzujagen, als Patrice und einer ihrer französischen Kollegen auf uns zukamen.

»Der ist okay«, meinte Patrice. »Wir kennen ihn.« Der Polizist schüttelte verneinend den Kopf, aber der andere französische Reporter – ein älterer Mann mit einem Yves-Montand-Gesicht und nikotinbraunen Fingern – flüsterte dem Polizisten ins Ohr, es sei schon in Ordnung, ich könne bleiben, und so war es dann auch. Ich schloß mich dem kleinen Kreis meiner Kolleginnen und Kollegen von der schreibenden Zunft an und hörte ihrem Tratsch zu. Sie unterhielten sich über einen kürzlich zurückgetretenen sozialistischen Erziehungsminister, der angeblich mit einer Journalistin vom *Figaro* geschlafen hatte – nicht mit Patrice, sondern mit einer Freundin von ihr. Danach ging es um eine andere Journalistin vom *Nouvel Observateur*, der ein paar Jahre zuvor kein Geringerer als König Hussein Avancen gemacht hatte. Ich hörte mit halbem Ohr zu, behielt aber die Polizei weiter unten in der Straße im Auge. Auf allen Dächern im Umkreis des Restaurants waren Scharfschützen postiert, so als sei in der Avenue de Friedland eine kleine Armee zusammengezogen worden. Die Reporter plauderten weiter. Es war nicht gerade uninteressant, aber deshalb war ich nicht hierhergekommen.

»Hat schon jemand versucht, hineinzukommen und mit den Geiselnehmern zu sprechen?« fragte ich. Ich erntete fragende Blicke.

»Natürlich nicht«, sagte der ältere französische Journalist. Er sah mich an, als wäre ich ein Bauer, der eben aus dem Landbus ausgestiegen war und die große Stadt zum erstenmal sah. »Die Polizei will nicht, daß jemand mit den Terroristen spricht.«

»Aber ich arbeite doch nicht für die Polizei«, gab ich zurück. »Ich arbeite für den *New York Mirror.*« Das klang auf französisch noch arroganter als auf englisch.

Mehrere der Journalisten runzelten die Stirn und machten eine Auf-und Abwärtsbewegung mit der Hand – eine Geste, die man grob etwa als »blöder Angeber« übersetzen konnte. Ich entfernte mich ein wenig von der Gruppe und ließ sie in Ruhe weiterplaudern. Immer mehr Polizisten wurden am anderen

Ende der Straße zusammengezogen. Es war klar, daß bald etwas geschehen würde. Die Zeit für diese Story lief ab.

Wie um alles in der Welt konnte ich bloß ins Restaurant gelangen? Ich musterte die Häuserzeile, die ans Taillevent angrenzte. Sie waren alle gleich hoch, meistens fünfstöckig, bis auf das letzte, das Eckhaus mir gegenüber, das ein Stockwerk höher war. Darin befand sich eine Agentur für Fotomodelle mit dem unvermeidlichen Namen »Élysées Models«. Wenn es mir gelang, auf das Dach dieses Gebäudes zu klettern, würde sich schon ein Weg finden, ein Stockwerk tiefer hinunter auf die Dächer der Häuserzeile zu gelangen, die die Straße entlang zum Taillevent führte. Ich hatte keine Ahnung, wie ich von dort aus ins Restaurant gelangen sollte, aber es schien mir die einzige Möglichkeit.

Ich schlenderte gemächlich von den französischen Journalisten und ihren Polizistenfreunden weg in Richtung der Rue de Washington, überquerte die Straße und ging zur anderen Ecke des Hauses von Élysées Models. Die Schaufenster entlang der Rue de Washington waren mit Nahaufnahmen verführerischer Modelle höchst einladend dekoriert, doch die Eingangstür war verschlossen. Gleich hinter dem Gebäude befand sich eine schmale Gasse, nicht viel breiter als ein Gehsteig; dort hatte man Müll abgeladen. Sie war nur zehn Meter lang. Ich sah mich um, blickte zurück auf die Rue Lamennais. Niemand beobachtete mich.

Jetzt, Eric! feuerte ich mich selbst an. Mit einem Satz hatte ich die Gasse erreicht und hielt Ausschau nach einer Feuertreppe. Auf der Rückseite des Gebäudes befand sich eine kleine Metalleiter. Ich kletterte hinauf, wartete ab, ob mir jemand nachrief stehenzubleiben. Doch das einzige Geräusch war das dumpfe Klappern der Metalleiter an der Hauswand. Ich hatte Angst, aber zugleich war es ein befreiendes Gefühl, meine Chance zu nutzen, um zu einer guten Story zu kommen. Es war wie das Erwachen aus einem langen Traum. Soweit ich mich erinnerte, hatte ich so etwas bislang nur ein einziges Mal gemacht vor mehr als zehn Jahren, als ich von einer nichtöffentlichen Verhandlung über einen Korruptionsskandal bei der Polizei in New York City berichten sollte. Ich hatte mich in das Stockwerk über dem Verhandlungssaal eingeschlichen und durch einen Luftschacht zugehört. Mein Bericht hatte die Ermittler beinahe zum Wahnsinn getrieben; sie hatten nie herausgefunden, wer mein Informant war.

Nach vier Stockwerken machte ich eine Pause, um Atem zu schöpfen, dann kletterte ich weiter. Als ich fast oben war, fielen mir die Scharfschützen ein, die auf den Dächern ringsum postiert waren. Ich bewegte mich mit äußerster Vorsicht, kletterte behutsam aufs Dach und kroch langsam bis zum Ende des Gebäudes von Élysées Models. Das Licht hier oben war noch merkwürdiger, ein bläuliches Leuchten der Scheinwerfer, das von den Straßen und den Häuserwänden reflektiert wurde. Ich kroch auf allen vieren weiter, den Körper auf das Dach gepreßt. Von hier aus konnte ich auf das Dach des Taillevent hinunterblicken. In der Mitte des Dachs befand sich ein riesiger Luftschacht, eine Tür führte nach unten, und dort war auch eine Leiter, ähnlich der, die ich eben hinaufgeklettert war. Jedenfalls schien es Wege zu geben, die ins Restaurant hinunterführten, falls es mir gelang, so weit vorzudringen. Ich robbte einen guten Meter weiter bis zum Rand des Hauses, ging in die Hocke und setzte zum Sprung an.

Im selben Augenblick sah ich den Polizisten auf dem Nachbardach und er mich. »Oh, Scheiße!« sagte ich laut. Sofort wurde ein Scheinwerfer auf mich gerichtet, der mich kurzzeitig blendete; als ich mich wieder orientieren konnte, sah ich ein halbes Dutzend Polizisten auf mich zukommen, die Leitern gegen die Mauer des Hauses stellten, auf dem ich mich befand. Sie riefen mir zu, stehenzubleiben und meine Waffen wegzuwerfen. *»Journaliste!«* rief ich. Es klang so müde, so kraftlos.

Als der erste Polizist bei mir war, hieb er mit einem hölzernen Schlagstock auf mich ein, was völlig überflüssig war. Ich ging zu Boden, und als ich versuchte, wieder hochzukommen, schlug er noch einmal zu. Der zweite Schlag traf mich mit voller Wucht. Ich tastete nach der Wunde und spürte etwas Nasses, Blut. Kurze Zeit später kam sein Vorgesetzter, der wissen wollte, wer ich sei und was ich da mache. Als ich ihm sagte, ich sei Zeitungsreporter, und ihm meinen Presseausweis aushändigte, überflog er ihn und lachte dann höhnisch. *»Connard!«* murmelte er, ein vulgärer Ausdruck, der etwa soviel heißt wie »blödes Arschloch!«.

Der Polizist wußte nicht, was er mit mir machen sollte, und so funkte er seinen Chef in der Kommandozentrale gegenüber dem Restaurant an. Dieser wiederum wollte mir offenbar höchstpersönlich die Leviten lesen. Also mußte ich auf Befehl der französischen Polizei die Metalleiter wieder hinunterklettern und durch die Gasse zurück in die Rue Lamennais. Das Grüppchen französischer Journalisten stand immer noch da. Als sie mich kommen sahen, eskortiert von den Polizisten, zuckten sie die Achseln und schüttelten den Kopf. Einige von ihnen schienen sogar erfreut – wie wohlerzogene Hauspudel, die zuschauen, wie ein streunender Hund ins Tierheim geschafft wird. Diese Wichser, dachte ich. Wenigstens werde ich nicht *so* enden.

Man führte mich die Straße hinunter in Richtung Restaurant, zu der mobilen Kommandozentrale, die auf der Avenue de Friedland Stellung bezogen hatte. Im Vorbeigehen versuchte ich, einen Blick ins Taillevent zu werfen, aber die Vorhänge waren alle zugezogen. Wären das Flutlicht und die Bullen nicht gewesen, hätte man meinen können, es sei ein ganz gewöhnlicher Abend in dem Drei-Sterne-Restaurant. Im Wagen saß ein kleiner, dunkelhaariger Mann in Zivil, der Anweisungen in ein Telefon brüllte. Er hatte die ausgeprägten südländischen Gesichtszüge der Korsen, die, wie ich gehört hatte, seit Jahren an der Spitze der französischen Sicherheitskräfte standen. Er sah erst mich an, prüfte dann den Presseausweis, den ich ihm entgegenhielt, murmelte einen Fluch und wies einen seiner Untergebe nen an, sich um meine Kopfwunde zu kümmern. Man säuberte und verband die Wunde notdürftig in einem Sanitätswagen.

Nach zwanzig Minuten brachte man mich zu dem korsischen Einsatzleiter zurück. Er war jetzt allein und rauchte. Er fragte nach meinem Ausweis.

»Ich sollte Sie eigentlich verhaften lassen«, sagte er, nachdem er meine Papiere studiert hatte. »Sie behindern die Arbeit der Polizei.«

»Und ich sollte Sie verklagen«, gab ich zurück. »Mein Kopf tut immer noch weh von dem Schlag.«

»Was hatten Sie auf dem Dach dort zu suchen?«

»Ich mache meinen Job. Ich wollte ins Restaurant und die Geiseln und Geiselnehmer interviewen.«

»Quel trou de cul«, sagte er und schüttelte den Kopf. Was für ein Arschloch.

Ich schwieg. Französische Polizisten gelten als Sadisten. Sie schlagen gerne zu, und mein Kopf tat verteufelt weh.

»Verlassen Sie dieses Areal«, sagte er. »Und lassen Sie sich hier nicht mehr blicken.«

»Aber ich bin Journalist. Ich arbeite hier. Mein Büro befindet sich vier Häuserblöcke weiter. Ich muß über die Geiselnahme berichten.«

»Verschwinden Sie, mein Freund. Andernfalls lasse ich Sie verhaften. Entziehe Ihnen die Arbeitserlaubnis. Nehme Ihnen den Presseausweis weg. Ich sorge dafür, daß Sie hier nicht mehr arbeiten können. Einen Feind wie mich können Sie sich hier in Paris nicht leisten, glauben Sie mir das. Alles klar?«

»Ja. Aber kann ich wenigstens in mein Büro zurück? Ich habe meinen Artikel noch nicht zu Ende geschrieben.«

Er dachte einen Augenblick nach. Die Alternative war, mich einzusperren. »Ich besorge Ihnen eine Eskorte. Muß nur jemanden finden. Es wird ein paar Minuten dauern. Warten Sie draußen. Gleich kommt jemand und holt Sie ab.«

»Oui, mon général«, nickte ich. Ich wollte ihn eigentlich nicht

auf den Arm nehmen, aber ich hatte langsam von seinen Drohungen und seinen großen Tönen die Schnauze voll. Ich habe nichts für Bullen übrig. Das war schon immer eine Schwäche von mir.

»Fous le camp«, sagte er. Verpiß dich!

Ich stand im Türeingang eines Optikerladens an der Ecke Rue Lamennais in der Nähe der Kommandozentrale und wartete auf die Polizeieskorte, die mich nach Hause begleiten sollte. Das war erniedrigend. Die Geiseln und ihre Bewacher waren nur ein Dutzend Meter von mir entfernt, und ich wartete unterwürfig darauf, daß man mich nach Hause brachte. Es erfüllte mich mit Scham, daß ich einer Story so nahe und doch so ohnmächtig war. Die Sekunden vergingen, und ich dachte nach, wie ich doch noch hineingelangen könnte. Der einzige Weg, das war nun klar, führte durch die Eingangstür – als Gast der Terroristen. Aber wie sollte ich das anstellen?

In meinem Reportergehirn blitzte eine Idee auf. Ich hatte den Guide Michelin im Taschenbuchformat bei mir, den ich wie alle Journalisten in Paris stets bereithielt, um einen Restauranttisch auf Spesenrechnung zu bestellen. Ich trat in den Schatten zurück und klappte das kleine rote Buch auf, um die Seite zu suchen, auf der das Taillevent verzeichnet stand. Behutsam nahm ich das Handy aus der Hosentasche und wählte die Nummer, 44 95 15 01. Ich wartete und überlegte, was ich sagen würde, wenn jemand abhob. Aber einen Augenblick später hörte ich die Ansage: »Kein Anschluß unter dieser Nummer«. Ich blätterte erneut im Führer und fand eine Faxnummer, 42 25 95 18. Ich tippte sie ein und wartete. An meinem Standort im Türeingang des Optikerladens war ich so gut wie unsichtbar. Und meine Polizeieskorte war noch immer nicht in Sicht. Das Telefon läutete einmal, zweimal.

Beim dritten Läuten meldete sich jemand. Es war der Sommelier des Taillevent, er hörte sich völlig verängstigt an. Ich bat, mit dem Geiselnehmer sprechen zu dürfen, und er reichte das Telefon weiter.

»Wer ist da«? erkundigte sich eine Stimme auf französisch mit starkem Akzent.

»Ich bin amerikanischer Reporter«, antwortete ich. »Und befinde mich ganz in der Nähe. Ich möchte Sie gerne interviewen und mehr über die französischen Atomwaffentests in Afrika erfahren. Sie sagen es mir, und ich sage es der Welt.«

»Sind Sie von der Polizei?« Seine Stimme klang argwöhnisch, aber auch neugierig.

»Nein, ich bin Reporter. Und wenn Sie sich nicht rasch entscheiden, werden Sie die Chance verpassen, Ihre Geschichte erzählen zu können.«

Er redete mit jemandem im Taillevent. Ich hörte nur hektische französische Wortfetzen.

»In Ordnung«, sagte er. »Wann sind Sie da?«

»Sofort«, sagte ich. »Ich befinde mich nur fünfzehn Meter vor dem Lokal. Gehen Sie und öffnen Sie die Tür.« Ich hatte wirklich keine Zeit, darüber nachzudenken, was ich sagte. Alles ging so schnell.

»Jetzt gleich!« wiederholte die Stimme. Aber die Leitung war tot.

Jetzt gleich. Ich stand noch einen Augenblick im Schatten. Ich empfand dieses flaue Gefühl im Magen, das jeder Reporter in dem Augenblick empfindet, wenn er die Kampfzone betritt. Man weiß, es ist eine phantastische Story, man ist vollgepumpt mit Adrenalin, aber auch voller Angst. Ich stand startbereit und doch wie gelähmt im Türeingang. Ich wußte, wenn ich jetzt nicht schnell reagierte, würde mich die Polizei abführen.

Los! Es war wie ein Salto von einem hohen Sprungbrett. Entweder man tat es, oder man ließ es. Wenn man zu lange darüber nachdachte, war man tot. Und dann – *bum!* – die Explosion in meinen Beinen, als ich aus dem Schatten herausschoß und um die Ecke in die Rue Lamennais bog. Das schwarze Vordach war fünfzehn Meter entfernt, zehn, fünf. Die französische Polizei schrie, ich solle stehenbleiben, ich hörte eine Sirene hinter mir, dann einen Schuß – Gott sei Dank, nur ein Warnschuß –, dann noch einen. Ich lief weiter. Die schwere Glastür des Restaurants öffnete sich, die Sirenen und Schreie draußen wurden lauter. Im nächsten Augenblick war ich drinnen.

»Bravo!« hörte ich eine Stimme aus dem Innern des Restaurants, dann noch eine. Beifallsrufe. Die Menschen hier drinnen – Geiselnehmer wie Geiseln – hielten mich für sehr mutig und für sehr dumm.

3

Der Mann, der mir die Tür öffnete, war ein kräftig gebauter Westafrikaner mit sehr dunkler Hautfarbe. Er führte mich durch eine holzgetäfelte Eingangshalle in den großen Speisesaal, wo die Geiseln immer noch meinen überraschenden Besuch bejubelten. Sie kauerten in einem Kreis am Boden, die Hände hinter dem Rücken zusammengebunden. Es waren etwa gleich viel Restaurantbedienstete – teils im Frack, teils in weißer Arbeitskleidung, je nach Rang – und Gäste, die zu ihrem Unglück einen Tisch für ein spätes Mittagessen reserviert hatten. Sie waren von drei Seiten von Männern umstellt, die Gewehre in den Händen hielten – ein spindeldürrer Schwarzer, ein Araber mit eingesunkenen Wangen und pockennarbiger Haut und ein Europäer mit wildem Blick, der aussah wie ein Jesusjünger.

»Ruhe!« rief der langhaarige Europäer, und die Geiseln verstummten sofort. Sie blickten mich jetzt flehentlich und verzweifelt an – als könnte ich sie auf wunderbare Weise von ihrem Schicksal erlosen.

Ich sah mich um. Der Speisesaal wirkte wie die Privatbibliothek eines reichen Mannes, mit dunkler Holztäfelung, blauen Polsterbänken und blütenweißen Tischdecken. Die Einrichtung war eine eklektizistische Mischung, die von einem französischen Landsitz hätte stammen können: chinesische Lampen, dunkle Ölgemälde, Porträts französischer Damen und Herren; feines altes Porzellan, in Holzvitrinen ausgestellt; auf jedem Tisch frisch geschnittene Margeriten und an jedem Platz Porzellan, Weingläser und Silberbesteck in Hülle und Fülle. Auf einigen Tellern lagen noch die Reste des exquisiten Mahls, das die unglückseligen Restaurantgäste genossen hatten, bevor die Terroristen hereingestürmt waren und das Lokal besetzt hatten. Ein silbernes Schäufelchen mit Besen, mit dem üblicherweise die Krümel von den weißen Tischdecken gefegt wurden, war auf einem der Tische liegengeblieben.

Der kräftige Afrikaner blickte nervös auf die Uhr. Eine Pistole steckte in seinem Hosenbund, halb überdeckt durch seinen sich vorwölbenden Bauch. »Da sind Sie also, mein Freund. Was wollen Sie? Woher wissen wir, daß nicht die Polizei Sie geschickt hat?«

»Ich heiße Eric Truell.« Meine Stimme klang brüchig vor Angst. Ich machte eine Pause und holte tief Luft. »Ich arbeite für eine US-amerikanische Zeitung namens *New York Mirror*. Und ich möchte Sie interviewen. Meine Zeitung ist sehr einflußreich. Der Präsident liest sie. Hier ist meine Karte.« Ich nahm eine Visitenkarte aus meiner Brieftasche und reichte sie ihm mit zitternder Hand. Er überflog sie und gab sie weiter an einen Mann mit hellbrauner Haut – vielleicht ein Nordafrikaner oder ein Franzose, schwer zu sagen –, der aus dem hinteren Raum eingetreten war. Ein gutgekleideter Mann in grauem Geschäftsanzug mit feiner Seidenkrawatte. Er warf einen mißtrauischen Blick auf die Visitenkarte und dann auf mich. Ich reimte mir zusammen, daß er und der dunkelhäutige Mann mit der Pistole die Anführer der Gruppe sein mußten. Er nickte und zog sich ins Foyer zurück.

»Stellen Sie also Ihre Fragen!« forderte mich der Afrikaner auf.

Einen Augenblick lang herrschte in meinem Kopf vollkommene Leere. »Was ist Vert/Vertu?«

»Wir sind eine weltumspannende Bewegung.« Seine Stimme dröhnte wie aus einem Lautsprecher. »Wir haben viele tausend Mitglieder. Wir fordern radikales Handeln zur Rettung der Umwelt. Afrika ist die letzte Grenze. Wir sind die Ärmsten der Erde. Wir wurden kolonialisiert, schikaniert, diskriminiert. Unsere Seen und Wälder wurden vergiftet. Wir wollen Afrika retten, bevor es ganz zerstört ist.«

Ich kritzelte Notizen in meinen Block, den ich an jenem Morgen wie stets in meine Gesäßtasche gesteckt hatte. Ich schrieb alles auf, doch was er sagte, besaß die Spontaneität einer Tonbandaufnahme. »Warum hat noch nie jemand von Ihrer Gruppe gehört, wenn Sie Tausende von Mitgliedern haben?«

»Weil wir im Untergrund arbeiten. Wir wollen radikales Handeln zur Rettung der Umwelt. Afrika ist die letzte Grenze. Wir sind die Ärmsten der Erde. Wir wurden kolonialisiert, schikaniert, diskriminiert ...«

»Das alles habe ich verstanden«, unterbrach ich ihn, bevor er den ganzen Sermon noch einmal herunterratterte. »Woher stammen Sie, Sie persönlich?«

»Aus Afrika.« Er lächelte.

»Und wie heißen Sie?«

»Ich habe keinen Namen, ich habe alle Namen. Sie können mich ›Monsieur Afrique‹ nennen. Ich bin der Sprecher von Vert/Vertu. Ich spreche für meinen Kontinent.«

Ich schrieb weiterhin brav mit, was er sagte, aber insgeheim verfluchte ich meine Dummheit. Dieses Interview war das Risiko nicht wert, das ich eingegangen war. Bisher hatte er weniger gesagt, als Reuters vor wenigen Stunden gefaxt hatte. Er sollte mir wenigstens so viel mit eigenen Worten sagen.

»Welche Forderungen stellen Sie, Monsieur Afrique? Sagen Sie es der Weltöffentlichkeit. Was muß geschehen, damit Sie die Geiseln freilassen?«

»Die Franzosen müssen ihren afrikanischen Brüdern eine Entschädigung bezahlen. Einen Teil des Geldes, das sie uns gestohlen haben. Milliarden von Dollars.«

»Zehn Milliarden. Stimmt das?«

Er machte eine Handbewegung, als wolle er eine Fliege verscheuchen. »Die Franzosen wissen, wieviel. Sie wissen es. Jetzt müssen sie zahlen.«

»Und wenn sie nicht zahlen?«

»Dann werden wir die Geiseln töten. Schlimm. Sehr schlimm. Aber die Franzosen wissen Bescheid. Sie werden zahlen.« Er versuchte zu lachen, als wäre alles nur ein Scherz. Ich sah hinunter auf die armen Geiseln am Boden. Es widerstrebte mir, ihr Leid noch zu vergrößern, aber ich mußte meine Arbeit tun.

»Wie werden Sie sie töten?«

»Wir werden sie das essen lassen, was unsere Brüder und Schwestern im Dschungel essen müssen. Den Abfall der französischen Atomwaffentests, den wir aus der Wüste mitgebracht haben. Dieser nukleare Müll hat unser Volk getötet, und jetzt wird er euer Volk töten, wenn die Franzosen uns das Geld nicht zahlen.«

An dieser Stelle fing eine der Geiseln – eine Frau um die Fünfzig in einem Chanel-Kleid und mit einem Halstuch von Hermès – leise an zu stöhnen. Auch ihr Mann stöhnte und bettelte um ihrer beider Leben. Die Geiselnehmer blieben ungerührt, bis auf den schmächtigen Schwarzen, der die Geiseln bewachen half. Er entfernte sich von den am Boden kauernden Geiseln und kam auf mich zu. Monsieur Afrique versuchte ihn aufzuhalten, aber er ließ sich nicht beirren.

»Ich erzähle Ihnen mehr über Vert/Vertu, dann werden Sie uns besser verstehen«, sagte er. »Ich heiße Dr. Obado und bin Professor für Biologie. Das dürfen Sie ruhig wissen. Kommen Sie mit ins andere Zimmer, dort können wir reden.« Er winkte mir, ihm zu folgen. Monsieur Afrique war nicht gerade begeistert, aber widersetzte sich nicht.

Dr. Obado ließ mich im hinteren Teil des Restaurants Platz nehmen, einem etwas helleren Raum mit beigen Vorhängen. Er trug einen dünnen, ungepflegten Bart, hinter seinen dicken Brillengläsern blitzten scharfe Augen. Monsieur Afrique hatte die leichten, trägen Bewegungen eines Mannes, der die Freuden dieser Welt genoß, Obado hingegen besaß den unerbittlichen Fanatismus eines Ideologen, eines Menschen, der an abstrakte Ideen glaubte.

»Ich bin der Gründer von Vert/Vertu«, sagte er feierlich. Ich komme aus Abidjan, Elfenbeinküste. Mein Mitstreiter, der sich ›Monsieur Afrique‹ nennt, kommt aus Gabun. Er und die anderen Männer haben mich gebeten, sich meiner Bewegung Vert/Vertu anschließen zu dürfen. Sie kennen die Welt besser als ich, also war ich einverstanden. Sie sind die Muskeln der Organisation. Ich bin das Gehirn und die Seele. Leider haben wir nicht Tausende von Mitgliedern, doch wir besitzen die Kraft unserer Ideale!«

Ich kritzelte mit, so schnell ich konnte. Das war es, wofür ich gekommen war.

»Ich werde Ihnen erklären, weshalb wir uns zu dieser Aktion entschlossen haben«, fuhr Dr. Obado fort. »In den vergangenen zwei Jahren führte die französische Regierung in entlegenen Teilen Zentralafrikas geheime Atomwaffentests durch. Die meisten dieser Tests fanden in der Wüste von Niger statt, Hunderte von Kilometern östlich der Hauptstadt Niamey. Vorher hatten die Franzosen ihre Tests immer im Südpazifik durchgeführt, aber jetzt glauben sie, sie könnten afrikanisches Land dafür nutzen – denn sie halten uns weiterhin für ihr Eigentum. Wir, die französischsprachigen Nationen Afrikas, sind die letzten Kolonien. Die Franzosen können uns beherrschen, weil sie alle unsere politischen Führer bestochen haben. Das ist eine unumstößliche Tatsache, an der niemand etwas ändern kann. Ich kritisiere nicht unsere politischen Führer, verstehen Sie mich bitte nicht falsch.

Aber durch die Atomtests werden unsere Tiere getötet und die

Natur zerstört. Ich bin Wissenschaftler, und ich habe Beweise gesammelt. Im Gebiet der Atomversuche leben Nomadenstämme, von denen viele an der Strahlenkrankheit gestorben sind. Mütter haben Kinder mit furchtbaren Mißbildungen zur Welt gebracht. Unsere Vögel und Fische nehmen radioaktiven Abfall auf und tragen dieses Gift in die Nahrungskette. Ich habe versucht, ohne Aufsehen dagegen zu protestieren, aber die Franzosen werden die Tests nicht abbrechen, deshalb habe ich Vert/Vertu gegründet. Und dann habe ich diese anderen Herren kennengelernt, die mich überzeugt haben, es sei Zeit zu handeln.«

»Und was werden Sie machen?« fragte ich. »Das möchte die Weltöffentlichkeit wissen. Was werden Sie mit den Geiseln tun?«

»Wir haben hier nach Paris, ins feinste Restaurant der Welt, ein Gericht aus radioaktivem Gift gebracht. Wasser aus den Quellen in der Nähe des Testgeländes. Wir bewahren es in einem Bleicontainer auf, also ist es unschädlich – bis jetzt. Doch wenn die Franzosen nicht zugeben, daß sie die Tests durchführen, und wenn sie nicht versprechen, sie zu stoppen, werden wir den Gästen und der Belegschaft des Taillevent radioaktives Wasser zu trinken geben. Und dann werden wir sehen, ob es so harmlos ist, wie die Franzosen behaupten.«

»Und das Geld? Monsieur Afrique meinte, er würde die Geiseln erst freilassen, wenn die französische Regierung den betroffenen Ländern Milliardenbeträge zahlt.«

»Das ist *ihre* Forderung. Es sind Pragmatiker. Mir reicht ein Atomteststopp.«

Ich schrieb alles auf, genau wie er es gesagt hatte. Ich sah auf meine Uhr, es war beinahe 21.30 Uhr. Wenn ich für die morgige Zeitung etwas fertigmachen wollte, mußte ich mein Interview bald beenden und ins Büro zurückkehren.

»Dr. Obado, Sie haben mir sehr geholfen. Ich möchte Sie um einen weiteren Gefallen bitten. Dürfte ich ein paar der Geiseln befragen?«

»Ja, warum nicht.« Er führte mich in den holzgetäfelten Speisesaal zurück zu den am Boden Kauernden. Sie sahen elend aus. Die elegante Dame im Chanel-Kostüm schluchzte leise. Ihr Mann feilschte mit der arabischen Wache und bot Millionen Franc an, wenn man ihn und seine Frau gehen ließe. Es war ein mitleiderregendes Schauspiel. Obado besprach sich mit seinen Mitstreitern und erklärte ihnen, er habe mir die Erlaubnis gegeben, einige der Geiseln zu befragen.

»Aber nur fünf Minuten«, sagte Monsieur Afrique. Er legte die Hand auf die Pistole, um mir und sich in Erinnerung zu rufen, daß er eine hatte.

»Tut mir leid, meine Damen und Herren«, sagte ich auf englisch. »Ich habe nicht viel Zeit. Kommt jemand von Ihnen aus den Vereinigten Staaten?«

»Ja«, rief ein Mann aus der Mitte des Häufchens. Ich hatte ihn vorher gar nicht bemerkt. Der Mann hatte ein rundes, freundliches Gesicht und eine Halbglatze mit einem wild gelockten Haarkranz. Er trug einen eleganten Leinenanzug und eine große Brille aus Schildpatt.

»Wie heißen Sie und woher kommen Sie?«

»George Frankheimer. Ich bin Anwalt, aus Washington, D. C. Ich bin geschäftlich in Paris.«

»Weshalb sind Sie ausgerechnet heute im Taillevent?«

»Reine Glückssache«, meinte er mit einem dünnen Lächeln. »Es ist mein Geburtstag. Ich wollte mir eine Freude machen.«

»Was haben Sie gegessen?« Es war ein schauerliches Detail in Anbetracht der gegebenen Umstände, aber ich dachte, es könnte die Leser interessieren.

»Gedünsteten Spargel mit Trüffelsauce und Lammnacken mit Püree aus grünen Bohnen. Dazu eine halbe Flasche Gevrey-Chambartin.«

»Und zum Nachtisch?«

»Ich wollte eben den Nachtisch bestellen, als diese Herren kamen. Ich hätte, glaube ich, die *crème brûlée* bestellt. Aber ich war noch unentschieden.«

Ich schrieb alles auf. Es gab Augenblicke, auch unter extremsten Bedingungen, da ein Journalist das Klatschen der einen Hand hören muß.

»Und wie war das Essen?« fragte ich.

»Ausgezeichnet. So gut habe ich kaum jemals gegessen, wirklich.«

Auf ihren Wunsch sprach ich noch kurz mit dem reichen französischen Paar. Er war Unternehmer aus Lyon und schien nach wie vor zu glauben, er könne sich mit Geld loskaufen; auch mir bot er Bares an, wenn ich ihn hier herausbrächte. Ich versuchte, Henri, den Sommelier des Taillevent, zu interviewen, den ranghöchsten Angestellten des Restaurants, der eine Anstecknadel mit Traubenemblem am Revers trug. Aber der Ärmste zitterte und brachte kein Wort heraus. Ein Oberkellner in Smoking gab im Namen der Angestellten eine Erklärung ab. Mit stoischer Ruhe sagte er, das Restaurant bedaure außerordentlich die Unannehmlichkeiten, die die Gäste zu erdulden hätten – als sei das ein Fehler des Managements. Es tue ihm auch leid für die Gäste, die für den Abend Plätze vorbestellt hätten und denen jetzt abgesagt werden müsse.

Ich sah erneut auf meine Uhr. Es waren schon mehr als die fünf Minuten verstrichen, die man mir zugestanden hatte. Ich bat alle Geiseln, mir ihre Namen und Adressen zu geben, und schrieb gewissenhaft alles auf. Jemand würde sich mit ihren Familien in Verbindung setzen und sie wissen lassen, daß sie gesund seien, versprach ich. Das zumindest konnte ich tun. Dann war es höchste Zeit zu gehen.

Dr. Obado führte mich zur Tür, aber auf dem Weg nach draußen tauchte plötzlich der Mann mit der milchkaffeebraunen Haut vor uns auf.

»Sollen wir ihn wirklich gehen lassen?« fragte er. »Er weiß, wie wir aussehen. Er wird es der Polizei sagen.«

»Nein, das werde ich nicht«, erklärte ich feierlich. »Ich arbeite nicht für die Polizei. Ich arbeite für den *New York Mirror*. Die einzigen, zu denen ich sprechen werde, sind die Leser meiner Zeitung.«

»Bah!« sagte er. »Was für ein Märchen.«

Ich wandte mich an Dr. Obado. »Wenn Sie mich nicht gehen lassen, wird niemand Ihre Geschichte erfahren. Die Franzosen können alle möglichen Lügen über Vert/Vertu verbreiten. Sie können Sie abknallen wie Hunde, und niemand wird je die Wahrheit erfahren.« Dr. Obado nickte. Er wollte, daß ich ihn und seine verrückten Mitstreiter berühmt machte.

»Freunde, hört mir zu.« Es war der leutselige Monsieur Afrique. »Wir sollten diesen Zeitungsfritzen laufenlassen. Die Franzosen werden uns das Geld zahlen, und sie werden uns ungehindert gehen lassen. Das versichere ich euch.« Er wartete, daß ihm jemand widersprach, und als das nicht der Fall war, nahm er mich am Arm und lotste mich durch die große, holzgetäfelte Eingangshalle nach draußen.

»Na, dann los, Junge«, sagte er und schob mich durch die schwere Glastür hinaus auf die Rue Lamennais.

Während ich im grellen Schein der Lichter vorwärtsstolperte, eilte eine Gruppe von Männern in blauen Uniformen auf mich zu. Ich rief ihnen meinen routinemäßigen Protest entgegen: *»Journaliste!«* Aber die Polizisten stürmten weiter auf mich zu und stießen mich zu Boden. Im Fallen streckte ich instinktiv meine Hand aus, um meine Hoden zu schützen – gerade noch rechtzeitig, bevor mich der Stiefel traf. Ein Knie stieß in meine Seite, eine behandschuhte Faust traf das empfindliche Gewebe unter meinen Augen. Ich hörte nicht auf zu rufen, ich sei Journalist – als ob das etwas nützen würde –, bis schließlich ein Polizist mich hochriß, meinen Arm um seine Schulter legte und mich vom Restaurant weg zu einem bereitstehenden Polizeiwagen zerrte.

Ich hegte die schwache Hoffnung, daß man mich in mein Büro oder zumindest in die amerikanische Botschaft bringen würde, aber der Wagen rollte genau in die entgegengesetzte Richtung davon, um den Arc de Triomphe herum und die Avenue Marceau hinunter. Wir überquerten die Seine zum linken Ufer und rasten mit heulenden Sirenen den Fluß entlang Richtung Eiffelturm. Ich hatte keine Ahnung, wohin wir fuhren; keines der bekannten Regierungsgebäude war hier in der Nähe. Der Wagen bog in eine enge Straße namens Rue Nelaton und kam vor einem schmucklosen Gebäude mit schwarzer Marmorfassade zum Stehen. Über der Eingangstür las ich *»Ministère de l'Intérieur«*. Später erfuhr ich, daß dies das Hauptquartier des französischen Nationalen Sicherheitsdienstes war, bekannt unter dem Namen *Direction de la Surveillance du Territoire* oder kurz DST. Zwei Männer in Zivil begleiteten mich vom Auto in ein Obergeschoß des Gebäudes, brachten mich in einen kleinen fensterlosen Raum und schlossen die Tür hinter mir ab.

Mein ganzer Körper schmerzte, aber meine größte Sorge war – ganz ehrlich –, wie ich rechtzeitig ins Büro gelangen, meinen Bericht schreiben und losschicken konnte. Es gibt nichts Schlimmeres, als eine phantastische Story zu haben, für die man beträchtliche Risiken auf sich genommen hat, und sie nicht loszuwerden. In Beirut habe ich die dicksten Bestechungssummen für den Mann am Fernschreiber des Hotels lockergemacht, und wenn es hart auf hart kam, hatte ich mich hingestellt und den verdammten Lochstreifen selbst getippt, das scheppernde Glas Martini-Cocktail auf dem Telexgerät.

Sie hielten mich die ganze Nacht in der Rue Nelaton fest. Ein müde dreinblickender Bulle mit Hängebacken und einem schlecht sitzenden Anzug kam nach wenigen Minuten herein, sah mich an und schüttelte den Kopf. *»Tu es vraiment dans la merde«*, meinte er, »du sitzt ganz schön in der Scheiße.«

Ich gab ihm die Liste mit den Geiseln, was mir nur anständig erschien, doch dadurch wurde sein Appetit erst richtig geweckt. Er befragte mich stundenlang darüber, was ich in dem Gebäude gesehen und gehört hatte. Als ich nicht antwortete, beschuldigte er mich, mit den Terroristen zusammenzuarbeiten, und drohte, die Strafe für ein derartiges Vergehen sei in Frankreich der Tod durch die Guillotine. Das sollte mich offenbar einschüchtern, aber es erschien mir in diesem Augenblick so absurd, daß ich laut lachen mußte. Er stellte mir eine Menge gezielter Fragen über Monsieur Afrique und Dr. Obado und welches Fach der Doktor an der Elfenbeinküste lehre, und allmählich dämmerte es mir, daß der Raum, in dem ich mich befand, gewiß mit Wanzen gespickt war und daß sie wahrscheinlich bereits Aufzeichnungen all dessen besaßen, was ich bisher gesagt hatte. Die einzige Frage, die ich beantwortete, war, ob ich denn eigentlich das radioaktive Material gesehen hätte, mit dem sie die Geiseln vergiften wollten. Die Antwort war einfach: »Nein.«

Mitternacht, der Zeitpunkt des von den Terroristen gesetzten Ultimatums kam – und verstrich. Der Vernehmungsbeamte wollte meine Frage nicht beantworten, was im Taillevent vor sich ging. Ich flehte ihn an, mich etwas für die Zeitung faxen zu lassen – irgend etwas – oder mich wenigstens in New York anrufen und Bescheid zu geben, daß es mir gutging. Daß ich in dieser Situation noch auf meine Rechte pochte, weckte bei ihm nur Hohn. *»Tu me fais chier«*, sagte er. »Du gehst mir gehörig auf den Sack.«

Er wollte wissen, woher ich sei, was ich in Beirut und in Hongkong gemacht hatte, mit wem ich mich in der amerikanischen Botschaft getroffen hatte, wen ich in Paris kannte – bis 2 Uhr früh. Mit der Stoßrichtung seiner Fragen unterstellte er, daß ich so etwas wie ein Spion sei. Ich hätte wahrscheinlich überhaupt nichts sagen sollen, aber diese Anschuldigung war so ungeheuerlich, daß ich das Bedürfnis hatte, mich zu wehren. Er drohte jetzt damit, mich abschieben zu lassen, was immerhin besser war, als guillotiniert zu werden, und kündigte obendrein an, er werde meine Presseakkreditierung widerrufen lassen. *»C'est foutu«*, murmelte er schließlich, »alles im Arsch«, und schlurfte zur Tür hinaus.

Ich rief ihm nach, daß ich wiederkommen und dann *ihn* verhören würde – daß man einen Korrespondenten des *New York Mirror* nicht ungestraft verhaften, abführen und ohne Anklageschrift unter Arrest setzen könne –, aber er zuckte nur die Achseln. Das muß man den Franzosen lassen: Es kümmert sie einen Dreck, was die Amerikaner über sie denken.

Eine Wache brachte mir ein Kissen und eine Decke zum Schlafen. Man überließ mich meinem Schicksal bis zum nächsten Morgen, als sie mir Kaffee und ein Croissant brachten, das übrigens gar nicht schlecht schmeckte. Dann verschwanden sie wieder. Kurz nach Mittag wurde ich schließlich freigelassen. Man brachte mich nach unten zu einem Magistratsbeamten, der mir eröffnete, die Behörden seien zu dem Schluß gekommen, daß ich kein Terrorist sei. Daher würden die Vorwürfe gegen mich fallengelassen. Ich sollte ein paar Formulare unterzeichnen, doch ich weigerte mich, irgend etwas zu unterschreiben, bevor ich mit meinem Anwalt gesprochen hätte. Also ließ er mich so gehen. Offensichtlich hätte man es gern gesehen, daß ich von hier verschwand. Ich war ein potentieller Störfaktor.

Ich ging quer über die Straße zu einem kleinen Bistro namens Restaurant Nelaton und bestellte ein Sandwich. Das Lokal war voll mit Quadratschädeligen, die alle aussahen wie Bullen. Sie waren guter Dinge und scherzten, während sie ihren Wein tranken und rauchten. In diesem Augenblick fiel es mir wie Schuppen von den Augen, und mir wurde klar, was inzwischen geschehen sein mußte. Ich fragte den Ober, was im Taillevent passiert sei, und er sah mich an, als käme ich vom Mond. *»Mais, c'est fini!«* sagte er. Es ist vorbei.

Alles hatte sich noch im Schutze der Dunkelheit abgespielt. Zurück im Büro, reimte ich mir aus den eingegangenen Agenturmeldungen zusammen, was geschehen war, und rief meinen Freund Olivier von der *Libération* an. Gegen 21 Uhr, noch vor meinem Spurt ins Restaurant, hatten die Franzosen angeordnet, daß die Fernsehkameras vom Gebäude weg auf die andere Seite der Avenue de Friedland abschwenken mußten, und so gab es keine Live-Aufnahmen mehr vom Restaurant. Zwei Stunden später, als das Ultimatum abgelaufen war, waren die Kameras schon vollständig abgebaut. Nun, da die gesamte Zone den Blicken der Öffentlichkeit entzogen war, hatte ein französisches Anti-Terror-Kommando das Gebäude gestürmt. Die Geiseln waren alle befreit worden. Die Terroristen waren allesamt wie vom Erdboden verschluckt – die Regierung erklärte, man habe sie an einen geheimen Ort gebracht. Außer Dr. Obado. Ihn hatte man bei der Befreiungsaktion getötet – das einzige Todesopfer –, und ein Foto seiner Leiche ging um die Welt. Die Agenturen meldeten, er sei der Kopf der Gruppe gewesen und habe die Geiselnahme vorbereitet.

Die französische Regierung feierte die Aktion als strahlenden Triumph. Sie ließ verlauten, sie habe die Terroristen aus dem Gebäude geholt, ohne ihnen Geld zu zahlen oder ihren anderen Forderungen nachzukommen. Der Präsident und der Premierminister traten im Fernsehen auf und heimsten den Ruhm ein, die Krise brillant gemeistert zu haben. Die französischen Medien stimmten in dieses Lob ein. Völlig unkritisch veröffentlichten sie das Dementi der Regierung, jemals Atomwaffen in Afrika getestet zu haben. Ich war müde und verdreckt, aber ich hatte eine Story, die sich auch mit einem Tag Verspätung noch zu lesen lohnte.

4

Um 8 Uhr morgens New Yorker Zeit rief ich Ed Weiss von zu Hause aus an. Er war mein Boß, und er war es auch, der mir zehn Jahre zuvor meine erste echte Chance gegeben hatte: Damals hatte er mich in seiner Funktion als Chef des Auslandsressorts nach Beirut geschickt. Nach der Nacht in der Rue Nelaton war ich so müde und ausgelaugt, daß ich nicht weiß, welche Reaktion ich mir eigentlich von ihm erwartete. Jedenfalls nicht das, was jetzt kam.

»Wo zum Teufel waren Sie gestern nacht, Kleiner?« Er kaute an seinen Frühstücks-Cornflakes, während er sprach. »Wir haben die ganze Nacht versucht, Sie zu erreichen. Auf Ihrem Fleckchen Erde gab es letzte Nacht ein ziemliches Spektakel – das größte Spektakel auf der Welt, um genau zu sein. Wir nahmen selbstverständlich an, daß unser Pariser Korrespondent die Güte haben würde, darüber für die Spätausgabe zu berichten. Es wäre doch hübsch gewesen, wenn wir etwas anderes als eine gottverdammte Agenturmeldung auf die Titelseite hätten setzen können, meinen Sie nicht? Wo waren Sie bloß, verdammt noch mal?«

»Die Polizei hat mich festgenommen, als ich aus dem Taillevent kam. Die ganze Nacht haben sie mich im Innenministerium festgehalten. Ich durfte nicht einmal telefonieren.«

»Lassen Sie den Quatsch! Mit wem haben Sie gevögelt? Sagen Sie mir die Wahrheit.«

»Es ist die Wahrheit, Ed. Sie haben mich festgenommen, weil ich mich ins Restaurant eingeschlichen hatte. Ich war da drin! Und habe die Terroristen und die Geiseln interviewt. Ich hatte alles tipptopp beieinander – die Story meines Lebens –, und dann nehmen mich diese Säcke fest.«

»Ist das Ihr Ernst?«

»Ja, mein voller Ernst. Vor eineinhalb Stunden haben sie mich freigelassen.«

»Und wie zum Teufel sind Sie dort reingekommen?« Plötzlich lag Wärme in seinem Ton. Das war die Art von Journalistenstreich, bei dem Weiss das Herz aufging. Über all die Jahre hin hatte er die Mutwilligkeit als Wesenszug unseres Berufs nicht aus den Augen verloren.

»Zuerst versuchte ich, über die Dächer zu klettern, aber sie haben mich erwischt und wollten mich ins Büro zurückschikken. Während ich wartete, rief ich einfach in dem verdammten

Restaurant an und sprach mit einem dieser verrückten Afrikaner. Ich erklärte ihm, daß ich Journalist sei, innerhalb der nächsten fünf Sekunden vor der Tür stehen könne und daß er mich reinlassen solle. Was er auch tat. Ich blieb so eine Dreiviertelstunde. Ich habe eine tolle Story.«

»Wunderbar! Wunderbar, wunderbar!« Er war völlig außer sich. »Sie sind ein Schlitzohr, Truell, wissen Sie das? Und nach einer solchen heroischen Tat nimmt man Sie fest?«

»Ja. Sie sind über mich hergefallen, als ich das Restaurant verließ. Haben mich verprügelt, aber wie. Das war weniger lustig.«

»Zum Teufel!« donnerte er. »Wir werden sie verklagen. Wir werden beim Außenministerium dagegen protestieren. Sellinger soll Krach schlagen bei seinen französischen Geschäftsfreunden. Wenn diese Hurensöhne glauben, sie könnten sich an einem Reporter des *New York Mirror* vergreifen, dann haben sie sich gewaltig geirrt. Da haben sie sich verdammt noch mal mit der falschen Zeitung angelegt!«

Weiss mußte man einfach mögen. Er spielte seine Rolle derart perfekt, daß er die Rolle *war*. Seine Stimme kehrte nun wieder in seine normale Tonlage zurück.

»Hören Sie, Eric, wir bringen das in der morgigen Zeitung ganz groß raus. Sie schreiben Ihren Bericht und schicken ihn. Holen Sie sich einen Fotografen von AP, der soll eine Aufnahme von Ihnen machen, jetzt gleich, in Ihrem Zustand, das nehmen wir dann dazu. ›Angriff auf *Mirror*-Reporter nach mutigem Eindringen ins Terroristennest.‹ Teufel noch mal! Wenn das keine Schlagzeile ist!«

Ich setzte mich an den Computer und hämmerte drei Stunden lang wie ein Zombie in die Tasten. Ich schrieb eine Reportage, die der Leitartikel werden sollte, angefangen mit Dr. Obados Protesten gegen die französischen Atomwaffentests, und zitierte die wiederholt geäußerte Zuversicht von »Monsieur Afrique« aus Gabun, die Franzosen würden das geforderte Lösegeld schon zahlen. Indirekt wurde durch diese Darstellung die offizielle französische Version in Frage gestellt. Dann schrieb ich über die Geiseln, angefangen mit dem Washingtoner Anwalt George Frankheimer, der von dem exquisiten Essen erzählte, das er genossen hatte, bevor die Terroristen erschienen. Ich bemühte mich, Frankheimer ausfindig zu machen und ihn zu fragen, wie er sich als freier Mensch fühle, aber er saß bereits im Flugzeug in die Vereinigten Staaten. Zum Schluß schilderte ich dann noch in der ersten Person meine eigenen Abenteuer als Reporter dieser Geschichte.

Der *Mirror* brachte alle drei Teile am nächsten Morgen auf der ersten Seite, über dem Falz. Ich hatte mich wirklich mit Ruhm bekleckert. Das waren Weiss' Worte. Wir lehnten uns zurück und warteten, daß die übrigen Zeitungen unseren Knüller aufgriffen. Doch die Reaktion war Schweigen im Walde. Die französischen Medien ignorierten meine Geschichte, was ich ja erwartet hatte. Nicht anders aber verhielten sich die anderen amerikanischen Zeitungen. Die Stümper von der Konkurrenz taten so, als hätte ich einen Fehler begangen, indem ich der Sache so aggressiv nachgegangen war. Es wurde gemunkelt, ich sei profilierungssüchtig und habe dadurch den journalistischen Grundsatz der »Nonchalance« verletzt. Ich bedauerte meine Kollegen, wirklich. Sie waren Schlafwandler.

Die Pläne von Weiss, der französischen Regierung den Krieg zu erklären, waren auch nicht von Erfolg gesegnet. Der *Mirror* protestierte in einem offiziellen Schreiben an das Büro des Premierministers im Hôtel Matignon gegen meine Festnahme und forderte eine Entschuldigung. Die Franzosen schrieben scharf zurück, ich hätte mich ohne Erlaubnis in der Sperrzone aufgehalten, sei wiederholt aufgefordert worden, den Bereich zu verlassen und hätte mich dem Polizeigewahrsam entzogen. Deshalb hätten mich die Behörden aus gutem Grund unter dem Verdacht festgenommen, ich arbeite mit den Terroristen zusammen.

Weiss war wütend und wollte den Fall vor die Vereinten Nationen oder den Internationalen Gerichtshof oder sonstwohin bringen. Aber das US-Außenministerium rief den Verleger Phil Sellinger an und teilte ihm mit, die Franzosen seien rein formal im Recht, und es sei am klügsten, die Sache auf sich beruhen zu lassen. Unsere Hausanwälte schlossen sich dem an. Letztlich lief alles auf einen Briefwechsel zwischen dem *New York Mirror* und dem französischen Innenministerium hinaus, der absolut nichts erbrachte, außer daß ich in Paris bleiben und meine Pressepapiere behalten durfte.

»Machen Sie sich keine Sorgen«, meinte Weiss. »Diese Leute sind von Beruf Arschlöcher. Meiner Meinung nach haben Sie genau das Richtige getan. Ihr Pep, Ihr Schwung gefallen mir. Also, machen Sie sich nichts draus. Schlafen Sie mal richtig aus. Wir lieben Sie.«

Aber die Sache ging mir nach. Ich war überzeugt, daß die französische Regierung die Vorfälle jener Nacht in der Rue Lamennais falsch darstellte und so ungeschoren davonkam. Ich bemühte mich, Kontakt mit den französischen Geiseln aufzunehmen, da ich hoffte, von ihnen zu erfahren, was in Wahrheit geschehen war, als die Anti-Terror-Einheit das Restaurant gestürmt hatte. Aber keiner von ihnen war zu einem Interview bereit. Henri, der Sommelier, sagte, er sei von der DST davor gewarnt worden, mit Journalisten zu sprechen – insbesondere mit ausländischen – die nationale Sicherheit stehe auf dem Spiel. Was sollte da vertuscht werden? Wenn die Befreiung der Geiseln ein so glorreicher Triumph gewesen war, weshalb ließen sie dann die Geiseln nicht erzählen? Und wo waren die Terroristen selbst? Keiner hatte sie gesehen, und unter den Presseleuten von Paris ging das Gerücht, sie seien in einer Nacht-und-Nebel-Aktion nach Afrika zurückgeflogen worden und müßten sich dort »vor Gericht verantworten«. Weiterhin. Was war mit dem Geld, mit den Milliarden, die die Terroristen als Preis für die Freilassung der Geiseln gefordert hatten?

Diese Geheimnisse waren Teil dessen, was die Franzosen *le*

brouillard, den »Nebel«, nannten. Um sie zu lüften, brauchte ich einen Helfer, jemanden, der umgangssprachlich als *un débrouillard* bezeichnet wurde – einen Informanten, wie wir sagen würden. Ich kannte jemanden in Frankreich, auf den diese Beschreibung paßte. Er hieß Ali Aziz. Ich hatte ihn vor zehn Jahren im Libanon zum ersten Mal getroffen und seither Kontakt zu ihm gehalten. Bedingt durch die Art seiner Geschäfte war er über Dinge informiert, über die gewöhnliche Sterbliche nichts wissen. Worüber Ali insbesondere Bescheid wußte, war das Netzwerk der Korruption in Westafrika, wo er eine Zeitlang gelebt hatte. Jetzt bewohnte er eine Villa an der Riviera, in einer Stadt namens Saint-Jean-Cap-Ferrat, eine Enklave der Superreichen. Und ich hatte das Gefühl, daß nun genau der richtige Zeitpunkt für einen Urlaub in Südfrankreich gekommen war.

5

Ali Aziz erwartete mich am Pool. Er hatte das gekünstelt gute Aussehen von jemandem, der von Spezialisten geschmirgelt, poliert und auf Hochglanz gebracht worden war. Seine Gesichtshaut war honiggolden gebräunt, trotzdem aber weich und glänzend. Er hatte weder Tränensäcke unter den Augen noch Runzeln auf der Stirn, keine Spuren vom Streß des Alltagslebens. In den letzten Jahren hatte er sich zum Fitneßfreak entwickelt, er war nicht mehr so korpulent wie früher, sondern schlank und durchtrainiert. Nur in einem widerstand er der Eitelkeit: Er versteckte seine beginnende Glatze nicht mehr unter einem Toupet. Er sah ohne auch sehr viel besser aus. Inzwischen war er so reich, daß er bei niemandem mehr Eindruck schinden mußte.

Ich war am Morgen von Paris nach Nizza geflogen und hatte ein Taxi zum Hotel Royal Riviera genommen. Dort holte mich ein Wagen ab, den Ali geschickt hatte – er wollte mir am Telefon seine genaue Adresse nicht nennen. Wir fuhren eine dem

Wind ausgesetzte Straße hinauf bis zu seinem Anwesen, das offenbar auf der Kuppe von Cap Ferrat lag. Es war ein riesiges Gelände, an drei Seiten vom azurblauen Mittelmeer umgeben. Eine lange Auffahrt wand sich den Hügel hinauf, vorbei an einem Tennisplatz zu einer Art Plateau mit grüner Rasenfläche und Blumengärten, das dem Hügel abgerungen worden war. Moderne Skulpturen zierten das Gelände, und aus in den Bäumen versteckten Boxen ertönten sanfte Orchesterklänge. Das Haus selbst war ein Traum – in cremefarbenem Weiß gestrichen, mit prächtigem Mobiliar und riesigen Panoramafenstern, die aufs offene Meer blickten. Zwischen dem Hauptgebäude und einem weiträumigen Gästetrakt lag ein großer Swimmingpool in Form einer liegenden, langgestreckten Acht mit Springbrunnen, Wasserfällen und kleinen grünen Inseln. Mein Gastgeber erhob sich aus einem Stuhl am Rand des Beckens, eine Hand zum Gruß ausgestreckt, in der andern ein Mobiltelefon.

»Mein lieber Eric«, rief er, ungeachtet seines Gesprächspartners am anderen Ende der Leitung, der sich offenbar in seinem Redefluß nicht stören ließ. »Wie freue ich mich, dich zu sehen. Schlüpf in deine Badehose und spring ins Wasser. Ich bin gleich für dich da.« Er rollte die Augen, als wollte er sagen, das Telefonat sei rein geschäftlich, wogegen ich das Wertvollste auf dieser Welt verkörperte, nämlich die Freundschaft.

Ich hatte Ali 1983 in Beirut kennengelernt. Libanesischer Schiite, damals Mitte Dreißig. Er war gerade eben mit einem kleinen Vermögen aus Abidjan zurückgekehrt. Westafrika war zu jener Zeit eine Schule für junge libanesische Geschäftsleute, insbesondere Schiiten, die es in der Welt zu etwas bringen wollten. Sie brachen auf mit nichts als einem Koffer in der Hand und lernten das »Geschäftemachen« im einfachsten Sinn des Wortes, indem sie nämlich Käufer und Verkäufer an einen Tisch brachten. In jenem Teil der Welt waren Geschäftemachen und Korruption untrennbar miteinander verbunden. Alis erster großer Deal war der Verkauf von Uniformen an die nigerianische Armee gewesen. Zu diesem Zweck gründete er eine Firma, die zugunsten des Mannes wirtschaftete, der die Uniformen einkaufte, und das war der nigerianische Stabschef. Die Uniformen wurden billig in Marokko hergestellt und mit einer ansehnlichen Gewinnspanne – zum Zehnfachen ihres Werts – an die Regierung weiterverkauft. Den Löwenanteil am Gewinn strich der Stabschef ein, aber auch für Ali fielen ein paar Prozente ab, die er in ein neues Projekt steckte, eine Zementfabrik in Gabun, für die er französische Entwicklungshilfegelder abzweigte. Der Hauptnutznießer war diesmal der gabunische Bauminister, aber wiederum bekam Ali seinen Anteil. Und so ging es weiter. Bei seiner Rückkehr nach Beirut im Jahr 1983 war er bereits ein reicher Mann. Er hatte seine Millionen genutzt, um eine Privatbank zu gründen, die anfangs in Beirut, später in Luxemburg ihren Sitz hatte. Über diese Bank bot er Investmentfonds mit hohem Risiko an, das heißt, er spekulierte aggressiv und klug mit dem Geld reicher Leute.

Ich lernte Ali kennen, als ich ein Porträt seines Heimatdorfes im Südlibanon schrieb. Es hieß Jouaya und war in Beirut als »Dorf der Millionäre« bekannt, weil so viele Söhne des Orts nach Afrika gegangen und es wie Ali gemacht hatten. Ali war sehr redegewandt und entgegenkommend, und ich zitierte ausführlich, was er über das besondere Handelsgeschick arabischer Geschäftsleute zu sagen hatte. Irgendwie gelangte der Artikel in die Hände eines saudischen Prinzen, der die Familie Aziz bereits kannte. Er fand, der junge Ali sei genau der Richtige, und investierte einen kleinen Teil seines Kapitals bei ihm.

Diese Verbindung zu den Saudis, meinte Ali, sei der Grundstein seines großen Erfolgs gewesen, und er führte seinen späteren ungeheuren Reichtum stets auf mich und meinen Artikel über das »Dorf der Millionäre« zurück. Er hatte sich sogar erboten, mir als Zeichen seines Dankes ein Auto zu kaufen – ein rotes Mercedes-Cabrio. Ich lehnte selbstverständlich ab, aber wir waren über die Jahre hinweg immer in Kontakt geblieben, auch als ich in Hongkong war und Ali seine Geschäftsbeziehungen in Asien aufbaute. Die einzige Gegenleistung – das einzige, auf das ich Wert legte – war die Möglichkeit, Ali zu Rate zu ziehen, wenn ich ganz spezielle Informationen benötigte.

Ich schwamm also in Alis traumhaftem Pool, der im gleißenden Sonnenlicht der Côte d'Azur glitzerte, während mein Gastgeber sein Telefonat beendete. Schließlich kam auch er ins Wasser. Er schwamm ein paar Runden, ruhte sich dann an der seichten Stelle am Rand aus und orderte bei einem Diener frische Zitronenlimonade für uns beide.

»Wie kann ich dir also helfen, lieber Freund«, sagte er, während wir im Wasser planschten. »Am Telefon warst du ja nicht sehr gesprächig.«

»Mit Rücksicht auf dich. Ich bin sicher, daß die DST meine Anrufe abhört.«

»Na und? Die hören doch jeden ab. Die DST wird es nicht wagen, gegen mich vorzugehen. Ich beschaffe doch ihren Bossen das Geld. Aber ich freue mich trotzdem, daß du persönlich gekommen bist. Was hast du auf dem Herzen?«

»Es geht um die Geiselnahme im Taillevent letzte Woche. Ich möchte herausfinden, was wirklich los war. Du hast vielleicht gehört, daß ich kurzzeitig bei den Geiselnehmern war« – er nickte – »und verhaftet wurde« – er nickte wieder –, »also kannst du dir vorstellen, warum ich neugierig bin. Ich kann die offizielle französische Version einfach nicht glauben. Ich halte sie für eine Lüge.«

»Selbstverständlich ist sie eine Lüge«, erwiderte er liebenswürdig. Er lag auf dem Rücken im Wasser, den Kopf auf einem Gummibrett, und paddelte mit den Beinen. »Eine komplette Lüge.«

»Was ist also mit den Terroristen geschehen? Wo sind sie jetzt?«

»Sie wurden ausbezahlt, mein lieber Eric. So werden Probleme in Frankreich immer gelöst. Die Regierung hat diese Leute bezahlt, damit sie gehen, und sie gingen. So haben das die Franzosen von jeher gemacht – mit den Iranern, den Syrern, den Libanesen und jetzt auch mit den Afrikanern. Es ist stets das gleiche Spiel. Und etwas von dem Geld bleibt immer in den Händen der Franzosen, die für die Verteilung zuständig sind. Vergiß das nicht.«

»Ich nütze nicht gern unsere Freundschaft aus, Ali. Aber weißt du wirklich, was passiert ist? Ich meine, Einzelheiten: Wie die Zahlungen vonstatten gingen, wer sie arrangiert hat, wo die Leute jetzt sind? Wenn ja, dann hätte ich gern ein paar Informationen von dir.«

»Ja«, nickte er gelassen. »Ich weiß, was passiert ist. Das ist mein Job. Wenn es um Geld und Politiker geht, weiß ich Bescheid. Schwimmen wir noch eine Runde und trocknen uns ab, dann erzähle ich es dir bei einem Glas Wein.«

Ali Aziz sah sich selbst gerne als Investmentbanker, und in gewisser Weise war er das auch. Der Hauptunterschied lag darin, daß seine Deals gewöhnlich mit der Zahlung von Bestechungsgeldern an Politiker zu tun hatten – in Frankreich und im Ausland –, aber deshalb waren sie nicht weniger kompliziert. Ein weitverzweigtes Netz von Off-shore-Konten, ausgeklügelte Rechtsberatung, umsichtiger Geldtransfer, Serviceleistungen im Treuhand- und Immobilienbereich, private Plazierung von Kapital und strategische Investmentberatung waren nötig. Insbesondere aber absolute Diskretion und Zuverlässigkeit bei der Verteilung der Gewinne an die an der Transaktion beteiligten Partner.

Auf all das verstand sich Ali Aziz meisterhaft. Er betrachtete sich als die Frères Lazar der Korruption. Angenommen, ein staatseigenes französisches Unternehmen verkaufte Panzer an eines der Ölscheichtümer am Persischen Golf. Ein kompliziertes Geflecht von Transaktionen war nötig, um die saudischen Geschäftspartner mit Geld zu versorgen; etwa die einflußreichen

Prinzen, die die Schlüsselministerien leiteten, und natürlich die Vertrauten des Königs selbst. Doch das war nur der Anfang. Zu den komplizierteren Aspekten gehörte die Rückführung eines Teils dieser Gelder nach Frankreich, etwa an die Adresse des Verteidigunsgministers und anderer hochrangiger Vertreter seiner politischen Partei; hinzu kamen kleinere Beträge für Oppositionspolitiker, die eines Tages an die Macht kommen würden und deshalb nicht völlig übergangen werden durften. Jeder einzelne Schritt dieses Prozesses mußte mit äußerster Präzision und unter strengster Geheimhaltung vollzogen werden. Es gab vielleicht zehn Personen in Frankreich, die in der Lage waren, Transaktionen in dieser Größenordnung durchzuführen, und unter diesen war Ali Aziz einer der fähigsten. Er hatte nur einen heimlichen Fehler, den ein Mann in seiner Position eigentlich nicht haben durfte, das war seine Freundschaft mit mir.

»Das Geiseldrama im Taillevent war ein glatter Schwindel«, begann Ali. Wir saßen im Schatten einer blaugestreiften Markise und tranken Champagner. »Es war inszeniert, eingefädelt von einer Gruppe Afrikaner, die sich übers Ohr gehauen fühlten und mehr Geld wollten. Diese idiotische Organisation Vert/Vertu war ein Hirngespinst. Von vorne bis hinten reine Erfindung. Sie existierte nicht, außer im Hirn dieses schrulligen Naturwissenschaftlers Professor Obado, der in dem Interview mit dir so gesprächig war. Übrigens glaube ich, daß er deshalb getötet wurde. Er hat zu viel geplaudert.«

»Der arme Kerl«, sagte ich. Mir wurde plötzlich flau im Magen. Es war ein äußerst ungleicher Deal zwischen mir und Dr. Obado gewesen: Ich hatte von ihm ein paar Zitate für eine Story bekommen, die mit einem Tag Verspätung erschien; und er hatte dafür mit dem Leben bezahlen müssen.

»Um zu begreifen, weshalb es zu diesen Ereignissen kam, Eric, mußt du die Rolle der Franzosen in Afrika verstehen. Und da beginnt das Spiel mit dem Geld. Ein paar Generationen lang bestand das Wesen dieses Spiels darin, öffentliche Gelder der privaten Nutzung zuzuführen: Clevere Männer haben kapiert, daß man mit reellen Geschäften kein großes Vermögen machen kann. Bei Bill Gates mag dies ja der Fall gewesen sein, aber so etwas ist eine Ausnahme. Es ist schwierig und zu riskant. Um reich zu werden, muß man die unversiegbare Quelle der staatlichen Gelder anzapfen – Geld, das in den Kauf von Waffen, in den Straßen- und den Dammbau, in den Kauf und Verkauf von Öl fließt. Viele Jahre lang waren es jene Milliarden Franc, die in Frankreichs ehemalige afrikanische Kolonien gingen,die zuverlässigste Quelle. Das französische Präsidialamt hat in Afrika seine eigene Schaltzentrale, über die es Verbindungen zu den korrupten Politikern unterhält, die die Franzosen als Herrscher in diesen Ländern eingesetzt haben. Milliarden Franc flossen nach Afrika, und Milliarden flossen wieder zurück – zu den französischen Parteien, zu den Mittelsmännern und den Politikern selbst.

Doch hier liegt das eigentliche Geheimnis: Mit dem Geld wurde ein Netzwerk aufgebaut, das von einem cleveren alten Korsen gelenkt wird, der grauen Eminenz unter den französischen Politikern. Die Gelder, die er aus Afrika abzog – über sein Büro außerhalb von Paris –, waren der Kitt der französischen Politik. Die *caisse noire* oder ›schwarze Kasse‹, aus der man sich bedienen konnte, wenn man Bares brauchte.«

»Wer ist dieser Mann, der das Netzwerk organisiert?«

»Mein lieber Eric, das darfst du mich nicht fragen.«

»Warum nicht? Kennst du denn nicht seinen Namen?«

»Aber natürlich. Eben deshalb solltest du mich nicht fragen. Der Mann gehört zu meinen Klienten. Das ist das einzige, worüber ich dir keine Auskunft geben kann. Der Rest ist geschenkt. Ich kann dir die Namen seiner Berater nennen – Leute wie Jacques Daghestani und Michel Bézy, von denen du gewiß noch nie gehört hast. Aber keinesfalls den Namen des Mannes selbst. Bitte.« Er hob bekümmert die Hand, als hätte ich eben versucht, ihm in die Tasche zu greifen.

»Okay. Ich verstehe dein Dilemma. Aber erklär mir doch, was im Taillevent geschah. Weshalb wurde das Gebäude gestürmt? Worum ging es?«

»Das habe ich doch schon gesagt. Es war eine Fehde, bei der es ums Geld ging. Vermutlich geht es letztlich immer ums Geld, aber in diesem Fall war es ein Streit, wer wieviel bekommt. Das Ganze begann mit den Aktivitäten einer unserer nationalen staatlichen Ölfirmen in Gabun. Dieses Unternehmen scheffelt riesige Gewinne, da die afrikanischen Regierungen den Ölpreis künstlich niedrig halten – unter der Bedingung, daß die Politiker einen Anteil an der Beute bekommen. Und über Jahre hinweg schaffte diese Firma tatsächlich einen prozentualen Anteil ihrer Gewinne beiseite. Der offiziellen Version zufolge sollten diese Gelder in Gabun reinvestiert werden, in Wirklichkeit aber wurde damit Grundbesitz in Spanien und in der Schweiz gekauft. So weit, so gut. Die korrupten Franzosen und die korrupten Gabuner teilten sich die Beute. Um aber die Grundstückskäufe zu tätigen, setzten die Franzosen Mittelsleute ein, die selbst wieder hohe Tantiemen einstreichen. Innerhalb eines Jahres sollen sich diese Tantiemen auf insgesamt 150 Millionen französische Franc oder 30 Millionen Dollar belaufen haben. Das Geld landete in Scheinfirmen mit seltsamen Namen, die in Panama oder auf den britischen Jungferninseln ihren Sitz hatten. Und *dieses* Geld ging wiederum direkt an französische Politiker. Es war Teil des Netzwerks, das ich vorhin erwähnte. Der *caisse noire*. Und keiner hat es spitzgekriegt. Aber dann auf einmal flog die Sache auf.«

Ali lächelte. Ganz offensichtlich genoß er diese Art von Klatsch. Er erinnerte mich beinahe an einen normalen Investmentbanker, der sich über einen Leveraged Buyout durch das eigene Management mittels Darlehen ausließ. Ich ahnte, worauf die Geschichte hinauslief.

»Laß mich raten, was dann geschah«, unterbrach ich ihn. »Die Gabuner stellten plötzlich fest, daß sie die ganze Zeit übers Ohr gehauen worden waren. Das machte sie wütend und führte schließlich zur Geiselnahme im Taillevent.«

»Exakt. Sie waren empört, ebenso wie ihre Mittelsmänner – ein marokkanischer Herr, der an jenem Abend ebenfalls im Taillevent war, in Begleitung seines libanesischen Gehilfen. Die hast du vielleicht gesehen.« Ich nickte und dachte an den Mann mit der hellbraunen Haut und an den pockennarbigen Araber, der die Gefangenen bewacht hatte. »Sie haben gemerkt, daß sie bei den Ölgeschäften in Gabun betrogen wurden, und schlossen sich mit ihren Freunden kurz, die andere Geschäfte mit den Franzosen in Westafrika abwickelten. Und dabei entdeckten sie, daß bei all ihren Geschäften die Franzosen weitaus mehr absahnten, als sie gedacht hatten. Daß sie übers Ohr gehauen wurden – und zwar nach allen Regeln der Kunst. Also überlegten sie, wie sie der französischen Regierung einen gehörigen Schrecken einjagen konnten – und enthüllten das größte Geheimnis, das es in Westafrika zu hüten galt, die Atomwaffentests. Den Rest kennst du ja.«

»Aber ich weiß rein gar nichts. Was geschah, nachdem sie das Gebäude gestürmt und die Geiseln befreit hatten?«

»Die Franzosen zahlten. Die Gewinne wurden umverteilt. Von nun an werden die Afrikaner und ihre Mittelsleute einen größeren Prozentsatz einheimsen. Die Franzosen kriegen ein bißchen weniger. Die angeblichen Terroristen sind wieder untergetaucht. Ein paar von ihnen befinden sich in diesem Augenblick wahrscheinlich an der Riviera und genießen die Sonne. Alle sind zufrieden. Das System hat überlebt.«

»Wieviel gewinnen die Afrikaner bei der Transaktion?« fragte ich. Er hatte mir die Sache grob skizziert, aber ich brauchte konkrete Zahlen.

»Fürs erste rund 200 Millionen Dollar. In den nächsten fünf Jahren über eine Milliarde Dollar.«

Wir unterhielten uns noch eine Weile. Ali bat mich zu Tisch: Es gab fangfrischen Fisch, am Stück gebraten, Tomatensalat und frische Feigen zum Dessert. Das Essen erinnerte mich an Beirut; ja, alles an jenem Tag erinnerte mich an Beirut. Ich fühlte mich neu belebt, als Reporter auf der Jagd nach einer wichtigen Story. Aber noch fehlte mir etwas Entscheidendes. Als ich am Spätnachmittag zum Flughafen aufbrach, brachte ich das Gespräch erneut auf die Ereignisse im Taillevent zurück.

»Der Politiker, der das Netzwerk lenkt…, hat er angeordnet, die Terroristen auszuzahlen und die Geiseln freizulassen?«

»Selbstverständlich. Keiner würde so etwas ohne seine Zustimmung tun.«

Ich sah meinen libanesischen Freund an, dessen Reichtum ich mir nicht im Traum vorstellen konnte. Ich wollte nur eine Auskunft: Information ist wie eine Droge; wenn man sie nicht bekommt, giert man danach. Der ganze Körper schreit danach. Man hat keine Ruhe, bis man sie bekommt.

»Ich brauche den Namen des Korsen, Ali. Ich habe nie zuvor etwas Wertvolles von dir verlangt. Früher hast du mir alles mögliche angeboten, und ich habe es stets abgelehnt. Diesmal bitte ich dich um einen Gefallen. Ich brauche seinen Namen.«

Ali Aziz sah mich an mit einem Blick, der weniger einen Vorwurf als vielmehr Überraschung ausdrückte. Es stimmte, ich hatte nie etwas von ihm gefordert, das ihn etwas hätte kosten können. Nach orientalischem Verständnis stand er in meiner Schuld. Er nahm einen Zettel, schrieb etwas darauf, faltete ihn zusammen und reichte ihn mir.

»Ich gebe dir das, Eric, weil du mein Freund bist und weil du mich darum gebeten hast. Aber ich weiß, daß du diese Information nicht veröffentlichen kannst. Denn wenn du es tust, werden sie dich umbringen. Ich glaube also, daß es ein Geheimnis bleiben wird.«

Ich entfaltete das Blatt erst, als ich im Auto saß, das mich zum Flughafen von Nizza brachte. Darauf stand der Name des französischen Verteidigungsministers Maurice Costa.

In Paris angekommen, tat ich etwas Ungewöhnliches. Ich rief in der US-amerikanischen Botschaft an und bat um ein Gespräch mit Tom Rubino, in dem ich schon immer den Chef der CIA-Residentur in Paris vermutete hatte. Wir hatten einmal zusammen zu Abend gegessen, auf Vorschlag eines gemeinsamen Freundes, der Pariser Korrespondent einer arabischen Zeitung war – eine sehr angenehme Begegnung. Rubino war gesprächiger als es Diplomaten gewöhnlich sind, selbstsicherer, und wir hatten zum Essen eine Flasche Wein geleert. Ich hatte ihn später ein einziges Mal um Hilfe gebeten, und zwar für eine Story über eine verdeckte Aktion der USA in Bosnien. Er hatte nicht viel gesagt, aber auch nicht gelogen. Allerdings ließ ich mich generell nicht gern mit Leuten vom CIA ein. Es gab ein ungeschriebenes Gesetz unter amerikanischen Auslandskorrespondenten, laut dem Nachrichtendienste tabu waren. Der potentielle Preis, den man für eine Information zahlen mußte, überwog den Nutzen.

Doch in diesem Fall sah die Rechnung anders aus. Ich arbeitete an einer möglicherweise brisanten Story. Auch wenn ich Alis Warnung nicht ganz ernst nahm – das Risiko einer Verleumdungsklage war dennoch beträchtlich. Ich benötigte eine zweite Quelle, bevor ich an eine Veröffentlichung denken durfte. Und als Quelle für hieb- und stichfeste Informationen über ein so heikles Thema wie dieses kam nur die US-Regierung in Frage. Also rief ich Rubino an, der am Telefon überraschend freundlich war.

»Ihr Bericht über das Taillevent hat mir gefallen«, meinte er. »Bleiben Sie am Ball! Sie haben nur an der Oberfläche gekratzt.« Wie komisch, sagte ich, genau das sei der Grund meines Anrufs. Ich erklärte ihm, daß ich an einer Fortsetzung der Story arbeitete, und noch bevor ich weitersprechen konnte, schlug er vor, wir sollten uns in einer halben Stunde treffen, ein paar Häuser von der Botschaft entfernt.

Rubino trug ein sportliches Strickhemd und Jeans. Er schlug

vor, einen Tisch im Freien zu nehmen. Der gutaussehende, athletisch gebaute Mann mit dem dunklen, kurzgeschnittenen Haar erinnerte mich an die Art von Leuten, gegen die ich bei Tennisturnieren gespielt hatte – äußerst konzentriert während des Spiels, äußerst entspannt, wenn das Match vorüber war. Ich machte eine Bemerkung über seine Jeans und sein Sporthemd. »Heute ist Freizeitlook erlaubt«, erwiderte er. »Der Botschafter besucht eine Computerfirma in Lyon. Ich muß niemanden beeindrucken.«

Er fragte, woran ich arbeitete, und ich erklärte es ihm. Daß man mir gesagt hatte, die offizielle französische Version der Geiselbefreiung sei ein Märchen. Daß ich aus einer Quelle erfahren hatte, die Franzosen hätten den Mittelsleuten, hinter denen prominente afrikanische Politiker stünden, 200 Millionen Dollar bezahlt – als erste Rate einer Gesamtsumme von eine Milliarde Dollar. Daß der Architekt des Deals kein Geringerer als der französische Verteidigungsminister Maurice Costa sei. Rubino musterte mich eingehend, während ich sprach. Er hörte genau zu, hielt sich aber selbst bedeckt.

»Was wollen Sie von mir?« fragte er, als ich fertig war.

»Eine Bestätigung. Was ich habe, reicht nicht aus. Ich brauche eine weitere Quelle. Ich muß wissen, ob es wahr ist.«

Ich wartete auf seine Antwort, aber er saß einfach da und starrte vielleicht dreißig Sekunden lang in die Luft – verdammt lange, wenn man auf eine Antwort wartet.

»Unmöglich«, sagte Rubino schließlich. »Tut mir leid. Ich weiß nicht genug, und wenn ich Nachforschungen anstellen würde, wäre es für uns beide gefährlich. Die Franzosen haben mich auf dem Kieker. Aber ich kenne jemanden, der sich mit diesem ganzen konspirativen Kram auskennt. Vielleicht kann er Ihnen helfen.«

»Verdammt!« Mir kam die Galle hoch angesichts der Ruhe und Beherrschtheit des Mannes, der mir gegenübersaß. Ich stand allein auf weiter Flur, und er saß da und beobachtete mich. »Was sollen diese Spielchen? Ich brauche einen Tip, ob es die Sache wert ist, sich weiter reinzuhängen.«

»Hey!« sagte er scharf und senkte die Stimme. »Sie hören nicht zu. Ich habe Ihnen angeboten, einen Kontakt mit jemandem herzustellen, der wirklich Bescheid weiß. Das hätte ich nicht getan, wenn ich nicht der Meinung wäre, die Sache sei es wert.«

»Tut mir leid. Das war ein Ausrutscher. Wo finde ich diesen Experten?« Ich war immer noch verärgert darüber, daß Rubino sich weigerte, mir persönlich zu helfen, andererseits aber auch erleichtert. Der CIA war Gift; das wußte jeder Journalist.

»Machen Sie sich darüber keine Gedanken«, meinte Rubino. »Wenn er Ihnen behilflich sein kann, wird er Sie finden. Aber wenden Sie sich in dieser Sache nicht wieder an mich. Von jetzt an habe ich nichts mehr damit zu tun.«

6

Meine erste Begegnung mit Rupert Cohen hat sich mir eingeprägt wie ein Geburtstag, ein Begräbnis oder sonst eine Feierlichkeit, die zunehmend an Bedeutung gewinnt. Es begann völlig harmlos. Ich saß im St. Philippe gegenüber meinem Büro, trank meinen morgendlichen Cappuccino mit drei Löffeln Zukker und las die französischen Zeitungen. Es war ein Freitag, einen Tag nach meiner kurzen Unterredung mit Tom Rubino. Ich wollte an jenem Wochenende Freunde außerhalb von Paris besuchen, die im Loire-Tal eine alte Mühle gemietet hatten.

Da saß ich also und döste vor mich hin, als ein Fremder mit einem freudigen Lächeln auf mich zukam, als habe er eben einen lange verschollenen Freund wiedergetroffen. Gekleidet war er wie ein deutscher Filmemacher: flauschiger schwarzer Pullover, schwarze Hose und schwarze Lederjacke. Er war etwa so alt wie ich, vielleicht fünfunddreißig, mittelgroß, sehr beweglich, kurzgeschnittenes Haar mit einem Schopf in der Mitte. In seinen

Augen lag ein subversives Funkeln, das ich später als das Markenzeichen eines Mannes erkannte, der – gleichgültig, welche Ideologie er vertrat – ein Anarchist, ein berufsmäßiger Unruhestifter war.

»Bin ich zu spät dran?« fragte er heiter. Er beugte sich herab und nahm einen Schluck von meinem Kaffee.

»Wer zum Teufel sind Sie?« fragte ich.

»Cohen, Rupert.« Seine Stimme klang beflissen, überschlug sich beinahe, wie bei den Leuten, die im Fernsehen für Autos werben. »Ich bin der Mann, den Ihnen unser gemeinsamer Freund angekündigt hat.«

»Ach! Ernsthaft? Na, dann setzen Sie sich. Wir können auch in mein Büro hinaufgehen und reden.«

»Das wäre nicht klug, *illustrissimo*, glauben Sie mir.« Er senkte die Stimme beinahe zu einem Flüstern. »Ich hoffte eigentlich, wir könnten uns später treffen, zum Mittagessen. Sie suchen das Restaurant aus, denn Sie übernehmen die Rechnung. Ich würde Sie ja gerne einladen, aber dann wäre ich gezwungen, den ganzen bürokratischen Krimskrams auszufüllen – was den Sinn und Zweck unseres Gespräches vereiteln würde. Haben Sie Lust?«

Ich dachte kurz nach. »Aber gewiß«, nickte ich. »Und wie!«

Als Treffpunkt schlug ich ein etwas abgelegenes Lokal an der Avenue Jean Jaurès vor, das Au Cochon d'Or in der Nähe des alten Schlachthofs im bescheidenen 19. Arrondissement. Es war eines meiner Lieblingslokale in Paris: Hier herrschte eine rauhe proletarische Atmosphäre, es war kein Gourmetrestaurant mit schwindelerregenden Preisen. Rupert sagte, um 14 Uhr sei er da. Es war so einfach – wie ein Fisch, der ins ausgelegte Netz schwimmt. Und ich war damals felsenfest überzeugt, daß Rupert Cohen der Fisch war.

Als er aufstand, nahm er noch einen Schluck von meinem Kaffee. *»Ciao, professore!«* sagte er, hob zum Abschied die Hand und verschwand in den Pariser Morgen.

Rupert Cohen trug seine schwarze Lederjacke, als er ins Restaurant kam. Ich hatte von einer Telefonzelle aus unter falschem Namen im Cochon d'Or angerufen – wie man sieht, spielte ich schon Ruperts Spiel mit – und nach einem ruhigen Tisch im hinteren Teil gefragt. Rupert schlug ohne Umschweife vor, eine Flasche Wein zu bestellen. Bevor wir tranken – eine Tätigkeit, in der er, wie mir schien, mehr Routine hatte als ich –, gab es einiges, was ich wissen wollte.

»Verzeihen Sie, wenn ich geradeheraus frage, aber wer sind Sie?« begann ich. »Wo arbeiten Sie?«

»Ich bin Beamter im diplomatischen Dienst«, erklärte er gelassen. »Bis vor kurzem war ich an der amerikanischen Botschaft in Rom tätig, als Handelsattaché. Jetzt bin ich als Vertreter der USA bei der UNESCO hier in Paris. Eine großartige Organisation. Ich bin ihr in vielfacher Weise behilflich.«

»Behilflich wobei?« Er sah nicht gerade aus wie ein Diplomat, und noch weniger wie ein UN-Bürokrat.

»Sicherheitsfragen. Kein besonders anspruchsvoller Job, offen gesagt. Mir bleibt jede Menge Zeit für anderes.«

»Seit wann sind Sie denn im … äh …« Ich hielt inne.

»Diplomatischen Dienst«, ergänzte er. »Seit acht Jahren. Vor Rom war ich in Belgrad. Davor in Peking. Angefangen habe ich hier in Paris.«

Während er sprach, sah ich auf sein Handgelenk. Er trug eine höchst eigentümliche Uhr mit einem Porträt von Mao Tse-tung auf dem Ziffernblatt. Analog zur Bewegung des Sekundenzeigers winkte Mao einer unsichtbaren Menge zu.

»Eine tolle Uhr«, bemerkte ich.

Er grinste dümmlich. »China, da geht's ab, mein Lieber. Sogar die Franzosen haben das erkannt. China, das ist das 21. Jahrhundert.«

Cohen paßte nicht in mein Bild von einem CIA-Agenten. Ich wurde neugierig. »Und was haben Sie gemacht, bevor Sie in den diplomatischen Dienst eintraten?« wagte ich mich vor.

»Nett, daß Sie fragen. Ich studierte die Geschichte der italienischen Renaissance in Berkeley.« Er machte eine Pause, um sich zu vergewissern, ob ich mehr wissen wollte, und fuhr fort, als er merkte, daß dem so war. »Ich schrieb an meiner Dissertation über die Regierungsform des Stadtstaats Venedig im 15. Jahrhundert. Ein wichtiges Thema, aber meine Professoren erkannten, daß ich damit nicht glücklich werden würde. Einer von ihnen schlug mir vor, in den Staatsdienst zu gehen. Ich legte die Prüfung ab, und es sieht so aus, als besäße ich ein gewisses Geschick dafür.«

»Dann haben Sie sich also von den Venezianern verabschiedet?«

»Keineswegs. Die guten Bürger der *Serenissima* begleiten mich Tag für Tag. Venedig beflügelt meine Inspiration: gegründet auf einer Insel in einer sumpfigen Lagune; am Leben erhalten durch Bestechung, Betrug und politischen Mord. Die Stadt unterhielt den besten Geheimdienst, den die Welt je gesehen hat. Kurzum, der Ort, an dem sich Himmel und Hölle begegnen. Nein, nein! Meine geliebten Venezianer werde ich niemals aufgeben. Sie sind meine *illuminati*.«

Der Wein war gekommen, und Cohen nahm einen herzhaften Schluck. In seinen Augen lag ein merkwürdiges Glitzern, als hätte er einen groben Scherz gemacht, den nur er verstand. Er war in jeder Hinsicht ein untypischer Staatsbeamter.

»Erzählen Sie mir ein bißchen von der Zeitungsbranche«, verlangte er. »Wie ist es? Es muß fabelhaft sein. Sie lernen interessante Leute kennen, verfolgen die Bösewichter. Und Ihre ganze Arbeit liegt offen zutage. Wenn ein Reporter unfähig ist, weiß man es sofort, wenn man seine Artikel liest. Anders als im Staatsdienst, wo es Jahre dauern kann, bis herauskommt, daß einer ein Idiot ist.«

»Der Journalismus hat natürlich seine Sternstunden«, räumte ich ein, »aber die meiste Zeit langweilt man sich.« Ich sah auf meine Uhr – nicht, daß ich etwas Besseres vorhatte, aber es war bereits halb drei, und wir waren immer noch in der Kennenlern-Phase. »Vielleicht sollten wir langsam zur Sache kommen«, sagte ich. »Rubino hat Ihnen vermutlich gesagt, was ich wissen will.«

»Mehr oder weniger. Er meinte, Sie machen Jagd auf Maurice Costa und sein gefürchtetes Netzwerk und interessieren sich für die eine Milliarde Dollar, die sie bezahlt haben, um die Geiselaffäre im Taillevent aus der Welt zu schaffen.« Er leerte sein Glas Wein und sah mich an. Sein Blick war nun nicht mehr schelmisch, sondern unangenehm durchdringend.

»Meine Informationen stammen aus einer sehr zuverlässigen Quelle«, sagte ich, »aber ich brauche eine Bestätigung. Was wissen Sie?«

»Nun mal langsam, *dottore*. Zuerst wollen wir über die Spielregeln sprechen. So heißt das doch bei euch Journalisten, nicht wahr?«

»Ja. So sagen wir.«

»Erstens, ich nehme an, Sie wissen, was ich tue. Außer diesem Job im diplomatischen Dienst. Ich meine, das haben Sie inzwischen wohl ausgeknobelt.«

»Ich vermute, Sie arbeiten für den CIA.«

»Das habe ich Ihnen nicht gesagt. Sie haben es herausgefunden, was kann ich machen? Das werde ich sagen, wenn jemand fragen sollte. Und alles ist vollkommen inoffiziell. Meine Rolle bei allem, was ich Ihnen sage, muß vollkommen geheim bleiben. Andererseits... ich könnte es auch selbst machen, als verdeckte Aktion – es bei der französischen Presse durchsickern lassen, die Regierung destabilisieren und Ihnen den ganzen Ärger ersparen. Wenn ich die Genehmigung dafür in Washington bekommen würde – was nicht geht, weil die Juristen und Kongreßausschüsse und die anderen Aufpasser Zustände bekommen würden. Also sind Sie dran.«

»Die Spielregeln sind in Ordnung. Aber was wissen Sie wirklich? Ich will Fakten.«

»Und ich will essen. Erst das Essen, dann die Fakten.«

Wir riefen den Kellner. Rupert Cohen suchte auf der Karte die teuersten Speisen aus und bestellte: Schnecken und ein riesiges *filet de boeuf* für zwei, das wir uns, wie er meinte, teilen müßten. Als der Kellner gegangen war, kam er ohne weitere Umschweife zum Kern dessen, was ich hatte wissen wollen; hastig kramte ich meinen Notizblock hervor.

»Haben Sie schon einmal von *La Puissance Occulte* gehört?« fing er an. »Der geheimen Macht?«

»Noch nie. Was ist das?«

»Das ist eine Organisation, die gar nicht existiert. Die es aber trotzdem gibt, wie die *Cosa Nostra*, die gleichfalls nicht existiert. Es ist die Macht hinter der Macht. Wenn im Libanon eine Autobombe explodiert und den Premierminister tötet, weiß niemand, wer es getan hat. Aber jemand weiß es doch, und dieser Jemand sitzt nicht selten in Frankreich. Wenn irgendwo im Nahen Osten Geiseln genommen werden und jemand sie befreien muß, ist dieser Jemand häufig ein Franzose. Wenn Bestechungsgelder bezahlt werden müssen, um für europäische Unternehmen einen großen Auftrag an Land zu ziehen, findet man den, der das Geld bezahlt hat – und häufig auch den Empfänger – in Frankreich. Dies sind Dinge, die nicht geschehen. Und sie geschehen doch.«

Ich sah ihn skeptisch an. »Und die Organisation, die für all das verantwortlich ist, heißt *La Puissance Occulte*?«

»Sie sehen das zu eng. Sie denken an eine Organisation mit einem Eintrag ins Gewerberegister. Ich spreche von Verbindungen. Es gibt nicht *ein* Netzwerk, sondern Dutzende. Zur geheimen Macht gehören Geschäftsleute, Spione, Politiker. Es ist eine lose Verbindung, die in Frankreich die Fäden zieht – nicht die Organisatoren, die offiziell in Erscheinung treten. Die Leute mit der wirklichen, der geheimen Macht, haben Verbindungen miteinander. Und sie alle haben wiederum Verbindungen zu dem alten Fuchs Maurice Costa. Es ist zwecklos, nach einer Organisation zu suchen – wie gesagt, sie existiert nicht –, aber einen

Tip kann ich Ihnen geben. Viele der Leute, nach denen Sie suchen, sind Freimaurer.«

Ich schüttelte den Kopf. »Sie machen wohl Witze. Meinen Sie etwa diese Typen, die mit komischen Käppis rumlaufen und Wohltätigkeitsveranstaltungen für Kinder organisieren? Diese Witzfiguren – das kann doch nicht Ihr Ernst sein.«

»Nicht *die*. Hier in Frankreich gibt es sehr alte und geheime Freimaurerlogen. Sie sind eine Art verborgener roter Faden, der das Land in Frankreich durchzieht. Sie rekrutieren Leute, die an dieser geheimen Macht teilhaben wollen, ehrgeizige, unternehmungslustige Männer, die Verbindungen knüpfen wollen. Und bereit sind, sich für dieses geheime Netzwerk über Recht und Gesetz hinwegzusetzen. Beispielsweise gibt es eine Bruderschaft von Sicherheitsleuten, in der Sie hochrangige Mitglieder des französischen Geheimdienstes und der Polizei finden. Linksgerichtete Freimaurerlogen, die als eine Art antikatholische Untergrundorganisation angefangen haben. Den Mitgliedern dieser Orden geht es nicht einfach nur ums Geld. Sie sehen sich als Teil des Geheimbunds, der die Gesellschaft gegen die Kräfte der Unordnung zusammenhält – gegen die Barbaren, die Amerikaner, die Kräfte, die Frankreich zerstören wollen.

Das gilt in besonderer Weise für Maurice Costa. Er ist ein asketischer Mann, groß und schlank wie de Gaulle, und hat jahrelang mit seiner Mutter in einer bescheidenen Wohnung am Jardin du Luxembourg gelebt. Er ist der einzige, der alle Geheimnisse kennt. Obwohl er über die Jahre hinweg viele Milliarden Dollar Bestechungsgelder zusammengetragen hat, interessiert er sich persönlich nicht für Geld. Er ist sein ganzes Leben lang Mitglied der Sozialistischen Partei gewesen, und sein einziger Luxus ist ein Privatjet, mit dem er am Wochenende zu seinem Bauernhof bei Toulouse fliegt. Alles ist für sein Netzwerk bestimmt. Costa hat Kontakte in jeder Kleinstadt und in jeder Metropole Frankreichs. Seine Leute sitzen in sämtlichen Ministerien, in jedem großen Unternehmen. In den offiziellen Geheimdiensten, wo sie ein paralleles Netzwerk bilden. Sie sind die wahre Macht hinter der Macht.«

Er beugte sich zu mir herüber. »Verstehen Sie, wovon ich spreche, Eric? Hm? Verstehen Sie?« Seine Augen sprühten vor Begeisterung und Energie, wie Drähte von Glühbirnen. Ihm zuzuhören war, als lausche man einer Geschichte Scheherazades aus Tausendundeiner Nacht. Es war so faszinierend, es besaß einen ganz eigenen Zauber. Natürlich schrieb ich jedes Wort mit.

»Ich verstehe, glaube ich«, erwiderte ich, »aber ich will sichergehen, daß ich richtig liege. Das französische Netzwerk in Afrika war Teil dieses lockeren Zusammenschlusses, den Sie *La Puissance Occulte* nennen. Richtig?«

»Exakt.« Er nickte.

»Als nun die Afrikaner aus dem Häuschen gerieten und mehr Geld verlangten, trafen sich die verschiedenen Gruppen dieses Netzwerkes, um nach einem Ausweg zu suchen – die Bruderschaft der Sicherheitsleute, die Bruderschaft des Ölgeschäftes, die Bruderschaft der Atomwaffentestlobby sowie sämtliche Mittelsmänner und Drahtzieher. Und sie alle einigten sich darauf, den Modus für die Abrechnung mit den Afrikanern neu festzulegen, und schichteten die geheimen Zahlungen um. Immer noch richtig?«

»Exakt«, nickte er wieder.

»Und dann haben sie die Polizei geschickt, um die Geiseln und, was noch wichtiger war, die Geiselnehmer zu befreien und sich des einzigen unzuverlässigen Glieds in der Kette zu entledigen, meines Freundes Dr. Obado. Und das alles war abgesegnet von Maurice Costa.«

»Sie haben's erfaßt, *illustrissimo*!« Er grinste von einem Ohr zum anderen wie ein ungezogener Junge, der in seinem Chemiekasten eine teuflische Mischung zusammengebraut hat.

Ich schüttelte den Kopf. Diese Auskunft war so überwältigend, daß ich einige Zeit brauchte, um mir klarzuwerden, was das bedeuten konnte. »Wenn das wahr ist, könnte das den Sturz der Regierung zur Folge haben«, sagte ich. »Woher haben Sie die Gewißheit, daß es stimmt, Rupert?«

»Das ist eine erkenntnistheoretische Frage, Eric. Wie können wir überhaupt etwas wissen? Auf welche Weise bestätigt uns unser Gehirn die Richtigkeit dessen, was unsere Augen sehen und unsere Ohren hören? Alles könnte Täuschung sein. Ich weiß es, weil ich es weiß.«

»Hören Sie auf mit dem Quatsch. Das ist doch keine akademische Übung. Meine Karriere steht auf dem Spiel. Ich wurde von der französischen Regierung schon einmal verhaftet und zusammengeschlagen. Jemand hat mir gesagt, wenn ich diese Geschichte weiterverfolge, würde man mich umbringen. Ich muß eine Entscheidung treffen, ob ich die Sache an die Öffentlichkeit bringen kann. Ich brauche *Fakten*. Keine venezianischen Geistergeschichten.«

Rupert lehnte sich zurück. »Ooch«, sagte er. »Das war aber gar nicht nett.«

»Tut mir leid. Aber ich möchte, daß Sie wissen, was auf dem Spiel steht. Wenn die Story Hand und Fuß hat, bringe ich sie in die Zeitung. Und dann ist der Teufel los.«

Rupert schloß die Augen. »Mein Gott, wie gerne wäre ich Journalist«, sagte er ganz leise, ehrfürchtig. In diesem Augenblick wurde mir klar, daß er in seinem ganzen Leben beim CIA niemals soviel Macht besitzen würde wie ich jetzt. Und das wurde ihm offenbar ebenfalls klar.

»Ich verstehe, was Sie brauchen«, sagte er. Er sah sich vorsichtig im Restaurant um, um sicherzugehen, daß uns niemand belauschte, dann senkte er die Stimme zu einem Flüstern: »Es gibt eine Kategorie der Information, für die meine Kollegen die Bezeichnung ›Schwerpunktaufklärung‹ verwenden. Sie besteht aus der akustischen Überwachung, im Anzapfen von Telefonleitungen, Gesprächsmitschnitten. Es gibt kaum etwas, was die Vereinigten Staaten nicht mithören können, wenn sie wollen. Und das gilt selbst innerhalb eines befreundeten Landes, eines Bündnispartners wie Frankreich.

Wenn ich also sage, ich *weiß* etwas, so beziehe ich mich auf diese Kategorie von Informationen. Möglich, daß eine Aufzeichnung existiert, die Ihnen den Beweis liefert, den Sie brauchen. Aber derartige Aufzeichnungen werden Journalisten niemals zugänglich gemacht.«

Dann lächelte er mich mit jenem seltsamen Lächeln an, das ihn als geborenen Unruhestifter auswies, und schlug vor, uns endlich dem Essen zuzuwenden.

7

Am folgenden Montag hatte ich eben ein paar Anrufe erledigt, um einige Details dessen nachzuprüfen, was Ali Aziz und Rupert Cohen gesagt hatten, als mich Olivier, mein französischer Kollege und Freund der *Libération*, anrief. Er bat mich, ihn in seiner Zeitung aufzusuchen, es sei dringend. Obwohl ich an jenem Nachmittag noch einiges zu erledigen hatte, versprach ich, sofort zu kommen. Mit der Metro dauerte es eine halbe Stunde bis zur Redaktion der Zeitung in der Rue Béranger an der Place de la République.

Olivier führte mich hinauf auf die Dachterrasse, die den schmuddeligen, linksintellektuellen Chic des Hauses widerspiegelte. Es war eine einfache Kantine mit Automaten für alkoholfreie Getränke, wackeligen Gartenmöbeln, einer Tischtennisplatte und einem großartigen Blick über die Dächer von Paris. Man überblickte die ganze Stadt bis zum Eiffelturm, zum Montmartre und dem Beaubourg, das Klacken der Pingpongbälle im Ohr. Olivier hatte mir eine beunruhigende Botschaft zu übermitteln. Er habe von einem Freund bei der DST erfahren, daß ich an einer Story über Maurice Costa arbeite. Der Freund habe gesagt, ich solle augenblicklich die Finger davon lassen. Sonst sei mein Leben in Gefahr. Olivier wollte seine Quelle nicht preisgeben, erwähnte aber den Namen des Mannes, von dem sein Informant die Warnung erhalten hatte. Es war ein ehemaliger Beamter des Justizministeriums namens Jacques Daghestani – ein Name, den auch Ali Aziz erwähnt hatte.

»Ich kenne diese Typen, Eric«, sagte Olivier. Er starrte über die Dächer von Paris und sah dann mich an. »Sie sind gefährlich. Wir befinden uns in Frankreich. Die Leute begehen Verbrechen und kommen ungestraft davon.«

Ich dankte Olivier für seinen Hinweis. Die Drohung hielt ich nach wie vor für totalen Quatsch. Zehn Jahre journalistische Berufserfahrung hatten mich gelehrt, daß die Leute Reporter, auf die sie wütend sind, gewöhnlich nicht gleich umbringen. Das schafft nur noch mehr Ärger und kommt letztlich doch an die Öffentlichkeit, was sie ja mit allen Mitteln vermeiden wollen. Als ich mich von Olivier verabschiedete, fand ich es zwar bedenklich, daß Costas Leute mich so massiv einzuschüchtern versuchten, war aber mehr denn je überzeugt, daß ich einer tollen Story auf der Spur war.

Am Dienstag morgen war ich mit weiteren Telefonaten beschäftigt, als ich erneut eine Vorladung erhielt. Diesmal war es ein Mann, der sich als regionaler Sicherheitsoffizier an der US-amerikanischen Botschaft vorstellte – jemand, von dem ich noch nie gehört hatte. Seine Stimme klang sehr ernst. Von meinem Büro geht man zu Fuß normalerweise fünfzehn Minuten zur Avenue Gabriel, aber an jenem Morgen schaffte ich es in zehn Minuten.

Der regionale Sicherheitsoffizier – sein Name war »Chuck«, wenn ich mich recht erinnere – eröffnete mir, er habe mir eine Nachricht aus Washington zu übermitteln. Die Regierung der Vereinigten Staaten habe Informationen darüber, daß mein Leben in Gefahr sei. Er wollte seine Quelle nicht nennen und auch nicht sagen, wer mich bedrohte. Doch er meinte, das Außenministerium halte die Gefahr für ernst. »Ich kann Sie nicht zwingen, Frankreich zu verlassen«, sagte er, »aber ich würde es Ihnen dringend empfehlen.«

Jetzt bekam ich es wirklich mit der Angst zu tun. Die Macht und Autorität der US-amerikanischen Regierung verleiht derartigen Informationen gleich einen ganz anderen Stellenwert. Sie »vergegenständlichen« sich, wie die Philosophen sagen würden, verwandeln sich in etwas Handgreifliches, Konkreteres. Ich wäre am liebsten den Korridor entlanggegangen und hätte Tom Rubino aufgesucht, aber ich wußte, das wäre unklug gewesen, besonders in diesem Augenblick. Er hatte mich eindringlich gewarnt, ihn wegen der Sache mit Costa noch einmal anzusprechen. Mein Kontaktmann war Rupert Cohen, aber seit unserem Treffen am Freitag zuvor hatte ich nichts mehr von ihm gehört – was mir bedenklich erschien. Ich stand ganz allein in der Schußlinie.

Ich überlegte, welche Alternativen ich hatte. Zuallererst mußte ich beim *Mirror* anrufen, um Bescheid zu geben, was hier vor sich ging. Ich hatte meinen Vorgesetzten nicht gesagt, woran ich im Augenblick arbeitete, nur, daß ich an einer Fortsetzung der Taillevent-Story säße. Ich wartete bis 16 Uhr Pariser Zeit – 10 Uhr in New York – und rief dann die Auslandsredakteurin Lynn Frenzel an. Ich legte ihr die Sache in groben Zügen dar und kam dann auf die Morddrohung zu sprechen. Das Ganze wiederholte ich noch einmal, als Ed Weiss an der anderen Leitung zugeschaltet war.

Lynn Frenzel ergriff als erste das Wort. Sie war der Meinung, ich solle Frankreich verlassen. »Keine Story ist es wert, sich dafür umbringen zu lassen«, sagte sie. »Diese Lektion habe ich in Mittelamerika gelernt.«

Ich wartete auf eine Reaktion von Ed Weiss. Doch bevor er mir einen Rat gab, wollte er wissen, was ich selbst zu tun gedachte. Es entstand eine lange Pause. Ich überlegte. Schließlich räusperte ich mich.

»Ich sehe die Sache so«, sagte ich. »Wenn ich wirklich überzeugt wäre, daß ich in Gefahr bin, würde ich natürlich abreisen. Ich bin ja nicht verrückt. Aber ich glaube nicht, daß man mich ernsthaft umbringen will. Man will mich einfach einschüchtern. Und es ist mir zuwider, diesem Druck nachzugeben. Das heißt dann wohl nichts anderes, als daß ich bleiben will.«

»Ich liebe Sie, Eric«, rief Weiss. Eine spontane Reaktion, aber er meinte es ernst. Für Weiss war Journalismus eine Liebesbeziehung. »Aber das ist die falsche Antwort. Die richtige Antwort lautet, daß Sie Paris für eine gewisse Zeit verlassen sollten. Gehen Sie nach London. Gehen Sie ins Theater. Warten Sie, bis sich die Wogen geglättet haben. Dann kommen Sie zurück und schreiben, was Sie nur wollen.«

»Das klingt nach offizieller Linie«, sagte ich.

»Ja, aber es ist auch die inoffizielle Linie. Ich werde Ihnen nicht befehlen abzureisen. Sie sollten tun, was Sie für richtig halten. Aber wie die Dame schon sagte: Keine Story ist es wert, sich dafür umbringen zu lassen.«

Ich erwiderte, ich würde es mir durch den Kopf gehen lassen und ihnen dann meine Entscheidung mitteilen. Eine halbe Stunde später tickerte ein Telex durch von der Fernmeldezentrale in New York. Das war an sich merkwürdig, denn gewöhnlich schicken wir unsere Nachrichten per Computer. Das Telex stammte von Weiss, der offensichtlich einen offiziellen Beleg seines warnenden Rats in der Hand haben wollte: ProTruell Ex-Weiss. Nehme an, Sie sind nicht verrückt und verlassen Paris so schnell wie möglich. Dies ist ein Befehl. Ich meine es ernst. Alles Gute.«

Ehrlich gesagt, ich weiß nicht, was ich getan hätte, wenn an jenem Nachmittag der Bote nicht gekommen wäre. Ich saß in meinem Büro, starrte aus dem Fenster hinunter auf die Rue de Faubourg St.-Honoré und überlegte, was ich machen sollte. Pascale hatte ich schon nach Hause zu ihrem Kind geschickt. Da klopfte es heftig an die Tür, was mich, offen gestanden, zu Tode erschreckte. Aber es war nur dieser sonderbare Bote. Er wies sich nicht aus, bat mich um keine Unterschrift; er sah mich an, als vergliche er mich mit dem Bild, das er sich zuvor eingeprägt hatte, und überreichte mir einen Briefumschlag. Dann war er verschwunden, zur Tür hinaus und wieder im Aufzug hinunter.

Ich öffnete den Umschlag. Er enthielt ein einzelnes Blatt Papier mit einem gelben Post-it-Sticker darauf: die Abschrift eines aufgezeichneten Telefongesprächs. Die beiden Sprecher waren ausgewiesen als »Daghestani« und »Costa«. Zuerst kam der französiche Text im Original, dann folgte eine Übersetzung:

Daghestani: Nous sommes d'accord qu'il faut payer un milliard de francs pour finir avec cette affaire de Taillevent. Er herrscht Einigkeit darüber, daß wir eine Milliarde Franc (200 Millionen Dollar) zahlen müssen, um diese Taillevent-Geschichte zu beenden.

Costa: Et si nous payons, c'est fini. Les otages sont libres, les malins sont disparus. C'est ça? Und wenn wir zahlen, ist es vorbei. Die Geiseln sind frei, die Gangster tauchen unter. Ist es so?

Daghestani: Oui, bien sûr. Nous avons une garantie. Ja, natürlich, das ist garantiert.

Costa: Payez. Zahlen Sie.

Auf dem gelben Klebezettel war mit Tinte handschriftlich folgendes hinzugefügt: »Wissen ist Macht. Gehen Sie *sehr* behutsam damit um.« Das Schreiben trug keine Unterschrift, aber ich wußte, woher es kam. Das war die Kategorie Schwerpunktaufklärung, die es erlaubte, Dinge zu *wissen*, mit hundertprozentiger Sicherheit, als Grundlage des Handelns. Und nun wußte ich. Ich hatte meine Story, jetzt konnte ich sie veröffentlichen. Noch einmal überflog ich die Telex-Nachricht von Ed Weiss mit der Aufforderung, Paris zu verlassen. Dann setzte ich mich an den Computer und hämmerte selbst ein kurzes, an Weiss adressiertes Telex in die Maschine: »Botschaft nicht erhalten.«

In wenigen Stunden war die Story fertig. Ich hatte seit fast einer Woche Informationen zusammengetragen, und so hatte ich bereits alles parat, was ich brauchte. Und ich begriff, daß die

Zeit nun gegen mich arbeitete. Je länger ich mit der Veröffentlichung wartete, desto verwundbarer wurde ich. Ich rief die United Airlines an und buchte für den folgenden Tag zwei Plätze für einen Flug nach New York; zudem reservierte ich ein Hotel in Manhattan für die folgende Nacht. Ich hoffte, dadurch die DST-Beamten irrezuleiten, die zweifellos meine Telefongespräche abhörten, und sie in dem Glauben zu wiegen, daß ich das Weite suchen würde. Dann setzte ich mich an den Laptop und schrieb den Aufmacher.

Paris, 28. Mai. Der französische Verteidigungsminister Maurice Costa bewilligte persönlich die Zahlung von 200 Millionen Dollar an Mitglieder der Terroristengruppe Vert/Vertu, die vor zwei Wochen das Restaurant Taillevent besetzten. Verläßlichen Quellen zufolge war die Zahlung Teil eines Geheimabkommens zur Befreiung der 15 Geiseln.

Anderen gut informierten Kreisen zufolge war die Zahlung Bestandteil eines größeren Finanzpakets, bestimmt für prominente westafrikanische Politiker, die hinter der terroristischen Operation von Vert/Vertu steckten. Die Gesamtsumme soll sich auf mindestens eine Milliarde Dollar innerhalb der nächsten fünf Jahre belaufen

Die Geiselnahme im Taillevent war demnach ein Komplott von Vertretern führender afrikanischer Politiker, die sich um jene Zahlung betrogen fühlten, welche ihnen Freunde in der politischen und wirtschaftlichen Elite Frankreichs versprochen hatten. Dies verlautet aus gut unterrichteten Quellen, die aufgrund der Brisanz dieser Information geheim bleiben wollen.

Costa persönlich bewilligte die Zahlung in einem Telefongespräch am 19. Mai spätabends, kurz bevor eine französische Anti-Terror-Einheit das Nobelrestaurant stürmte. Der französische Verteidigungsminister war laut diesen Quellen von seinem Berater Jacques Daghestani darüber informiert worden, es herrsche »Einigkeit darüber, daß wir eine Milliarde Franc (rund

200 Millionen Dollar) zahlen müssen, um diese Taillevent-Geschichte zu beenden«. Costa fragte zurück, ob die Zahlung die Krise auch wirklich löse: »Und wenn wir zahlen, ist es vorbei. Die Geiseln sind frei, die Gangster tauchen unter. Ist das so?« Von seinem Berater informiert, daß dies »garantiert« werde, gab Costa die Anweisung: »Zahlen Sie.«

Den Quellen zufolge spielte Costa bei der Lösung dieser Krise die entscheidende Rolle, da er an der Spitze eines verdeckt operierenden Netzwerks steht, das über viele brisante politische und sicherheitspolitische Fragen in Frankreich entscheidet. Diesem Netzwerk, das angeblich informell *La Puissance Occulte*, »Geheime Macht«, genannt wird, sollen zahlreich führende französische Geschäftsleute, Politiker und Geheimdienstoffiziere angehören.

So ging es noch vier Seiten weiter. Es schrieb sich wie von selbst. Der Aufmacher eines Zeitungsberichts ist wie ein Haken im Kleiderschrank. Wenn er instabil oder falsch plaziert ist, hält er keine große Belastung aus. Ist er aber fest verankert, kann man bedenkenlos tonnenweise Informationen daran aufhängen.

Ich verbrachte die Nacht in meiner Wohnung, überprüfte die Fakten, ging alle Einzelheiten noch einmal durch und dachte darüber nach, wie sich die Zeitung gegen eventuelle Verleumdungsklagen verteidigen sollte. Ein Prozeß war die geringste meiner Sorgen, aber es war das einzige, wogegen ich mich schützen konnte. Nachdem ich alles noch einmal geprüft hatte, druckte ich den Text aus. Dann setzte ich einen langen Brief für Weiss auf, in dem ich in allen Einzelheiten die Quellenlage für den Bericht darlegte. Ich fügte eine Kopie des Gesprächsmitschnitts von Costa und Daghestani bei und steckte alles zusammen in einen an Weiss adressierten Umschlag. Schließlich löschte ich noch die Dateien von der Festplatte meines Computers, so daß keine weiteren Aufzeichnungen erhalten blieben.

Am folgenden Morgen um sieben Uhr rief ich Pascale zu Hause an und fragte, ob sie nicht mit ihrer Tochter einen Kurzurlaub in New York machen wolle. *Bien sûr!* Aber natürlich! Ich holte sie von zu Hause ab, chauffierte sie zum Flughafen und begleitete sie zum Flugsteig der United Airlines. Ich wollte sie keinen Moment aus den Augen lassen. Als der Flug aufgerufen wurde, übergab ich ihr den versiegelten Umschlag und schärfte ihr ein, nach ihrer Ankunft im Kennedy Airport mit dem Taxi direkt zur Redaktion des *Mirror* zu fahren. Sie sollte den Umschlag dem Chefredakteur Ed Weiss überreichen – ihm persönlich, gleichgültig, wer ihr Hilfe anbieten oder den Brief sonst zu sehen wünschte. Danach konnte sie tun, wozu sie Lust hatte.

Als der Bericht zwei Tage später auf der Titelseite unserer Zeitung erschien, herrschte in Frankreich helle Aufregung. Die Pariser sind redselige Menschen, und viele französische Reporter hatten gewußt, woran ich arbeitete. Auch die Drohungen gegen mich waren bekannt geworden, und als in unserer Zeitung nichts erschienen war, hatten sie angenommen, wir hätten klein beigegeben – so wie es die französischen Journalisten getan hatten, viele Jahre lang. Als wir es dann doch wagten, den Bericht trotz aller Einschüchterungsversuche zu veröffentlichen, sahen sich die französischen Zeitungen gezwungen, die Flucht nach vorne anzutreten.

Maurice Costa dementierte den Bericht, kaum daß er in New York aus der Druckerpresse gekommen war. Noch am selben Nachmittag lud er zu einer Pressekonferenz im Verteidigungsministerium. Mein Freund Olivier gratulierte mir überschwenglich, weil wir trotz der Drohung den Bericht veröffentlicht hatten. Er meinte, er habe gehört, daß Costa mich als CIA-Spion denunzieren wolle. Costa werde sich in die Trikolore hüllen und behaupten, die Geschichte sei Teil einer amerikanischen Kampagne mit dem Ziel, Frankreich zu destabilisieren.

Doch kurz vor dem Beginn von Costas Pressekonferenz bekamen die Vertreter der Staatsmacht in Paris die druckfrischen Exemplare von Frankreichs hyperseriöser Nachmittagszeitung

Le Monde zu lesen. Darin stand ein ausführlicher, unabhängiger Bericht über das Desaster im Taillevent, gestützt auf eigene Quellen, der im wesentlichen meine Darstellung bestätigte. Costas Pressekonferenz wurde um eine Stunde verschoben und schließlich abgesagt. Es war klar, daß das französische Establishment sich noch einmal genau überlegen mußte, ob es Costa und seine Bande bis zum bitteren Ende verteidigen wollte – insbesondere da offenkundig der CIA die Gegenseite unterstützte. Der Verteidigungsminister und sein ominöses Netzwerk waren Relikte der Vergangenheit. Sie waren mit einemmal zu einem Störfaktor geworden. Mit der Anmut und Präzision einer Balletttänzerin bewegte sich France Inc. in eine neue Richtung.

Ich verbrachte diese Nacht in einem Hotelzimmer, das ich unter falschem Namen gebucht hatte. Eigentlich hatte ich keine Angst mehr, wollte aber lieber kein Risiko eingehen. Und irgendwie wollte ich auch von der Bildfläche verschwinden. Alle großen Ereignisse meines Lebens, von meinem ersten großen Sieg im Tennisturnier bis zum Collegeabschluß, hatte ich begangen, indem ich von der Bildfläche verschwunden war. Die Genugtuung, die ich in solchen Augenblicken empfinde, ist süßer als alle Komplimente, die ich von anderen zu hören bekommen könnte.

Am nächsten Morgen zog die *Libération* mit einem eigenen ausführlichen Dossier über die sogenannte *Affaire Costa* nach. Die anderen französischen Zeitungen und Zeitschriften folgten, ebenso die amerikanische Presse. Am Wochenende stand der *Mirror* nicht mehr allein da. In der Woche darauf wurde die Krise auf typisch französische Weise gelöst: Maurice Costa trat als Verteidigungsminister zurück, wurde jedoch umgehend in den Élysée-Palast bestellt und an die Spitze einer neuen Kommission namens »France 2000« berufen, die das 21. Jahrhundert gestalten sollte. Seine erste Reise sollte ihn zu alten Freunden nach Afrika führen, anschließend würde er sich nach Peking begeben.

8

Ich war der Held des Tages. Eine sehr unbescheidene Behauptung, aber genauso war es. Mein Bericht hatte einen mächtigen französischen Politiker zu Fall gebracht und – wenn auch in mäßigem Umfang – die französische Politik verändert. Aufgrund meiner Eskapaden als Reporter war auch ich ein Teil der Geschichte geworden. Mit dem Segen meiner Vorgesetzten trat ich in der Spätnachrichtensendung *Nightline* auf und wurde in der Pressespalte von *Time* und *Newsweek* porträtiert. Das Magazin *People* schickte einen Fotografen, doch in jener Woche war das Thema »High-School-Schwärmereien« angesagt – mit Fotos von Hollywoodstars und ihren Jugendlieben beim Schülerball. Und so erschien der Artikel über mich am Ende doch nicht.

Ed Weiss suhlte sich in seinem Glück wie das sprichwörtliche Schweinchen im Dreck. Das waren für ihn die Augenblicke der Verzückung. Er ließ keine Gelegenheit aus, über den großen Knüller des *Mirror* zu sprechen, und legte besonderen Wert darauf, Reportern, die ihn aufsuchten, die beiden mittlerweile berühmten Telexe zu zeigen – sein Rückpfiff und meine Antwort: »Botschaft nicht erhalten.« Er hatte sie rahmen lassen und an der Wand seines Büros aufgehängt. Weiss kündigte an, er werde mich für den Pulitzer-Preis und den George-Polk-Preis vorschlagen. Wie sich herausstellte, war der Pulitzer-Preis eher unwahrscheinlich, denn in jenem Jahr erfuhr die Weltöffentlichkeit die Wahrheit über die bosnischen Todeslager, und man ging davon aus, daß die Auszeichnung an den Journalisten gehen würde, der sich am meisten um die Aufdeckung verdient gemacht hatte. Aber Weiss meinte, meine Chancen für den Polk-Preis stünden nicht schlecht – eine Auszeichnung, die oft erst postum Journalisten verliehen wurde, die bei der Erfüllung ihrer Pflicht gestorben waren. Offenbar war ich dafür genau der Richtige.

Im Monat Juni genoß ich meinen Sieg in vollen Zügen. Ich

kam nach New York und sprach auf einer Belegschaftsversammlung des *Mirror*. Der Andrang war so groß, daß die Veranstaltung in den Ballsaal eines nahe gelegenen Hotels verlegt werden mußte. Ich erzählte zum wiederholten Mal meine Geschichte, wobei ich die absurden Momente besonders herausstrich: wie ich auf dem Dach des Gebäudes von Élysée Models geschnappt wurde und die Nacht im Knast in der Rue Nelaton verbringen mußte. Ich beantwortete die sensationslüsternen Fragen von Freunden und Kollegen. Und ich tat es mit Freude. Es war ein Ritual der Selbstbeweihräucherung – für die Zeitung ebenso wie für mich. Später erhielt ich Besuch von mehreren jüngeren Journalistinnen, die mich sonst, als ich zu Hause Urlaub machte, nicht einmal gegrüßt hatten. Eine von ihnen nahm ich nach einem glorreich durchzechten und durchtanzten Abend mit ins Hotel. Wir schliefen ausgiebig miteinander und erwachten am nächsten Morgen mit dickem Kopf. Sie war gekränkt, ich nicht. Ich hatte den Jackpot geknackt. Die Vierteldollarstücke purzelten aus dem Automaten nur so in meinen Schoß. Am Tag vor meiner Abreise überreichte mir Sellinger den monatlichen Publisher's Award, der mit einem Preisgeld von 5000 Dollar verbunden war, und versprach mir für das folgende Jahr eine Gehaltserhöhung auf 80 000 Dollar – das war mehr Geld, als ich mir in meinem Beruf als Journalist jemals erträumt hatte.

Und doch, als ich endlich nach Paris zurückkehrte, wuchs ein Gefühl des Unbehagens in mir, wie Schimmel, der sich in einer feuchten Ecke des Badezimmers bildet. Wir hatten Maurice Costa nur deshalb entlarven können, weil wir aus einer anonymen Quelle Informationen erhalten hatten. Ich glaubte zu wissen, wer mir das Material zugespielt hatte, aber weshalb? Ich versuchte, Rupert Cohen bei der UNESCO aufindig zu machen, wo er angeblich arbeitete, doch dort kannte man ihn nicht. Das steigerte meine Verwirrung: War ich für eine verdeckte Kampagne der US-Regierung benutzt worden, die man in Washington ausgetüftelt hatte, um Einfluß auf die französische Politik zu nehmen? Oder hatte eine Quelle in Paris – ein verrückter Kerl in einer schwarzen Lederjacke – mir die Information auf eigene Faust zugesteckt? War ich der aktive Part in diesem Spiel oder nur ein Spielball der Pläne anderer? Ich kannte die Antwort nicht, und das war der Grund meines Unbehagens.

Anfang Juli rief mich Arthur Bowman an. Er käme in wenigen Tagen mit dem Außenminister nach Paris und habe einen freien Abend, an dem er mich zum Essen ins Taillevent einladen wolle. Zuerst dachte ich, das sei ein Scherz, aber er erklärte, er habe bereits einen Tisch reserviert. Die Einladung überraschte mich. Damals kannte ich unseren legendären Chefkorrespondenten kaum, und ich konnte mir nicht erklären, weshalb unser großer Guru ausgerechnet mich zum Nutznießer seines üppig ausgestatteten Spesenkontos auserkoren hatte. Aber ich hatte mich schon so daran gewöhnt, gefeiert zu werden, daß ich bereitwillig zusagte.

Der Besitzer des Taillevent, der zu seinem Glück am Tag der Geiselnahme nicht dagewesen war, begrüßte mich herzlich. Er holte den Sommelier Henri, der denselben grauen Anzug und die gleiche Anstecknadel mit dem Traubenemblem am Revers trug wie an jenem unglückseligen Abend. Er küßte mich auf beide Wangen und umarmte mich. Einen Augenblick fürchtete ich, er würde gleich zu weinen anfangen. An jenem Abend hatte ich nicht gemerkt, wie intim und angenehm das Restaurant war. Es herrschte eine Atmosphäre der Behaglichkeit. Vermutlich mußte man monatelang auf eine Reservierung warten, aber wenn man einmal drin war, gehörte man zum Kreis der Auserwählten. Alles in diesem Raum – die chinesischen Lampen, das Porzellan, das aberwitzige Arsenal von Silberbesteck – strahlte das Flair von zeitlosem Luxus aus. Als der Wirt mich zum Tisch geleitete, klatschten andere Gäste und einige der Bediensteten Beifall. In jenem Monat war ich in Paris noch berühmt.

Bowman saß bereits am Tisch auf der blauen Polsterbank. Er knüpfte sofort ein Gespräch mit dem Besitzer an. Offenbar waren sie alte Freunde. Bowman hatte etwas Gebieterisches, besonders an jenem Abend. Er trug einen seiner vollendeten Anzüge, die er Jahr für Jahr bei seinem Schneider im Mandarin Hotel in Hongkong in Auftrag gab: anthrazitfarbene Jacke und Hose, dazu ein blütenweißes Hemd und eine Krawatte von Hermès mit aufgedruckten Goldbordüren auf leuchtend blauem Untergrund. Im dezenten Licht des Restaurants schien sein ergrauendes Haar silbrig gesprenkelt.

»Sie kennen natürlich Jean-Claude«, sagte er, nachdem der Wirt gegangen war.

»Ehrlich gesagt, ich bin ihm nie zuvor begegnet«, sagte ich. »Mein Spesenkonto ist nicht so gut gepolstert wie Ihres.«

»Das kann auch so leicht keiner von sich behaupten«, gab er mit einem Lächeln zurück. »Ich bin gewissermaßen der letzte Mohikaner. Aber jetzt, da Sie ein solcher Star sind, kommen Sie für diesen erlesenen Kreis in Frage. Ich werde Ihnen mein Geheimnis verraten. Wann immer Sie in New York sind, bemühen Sie sich, der Geschäftsführung der Zeitung einen Gefallen zu tun. Sprechen Sie mit Inserenten, halten Sie eine Ansprache bei der alljährlichen Klausurtagung der Buchhaltung, seien Sie nett zum Verleger. Wenn dann jemand auf die Idee kommen sollte, an Ihren Spesen herumzunörgeln, haben Sie Freunde am richtigen Ort.« Ich nickte, denn es klang wie ein weiser Ratschlag.

Bowman war ein intimer Kenner der Speisekarte. »Bei den Spezialitäten des Hauses machen Sie nie etwas falsch«, empfahl er. Ich vertraute mich ganz ihm an und bestellte, was er vorschlug – als Vorspeise Meeresfrüchte-Terrine, anschließend Taubenragout.

»Und der Wein, was meinen Sie? Fangen wir an mit einer Flasche Meursault-Les-Luchets 1987. Zur Taube dann einen schonen Burgunder.« Er ging die Weinkarte durch. »Ich würde sagen, einen 85er Vosne-Romanée.«

Mir wurde schwindlig. Bowman hatte eben 300 Dollar von Philip Sellingers Geld allein für die Weine ausgegeben. Er aber strahlte vor Glück. Ich weiß nicht, was ich mir von Bowman erwartet hatte. Er war ein so alter Hase in seinem Metier, eine legendäre Gestalt für die jüngeren Mitarbeiter des Blatts, daß ich ihn nie als Mensch wahrgenommen hatte. Doch mit seinem umwerfenden Charme hatte ich nie Bekanntschaft gemacht – diese unwiderstehliche Art, wie er einen mit gutem Essen, Wein und Zungenfertigkeit in seinen Bann zog.

Als der Sommelier den Wein eingeschenkt hatte, erhob Bowman sein Glas in meine Richtung. »Auf den Pariser Korrespondenten des *New York Mirror.* Sie haben den wohl besten Job der Welt, und Sie haben die Sache brillant gemeistert. Ich hoffe, es macht Ihnen auch Spaß.«

»Natürlich macht es Spaß«, antwortete ich, »aber es wäre mir nicht unlieb, wenn sich meine silberne Kutsche wieder in einen Kürbis verwandelte. Berühmtheit und Journalismus vertragen sich nicht besonders gut.« Das war die Wahrheit, und an jenem Abend wollte ich ehrlich sein zu Bowman und eine gute Beziehung zu ihm aufbauen.

»Genießen Sie es, Eric. Sie haben eine Bombenstory geschrieben. Vielleicht eine wichtigere Story, als Sie ahnen.«

»Was meinen Sie damit? Ich kann Ihnen nicht folgen.«

Bowman blickte in sein Glas. »Dieser 87er ist wirklich ausgezeichnet, nicht wahr? Jean-Claude bewertet ihn auf seiner Weinkarte nur mit der Note 13, aber ich halte ihn für besser als den 88er, der die Note 16 bekommt. *De gustibus non est disputandum.* Habe ich recht?«

Mir waren die Vorzüge des 87ers im Vergleich zum 88er so ziemlich egal, und so wiederholte ich meine Frage. »Was meinen Sie damit, daß die Story wichtiger ist, als ich ahne? Ich finde, sie hat doch schon ziemlich viel bewirkt.«

»Hmmm«, machte er und wandte seinen Blick von seinem Glas Meursault wieder mir zu. »Ich möchte Ihnen eine Frage dazu stellen, wenn Sie gestatten. Jedem aufmerksamen Leser dürfte nicht entgangen sein, daß Ihnen der Mitschnitt eines Telefongesprächs der Nationalen Sicherheitsbehörde vorlag. Das ist so ziemlich das brisanteste Material, über das die US-Regierung verfügt. Die Tatsache, daß wir das französische Telefonnetz anzapfen können, ist an sich top-secret. Was die Frage aufwirft: Warum hat man Ihnen den Mitschnitt zugespielt?«

Bowman war sehr direkt. Das war Teil seiner intensiven Ausstrahlung. Er durchbrach die Verteidigung seines Gegenübers und war hinter die feindlichen Linien vorgedrungen, ehe man sich dessen bewußt wurde. Er ließ einem keine Wahl: Man mußte aufrichtig sein. »Ehrlich gesagt, weiß ich nicht, weshalb man mir den Mitschnitt zugespielt hat«, sagte ich. »Ich habe lange über diese Frage nachgedacht. Was meinen Sie?«

»Ich kann es nicht beantworten, da ich nicht weiß, wer Ihre Quelle war – und ich habe nicht die Absicht, Sie danach zu fragen. Das ist eine Sache zwischen Ihnen und Ed Weiss. Aber ein paar Hintergrundinformationen kann ich Ihnen geben, die vielleicht hilfreich sind. In den vergangenen sechs Monaten, seit die neue Regierung im Amt ist, hat der CIA in aller Stille einen neuen kalten Krieg begonnen. Diesmal sind die Feinde unsere größten Handelskonkurrenten – Frankreich und Japan, besonders aber Frankreich. Die neue Regierung ist geradezu besessen von der Vorstellung eines globalen Wirtschaftswettbewerbs, und die Bürokraten in Langley verstehen sich darauf, die neue Linie in ihrem Sinn zu nutzen. In der ganzen Welt wurde der Geheimdienst mobilisiert, um Informationen über französische Handelspraktiken zusammenzutragen – wo sie ihre Finger im Spiel haben, wen sie bestechen. Das Ziel ist offensichtlich, ›gleiche Ausgangspositionen zu schaffen‹, wie man so schön sagt – als könnte eine relativ kleine europäische Nation überhaupt unter gleichen Bedingungen gegen die einzig verbleibende Supermacht antreten. Aber das ist der neue Zeitgeist in Washington. Gleiche Ausgangspositionen schaffen. Die Franzosen unterbuttern. Und wer, meinen Sie, ist der oberste Drahtzieher der französischen Märkte – der Mann, der insgeheim alle großen Abschlüsse tätigt, von Saudi-Arabien bis Taiwan? Wer könnte das sein?«

»Maurice Costa«, sagte ich.

»Richtig. Sein Rücktritt war ein Schlag für den französischen Außenhandel, keine Frage. Doch die Franzosen werden sich erholen. Sie werden ihre Kräfte neu sammeln und neue Netzwerke aufbauen, und wahrscheinlich werden sie am Ende besser dastehen als vorher. Doch es war unbestreitbar ein Sieg für den guten alten Uncle Sam.«

»Also hat man den CIA auf mich angesetzt, um den Franzosen einen Schuß vor den Bug zu verpassen, um ›gleiche Ausgangspositionen zu schaffen‹. Das wollen Sie doch sagen, nicht wahr? Ich bin nicht gekränkt. Das gleiche ist mir auch schon durch den Kopf gegangen.«

»Man hat Sie nicht darauf angesetzt. Was Sie getan haben, war sehr mutig. Aber es geht um mehr bei diesem Spiel, das ist alles. Wer, glauben Sie, hat Ihnen das Material von der Nationalen Sicherheitsbehörde zugespielt? Nennen Sie mir um Himmels willen nicht seinen Namen. Aber glauben Sie, daß es jemand von der Botschaft war?«

»Nein«, antwortete ich. Bowman war mein Kollege, und ihm konnte man nichts vormachen. Ich wollte offen mit ihm reden. »Es war ein merkwürdiger Typ, wirklich. Wie aus einem Film von Werner Herzog. Mehr will ich nicht über ihn sagen, aber er war vom CIA. Das hat er zugegeben.«

Der Kellner kam und schenkte Bowman nach, der einen herzhaften Schluck nahm. »Diese Typen sind eigentlich zu bedauern«, sinnierte er und musterte dabei sein Kristallglas. »Sie suchen Arbeit.«

»Wer sucht Arbeit?« Die Bemerkung hätte sich genausogut auf die französischen Weinhändler oder auf die Glasindustrie beziehen können.

»Die unterbeschäftigten Herren vom CIA. Sie sitzen ganz schön in der Klemme, jetzt, da der kalte Krieg zu Ende ist. Sie verkaufen Regenmäntel in Saudi-Arabien, aber keiner will sie haben. Also müssen sie sich nach neuen Produktlinien umsehen. Vor zwei Jahren war das Drogengeschäft ein Hit. Dieses Jahr ist es offenbar die Wirtschaftsspionage. Die arglistigen Franzosen aus dem Feld zu schlagen.«

»Vielleicht sind die Franzosen ja tatsächlich eine Bedrohung? Costas Netzwerk war kein Hirngespinst. Es war gefährlich.«

»Für die Franzosen vielleicht, aber gewiß nicht für die Vereinigten Staaten. Ein Typ wie Maurice Costa mag noch soviel Dreck am Stecken haben, es ist ein Problem, das die Franzosen lösen müssen. Costa hat seit den fünfziger Jahren – besonders in Afrika – mehr oder weniger immer das gleiche getan, und in Washington hat sich keiner darum geschert. Er war in Langley sogar wohlgelitten – als Russenhasser. Plötzlich gilt für Costa und sein Netzwerk die höchste Alarmstufe. Was schließen Sie daraus?«

»Daß ich unwissentlich die Auftragslage des CIA angekurbelt habe.«

»Exakt.« Bowman strich sich das silbergraue Haar aus der Stirn. »Der Geheimdienst sondiert das Terrain, um neue Aufträge an Land zu ziehen. Er schafft sich neue Aufgaben. Die ganze Geschichte mit der Wirtschaftsspionage ist ein gefährlicher Unsinn, wenn Sie mich fragen. Aber was weiß ich schon.«

»Sie wissen Bescheid, Arthur. Das sagen alle.«

Die Meeresfrüchte-Terrine kam. Ich schnitt sie auf, und es entströmte ihr ein würziger Duft nach Trüffel und Pistazien, Buttershrimps, Hummer und Muscheln. Jeder Bissen war eine Gaumenfreude. Wir leerten die Flasche weißen Burgunder; und sofort brachte der Kellner den Roten zum Taubenragout, das so intensiv nach Wild schmeckte. Ich war derart gesättigt, daß ich mir nicht vorstellen konnte, noch ein Dessert verdrücken zu können. Doch Bowman meinte, wenn ich es ausließe, würde er mich nie wieder zum Essen einladen.

»Stellen Sie sich vor, jemand kommt in ein großes Restaurant und bestellt kein Dessert«, sagte er. »Einfach entsetzlich. Das ist doch ihre Kunst. Wie wenn man den Louvre besucht und sich die Mona Lisa nicht ansehen will.« Er studierte die Speisekarte.

»Es gibt nur eine Wahl«, entschied er, »die *Marquise au chocolat.*« Hinter diesem Namen verbarg sich eine gehaltvolle Schokoladentorte, eher Mousse als Torte, mit *crème anglaise* und gemahlenen Pistazien. Der Besitzer bestand darauf, daß wir ein Glas Sauternes dazu tranken, auf Kosten des Hauses.

An jenem Abend war ich ein Sinnenmensch. So gut hatte ich noch nie gegessen, so rundherum war mir noch nie geschmeichelt worden. Bowman hatte noch eine Frage an mich.

»Was machen Sie, wenn Ihre Zeit in Paris um ist, junger Mann?«

»Darüber habe ich, offen gestanden, noch gar nicht nachgedacht«, antwortete ich. »Ein Jahr bleibt mir noch, vielleicht zwei. Am liebsten würde ich noch eine Runde in Europa drehen. Moskau vielleicht. Aber darüber zerbreche ich mir den Kopf, wenn es soweit ist.«

»Sie sollten zurückgehen. Eine Zeitlang in der Washingtoner Redaktion arbeiten. Sich einarbeiten. Dann sollten Sie als Redakteur nach New York gehen. Sie werden gebraucht.«

»Wer sagt das?« Redakteur zu werden war das Letzte, was ich wollte. Es klang zu sehr nach ordentlichem Berufsleben.

»Ed Weiss«, sagte er lächelnd. Er hatte sich eine Zigarette angezündet und sog den Rauch in die Nase zurück. In jener Nacht ahnte ich wirklich zum erstenmal, daß meine berufliche Laufbahn von höheren Mächten gelenkt wurde, über die ich nur begrenzte Kontrolle besaß.

II

Washington

Januar–März 1996

9

Im darauffolgenden Jahr kehrte ich nach Hause zurück und wurde Reporter für das Washingtoner Büro des *Mirror.* Man hatte mich zurückbeordert. Ed Weiss rief mich eines Tages in Paris an und teilte mir mit, das Moskauer Büro würde bald eröffnet werden. »Sie können es haben, wenn sie wollen«, sagte er, »aber ich hoffe, Sie wollen es nicht. Sie sollten nicht länger in Europa bleiben. Das ist ein alter Hut für Sie. Sie würden Ihre Sache in Moskau gut machen, aber wozu? Wir brauchen Sie in Washington. Kommen Sie nach Hause und vollbringen Sie hier große Taten.«

Ich kam seiner Bitte nach. Weiss hätte mir den Auftrag geben können, ein Büro in Seward, Alaska, zu eröffnen, ich hätte es getan. Wie gesagt, ich mochte ihn.

Ich kehrte Paris nur allzugern den Rücken. Meine amerikanischen Kollegen beneideten mich, und meine französischen Quellen fürchteten mich. Ich führte ein einsames Leben. Journalisten sind, im Grunde genommen, Parasiten. Sie nisten sich im Leben einer Gesellschaft ein und saugen ihre Nahrung daraus. Aber ich hatte in Paris keine Tarnkappe mehr. Ich war radioaktiv geworden. Das wurde mir schlagartig an dem Tag bewußt, an dem ich Ali Aziz anrief. Er behandelte mich kühl und distanziert, und mir wurde klar, daß er für den Gefallen, den ich ihm vor Jahren in Beirut getan hatte, schließlich doch teuer bezahlt hatte. »Du solltest Frankreich verlassen«, empfahl er, und er hatte recht.

Meine neue Position in Washington trug den Namen »Reporter für besondere Aufgaben«. Das bedeutete, wie sich herausstellte, daß ich tun konnte, was ich wollte, solange ich nur aktiv war. Der Redaktionsleiter in Washington, Bob Marcus, hatte Respekt vor mir. Er spürte, daß ich auf eine rätselhafte Weise, die er nicht verstand, gewissermaßen die höheren Weihen erhalten hatte und daß es seinen eigenen Karriereinteressen nützen würde, wenn er sich mit mir gut stellte. Doch ich machte es ihm leicht: Mein erstes Projekt war eine Serie über einen Slumbaron in Baltimore, der sich von seinem Geld eine Luxusvilla an der französischen Riviera gekauft hatte. Schon in Paris hatte ich von ihm gehört, also hatte ich bei meiner Ankunft die Story praktisch in der Tasche. Marcus hielt mich für genial.

Die Washingtoner Redaktion, mein neuer Arbeitsplatz, war das Aushängeschild für die Ambitionen des *Mirror*. Die *Times* und das *Journal* besaßen große Büros in Washington; das waren große Zeitungen, also brauchten wir auch ein repräsentatives Haus. Der *Mirror* nahm ein ganzes Stockwerk in einem jener phantastisch häßlichen Bürogebäude an der unteren Connecticut Avenue ein. Das Büro des Redaktionsleiters wäre eines Staatssekretärs im Handelsministerium oder des Präsidenten der Import-Export-Bank würdig gewesen – mit einem riesenhaften Schreibtisch aus Kirschholz, schweren grünen Vorhängen und einem dicken Teppich in leuchtendem Blau. In dem Raum waren so viele Stühle und Sofas verteilt, daß Reporter, die Marcus zu sich bestellte, nie wußten, wohin sie sich setzen sollten.

Von seinem Büro aus überblickte Marcus die lange Reihe der Schreibtische entlang der Fensterfront zur Connecticut Avenue. »Korridor der Götter« nannten wir den Trakt. An diesen Schreibtischen saßen die Granden der Redaktion. Amory Small, der schon über den Kongreß berichtete, als Carl Albert noch Sprecher des Repräsentantenhauses war, und der noch den gleichen Bürstenhaarschnitt trug wie Anfang der sechziger Jahre, als er seine Stelle angetreten hatte. Noel Rosengarten, der Pentagon-

Korrespondent, der ständig Angebote vom Fernsehen bekam, aber nie den Absprung schaffte. Susan Geekas, die Korrespondentin für das Weiße Haus, die die Amtszeit von drei Präsidenten überlebt hatte und sich etwas darauf zugute hielt, daß sie zu gesellschaftlichen Anlässen nie im Weißen Haus erschien.

Der einzige Berichterstatter mit einem eigenen Büro war Arthur Bowman, unser Chefkorrespondent. Sein Zimmer lag, vom Büro des Redaktionsleiters aus gesehen, am anderen Ende des Korridors und war beinahe so imposant wie dieses.

Die übrigen Reporter waren im rückwärtigen, fensterlosen Teil der Etage untergebracht. Einer jener ins »Hinterland« Verbannten war George Dirk, mein bester Freund bei der Zeitung. Wie ich hatte er 1981 mit der Metro-Berichterstattung in New York angefangen, und wie ich hatte er davon geträumt, ins Ausland zu gehen. Aber dieses Glück war ihm nicht beschieden gewesen. Er hatte geheiratet, hatte Kinder, und seine Karriere hatte einen Knick bekommen. Er arbeitete jetzt als Berichterstatter für den Wirtschaftsteil »Business Today« und lieferte ständig gute Storys. Doch sein Stern bei der Zeitung sank weiter, aus Gründen, die ich nie ganz begriff. Die Folge war, daß George Dirk sich vor Neid auf andere, erfolgreichere Reporter verzehrte und ihr Vorankommen auf List und Tücke zurückführte. Besonders schlecht war er auf Rosengarten zu sprechen, den er als V-Mann des militärisch-industriellen Komplexes betrachtete. Mich mochte Dirk noch – trotz meines Erfolges, aber er war sichtlich aus dem Häuschen, als man mir einen Schreibtisch an der Fensterfront zuwies, genau in der Mitte zwischen Marcus und Bowman. Daß ich dieses erstklassige Fleckchen Büroraum in Besitz nahm, war für Dirk der Beweis meiner moralischen Unzulänglichkeit.

Allmählich erkannte ich, daß die Zeitung sich verändert hatte, seit ich vor zehn Jahren aufgebrochen war, um meinen ersten Auslandsauftrag anzunehmen. Es ging vorsichtiger, bürokratischer zu, man war ängstlicher und empfindlicher. Die Veränderungen hatten sich über die Jahre hin vollzogen, ohne daß ich es bemerkt hatte. Wenn man in Europa ist, kriegt man gar nicht richtig mit, was in der Zentrale daheim los ist. Man bekommt etwas erzählt, begreift es aber nicht wirklich. Jetzt sah ich, wieviel sich tatsächlich verändert hatte. Der große Aufbruch der siebziger Jahre, der journalistische Feuereifer jener Zeit, als die Presse die Revolte Amerikas gegen die Autoritäten anführte, war verpufft. Journalisten waren nicht mehr die Helden; vorbei war die Zeit eines Lou Grant und einer Mary Hartman. Die Journalisten waren weinerlich geworden, Pappkameraden ohne jede menschliche Regung, die sich aufführten, als wären sie allen anderen überlegen. In den achtziger Jahren, als unser Höhenflug noch anhielt, erschien es mir gar nicht schlecht, eine Zeitlang unbeliebt zu sein. Aber das war zuviel des Guten.

Das Schlimmste war, daß sich die wirtschaftliche Lage der Zeitungsbranche verändert hatte. Wir waren nicht nur unbeliebt, wir waren nicht profitbringend. Das zeigte sich immer dann, wenn ein Reporter bei Bob Marcus eine Dienstreise beantragte. In alten Zeiten hatten wir nie eine abschlägige Antwort bekommen. Man begriff, daß Nachrichten Geld kosteten, und eine dicke Spesenabrechnung wurde als Zeichen dafür gewertet, daß man seinen Job anständig machte. Mehr nicht.

Die Anzeigeneinnahmen sanken – man brauchte keine Zahlen, man brauchte sich nur anzusehen, wie dünn die Zeitung war. Auch die Auflage sank. Seit Philip Sellinger vor fünfzehn Jahren Verleger geworden war, hatte er immer wieder betont, er werde hoffentlich nie gezwungen sein, Redaktionsmitglieder zu entlassen. Aber alle fragten sich, ob er an diesem Versprechen noch lange würde festhalten können. Die besten jungen Reporter gingen weg, nach Hollywood als Drehbuchautoren, an die Wall Street als Investment Banker oder zum Fernsehen als Quasselstrippen. Die erfahreneren Journalisten wie mein Freund George Dirk, die ihr Handwerk von der Pike auf gelernt hatten, wurden kribbelig, blickten über die Schulter und fragten sich, wann das Beil fallen würde. Ich nicht. Mein Stern war noch im Kommen. Das sagten alle.

Und noch etwas stellte ich fest nach meiner Rückkehr: Meine Ex-Freundin Annie Baron war ebenfalls ein Star geworden. Sie hatte jetzt eine wöchentliche Kolumne in *Newsweek* und moderierte regelmäßig eine jener Fernseh-Talk-Shows, die sich wie eine Boa constrictor um den Journalismus gelegt hatten. Als ich Amerika verlassen hatte, waren solche Shows ein reiner Witz gewesen, da saßen behäbige alte Knacker und quasselten über Politik. »Wissen Sie, Martin, die Strategie der Regierung in bezug auf das SALT-Abkommen steht nächste Woche auf dem Prüfstand…« Annie hatte solche Leute immer »Dampfplauderer« genannt. Jetzt war sie eine von ihnen. Aber sie war anders. Sie war jung, hübsch, bissig. Sie war nicht wie die Politiker, über die sie berichtete: Sie war besser als sie.

Annies Spezialität – als Zeitungs- wie als Fernsehkommentatorin – war es, die Reichen und Berühmten aufs Korn zu nehmen. Etwas ganz Erstaunliches hatte sie zustande gebracht: Sie war selbst berühmt und behandelte gleichzeitig andere Berühmtheiten von oben herab – eine Kategorie, zu der leider auch ich zu gehören schien. Ich traf sie bei einer Buchpräsentation bei Bob Marcus – wenige Wochen nachdem ich meinen neuen Posten angetreten hatte. Sie sah bezaubernd aus wie immer, mit den langen Beinen einer Balletttänzerin und dem boshaften Journalistenblick. Aber sie umgab sich ganz bewußt mit einer Aura des Geheimnisvollen, eine Seite, die ich an ihr nicht kannte. Besonders bedeckt hielt sie sich, als ich fragte, ob sie mit jemandem zusammen sei. Vielleicht war es nur Koketterie, dachte ich.

Um das Thema zu wechseln, fragte sie mich, wie es in Paris gewesen war, und ich erzählte ihr ausführlich davon – die Maurice-Costa-Story, den großen Coup, den ich dort gelandet hatte, hob ich besonders hervor. Sie hörte eine Weile zu, dann fing es an, sie zu langweilen. Die politische Korruption in Frankreich war ein Thema, über das sie nichts wußte.

»Sei nicht so bierernst«, meinte sie am Ende. »Mein Gott! Du redest ja wie der nationale Sicherheitsberater. Ich weiß, daß du ein wichtiger Mann bist, Eric. Aber jetzt, da du wieder zu Hause bist, mußt du dich ein wenig amüsieren. Laß dir's gutgehen!«

Ich war nicht gekränkt. Dies war auf jeden Fall ein guter Rat, und es war ja immerhin möglich, daß sie damit andeuten wollte, ich solle mich mit *ihr* amüsieren – eine reizvolle Idee, wie ich fand, auch nach so vielen Jahren und so vielen seelischen Narben. Ich nahm ihr nicht einmal ihre neuen Talk-Show-Allüren übel. Sie ging ihren Weg, nutzte ihre Fähigkeiten, erhob sich über den Durchschnitt der weniger Talentierten. Sie wirkte auf mich wie eine Europäerin, die sich der Tatsache bewußt ist, daß sexuelle Ausstrahlung Macht bedeutet.

Nach dieser ersten Begegnung dachte ich oft an Annie, rief sie jedoch nicht an. Es war zu kompliziert. Man kann eine Beziehung nicht so mir nichts dir nichts wiederaufnehmen, als wäre nichts gewesen. Es muß aus einer inneren Notwendigkeit heraus geschehen, die beiden von Umständen auferlegt wird, welche außerhalb ihrer Kontrolle liegen. Und es machte mir nichts aus zu warten.

Ich war vielleicht vier Monate zurück in Washington, als ich einen Brief von Rupert Cohen erhielt. Seit unserer kurzen Bekanntschaft in Paris hatten wir nichts mehr miteinander zu tun gehabt. Ein merkwürdiger Brief: äußerst formell; mit bedachtsam gewählten Worten und ohne Absender. Er lautete:

> 8. Januar 1996
> Lieber Mr. Truell,
> wie sie sich vielleicht erinnern, lernten wir uns im Mai 1994 in Paris kennen. Sie benötigten Informationen, und ich versuchte, Ihnen behilflich zu sein. Obwohl Sie mir des-

halb in keiner Weise verpflichtet sind, hoffe ich, daß Sie diese Bitte um Hilfe nicht abweisen werden.

Seit mehr als zehn Jahre stehe ich im Dienst der US-Regierung. Was mich bewegt, diesen Brief zu schreiben, ist die Tatsache, daß ich für mich endlich eine Frage beantwortet habe, über die ich schon zu der Zeit nachgedacht hatte, als wir uns kennenlernten, über die ich aber damals nicht mit Ihnen gesprochen hatte. Die Frage, ob man weiterhin im Staatsdienst bleiben sollte, wenn man davon überzeugt ist, daß das Schiff sinkt. Ich bin nunmehr zu dem Schluß gekommen, daß die Antwort negativ ist. Meine Organisation, die schon bei meinem Eintritt in keiner guten Verfassung war, ist in einem Implosionsprozeß, im Verfall begriffen – und zwar dank ihrer enormen Mittelmäßigkeit.

Anders gesagt, wir sind keine ernstzunehmende Organisation mehr. Wir sind, glaube ich, eigentlich schon vor langer Zeit gestorben, aber der Feind hinter der Berliner Mauer hielt uns weiter am Leben. Unsere groben Unzulänglichkeiten wurden so verschleiert und schienen nebensächlich.

Und nun meine Bitte: Da ich mich nach anderen Betätigungsfeldern umsehe, richtet sich meine Aufmerksamkeit auch auf Ihren Bereich. Ich glaube, ich bin ein guter Journalist. Exakte Informationen zu sammeln ist offenkundig der Kern dessen, was ich jetzt mache – oder machen würde, wenn ich für eine kompetente Organisation arbeiten würde. Ich würde gerne einen Fuß in die Tür des Journalistenberufs bekommen, weiß aber nicht, wie. Darf ich Sie um Rat bitten?

Gäbe es eine Möglichkeit für jemanden wie mich, von einer seriösen Zeitung oder Zeitschrift eingestellt zu werden? Oder wird meine bisherige berufliche Laufbahn ein unüberwindliches Hindernis darstellen, Arbeit bei einem Nachrichtenblatt zu finden? Gäbe es vielleicht ein Nachrichtenblatt, das meine Dienste beim Staat als Vorteil auffassen würde? Und wenn eine feste Anstellung nicht in Frage kommt, wie sähe es mit einer freien Mitarbeit aus? Ich bin mir im klaren darüber, daß es für Sie schwierig ist, diese Frage zu beantworten. Und eine Antwort von Ihnen wäre in jedem Fall ein Entgegenkommen in Anbetracht unserer kurzen Bekanntschaft. Dennoch hoffe ich, daß Sie mir weiterhelfen können. Ich wäre Ihnen für jeden Rat zu großem Dank verpflichtet. Gerne würde ich mich auch ausführlicher mit Ihnen über den Niedergang der Behörde austauschen, bei der ich gegenwärtig arbeite.

Ende Januar bin ich in Washington. Dann rufe ich Sie an in der Hoffnung, daß wir uns auf einen Drink treffen können.

Mit besten Grüßen

Rupert G. Cohen

Ich überflog den Brief mehrmals und rief mir dabei den Mann in dem flauschigen Pullover in Erinnerung. Hier meldete er sich zurück, fast zwei Jahre, nachdem er mir in aller Heimlichkeit die Stafette gereicht hatte – und er suchte nach einem Job! Ich hatte das Gefühl, daß mir das Glück erneut winke. Aus heiterem Himmel bat mich ein CIA-Beamter um Hilfe und bot an, mir Interna über den Sicherheitsdienst mitzuteilen. Das war ein seltener Treffer. Wie immer bei einer Begegnung mit einem Informanten, glaubte ich, ich hätte die Fäden in der Hand. Rupert Cohen mochte hoffen, mit meiner Hilfe einen Job zu bekommen, aber ich würde mit seiner Hilfe eine Story bekommen. Und noch etwas verhieß der Brief. Ich würde endlich die Möglichkeit erhalten, die Frage zu lösen, die mich seit dem Tag beschäftigte, an dem ich den Mitschnitt des Telefonats erhalten hatte: War ich auf Maurice Costa angesetzt worden?

Ich faltete den Brief zusammen und steckte ihn wieder in den Umschlag. Mein neuer Schreibtisch war sauber und ordentlich.

Die unbeschriebenen Seiten meiner Rolodex-Kartei warteten auf mich wie die leeren Sitze eines Riesenrads; mein internes amtliches Adreßbuch war noch ohne Anstreichungen und stand griffbereit. Meine Welt war grau gewesen. Und plötzlich diese Explosion von Farbe.

10

Zu der Zeit, als ich Cohens Brief erhielt, kam gerade der Präsidentschaftswahlkampf in Gang, und die Washingtoner Redaktion war damit beschäftigt, den Kandidaten auf den Zahn zu fühlen – ein Ritual, das sich alle vier Jahre wiederholte. Mir war Senator James Abelard zugewiesen worden, ein Republikaner aus Pennsylvania, der ein gänzlich unbeschriebenes Blatt war. Da ich in Washington ein Neuling war, bat ich den Redaktionsleiter, mir jemanden hinzuholen zu dürfen, und schlug meinen Freund George Dirk vor. Er recherchierte gut, und außerdem war dies eine Möglichkeit, ihm etwas zuzuschustern. Marcus wirkte nicht gerade begeistert – Dirk war nicht seine erste Wahl –, aber er war einverstanden.

Eine halbe Stunde nachdem ich Rupert Cohens Brief erhalten hatte, begab ich mich an Dirks unordentlichen Schreibtisch. Ich wollte die Neuigkeit über meinen geheimnisvollen Briefschreiber mit ihm teilen. Dies ist ein Charakterzug von Journalisten: ihre Unfähigkeit, Geheimnisse lange für sich zu behalten. Deshalb glauben auch so viele Leute in meiner Branche, daß »der Informant« in Wirklichkeit gar nicht existiert. Wenn er eine reale Person wäre und nicht aus vielen einzelnen bestünde, so wäre das Geheimnis schon längst aufgeflogen.

Dirk war eine imposante Persönlichkeit, auch wenn er in die hinterste Ecke der Redaktion verbannt war. Ein hochgewachsener Mann mit einem weißen Haarschopf. Als ich näher kam, sah ich, daß er die Füße auf den Schreibtisch gelegt hatte und ein konspiratives Telefonat führte. Dirk hatte viele »Quellen« in der Stadt. Kongreßmitarbeiter, in Ungnade gefallene ehemalige Beamte, Journalistenkollegen, welche mit Informationen handelten, die sie in ihren eigenen Blättern nicht unterbringen konnten, Leute, die alte Rechnungen zu begleichen hatten. Niemand wußte, wer genau diese Quellen waren, aber ich stellte mir immer vor, es müßten Doppelgänger von Dirk sein: Leute, die aus diesen oder jenen Gründen spürten, daß ihre Karriere durch finstere Mächte behindert wurde, und die entschlossen waren, sich dafür zu rächen: ein Netzwerk der Verbitterten. Als Dirk mich kommen sah, sagte er rasch in den Hörer: »Ich muß aufhören, ich rufe dich später zurück«, und grinste mich schuldbewußt an.

»Dirk«, knurrte ich. »Ich muß mit dir reden. Gehen wir nach der Arbeit auf ein Bier.«

»Du machst wohl Witze, Eric? Niemand geht hier nach der Arbeit auf ein Bier. Das tut man vielleicht noch in Paris, aber hier, in der Hauptstadt unseres Landes, gibt's das nicht. Du wolltest sicher sagen: Dirk, gehen wir nach der Arbeit ins Fitneßstudio und stählen unsere Muskeln. Oder: Dirk, gehen wir ein Glas Papaya-Saft trinken in diesem feinen neuen vegetarischen Lokal.«

Aber schließlich konnte ich ihn doch überreden. Es war früher Nachmittag, aber das spielte keine Rolle. Keiner von uns mußte an jenem Abend einen Bericht fertig machen. Wir gingen in Dirks Lieblingskneipe, eine feuchte, verrauchte Spelunke namens »Club Down Under« im Untergeschoß unseres Gebäudes. Die Nähe zur Redaktion verstärkte Dirks Kitzel unerlaubten Vergnügens, und die Chance, ertappt zu werden, war gering. Es war so dunkel, daß Bob Marcus am Nachbartisch hätte sitzen können, ohne daß man ihn bemerkt hätte.

»Ich habe heute einen interessanten Brief bekommen«, sagte ich, während wir genüßlich unser Bier tranken.

Dirk war sofort in Alarmbereitschaft. »Von wem?« fragte er

finster. Gute Nachrichten von anderen riefen ihm sein eigenes Versagen in Erinnerung und machten ihn depressiv.

»Ein Typ vom CIA.«

Dirk machte ein noch verdrießlicheres Gesicht. Seine erste Reaktion war zwangsläufig Neid. Was hatte ich für eine neue Chance, die ihm versagt blieb?

»Und was wollte der CIA-Typ?« erkundigte sich Dirk. Auch das war merkwürdig bei ihm. So sehr er Neuigkeiten über Erfolge seiner Kollegen haßte, er wollte immer alles haargenau wissen. Es war fast wie ein Akt der Selbstbestrafung. Je mehr ich ihm erzählte, desto unzufriedener würde er werden. Ich beschloß, einen Rückzieher zu machen.

»Nichts Besonderes«, antwortete ich. »Ich habe ihn vor einer Weile kennengelernt. Ich glaube, er ist Analytiker. Auf Jobsuche.«

Diese kleine Lüge schien Dirks Ängste zu zerstreuen. Viele kannten CIA-Analytiker, auch Dirk kannte welche. Ich ließ das Thema fallen. Wenn ich über meinen einstigen und zukünftigen CIA-Informanten erzählen würde, wäre das für Dirk die reine Folter.

»Hör zu«, sagte ich und wechselte das Thema, »wir müssen über Abelard sprechen. Mir ist nicht klar, worum es bei diesen Wahlkampfprofilen eigentlich geht.«

»Klar«, strahlte er. »Schieß los.« Der Gedanke, daß ich seine Hilfe benötigte, heiterte ihn sichtlich auf.

»Wonach suchen wir eigentlich?« Diese Frage hatte mich in der Tat beschäftigt, seit ich den Auftrag erhalten hatte. Alles, was über Abelard in Umlauf war, legte nahe, daß er ein umsichtiger, nachdenklicher Mann war. Ein Relikt aus vergangenen Zeiten; wenn der Rat für Auslandsbeziehungen einen Kandidaten zu benennen hätte, wäre es gewiß James Abelard gewesen.

»Schmutz«, gab er zurück. »Was wir finden können in den verborgensten Ecken und Winkeln seines Lebens. Und weißt du was? Wir werden etwas finden. Denn jedes menschliche Wesen auf diesem Planeten hat irgendwann in seinem Leben etwas falsch gemacht. Etwas, worüber er sich schämt, das ihm peinlich ist, von dem er hofft, daß nie jemand dahinterkommt. Etwas, das er als Privatsache verschleiern zu können glaubt. Aber wir werden es finden und den Schleier wegreißen. Das ist unsere Aufgabe. Wir sind die Müllsäcke, in die der Dreck kommt.«

Dirks Selbsthaß war größer, als ich ihn in Erinnerung hatte. »Du brauchst einen Psychoklempner«, sagte ich. »Aber sag, wie kriegen wir etwas über Abelard heraus? Mit wem sollen wir sprechen?«

»Mit allen, die ihn hassen. Mit allen, die Groll gegen ihn hegen. Mit allen, die gegen ihn angetreten sind und den kürzeren gezogen haben. Anders ausgedrückt: mit seinen Feinden. Und anschließend werden wir mit seinen Freunden sprechen, als Ausgleich gewissermaßen.«

Ich schüttelte den Kopf. »Du bist wirklich krank, Dirk. Was ist los mit dir?«

»Ich bin nicht gut drauf. Ich habe so ein Gefühl, daß sie mich feuern werden. Ein Menschenopfer, um den Gott der steigenden Papierpreise zu besänftigen. Dir ginge es auch nicht anders, wenn du den Eindruck hättest, daß sie dich rausschmeißen wollen.«

»Sei doch nicht albern. Beim *Mirror* wird keiner gefeuert.«

»Das war einmal, Eric. Die Zeiten sind vorbei. Ich hatte im vergangenen Jahr eine sehr schlechte Leistungsbeurteilung. Zum erstenmal überhaupt. Daraus werden sie mir einen Strick drehen. Du wirst sehen. Wenn du kein solcher Arschkriecher wärst, würdest du merken, wie sehr sich die Zeitung verändert hat.«

»Dirk, du kannst mich mal.«

»Entschuldige.« Er war sogleich zerknirscht, als er merkte, daß er mich gekränkt hatte. »Das hätte ich nicht sagen sollen. Tut mir wirklich leid.« Das war wiederum typisch für Dirk. Obwohl er gern große Sprüche klopfte, war er im Grunde seines Herzens ein Leisetreter. Ein furchtsamer Löwe. Ich beschloß, es dabei zu belassen.

»Was ist also mit Abelard?« sagte ich. »Wir müssen die Aufgaben verteilen.«

»Ich spreche mit seinen Feinden. Du sprichst mit seinen Freunden. Wie wäre das?«

»Also, Dirk! Nun mal im Ernst. Wie wär's damit: Du kümmerst dich um Abelards Finanzen – Wahlkampffinanzierung, Steuererklärungen, Reisen, Honorare, all das. Ich mache sein Privatleben – wer er ist, woran er glaubt, Ehe, Kinder. Seine Amtszeit teilen wir uns auf. Du übernimmst die Innenpolitik. Er ist Vorsitzender des Senatsausschusses für Arbeit und Soziales und hat all diese Pläne zur Sozialreform. Ich mache die Außenpolitik. Er ist im Außenpolitischen Ausschuß und war Vizepräsident des Geheimdienstausschusses. Was hältst du davon?«

»Gut, gut«, sagte er. »Nimm's mir nicht übel, Eric. Aber du redest wie ein Chefredakteur.«

II

Was mich an Washington am meisten überraschte, war sein kleinstädtischer Charakter. Ich hatte mich in den letzten zehn Jahren daran gewöhnt, daß Hauptstädte überwältigende Ausmaße hatten: Hongkong war so dicht besiedelt, daß an den Berghängen Wolkenkratzer gebaut werden mußten, um Wohnraum für alle zu schaffen; Paris war über die Jahrhunderte hinweg gewachsen, um Frankreich und die Welt durch seine Macht und seine Schönheit einzuschüchtern; Beirut besaß auch nach zehn Jahren Bürgerkrieg noch die urtümliche Kraft einer brodelnden, gewaltigen Metropole. Demgegenüber war Washington eine Spielzeugstadt. Eine Ansammlung gedrungener dekorativer Kästen, die sich im Prinzip alle ähnelten, wenn man sich die steinernen Giebeldreiecke und die dorischen Säulen wegdachte.

Kein Wunder, daß unsere politische Kultur so eintönig war: Sie entsprang dieser kleinen Stadt mit ihren identischen Räumen in identischen Gebäuden.

Das Angenehmste an diesem überschaubaren Ort war, daß ich zu Fuß zur Arbeit gehen konnte. Wenn kein Schnee lag, brauchte ich fünfzehn Minuten und kam unterwegs durch ganz unterschiedliche Stadtteile. Der Weg von meiner Wohnung in der California Street führte mich durch das geruhsame und gediegene Kalorama-Viertel. Hier residierten zahlreiche wichtige Diplomaten. Der französische Botschafter hatte in der Kalorama Road seine Villa, die nach hinten auf den weitläufigen Rock Creek Park ging. Als Charles de Gaulle dort einmal zu Besuch war, hat er angeblich von der Terrasse auf die mehrere Hektar große Waldfläche hinausgeblickt, die, wie er annahm, Eigentum des französischen Staates war, und seinem Gastgeber mit den Worten gratuliert: »Das haben Sie gut gemacht, mein Botschafter.« Die Residenz des syrischen Botschafters in der Wyoming Street – ebenfalls in meiner Nähe gelegen – war das genaue Gegenteil. Klein und verfallen, mit einem großen Zaun und einer großen Flagge, besaß sie sonst wenig Einnehmendes. Man hatte es irgendwie geschafft, die Atmosphäre des offiziellen Damaskus nach Washington zu verpflanzen.

Wenn ich das Haus verließ, führte mein Weg nach Osten in die Connecticut Avenue, vorbei an der weißen Fassade des Hotels Washington Hilton – für Interessierte ein legendärer Ort, da hier John Hinckley ein beinahe tödliches Attentat auf Ronald Reagan verübt hatte. Wo die Connecticut Avenue nach Süden hin zum Weißen Haus abfiel, erhielt die Stadtlandschaft bald ein exotischeres Gepräge: ein Striplokal Ecke Florida Avenue, eine Boutique für Lederfetischisten einen Block weiter; eine Lesbenbuchhandlung; ein Zentrum der Scientology-Kirche; eine Schwulendisko und alle paar Meter ein Café zur Deckung des Koffeinbedarfs. Am DuPont Circle sah ich die Symptome des Elends unserer Städte: obdachlose Junkies und Penner, die auch an den grimmigsten Wintertagen dastanden und bettelten; Grüppchen von Arbeitslosen, die Tag für Tag untätig im Park herumlungerten; Leute, die sich durch Schwarzarbeit über Wasser hielten – Schwarze mit Radlerhosen, Latinos mit Arbeitsstiefeln und Overalls. Das war der Schock, wenn man aus dem Ausland zurückkam: die Misere und die Verwahrlosung der amerikanischen Städte. In den zehn Jahren meiner Abwesenheit hatte sich mein Land offenbar aus seinen alten Vertäuungen gelöst. Amerika war nicht mehr *ein* Land, es bestand aus zwei, aus zehn, aus tausend Ländern. Durch die Gegensätze von Arm und Reich, Hautfarbe und Kaste fühlte man sich nach Bombay oder Johannesburg versetzt, die Städte der Vereinigten Staaten hatte ich anders in Erinnerung.

Südlich des DuPont Circle lag der Ort meiner Bestimmung, mein Ziel: das Viertel der reichen Parasiten, der Anwälte und Lobbyisten, Handelsorganisationen, nationalen Verbände und internationalen Vereinigungen. Und der Journalisten, Gott sei uns gnädig, die in den samtenen Käfigen, den Washingtoner Redaktionen der Zeitungen und Zeitschriften unseres Landes saßen. In diesem Viertel gab es fast nur französische und italienische Restaurants; die Parkplätze kosteten zehn Dollar pro Tag, und in den Juweliergeschäften wurde man erst einmal von Kopf bis Fuß gemustert, ehe die Tür per Summer geöffnet wurde. Doch auch Penner hielten sich hier auf, sie schliefen in den Eingängen der Bürogebäude und forderten eine Art Steuer für die Gleichgültigkeit der Bewohner. Jeden Morgen der gleiche Weg, der allerdings schon nach wenigen Wochen zur Routine geworden war. Ich kam ins Büro und wartete, daß etwas passierte. Das war unsere Grunderfahrung: die unvermeidliche Passivität unserer Tätigkeit. Wir warteten – daß der Präsident eine Rede hielt, daß der Kongreß ein Gesetz verabschiedete, daß ein Terrorist eine Bombe legte, daß irgend etwas geschah, damit wir darüber schreiben konnten. Und irgend etwas geschah immer.

An einem kalten, trüben Morgen Mitte Januar klingelte mein Telefon. Ich saß am Schreibtisch, las mich durch einen ganzen Stapel lobhudelnder Zeitungsartikel über Senator Abelard und fragte mich, wie es Dirk und mir gelingen sollte, etwas Interessantes über ihn zu bringen. Ich nahm den Hörer ab, und am anderen Ende der Leitung meldete sich eine merkwürdige, beflissene Stimme: »*Buon giorno, magnifico!* Haben Sie meinen Brief erhalten?«

Ich mußte erst überlegen. Welchen Brief? Dann erinnerte ich mich an Rupert Cohen und seine Jobsuche. Mein Fisch zappelte an der Leine. »Sie sind schon da«, sagte ich. »Ich dachte, Sie kämen erst in einer Woche nach Washington.«

»Gelernt ist gelernt!« gab er zurück. »Nie am ursprünglichen Zeitplan festhalten. Vor dem Treffen den Termin stets kurzfristig ändern. Erschwert die Observierung.«

»Ich werd's mir merken.« Schwer zu sagen, ob er es ernst meinte oder nicht. »Freut mich, daß Sie sich melden. Ihren Brief habe ich bekommen und würde mich gerne mit Ihnen treffen. Wann paßt es Ihnen?«

»Heute abend. Um halb acht.«

»In Ordnung«, sagte ich. Eigentlich kam es mir höchst ungelegen. Ich war mit einer Frau, die bei CNN arbeitete, im Kino verabredet, aber sie konnte warten. »Und wo?«

»In Adams Morgan. Treffen wir uns im Belmont Kitchen, Ecke 18th/Belmont Street.«

»Abgemacht«, sagte ich. »Bis dann.«

»Augenblick, *dottore*, Sie haben gar nicht nach dem Erkennungscode gefragt.«

»Ich brauche keinen. Ich weiß doch, wie Sie aussehen.«

»Sie brauchen immer ein Codewort. Wenn Sie im Belmont Café einen Kerl sehen, der aussieht wie ich, fragen Sie ihn: ›Worauf wurde Venedig erbaut?‹«

»Okay. Und wie lautet die Antwort?«

»*Angst*. Ich werde antworten, Venedig wurde auf Angst erbaut. Deshalb wurde diese großartige Stadt auf einer sumpfigen Insel inmitten einer Lagune errichtet. Weil man Angst hatte vor den Barbaren auf dem Festland, die die anderen Siedlungen in der Poebene verwüsteten. Wenn Sie also die Antwort ›Angst‹ bekommen, dann wissen Sie, daß ich es bin.«

Das Belmont Kitchen war ein gemütliches Caférestaurant mit Backsteinwänden in einem der wenigen authentischen multiethnischen Viertel Washingtons, wo man noch Baskenmützen trug und über Jazzmusiker diskutierte. Rupert saß an einem der hinteren Tische. Statt des flauschigen schwarzen Pullovers trug er ein blaues Jeanshemd und eine rotgestreifte Krawatte, die aussah wie von Brooks Brothers. Er rauchte eine Camel-Zigarette. Seit unserer Begegnung hatte er sich einen Spitzbart wachsen lassen. Ansonsten war er unverändert.

»Nun denn«, sagte ich zögernd, bemüht, meine Rolle wie vorgeschrieben zu spielen. »Worauf wurde Venedig erbaut.«

»Das ist ja nicht zu fassen«. Er schüttelte ungläubig den Kopf. »Ihr Journalisten nehmt alles immer so bierernst.«

Wir setzten uns, und er winkte der Kellnerin. Er machte einen so ausgeflippten Eindruck, daß es mich nicht gewundert hätte, wenn er sich eine Marihuana-Zigarette angezündet hätte. Aber er bestellte einen Wodka Martini; ich ebenso.

»Sie haben sich ganz schön in Schale geworfen«, sagte ich und deutete auf seine Krawatte. Bei unserer ersten Begegnung hatte er diesen fürchterlichen schwarzen Pulli und die schwarze Lederjacke getragen. Dies war nicht der einzige Unterschied zu damals. Damals hatte ich ihn gebraucht, jetzt brauchte er mich.

»Ich bemühe mich, wie ein Journalist auszusehen. Was meinen Sie?«

»Wie ein Spion sehen Sie ganz bestimmt nicht aus.«

»Pssst!« machte Cohen. Er sah an mir vorbei zur Tür. Gerade kam ein Paar herein – ein Schwarzer mit einer Strickmütze, über lange gedrehte Rastalocken gestülpt, und eine Weiße, die entfernte Ähnlichkeit mit Joni Mitchell hatte. Er sah die beiden forschend an und schüttelte dann den Kopf.

»Wissen Sie, was mir an diesem Viertel gefällt?« sagte er. »Es ist so einfach, seine Beschatter zu enttarnen. Am Ende meiner praktischen Ausbildung hatten wir eine Übung in D. C., bei der unsere Trefferquote beim Enttarnen unserer Beschatter getestet wurde. Es ging darum, das FBI-Team zu identifizieren, das den Auftrag hatte, uns zu überwachen. Aber bei denen galt eine Regel: Es war verboten, sich nördlich des DuPont Circle ins Adams-Morgan-Viertel vorzuwagen. Sie nahmen an, daß FBI-Leute dort soviel Aufsehen erregen wie Eskimos in Brasilien.«

Die Martinis kamen, dazu ein Korb mit Salzstangen. Ich prostete Rupert zu. »Auf die erfolgreiche Enttarnung der Beschatter«, sagte ich.

»Das war Mitte der achtziger Jahre, als es noch Spaß machte«, fuhr er fort. »Da machten wir noch Jagd auf die Sowjets. Damals war Bill Casey noch unser Boß – ich weiß, ihr Journalisten mochtet ihn nicht, aber ihr habt ihm Unrecht getan, er war wirklich ein Prachtkerl – und PNINFINITE war noch nicht ausschließlich damit beschäftigt, sich selbst über Wasser zu halten.«

»Verzeihung, aber was ist PNINFINITE?«

»Das war bis vor wenigen Wochen der interne Deckname für die Institution. Vorher nannten wir uns PNWORLD. Unsere Codenamen veranschaulichten unsere Hybris. Wir waren überzeugt von unserer Allmacht. Heute sind wir unserer Sache nicht mehr so sicher. Gerade wurde der Deckname in NWBOLTON umgeändert. Ist das nicht ein Jammer? So mir nichts dir nichts von PNINFINITE zu NWBOLTON.«

Wozu erzählte er mir das alles? Es war mir ein Rätsel. Ich saß gerade eine Viertelstunde mit ihm zusammen, und schon gab er mir die Decknamen des CIA preis. Ich wiederholte still für mich die drei Namen, in der Hoffnung, sie im Gedächtnis zu behalten.

»Sie können sie ruhig notieren«, meinte er augenzwinkernd. »Das ist mir gleich. Das Ganze ist sowieso ein Witz.«

Ich nickte, ließ aber trotz seines Angebots meinen Stift in der Tasche. Es war zu früh. Noch wurde ich nicht schlau aus ihm. Er sah aus wie ein Hippie, begeisterte sich für Bill Casey und schien bereit, so gut wie alles auszuplaudern.

»Deshalb möchte ich Journalist werden«, sagte er ruhig, als sei dies sein wahres Geheimnis. »Mein gegenwärtiger Arbeitsplatz ist in Auflösung begriffen. Ich habe mit meinen bescheidenen Möglichkeiten versucht, von innen her Veränderungen herbeizuführen, aber es ist *un*möglich. Das Hauptproblem sind Mittelmäßigkeit und Dummheit, die durch die Geheimniskrämerei verschleiert werden. Die meisten meiner Kollegen sind strohdumm. In Rom war ich der einzige vor Ort, der Italienisch in Wort und Schrift beherrschte. Die Leiter unserer Residentur und ihre Stellvertreter lasen keine italienischen Zeitungen, wurden nie von Italienern zum Essen eingeladen, konnten keinen Abschnitt der italienischen Geschichte zuverlässig wiedergeben. Ich wünschte, dies wäre die Ausnahme, aber nein, es ist typisch für die Firma. Diese Leute sind Schwachköpfe, wirklich. Es ist hoffnungslos, L. A. reformieren zu wollen. Das beste ist, man sprengt den ganzen Laden in die Luft. Oder man nimmt seinen Hut.«

»Was ist L. A.?«

»Liars' Anonymous, anonyme Lügner. Mein heimlicher Codename für den Nachrichtendienst. Das ist einfacher, wenn man telefoniert.«

»Und Sie wollen den Laden wirklich ganz abschaffen?«

»Ja, warum nicht? Ganz von vorne anfangen. Kleiner, klüger, robuster. Die Firma, wie sie sich heute präsentiert, ist ein zählebiger Krebspatient im Endstadium der Krankheit. Weg damit! Das bringt mehr Schaden als Nutzen. Reine Geldverschwendung. Ein fortgesetzter Schwindel. Ein Produkt des kalten Kriegs – die bürokratische Gruft von fünfzig Jahren Geheimniskrämerei. Sicher, gelegentlich platzt mal eine Bombe, und die Wahrheit dringt nach außen – wir sind schließlich Amerikaner, wir können nicht ständig nur lügen. Aber es ist eine surreale Welt. Sie können sich gar nicht vorstellen, wie schlimm es ist, weil Sie es nie erlebt haben. Aber glauben Sie mir: Keine andere staatliche Behörde in Amerika ist innen so marode. So ausgelaugt davon, daß abstoßend mittelmäßige Männer Jahr für Jahr jeder neuen Trainee-Klasse verkünden, diese Firma sei elitärer als Harvard. Sie ist auf derartigen Lügen aufgebaut, ich glaube einfach nicht, daß da noch etwas zu retten ist. Die alte Garde walzt alles nieder. Kontrolliert die Mitarbeiter, das Büro der IG. Kontrolliert SGSWIRL...«

»Moment! Was ist SGSWIRL?«

»Der Lügendetektor. Und glauben Sie nicht den Schwachsinn, er sei nutzlos. Bei netten Mittelklasseamerikanern, solchen, die in die Firma eintreten, muß man ein Sadist sein. Er macht einen so nervös, daß man ohne Zögern alles eingesteht. Einer meiner werten Kollegen hat neulich zugegeben, daß er mit einem Hund Sex macht, stellen Sie sich das vor. Man wird unter Druck gesetzt, und unter Druck verlieren die Amerikaner den Verstand. Aus diesem Grund funktioniert der Lügendetektor nicht bei Leuten aus dem Nahen Osten, denn die sind nie bei Verstand, sie hüpfen zwischen Dichtung und Wahrheit hin und her und bemerken den Unterschied oft gar nicht. Bei uns dagegen ist der Lügendetektor eine echte Waffe. Wissen Sie übrigens, welche Frage einem immer als erstes gestellt wird? Sie wollen wissen, wann man zuletzt mit einem Journalisten Kontakt hatte.«

Das war ein Wink mit dem Zaunpfahl, welche Risiken er durch unser Treffen auf sich nahm. »Haben Sie schon gekündigt?«

»Noch nicht. Das zieht sich noch ein paar Wochen, vielleicht auch Monate hin. Ich muß da alles mögliche unterschreiben. Veröffentlichen Sie deshalb bitte nichts über mich. Ich bin verwundbar. Die hohen Herren wären nicht begeistert zu erfahren, daß ich mich mit einem Pressemann treffe. Meine Ausführungen sind einzig für Ihre Erbauung gedacht. Für Ihre persönliche geistige Entwicklung.«

»Na gut.« Ich war enttäuscht, aber ich konnte warten. Es lohnte die Mühe. »Sprechen wir also über Ihre neue berufliche Laufbahn«, forderte ich ihn auf. »Warum wollen Sie ausgerechnet Journalist werden?«

»Weil man dort für seine Lügen besser bezahlt wird als wir. Und außerdem kommt man in die großen Fernsehshows.« Er lächelte und strich sich über sein Bärtchen. »Nein, ganz im Ernst, ich möchte Journalist werden, weil ich verdammt gut wäre in diesem Job. So redet ihr doch, nicht wahr: verdammt gut! Ich bin schlau, ich bin neugierig, und im Grunde bin ich ein Anarchist. Mir gefällt die Rolle des Störenfrieds. Sind dies nicht die wichtigsten Tugenden eines Journalisten?«

»Nützliche Eigenschaften, insbesondere, wenn man zweiundzwanzig ist und eben das College hinter sich hat. Aber Sie haben ein ziemlich gravierendes Handicap.«

»Und das wäre?« Er sah mich mit großen Augen an, als könne er sich gar nicht vorstellen, irgendwelche Nachteile zu haben.

Wie sollte ich es ihm beibringen? Ich wollte ihn einerseits bei der Stange halten, durfte ihm aber andererseits auch keine falschen Hoffnungen machen. »Rupert, Sie arbeiten seit zehn Jahren für den CIA. Die meisten Zeitungen halten das für einen fatalen Makel.«

»Warum? Ich will doch keine Geheimnisse für mich behalten. Und selbstverständlich würde ich alle Beziehungen zum Nachrichtendienst abbrechen. Fakt ist doch vielmehr: Ich hasse L. A. Wo liegt also das Problem?«

»Das Problem ist, daß Sie in den Augen vieler Zeitungsleute durch Ihre frühere Tätigkeit gewissermaßen kontaminiert sind. Sowenig wie man einen ehemaligen Bankräuber zum Bank direktor macht, würde man einen ehemaligen Spion als Reporter einstellen.«

»Ich sehe da keine Analogie. Wirklich nicht.«

»Ich sage nicht, daß ich diese Auffassung teile. Ich versuche nur, Ihnen zu erklären, wie die meisten Verleger höchstwahrscheinlich reagieren würden.«

»Sind Sie sicher? Wo ich doch so ein guter Reporter wäre.«

»Ich könnte die Lage sondieren, wenn Sie wollen. Meinem Redaktionsleiter die Sache vortragen, ohne Ihren Namen zu erwähnen, und sehen, wie er darauf reagiert. Wie finden Sie das?«

»Fabelhaft! Sie sind wirklich großzügig. Mehr kann ich von Ihnen gar nicht verlangen.«

Rupert bestellte sich noch einen Martini, ich nippte immer noch am ersten Glas. Nun schon etwas angetrunken, baute er aus Salzstangen eine Miniaturblockhütte. Er fragte nach meinem Job, erkundigte sich, was ich zu tun hätte, jetzt, da ich wieder in Washington war. Ich versuchte ihm die Aufgabe eines »Reporters für Sonderprojekte« zu erklären, was zur Folge hatte, daß er noch mehr danach gierte, Journalist zu werden, da man dann offenbar weitestgehend tun und lassen könne, was man wollte. Ich wartete ab, bis er noch ein wenig mehr beschwipst war, ehe ich ihm die Frage stellte, die mich seit jenem Nachmittag in Paris beschäftigte – damals, als ich jenes Blatt Papier erhalten hatte, mit dessen Hilfe ich die Karriere des französischen Ministers hatte beenden können.

»Ich möchte Sie gerne etwas fragen, Rupert«, begann ich. »Weshalb haben Sie mir in Paris die Information der Kategorie Schwerpunktaufklärung geschickt? Hatten Sie es auf Costa abgesehen?«

»Ich wollte Ihnen einen Gefallen tun. Sie haben etwas gebraucht, und ich habe es Ihnen beschafft. Es hat funktioniert. Nächste Frage.« Er wandte sich wieder den Salzstangen zu.

»Im Ernst«, sagte ich. »Ich will es wissen. War es eine Geheimdienstoperation? Was wurde da gespielt?«

»Das ist lange her. Ich bin zu betrunken, um das jetzt zu erklären.«

»Na los, verdammt noch mal! Hören Sie auf, mich zum Narren zu halten. Haben Sie mich in einer Operation gegen die Franzosen benutzt? Was wurde da gespielt?«

»Regen Sie sich ab, Mensch. Ruhig Blut! Es war keine verdeckte Aktion. Dafür wären ›Erkenntnisse‹ und eine schriftliche Mitteilung an den Kongreß nötig gewesen – und der hätte das niemals gebilligt. Nein, es war etwas anderes. Es war inoffiziell, freiberuflich. Aus Lust und Laune heraus. Also keine Aufregung.«

»Sie meinen, Sie haben es einfach so auf eigene Faust getan? Das kann ich nicht glauben. Weshalb hätten Sie das tun sollen?«

»Weil ich ein schwachsinniges Arschloch bin, deshalb. Und weil ich für die Presse etwas übrig habe. An dem Tag, an dem ich in Paris mit Ihnen gesprochen habe, wurde mir zum erstenmal klar, daß ich Reporter werden will… werden muß. Es war ein schicksalhafter Tag. Und deshalb erschien es mir nur recht und billig, Ihnen zu helfen.«

»Und beim Geheimdienst wußte keiner Bescheid über das, was Sie taten?«

»So verrückt bin ich nun auch wieder nicht. Natürlich wußte jemand Bescheid. Rubino hatte mich doch zu Ihnen geschickt. Aber eine schriftliche Anweisung hat er mir nicht gegeben. Und von ihm bekam ich auch nicht die entscheidende Handhabe gegen Costa. Das wäre illegal gewesen. Nein, ich sehe mich in dieser Sache gerne als Koautor. Ich hätte in der Verfasserzeile genannt werden müssen.«

Er hatte es erklärt und doch auch wieder nicht. Alles blieb in einem diffusen Nebel, in dem Cohen so gerne seine Fäden zog. Ich nahm einen letzten Anlauf. »Aber warum gerade ich?« fragte ich. »Warum haben Sie mich ausgesucht?«

»Hey, lassen Sie's gut sein, Mann! Hören Sie auf, mich mit so vielen Fragen zu löchern. Trinken Sie lieber noch was. Kein Wunder, daß Journalisten so langweilig sind. Sie hören nie auf zu arbeiten.«

Ich mußte mich geschlagen geben. Das Gespräch über Paris

konnten wir auch ein andermal fortsetzen. Im Augenblick hatte ich Wichtigeres zu erledigen.

Als wir uns anschickten zu gehen, erwähnte ich noch, daß ich an einem Porträt von Senator James Abelard arbeitete – für eine Serie, in der wir die Präsidentschaftskandidaten vorstellten. »Wissen Sie etwas Interessantes über ihn?« fragte ich. »Bisher bin ich nur auf Leute gestoßen, die ihn lieben und verehren.«

Das war nur so dahingesagt. In dieser Woche hatte ich jeden, den ich traf, dasselbe gefragt. Cohen hob aufhorchend den Kopf. Ein listiger Ausdruck trat in sein Gesicht, als wittere er eine Chance.

»An welche Art von Information haben Sie gedacht?«

»Privates, Politisches, Außenpolitik. Alles, was verdeutlicht, wer er wirklich ist und ob er einen guten Präsidenten abgeben würde.«

»Mal sehen, was sich da machen läßt«, meinte er augenzwinkernd. »Vielleicht kann ich behilflich sein.«

»Besten Dank! Ich werde mit dem Redaktionsleiter über Sie sprechen. Rufen Sie mich in ein paar Tagen an, und ich sage Ihnen, was er dazu meint.«

Als wir draußen auf der Straße standen, legte mir Cohen den Arm auf die Schulter. »In meinem Beruf, der bald der Vergangenheit angehören wird, gibt es bei der Anwerbung eines Agenten eine Phase, in der man die alles entscheidende Frage stellt. Wir pflegen im Scherz zu sagen, es gibt drei mögliche Antworten: ›Ja‹, ›Zum Teufel, nein!‹ und ›Ich melde mich, wenn ich nach Los Angeles komme.‹«

Ich lachte, aber seine Hand ruhte noch immer auf meiner Schulter. Er verzog keine Miene.

»Es ist kein Scherz, wenn ich sage, ich will Journalist werden. Es ist mein voller Ernst. Also, spielen Sie nicht mit mir. Wenn die Antwort im *Mirror* nein lautet, dann sagen Sie nicht, daß Sie mich anrufen, wenn Sie nach Los Angeles kommen. Ich wäre stocksauer. Sagen Sie einfach nein. Denn so oder so, es wird klappen.«

12

Am nächsten Morgen schlenderte ich den Korridor der Götter entlang zum Büro von Bob Marcus. Er hielt eben einer Redaktionsassistentin eine Standpauke, weil sie vergessen hatte, Papier in das Faxgerät zu legen. Sie sah aus, als würde sie gleich losheulen. »Eine ganze Stunde ist futsch, was da alles hätte hereinkommen können!« brüllte er. »Weiß der Himmel, was die Leute uns schicken wollten!« Marcus war ein Kleinkrämer. Er bauschte Nichtigkeiten auf, gewissermassen als Ausgleich für die größeren Probleme, mit denen er nicht klarkam.

»Ich komme später wieder«, sagte ich. Der Zeitpunkt erschien mir nicht gerade günstig.

»Nein, nein«, rief er und warf der verstörten Assistentin einen letzten wütenden Blick zu. »Wir sind schon fertig. Kommen Sie nur rein, Eric. Was gibt's?« Seine Stimme nahm wieder den gewöhnlichen unverbindlichen Ton an.

»Paßt es Ihnen wirklich? Ich kann auch später wiederkommen.«

»Nein, es paßt ausgezeichnet.« Er blickte sich im Zimmer um, hielt Ausschau nach einer geeigneten Sitzmöglichkeit und entschied sich dann für die Couch.

»Ich belästige Sie nur ungern«, sagte ich, »aber ich habe eine Frage. Jemand, den ich kenne – genauer gesagt: ein Informant –, hat sich nach Möglichkeiten erkundigt, journalistisch zu arbeiten. In den vergangenen zehn Jahren war er beim CIA tätig. Und er möchte wissen, wie seine Chancen stehen, daß eine Zeitung wie die unsrige ihn als Reporter anstellt.«

»In welchem Bereich des CIA hat er denn gearbeitet?«

»Geheime Operationen.«

»Und er will für *uns* arbeiten, für den *Mirror?*«

»Ja, für uns oder eine ähnliche Zeitung. Ich sagte ihm, daß ich es für sehr unwahrscheinlich halte, daß ich mich aber bei Ihnen vergewissern wollte.«

Marcus schüttelte den Kopf, als sei er enttäuscht, daß ich ihm eine solche Frage überhaupt stellte. »Er hat absolut keine Chance. Das müßte Ihnen doch klar sein.«

»Ich dachte es mir schon. Aber man kann ja nie wissen.«

»Absolut unmöglich. Die beiden Tätigkeiten sind wie Öl und Wasser. Die kann man nicht vermischen. Niemals. Wie haben Sie diesen Typ denn kennengelernt?«

»Ach, Sie wissen doch, in Europa. Man trifft dort eine Menge Leute. Er war mir einmal bei einer Sache behilflich. Egal, ich sage ihm, daß wir nicht der richtige Ansprechpartner für seine Jobsuche sind.« Ich stand auf, um zu gehen.

»Sie treffen ihn wieder?«

»Ja. Ich habe versprochen, ihm zu sagen, ob er beim *Mirror* Chancen hat.«

»Gut, aber passen Sie auf, Eric. Diese Leute sind Gift.« Wieder schüttelte er den Kopf. Er flößte mir ein schlechtes Gewissen ein, daß ich Cohen überhaupt kannte. »Gut, daß Sie heimgekommen sind. Wenn man zu lange draußen ist, wird man sonderbar. Dann hört man auf, klare Grenzen zu ziehen. Wohl deshalb wollte Weiss, daß Sie Redakteur werden. Übrigens möchte er einmal mit Ihnen darüber sprechen, wenn Sie bei Gelegenheit nach New York kommen. Ich sagte ihm, daß ich es befürworte. Es vermittelt einem Disziplin und Reife, wenn man für andere Verantwortung übernimmt.«

»Erwachsen werden«, sagte ich und steuerte rückwärts auf die Tür zu. »Was für eine Vorstellung!«

Das war nun schon das zweitemal, daß mir jemand sagte, Weiss wolle mir einen Redakteursposten antragen. Man kann sich vorstellen, wie attraktiv mir das erschien.

Als ich an jenem Abend in meine Wohnung in der California Street zurückkam, fand ich einen ungestempelten Brief im Briefkasten vor. Auf rein weißes Papier getippt, schimmerte dennoch ein Grinsen durch wie ein unsichtbares Wasserzeichen.

Lieber Eric,

ich muß heute überraschend mit der Einsatzstaffel abreisen und unsere nächste Berufsberatungssitzung deshalb um eine Woche verschieben. Allerdings habe ich eine Information für Sie, die Ihnen möglicherweise von Nutzen ist. Dokumente (wenn solche auffindbar sind) werden bestätigen, daß James Abelard im Jahr 1982 wegen Depressionen in einer Klinik behandelt wurde und daß er gegenwärtig ein ziemlich starkes Antidepressivum einnimmt. Ob diese Tatsache für die Öffentlichkeit von Interesse ist, überlasse ich Ihrem Ermessen.

Ihr ergebener Diener
Bruder Johannes von Ragusa

Meine Freunde und ich hatten uns in der Anfangszeit als Journalisten immer wieder gefragt, was wir für eine gute Story nicht alles tun würden. Nachdem wir unseriöse, nachweislich unerlaubte Dinge ausgeschlossen hatten, fiel es uns schwer, uns etwas vorzustellen, was wir nicht wenigstens in Betracht ziehen würden. Und dann warf einer von uns die Frage auf: »Angenommen, jemand verspricht euch eine gute Story, wenn ihr ein mit Scheiße belegtes Sandwich eßt.« Die meisten von uns beteuerten, sich auf so etwas niemals einzulassen; schon allein die Vorstellung war widerlich. Aber schließlich stellte einer in der Runde die entscheidende Frage: Wie gut ist die versprochene Story wirklich? Und als wir anfingen, uns die großen, preisträchtigen Storys vorzustellen, die uns in Versuchung führen könnten, merkten wir, daß es bei jedem von uns einen Punkt gab, an dem wir umfallen würden. Dies wurde für mich zu einer Grunddefinition des Journalisten: Wir waren Leute, die für eine gute Story alles tun würden. Viele Jahre lang betrachtete ich dies als Maßstab dafür, wie sehr wir unseren Beruf liebten.

Dieses Gespräch, das nun schon Jahre zurücklag, kam mir wieder in den Sinn, als ich überlegte, was ich mit Ruperts Brief anstellen sollte. Journalistisch gesehen war es das Richtige, die Information auf ihren Wahrheitsgehalt hin zu überprüfen und dann an die Öffentlichkeit zu bringen. Abelard bewarb sich um das Präsidentenamt. Wenn er tatsächlich ernsthafte seelische Probleme hatte, die medikamentös behandelt werden mußten, war dies nicht unerheblich für die Beurteilung seiner Eignung für das Amt. Aber rein persönlich und gefühlsmäßig war mir unbehaglich zumute bei der Vorstellung, eine solche Information nachzurecherchieren und zu veröffentlichen. Auch ein Politiker hatte ein Recht auf eine Privatsphäre, besonders dann, wenn es keine Hinweise darauf gab, daß seine öffentliche Tätigkeit auf irgendeine Weise davon in Mitleidenschaft gezogen wurde. Mir war auch bewußt, daß ich schon zum zweitenmal einen derartigen Knüller von Rupert Cohen erhalten hatte. Es machte mich ganz nervös.

Aber all das war abstrakt, Talk-Show-Gewäsch. Ich wußte sehr wohl, was ich in der Praxis tun würde. Ich würde »nachrecherchieren«, wie es in unserer Branche heißt. Ich würde nachforschen, ob Ruperts Angaben stimmten; die damit verbundenen moralischen Probleme würde ich auf später verschieben. Ja, nicht einmal das. Ich würde es der Redaktionsleitung überlassen, sich später um die moralischen Probleme zu kümmern. Sollte ich Dirk oder dem Redaktionsleiter davon erzählen? Nein, entschied ich, dazu war es noch zu früh. Ich wollte die Sache erst selbst noch weiter verfolgen.

Aber wie? Wenn ich in Abelards Büro anrief, würde man dort Alarm schlagen und dem Senator und seinem Wahlkampfmanager Bescheid geben. Man würde nachbohren, und ich müßte zugeben, daß ich noch keinen einzigen Beweis in Händen hatte. Diese Vorgehensweise machte also keinen Sinn. Ich konnte es vielleicht bei Abelards alten Freunden in Pennsylvania versuchen oder bei ehemaligen Mitarbeitern seiner Firma, die er in Erie aufgebaut hatte. Doch auch hier bestand das Risiko der vorzeitigen Enthüllung. Der einzige Weg war das, was Dirk im Club Down Under zynisch vorgeschlagen hatte. Ich mußte mit Abelards Feinden sprechen, insbesondere mit denen, die bei den Wahlen gegen ihn angetreten waren. Wenn Cohens Angaben stimmten, mußten sie darüber Bescheid wissen.

Abelard war zuletzt 1992 zur Wahl angetreten und hatte sich gegen den demokratischen Senator Hap Winstead durchgesetzt. Das Archiv des *Mirror* förderte rasch einen Artikel zutage, in dem Winsteads Wahlkampfmanager namentlich genannt wurde, Tom DeFazio, ein Anwalt aus Pittsburgh.

Also rief ich in Mr. DeFazios Anwaltskanzlei an und erklärte seiner Sektretärin, ich sei ein Reporter des *New York Mirror.* Im Lauf der Jahre hatte ich gelernt, daß fast jeder einen Anruf entgegennimmt, wenn man sich auf diese Weise vorstellt. Sei es aus Eitelkeit oder Neugier oder auch aus einem staatsbürgerlichen Verantwortungsgefühl heraus. Jedenfalls ist es ist eine großmütige Geste – vor allem, da es in vielen Fällen klüger wäre aufzulegen.

Ich wurde mit DeFazio verbunden. »Was kann ich für Sie tun, Mr. Truell?« fragte er. »Geht es um mich oder um jemanden anderen?« Er war ein Witzbold, ein Pfundskerl.

Ich erklärte, daß ich an einem Porträt Abelards arbeite und ihn in einer sehr heiklen Angelegenheit befragen wolle.

»Wie heikel?«

Er fragte, also gab ich ihm Auskunft. »Es geht um Senator Abelards Krankengeschichte. Seine psychische Gesundheit.«

»Mein Gott!« sagte er. »Ich weiß, was Sie meinen. Die Depressionen, stimmt's?«

Ich tippte geräuschlos in meinen Computer, was er sagte, und er merkte nicht, daß ich Notizen machte. Es war kinderleicht, wirklich. Man stellte Fragen, und aus den Leuten sprudelte es nur so heraus.

DeFazio hielt inne, da er die Tragweite seiner Worte erkannte. »Und Sie wollen diese Kacke aufgreifen?«

»Ich weiß noch nicht«, antwortete ich wahrheitsgemäß. »Ich versuche nur, die Fakten herauszufinden. Die Zeitung wird später entscheiden, was wir damit machen. Ich nehme an, Sie haben Informationen über seine Krankengeschichte.«

»Sehen Sie, wir haben Wahlkampf gegen ihn geführt. Und dabei eine Menge Zeug ausgekramt, das wir nie verwendet haben. Was hätten wir davon gehabt? Es war klar, daß wir verlieren würden. Warum also sollten wir unseren Kandidaten wie einen Schweinehund dastehen lassen? Übrigens ist das alles nicht für die Öffentlichkeit bestimmt.«

»Selbstverständlich«, sagte ich. »Hören Sie, ich bin morgen zufällig in Pittsburgh. Könnte ich Sie nicht kurz treffen?« Als er zusagte, buchte ich einen Flug im Reisebüro. Dirk war unglücklich, daß ich auf Dienstreise ging, ohne ihn mitzunehmen, aber ich versprach, wenn etwas Gutes dabei herauskäme, würde ich ihm alles erzählen.

Ich war mit DeFazio in einem Restaurant namens Tin Angel auf dem Mt. Washington verabredet, einem Berg gegenüber der Innenstadt von Pittsburgh mit Blick auf die Flüsse Monongahela und Allegheny, die hier zum Ohio River zusammenflossen. Er hatte einen Bierbauch, dunkles Haar, das sich am Scheitel lichtete, und sah insgesamt ziemlich durchschnittlich aus. Er erhob sich umständlich, als ich mich vorstellte. Neben ihm auf dem Tisch lag ein Briefkuvert.

DeFazio sprach klar und deutlich – ein stetiger und entschlossener Wortschwall, eine Bewegung wie die Schleppkähne mit ihren Kohleladungen, die unten am Fluß vorbeizogen. Er erzählte, Winstead habe, wie es bei den meisten Wahlkämpfen der neunziger Jahre üblich war, ein Team gebildet, das negative Informationen über seinen Gegenkandidaten zusammentragen sollte. Das Team hatte eine Reihe von Abelards ehemaligen Mitarbeitern interviewt, und einer von ihnen hatte einen Vorfall von 1982 erwähnt.

»Erzählen Sie mir davon«, sagte ich. Ich machte keine Notizen, da ich befürchtete, dies würde ihn hemmen.

»Abelard war erst seit einem Jahr im Senat. Ein gefragter Mann. Und sehr beliebt unter Reagans Leuten. Und dann passierte etwas. Der Senator machte lange Ferien, und in seinem Büro wurde gemunkelt, er habe einen Nervenzusammenbruch erlitten. Mehr wußte der Mitarbeiter nicht. Also erkundigten wir uns bei anderen.«

»Bei wem?«

»Bei denen, die etwas wußten. Bei der Polizei des Bundesstaates. Bei einem, den wir beim FBI kannten. Bei einem Mitarbeiter der staatlichen Zulassungsstelle für Apotheken und psychiatrische Kliniken.«

»Und was haben Ihre Recherchen ergeben?«

»Das hier.« Er schob mir den Umschlag hin, den ich sogleich öffnete. Darin befanden sich zwei Blatt Papier. Einmal die Fotokopie eines Rezepts für ein Antidepressivum namens Zoloft, datierend vom März 1991, das in einer Apotheke in Erie eingereicht worden war. Der Raum, in dem üblicherweise der Name des Patienten steht, war leer. Der Name des verschreibenden Arztes war Morris Soderberg aus Pittsburgh. Ich sah DeFazio fragend an.

»Es *ist* sein Rezept«, sagte er. »Fragen Sie nicht, woher wir es wissen. Wir wissen es.«

Auf dem zweiten Blatt Papier standen nur die Worte: »Sewickley Institute« sowie eine Adresse. Ich schob es DeFazio hin, damit er es mir erläuterte.

»Das ist eine kleine Privatklinik außerhalb von Pittsburgh. Dort wurde der Senator 1982 stationär behandelt.«

Ich nickte. Dieser Einblick in den allerprivatesten Bereich eines Menschen brachte mich ins Schwitzen. Mir wurde heiß. Ich hatte einen Kloß im Hals. Die Unterlagen steckte ich in meine Tasche.

»Was machen Sie mit dem Zeug?« erkundigte er sich gelassen.

»Mit Leuten sprechen. Herausfinden, ob es wahr ist.«

»Und dann? Denn ich sage Ihnen doch, es ist wahr.«

»Das weiß ich nicht. Wie mein Chefredakteur zu sagen pflegt: Wir werden von der Brücke springen, wenn wir dort angelangt sind. Verraten Sie mir noch eins: Weshalb haben Sie diese Informationen nicht im Wahlkampf benützt?« Ich wollte wissen: Weshalb hatte er das mit Scheiße belegte Sandwich nicht gegessen?

DeFazio schüttelte den Kopf. »Hören Sie auf. Sie wissen doch, weshalb. Die Sache war mir zu schmutzig. Und wir waren schon derart weit abgeschlagen ... Wir wußten, daß wir verlieren würden. Weshalb noch jemanden hinhängen. Ich mußte weiterhin in dieser Stadt leben, auch nach den Wahlen. Winstead habe ich es nie gesagt.«

»Weshalb nicht?«

»Weil er es hätte verwenden wollen. Und ich wußte, daß es klüger war, darauf zu verzichten.«

»Und warum geben Sie es dann mir?«

»Weil er sich jetzt um das Präsidentenamt bewirbt, das ist etwas anderes. Und weil Sie vom *Mirror* sind, einer seriösen Zeitung. Ich bin überzeugt, daß Sie nichts an die Öffentlichkeit bringen, wenn es nicht seine Richtigkeit hat.«

Am selben Nachmittag rief ich Dr. Soderberg an. Er hatte gerade einen Patienten, doch als ich es eine Stunde später noch einmal versuchte, konnte ich mit ihm sprechen. Ich spulte mein Sprüchlein herunter – ich sei vom *New York Mirror*, es gehe um eine dringende Sache, und ich sei nur für ein paar Stunden in Pittsburgh. Auf die Frage, worum es sich handle, erwiderte ich, das könne ich ihm am Telefon nicht sagen. Ich müßte ihn persönlich sprechen. Das war zwar nur ein Trick, um einen Fuß in die Tür zu bekommen, aber er bewertete es offenbar positiv – als Zeichen von Diskretion, denn er bot mir an, ihn abends um sechs in seiner Praxis aufzusuchen.

Seine psychiatrische Praxis lag direkt neben seinem Wohnhaus in einem Nobelviertel von Pittsburgh namens Shadyside, wo bevorzugt Yuppies wohnten. Ich setzte mich in das kleine Wartezimmer und las eine alte *National Geographic*, bis die letzte Patientin, die ein zerknülltes Taschentuch in der Hand hielt, das Sprechzimmer verlassen hatte. Offenbar nahm sie an, ich sei ebenfalls ein Patient, denn als sie mich erblickte, verzog sie den Mund zu einem zaghaften, schmerzlichen Lächeln. Dr. Soderberg streckte mir die Hand entgegen. Er war um die Fünfzig, hochgewachsen, und sein Gesichtsausdruck verriet nichts außer Erschöpfung.

»Nun denn, Mr. Truell«, sagte er und führte mich in sein Büro mit zwei bequemen Stühlen und einer Couch. Sein Stuhl war mit einer kleinen Fußstütze versehen. Mit einer Geste bedeutete er mir, im anderen Stuhl Platz zu nehmen. »Vielleicht verraten Sie mir jetzt, was Sie auf dem Herzen haben?«

»Ich möchte Sie über Senator Abelard befragen.«

Ich sah ein kaum merkliches Zucken auf seinem Gesicht. Es war beinahe ein Zusammenzucken wie bei körperlichem Schmerz. »Und *was* möchten Sie über Senator Abelard wissen?«

»Seine Behandlung ...« Es fiel mir schwer, das auszusprechen, und doch wiederum nicht so schwer, daß mir die Worte nicht über die Lippen gekommen wären. »Ich habe herausgefunden, daß Sie ihn wegen Depressionen behandelt haben. Daß er 1982 im Sewickley Institute stationär behandelt wurde. Und bis heute Medikamente gegen Depressionen einnimmt.«

Dr. Soderberg schüttelte den Kopf. Er schien zutiefst enttäuscht – von mir, von der Zeitung, von der Tatsache, daß wir in einer solchen Welt lebten. »Weshalb stellen Sie mir solche Fragen? Sie wissen doch, daß ich sie nicht beantworten kann.«

»Weil Senator Abelard für das Amt des Präsidenten kandidiert«, gab ich zurück. Der Psychiater hatte im Laufe seines Berufslebens wahrscheinlich schon alle möglichen Formen von Rationalisierung und Selbsttäuschung kennengelernt, jetzt legte ich ihm die meine dar: »Als sich Senator Abelard als Kandidat aufstellen ließ, forderte er die Presse auf, ihn genau unter die Lupe zu nehmen. Die Öffentlichkeit hat ein Recht darauf, die Krankengeschichte des Mannes zu erfahren, der Präsident werden will. Das sind die Spielregeln.«

»Verlassen Sie meine Praxis«, sagte der Psychiater.

Ich stand auf. Er sprach nicht im Scherz. Ich machte einen letzten Versuch. Jetzt war es an mir, betrübt den Kopf zu schütteln, genau wie er wenige Minuten zuvor.

»Dr. Soderberg, Sie wissen weitaus besser als ich, daß Depression eine Krankheit ist, die behandelt werden kann. Ich muß unseren Lesern über die Behandlung von Senator Abelards Depressionen berichten, genauso wie ich über eine Krebsbehandlung oder eine Bypass-Operation berichtet hätte. Das gehört zu seiner Lebensgeschichte. Es ist nicht ein furchtbares Geheimnis, das vertuscht werden oder über das man die Unwahrheit sagen müßte. Wirklich, Herr Doktor, Ihre Weigerung, mit mir zu sprechen, verstärkt nur die Scham, die Stigmatisierung, mit der psychische Erkrankungen behaftet sind. Ich halte das für einen Fehler.«

Er sah mich an und blinzelte. Gerne wollte er glauben, daß ich aufrichtig sprach.

»Ich verstehe Ihren Standpunkt«, erwiderte er ruhig. »Aber ich kann nicht über Dinge sprechen, die jemanden betreffen, der mein Patient sein könnte oder auch nicht. Das wäre ein grober Verstoß gegen die ethischen Grundsätze meines Berufs. Und deshalb muß ich Sie jetzt bitten zu gehen.«

Ich gab ihm meine Karte. Er wollte sie nicht nehmen, und so ließ ich sie auf dem Stuhl liegen.

Auf der Rückfahrt zum Flughafen von Pittsburgh dachte ich über die Begegnung mit dem Arzt nach. So viele Gefühle waren in mir aufgewühlt worden, aber was mich in diesem Augenblick wirklich beschäftigte, war ein rein formaler Aspekt: Dr. Soderberg hatte die Angaben zwar nicht bestätigt, aber auch nicht bestritten, was beinahe von ebenso großem Wert war.

13

Arthur Bowman ließ mich in seinem Büro Platz nehmen, auf dem Stuhl unter einem Porträt von Benjamin Disraeli und neben einer Marmorbüste des römischen Historikers Sueton. Ich hatte gehört, daß er und Senator Abelard befreundet waren, und ihn deshalb gleich am Morgen nach meiner Rückkehr aus Pittsburgh aufgesucht. Vielleicht, so dachte ich, konnte er mir jemanden nennen, der dem Senator nahestand und mit dem ich sprechen konnte. Doch Bowman meinte, er kenne Abelard wirklich gut und ich könne deshalb auch gleich mit ihm sprechen.

Bowmans Büro war ein Sammelsurium geheimnisvoller Schätze. An den Wänden hingen die Trophäen eines ganzen Reporterlebens. Speisekarten der großen Restaurants in London und Paris, darunter auch eine aus dem Taillevent; gerahmte Einladungen zu Pferderennen in Ascot und einer Gartenparty der Queen im Buckingham-Palast; Fotos von Bowman beim Tennisspielen am Cap d'Antibes und beim Golfspielen in Kapalua Bay auf Maui; Presseausweise, ausgestellt von den Milizen der dritten Welt, vom Libanon bis Mosambik. Und inmitten all dieser Erinnerungsstücke Fotos von Bowman mit den Männern und Frauen, die bei diesem Gang durch die zweite Hälfte des 20. Jahrhunderts seine Weggefährten gewesen waren: Präsidenten und Premierminister, Könige und Emire, Richter am Obersten Gerichtshof und Filmstars aus Hollywood. Auch ein Foto, das ihn neben Senator James Abelard zeigte, war dabei.

Ich schilderte Bowman, woran ich arbeitete. Es war ein seltsames Gefühl, sämtliche medizinischen Details aufzuzählen, deshalb sprach ich schnell. Ich sagte, aus zwei Quellen wüßte ich, daß Abelard 1982 wegen Depressionen stationär behandelt worden sei. Ich besäße die Fotokopie eines ärztlichen Rezepts des Senators. Die Angaben seien zuverlässig, versicherte ich, doch bräuchte ich weitere Beweise, ehe ich damit herauskäme. »Da

Sie ihn gut kennen«, fuhr ich fort, »vielleicht haben Sie eine Idee.«

Bowman schloß die Augen. Seine Lider klappten herunter, undurchdringlich wie die Tür zum Tresorraum einer Bank. Sein Gesicht war vollkommen unbewegt, kein Zucken verriet eine emotionale Regung.

»Es stimmt«, sagte er. »Er war im Krankenhaus, irgendwo außerhalb von Pittsburgh. Eine sehr traurige Geschichte. Über die Behandlung selbst weiß ich nichts. Ich weiß aber, daß es ihm danach besser ging. Das war eine Erleichterung für seine Freunde. Vorher war er ein richtiges Nervenbündel.«

Bowmans Enthüllung hätte mich nicht überraschen brauchen, gleichwohl war ich erstaunt. »Sie wußten also von seinem Krankenhausaufenthalt im Jahr 1982?« fragte ich verblüfft. »Haben Sie das irgendwem in der Redaktion gesagt?«

»Ich glaube nicht. Vielleicht Phil Sellinger. Ich weiß nicht mehr. Unter Abelards Freunden war es kein Geheimnis.«

Ich lächelte und schüttelte den Kopf. Auf einmal wurde mir bewußt, wie dumm ich gewesen war. Bei einem Psychiater in Pittsburgh herumzuschnüffeln, um nach einer Bestätigung für etwas zu suchen, was einer meiner Kollegen seit über zehn Jahren wußte! Ich hatte zwar kein Recht dazu, aber ich mußte Bowman einfach die naheliegende Frage stellen.

»Warum, wenn Sie mir die Frage gestatten, haben Sie es niemandem bei der Zeitung gesagt?«

Bowman seufzte und schüttelte den Kopf. Geistesabwesend blickte er auf die Fotos an der Wand seines Büros. Eine versunkene Welt.

»Weil es mir nicht im Traum eingefallen wäre zu glauben, daß wir über die psychischen Probleme eines Menschen etwas schreiben würden. Nicht im Traum. Und da ich der Meinung war, die Zeitung hätte für derartige Informationen keine Verwendung, wäre es die schlimmste Form von Tratsch gewesen, es weiterzuerzählen. So etwas tue ich nicht. Ist nicht meine Art.«

Er sah mich an, sein Gegenüber, der ich ein so ernstes Gesicht machte. »Aber das hat sich inzwischen offenbar geändert.«

»Ich habe selbst auch darüber nachgedacht. Was, meinen Sie, hat sich geändert?«

»Jim will Präsident werden, das ist das eine. Und dann: Die Maßstäbe haben sich geändert. Wir veröffentlichen heute alles Erdenkliche, was uns vor dreißig Jahren niemals in den Sinn gekommen wäre. Wir betrachten diese Dinge weniger vom menschlichen als … wie soll ich sagen … vom journalistischen Standpunkt aus.«

Ein schwaches Lächeln kehrte auf Bowmans Gesicht zurück. »Da Sie nun also wissen, daß es wahr ist, was werden Sie damit tun?«

Als erstes würde ich es Bob Marcus, dem Redaktionsleiter, und George Dirk, meinem mutmaßlichen Koautor, mitteilen. Ich zögerte noch immer, mit Dirk darüber zu sprechen, deshalb ging ich zunächst zu Marcus. Er schlug vor, kurz schriftlich zu skizzieren, worum es bei der Sache ging. Es war nicht als Bericht gedacht, las sich aber so:

> »Zwei zuverlässigen Quellen zufolge wurde Senator James Abelard im Jahr 1982 wegen schwerer Depressionen ins Krankenhaus eingeliefert, und bis heute nimmt er Psychopharmaka ein.
>
> Eine Quelle, die versichert, über eingehende Kenntnisse der Krankengeschichte des Senators Abelard zu verfügen, übergab mir ein Dokument, ein ärztliches Rezept für Abelard aus dem Jahr 1991, auf dem das Medikament Zoloft, ein starkes Antidepressivum, verschrieben wurde.
>
> Der Psychiater Dr. Morris Soderberg aus Pittsburgh, dessen Name als behandelnder Arzt auf dem Rezept verzeichnet ist, wollte in einem Interview keine Angaben darüber machen, ob er Senator Abelard wegen Depressionen

behandelt hatte. Er berief sich auf seine ärztliche Schweigepflicht, die es ihm verbietet, über Leute, die seine Patienten sein könnten, Stellungnahmen abzugeben.
Einem Informanten zufolge, der mit Abelards Krankengeschichte vertraut ist, wurde der Senator 1982 in die kleine Privatklinik Sewickley Institute in Pennsylvania eingeliefert. Ein enger Freund Abelards erklärte, er habe im Jahr 1982 erfahren, daß der Senator in Sewickley, Pa., stationär behandelt wurde. Der Direktor der Klinik lehnte es ab, Fragen zu beantworten.
Zusätzliche Bestätigung gibt eine dritte Quelle, die den allerersten Hinweis auf eine Krankengeschichte Abelards geliefert hatte. Woher diese dritte Quelle ihre Informationen bezieht, konnte nicht in Erfahrung gebracht werden.«

Als ich fertig war, zeigte ich Dirk, was ich geschrieben hatte. Er war in Unterlagen zu Abelards Wahlkampffinanzierung vertieft und sah mich abweisend an. Er las meinen Bericht einmal, dann ein zweitesmal.

»Es macht mich ganz kribbelig«, meinte er. »Woher hast du dieses Zeug?«

»Von dem Typ, mit dem ich mich in Pittsburgh getroffen habe, dem Anwalt, der Winsteads Wahlkampagne 1992 auf die Beine gestellt hat. Er ist die Hauptquelle. Und da ist noch ein Journalist, ein Freund von Abelard.«

»Die meine ich nicht. Wer ist die ›dritte Quelle‹? Der, von dem du den ›allerersten Hinweis‹ erhalten hast. Warum kriegt er einen hoch, wenn er den Namen Abelard hört?«

»Es ist eine vertrauliche Quelle. Seinen Namen kann ich dir nicht verraten. Ich habe ihn gefragt, ob er etwas über Abelard weiß, und dann kam er damit an.«

»Wo arbeitet sie denn, diese vertrauliche Quelle?«

»Auch das kann ich dir nicht sagen.«

»Dann scher dich zum Teufel, Eric. Ich dachte, wir wären Partner. Du willst wissen, was ich davon halte, also sage ich dir's: Die Sache gefällt mir nicht. Sie macht mich ganz kribbelig.«

Ich wußte, daß Dirk wütend sein würde, wenn ich etwas herausbekam und er nicht. Aber diesmal stellte er sich bockiger an, als ich erwartet hatte. Für Dirk gab es keine unschuldigen Transaktionen. Sein Weltbild war mechanistisch. Jeder Informant hatte ein Motiv; jedes Zusammentreffen mit einer Quelle war ein Geben und Nehmen. Meine Welt war weniger geordnet als die seine; für mich war es durchaus denkbar, daß Geschehnisse Zufall waren, daß Leute einem Auskünfte einfach nur deshalb gaben, weil man sie darum bat.

»Sagen wir so«, fuhr Dirk fort, immer noch erbost, aber bereit, mir noch eine Chance einzuräumen, »Abelard hat eine Menge Feinde. Leute, die ihn vernichten wollen. Vieles spricht dafür, daß diese Leute ihr Spielchen mit uns treiben. Das ist in Ordnung. So ist es nun mal. Aber ich will, daß wir uns dessen bewußt sind.«

Ich dachte an Rupert Cohen und den Geheimdienst, bei dem er tätig war. Gewiß, sie waren fähig, Unheil zu stiften, aber warum sollten sie es auf einen Senator abgesehen haben, der, soweit ich wußte, den CIA stets unterstützt hatte? »Wer sind denn Abelards Feinde?« fragte ich. »Wer will ihm etwas anhaben?«

»Woher soll ich denn das wissen?« erwiderte Dirk. »Leute, die seine Ansichten über Freihandel nicht teilen. Die seine Vorschläge zur Sozialreform nicht mögen. Die meinen, er unterstütze Israel zu sehr. Weiß der Himmel. Fest steht, der Mann hat Freunde, und er hat Feinde. Sieh dir doch die Liste mit den Wahlkampfsponsoren an.« Er wies auf einen Stoß Papier auf seinem Schreibtisch. »Millionen Dollar hat er von Anwälten und Investmentbankern erhalten. Wer steckt hinter ihnen? Weshalb mögen sie ihn so sehr? Ich habe keine Ahnung. Aber das sind Dinge, die man herausfinden kann.«

»Dann find es doch heraus«, gab ich zurück. Ich sagte ihm, er solle sich weiter um das Finanzielle kümmern, während ich mit dem persönlichen Kram weitermachte. Das entsprach auch unserer ursprünglichen Arbeitsteilung. Ich mußte weiterrecherchieren. Ich mußte Patienten ausfindig machen, die sich 1982 im Sewickley Institute aufgehalten hatten und sich möglicherweise an Senator Abelard erinnerten. Ich mußte mit dem Apotheker in Erie sprechen, bei dem das Rezept eingereicht worden war. Mit Leuten, die Anfang der achtziger Jahre für den Senator gearbeitet hatten.

Meine Recherchen wurden von Marcus torpediert. Gleich nachdem er mein Exposé gelesen hatte, rief er mich in sein Büro. Offenbar war er nervös geworden, da er immer alles schwarzweiß sah. Er hielt meinen Bericht in die Höhe, und mit gedämpfter Stimme, bedrohlich wie eine herannahende Artilleriegranate, flüsterte er: »Das wird ihn vernichten.«

Ich erzählte Marcus von meinen Plänen, weiter zu recherchieren, worauf er meinte, das sei zwar schön und gut, doch im Augenblick nicht das Problem. Er war bereits einen Schritt weiter als Dirk und hielt die Behauptungen für echt. Ihm ging es darum, ob wir die Sache veröffentlichen sollten oder nicht. »Wir müssen uns mit Weiss kurzschließen«, meinte er. Marcus hatte mein Exposé bereits nach New York gefaxt und wartete auf den Rückruf des Chefredakteurs. Wenige Augenblicke später klingelte das Telefon. Marcus schaltete den Lautsprecher ein.

»Wenn das stimmt, schlägt es ein wie eine Bombe«, meinte der Chefredakteur. »Wenn wir das bringen, ist James Abelard als Präsidentschaftskandidat erledigt. Ist Truell da? Lassen Sie mich doch kurz mit ihm sprechen.«

»Ich bin da«, sagte ich.

»Helfen Sie mir auf die Sprünge, Eric. Sie haben mit den Leuten persönlich gesprochen. Was sagt Ihnen Ihr Gefühl? Hat die Sache Hand und Fuß?«

Ich überlegte einen Augenblick. »Ich glaube, ja. Abelard wurde offenbar wirklich stationär behandelt. Und er nimmt weiterhin Medikamente. Die Informanten hatten keinen Grund, mich anzulügen. Ich bin mir nicht einmal sicher, ob sie wollen, daß wir die Sache bringen.«

»Warum haben sie uns dann die Informationen gegeben?«

»Weil ich sie um Auskünfte über Abelard gebeten habe, und sie glaubten, das könne von Bedeutung sein.« Ich dachte einen Augenblick über Rupert nach, der aus seinem Motiv kein Geheimnis gemacht hatte: Er wollte einen Job. »In einem Fall hofft der Informant möglicherweise, daß wir in absehbarer Zukunft etwas für ihn tun werden. Aber das trifft auf viele Quellen zu, und ich habe ihm nichts versprochen. Ich glaube nicht, daß wir angeschmiert werden.«

»Mist«, sagte Weiss. »Eine ganz schön fiese Sache. Haben Sie schon mit Abelard gesprochen?«

»Nein«, erwiderte ich. »Aber er hat wohl schon Wind bekommen von seinem Psychiater in Pittsburgh.«

»Ich finde, Sie sollten sich so schnell wie möglich mit ihm in Verbindung setzen. Suchen Sie ihn in seinem Büro auf. Wenn es geht, noch heute. Sie sollten die Sache Punkt für Punkt mit ihm durchsprechen. Recherchieren Sie! Das ist doch immer das Richtige, nicht wahr? Danach werden wir mit unseren Anwälten sprechen und überlegen, was zu tun ist.«

»Was soll ich sagen, wenn Abelard fragt, ob wir die Sache bringen?«

»Sagen Sie ihm, daß wir es noch nicht wissen. Das ist schließlich die Wahrheit. Es mag sich erbärmlich anhören, aber es ist die Wahrheit. Wir werden das erst entscheiden, wenn wir sehen, wie er reagiert. Er könnte es zugeben, sagen, daß es wahr ist, er könnte die Gelegenheit beim Schopf packen und sich für eine offene Debatte über psychische Krankheiten einsetzen. Oder er leugnet es, überzeugt uns, daß unsere Quellen nichts taugen. Wie kann ich zum gegenwärtigen Zeitpunkt sagen, ob wir es bringen oder nicht? Aber ich glaube, wir sollten jetzt gleich mit ihm sprechen.«

»Okay«, sagte ich. »Wird gemacht.«

»Und in der Redaktion dürfen wir nichts darüber verlauten lassen. Bitte. Wenn es vorzeitig nach außen dringt, sind wir verratzt.«

»Wir halten dicht, Ed«, versprach Marcus.

»Eric, das Ganze ist kein Spaß«, sagte Weiss. »Es wird weh tun. Sehr weh. Denken Sie daran, dafür bekommen Sie ihr Geld. Also, haben Sie keine Bedenken, einem angesehenen Mitglied des US-amerikanischen Senats zu sagen, daß der *New York Mirror* seine intimsten Geheimnisse zu lüften gedenkt. Machen Sie's gut. Machen Sie Nägel mit Köpfen.«

Der Chefredakteur legte auf.

Am darauffolgenden Tag suchte ich Abelard in seinem Senatsbüro auf. Es war die seltsamste, traurigste Begegnung meines ganzen Reporterlebens.

Sein Pressesprecher Art Snell führte mich zu Abelards etwas abgelegenem Büro in einem Seitentrakt des Senatsgebäudes. Es war ein großer Raum, passend für einen aristokratischen Kongreßabgeordneten wie Abelard, dessen Anblick von der ruhmreichen Geschichte und der Macht des Kapitols kündete. Schwere Vorhänge fielen bodenlang herab, an zwei Wänden hingen Spiegel in vergoldeten Rahmen, über dem Kaminsims ein großartiges Landschaftsgemälde mit dem Hudson River, edle alte Sofas und Stühle – wahre Museumsstücke –, und wenn man aus dem Fenster sah, ein großartiger Blick auf die Mall. Die Pracht des Raumes verstärkte mein Unbehagen. Ich hatte Snell nicht mitgeteilt, worüber ich zu sprechen gedachte, sondern lediglich gesagt, daß ich ein Wahlkampfporträt des Senators zu schreiben beabsichtigte. Snell hatte sich offenbar auf ein ganz normales Interview eingestellt, mit Fragen über Abelards Haltung zum Nuklearterrorismus, zur Sozialreform und zur Steuerpolitik. Er sprach von Positionspapieren, die er mir schicken wollte.

Abelard empfing mich freundlich. Ein gutaussehender, etwas gedrungener Mann, viel kleiner, als ich ihn mir vom Fernsehen her vorgestellt hatte, mit kurzgeschnittenem, grauem Haar, starken Backenknochen und durchdringenden blauen Augen, die einen wachen Geist verrieten.

Er saß bewegungslos auf seinem Stuhl und wartete, daß ich anfing. Wie ich ihn so vor mir sah, hätte ich nicht sagen können, ob Dr. Soderberg ihn schon vorgewarnt hatte. Ich blickte in sein klares, ruhiges Gesicht und fragte mich, ob er tatsächlich unter Medikamenteneinfluß stand.

Dem Anlaß entsprechend war ich korrekt gekleidet. Ich trug einen blauen Anzug, ein weißes Hemd und eine rote Krawatte – die gleiche Kleidung wie bei Begräbnissen. Ich fühlte mich wie ein erbärmlicher Heuchler, weil ich mit so freundlicher Miene dasaß, obwohl ich es doch auf seine Achillesferse abgesehen hatte. Ich wollte die Sache rasch hinter mich bringen.

»Vielen Dank, daß Sie mich so kurzfristig empfangen, Senator« sagte ich. »Ich fürchte, dies wird kein leichtes Interview werden, weder für Sie noch für mich.« Ich nahm mein Aufnahmegerät und legte es auf den Couchtisch zwischen mich und Abelard.

»Worüber möchten Sie den Senator befragen?« mischte sich der Pressesprecher ein. »Ich dachte, Sie schreiben ein Porträt.« Er spürte, daß sich etwas Unheilvolles anbahnte, wußte aber nicht, was.

Ich räusperte mich, schluckte, setzte mich aufrecht auf meinen Stuhl. »Senator, ich möchte Sie über Ihre Behandlung wegen Depressionen befragen. Aus drei Quellen habe ich von Ihrem Krankenhausaufenthalt im Jahr 1982 gehört. Und ich habe die Kopie eines für Sie bestimmten Rezepts für ein Antidepressivum.«

Snell war aufgesprungen. »Wir beantworten Ihre Fragen nicht. Das Interview ist beendet.« Seine Stimme zitterte vor Aufregung.

Aber Senator Abelard blieb sitzen. Er war nach wie vor ruhig, doch das Funkeln in seinen Augen war verschwunden, und aus seinen Wangen war alle Farbe gewichen. Jetzt war – plötzlich und doch vorhersehbar – der Augenblick gekommen, vor dem er sich seit vierzehn Jahren gefürchtet hatte. Er holte tief Luft und schwieg eine Weile, bevor er sich äußerte.

»Bitte, Art, gehen Sie. Ich möchte mit Mr. Truell allein sprechen.«

»Senator, das wäre nicht klug«, warnte der Pressesprecher. Er war jetzt in heller Panik. »Das kann ich nicht zulassen.« Doch seine Aufregung schien Abelards Gelassenheit nur noch zu verstärken.

»Bitte, gehen Sie jetzt, Art«, wiederholte er. »Ich versichere Ihnen, ich werde Mr. Truell bitten, unser Gespräch vertraulich zu behandeln. Werden Sie das tun, Mr. Truell?«

»Ja«, versprach ich. Wahrscheinlich hätte ich aus rechtlichen Gründen seiner Bitte nicht entsprechen sollen. Aber das Band lief noch, und so würde ich wenigstens einen Gesprächsmitschnitt haben.

Snell verließ den Raum und schloß die Tür hinter sich. Abelard blickte mir in die Augen. Es war ein stummer Appell.

»Mr. Truell«, sagte er. »Ich möchte mit Ihnen von Mensch zu Mensch sprechen. Ist das möglich?«

Ich schwieg und bedachte seine Frage, dann schüttelte ich langsam den Kopf. »Ich muß ehrlich sein, Senator. Ich bin als Journalist hier.«

»Ich verstehe.« Während er sprach, kehrte ein wenig von seiner Lebhaftigkeit in seine Augen zurück. »Dann will ich einfach annehmen, daß Sie ein Mensch sind, und mein Glück versuchen. Was vor vierzehn Jahren mit mir geschah, als ich, wie Sie sagen, wegen schwerer Depressionen ins Krankenhaus kam, ist etwas, wofür ich unendlich dankbar bin. Bitte, denken Sie nicht, daß ich mich dafür schäme. Ich glaube vielmehr, daß es mir das Leben gerettet hat.«

»Ja«, sagte ich. »Ich verstehe.« Doch das waren nur Worte. Meine Aufgabe beschränkte sich an diesem Tag darauf, das Aufnahmegerät einzuschalten.

»Bevor das geschah, stand ich jahrelang unter dem Einfluß einer dunklen Macht, über die ich keine Kontrolle besaß. Ich hatte das Gefühl lange Zeit unterdrückt, und so konnte ich noch die Senatswahl des Jahres 1980 gewinnen. Aber im darauffolgenden Jahr kam es wieder, mit aller Macht, und überwältigte mich. Nichts hatte mehr Bedeutung für mich. Meine Frau, meine Kinder, meine Freunde. Sogar meine Lieblingsgerichte schmeckten mir nicht mehr. Aber ich war ein Mann des öffentlichen Lebens, ein Sieger in den Augen der Welt. Und ich konnte *niemandem* sagen, was ich empfand. In diesem Sinn war ich tatsächlich hilflos. Ich fürchtete, wenn ich dieses Geheimnis preisgab und mich einer Behandlung unterzog, wäre meine Karriere beendet und mein Familienleben zerstört. Und ich gelangte zu dem Schluß, Mr. Truell, daß meine einzige Rettung darin bestünde, mir das Leben zu nehmen. Heute finde ich es unglaublich, daß ich jemals so verzweifelt sein konnte, aber im Frühjahr 1982 war dies der Fall.

Eines Tages in jenem Frühjahr las ich in einer Zeitschrift den Erfahrungsbericht eines Schriftstellers, der die gleichen schweren Depressionen durchgemacht hatte wie ich. Es war wie eine Offenbarung. Anders kann ich es gar nicht formulieren. Er beschrieb exakt das, was ich durchmachte. Nach einem Krankenhausaufenthalt und einer medikamentösen Behandlung befinde er sich nun auf dem Weg der Heilung von seiner Krankheit, schrieb er. Und von jenem Tag an zog ich die Möglichkeit in Erwägung, daß auch ich sie überwinden könnte.«

Ich sah auf den Rekorder, der gleichmäßig seine Runden drehte, bis das Ende der neunzig Minuten erreicht war. Ich wollte sichergehen, daß er noch lief. Abelard folgte meinem Blick.

»Schalten Sie das verdammte Ding ab«, sagte er.

»Ja«, sagte ich. Ich hatte keine Wahl. In diesem Augenblick befand ich mich ebenso in seiner Gewalt wie er sich in der meinigen.

»Ich fand einen Arzt in Pennsylvania, der mich behandelte – unter dem Siegel der Verschwiegenheit. Er fand meine Situation so gravierend, daß er die sofortige Einlieferung ins Krankenhaus empfahl. Glücklicherweise war Sommer, und so konnte ich leicht sagen, ich mache einen langen Urlaub.« Abelard hielt inne und blickte aus dem Fenster auf das einsame Spitztürmchen des Washington Monument. Einen Augenblick war er in eine andere Zeit versetzt und erinnerte sich an den wohl schmerzlichsten Tag in seinem Leben, den Tag, an dem er es wagte, die Hauptstadt der Dementis zu verlassen und Hilfe zu suchen. Dann kehrte er wieder zurück in die Gegenwart, an den Tisch mir gegenüber.

»Meine Freunde«, fuhr er fort, »alle, die gespürt hatten, was mit mir los war, schützten mich. Ich fand Medikamente, die es mir erlaubten, normal zu arbeiten – ja, es ging mir weitaus besser, denn mein altes ›normales‹ Ich war eine sorgfältig aufgebaute Lüge gewesen. Und ich fing an, zu leben und mein Leben wieder mit anderen zu teilen.«

»Ich verstehe.« Ich war tief bewegt von seiner Erzählung, aber gleichzeitig speicherte ich die Worte in meinem Gedächtnis mechanisch ab, so daß ich sie niederschreiben konnte, sobald ich den Raum verlassen hatte.

»Doch ich habe stets gewußt, daß ich irgendwann einmal in einem Zimmer wie diesem jemandem wie Ihnen gegenübersitzen würde. Diese Möglichkeit wurde wahrscheinlicher, als ich mich um die Präsidentschaft bewarb, aber ich habe mich entschieden, das Risiko auf mich zu nehmen. Ich machte mir keine Illusionen über die Einstellung der Öffentlichkeit zu Krankheiten wie der meinen. Trotz meines tiefen Vertrauens in den Heilerfolg meiner Therapie wußte ich, daß meine Kandidatur die öffentliche Enthüllung meines Krankenhausaufenthalts und der Therapie nicht überleben würde. Dies sind Realitäten, denen ich nicht entrinnen kann.

Mr. Truell«, fuhr Abelard fort und beugte sich zu mir hin. »Ich muß Ihnen eine Frage stellen, die einzige, die zählt. Werden Sie die Geschichte über die Behandlung meiner Depressionen veröffentlichen? Denn wenn Sie es tun, wird es das Ende meiner Kandidatur bedeuten.«

Ich schloß die Augen und versuchte nachzudenken. Welche Antwort war einem so schwerwiegenden Geständnis angemessen? Ich konnte ihm nur die Wahrheit sagen.

»Ich weiß nicht, ob wir das veröffentlichen, Senator. Tut mir leid. Ich weiß es nicht. Wir werden uns morgen mit unseren Anwälten und dem Chefredakteur zusammensetzen und besprechen, was wir tun sollen.«

»Das heißt also, es ist durchaus möglich, daß Sie die Geschichte bringen, auch nach allem, was ich Ihnen erzählt habe. Verstehe ich Sie recht?«

»Ja«, sagte ich. »Es ist durchaus möglich, daß wir die Geschichte bringen.«

Abelard nickte. Ein kaum hörbarer Laut entrang sich seinem Innern, ein Stöhnen, das als Seufzer endete.

Wir brauchten uns nicht mit unseren Anwälten zusammenzusetzen. Noch am selben Abend schied Abelard aus dem Präsidentschaftswahlkampf aus mit der Begründung, er wolle seiner Familie mehr Zeit widmen.

14

Ed Weiss muß geahnt haben, daß ich durcheinander sein würde. Er rief mich am Abend an, an dem Senator Abelard seine Kandidatur zurückgezogen hatte, um mich aufzumuntern. »Abelard hatte im Präsidentschaftswahlkampf nichts zu suchen«, meinte der Chefredakteur. »Der Kerl war in der Klapsmühle. Ohne seine Pillen wäre er ein Nervenbündel. Wir haben ihm und dem Land einen Gefallen getan. Lassen Sie sich deshalb keine grauen Haare wachsen. Sie haben das Land vor einem großen Schlamassel bewahrt.« Damit war die Sache für ihn erledigt. Weiss hatte gegenüber Themen wie psychischen Krankheiten oder der Gleichberechtigung der Geschlechter eine, milde gesagt, traditionelle Haltung. Dank seiner starken Persönlichkeit hatte er an den Einstellungen und Vorurteilen seiner Jugend im wesentlichen festhalten können. In seinen Augen war James Abelard ein labiler Mensch. Ungeeignet für den Posten auf der Kommandobrücke des Staates. Wir hatten diese Tatsache ans Licht gebracht. Und damit basta. Für Weiss war das alles im Grunde ganz einfach.

Für mich war es komplizierter. Ich wußte, daß ich nach herkömmlichen Maßstäben gute Arbeit geleistet hatte, aber das erschien mir nebensächlich. Selbst als meine Kollegen kamen, um mir zu gratulieren, fühlte ich mich wie ein stummer Mörder mit einem blutigen Messer in der Hand. Ich mußte mit jemandem darüber sprechen, den ich lange kannte; und dafür kam als einzige meine frühere Freundin Annie Baron in Frage.

Ich will begreiflich machen, weshalb ich Annie nach all den Jahren der Trennung immer noch liebte. Sie war nach wie vor ein Bezugspunkt für mich. Gleichsam als hielte sie den Zweitschlüssel zu dem Tresor in der Hand, in dem die Werte meines Lebens verwahrt werden. »Only connect« – »in Verbindung bleiben« – war ihre Devise gewesen, und sie meinte es ernst. Das forderte oder erwartete sie 1978. Als wir uns häufiger zu treffen anfingen, las ich auf ihre Anregung hin E. M. Forsters Roman »Howards End«, weil sie sichergehen wollte, daß ich es kapiert hatte. Und ich kapierte es.

Schon lange Zeit – seit meinem ersten Europaufenthalt 1983 – waren wir nicht mehr zusammen, doch weder sie noch ich hatten die Beziehung völlig ad acta gelegt. In den ersten Jahren meiner Abwesenheit hatten wir so getan, als könnten wir sie aufrechterhalten, selbst dann noch, als jeder bereits mit anderen ins Bett ging. Aber schließlich war das Verhältnis völlig verschlissen. Wenn ich an Weihnachten nach Hause kam, gab es immer viel zuviel, über das wir nicht redeten, und allmählich ließen wir den Dingen ihren Lauf. Aber Annie war in meinen Träumen weiterhin bei mir – die ganzen zehn Jahre, die ich im Ausland verbracht hatte. In meinem Unterbewußtsein war es immer sie, mit der ich schlief, egal, mit wem ich mich im Wachzustand traf. Es war fast so etwas wie ein Doppelleben, das ich führte. Ich bewegte mich von Traum zu Traum und wob die geheimen Fäden zusammen, so daß es mir so vorkam, als hätten wir uns niemals getrennt.

Meine Entscheidung, nach Übersee zu gehen, war in erster Linie auf Annie zurückzuführen. Fast alle meine Freunde hatten mir geraten, in New York zu bleiben, mir ein schönes Leben zu gönnen und als junger, ehrgeiziger Journalist Karriere zu machen. Doch Annie wußte, daß ich eine neue Herausforderung brauchte, daß ich mich nie richtig entfalten würde, wenn ich es nicht versuchte. Deshalb drängte sie mich zu gehen, obwohl sie wußte, daß dies wahrscheinlich das Ende unserer Beziehung bedeutete. Ich war so gerührt von diesem Beweis ihrer Liebe, daß ich einen Schritt tat, den ich mehrere Jahre lang immer wieder hinausgezögert hatte: Ich bat sie, meine Frau zu werden.

Aber sie sagte nein. Beirut war *meine* Aufgabe; sie brauchte etwas ganz anderes. Sie begann damals selbst eine Karriere als Journalistin bei *Newsweek*. Und der Erfolg ging ihr über alles.

Der Journalismus war für Annie genau wie für mich die zweite Wahl gewesen. Allerdings war ihre erste Liebe nicht Tennis, sondern Ballett gewesen. Sie hatte den Körper einer Tänzerin: hochgewachsen und schmal, mit zarten, gertenschlanken Gliedern und ausdrucksvollen Gesten. Sie hatte daran gearbeitet, dieses natürliche Talent weiterzuentwickeln, und zwischen ihrem fünften Lebensjahr und dem Studienbeginn in Stanford beinahe täglich zwei Stunden geübt. Auf der Bühne habe ich sie nur ein einziges Mal gesehen, ein paar Wochen, nachdem wir uns kennengelernt hatten. Es war eine »Schwanensee«-Aufführung des San Francisco Balletts, in dem sie mittanzte. Ich verliebte mich in dem Augenblick, als ich sah, wie sich diese kraftvollen Beine über die Bühne bewegten, der lange Hals gestrafft, während sie mit den Armen wie ein Vogel flatterte. Ein paar Wochen später gab sie das Tanzen auf, um sich auf ihr Studium zu konzentrieren, wie sie sagte. Aber daß dies der wahre Grund war, bezweifelte ich. Ballett war wie jede Kunst zutiefst selbstbezogen, und als sie sich in mich verliebte, blieb ihr vielleicht nicht mehr genug für sich selbst übrig.

Die Anmut einer Tänzerin ging ihr nicht verloren. Auch wenn ich ihr einziges Publikum war, wußte ich es zu schätzen. Wenn ich sie vom Fenster aus erblickte, wie sie über die Straße lief mit ihren schlanken Beinen, mit kleinen, trippelnden Schritten, fast tänzelnd. Wie eine Gazelle in der Steppe. Am Morgen blieb ich gerne im Bett liegen und tat, als schliefe ich noch, nur um zu beobachten, wie sie sich die Strumpfhose anzog. Sie beugte das Knie und schlüpfte mit ihren Ballerinafüßen in die Fußspitzen der Strumpfhose – zuerst mit dem einen, dann mit dem anderen Fuß –, streifte dann die Strumpfhose langsam über ihre immer noch muskulösen Waden, dann weiter über die Knie, zog sie mit einem heftigen Ruck glatt um ihre runden Oberschenkel bis hinauf zur Hüfte und drehte sich dann zum Spiegel, um den korrekten Sitz zu prüfen. Unvergeßlich!

Annie war Kalifornierin wie ich. Ihr Vater, ein Anwalt aus San Francisco, hatte sich in Los Altos Hills ein großes Haus mit Blick auf die Bay gebaut. Geld und Privilegien hatten sie jedoch nicht verdorben. Es war wohl das Ballett, das ihrem Leben einen anderen Inhalt gab als schöne Kleider, Jungs und Cliquen. Ich kannte niemanden, der härter arbeiten konnte als Annie. Wie viele kluge Frauen kannte auch sie keine Schleichwege. Sie mußte den geraden Weg gehen. Nach Stanford kam sie voller Erwartung, unverdorben, bereit für das Leben.

Das Ballett war ihre erste Liebe, ich ihre zweite. Erst später kam sie zum Journalismus, als sie erkannte, daß sie eine andere obsessive Leidenschaft mit mir teilte, die Zeitungsarbeit. Es entwickelte sich so etwas wie eine *ménage à trois*. Wir gingen in Bars, in denen Leute wie David Halberstam und Norman Mailer verkehrten, und wenn einer dieser Stars auftauchte, schmeichelten wir uns bei ihnen ein. Natürlich war sie darin besser als ich; sie war eine schöne Frau. Aber sie ging stets mit mir nach Hause.

Also rief ich sie an. Es war Anfang Februar. Über Nacht war kniehoch Schnee gefallen und hatte Washington lahmgelegt. Ich bot an, vor ihrem Haus Schnee zu schippen, eine harmlose, einfache Möglichkeit, sie zu besuchen. Wir hatten gelernt, auf der Hut zu sein, seit ich nach Washington zurückgekehrt war. Unser Stromkreis war immer noch zu sehr aufgeladen; wenn wir uns überraschend auf einer Party begegneten – wie bei der Buchpräsentation im Haus von Bob Marcus –, knisterte und funkte es zwischen uns. Unsere jeweiligen Begleiter an solchen Abenden beobachteten uns mit sichtlichem Unbehagen und fragten sich, was los war und ob sie sich nicht besser zurückziehen sollten. So lernten wir, Vorsichtsmaßnahmen zu treffen. Es war besser, wenn wir uns tagsüber trafen. Besser, Schnee zu schippen.

Sie wohnte in Georgetown, in der 29th Street, in einem hübschen Häuschen, dem Haus einer Frau: Es roch nach sauberen Bettüchern, nach Blumen und chinesischem Tee. Ich räumte vor und hinter dem Haus Schnee und kam dann herein, um im Kamin Feuer zu machen. Das Wohnzimmer war gemütlich, mit einem Zweiersofa und einem Sessel neben dem Kamin. Ich machte es mir auf dem Sofa bequem in der Hoffnung, daß sie sich zu mir setzen würde, aber sie wählte den Sessel.

Wie immer sah sie bezaubernd aus mit ihrem glatten braunen Haar, das sie ganz unmodisch lang trug, dem feingeschnittenen Gesicht, den langen Armen; wie sie Tee einschenkte, anmutig wie eine Geisha. Ihre Haut war sonnengebräunt; eben war sie von einem kurzen Winterurlaub in der Karibik zurückgekehrt. Wie zwischen uns üblich, erkundigte ich mich nicht danach. Sie wußte, daß mich etwas beschäftigte – sonst hätte ich niemals angerufen –, aber sie wartete ab, und wir unterhielten uns über die Arbeit und gemeinsame Freunde.

»Was ist los, du As?« fragte sie schließlich. »Du wirkst so niedergeschlagen.«

»Ich zweifle daran, ob ich ein guter Reporter bin«, platzte es aus mir heraus. »In den letzten zehn Jahren habe ich derart geschuftet, um dahin zu gelangen, wo ich jetzt bin, und nun macht es mir gar keinen Spaß.« Das war alles sehr vage ausgedrückt, aber genauso empfand ich es.

Sie sah mich neugierig an. Offenbar glaubte sie immer noch, für mich sei alles ganz leicht. Daß auch ich nicht immer stark war, konnte sie sich nur schwer vorstellen. »Mir geht es auch manchmal so«, sagte sie. »Aber dieses Gefühl verschwindet dann wieder.«

»Kannst du ein Geheimnis für dich behalten?« fragte ich. »Etwas, das nicht für deine Kolumne oder deine Fernsehshow bestimmt ist, sondern unter uns bleiben soll?«

»Nein, normalerweise nicht. Aber diesmal mache ich eine Ausnahme.«

Ich erzählte ihr von meinem Besuch bei Senator Abelard am Tag, an dem er aus dem Präsidentschaftswahlkampf ausgeschieden war. Ich schilderte, wie ich Abelard den Beweis für seinen Krankenhausaufenthalt vorgelegt, wie er mich gebeten hatte, ihm als Mensch zu begegnen, und wie ich ihm gesagt hatte, das könne ich nicht. Ich sei als Journalist gekommen. Wie ich in die Herrentoilette geeilt war, gleich nachdem ich sein Büro verlassen hatte, und alles, was er gesagt hatte, auf meinen Block gekritzelt hatte – trotz meines Versprechens, seine Äußerungen vertraulich zu behandeln, und trotz des ausgeschalteten Aufnahmegeräts.

»Das steckt also dahinter«, sagte sie. »Du hast Abelard auf dem Gewissen.«

»Ich ahnte, daß ich einen Fehler gemacht hatte«, fuhr ich fort.

»Ich war überzeugt, wir seien die Guten, weil wir hinter der Wahrheit her sind. Aber als ich aus seinem Büro kam, fühlte ich mich miserabel. Ich empfand so einen eigenartigen Widerwillen gegen den Journalismus.«

»Vielleicht solltest du Redakteur werden«, schlug sie vor. »Gute Reporter werden Redakteure, wenn sie die Nase voll haben von ihrem Job.«

»Das meint auch Ed Weiss. Er will, daß ich nach New York komme. Aber das ist das letzte, was ich im Augenblick möchte. Ich habe es satt, Zuschauer zu sein. Redakteur zu werden wäre wie ein Wechsel vom Spielfeldrand zu einem Logenplatz weit abseits. Ich will ›in Verbindung bleiben‹.«

Sie lächelte über meine Worte. Ihre Worte. »Armer Eric«, sagte sie. »Weißt du, was ich glaube? Du hast – was ist das Gegenteil von Heimweh? – Fernweh. Du vermißt die Freiheit und den Kitzel in Übersee. Du willst dorthin, wo Krieg herrscht. Du bist noch nicht bereit für den Frieden.«

»Ich weiß.« Etwas Ähnliches habe mir auch schon Arthur Bowman gesagt, erzählte ich. Als ich im vergangenen Jahr ins Washingtoner Büro gekommen war, hatte er ein Stück Papier zur Hand genommen und eine Sinuskurve darauf gezeichnet. Mit Schwingungen, die zunächst sehr stark waren und dann immer schwächer wurden. Entlang der waagrechten Koordinate hatte er »Zeit« notiert und sechsmonatige Intervalle eingetragen; entlang der senkrechten Koordinate hatte er »Glück« notiert. Das, so hatte er erklärt, sei eine graphische Darstellung der Stimmungsschwankungen von Korrespondenten, die aus dem Ausland zurückkamen.

»Arthur Bowman ist ein kluger Kopf«, sagte Annie. Ihre Augen funkelten.

»Vielleicht bin ich einfach nur allein«, sagte ich und sah sie an.

Annie kam zur Couch herüber und setzte sich neben mich. Ich beobachtete, wie sie die paar Schritte auf mich zukam, und versank in Erinnerungen. Ich berührte ihre Wange. Die sanfte Weichheit der weiblichen Haut, erwärmt von der Hitze des Kaminfeuers.

»Laß uns miteinander schlafen«, sagte ich.

»Nein«, antwortete sie. »Ich habe ein Prinzip: Geh nie mit einem Ex-Freund ins Bett, der mitten in einer Identitätskrise steckt.«

Von Annie aus ging ich direkt ins Büro. Der Schnee war nicht geräumt worden, auch auf einigen Hauptstraßen nicht, und die Innenstadt sah verlassen aus wie eine Forschungsstation in der Antarktis. Die Zeitungsredaktion war wie ausgestorben, bis auf Bob Marcus und ein paar ganz Hartgesottene. Jeder, der es irgendwie einrichten konnte, hatte sich »schneefrei« genommen. Ich ordnete eine Stunde lang meine Unterlagen zu Abelard, dann überlegte ich, was als nächstes zu tun sei. Ich war noch immer in Gedanken, als das Telefon klingelte. Ich hob ab und hörte eine mittlerweile vertraute Stimme: »Hallo, *commendatore*. Hier ist Ihr ergebener Diener, Bruder Johannes von Ragusa.«

Ruperts »Einsatzstaffel« war nach Washington zurückgekehrt, und er wollte sich mit mir treffen. Sein Gruß erinnerte mich daran, daß er das gleiche bizarre Pseudonym wie in dem Brief benutzt hatte, der den ersten Hinweis auf Senator Abelards Krankheit enthielt. »Eins vorneweg«, sagte ich, »wer ist eigentlich Bruder Johannes von Ragusa?«

»Ich bin enttäuscht von Ihnen, mein Lieber. Das war als kleines Rätsel für Sie gedacht. Ich hoffte, Sie würden das alleine rauskriegen. Bruder Johannes war ein venezianischer Höfling, dessen Spezialität *Mord* war. Im Jahr 1513 schickte er einen Brief an den Rat der Zehn und erbot sich, Rivalen und Feinde des venezianischen Staates zu ermorden. Er fügte eine regelrechte Preisliste für seine Dienste bei: 500 Dukaten für den osmanischen Sultan, 150 Dukaten für den König von Spanien, 100 Dukaten für den Papst.«

»Das ist nicht besonders komisch«, sagte ich. »Ein sehr schlechter Witz, wirklich. Was berechnet Bruder Johannes für Senator Abelard?«

»Bruder Johannes will einen Job. Doch für den heutigen Abend begnügt er sich mit einem Abendessen.« Rupert schlug vor, daß wir uns zum Essen im Ruppert's, seinem Lieblingsrestaurant in der 7th Street, treffen sollten. »Ja! Es heißt tatsächlich so. Ist das nicht *superb*?« Er bastelte bereits an seinem Denkmal. Ich erinnerte ihn daran, daß draußen dreißig Zentimeter Schnee lag, aber er schnitt mir das Wort ab. Ruppert's sei geöffnet, und er habe unter dem Namen B. J. Ragusa bereits einen Tisch reserviert. Trotz meines erklärten Unbehagens am Reporterberuf konnte ich nicht nein sagen.

15

Ruppert's Real Restaurant – es hieß tatsächlich so – lag am Rande des vorwiegend von Schwarzen bewohnten Armenviertels, das sich wie ein Gürtel um das offizielle Washington legte. Ich näherte mich vorsichtig dem Restaurant, als überschritte ich eine geologische Verwerfung. Auf der gegenüberliegenden Straßenseite befand sich die städtische Notunterkunft für obdachlose Frauen, für die schäbige Wohnungen bereitstanden. Ein paar Häuserblocks weiter westlich wurde unter freiem Himmel mit Drogen gehandelt. Nördlich in der 7th Street standen noch die Fassaden der Häuser, die während der Unruhen nach der Ermordung Martin Luther Kings 1968 in Brand gesteckt worden waren; sie waren nicht wieder aufgebaut worden. Doch in jener Nacht lag alles unter einer weichen, weißen Schneedecke.

Cohen saß an seinem Tisch und trank Bier aus einem großen Glas. Er trug seine schwarze Lederjacke, einen blauen Kaschmirschal und ein blaugestreiftes teures Baumwollhemd. Vor ihm auf dem braunen Packpapier, das als Tischtuch diente, standen mehrere Teller mit Appetithäppchen: Prinzeßböhnchen, ein gegrillter Portobello-Pilz, dünne Spargelstangen in Buttersoße.

»Ich habe eine anstrengende Woche hinter mir«, meinte er. »Und tue mir selbst was Gutes.«

»Wie schön.« Ich hatte keine Lust, mir anzuhören, wie hart er gearbeitet hatte, aber als Journalist ist man oft gezwungen zuzuhören, auch wenn man selbst gerne reden möchte. »Wo hat es denn deine Einsatzstaffel hinverschlagen?« erkundigte ich mich. Wir waren inzwischen zum freundschaftlichen Du übergegangen.

»Helsinki. Ein heilloses Chaos, ganz wie in alten Zeiten. Die Russen haben ein Netz in St. Petersburg auffliegen lassen, und wir mußten versuchen, die Agenten herauszuschleusen. Ich sollte mich um die Leute kümmern, die die Grenze überschritten hatten, aber weißt du was? Es kam keiner.« Er beugte sich zu mir herüber und legte einen Finger auf die Lippen.

»Das ist nicht für die breite Öffentlichkeit bestimmt«, sagte er. »Nur für dich und mich und die Leute am Nachbartisch. Die einstige rote Gefahr hat einen unserer Führungsoffiziere festgenommen und windelweich geprügelt – vor seiner Frau und seinen Kindern. Und weißt du, weshalb? Weil sie ihn erwischt haben, wie er ein paar Häuserblocks von seiner Wohnung entfernt ein SRAC benutzt hat, um mit seinen Vorgesetzten Kontakt aufzunehmen.«

»Was ist ein SRAC?« Das gehörte zu unserem Spiel. Er ließ exotische Namen aus der Spionageszene fallen, und ich fragte ihn, was sie bedeuteten.

»Das steht für Short-Range Accelerated Communicator, eine Art Kurzwellenfunkgerät. Damit schickt man irgendwelches Kauderwelsch zu einem Satelliten hinauf, der die Signale wieder zur Erde zurückfunkt. Hübsches Ding. Wenigstens in diesem Bereich kann uns keiner was vormachen.« Er hielt inne und sah mich an. »Weshalb erzähle ich dir das alles eigentlich? Es ist doch geheim.«

»Keine Ahnung. Weshalb nur? Das frage ich mich auch.«

»Weil ich dich mag. Das spielt mit Sicherheit eine Rolle. Und weil ich will, daß du mir diesen Job verschaffst.«

»Über den Job reden wir später. Zuerst muß ich dir noch ein paar Fragen stellen, die mich beschäftigen, angefangen bei Senator James Abelard. Ich nehme an, du hast gehört, daß er aus dem Wahlkampf ausgeschieden ist. Er hat verzichtet, weil ich ihm kurz zuvor gesagt habe, daß wir seine Krankengeschichte womöglich an die Öffentlichkeit bringen. Ich habe mich beschissen gefühlt bei der Sache. Was mich dabei unentwegt beschäftigt, ist die Frage, weshalb du es mir überhaupt gesagt hast. Du mußt doch gewußt haben, daß das für ihn das Aus bedeutet.«

»Ich habe es dir gesagt, weil du mich darum gebeten hast. Du brauchtest Informationen über Abelard, also habe ich gesucht und bin fündig geworden.«

»Wo? Woher wußtest du es?«

»Das war nicht schwer. Abelard war Mitglied des Geheimdienstausschusses. Das heißt, er war auf Sicherheitsrisiken überprüft worden, und über ihn war eine Menge Material in Umlauf. Ich stehe noch immer auf der ›Dienstliste‹, was bedeutet, daß ich so gut wie alles in der Registratur erfragen kann. So lief das. Ich hatte den Eindruck, das wolltest du von mir.«

»Ja, richtig.« Alles, was er sagte, klang höchst vernünftig, bot jedoch keine ausreichende Erklärung für die Katastrophe, die sich daraus ergeben hatte. »Was hältst du persönlich eigentlich von Abelard, Rupert? Mochtest du ihn?«

»Nicht besonders. Ich hielt ihn für einen Schwächling. Er steckte mit den Franzosen und den anderen Europäern unter einer Decke. Lebte in der Vergangenheit. Aber nicht deshalb habe ich dir die Information gegeben, wenn du das meinst. Ich bin sauber. Wühle nur freiberuflich in schmutziger Wäsche, genau wie du.«

Er trank sein Glas aus und rülpste. »Mmmm«, sagte er. »Noch eins, und ich fühle mich allmählich wieder wie ein Mensch. Nun also, wie steht's mit meinem Job? Wann werde ich auf die Pensionsliste des *New York Mirror* gesetzt?«

»Ich bin noch nicht fertig. Ich möchte auch mehr wissen über Paris. Das letztemal warst du zu beschwipst, um das Gespräch zu Ende zu führen. Sprechen wir also jetzt darüber.«

»Gut. Ganz zu deinen Diensten. Was willst du wissen?«

»Warum hast du mich aufgesucht? Warum hat Rubino dich geschickt? Du hast gesagt, dies alles sei gegen die Vorschriften gewesen, warum hast du es dann getan? Was war so Besonderes an mir?«

»Du warst... wie soll ich sagen... Du hattest einen guten Ruf.«

»Das heißt?«

»Das heißt, daß man dich im Laufe der Jahre als vernünftigen, hart arbeitenden, vertrauenswürdigen Mann kennengelernt hat. Kurzum...«, er machte eine Pause, »als guten Journalisten. Und du kanntest dich mit Frankreich ganz gut aus.«

»Und das hat euch gereicht?«

»Oh, du würdest staunen. Wir wußten mehr, als du dir vorstellen kannst, selbst noch in unserem jämmerlichen Zustand. Wir wußten, daß du einen libanesischen Freund hattest, der außerordentlich gut informiert war.«

»Zum Teufel!« Ich war beschämt und wütend. Sie hatten mir nachspioniert. Vielleicht hatte Ali es ihnen gesagt; vielleicht hatten sie mein Telefon abgehört; vielleicht hatten sie einen Agenten in der DST sitzen, der *deren* Mitschnitte meines Telefons abhörte. Das würde ich niemals erfahren. »Und weiter?« fragte ich.

»Nun... wir wußten, daß du an einer Reportage über die französische Biotechnologie gearbeitet hast.«

»Warum habt ihr euch für diesen dummen Artikel interessiert? Mein Gott! Er wurde doch niemals veröffentlicht.«

»Ein heißes Eisen, *professore*. Sehr heiß. Der kleine französische Wissenschaftler, mit dem du gesprochen hast, ist erwiesenermaßen ein großer Fisch.«

»Wieso? Wovon sprichst du?«

Er drohte mir mit dem Zeigefinger. »Sehr, sehr ungezogen. Du weißt ganz genau, daß ich als Beamter der Vereinigten Staaten als geheim eingestufte Informationen nicht weitergeben darf.«

»Himmel noch mal. Du verscheißerst mich! Ihr habt mich benutzt. Ihr habt mich ausspioniert und dann benutzt. Das ist gegen die Vorschriften. Geheimdienste dürfen das mit Journalisten nicht machen.«

»Erklär das doch den Franzosen, mein Freund.« Augenzwinkernd lehnte er sich zurück. Er öffnete den Mund und ließ eine grüne Bohne hineinfallen.

»Wovon sprichst du? Hör auf, dein Spiel mit mir zu treiben.«

»Ich meine, daß der französische Geheimdienst sich den prominenten Journalisten einer führenden amerikanischen Zeitung geangelt hat.«

»Welcher Zeitung?«

»Ich wußte, daß du diese Frage stellst. Aber ich bedaure. Keine weiteren Auskünfte, bevor ich nicht meinen Job habe. Können wir jetzt bitte davon sprechen. Du hast mich lange genug hingehalten. Langsam glaube ich, dahinter steckt eine Taktik.«

»Du Arsch«, sagte ich. »Erst nach dem Essen.« Er hatte recht. Ich hielt ihn hin. Denn nach wie vor befürchtete ich, daß er in dem Augenblick, da ich ihm eingestand, daß es beim *Mirror* keinen Job für ihn gab, aufhören würde zu erzählen, und somit meine geheime Informationsquelle versiegte.

Wir bestellten ein herzhaftes Essen: Kürbissuppe, Sauerteigbrot mit Kruste, gebratene Wachteln, eine Flasche Merlot. Rupert hatte wieder mal recht: »Sein« Restaurant war wirklich ausgezeichnet. Aber mir war nicht ganz wohl bei der Sache. Reporter haben gerne das Gefühl, alles im Griff zu haben, aber es lag auf der Hand, daß das bei meiner Beziehung zu Rupert nicht der Fall war.

Dieses Gefühl, von außen gesteuert zu werden, kannte ich

vom Tennisspielen her, wenn bei einem erbitterten Match der Ball auf dem Spielfeld hin und her sprang und mir die Flugbahn des Tennisball wie eine imaginäre Linie erschien, durch die ich mit meinem Gegenspieler verbunden war. Solange ich diese Linie beherrschte und den Spielverlauf bestimmte, gewann ich problemlos das Match. Aber wenn mein Gegner diese unsichtbare Linie dominierte, wußte ich, daß ich verlieren würde.

»So, mein Freund«, meinte Cohen, als das Essen kam. »Du hast mich lange genug hingehalten. Wie steht's also mit meinem Job? Wann kann ich anfangen?«

Die Zeit war abgelaufen. »Ich habe mein Versprechen gehalten«, begann ich vorsichtig. »Ich habe mit dem Redaktionsleiter Bob Marcus gesprochen und ihm gesagt, daß jemand aus dem Geheimdienst für den *Mirror* arbeiten will.«

»Und? Was meint er?«

»Er sieht absolut keine Chance. Er meinte, Geheimdienst und Journalismus vertragen sich nicht.«

»Vertragen sich nicht?«

»Ja. Er hält es für ein moralisches Problem. Der Ruf der Zeitung würde geschädigt, wenn wir einen ehemaligen Geheimdienstmitarbeiter einstellen. Die Leute könnten unserer Berichterstattung mißtrauen. Tut mir leid, aber das waren seine Worte.«

»Verstehe.« Rupert sah mich mit einer merkwürdigen Miene an, als überlege er, ob er mir etwas sagen solle oder nicht. »Der *Mirror* kann mich also nicht einstellen, weil ihr keine Spione anheuert. Stimmt's?«

»Richtig. Wir heuern keine Spione an.« Er provozierte mich, aber ich verstand nicht, weshalb.

»Was für ein Unsinn!« schnaubte er. »Aber natürlich tut ihr das. Ihr heuert bloß keine amerikanischen Spione an.«

»Was willst du damit sagen?«

Rupert hielt einen Augenblick inne, blickte sich im Restaurant um und warf mir dann einen teuflischen Blick zu, der klarmachte, aus welchen Motiven er zum CIA gegangen war.

»Mein lieber Freund«, flüsterte er, »in deinem Washingtoner Büro arbeitet in diesem Augenblick der Agent einer fremden Staatsmacht. Ich habe vor ein paar Minuten von ihm gesprochen, ganz abstrakt. Ihm wurde über all die Jahre hinweg eine beträchtliche Geldsumme gezahlt – von jenem Staat, über den wir vorher gesprochen haben, von unserem großen und erlauchten Verbündeten, Frankreich.«

»Von wem zum Teufel sprichst du?«

Seine Augen funkelten, als er den Namen aussprach: »Arthur Bowman.«

16

Ich beobachtete, wie Bowman sich am nächsten Morgen an den Computer setzte, um seine wöchentliche außenpolitische Kolumne zu schreiben. Es war einen Tag nach dem heftigen Schneefall, und er war früh dran. Wie ausgeruht er aussah. Sein graues Haar war noch feucht von der morgendlichen Dusche, seine Wangen waren rosarot und glatt. Er hatte seine Lesebrille aufgesetzt, über deren Ränder hinweg er auf den Bildschirm blickte. Auf seinem Schreibtisch stand ein Marmeladenglas von Dundee mit mehreren gespitzten Bleistiften; hin und wieder griff er hinein und machte sich eine Notiz auf seinem Schreibblock. Dann wieder schien er einem Gedanken nachzuhangen und starrte wie geistesabwesend auf die Fotogalerie an der Wand, als nähme er mit den Geistern seiner verstorbenen Vorgänger Kontakt auf. Worüber er wohl diesmal schrieb? Über die Inkonsequenz der amerikanischen Bosnienpolitik, die Unverzichtbarkeit des atlantischen Bündnisses, das vitale Interesse Amerikas am Freihandel. Ich mußte es nicht wissen, ich konnte es erraten. Er knüpfte ein paar weitere Zentimeter des Wandteppichs, an dem er und seine Vorgänger seit fünfzig Jahren webten.

Ich hielt mich bei George Dirks Schreibtisch gut zehn Meter entfernt versteckt und verfolgte jede Bewegung Bowmans – wie man einen Verdächtigen bei einer Gegenüberstellung mustert. *War ihm das wirklich zuzutrauen*? Am Abend zuvor, als Cohen zum erstenmal angedeutet hatte, daß Arthur Bowman ein französischer Agent sei, hatte ich mir das Schlimmste ausgemalt. Das tun wir immer bei Hiobsbotschaften. Wenn der Arzt irgendwo in unserem Körper einen Knoten entdeckt, sind wir augenblicklich davon überzeugt, daß es Krebs ist. Erst später schaltet sich der Verstand ein.

Im Falle Bowmans hatte ich mir ebenfalls das Schlimmste ausgemalt. Was Cohen gesagt hatte, klang durchaus plausibel; alles war nachvollziehbar. Ich erinnerte mich an den Ton unseres ersten Gesprächs, sein lebhaftes Interesse an meinem Informanten im Fall Costa, seinen Spott über die Verlagerung des CIA auf die Wirtschaftsspionage. Es war durchaus vorstellbar.

Jetzt aber, als ich Bowman seine Kolumne schreiben sah, kam mir der Gedanke absurd vor. Rupert Cohen war ein Spinner; ein frustrierter Kerl auf der Suche nach einem neuen Job, und dies war seine Rache: Er wollte den angesehensten Journalisten unserer Zeitung vernichten. Arthur Bowman war für uns Petrus, der Fels, auf den wir unsere Kirche erbaut hatten. Wenn er in Mißkredit geriet, würde es uns alle treffen.

Ein paar Minuten später trat Bowman aus seinem Büro, um sich eine Tasse Kaffee zu holen, und entdeckte mich, wie ich ihn unverwandt anstarrte. »Eric Truell«, sagte er mit seiner Schauspielerstimme und kam auf mich zu, um mir die Hand zu schütteln. »Wie läuft's?«

»Nicht schlecht. Ich vermute, Sie haben gehört, was mit Abelard passiert ist.«

»Weiss hat mir davon erzählt. Es war sicher schmerzlich, aber Sie haben genau das Richtige getan. Sie mußten der Geschichte nachgehen. Das sind heute die Regeln.«

»Es war furchtbar. Er wirkte so enttäuscht, als ich ihm sagte, daß wir möglicherweise etwas veröffentlichen. Ich spürte, ich war bei seinem Charaktertest durchgefallen.«

»Das gehört zum Geschäft«, sagte er und lugte über seinen Brillenrand. »Machen Sie sich keine Gedanken darüber.«

Ich stand immer noch vor dem Schreibtisch von George Dirk, der um Viertel nach zehn schließlich eintraf. Er sah aus, als hätte er in den letzten achtundvierzig Stunden nur gesoffen. Sein Gesicht war aufgedunsen und blaß, und er hatte dunkle Ringe unter den Augen. »Hau ab von meinem Schreibtisch, du verdammter Schnüffler«, rief er. »Ich bin nach wie vor stinksauer auf dich.«

Dirk meinte es ernst. Er hatte es mir nicht verziehen, daß das Abelard-Projekt im Sande verlaufen war. Das hing mit seinem Minderwertigkeitsgefühl zusammen. Ich war es gewesen, der die vernichtende Information beschafft hatte; *ich* hatte mit dem Senator gesprochen; seine eigenen sorgfältigen Recherchen über Abelards Finanzen waren für die Katz gewesen. Doch diesmal plagten Dirk auch grundlegendere Bedenken. Er spürte, daß wir etwas falsch gemacht hatten. Wir hatten einen Kandidaten vernichtet, ohne ihm eine Chance zur Selbstverteidigung zu geben. Was denn da noch der Unterschied zur Erpressung sei, wollte er wissen.

»Laß gut sein«, sagte ich. »Ich bin das Thema leid.« Nicht, daß ich ihm hätte widersprechen wollen. Ich hatte nur keine gute Antwort parat.

»Nein, verdammt noch mal!« explodierte Dirk. »Ich laß es *nicht* gut sein. Ich will mit Marcus darüber sprechen, und zwar auf der Stelle.«

Also stapften wir zum Büro des Chefs, Dirk wutschnaubend wie eine Lokomotive mit zuviel Kohle im Feuerungsofen. Zu allem Unglück war Marcus da; er saß auf der Couch und las die *Post* und die *Times*.

»Wir müssen mit Ihnen reden!« sagte Dirk. Sein Gesicht war rot angelaufen.

»Nicht jetzt«, erwiderte Marcus. »Sprechen Sie mit meiner Sekretärin. Sie wird Ihnen einen Termin geben.« Er sah mich an, als wollte er sagen: Was soll das? Ich reagierte nicht. Ich hatte beschlossen, den Mund zu halten; es gab so vieles, worüber ich gerade jetzt nicht sprechen wollte. Aber Dirk war fest entschlossen, eine Szene zu machen.

»Entschuldigen Sie, aber ich glaube nicht, daß wir warten können! Ich habe gewartet, als Eric seine Recherchen zum Abelard-Artikel anstellte, und ich habe gewartet, als er ins Kapitol ging, um mit Abelard zu sprechen. Meine Geduld ist am Ende. Ich muß Ihnen sagen, daß ich glaube, die Sache stinkt zum Himmel!«

»Vielen Dank für Ihre Meinung, George«, sagte Marcus. In seinen Augen funkelte es bedrohlich, aber George merkte es nicht oder wollte es nicht merken.

»Was sind Ihre Wertmaßstäbe, Marcus? Wir beurteilen Politiker nach moralischen Standards, die wir auf uns selbst niemals anwenden würden. Wie viele Leute in diesem Büro nehmen irgendwelche Medikamente ein? Warum schmeißen Sie sie nicht raus? Weshalb setzen Sie keine Bemerkung unter die Artikel, die darlegt, ob er unter dem Einfluß von Prozac oder Valium geschrieben wurde? Hmm? Wir sind gottverdammte Heuchler! Kein Wunder, daß uns jeder haßt.«

Das war ein typischer Auftritt von Dirk, und er war diesmal zeitlich besonders geschickt plaziert. Als der Tornado vorüber war, wurde klar, daß mein Freund damit seiner Karriere keinen Gefallen getan hatte.

Ich kam aus der Mittagspause, und das Licht an meinem Apparat zeigte an, daß mir jemand eine Nachricht auf Band hinterlassen hatte. Die Stimme klang fröhlich, munter, schelmisch. Ich hatte vermutet, ich würde nichts mehr von ihm hören, aber das war ein Irrtum gewesen. *»Giornalistissimo!«* rief die Stimme. »Mein Bester! Ich breche auf zu einem weiteren, vom Steuerzahler finanzierten Abenteuer, aber ich habe dich nicht vergessen. Schau heute abend in deinen Briefkasten.« Zu Hause wartete ein weiterer Brief auf mich. Diesmal hatte Rupert ihn im Stil eines Zeitungsartikels verfaßt.

Von Bruder Johannes von Ragusa, Mitarbeiter des *New York Mirror*, WASHINGTON. Ein bevorstehendes Milliardengeschäft in Asien könnte nach Auskunft aus Geheimdienstkreisen neue Beweise für die antiamerikanischen Sympathien von Arthur Bowman, dem Chefkorrespondenten des *New York Mirror*, liefern.

Informierte Kreise empfehlen eine genaue Prüfung von Bowmans Kommentar zu einem 30-Milliarden-Dollar-Vertrag im Bereich der Telekommunikation, der im nächsten Monat von der chinesischen Regierung vergeben wird. Die Hauptbewerber für das gigantische Projekt sind Frankreich und die Vereinigten Staaten.

Nach Auskunft aus Geheimdienstkreisen wird Bowman mit seinem Artikel in dieser entscheidenden Handelsschlacht aller Wahrscheinlichkeit nach Frankreich unterstützen. Wenn dies der Fall ist, wäre es ein Beweis für die bereits seit Jahren von Mitarbeitern des US-Nachrichtendienstes vertretene These, Bowman sei ein bezahlter französischer Beeinflussungsagent.

Dem als außerst zuverlässig geltenden Informanten zufolge, der durchaus einen Job bei einer großen Zeitung verdienen würde, will China ein landesweites zukunftsweisendes Telekommunikationsnetz aufbauen. Dazu gehören Millionen von Kilometern Telefonkabel aus hochleistungsfähiger Faseroptik, mehr als 200 Millionen Telefongeräte und weitere Hardware.

An den Auftrag gekoppelt sind schätzungsweise 100 000 Arbeitsplätze in dem Land, das den Zuschlag erhält. Die Franzosen, die erst kürzlich bei einem Sechs-Milliarden-

Dollar-Geschäft zur Lieferung von Flugzeugen an Saudi-Arabien leer ausgingen (Sieger waren die Vereinigten Staaten), sind nach Auskunft der gutunterrichteten Kreise bereit, mit allen Mitteln um den chinesischen Auftrag zu kämpfen.

Mr. Bowman, 56, war zu einer Stellungnahme nicht bereit. China, die Heimat von mehr als einer Milliarde Menschen, ist ein Land der Gegensätze (Lesen Sie weiter auf S. A 16, Bowman).

Cohen war nicht ganz richtig im Kopf. Das war die eine Möglichkeit. Andererseits war es aber auch denkbar, daß er sich einen raffinierten Scherz erlaubte. Er hatte sich Mühe gegeben, den Tonfall solcher Zeitungsmeldungen zu treffen, und sich insbesondere der Technik bedient, Spekulationen und Andeutungen einer gutunterrichteten Quelle zuzuschreiben. Gleichzeitig aber konnte das auch die Wahrheit über Arthur Bowman sein.

Am gleichen Abend rief ich Dirk zu Hause an. Ich wollte wissen, wie es dem Vesuv nach seinem Ausbruch an jenem Morgen ging, und ihn über das chinesische Telekommunikationsgeschäft befragen. Er hatte bereits einiges getrunken und befand sich in jenem fortgeschrittenen Stadium des Katzenjammers, in dem man sich für alles entschuldigt, was man wenige Stunden zuvor gesagt hat. »Er schmeißt mich raus, Eric«, jammerte er. »Ich habe mir gar nicht klargemacht, was ich da anrichte. Ich selbst habe ihm heute die Pistole gegeben, jetzt braucht er nur noch abzudrücken. Ich bin wirklich ein Volltrottel.«

»Mach dir keine Sorgen«, sagte ich. »Marcus ist ein Armleuchter. In New York nimmt ihn keiner ernst. Schreib weiter gute Storys, dann läßt er dich in Ruhe.«

»Ich kann gar nicht glauben, daß ich das getan habe!« klagte er weiter. »Ich bin ein solches Arschloch.«

»Dirk! Hör einen Augenblick auf, in Selbstmitleid zu zerfließen. Ich brauche dein kluges Gehirn, bevor es der Selbstzerstörung anheimfällt. Hast du die Sache mit dem chinesischen Telekommunikationsgeschäft verfolgt?«

»Aber selbstverständlich. Ich verfolge alles.«

»Sag mir, was du darüber weißt.«

»Also gut. Zunächst einmal ist es enorm wichtig für die Regierung. Jemand im Weißen Haus sagte mir, daß der Präsident von einem ›Jahrhundertgeschäft‹ spricht. Es geht um Arbeitsplätze. Die Bewerber aus den Vereinigten Staaten sind alles große Unternehmen mit Fabriken in Kalifornien, also geht es um Wählerstimmen: die American Telephone Corp., IBM, Hewlett Packard, General Science. Sie alle haben Angst unterzugehen, wenn ihnen der chinesische Markt verschlossen bleibt. Eine Milliarde Verbraucher. Der große Konkurrent ist ein französischer Konzern, ein Firmenkonsortium mit einem Unternehmen namens Unétat an der Spitze. Die Franzosen sind noch schärfer auf den Auftrag als die Amerikaner. Beide Seiten sehen darin den Schlüssel für den asiatischen Markt. Es herrscht eine Stimmung wie bei der Gründung der Ostindischen Gesellschaft im 18. Jahrhundert. Der Sieger hat für die nächsten hundert Jahre ausgesorgt. So glaubt man jedenfalls.«

»Und wer wird den Zuschlag bekommen?«

»Woher soll ich denn das wissen? Aber es ist ein Riesenauftrag. Sie haben eine gemeinsame Projektgruppe im Handelsministerium eingerichtet, die an alle Ministerien Schreiben verschickt, um in Erinnerung zu rufen, was für ein Bombengeschäft das ist. Beide Seiten werden vermutlich alle Hebel in Bewegung setzen. Hast du die Berichte denn nicht gelesen?«

»Nicht sehr genau. Aber es interessiert mich immer mehr.«

»Dann willst du dir also auch diese Story unter den Nagel reißen? Du Arsch.«

»Nein«, lachte ich. »Ich glaube nicht. Außer sie entwickelt sich zu einem Knuller.«

Ein paar Tage darauf nahm Arthur Bowman zum erstenmal zu dem chinesischen Telekommunikationsgeschäft Stellung. In seiner wöchentlichen Kolumne schrieb er, im Kongreß frage man sich mit wachsender Besorgnis, ob es klug sei, angesichts der schwierigen Lage der Menschenrechte in China das Geschäft überhaupt abzuschließen. Er zitierte den Vorsitzenden eines Haushaltsunterausschusses aus Wisconsin, der es für »feige« hielt, den Vertrag zu unterzeichnen, sowie einen namentlich nicht genannten Regierungsbeamten, der sagte, das Weiße Haus werde seine Optionen nochmals überprüfen. Dann schilderte Bowman die umfangreichen Wahlkampfspenden, die US-amerikanische Telekommunikationsunternehmen und deren Zulieferer dem Präsidenten und wichtigen Kongreßabgeordneten hatten zukommen lassen.

Es war ein kunterbunt zusammengebastelter, persönlich gefärbter Hintergrundartikel zur Washingtoner Politik. Ein paar wackelige Fakten, mit viel Getöse präsentiert. Auch die Überschrift tat das ihre: »Das China-Geschäft: ein 30-Milliarden-Mißgriff?« Es war die Art von Story, die an einem ruhigen Tag in den Fernsehnachrichten die Hauptmeldung werden könnte: Ein Reporter steht vor dem Weißen Haus und sagt: »Eine neue Debatte ist heute in Washington entbrannt, es geht um einen Riesendeal mit China, den Kritiker als ›feige‹ bezeichnen.« Es war die Art von Story, die die Leitartikler der großen Zeitungen dazu veranlassen würde, die Regierung nachdrücklich zum Überdenken ihrer Entscheidung aufzurufen. Ich deponierte Bowmans Kolumne in einem Ordner, den ich wenige Tage zuvor angelegt hatte, und verschloß ihn in meiner Schreibtischschublade zu Hause.

Wenige Tage später erhielt ich einen Brief. Eine kleine cremefarbene Karte. Oben waren in verschnörkelter Schrift die Initialen des Absenders aufgeprägt: »JLA«. Der Brief war knapp und bitter.

Sehr geehrter Mr. Truell,
es fällt mir nicht leicht, diesen Brief zu schreiben, aber es liegt mir daran, daß Sie ihn lesen. Mein Mann ist ein großartiger, mutiger Mensch, der für dieses Land viele wunderbare Dinge getan hat. Doch seitdem Sie ihn aufgesucht haben, geht es ihm nicht gut. Ich mache mir Sorgen, daß er sich das Leben nimmt. Sie sind nicht verheiratet, habe ich erfahren, und so können Sie vielleicht gar nicht nachvollziehen, was es heißt, sich so ohnmächtig zu fühlen und den Menschen, den man liebt, nicht beschützen zu können. Doch ich wünschte, Sie könnten begreifen, was ich empfinde, denn es könnte Ihnen helfen, sich anderen gegenüber menschlicher zu verhalten. Ein jeder von uns hat Geheimnisse, die er gerne für sich behalten möchte. Denken Sie an Ihr eigenes Leben und an die Dinge, die Sie nicht der Öffentlichkeit preisgeben möchten. Dann erinnern Sie sich an das, was Sie meinem Mann angetan haben, und Sie werden vielleicht so etwas wie Scham empfinden.
Hochachtungsvoll
Joan Abelard

17

Der stellvertretende Personalratsvorsitzende des *Mirror* in New York heftete die Mitteilung ans Schwarze Brett: Man bot den Mitarbeitern Auflösungsverträge bei Zahlung einer Abfindungssumme an. Niemand hatte geglaubt, daß es so schnell gehen würde, doch die Einnahmen der Zeitung aus Werbeanzeigen waren im Januar rapide zurückgegangen. Das Weihnachtsgeschäft war für den Einzelhandel schlecht gelaufen – war es denn nicht immer so? –, derart schlecht, daß die Geschäftsleute Anzeigen in der New Yorker und in der landesweiten Ausgabe drastisch reduzierten. Das war nicht einfach nur saisonal bedingt.

Einige Wirtschaftsjournalisten in New York meinten, es handle sich um ein »strukturelles« Problem. Die Anzeigenkunden betrachteten die Zeitungen – besonders landesweite Blätter wie den *Mirror* – nicht mehr als den optimalen Weg, Kunden zu erreichen.

Gegen Mittag schien bereits jeder in der Redaktion über das Abfindungsangebot Bescheid zu wissen. Es galt auch für Beschäftigte in der Redaktion, die älter als fünfundfünfzig waren. Wenn sie bis Ende 1997 ausschieden, würden sie eine Abfindungssumme erhalten, die einem Halbmonatsgehalt pro Beschäftigungsjahr beim *Mirror* entsprach. Viele der älteren Kollegen hatten sich am Colaautomaten neben der Bibliothek versammelt und unterhielten sich darüber. Diese Art besorgter Meinungsaustausch war etwas Neues für uns. Stellenstreichungen – das war ein Problem, das andere betraf, Beschäftigte in anderen Berufsgruppen: Metallarbeiter, Gießer, Textilarbeiter. Aber nicht Journalisten und Redakteure.

Die ganze Redaktion war wie gelähmt, es herrschte eine Stimmung wie bei einer Beerdigung. Wir waren an unsere Achillesferse erinnert worden, an die unangenehme Tatsache, daß unser guter Journalismus davon abhängig war, ob die Zeitung Gewinne machte. Jahrelang hatten wir unverhohlen unsere Geringschätzung für die geschäftlichen Aspekte bekundet – Leute aus der Anzeigenabteilung durften keinen Fuß in die Redaktion setzen –, denn wir wußten, daß das Blatt einen Haufen Geld machte. Ressortleiter wurden angehalten, ihr Budget auszuschöpfen, damit die Buchhaltung nicht auf die Idee kam, es im Jahr darauf zu kürzen. Der Gedanke, das nicht benötigte Geld einzusparen und auf der Gewinnseite der Zeitung zu verbuchen, war Ketzerei. Die meisten Redaktionsmitglieder glaubten, die Gewinne der Zeitung seien sowieso schon viel zu hoch.

Die wirtschaftliche Misere des *Mirror* hatte während meines Europaaufenthalts begonnen, deshalb konnte ich nicht genau sagen, wodurch sie verursacht war. Die Leser hatten immer weniger Zeit für eine anspruchsvolle Zeitung und die Anzeigenkunden immer weniger Geduld mit unseren sinkenden Verkaufszahlen; die Druckkosten stiegen – wer konnte den eigentlichen Grund benennen? Aber ich hatte die Veränderung gleich nach meiner Rückkehr bemerkt: die neue Vorsicht, die Angst, Leser zu vergraulen, die alle paar Monate neu hinzukommenden Beilagen, die Anzeigenkunden locken sollten. Der Geist der Liberalität und Großzügigkeit, den ich mit der Zeitungswelt assoziierte, verflüchtigte sich zusehends.

Vielleicht waren wir ja wirklich Geschöpfe der Wirtschaft. Journalisten gaben sich zwar gerne zynisch, waren aber im Grunde ihres Herzens Optimisten. Sie waren überzeugt davon, daß sich die Welt zum Besseren hin entwickelte, daß es mit der Menschheitsgeschichte aufwärtsging, daß der Kuchen größer und größer wurde, daß die Wahrheit den Menschen frei machte. Bis vor kurzem waren wir in dieser Weltsicht in unserem eigenen Arbeitsbereich immer wieder bestätigt worden. Doch jetzt wurde unser Spielraum enger, der Kuchen schrumpfte, die Redaktion sollte verkleinert werden. Auf diese Situation waren wir nicht vorbereitet.

»Hab ich's dir nicht gesagt, daß es so kommen würde?« meinte Dirk. Er trug gut sichtbar sein Mitgliedsabzeichen des Journalistenverbandes – wie ein Amulett zur Abwehr böser Geister. »Und das ist nur der Anfang. Sie werden nicht genügend Freiwillige für die Auflösungsverträge finden, und dann werden sie anfangen, Leute zu entlassen.«

»Niemals«, sagte ich. »Sellinger würde eher seine eigene Mutter rausschmeißen als Mitglieder der Redaktion. Und Weiss würde es auch nie zulassen.«

»Weiss ist *Angestellter*, mein Freund, genau wie du. Das bedeutet, er ist vom Wohlwollen des Verlegers abhängig, und der wiederum vom Wohlwollen der Aktionäre, die es faktisch gar nicht gibt, abgesehen von ein paar Gnomen, die den Rentenfonds verwalten und sich einen Dreck darum kümmern, was aus dir oder mir oder Ed Weiss wird. Ich weiß, daß ihr Golden Boys das gerne vergeßt. Aber es ist die Wahrheit.«

Noel Rosengarten kam vorbeigerauscht. Mit einem neuen 50-Dollar-Haarschnitt und einem neuen 1000-Dollar-Anzug.

»Mich hält hier nichts mehr!« sagte er zu mir. Mit Dirk sprach er nicht so gerne. »Das Fernsehen ist die Zukunft. Ich habe einen neuen Agenten, der auch Katie Couric vertreten hat. Er ist gerade dabei, einen Vertrag für mich abzuschließen.«

»Wohin gehst du denn?« erkundigte ich mich. »Ich habe gehört, ABC will dir ein Angebot machen.«

»Ich glaube nicht. Sie wollen irgendeine Schwarze. Mein Agent verhandelt mit anderen Leuten.«

»Und das wäre?« mischte sich Dirk ein. Er grinste von einem Ohr bis zum anderen, weil Rosengarten bei ABC abgeblitzt war. Noel ignorierte ihn.

»Eine Menge Leute. Etwas wird sich tun. Eine NBC-Tochter in Minneapolis will mich auf Biegen und Brechen.«

»Dann gehst du also zu einem Lokalsender?« fragte ich. Ich dachte dabei unweigerlich an Typen mit Föhnfrisuren und Namen wie Chuck und Bob.

»Warum nicht? Irgendwo muß man anfangen. Das Geschäft von der Pike auf lernen. In Minneapolis brauchen sie einen Nachrichtenmoderator.«

»Lokalnachrichten!« rief Dirk dazwischen. Er wandte sich seinen Kollegen am Colaautomaten zu. »Hey, habt ihr *das* gehört? Rosengarten wird Fernsehmoderator für Lokalnachrichten. Das wirst du großartig machen, Noel.« Er straffte den Brustkorb und verstellte die Stimme: *»Am heutigen Abend wurden zwei Personen beim Einsturz einer Brücke in einem Vorort von St. Paul schwer verletzt. Wir werden später in den Nachrichten live berichten. Und wie wird das Wetter in St. Paul und Minneapolis, Doreen?«*

»Arschloch!« meinte Rosengarten und kehrte zu seinem Schreibtisch zurück.

Dirk strahlte. »Mein Gott, es macht mich so glücklich, wenn

ich daran denke, daß dieser Kerl die Ansage für den Wetterbericht machen wird.«

In jener Woche war ich zu einer Dinnerparty zu Ehren meines aus New York angereisten Verlegers Philip Sellinger bei Elsbeth Parsons eingeladen, einer der vornehmsten Gastgeberinnen Washingtons. Es schmeichelte mir sehr, denn offenbar war ich als einziger von den jüngeren Redaktionsmitgliedern eingeladen. Auf Schritt und Tritt spürte ich es: Man setzte bei der Zeitung große Erwartungen in mich. Durch eine rätselhafte Entwicklung, die ich nicht durchschaute, war ich unter all den Herdentieren auserwählt worden.

Mrs. Parsons' Privatsekretärin fragte, ob ich jemanden mitbringen würde. Ich überlegte einen Augenblick und sagte, ich würde gerne eine gute Freundin mitbringen, eine Journalistin namens Annie Baron, die bei *Newsweek* für Politik zuständig sei. Annie war ganz angetan, als ich es ihr sagte, doch auch ein wenig überrascht, daß ich ausgerechnet sie mitnehmen wollte. Dies war ein bedeutendes gesellschaftliches Ereignis, und wir waren kein Paar. Aber ich meinte, es sei zu spät, um noch abzusagen, da ich der Privatsekretärin bereits ihren Namen genannt hätte. Annie kaufte sich daraufhin ein neues Kleid von Emanuel Ungaro, ein enganliegendes schwarzes Etuikleid mit einem offenen Reißverschluß über der Brust, wo kobaltblauer Seidensatin hervorblitzte. Sie sah überwältigend aus.

Mrs. Parsons wohnte in einem wunderschönen alten Haus in der P Street in Georgetown. Annie und ich klingelten kurz nach acht; offensichtlich waren wir die ersten Gäste. Mrs. Parsons begrüßte uns an der Tür. Sie musterte zuerst Annie, dann mich und war offenbar mit uns beiden zufrieden. Obwohl bereits über siebzig und seit mehr als zehn Jahren Witwe, war sie immer noch eine außergewöhnlich schöne Frau: feingliedrig, grazil, ein reizender Anblick – doch aus ihren Augen blitzten die Neugier und Leidenschaft einer Kurtisane.

»Schön, daß Sie so pünktlich sind«, meinte sie liebenswürdig. »Auf diese Weise haben wir ein paar Minuten, um uns zu unterhalten, bevor die Nachzügler eintreffen.«

Sie reichte mir ihren Arm. Annie folgte ein paar Schritte hinter uns. »Ich zeige Ihnen das Haus. Möchten Sie?«

Das Innere des Hauses hätte ein Kunstgewerbemuseum sein können. Jedes Gemälde und jedes Möbelstück war sorgfältig ausgewählt. Ich erkundigte mich nach dem riesigen Akt in der Eingangshalle, der Skulptur einer üppigen Schwarzen aus kaltem Marmor. »Ja, das ist sehr hübsch«, nickte sie. »Mein Mann hat es gekauft, in Paris.«

Über dem verschnörkelten Kaminsims hing das riesige Gemälde einer schönen aristokratischen Dame, die meiner Gastgeberin entfernt ähnlich sah. »Wer ist das?« fragte ich.

»Ach, niemand Besonderes. Das haben wir irgendwo gekauft.«

»Ein wunderbares Haus«, meinte Annie. »So reich an Geschichte. Wir kommen beide aus Kalifornien, wo man mit Vorkriegszeit die Zeit vor Vietnam meint.«

»Washington ist ganz anders, nicht wahr?«

Es klingelte an der Tür. Allmählich kamen auch die anderen Gäste. Jeden von ihnen begrüßte Mrs. Parsons mit dem gleichen vollendeten Charme.

Als Philip Sellinger in Begleitung seiner Frau Barbara im Salon eintraf, strebte er geradewegs auf mich zu. Er schien fast zu schweben, als er über den Teppich auf mich zuschritt; silbergraues Haar, strahlend blaue Augen, perfekt gekleidet, auf Hochglanz polierte Schuhe. Wie Mrs. Parsons war auch er ein Aristokrat vom Scheitel bis zur Sohle.

»Ich freue mich, daß Sie gekommen sind«, begrüßte er mich. »Elsbeth sagt, Sie sind reizend, und das will etwas heißen, denn sie haßt Journalisten.«

»Prima«, erwiderte ich. Es war wohl als Kompliment gedacht. Ein Kellner kam und fragte, was wir trinken wollten. Sellinger nahm einen Scotch mit Wasser; ich hielt es für besser, mich erst einmal mit Soda zu begnügen, bis ich mich sicherer fühlte.

»Wie läuft das Geschäft?« erkundigte ich mich. Es war nur so dahingesagt, aber die Wirkung war, als hätte ich eine Tür aufgestoßen. Heraus purzelten die aufgestauten Sorgen und Enttäuschungen des Verlegers.

»Grauenhaft«, sagte er. »Miserabel. Von den Auflösungsverträgen haben Sie ja wohl gehört. Was sagt man in der Washingtoner Redaktion dazu?«

Ich wollte Sellinger gegenüber ehrlich sein. Ich kannte ihn nicht besonders gut, aber es schien mir nicht sinnvoll, ihm gleich am Anfang unserer Bekanntschaft Lügen aufzutischen.

»Die Leute haben Angst«, sagte ich. »Manche meinen, als nächstes stünden dann Kündigungen an. Es kursieren Gerüchte, daß die Zeitung in die roten Zahlen abrutscht.«

»Die Gerüchte stimmen. Dieses Quartal werden wir – unter uns Pastorentöchtern – mit einem Minus abschließen, obwohl es sich unterm Strich auch wieder ausgleichen könnte. Aber der Aktienmarkt hat schon gemerkt, woher der Wind weht – die Zeitung macht seit Monaten keine Gewinne mehr. Deshalb ist die Notierung an der Börse auch so niedrig. Die Analysten meinen, wir seien in unserer glorreichen Zeitungskultur so befangen, daß wir es nie schaffen, wie ein normales Unternehmen die Kosten zu senken.«

»Und haben die Analysten recht?« Ich hoffte es. Kostensenkung hatte für mich einen sehr unangenehmen Klang.

Sellinger legte mir die Hand auf die Schulter. Er zog mich ins Vertrauen, als gehörte ich zum Club der Auserwählten. »Hören Sie, Eric, ich möchte die Zeitung nicht wie eine gewöhnliche Firma führen. Sie ist doch auch keine gewöhnliche Firma, um Himmels willen. Wir versuchen, die beste Zeitung Amerikas zu machen, und oft genug gelingt uns das auch. Früher war das genug. Wenn die Analysten in einem Quartal mit unseren Einnahmen nicht zufrieden waren, konnten wir ihnen leicht sagen, sie sollen sich verziehen. Heute ist das nicht mehr so einfach. Die Analysten wollen Ergebnisse sehen, und an der Börse haben sie das Sagen. Ich habe immer wieder betont, daß es in der Redaktion niemals Entlassungen geben wird, aber ich kann dieses Versprechen heute nicht mehr halten. Wir haben Probleme, mit denen Sie sich nicht zu befassen brauchen.«

»Aber doch. Ich habe in all den Jahren als Auslandskorrespondent Ihr Geld ausgegeben. Ich bin Ihnen verpflichtet.«

»Nein, ganz und gar nicht. Sie sind das Kapital, mit dem wir wuchern müssen, so sehe ich das. Aber wir haben finanzielle Schwierigkeiten, an dieser Tatsache läßt sich nicht rütteln. Wir haben nach Möglichkeiten der Diversifikation gesucht, zur Verbreiterung unserer finanziellen Basis, damit die Zeitung keine Einsparungen vornehmen muß. Wir haben manches Neue in die Wege geleitet, manches hinzugekauft, das nicht ganz billig war.«

»Dieses Unternehmen für Computergrafik«, sagte ich. Davon wußte jeder. Wir hatten über 50 Millionen Dollar ausgegeben, um ein hochkarätiges Unternehmen zu kaufen, das angeblich auf eine brillante neue Art und Weise Computergrafik für Filme produzieren konnte. Aber bald stellte sich heraus, daß sie nur über die zweitbeste Technologie der Branche verfügten, was nichts anderes hieß, als daß das Geld in den Sand gesetzt war und wir fast unsere gesamten Investitionen in den Wind schreiben konnten.

»Ja, richtig. Und das Internet-Projekt kostet uns auch ein hübsches Sümmchen, ganz ohne Aussicht auf Gewinn. Und da gibt es noch anderes. Ich möchte Sie nicht damit langweilen, bei einem so netten Anlaß wie diesem. Aber unterm Strich – wie die Schwachköpfe von Analysten sich auszudrücken pflegen – läuft es darauf hinaus, daß wir neues Kapital beschaffen müssen. Und das wird nicht einfach sein. Es ist eine denkbar schlechte Zeit für eine Aktienemission, da der Kurs so niedrig ist, und es ist eine denkbar schlechte Zeit zur Ausgabe von Anleihen, da die Analysten meinen, wir hätten ohnehin schon zu viele Schulden.«

»Was werden Sie also tun, wenn Sie keine Aktien oder Anleihen verkaufen können?«

»Joint-ventures vielleicht. Vielleicht eine Kapitalbeteiligung durch einen neuen Investor. Wir ziehen vieles in Erwägung, was uns bislang unvorstellbar schien.«

Er schüttelte den Kopf und lächelte mich an. »Unglaublich, daß ich Ihnen alles erzählt habe. Vergessen Sie es auf der Stelle wieder. Jetzt verstehe ich, warum Weiss Sie für einen so guten Reporter hält.« Er drückte mir den Arm und wandte sich um, um mit einem anderen Gast zu sprechen, der soeben den Salon betreten hatte.

Natürlich war auch Arthur Bowman unter den geladenen Gästen. In dem Augenblick, als ich ihn hereinkommen sah, beschloß ich, mir Rupert Cohens Unterstellungen aus dem Kopf zu schlagen. Dies war nicht der richtige Rahmen, um den FBI-Agenten zu spielen.

Es ergab sich, daß ich neben Bowmans Frau zu sitzen kam, einer attraktiven, besitzergreifenden Brünetten namens Mara, die gerne über die Leute bei der Zeitung lästerte. Sie war mit allen Wassern gewaschen: Ganz beiläufig strich sie einem über die Hand und sprach in verschwörerischem Ton; ihr teures, tief ausgeschnittenes Kleid war so eng, daß es ihre Brüste hob wie zwei zarte, elfenbeinfarbene Billardkugeln. Sie war, wie George Dirk zu sagen pflegte, »eine harte Nuß«. Bowman mußte sicher einiges investieren, finanziell wie emotional.

»Finden Sie Bob Marcus nicht auch fürchterlich?« fragte sie schließlich.

Was sollte ich darauf sagen? Er war mein Chef. Ich murmelte, daß ich ihn noch nicht lange genug kannte, um ein Urteil abgeben zu können.

»Ich habe gehört, daß man Sie nach New York in die Auslandsredaktion holen will«, flüsterte sie. »Werden Sie gehen? Ich hoffe nicht. Arthur meint, Sie werden hier in Washington gebraucht.«

Die Frau war ein Quälgeist, wirklich. Ich hatte keine Ahnung, ob das, was sie sagte, stimmte, und auch keine Ahnung, was ich ihr erwidern sollte. Also wechselte ich das Thema. Ich erzählte ihr von mir. Daß ich in Nordkalifornien aufgewachsen sei und während der Collegezeit gehofft hatte, Tennisprofi zu werden; daß ich den Einstieg in die Nachrichtenbranche gewissermaßen als Trostpreis betrachtet hatte. Sie hing an meinen Lippen, ließ ihre schlanke Hand auf der meinen ruhen und sah mich an, als wäre ich der interessanteste Mann, auf den jemals ihr Auge gefallen war. Oberflächlich betrachtet war dies dieselbe Technik, die auch Mrs. Parsons anwandte, und dennoch lagen Welten dazwischen.

Annie wiederum saß neben Arthur Bowman. Die beiden unterhielten sich angeregt fast während des gesamten Essens. In dem Teil, den ich mitbekam, ging es um den Wahlkampf – die Republikaner, die sich selbst schachmatt gesetzt hatten, die Aussichten des Präsidenten, die noch verbliebenen Mitbewerber aus dem Rennen zu schlagen. Offenbar fragte Annie ihn noch über andere Themen aus. Sie war wunderschön und elegant. Als sie sich ihrem anderen Tischnachbarn zuwandte, einem hohen Tier im Außenministerium, wirkte Bowman richtiggehend enttäuscht. Annie übte eine Sogwirkung auf andere aus: Man konnte nie genug von ihr bekommen, man wollte immer mehr.

»Sie haben eine ganz reizende Frau mitgebracht«, meinte Mara Bowman, als sie sah, wie ich Annie anstarrte. »Haben Sie ernste Absichten mit ihr?«

»Ich habe immer ernste Absichten«, erwiderte ich.

»Dann sehen Sie zu, daß sie mit Ihnen nach Hause geht. Mir gefällt die Art nicht, wie Arthur sie anblickt. Oder vielleicht sollten sie *mich* mit nach Hause nehmen, hmm?« Sie drängte sich näher an mich heran, während sie das sagte, und preßte ihren elfenbeinfarbenen Busen gegen meinen Arm. Sie war entsetzlich. Zum erstenmal in meinem Leben empfand ich Mitleid mit Arthur.

Als die Dessertteller abgeräumt waren, brachte Bowman einen brillanten Toast auf den Verleger aus: witzig, sein eigenes Licht unter den Scheffel stellend, aufrichtig in seinem Pathos. Er schloß mit einem kurzen Zitat aus einem Gedicht von Yeats über die Freundschaft: »Bedenke recht des Menschen Glanz und Reichtum, und sag, ihr, meine Freunde, seid mein Ruhm«, und erhob dann sein Glas.

»Auf Philip.« Alle in dem illustren Kreis stießen an.

Nach dem Essen begaben wir uns in den Salon. Vom Feuer war nur noch rote Glut übrig, und Bowman legte ein Holzscheit nach. Ich gesellte mich zu ihm. Vielleicht war es das gute Essen, der gute Wein und der Taumel, weil ich mich in dieser Gesellschaft befand. Ich fühlte mich übermütig und zum Spaßen aufgelegt.

»Ich wette, Sie sind nicht gerade begeistert von dem Telekommunikationsgeschäft mit China«, sagte ich.

»Nicht besonders«, erwiderte er. Er kniete vor dem Kamin und stocherte mit einem Schürhaken im Feuer. »Ich mag keine Geschäfte mit Diktatoren.«

»Ach kommen Sie, Arthur! Ich wette, die Franzosen haben Sie gut bezahlt für diese Kolumne.« Ich weiß nicht, warum ich das sagte, es rutschte mir einfach so heraus.

Er sah mich an und zuckte zurück – nur für den Bruchteil einer Sekunde, wie ein aufgeschrecktes Tier. Der Schein des Feuers spielte auf seinen Wangen, doch seine Augen waren dunkel und wachsam. »Was soll das heißen, junger Mann?«

»Nichts«, murmelte ich. »Es war nur Spaß.« Mir wurde heiß. Ich hatte mich verplappert.

Bowman erhob sich und musterte mich sehr genau, als wolle er feststellen, ob ich es ernst gemeint hatte oder nicht. Dann zwinkerte er mir zu. Er war zu dem Schluß gekommen, daß es wirklich nur ein Scherz gewesen war. Das schelmische Lächeln des ehemaligen Auslandskorrespondenten kehrte auf sein Gesicht zurück.

»Sie zahlen mir nicht *genug*, Truell«, erwiderte er. »Ich sollte mehr verlangen.«

Natürlich lachte ich. Es war die passendste Reaktion, und die Spannung löste sich. Er nahm mich am Arm in jener verschwörerischen Art, wie sie in Washington zum guten Ton gehörte, und flüsterte mir ins Ohr: »Das Problem bei diesem verrückten China-Geschäft sind Ihre Freunde vom CIA. Sie glauben, sie hätten den Marschbefehl vom Weißen Haus erhalten, diese kleine 30-Milliarden-Dollar-Trophäe heimzuholen. Aber wenn diese Jungs nicht aufpassen, stolpern sie in einen großen Haufen Scheiße.«

Ich wollte noch fragen, was er mit »*meine* Freunde« beim CIA meinte, aber er war schon weitergegangen und hatte Philip Sellinger am Arm gefaßt, um ihm mit Verschwörermiene etwas mitzuteilen. Er war eine Naturgewalt, dieser Arthur Bowman. Ein proteischer Charakter, der von einem Augenblick zum anderen Form und Farbe wechseln konnte. Aber woran ich mich später erinnerte, war die Art, wie er mich vor dem Kamin von unten angesehen hatte. Der Ausdruck in seinen Augen konnte nur Angst gewesen sein.

Ich brachte Annie nach Hause. »Was hast du mit Bowman angestellt?« fragte ich, als wir die Wisconsin Avenue zu ihrem Haus in der 29th Street entlangfuhren. Sie blickte verblüfft drein. Diese Frage hatte sie nicht erwartet. Sie suchte nach einer Antwort. »Ich glaube, er ist ein sehr komplizierter Mann. Und ich glaube nicht, daß er glücklich ist in seiner Ehe.« Das könne ich gut verstehen, gab ich zurück, schließlich hatte ich mich mit Mara Bowman unterhalten. Sie war der Typ der ehrgeizigen Ehefrau, die ihren Mann wie ein Rennpferd anfeuerte. Und sie hatte es tatsächlich geschafft, daß ich Bowman bemitleidete.

Als wir vor Annies Haus ankamen, fragte ich sie, ob sie noch Lust auf einen Drink hätte.

»Nicht heute«, sagte sie. »Morgen müssen wir arbeiten, und wir sind beide müde.« Sie küßte mich zärtlich auf den Mund, ihre Lippen verweilten einen Augenblick, feucht und voll. »Vielleicht ein andermal«, sagte sie.

18

Eine Woche nach der Party bei Mrs. Parsons feuerte Arthur Bowman einen weiteren Schuß ab. Diesmal trug sein Artikel die Überschrift »Senat untersucht Schmiergeldzahlungen des CIA an China«. Der Geheimdienstausschuß des Senats, so Bowman, untersuche derzeit, ob ein CIA-Offizier in China an den Verwandten eines hochrangigen Funktionärs der chinesischen KP eine Bestechungssumme vom fünf Millionen Dollar gezahlt habe. Doch das war nur die Einleitung. Der CIA-Mann, so hieß es weiter, sei als Handelsvertreter der American Telephone Corp. in Schanghai getarnt gewesen; Sinn und Zweck dieser Bestechung sei es gewesen, ATC und dessen Partnern den chinesischen Telekommunikationsauftrag zu sichern.

Es war, wie George Dirk sich ausdrückte, ein »Toastkühler« – eine packende Story, die man beim Frühstück las und dabei den Toast kalt werden ließ. Der Sprecher des CIA verwies Nachfragen ans Weiße Haus, das wiederum jeden Kommentar verweigerte und lediglich verlauten ließ, es wolle die Vorwürfe prüfen. In den Nachrichtenredaktionen der Stadt, einschließlich der unseren, wurde dies als Bestätigung für die Richtigkeit des Artikels gewertet. Die Nachricht schlug ein wie eine Bombe. Bowmans Quellen, wer auch immer sie sein mochten, hatten ihm eine scharf geladene M-16 in die Hand gedrückt. Zum erstenmal, seit diese merkwürdige Abfolge von Ereignissen in Gang gekommen war, war ich überzeugt, daß Rupert Cohen recht hatte.

In der Redaktion ging es an jenem Morgen hoch her, wie immer, wenn wir einen großen Coup gelandet hatten. Bob Marcus hatte für halb elf in seinem blaugrünen Büro eine Sitzung anberaumt, um die Folgeberichterstattung zu besprechen. Als es soweit war, schritt Bowman den Korridor der Götter entlang und nahm Glückwünsche von anderen Redaktionsmitgliedern entgegen, als habe er eben einen Home Run im Baseball geschafft. Auch ich war zur Konferenz eingeladen. Als Reporter für besondere Aufgaben war ich stets abrufbar. Ich suchte mir einen Platz, der von Bowman so weit entfernt war wie nur möglich. Interessanterweise sah er mich während der ganzen Sitzung nicht ein einziges Mal an.

Marcus verfocht wie immer bei solchen Knüllern die Strategie einer massiven Folgeberichterstattung. Innerhalb weniger Minuten hatte er ein ganzes Sperrfeuer von Hintergrundberichten in Auftrag gegeben: einen Artikel unseres Korrespondenten in Peking über die Reaktion der Chinesen; einen aus dem Wirtschaftsressort in New York über American Telephone und deren Reaktion; einen Artikel über die Reaktion des CIA; einen über die Reaktion des Kongresses; dazu Hintergrundinfos, Graphiken, einen Leitartikel von Bowman mit einer Zusammenfassung der anderen Berichte. Während Marcus noch marktschreierisch die Aufträge verteilte, stürmte Susan Geekas herein. Sie kam direkt aus dem Weißen Haus. »Sie sind außer sich!« rief sie. »Sie wollen den Vertrag mit China auf Biegen und Brechen abschließen und befürchten nun, daß nichts daraus wird. Sie wissen sich keinen Rat.« Marcus bestellte daraufhin bei ihr gleich noch einen Artikel über die Reaktion des Weißen Hauses.

»Sehen Sie hier für sich eine Aufgabe, Eric?« wandte sich Marcus an mich. Ich war der einzige unter den Anwesenden, der noch keinen Auftrag hatte.

»Nicht für die morgige Ausgabe«, erwiderte ich. »Aber ich frage mich, was die Franzosen im Schilde führen. Sie sind am Vertragsabschluß doch ebenso interessiert wie das Weiße Haus, aber wir haben noch gar nicht über ihre Taktiken berichtet. Darum würde ich mich gerne kümmern.«

»Okay«, sagte Marcus. Er sah alles andere als begeistert aus. »Mit unserem Thema hat das zwar nicht allzuviel zu tun, aber wenn Sie sich die Sache ansehen wollen, gut. Vielleicht hat Arthur ein paar Anregungen.«

Bowman hatte sich auf einem gelben Schreibblock eifrig Notizen gemacht. Er blickte über den Rand seiner Brille. »Mit Vergnügen«, sagte er.

Ich suchte Dirk an seinem Schreibtisch auf. Er kochte. Daß er zu Marcus' großer Sitzung nicht eingeladen worden war, erschien ihm als ein weiterer Beweis für sein schwindendes Ansehen in der Redaktion. Im Gegensatz zu allen anderen war er von Bowmans großem Knüller unbeeindruckt. »Der Kerl ist ein Scharlatan, Eric!« grummelte er. »Die ganze Geschichte ist ein abgekartetes Spiel. Und du … du falscher Hund … wußtest Bescheid! Deshalb hast du mich auch neulich abend über das China-Geschäft ausgefragt.«

Dirk machte es einem leicht: Er mißtraute jedem, auch wenn ihn seine Verdächtigungen manchmal in eine komplett falsche Richtung führten.

»Ich bin auch nicht gerade begeistert von der Geschichte, wenn du's genau wissen willst«, sagte ich. »Und im voraus wußte ich davon gar nichts. Aber jetzt ist es zu spät. Marcus ist ganz aus dem Häuschen.« Ich berichtete Dirk von dem manischen Verhalten des Redaktionsleiters in der Sitzung und daß nach meiner Zählung mittlerweile sechs Leute auf die Sache angesetzt waren. Das heiterte Dirk auf. Ihm gefiel es, in seiner Meinung bestätigt zu werden, daß die Zeitungsbosse übergeschnappt waren.

Ich nutzte seine momentane gute Laune, um mit meinem eigentlichen Anliegen herauszurücken. »Hast du eine Quelle bei American Telephone?« fragte ich. »Ich habe Marcus versprochen herauszufinden, was die Franzosen in China im Schilde führen. Ich schätze, bei ATC sind sie so stocksauer, daß sie liebend gern ein paar Informationen rüberschieben.«

Dirk tat sehr geheimnisvoll und trug eine Miene zur Schau, als wolle er sagen: Was springt dabei für mich heraus. »Ich kenne schon jemanden bei ATC. Einen guten Typ, wirklich. Aber er wird sich nicht mit dir treffen wollen, wenn nicht auch ich dabei bin.«

»Dann ruf ihn doch an. Frag, ob er heute mittag Zeit hat. Und mir wäre es nie eingefallen, mich ohne dich mit ihm zu treffen.«

Wir verabredeten uns in einem Restaurant im Kellergeschoß eines Gebäudes an der K Street, wohin Geschäftsleute ihre Sekretärinnen ausführen, wenn sie mit ihnen anbandeln wollen und nicht möchten, daß man im Büro etwas davon spitzkriegt. Das Lokal war düster und verräuchert. Die Gäste sahen alle aus wie Lobbyisten. Der Typ von American Telephone saß an einem Tisch in der Ecke. Er hatte schon etwas zu trinken vor sich stehen.

»Mein Freund Ralph«, stellte ihn mir Dirk vor. Ich schüttelte Ralph die Hand. Dirk hatte beschlossen, mir den Familiennamen des Mannes nicht zu nennen, aus Sicherheitsgründen. Ich fand dieses Getue etwas albern, aber es war Dirks Quelle, also bestimmte er die Spielregeln.

Wir mußten nicht lange um den heißen Brei herumreden. Ralph war sehr gesprächig. Sein Unternehmen, erzählte er, sei vor Schreck wie gelähmt. Man sei dort überzeugt, Bowmans Artikel habe alle Hoffnungen, den Zuschlag von den Chinesen zu bekommen, zerschlagen. Ralph wollte nicht sagen, wofür er bei ATC zuständig sei, aber ich vermutete, er war Anwalt, da er über die Rechtsabteilung des Unternehmens genau Bescheid wußte. Der Justitiar sei am Abend zuvor nach Washington geflogen, erzählte er, und habe den ganzen Vormittag lang mit Mitarbeitern des CIA und des Weißen Hauses Gespräche geführt. American Telephone habe anfangs in Erwägung gezogen, gegen den *Mir-*

ror eine Verleumdungsklage anzustrengen; dann hätten sie erwogen, die Regierung zu verklagen. Im Augenblick seien die Firmenanwälte schlichtweg ratlos.

»Stimmt unsere Story?« fragte ich. Das war es, was ich wissen wollte.

»Ja und nein«, erwiderte Ralph. »Das ist das Problem. Nach Aussagen meiner Freunde in der Rechtsabteilung arbeitete der Handelsvertreter von ATC in Schanghai tatsächlich für den CIA. Es war ein Deal, den der vorhergehende Generaldirektor mit dem Geheimdienst ausgehandelt hatte, um dem CIA im Ausland ein paar Türen offenzuhalten. Das machen viele Unternehmen so. Da wird so einiges gemauschelt. Keine kluge Idee, wie sich nun erweist. Dieser CIA-Mann in Schanghai kann durchaus fünf Millionen Dollar an ein hohes Tier in der chinesischen Führung bezahlt haben, wie es in Ihrem Bericht behauptet wird. Aber das war Sache des CIA, nicht von American Telephone.«

»Sind Sie sich da sicher?« Ich rieb mir die Augen. Blaue Schwaden von Zigarettenrauch hingen in der Luft.

»Absolut sicher. Wir zahlen keine Bestechungsgelder mehr. Wir schließen Beraterverträge ab oder geben Anteile an einem Joint-venture. Alles ganz legal. Erkundigen Sie sich im Justizministerium.« Er sagte das so nüchtern, als sei es in der Geschäftswelt gang und gäbe.

»Woher kam diese Story, Ralph?« wollte ich wissen. »Wer hat sie durchsickern lassen?«

»Das fragen Sie *mich*? Sie sind vom *Mirror*, und Sie fragen *mich*, wer diese Information hat durchsickern lassen? Sie machen wohl Witze? Ich sollte *Sie* das fragen, damit wir die undichte Stelle ausfindig machen und den Übeltäter an den Eiern aufknüpfen können.«

»Ich meine: Glauben Sie, daß Ihre Konkurrenz – das französische Unternehmen – damit irgend etwas zu tun haben könnte?«

»Schon möglich. Wahrscheinlich. Ehrlich gesagt, ich weiß es nicht. Aber es wäre schon ein starkes Stück, wenn die Franzosen sich erlauben würden, uns der Korruption zu beschuldigen. Sie schmieren in Asien alles, was kreucht und fleucht. Und das ist nur der Anfang.«

»Was heißt das? Was machen sie noch?«

»Hören Sie zu, mein Lieber, die Franzosen haben in Zusammenhang mit diesem China-Geschäft Dinger gedreht, bei denen es Ihnen die Schuhe ausziehen würde. In enger Zusammenarbeit mit der Regierung. Schmiergeldzahlungen an Leute in Frankreich. Es kursieren auch Gerüchte, daß die Franzosen den Chinesen bei einem großen Waffenprojekt Hilfestellung leisten. Keiner will darüber sprechen. Aber selbst wenn ich Einzelheiten wüßte, würde ich es Ihnen nicht sagen, obwohl Sie ein Freund von Dirk sind. Und auch wenn Sie mich beharrlich Ralph nennen, was nicht mein richtiger Name ist. Ich sage nur so viel: Kümmern Sie sich drum. Versuchen Sie, Leute zu finden, die wirklich wissen, was gespielt wird, und befragen Sie sie. Denn hier geht's um schmutzige Geschäfte.«

Als mich am Spätnachmittag Rupert Cohen anrief, erkannte ich seine Stimme gleich an ihrem typischen Singsang. Diesmal machte er sich nicht einmal die Mühe, mich mit einem italienischen Ehrentitel anzusprechen. Seine ersten Worte waren: »Na, was habe ich gesagt!« Er wollte seinen Triumph auskosten, aber ich schnitt ihm das Wort ab. Für mich war die Sache kein Scherz mehr.

»Ich muß dich heute abend sehen«, sagte ich. »Die Sache mit Bowman beginnt mir wirklich langsam Sorgen zu machen.«

»Gut, gut. Wann und wo? Wir können aus einer langen Liste exzellenter Restaurants wählen, die von ehemaligen L.-A.-Partnern betrieben werden, welche früher bei verdeckten Operationen dabei waren: vietnamesisch, afghanisch, libanesisch, äthiopisch, Thai. Glücklicherweise kochen sie alle besser als sie kämpfen.«

Wir verabredeten uns in einem Thai-Restaurant in der oberen Connecticut Avenue, das mir vor allem deshalb zusagte, weil die Tische weit auseinander lagen. Diesmal sorgte ich dafür, daß ich vor Cohen da war. Ich wollte das Terrain unter Kontrolle haben. Also bezog ich Posten in der hintersten Ecke des Restaurants und setzte mich so, daß ich die Tür im Auge hatte.

Schließlich kam Rupert. Er trug einen Burberry-Trenchcoat und hatte sich das Spitzbärtchen rasiert. So sah er weniger wie ein Filmregisseur der Hippie-Zeit und mehr wie ein Spion aus. Oder besser: wie ein als Spion verkleideter Intellektueller.

»Kannst du mir verraten, was hier gespielt wird?« fragte ich, nachdem er sich gesetzt hatte. »Du hast mir einen ganz schönen Schrecken eingejagt mit Bowman. Woher hat er die Informationen für seine Geschichte?«

»Von den Franzosen, *sans doute.*«

»Aber in dem Artikel heißt es, der CIA-Ausschuß des Senats führt eine Untersuchung durch.«

»Ach, hör bloß auf! Du bist doch Reporter. Du weißt doch, wie man so etwas macht. Man geht mit irgendeiner schmutzigen Geschichte zum Ausschuß, und sie machen gleich eine Untersuchung. Anschließend berichtest du über diese Untersuchung. Aber Bowmans heißer Tip stammt von den Franzosen. Muß von den Franzosen stammen.«

»Woher weißt du das so genau? Er könnte ihn doch sonstwoher haben.«

»Nein. Nur ein Geheimdienst kann mit solchen Gourmet-Häppchen aufwarten, *mon ami*, und der chinesische war's nicht. So etwas ist typisch für die Franzosen. Dieses Spiel treiben sie nun mit uns schon seit Jahren. Wir decken ihre korrupten Machenschaften in Brasilien auf und spielen die Informationen der Presse zu. Sie decken unsere korrupten Machenschaften in Brasilien auf und spielen sie der Presse zu. Aber ich muß sagen, in China geraten die Dinge etwas außer Kontrolle.«

»Angenommen, du hast recht. Wie haben die Franzosen das mit den Schmiergeldern herausgefunden?«

»Weil unser Mann in Schanghai aufgeflogen ist. Ich sag dir ja, die Firma ist unfähig, aber du glaubst es mir nicht. So was passiert nicht, wenn man's richtig anstellt. Dafür haben wir ja unser Handwerk gelernt. Damit wir nicht auffliegen.«

Cohens Bitterkeit gegenüber seinem Arbeitgeber erstaunte mich immer wieder. Er wirkte wie ein Postarbeiter, der jederzeit zum Amokläufer werden konnte. Mir tat der CIA fast schon ein bißchen leid. »Du mußt sie sehr hassen«, sagte ich.

»Nein, nein, nein. Ich bin kein Hasser. Ich bin ein Heiler. Mein Problem ist, daß ich den falschen Beruf habe. Ich bin Journalist, gefangen im Körper eines Geheimdienstoffiziers. Ich könnte in die Oprah-Winfrey-Talk-Show, aber ich versuche, dir behilflich zu sein.«

»Dann hilf mir bitte. Du mußt verstehen, wie riskant das für mich ist, Rupert. Bowman ist einer der prominentesten Journalisten der Branche, und ich kann ihn nicht an den Pranger stellen, solange ich nicht hundertprozentig sicher bin. Du sagst mir, er sei ein Spion, was mir, offen gestanden, angst und bange macht, aber was weißt du wirklich? Wo hast du zum erstenmal von Bowman gehört?«

»Klatsch auf dem Flur.«

»Was heißt das?«

»Nichts anderes, als was ich sage. Leute, die sich im Flur unterhalten. Wir sind ein gesprächiger Haufen, falls du's noch nicht gemerkt hast. Ein alter Hase von der Europaabteilung erwähnte mir gegenüber vor ein paar Jahren, daß die Franzosen zu einem sehr prominenten Journalisten ein sehr enges Verhältnis pflegen. Man habe sich eine Zeitlang darum gekümmert, die Sache aber dann fallenlassen. Ich fragte, wen er meine, und er nannte mir Bowmans Namen. Es war nur ein Wortgeplänkel, und ich dachte nicht weiter darüber nach. Aber ich nahm es zu den Akten.

Letztes Jahr dann war ich eines Vormittags mit einem französischen Kollegen in Rom Kaffee trinken. Er war ein kluger Kopf, was die Tatsache beweist, daß er seinen Dienst beinahe ebensowenig mochte wie ich die Firma. Wir saßen in einem Café in Rom, lasen die Morgenzeitungen und erholten uns von einem Kater, den wir uns am Abend zuvor in einem afrikanischen Tanzclub geholt hatten. Und da stieß ich auf eine schwachsinnige Kolumne in der *International Herald Tribune*, in der es darum ging, wie realistisch die französische Balkanpolitik sei, viel besser als alles, was aus dem Weißen Haus käme. Es war eine widerliche Arschleckerei, verzeih den Ausdruck.

Ich las meinem französischen Freund den Artikel vor, doch der lachte nur und bemerkte trocken: ›Unser Mann in Washington‹. Und er meinte es ernst.«

»Hast du das deinen Arbeitgebern mitgeteilt?«

»Natürlich nicht. Ich sage denen nichts, was von Bedeutung ist. Die vermasseln doch alles. Nein. Ich habe es dir gesagt.«

»Großartig. Vielen Dank.« Mir schwirrte der Kopf. Ich mußte mehr wissen. Oder weniger. Da, wo ich jetzt stand – genau dazwischen –, war der falsche Platz. »Das ist alles sehr interessant, aber für meine Zwecke unbrauchbar. Auf dieser Schiene waren wir schon mal, du und ich. Ich brauche Fakten. Ich kann nicht zu meinem Chef gehen, wenn ich nicht weiß, wer Bowman diese China-Informationen gesteckt hat. War es eine seiner französischen Quellen oder ein französischer Geheimdienstoffizier?«

»Was macht das für einen Unterschied?«

»Begreifst du das denn nicht? Es macht einen himmelweiten Unterschied, ob einem jemand etwas sagt, weil man Journalist ist, oder deshalb, weil man sein *bezahlter* Agent ist. Im ersteren Fall macht Bowman nur seinen Job und sollte dafür den Pulitzer-Preis bekommen. Im zweiten Fall sollte er gefeuert werden. Ich muß wissen, was hier zutrifft.«

»Merkwürdig, daß man mit derselben Geschichte aus derselben Quelle entweder einen Preis oder die Kündigung kriegt. Aber wenn du es sagst, wird es schon stimmen. Die Antwort auf deine Frage lautet: Ich habe keine Ahnung, wer ihm die Information gegeben hat. Das einzige, was ich mit Sicherheit weiß, habe ich dir eben gesagt. Ich bezweifle, daß man bei uns Einzelheiten kennt – wir wissen im Normalfall nichts, was irgendwie von Belang ist –, aber ich kann versuchen, etwas herauszufinden. Wie gesagt, ich stehe nach wie vor auf der Dienstliste, also habe ich das Recht, in den Akten zu stöbern. Und dann gibt es diese Informationen der Kategorie Schwerpunktaufklärung – in diesem Fall allerdings etwas schwierig zu beschaffen, da Mr. Bowman das ist, was die Juristen eine Persönlichkeit des öffentlichen Lebens nennen. Aber ich kann's ja mal versuchen. Wie wäre das?«

Ich dachte nach. Ja, wie wäre es, wenn Rupert Cohen auf meine Bitte in den Geheimdienstarchiven wühlen würde? Nicht gut, aber was war die Alternative? Ich empfand es als meine Pflicht, soviel Informationen wie möglich zusammenzutragen und dann mit jemandem von der Zeitung darüber zu reden.

»Okay«, sagte ich. »Aber sei vorsichtig und erzähl niemandem davon. Wenn es schiefgeht, bekomme ich ernste Schwierigkeiten.«

Zwei Tage später meldete sich Rupert. Er rief im Büro an und bat mich, ihn in einer Viertelstunde unter einer bestimmten Nummer in McLean zurückzurufen – von einem Münzfernsprecher aus. Ich ging hinunter auf die Connecticut Avenue. Es war ein kalter Februartag; Regen und gefrierende Nässe überzogen Straßen und Gehwege mit einer spiegelglatten Schicht. Es war bitterkalt; sogar die Bettler und Straßenhändler waren verschwunden. Schlitternd und rutschend gelangte ich zum Eingang der U-Bahn-Station Farragut North in der L Street und lief hinunter zu einem der Telefone im »Food Court«. Es roch nach Pommes. Ich wählte die Nummer, die Rupert mir gegeben hatte.

»Hör zu!« sagte er. »Da ist der Knüller, den dein unerschrokkener Kollege unter nicht unbeträchtlichen Schwierigkeiten herausgefunden hat. Er mußte mehr als einmal erklären, weshalb er ausgerechnet in dieser Abteilung der Bibliothek herumschmökert.«

»Ich höre«, sagte ich.

»Der Nachrichtendienst legte Ende der sechziger Jahre, als dein werter Kollege über den Vietnamkrieg berichtete, eine 201-Akte über ihn an. Wie viele deiner Mitstreiter aus jenen verflossenen Tagen traf auch er sich gelegentlich mit L. A.-Offizieren. Wir waren damals die Guten; ehrenwerter und aufrichtiger als das US-amerikanische Militär, eben einfach die besseren Kerle. Dein Kollege plauderte über alles mögliche, was Journalisten so wissen: politischer Klatsch, Mutmaßungen über die Bedürfnisse und Schwächen gewisser Leute. Wahrscheinlich war er sich gar nicht klar darüber, was er da tat. Er war ein ›nichtsahnender Mitarbeiter‹, wie wir zu sagen pflegen. Das heißt, jedesmal, wenn der L. A.-Offizier ein nettes Saufgelage mit Bowman im Majestic hinter sich hatte, rannte er los, notierte sich alles und schickte dann ein Telegramm rüber. Genau wie die Journalisten. Ha! Aber ich komme vom Thema ab.

Dann, Mitte der siebziger Jahre, stieß die gute alte Titanic auf einen ziemlich großen Eisberg in Gestalt des Church Committee. Und auf einmal hörte der Nachrichtendienst auf, mit seinen alten Kumpels von der Presse zu sprechen, einschließlich Mr. B., und alle gingen in Deckung. Ab da findet sich in den Akten zehn Jahre lang absolut nichts über deinen hochverehrten Kollegen. Aber es gibt da noch ein paar letzte Telegramme, und die haben's in sich.«

»Nämlich?«

»Versprichst du mir einen Posten in Los Angeles, wenn ich es dir verrate? Ich wollte schon immer über Hollywood schreiben.«

»Hör auf! Erzähl!«

»Aus dem Jahr 1983 gibt es eine Mitteilung vom Chef des CIA-Stabs an den Chef der Europaabteilung. Darin heißt es, daß die Spionageabwehr gegen deinen werten Kollegen eine Untersuchung eingeleitet habe. Keine weiteren Einzelheiten, nur daß der Hinweis aus einer französischen Quelle stammt – Deckname LVBLOW-1, wenn du's genau wissen willst. Dieser Informant meldet, daß Mr. B. in den Rechnungsbüchern des LYKEY aufgeführt wird – das ist der Deckname für den französischen Auslandsnachrichtendienst – und er für seine Dienste eine größere Summe Franc kassiert hat. Der Chef des CIA-Stabs sagt, es wäre auch die Möglichkeit erwogen worden, daß er unter falscher Flagge angeheuert worden sei und seine Informationen an die Russen weitergeleitet würden, doch das sei eher unwahrscheinlich. Das ist alles. *Finita la commedia.* Nun, was sagst du? Bin ich ein großartiger Journalist, ja oder nein?«

»Verdammt!« platzte ich heraus. Das war die denkbar schlechteste Nachricht, denn es bedeutete, daß ich etwas tun mußte. »Ist das alles?«

»In einem weiteren Bericht in der Akte 201 heißt es, der Fall sei dem Leiter des Operativen Bereichs persönlich zur Entscheidung vorgelegt worden.«

»Was bedeutet das?«

»Daß sie die Sache beerdigt haben. Ein prominenter Journalist. Ein viel zu heißes Eisen. Mit einer peinlichen Vorgeschichte. Ende. Der große Gletscher der Bürokratie zog weiter, und heute weiß keiner mehr davon oder kümmert sich darum, außer du und ich und ein paar unfähige Gnome im *C*ulinary *I*nstitute of *A*merica.«

»Verdammt«, sagte ich noch einmal. »Was mache ich denn jetzt?«

»Hmmm«, schnurrte Cohen. Er brachte mich gerne aus dem Konzept. »Ich kann nur so viel sagen: Wenn ich dir dieselben Informationen über einen Politiker gegeben hätte, stünde es morgen in der Zeitung, davon bin ich überzeugt.«

19

Ich fühlte mich wie mit dem Kopf unter Wasser und bekam keine Luft mehr. Meine einzige Rettung: Ich mußte mit jemandem über das sprechen, was ich wußte. Bob Marcus, der als Redaktionsleiter mein und Bowmans Vorgesetzter war, kam in Frage, aber ich traute ihm nicht. Er ließ sich von Bowman zu sehr einschüchtern. Ich konnte mit Philip Sellinger sprechen, der bei Mrs. Parsons' Party so nett zu mir gewesen war, aber was wußte er schon von Informanten und Spionen? Mir blieb nur eine Möglichkeit. Der Mann, bei dem ich frei würde atmen können, war Ed Weiss. Er hatte mich eingeladen, ihn zu besuchen und über meine weitere berufliche Laufbahn zu sprechen. Also hatte ich einen Vorwand.

Ich rief Weiss' Sekretärin Peggy Moran an, um einen Termin zu vereinbaren. Ihre Aufgabe war es, den Chefredakteur vor den Wichtigtuern und Jammerlappen in der Redaktion abzuschirmen, die immer *sofort* vorgelassen werden wollten und dem Chef nur seine Zeit stahlen. »Worum geht's?« fragte sie mißtrauisch. Da ich ihr keine ehrliche Antwort geben konnte, sagte ich: »Meine Karriere. Es ist dringend.« Ob ich damit sagen wolle, ich hätte ein Angebot von einer anderen Zeitung, wollte sie wissen. Ich erwiderte, es sei etwas in der Art und ich müsse sofort mit Weiss sprechen – wenn möglich, schon am nächsten Tag. Sie steckte den Kopf in Weiss' Büro und war zwanzig Sekunden später wieder am Telefon. »Morgen, um 10.30 Uhr. Und bitte pünktlich sein, ich quetsche Sie zwischen zwei Terminen rein.«

In jener Nacht tat ich kaum ein Auge zu. Im Bett liegend, gingen mir so viele verschiedene Dinge durch den Kopf. Meine berufliche Zukunft, Bowmans Zukunft, Rupert Cohens merkwürdiges Verhalten, die Zukunft der Zeitung, die Frage, was richtig und was falsch war. Alles verband sich zu einer namenlosen dröhnenden Angst – wie das weiße Rauschen, das manche Menschen zum Einschlafen brauchen, nur daß es in meinem Fall ein schwarzes Rauschen war, das mich wach hielt. Ich hatte das Gefühl, im Bett kopfzustehen, während die Minuten und die Stunden vergingen – 1.48 Uhr, 2.23 Uhr, 4.12 Uhr – immer wenn ich auf die Uhr sah, machte mich der Gedanke, wie müde ich am nächsten Tag sein würde, noch nervöser. Gegen fünf Uhr morgens schlief ich endlich ein und wachte zwei Stunden später auf. Im Spiegel fand ich bestätigt, was ich befürchtet hatte: Ich sah furchtbar aus. Die Ringe unter meinen Augen bildeten tiefe Furchen. Nimm's von der positiven Seite, munterte ich mich beim Rasieren auf. Wenn ich Weiss schildere, was mich beunruhigt, wird er mir wenigstens glauben.

Um ein Haar verpaßte ich den Flug um 8.30 Uhr – dank eines Verkehrsstaus, verursacht von irgendwelchen verrückten Hausmeistern, die sich bessere Arbeitsbedingungen erhofften, wenn sie die Washingtoner Pendler verärgerten. Das Flugzeug war voll besetzt, und ich saß eingezwängt zwischen einem rücksichtslosen männlichen und einem rücksichtslosen weiblichen Managertyp, die sich beide aufplusterten, als hätte ich *ihren* Platz besetzt. Sie nahmen mit ihren Ellbogen die Armlehnen rechts und links von mir in Besitz, so daß ich, die Arme fest an den Körper gedrückt, wie in einen Sarg gepreßt dasaß. Ich versuchte zu schlafen, war aber zu müde.

Erst als das Taxi am Broadway um die Ecke bog und vor dem Hauptgebäude des *Mirror* vorfuhr, verspürte ich einen Adrenalinschub, und im selben Augenblick wußte ich, daß alles schon irgendwie glattgehen würde. Ich befand mich in der Zentrale der besten Zeitung der Welt und war im Begriff, das Richtige zu tun.

Ich drückte den Aufzugknopf für den sechsten Stock. Als ich 1981 bei der Zeitung anfing, war ich schon aufgeregt, wenn ich nur in den Aufzug stieg. Die Türen öffneten sich auf eine riesige Weltkarte, verschmutzt von Fingerabdrücken, als hätten Journalisten jeden Zentimeter des Erdballs nach Nachrichten abgetastet. Und über der Karte die wohlvertrauten Uhren mit den Zeitzonen des »Imperiums«, wie wir damals den Rest der Welt nannten – London, Paris, Beirut, Moskau, Delhi, Hongkong, Tokio. Damals war es mein Traum gewesen, eines Tages in einem dieser Außenposten für den *Mirror* zu arbeiten. Schließlich fügte es sich, daß ich tatsächlich drei davon kennengelernt hatte: Beirut, Hongkong, Paris. Ich war das geworden, was ich mir erträumt hatte.

Dann ließ ich die Weltkarte und die Uhren hinter mir und betrat den riesigen Redaktionsraum: endlose Reihen von Schreibtischen, an denen altgediente Redakteure und eingebildete Neulinge saßen, die dank der Tatsache, daß sie zur Mannschaft dieses unsinkbaren Schoners auf dem Meer des Journalismus gehörten, allesamt etwas über ihre normale Größe hinausgewachsen waren. In den ersten Jahren war es ein erhebendes Gefühl für mich gewesen, mein Beiboot durch die Nachrichtenzentrale zu steuern und mit den Größen des außen- und innenpolitischen Ressorts sprechen zu dürfen. Vielleicht lag es daran, daß ich damals frisch von der Uni kam und alles, was mit dem *Mirror* zu tun hatte, romantisch fand – der Redaktionsraum atmete für mich das Flair von Größe und Verfall. Auf den Schreibtischen standen noch unförmige alte Schreibmaschinen mit unpraktischen Farbbändern und eingespanntem Durchschlagpapier für sechs Kopien. Die überquellenden Tische hatten etwas Gewaltig-Monumentales. Auf ihnen stapelten sich Stöße von Papier – damals wurde alles noch auf Papier abgewickelt –, die das Gefühl vermittelten, wir beim *Mirror* wüßten über alles Bescheid. Jeder Bericht, jede Studie, jede Presseerklärung, die herausgebracht wurde, befand sich irgendwo in dem großen Haufen. Aber das alles war lange her.

An diesem Morgen war es einfach nur ein Großraumbüro. Die unordentlichen alten Schreibtische waren längst durch spartanische Computerarbeitsplätze ersetzt worden. Die Redakteure wurden per Computer angehalten, ihre Schreibtische sauber zu halten, wie in alten Tagen, doch der Unterschied bestand darin, daß man derartigen Aufforderungen jetzt offenbar nachkam. Die Schreibtische, die Wände und die Teppiche waren aufeinander abgestimmt und in milden Farbtönen gehalten – von Innenarchitekten wegen ihrer beruhigenden Wirkung auf die Insassen empfohlen. Vielleicht war es meine Erschöpfung an diesem Morgen, vielleicht die Müdigkeit der Belegschaft insgesamt, jedenfalls empfand ich die Redaktion als irgendwie schal und leer – ein großer, nichtssagender Raum voll mit frustrierten Leuten. Das war mein Eindruck, als ich den Blick über die Reihen der begabten Schreibtischtäter schweifen ließ. Hier gab es so viel weltfremden Ehrgeiz, so viele, die ihre Zeitungsausschnitte lasen, auf der Stelle traten und in Erinnerung an die alten glorreichen Zeiten lebten. Auf dem Weg zu Weiss' Büro kam ich bei meinem alten Freund Fred Applewhite vorbei, der mich eines Abends in Abu Dhabi mit der Geschichte ergötzt hatte, wie er auf den jämmerlichen Flughäfen des Nahen Ostens polternd die Paßkontrolle hinter sich gebracht hatte. Wie ein Irrer hatte er den Namen des *Mirror* gebrüllt und jedem verheerende Konsequenzen angedroht, der sich ihm in den Weg zu stellen wagte. Jetzt verfaßte er Nachrufe.

Wenigstens schrieb er noch selbst. Unweit von ihm saß Arthur Finkel, ein weiteres Idol meiner Jugendjahre. Einfach kraft seines Intellekts war fast alles, was er schrieb, auf der ersten Seite gelandet, doch jetzt dämmerte er melancholisch als Redakteur für »Vermischtes« im Wirtschaftsressort dahin und schrieb Texte um, die junge Reporter aus den Presseerklärungen von Unternehmen zusammengekritzelt hatten. »Hey, du As«, rief er mir zu. Ich verlangsamte meinen Schritt, da ich glaubte, er wolle mit mir über die neuesten Possen im Nahen Osten sprechen – Finkel kannte sich aus, schließlich hatte er in Beirut gedient. Aber er hatte sich bereits wieder der Presseerklärung zugewandt, die er gerade las, und das war's.

Sie hatten Angst, das war wohl das eine. Das Angebot, mit

einer Abfindung freiwillig auszuscheiden, hatte die Belegschaft erschreckt. Zeitungen streben nach Unsterblichkeit: die fortlaufende Chronik der Ereignisse, die transzendierende Kraft der Wahrheit. Aber nun mußten wir feststellen, daß wir sterblich, erdverhaftet waren – nur ein Unternehmen, das Gewinne erzielen und sich den Launen der Aktionäre beugen mußte. Für die Ewigkeit waren wir nicht gemacht.

Ich durchquerte das Großraumbüro und steuerte auf das Zimmer des Chefredakteurs zu. Als Peggy Moran mich kommen sah, schaute sie auf die Uhr. Es war 10.28 Uhr. *Fast* zu spät. Durch den Türspalt sah ich, daß Weiss nicht beschäftigt war, trotzdem ließ sie mich ein paar Minuten warten, ehe sie mich zu ihm hineinschickte. Weiss schloß hinter mir die Tür, bot mir Platz auf dem Sofa an und sah mich mit schmachtendem Blick an.

»Ich wußte, daß es soweit kommen würde«, seufzte er. »Ich hätte vorher die Initiative ergreifen sollen.«

»Was meinen Sie, Ed?« Ich wußte nicht, wovon er sprach. Bezog er sich auf Bowman? Doch dann fiel mir mein Gespräch mit Peggy Moran vom Vortag wieder ein. Weiss befürchtete, ich wolle die Zeitung verlassen, und er holte zum Präventivschlag aus.

»Ich wußte, daß Ihnen früher oder später jemand einen Job anbieten würde. Sie sind einfach zu gut, als daß andere Zeitungen nicht versuchen würden, Sie abzuwerben. Es ist vollkommen in Ordnung, wenn Sie Angebote von der Konkurrenz bekommen. Ja, es schmeichelt Ihnen – und uns. Allerdings nur, solange Sie nein sagen. Andernfalls bringe ich Sie um.«

»Ich gehe nirgendwohin, Ed«, sagte ich und überlegte, wie ich das Gespräch in die richtigen Bahnen lenken konnte. Aber Weiss war nicht zu bremsen.

»Ich habe keine Ahnung, wieviel man Ihnen zahlen will, aber wir können da auf jeden Fall mithalten. Ja, wir können die Konkurrenz überbieten. Sie sollen den *Mirror* nicht des Geldes wegen verlassen. Wir brauchen Sie, ich brauche Sie. Ich möchte Sie keinesfalls verlieren.« Wieder versuchte ich, ihn zu unterbrechen, aber Weiss ließ sich nicht beirren. Es war dies seine Art, wenn er etwas Wichtiges zu sagen hatte – er zog es durch und brachte alles vor, was auf seinem geistigen Spickzettel stand, bevor er den anderen zu Wort kommen ließ.

»Der Punkt ist«, fuhr Weiss fort und breitete die Arme aus, um die Großzügigkeit seiner Eröffnung zu unterstreichen. »Wir haben in den vergangenen paar Monaten viel nachgedacht über die nächste Generation der Führungsmannschaft unserer Zeitung. Und ich habe beschlossen – und zwar schon, bevor Sie dieses Angebot bekommen haben –, daß ich Sie gerne in diesem Team haben möchte. Sie sind einer der aufgewecktesten jungen Leute, die wir haben, und Sie sollten langsam lernen, wie das Blatt funktioniert. Nicht von der Seite der Nachrichtenbeschaffung – das kennen Sie ja alles –, sondern von der redaktionellen Seite. Kurzum, ich möchte, daß Sie diesen Herbst als stellvertretender außenpolitischer Redakteur nach New York kommen. Und angenommen, Sie machen Ihre Sache gut – wovon ich überzeugt bin –, sollen Sie Ende 1997 Lynn Frenzels Posten in der außenpolitischen Redaktion übernehmen. Vorausgesetzt, daß Sie keine Dummheiten machen wie etwa den *Mirror* verlassen.«

»Ich gehe nirgendwohin, Ed«, wiederholte ich mit mehr Nachdruck. »Ich möchte den *Mirror* nicht verlassen.«

Diesmal war es endlich zu ihm vorgedrungen. Ein Grinsen breitete sich auf seinem Gesicht aus. Er ergriff meine Hand und schüttelte sie. »Donnerwetter!« rief er. »Das ist ja großartig. Und was halten Sie davon, nach New York zu kommen?«

»Ich weiß nicht. Ich fühle mich sehr geschmeichelt, aber ich muß darüber nachdenken. Im Moment habe ich ein anderes Problem, über das ich mit Ihnen sprechen muß.«

»Okay.« Weiss nickte. Er wirkte etwas enttäuscht, daß ich nicht spontan zugesagt hatte. Er war die Art Mensch, die immer gleich eine Antwort wollen, aber diese Sache konnte warten. Mir schwirrte der Kopf. Ich war gekommen, um ihm von Bowman zu erzählen, aber plötzlich hatte ich das Gefühl, dies sei ein gravierender Fehler, mit dem ich meiner Karriere schadete. Er bot mir die Schlüssel des Königreichs an, und ich wollte gerade einem der regierenden Prinzen ans Bein pinkeln. Aber ich mußte irgend etwas sagen, und ich suchte immer noch nach den richtigen Worten, als er mich zum Sprechen aufforderte.

»Los, mein Junge. Worum geht's? Wenn es Geld ist, sagen Sie, wieviel. Ich werde sehen, was sich machen läßt.«

»Nein, es geht nicht um Geld. Es ist etwas ziemlich Wichtiges, das mich sehr beunruhigt. Es fällt mir nicht leicht, es Ihnen zu sagen.«

»Was ist es denn?« lachte er. »Sex? Drogen? Spielschulden?«

»Nein, nein.« Ich schüttelte den Kopf. »Nichts dergleichen. Das wäre einfach.«

»Was denn dann, zum Teufel? Heraus mit der Sprache! Machen Sie sich keine Gedanken, wie ich darauf reagiere. Ich schere mich nicht um Regeln und Normen, und ich halte nichts von Geheimnistuerei.«

Ich holte tief Luft und schloß die Augen. Es war wie ein Überschlag in der Achterbahn. Ich räusperte mich und begann zu sprechen.

»Was würden Sie tun, wenn Sie den Verdacht hätten, daß einer Ihrer Journalisten für einen ausländischen Nachrichtendienst arbeitet?«

Weiss sah mich aufrichtig verblüfft an. Damit hatte er wirklich nicht gerechnet. »Ihn rausschmeißen, wenn es stimmt. Aber hier geht es wohl nicht um Gedankenspiele, vermute ich. Wer ist der Verdächtige?«

»Es fällt mir sehr schwer, es zu sagen, Ed. Es ist ein Freund von Ihnen. Sie werden glauben, ich habe den Verstand verloren.«

»Nein, ganz und gar nicht. Sagen Sie es nur frei heraus. Wen meinen Sie?«

»Arthur Bowman.«

Als ich den Namen nannte, lachte er laut auf. »Verzeihen Sie. Ich will es nicht ins Lächerliche ziehen, aber es klingt so, als würde man Ronald Reagan einen Kommunisten nennen. Arthur ist der wohl angesehenste Journalist des Blattes. Die Vorstellung, daß er für jemanden spioniert ... ich weiß nicht ... das klingt einfach lächerlich. Aber Sie hätten diesen Vorwurf nicht erhoben, wenn Sie nicht Ihre Gründe dafür hätten. Also, ich höre. Wie kommen Sie darauf, daß Arthur Bowman für einen ausländischen Geheimdienst tätig ist? Für welchen denn übrigens?«

»Für den französischen«, sagte ich. Weiss lachte wieder.

»Den französischen? Na, das ist eine Erleichterung. Ich dachte schon, den russischen. Also, schießen Sie los.«

Ich erzählte ihm die Geschichte – mehr oder weniger so, wie sie sich zugetragen hatte.

»Ich habe eine Quelle beim CIA«, begann ich. »Jemanden, den ich in Europa kennengelernt habe. Er war mir damals bei der Sache mit Costa behilflich. Ein merkwürdiger Kerl, aber keinesfalls dumm. Und er haßt den Geheimdienst, mit anderen Worten, er ist bereit, so gut wie alles auszuplaudern. Er möchte Journalist werden, das ist so etwas wie seine Obsession. Egal, jedenfalls kontaktierte er mich vor ein paar Wochen und fragte, ob wir jemanden als Journalisten einstellen würden, der beim CIA gearbeitet hatte. Ich fragte bei Marcus nach, der meinte, das sei ganz unmöglich. Eine ehemaliger Geheimdienstoffizier könne niemals beim *Mirror* arbeiten. Darauf meinte er, das sei kompletter Unsinn, denn es arbeite bereits einer bei uns. Er meinte Arthur.

Meine erste Reaktion war genau wie Ihre – daß es vollkommen undenkbar ist. Doch dann empfahl mir dieser Typ – meine Quelle –, Arthurs Berichterstattung über das Telekommunikationsgeschäft mit China genau zu verfolgen. Das würde mir den Beweis liefern, daß Arthur tatsächlich für die Franzosen arbeite. Nicht lange danach fing Arthur an, Artikel zu schreiben, in denen er gegen die US-amerikanische Seite Stellung bezog – zum Vorteil der Franzosen. Er schrieb eine Kolumne mit dem Tenor, die USA sollten sich wegen der Menschenrechtslage in China aus den Verhandlungen zurückziehen. Und dann folgte diese Woche der große Bericht über die Bestechungsversuche des CIA in China. Und da wußte ich, daß ich mit Ihnen sprechen muß.«

»Mein Gott!« Weiss bemühte sich, Fassung zu bewahren, doch er war wütend, unverkennbar. Zuerst dachte ich, er sei auf Bowman wütend, aber nein, »Hören Sie zu, Eric, ich will Ihnen keinen Vorwurf machen. Es war vollkommen richtig, zu mir zu kommen, aber ich muß sagen, Ihr Freund vom CIA überzeugt mich nicht sonderlich. Er denunziert einen der besten amerikanischen Journalisten, nachdem Sie ihm gesagt haben, der *Mirror* will ihm keinen Job geben, und nachdem wir Artikel veröffentlicht haben, die dem CIA nicht passen. Das überzeugt mich überhaupt nicht. Hat er Ihnen denn Beweise vorgelegt?«

Ich versuchte, ruhig nachzudenken. Das war nicht einfach, denn Weiss starrte mich unverwandt an. Was genau hatte Rupert Cohen mir gesagt? Ich mußte jetzt sehr vorsichtig sein. Keinesfalls wollte ich, daß Weiss den Eindruck bekam, ich ließe mich vom CIA benutzen. Und ich wollte auch nicht, daß er mein Urteilsvermögen noch stärker anzweifelte, als er es ohnehin schon tat.

»Seine Beweise sind ziemlich dünn«, sagte ich. »Er behauptet, er habe beim CIA vor ein paar Jahren auf dem Flur über Arthur sprechen hören. Er hat in internen CIA-Akten nachgesehen und herausgefunden, daß es Anfang der achtziger Jahre Nachforschungen über Arthur gegeben habe, doch dann haben sie die Sache wieder fallengelassen.«

»Das ist alles? Er verunglimpft einen der besten Journalisten des Landes auf der Grundlage von Flurgeschwätz und irgendwelcher bescheuerten Nachforschungen, die sogar die dort als Unsinn erkannt haben.« Weiss wurde um so wütender, je mehr er darüber nachdachte.

»Ja, das stimmt. Tut mir leid, daß ich damit überhaupt zu Ihnen gekommen bin. Ich dachte, Sie sollten wissen, daß jemand solche Gerüchte in die Welt setzt.«

»Das war ja auch richtig, zum Teufel!« Weiss starrte lange Zeit aus dem Fenster. Als er sich wieder mir zuwandte, wirkte er etwas ruhiger. Der Sturm hatte sich gelegt.

»Es war richtig, daß Sie damit zu mir gekommen sind. Mich ärgert bloß, daß jemand einem Mann wie Arthur Bowman diesen Dreck anhängt und seine moralische Eignung als Journalist in Frage stellt. Wenn Sie wüßten, wie oft Arthur sein Leben für die Zeitung aufs Spiel gesetzt hat, würden Sie verstehen, daß er niemals seinen Beruf verraten könnte. Er hat darum gekämpft, in Kriegsgebiete zu gehen, als alle anderen Reporter darum kämpften, rauszukommen – weil er seine Arbeit machen wollte. Vietnam, Kambodscha, Teheran, Beirut, Belfast, Bosnien. Es gibt keinen gefährlichen Auftrag, für den sich Arthur nicht liebend gern freiwillig gemeldet hätte.

Ich zweifle nicht, daß sich Arthur im Laufe der Jahre beim CIA Feinde geschaffen hat. Und es würde mich auch nicht überraschen,wenn einer von diesen Feinden in diesen berühmten Fluren über ihn gesprochen hätte. Ich halte das sogar für großartig. Mehr als großartig. Denn wenn der CIA meinen Chefkorrespondenten mögen würde, würde ich ihn feuern! Zweifellos hat Arthur auch Freunde gefunden, und zweifellos heißen einige von ihnen Jacques oder Henri. Und es ist durchaus denkbar, daß einige von ihnen für diesen dämlichen französischen Geheimdienst arbeiten.

Und wenn schon! Wenn deshalb ein paar Paranoiker beim CIA meinen, Arthur Bowman sei ein Spion, dann ist der Laden noch mieser dran, als ich dachte. Kapiert? Die sind doch total im Arsch! Rufmord ist nicht unser Geschäft. Wir drucken nicht einfach jede aus der Luft gegriffene Anschuldigung. Wir haben Verantwortung zu tragen. Haben wir uns verstanden, Eric?«

»Ja.«

»Also dann: Schwamm drüber. Ich bin froh, daß Sie gekommen sind. Ich bin froh, daß wir geredet haben. Ich bin froh, daß wir uns einig sind. Und ganz besonders bin ich froh, daß diese Sache unter uns bleibt. Ich habe nicht die Absicht, es jemandem weiterzusagen, und ich hoffe, Sie ebenfalls nicht. Mit solchem Mist kann man gewaltigen Schaden anrichten. Jagen Sie die Franzosen, soviel Sie wollen, aber lassen Sie Arthur aus dem Spiel.«

»Ich werd's niemandem sagen«, versprach ich.

»Und noch eins, Eric. Spielen Sie bloß nicht mit dem Gedanken, zu einer anderen Zeitung zu wechseln. Denn wenn Sie das tun, bringe ich Sie um.«

Ich fühlte mich wie leergepumpt, als ich Weiss' Büro verließ – es war eine Art emotionales Schwindelgefühl. Ich wollte nichts wie raus aus dem *Mirror*. Ein paar Freunde riefen meinen Namen, als ich die Nachrichtenzentrale durchquerte, aber ich blieb nicht stehen. Kein Wortgeplänkel, kein Flirt mit den Redaktionsassistentinnen. Ich wollte hier so schnell wie möglich raus. Als ich beim Aufzug war, zitterte ich fast. Zunächst dachte ich, es wäre einfach die Angst, daß ich es mir bei Weiss vermasselt hatte, daß ich zuviel gesagt, daß ich einen großen Fehler begangen hatte, der meiner Karriere schaden würde. Aber das war es nicht. Daß ich mir überhaupt solche Fragen stellte, war die Ursache der inneren Leere. Als ich draußen auf der Straße stand und die kalte Februarluft in meinen Lungen spürte, wußte ich, was es war.

Ich schämte mich für das, was in Weiss' Büro abgelaufen war. Ich hatte die Nerven verloren. Ich war gekommen, um die Wahrheit zu sagen, doch mein Ehrgeiz hatte mir einen Strich durch die Rechnung gemacht. Sobald feststand, daß Weiss nicht glaubte, sein Freund Arthur Bowman könnte einen Fehler begangen haben, tat ich so, als wäre ich ganz seiner Meinung. Ich hatte einen Rückzieher gemacht und ihm etwas vorgespielt.

Weiss hatte gesagt, ich sei der richtige Mann für die zukünftige Führungsriege der Zeitung, aber ich war kein Verkünder der Wahrheit, sondern ein Speichellecker. Mein Reporterdasein hatte meine ganze Persönlichkeit aufgefressen. Übriggeblieben war ein Beobachter, ein Schleimer, ein passiver Chronist, ein ehrgeiziger junger Mann.

Gleich nach meiner Ankunft in Washington rief ich Bob Marcus an. Es war Freitag nachmittag. Mir widerstrebte die Vorstellung, an jenem Tag noch die Redaktion aufzusuchen, aber ich mußte mich doch wenigstens zurückmelden. Er hatte schon mit Weiss gesprochen. »Ich freue mich, daß Sie beim *Mirror* bleiben«, flötete er. Ich murmelte eine Antwort. Er fragte, wie es mit meinen Recherchen über die Aktivitäten der Franzosen in China stünde, und ich sagte ihm, ich wüßte noch nichts, ich finge erst damit an. »Bleiben Sie am Ball!« meinte er. »Es ist wichtig!« Weiss mußte ihm gesagt haben, daß er nett zu mir sein sollte.

Dann rief ich Annie an und fragte, ob ich sie abends sehen könne. Ich war so am Boden. Vielleicht glaubte ich, wenn ich wüßte, was sie an mir geliebt hatte, könnte ich diese Seite an mir verstärken und weiterentwickeln. Anscheinend spürte sie, daß es mir nicht gutging, denn sie fragte nicht, in welchen Film oder in welches Restaurant wir gehen wollten, sondern sie lud mich für acht zu sich nach Hause ein. Sie würde etwas zu essen machen.

Es war einer jener klaren Februarnachmittage, an denen der Himmel in kristallenem Blau erstrahlt und die spätnachmittägliche Sonne so niedrig steht, daß sie die kahlen Äste der Bäume fast wie von unten zu beleuchten scheint. In diesem Licht sieht man die Bäume in keiner anderen Jahreszeit. Ich ging zu Fuß nach Hause, die Connecticut Avenue entlang, und setzte mich am DuPont Circle neben die Penner und die Fahrradkuriere auf eine Bank. Die Sonne ließ die Bäume funkeln, als wären sie aus Metall. Die ganze Welt hatte etwas Glänzendes, Leeres, Metallenes. Hart, kalt, tot wie der Winter.

Als mir Annie die Haustür öffnete, war es wie Balsam auf meinen Wunden. Frische Schnittblumen standen auf dem Kaminsims in einer Vase; auf dem Couchtisch dampfte eine Kanne Tee; auf Annies Wangen lag ein Hauch von Parfüm. Ich sah noch immer ganz mitgenommen aus von meiner schlaflosen Nacht und der anstrengenden Reise nach New York. Gott sei Dank stellte sie keine Fragen. Sie ließ mich einfach erzählen.

Ich schwatzte zuerst alles mögliche über New York und wie seltsam es war, dort zu sein, und wie sehr Ed Weiss wünschte, daß ich außenpolitischer Redakteur wurde. Von den anderen Dingen, die mich beschäftigten, sprach ich zunächst nicht, aber sie waren stets gegenwärtig in meinen Worten, in der Anspannung auf meinem Gesicht und der Unsicherheit in meiner Stimme. Annie ergriff meine Hand.

»Ich habe dich noch nie so durcheinander erlebt«, sagte sie. »Was ist in New York eigentlich passiert?«

»Etwas wirklich Schlimmes«, sagte ich. »Der Grund für meinen Besuch bei Weiss war, daß ich ihm sagen mußte, daß einer meiner Kollegen in Washington ein Spion ist. Ich habe es ihm auch gesagt, aber er wollte es mir nicht glauben. Es handelt sich um einen Freund von ihm. Und ich zog den Schwanz ein. Machte einen Rückzieher. Ging auf Nummer Sicher.«

»Wen meinst du, Eric?« Sie drückte meine Hand fester. Ich hätte es ihr nicht sagen dürfen, aber ich mußte einfach »Verbindung herstellen«.

»Den Mann, neben dem du neulich abends beim Essen gesessen bist: Arthur Bowman.«

Sie machte große Augen, starrte mich an und wandte dann kopfschüttelnd den Blick von mir ab. Sie reagierte wie Weiss: Sie hielt mich für verrückt.

»Aber er ist ein großer Journalist«, sagte sie. »Weshalb sollte er so etwas tun?«

»Ich weiß. Du hast ja recht. Ich weiß.« Mir war ganz schwindlig. »Kann ich mich hinlegen?« fragte ich. Sie nickte, und ich legte meinen Kopf auf ihren Schoß.

»Du siehst aus, als wüßtest du gar nicht mehr, wo's langgeht«, sagte sie, und ich wußte, daß sie recht hatte. Fünfzehn Jahre meines Lebens hatte ich als Journalist gearbeitet – ich hatte unerbittlich versucht, ein passiver Punkterichter über das Leben anderer zu sein. Und das Irritierende dabei war, daß ich damit Erfolg hatte. Ich war passiv. Meine moralischen Überlegungen drehten sich nur um die Frage, wie gut eine Story war und ob sie meiner Karriere nützen würde. Ich wollte neu anfangen, wollte reinen Tisch machen. Nur wie ich das anstellen sollte, war mir nicht klar.

III

Washington – Peking

März–Mai 1996

20

An der rückwärtigen Wand des CIA-Hauptquartiers stand in großen Lettern der berühmte Satz aus dem Johannesevangelium, der bei Porträts des Nachrichtendienstes immer wieder zitiert wird: »Ihr werdet die Wahrheit erkennen, und die Wahrheit wird euch frei machen.« Ich stand am Sicherheitscheck und wartete auf meinen Begleiter, und da, wo ich stand, lautete die Wahrheit, daß es ein schäbiger Ort war. Der Fußboden war schmutzig; die Wände sahen aus, als seien sie seit den sechziger Jahren nicht mehr gestrichen worden; das auffälligste Einrichtungsstück war eine elektronische Sicherheitstür zum automatischen Lesen von Erkennungsmarken. Am Eingang standen ein paar unerschütterliche Nikotinabhängige herum, die an ihren Zigaretten zogen. An der Wand hinter dem Hauptpult wies ein Schild auf alles hin, was hier untersagt war; eine aberwitzige Aufzählung: »Rauchen verboten. Keine Schußwaffen oder Sprengstoff. Kein Alkohol. Betteln und Hausieren verboten. Kein Glücksspiel.« Man hatte den Eindruck, als befände man sich im Vorlesungsgebäude einer drittklassigen Universität.

Ich hatte tags zuvor im Pressebüro des CIA angerufen. Es war Anfang März, und ich hatte beschlossen, nach Antworten auf all die Fragen zu suchen, die mich nicht losließen. Sie hatten sich zu einem Knäuel verstrickt, das ich nicht ohne fremde Hilfe entwirren konnte. Lieber hätte ich mich anderswohin gewandt, aber ich wußte, daß dies die einzige Adresse war: die anonymen Lügner, wie Rupert zu sagen pflegte. Mir kam die Tatsache zugute, daß ich einen Auftrag hatte: Nachforschungen über die französische Wirtschaftsspionage in China anzustellen. Bob Marcus wollte Ergebnisse sehen. Nach Tagen des Zauderns – ich wollte einerseits nicht noch tiefer in die Sache hineingeraten, mußte aber gleichzeitig mehr in Erfahrung bringen – entschloß ich mich, die Abteilung Presse und Öffentlichkeitsarbeit des CIA anzurufen.

Ich schilderte der Beamtin am Telefon mein Anliegen und erklärte, daß ich an einem Artikel über französische Wirtschaftsspionage arbeitete. »Das ist ein weites Feld«, meinte sie. »Könnten Sie es etwas präziser fassen?« Ich wolle wissen, erklärte ich, welche Anstrengungen die Franzosen unternahmen, um den Telekommunikationsauftrag der Chinesen zu bekommen. Ich benötige Informationen über französische Schmiergelder an chinesische Funktionäre, über den Anteil, den französische Politiker von diesen Schmiergeldern erhielten. Weiterhin wolle ich herausfinden, ob die Franzosen den Chinesen bei der Entwicklung neuer Waffensysteme behilflich seien – als Teil der Bemühungen um den Auftrag. Ich zählte alles auf, jeden Verdacht, der mir von dem oder jenem zugetragen worden war.

Als ich das mit den Waffen erwähnte, unterbrach mich die Beamtin. Über solche Dinge wolle sie lieber nicht am Telefon sprechen, meinte sie. Ob ich einen Augenblick warten könne, sie wolle mit einem Kollegen Rücksprache halten. Es dauerte eine Weile – gut fünf Minuten –, bis sie sich wieder meldete. »Könnten Sie morgen um 10 Uhr zu einer Besprechung hierherkommen?« fragte sie. »Dann können Sie sich mit jemandem unterhalten, der sich auskennt.« Sie hatte zwei Bitten: Ich sollte allein kommen, und ich sollte vor meinem Besuch nichts von dem Termin verlauten lassen. Ich war einverstanden. Ich brauchte Antworten, und so machte ich mich an jenem Morgen nach Langley auf – voller Unruhe, aber auch erleichtert, daß ich endlich etwas unternahm.

Endlich kam jemand, um mich an der Sicherheitsschranke abzuholen. Er kontrollierte meinen Ausweis und wies dann die

Wache an, mir einen Passierschein auszustellen. Ich folgte ihm durch die Haupthalle zu einem kleinen Lift, er steckte einen Schlüssel in ein Sicherheitsschloß und drückte den Knopf zum dritten Stock. Oben angelangt, führte er mich einen langen Korridor entlang zu einem Zimmer mit einer schweren Stahltür. Auf einem Schild an der Tür stand: »Europaabteilung – Konferenzraum«. Er klopfte und tippte dann einen Code ein.

Die Tür öffnete sich, und ich erblickte einen fensterlosen Raum, der mit einem Tisch und ein paar Stühlen nur spärlich möbliert war; die Wände waren in einem verblichenen Pastellblau gestrichen. Auf dem Tisch standen eine Plastikkanne mit Kaffee und zwei Styroporbecher. Am anderen Ende des Tisches saß ein Mann in Hemdsärmeln, der auf seinem Stuhl gegen die Wand schaukelte. Ich fuhr zusammen, fand es aber gleichzeitig beruhigend, daß ich ihn kannte. Es war Tom Rubino.

»Ich danke Ihnen, daß Sie gekommen sind, Eric«, sagte er und stand auf, um mir die Hand zu schütteln. Der Mann von der Abteilung Öffentlichkeitsarbeit, der mich hergeführt hatte, ließ uns allein. Rubino hatte sich seit unserer letzten Begegnung in Paris vor beinahe zwei Jahren kaum verändert. Seine Krawatte war locker gebunden, er hatte die Hemdsärmel hochgekrempelt, und unter den Augen zeichneten sich tiefe Ringe ab. Er hätte genausogut bei einer Zeitung arbeiten können. Vor ihm auf dem Tisch lag eine große Mappe. Da er mein Unbehagen spürte, bemühte er sich, die Stimmung aufzulockern. »Wie geht es Ihnen? Wir haben uns nicht mehr gesehen, seit Sie Ihren Knüller über Maurice Costa gelandet haben. Das war eine verdammt gute Story. Hübsche Arbeit.« Er zwinkerte mir zu.

»Und Sie?« fragte ich zurück. »Wie läuft's bei Ihnen? Für einen Außenstehenden sieht hier alles ein wenig heruntergekommen aus.«

»Wir haben ganz schön zu kämpfen, das ist wahr. Von allen Seiten prügelt man auf uns ein. Erinnern Sie sich an das große Büro, das ich im zweiten Stock der Pariser Botschaft hatte? Das hat sich der FBI unter den Nagel gerissen. Reine Machtspielchen.«

»Und was ist Ihre Aufgabe hier, Tom?« Ich fühlte mich wieder wie in der Achterbahn. »Wie läuft es hier?«

»Diese Frage kann ich beantworten, Eric, und viele andere auch. Ich bin an diesem Vormittag bereit, Ihnen eine ganze Menge zu erzählen. Aber wir müssen ein paar grundsätzliche Dinge klären. Für heute müssen Sie aufhören, Reporter zu sein. Wir unterhalten uns hier unter vier Augen, und alles, was ich Ihnen sage, ist inoffiziell. Wenn wir fertig sind, können wir beide überlegen, was man daraus für eine Story verwenden kann.«

»Ob das geht, weiß ich nicht. Ich bin immer im Dienst. In Paris war ich Reporter, und ich bin es bis heute. Ich kann das nicht einfach abschalten.«

»Natürlich können Sie das«, fuhr mich Rubino an. »Benehmen Sie sich doch wie ein erwachsener Mensch! Das hier ist kein Spaß.«

Trotz seines scharfen Tons mußte ich grinsen. Denn es war deutlich, daß er mich nicht mit den üblichen vorgefertigten CIA-Infos abspeisen würde. Ich überlegte, ob es nicht einen Kompromiß gab, der beide Seiten zufriedenstellte.

»Wie wär's damit: Ich verzichte darauf, unser heutiges Gespräch aufzuzeichnen. Aber Sie sind damit einverstanden, daß ich das Gehörte nicht vergesse, sobald ich zur Tür hinausgehe. Es steht mir frei, es als Grundlage für weitere Recherchen zu benützen. Auf diese Weise habe ich ein ruhiges Gewissen, weil ich meine Pflicht tue.«

»Ich bin nicht sicher, ob ich Sie recht verstehe, Eric. Auf jeden Fall besteht Einverständnis darüber, daß wir eine Abmachung haben. Für den Anfang beantworte ich Ihre erste Frage. Ich bin Chef der Europaabteilung im Operativen Bereich – eine Aufgabe, die ich nach meinem Weggang aus Paris übernommen habe. Doch die meiste Zeit beschäftige ich mich nach wie vor mit dem Zielobjekt Frankreich.«

»Zielobjekt Frankreich«, wiederholte ich. Der Ausdruck war unmißverständlich. »Genau darüber möchte ich mit Ihnen sprechen.«

»Habe ich schon gehört. Mit Ihrem Anruf gestern haben Sie der Abteilung Öffentlichkeitsarbeit einen tüchtigen Schreck eingejagt. Man sagte mir, Sie wollten Informationen über französische Schmiergeldzahlungen an chinesische Funktionäre im Zusammenhang mit dem Telekommunikationsgeschäft, über den Rückfluß von Bestechungsgeldern nach Paris und über die französische Hilfe beim Bau neuer chinesischer Waffensysteme. Woher haben Sie übrigens das mit den Waffen?«

»Von einem Informanten.«

»Tatsächlich?« Er trommelte zerstreut auf seine Mappe, als enthielte sie alle Geheimnisse, hinter denen ich her war. »Ich muß schon sagen, Ihre Quelle ist ziemlich gut informiert.« Er verschränkte die Hände hinter dem Kopf und schaukelte wieder mit dem Stuhl gegen die Wand. »Sie stellen gute Fragen, und deshalb will ich versuchen, gute Antworten zu geben. Aber ich wiederhole: Alles, was ich sage, ist inoffiziell. Also versuchen Sie nicht, mich zu verscheißern. Okay?«

»Kann ich mir Notizen machen, damit ich nichts vergesse?«

»Und Sie verscheißern mich nicht?«

»Nein«, sagte ich. Er nickte, und ich zog einen Notizblock aus meiner Jackentasche. Rubino legte einen Fuß auf den Tisch.

»Also, wo soll ich anfangen? Mit einer kleinen aktuellen Geschichte, vermutlich. Ich weiß nicht, ob Sie sich klar sind, welche Wirkung Ihr Costa-Bericht auf France Inc. hatte. Ich habe alles gelesen, was Sie seither geschrieben haben. Ich wollte wissen, ob Sie mitgekriegt haben, was sich hinter den Kulissen abgespielt hat. Aber offenbar ist es Ihnen entgangen.«

»In Frankreich wollte nach der Costa-Story niemand mehr mit mir sprechen. Wie hätte ich rauskriegen sollen, was danach passiert ist? Meine Quellen waren alle versiegt.«

»Entscheidend war, daß das System geändert wurde. Maurice

Costa stand für eine bestimmte Art, die Dinge zu regeln, für eine ›Idee von Frankreich‹ in Abwandlung eines Ausdrucks von de Gaulle, die fünfzig Jahre lang funktioniert hatte und ein Bestandteil des französischen Staatsapparats geworden war. Das System operierte mittels staatseigener Unternehmen und staatlicher Verträge. Es war eine unzeitgemäße Form der Günstlingswirtschaft – das Land funktionierte nach denselben Regeln wie Chicago unter Bürgermeister Daley.« Rubino schaukelte auf seinem Stuhl vor und zurück; er war sichtlich angespannt.

»Und was hat sich verändert, nachdem Costa abgetreten ist?«

»Das alte System wurde privatisiert. Die staatseigenen Rüstungsunternehmen, Ölfirmen und Banken, die die Schmiergeldzahlungen abwickelten, werden jetzt nach und nach in den privaten Sektor überführt. Es findet eine regelrechte Machtverlagerung statt. Wir haben es nicht mehr mit dem zu tun, was die Franzosen *pantoufler* nennen: daß nämlich die schlauen Jungs von der École Nationale d'Administration in Hemdsärmeln ein staatliches Unternehmen führen. Eine neue Generation von Firmenmanagern ist angetreten, halb Unternehmer, halb Gangster. Sie schließen untereinander Geschäfte ab. Sie sind das neue Gesicht der geheimen Macht.«

»La Puissance Occulte«, nickte ich. »Davon habe ich vor zwei Jahren in Paris gehört, von Ihrem Kollegen, Mr. Rupert Cohen.«

»Ein talentiertes Bürschchen, dieser Cohen. Ein bißchen zu extrem für diese Firma. Aber ein findiger Operateur. Haben Sie ihn seither wiedergesehen?«

»Nein«, log ich. Rubino schien nicht zu merken, daß ich flunkerte. Das war eine Erleichterung für mich. Bis zu diesem Augenblick war ich mir nicht sicher gewesen, ob Ruperts jüngste Kontaktaufnahme zu mir nicht doch Teil eines raffiniert ausgeklügelten Plans war. »Nach allem, was mir Rupert damals in Paris erklärt hat, ist diese geheime Macht eine Art Mafia.«

»Es *ist* eine Mafia. Sehen Sie, die große Wahrheit der späten neunziger Jahre heißt doch, daß die Welt vom organisierten Verbrechen beherrscht wird. In unserer Behörde wollen wir das nicht wahrhaben. Wir tun immer gerne noch so, als würde die Welt von Regierungen gelenkt, die innerhalb klar umrissener staatlicher Grenzen herrschen, in Staaten mit eigenen Währungen und eigenen Briefmarken, einem Geheimdienst und einem eigenen Polizeiapparat. Das waren die Spielregeln des kalten Kriegs, doch die Welt hat sich seither verändert. Die Macht ist von den Regierungen in die Hände privater Organisationen übergegangen. Private Devisenhändler in New York haben mehr Macht über den Dollar als die Federal Reserve Bank. In Rußland hat die Mafia mehr Macht als das Militär. In Mexiko haben die Drogenbosse mehr Macht als der Präsident. In Japan sind die Politiker nur Strohmänner, die wahre Macht liegt in den Händen großer Firmen und der *Yakuza*. Und derselbe Prozeß vollzieht sich auch in Frankreich. Die wahre Macht überall auf der Welt üben nicht mehr die Staatsregierungen, sondern private Interessengruppen aus. Die wahre Macht ist die geheime Macht.«

Rubino hielt inne und lächelte. Er war ein Schauspieler, und dies war sein Auftritt. »Möchten Sie einen Kaffee? Wir sind nämlich erst am Anfang«, sagte er, nahm die Plastikkanne und goß eine zähflüssige schwarze Brühe in die beiden Styroporbecher. Schauerlich. Der Kaffee und der triste kleine Raum erinnerten mich an den Offiziersclub in einer heruntergekommenen Militärbasis. Man konnte nicht anders, man mußte Mitleid mit Rubino haben und ihm glauben, daß er aus dem ihm vorliegenden Material das Beste zu machen versuchte.

»Hören Sie mir zu?« fragte er. »Denn jetzt komme ich zum wichtigsten Teil, wo sich die Fäden verknüpfen. Denn letzten Endes, Eric, geht es nicht um Frankreich, wenigstens nicht für uns. Es geht um China.«

»Verzeihung, jetzt komme ich nicht mehr mit. Was meinen Sie damit, es geht nicht um Frankreich?«

»Nichts anderes, als was ich sage. Zum Teufel mit Frankreich. Sollen sie doch ihre Spielchen spielen und ihre korsischen Banditen losschicken, um die Leute zusammenzuschlagen. Was soll's? Es ist gewiß lästig, wenn sie dabei den Vereinigten Staaten auf die Füße treten, aber doch kein ernsthaftes nationales Sicherheitsproblem. Stellen Sie sich einen wirklich boshaften kleinen Bruder vor, der alles tut, um Sie zu ärgern – der Gerüchte über Sie in Umlauf setzt, Geld aus Ihrer Brieftasche klaut, wenn Sie gerade einmal nicht hinschauen, der versucht, Ihnen die Freundinnen auszuspannen, Sie beim Schuldirektor verpfeift – der sich, kurz gesagt, wie ein richtiges kleines Arschloch aufführt. Das ist die Art und Weise, wie Frankreich mit den Vereinigten Staaten umgeht. Aber was soll's?

Nein, was uns für das 21. Jahrhundert wirklich Kopfzerbrechen macht, ist China. Das Land ist riesengroß, die Bevölkerung ist intelligent und fleißig, und an der Spitze des Staates steht eine Handvoll korrupter kommunistischer Autokraten. Nun wird ein westliches Land in den nächsten Jahrzehnten ihr Hauptverbündeter sein und sie auf dem Weg der Modernisierung an der Hand nehmen. Lange Zeit sah es so aus, als sei dieses Land die Vereinigten Staaten. Aber jetzt versucht Frankreich, uns beiseite zu schubsen.

Darum ist der Telekommunikationsauftrag so wichtig. Wer das neue China verkabelt, hat die Zukunft in der Hand. Das ist so, als hätte man in den fünfziger Jahren jemanden beauftragt, das Straßennetz der Vereinigten Staaten auszubauen. Wer den Zuschlag bekommt, hat das Spiel gewonnen. Deshalb gehen die Franzosen so massiv ran. Sie haben Hunderte Millionen Dollar Bestechungsgelder gezahlt – unsere fünf Millionen in Schanghai reichen nicht einmal für die Zinsen dessen, was sie ausgeben. Sie haben Verwandte der Männer in den Führungsriegen der Volksbefreiungsarmee, der KP, des Kommunikationsministeriums, des chinesischen Geheimdienstes geschmiert, dazu die Bürgermeister von Peking, Schanghai und Kanton. Das ist übrigens alles inoffiziell, was ich sage.«

»Moment mal.« Ich hob die Hand. »Ich benötige auch ein

paar Fakten. Das Ganze klingt ja äußerst faszinierend, aber es ist keine Story. Ich brauche Einzelheiten über Schmiergeldzahlungen. Und ich möchte Genaueres über die Waffen wissen.«

»Nur Geduld, Eric.« Er tätschelte seine Mappe, als wolle er mir versichern, daß am Ende des Weges eine Goldmine auf mich wartete. »Lassen Sie mich das noch zu Ende führen. Zum Waffengeschäft komme ich gleich. Aber dieser Teil ist wirklich vertraulich, ohne Scherz. Ich möchte, daß Sie sich keine Notizen machen, legen Sie also den Notizblock beiseite.«

»Also gut«, sagte ich. Ich steckte ihn wieder ein. Kein Problem. Gleich nach dem Interview würde ich mich ins Auto setzen und alles aufschreiben.

»Ich fange mit einer Preisfrage an: Was konnten die Franzosen den Chinesen bieten, was wir ihnen niemals geben würden?«

»Waffen«, sagte ich. Damit lag ich sicher richtig.

»Klar, Waffen. Aber was für Waffen? Welche Waffen haben für das 21. Jahrhundert den Stellenwert, den im 20. Jahrhundert die Atomwaffen hatten? Welches sind die Waffen, die dem bevölkerungsreichsten Land der Erde eine enorme strategische Überlegenheit verschaffen könnten?«

»Das ist nicht mein Gebiet. Keine Ahnung.«

»Biologische Waffen. Eine neue Generation von Waffen, die sich die Genspaltung und die rekombinante DNS-Technologie zunutze machen. Waffen, die den Menschen dumm, verrückt, müde oder faul machen können. Oder krank. Oder tot. Das ist das Furchtbare an diesen französisch-chinesischen Machenschaften. Wir glauben, daß die Franzosen in den letzten ein, zwei Jahren den Chinesen ganz spezielle Erkenntnisse im Bereich der Biotechnologie zugespielt haben, die sich direkt für die Waffenproduktion nutzen lassen. Das alles läuft inoffiziell und wurde von einem Privatunternehmen abgewickelt. Aber wir glauben, es geschieht gezielt, um die politischen und wirtschaftlichen Beziehungen zwischen beiden Ländern zu festigen. Um den Chinesen die Entscheidung zu erleichtern. Es geht um den Telekommunikationsauftrag und um weitere Verträge. Um die wirtschaftliche Zukunft Frankreichs. Der Preis: China erhält eine bis dahin unvorstellbare militärische Machtstellung. Und das macht uns verdammt große Sorgen.«

Rubino lehnte sich wieder in seinen Stuhl zurück, um mir Zeit zum Nachdenken zu geben.

»Das ist wirklich beängstigend«, sagte ich. »Alles andere erscheint daneben als Geplänkel. Was unternehmen Sie, um es zu verhindern?«

»Wir tun unser Bestes, aber wir haben so unsere Schwierigkeiten. Der Mann, der unsere fünf Millionen Dollar erhalten hat, war einer der Topleute des chinesischen Geheimdienstes. Er sollte uns auf dem laufenden halten, aber die Franzosen und die Chinesen haben ihn geschnappt. Er hat uns verpfiffen. Ich will ehrlich sein, wir haben nicht soviel in der Hinterhand, wie wir bräuchten. Aber wir haben sehr nützliche Leckerbissen für einen interessierten Journalisten.«

Er tätschelte seine Mappe. »Sind Sie interessiert?«

Ich hätte gründlich überlegen sollen, bevor ich antwortete. Dies war ein Scheideweg. Aber Reporter neigen nicht dazu, sich jeden Schritt genau zu überlegen.

»Klar bin ich interessiert«, sagte ich. »Was haben Sie denn zu bieten?«

Er schlug die Mappe auf. Auf der ersten Seite war die Geheimhaltungsstufe vermerkt, quer über die Seite verliefen die Worte »Top Secret«, darunter standen mehrere Codenamen. »Von nun ab ist alles, was ich sage, ›absolutes Hintergrundwissen‹. Es kann in der Zeitung erscheinen – ja, Sie sollen es sogar verwenden –, aber es darf keinesfalls dem CIA, irgendwelchen ›Geheimdienstquellen‹ oder ähnlichem zugeschrieben werden. Okay? Na, dann mal los.«

Seine Stimme klang jetzt anders. Förmlicher, kühler, beinahe wie die Stimme eines Armeeoffiziers, der die Schlachtordnung bekanntgibt. Er legte die Mappe so, daß ich hineinsehen konnte, und blätterte um. Auf der folgenden Seite war das Foto eines Mannes in einem Geschäftsanzug zu sehen. Ein eleganter Herr mit markanten Gesichtszügen und dicken schwarzen Augenbrauen.

»Das ist Alain Peyron, der an der Spitze von Unétat steht. Einer der Golden Boys. Er war vier Jahre in Harvard und hat anschließend am MIT einen Abschluß in Wirtschaftswissenschaften gemacht. Wie jeder, der in Frankreich etwas zu sagen hat, besuchte er die *École Nationale d'Administration* und wurde dann *Inspecteur de Finance*. Rund zehn Jahre lang war er im Verteidigungsministerium tätig, dann wurde er Spitzenmanager bei einer staatlichen Bank. Als Unétat vor fünf Jahren privatisiert wurde, übernahm er die Leitung des Unternehmens. Ein intelligentes Kerlchen – er spricht sogar ein bißchen Chinesisch, was nützlich für ihn ist, wenn er nach Peking reist. Die Chinesen sehen in ihm einen etwas weniger plumpen Barbaren als in den normalen westlichen Geschäftsleuten. Im neuen Frankreich, das ich vorhin beschrieben habe, stehen Peyron und Unétat an der Spitze der Pyramide.«

Er blätterte weiter. Das folgende Foto zeigte einen weiteren seriös gekleideten Mann, von dunklerer Hautfarbe als der erste, mit durchdringenden schwarzen Augen, eingefallenen Wangen und dicken Lippen. Ein beinahe schönes Gesicht, wenn es nicht so hart gewesen wäre. Der Mann war ebenfalls teuer gekleidet, doch er strahlte eher Unerbittlichkeit als Vornehmheit aus.

»Michel Bézy. Er steht in keiner direkten Verbindung zu Unétat, aber er ist nach unseren Erkenntnissen Alain Peyrons Anwalt und sein wichtigster Berater in geschäftlichen Angelegenheiten. Er stammt aus einer außergewöhnlichen Familie. Sein Vater war ein einflußreicher französischer Geschäftsmann in Algerien, der eng mit dem französischen Geheimdienst zusammenarbeitete. Der Vater wurde in den fünfziger Jahren von der FLN getötet, als Bézy in Paris studierte. Seine Mutter kommt aus einer der einflußreichsten Familien Korsikas. Bézy studierte ebenfalls in den Vereinigten Staaten, in Stanford. Nach Hause zurückgekehrt, ging er zum französischen Geheimdienst, für den er fünfzehn Jahre lang arbeitete. Er war einer der Drahtzieher im alten Netzwerk von Maurice Costa, und der stellt gewissermaßen das Bindeglied zwischen der alten und der neuen Welt der Korruption dar. Vor ein paar Jahren verließ er den Nachrichtendienst, um als Anwalt für Peyron zu arbeiten. Er verteilt die Schmiergelder, ist der Schieber, mit anderen Worten. In den letzten Jahren ist er sehr aktiv in Asien und reist häufig in diese Region.«

»Ich habe auch in Stanford studiert«, sagte ich. Ein biographisches Detail, das ich mit dem mysteriösen Mr. Bézy gemeinsam hatte. Doch das schien Rubino nicht zu interessieren.

»Fein. Ich war an der Pennsylvania State University. Können wir fortfahren?«

Auf der folgenden Seite der Mappe wieder ein Foto. Es zeigte einen jungen Mann Ende Dreißig. Er war schlank, hatte rotblondes Haar, trug ein blaugestreiftes Hemd und einen edlen Leinenanzug. Eine MTV-Version von Peyron.

»Das ist Jean-Luc Gaspard. Einer von Bézys Spitzenkräften. Er studierte Computerwissenschaft in Berkeley – erkennen Sie hier ein Grundmuster? – und arbeitete danach sechs Jahre bei Apple. Während dieser Zeit könnte er durchaus ein französischer Spion mit ziviler Tarnung gewesen sein. 1989 kündigte er bei Apple, exakt zu dem Zeitpunkt, als das FBI eine Menge französischer Agenten enttarnte, die in amerikanischen Unternehmen tätig waren.

Gegenwärtig leitet Gaspard eine Firma namens New Asia Development Corp., die in Hongkong und hier in Bethesda ein Büro unterhält. Offiziell läuft sie als Risikokapital-Beteiligungsgesellschaft, die Hochtechnologieprojekte in Asien finanziert, aber wir glauben – falsch, wir wissen –, daß sie ein wichtiger Teil des Netzwerks von Unétat ist, das in China Bestechungsgelder unter die Leute bringt. Dies können wir durch Auskünfte belegen, die New Asia US-amerikanischen Banken vorgelegt hat, um Handelskredite zu erhalten und Leasingverträge zu sichern. Diese Dokumente zeigen, daß New Asia zig Millionen Dollar von einer Off-shore-Bank namens Banque des Marins, die Peyron kontrolliert, als Darlehen erhalten hat.

Gaspards Verfahrensweise ist es, in neugegründete Unternehmen prominenter Chinesen zu investieren, mit denen sich die Franzosen gut stellen wollen. Gelegentlich sind es echte Unternehmen, meistens aber Scheinfirmen, und Gaspards Investitionen sind nichts anderes als Schmiergeldzahlungen.

Und jetzt kommen wir zum Kern der Sache.« Er blätterte um. Zu sehen war ein offizielles Schreiben mit dem Briefkopf von New Asia Development Corp., eine Zahlungsanweisung des Unternehmens an eine Bank auf den Cayman-Inseln... über eine Summe von 15 Millionen Dollar, zahlbar auf das Konto einer Firma in Neukaledonien namens NADC Ventures, Société Anonyme, mit einer Luxemburger Adresse. Ich schrieb eifrig alle Einzelheiten auf meinen Block.

»Sie brauchen sich nicht die Mühe zu machen mitzuschreiben, ich gebe Ihnen ein Exemplar mit, wenn ich fertig bin. Okay? Nun, dieses Dokument spricht für sich selbst. Es gibt grünes Licht für den Transfer von 15 Millionen Dollar aus Gaspards Firma New Asia Development an diesen obskuren Verein namens NADC Ventures. Aber wer steckt hinter NADC Ventures, werden Sie fragen.

Wir können diese Frage beantworten, denn wir besitzen weitere Dokumente.« Er blätterte auf die nächste Seite, auf der ein offiziell wirkendes Formular in französischer Sprache mit dem Briefkopf *Agence Monnétaire Luxembourgeois* zu sehen war. »Okay. Das ist die Gründungsurkunde für NADC Ventures in Luxemburg. Darin sind drei Hauptverantwortliche verzeichnet, alle mit dem Namen Wu. Der Präsident, ein Mr. Wu Laozi, der Finanzvorstand, ein Mr. Wu Pufeng, und der Geschäftsführer, ein Mr. Wu Yewin. Die drei sind Brüder. Söhne eines gewissen Mr. Wu Jingsheng. Wer ist nun dieser ältere Herr?«

Er blätterte weiter. Auf einem Foto war der Chinese zu sehen: schmal, mit scharfem Blick und einem schlichten Mao-Anzug.

»Das ist Wu Jingsheng. Bei Ihren Recherchen werden Sie feststellen, daß er bis letztes Jahr chinesischer Kommunikationsminister war. Wir haben erfahren, daß er sich innerhalb der Regierung massiv für Unétat stark machte. Deshalb hat man ihn wohl geschaßt. Er und seine drei Söhne wurden allzu gierig, und er hat Kollegen vor den Kopf gestoßen, die ihren Anteil an der Beute forderten.«

Er überblätterte mehrere Seiten. »Der Rest ist kalter Kaffee. Angaben, die New Asia US-amerikanischen Banken und lokalen Behörden gemacht hat. Ergebnisse der Nachforschungen über die Familie Wu, einschließlich Adressen und Telefonnummern der Jungs in Hongkong und eine Telefonnummer des alten Herrn in Peking.«

»Fabelhaft«, sagte ich. »Woher haben Sie das alles?«

»Was glauben Sie wohl? Wir haben es gestohlen. Wir haben bestochen, gelogen und geblutet dafür. Hin und wieder leisten wir nach wie vor gute Arbeit, vor allem, wenn uns andere nicht ständig ins Handwerk pfuschen. Und jetzt sind Sie, ein Vertreter der amerikanischen Öffentlichkeit, der Nutznießer dieser vom Steuerzahler finanzierten Recherchen.« Er schob mir die Mappe über den Tisch. »Das ist Ihr Exemplar. Es enthält alles, was Sie eben gesehen haben, nicht mehr und nicht weniger. Ich hoffe, daß Sie das Material als Grundlage für Ihre eigenen Recherchen benutzen.«

Seine letzte Bemerkung ärgerte mich, ich kam mir vor wie ein V-Mann. »Natürlich stellen wir unsere eigenen Recherchen an«, gab ich spitz zurück. »Wir veröffentlichen etwas doch nicht einfach nur, weil Sie sagen, es sei wahr.«

»Viel Glück. Alles werden Sie nicht nachprüfen können, das kann ich Ihnen gleich sagen. Außer, Sie haben in der *Agence Monnétaire Luxembourgeois* einen Agenten sitzen und kennen jemanden vom Putztrupp der TRC Properties in Bethesda, der

Hausverwaltung des Gebäudes, in dem Gaspard sein Büro hat. Aber Sie werden wohl so viel herausbekommen, daß Sie mir die Geschichte abnehmen.«

»Und was ist mit dem Plan zur Entwicklung biologischer Waffen? Das könnte für die Zeitung ziemlich interessant sein.«

»Nicht jetzt. Später vielleicht. Zeitungsberichte zu diesem Thema helfen niemandem. Sie würden nur bewirken, daß alles noch konspirativer abgewickelt wird und wir damit alle Zugriffsmöglichkeiten verlieren. Das Thema biologische Waffen habe ich nur deshalb angeschnitten, damit Sie begreifen, wie ernst die Angelegenheit ist. Es steht viel auf dem Spiel. Und denken Sie daran: Sie haben versprochen, mich nicht zu verscheißern.«

»Sind wir fertig?« fragte ich. Von diesem winzigen fensterlosen Raum hatte ich genug. Ich wollte raus hier.

»Ja. Das war's.« Er nahm den Hörer eines Wandtelefons, tippte eine Nummer ein und bat den PR-Mann zu kommen.

»Noch eins, bevor Sie gehen«, sagte Rubino. Er zog eine leere weiße Karteikarte aus der Tasche und schrieb zwei Telefonnummern darauf. »Falls Sie mich erreichen wollen, das hier sind meine Nummern zu Hause und im Büro. Rufen Sie mich bitte direkt an. Nicht über das Pressebüro. Dort weiß man nämlich nicht, worüber wir uns unterhalten haben.«

21

Es ist eine merkwürdige Tatsache. Wenn wir uns mit Haut und Haaren auf eine Sache eingelassen haben, hören wir auf, den Verstand zu gebrauchen. Mein Tennislehrer an der High-School war davon felsenfest überzeugt: Er glaubte, daß der Verstand ein Feind der natürlichen Begabungen des Körpers sei. Für ihn war das »Denken« schuld, wenn man den Flugball als Matchball verschoß. Mein Trainer verlangte, daß wir auf dem Tennisplatz »gedankenleer« sein sollten. Wir sollten der Tennisschläger sein, nicht die Person, die ihn hält. Ich erwähne das, weil es mein Verhalten in den Tagen unmittelbar nach meinem Besuch bei Tom Rubino im CIA erklärt. Es gab vieles, über das ich mir hätte Gedanken machen sollen, aber ich war »gedankenleer«. Ich dachte nicht nach über die Story, ich *war* die Story. Sie kam auf mich, auf den Schläger zu, und ich mußte nur sauber treffen.

Als ich an jenem späten Vormittag ins Büro zurückkam, suchte ich gleich Bob Marcus auf. Ich käme mit der Frankreich-China-Geschichte gut voran, erklärte ich ihm, und wolle mich in den folgenden ein, zwei Wochen ganz darauf konzentrieren. Wenn meine Recherchen gut liefen, könne ich nachweisen, daß Frankreich einen früheren chinesischen Minister mit 15 Millionen Dollar geschmiert habe. Marcus strahlte. Chefredakteure haben zwei Gesichter; wenn man eine gute Story hat, sind sie zufrieden; wenn nicht, hassen sie einen. Er fragte nicht, woher ich meine Information hatte, und ich band es ihm auch nicht auf die Nase.

An jenem Nachmittag las ich aufmerksam die Unterlagen, die mir Rubino gegeben hatte, und überlegte, wo ich mit den Recherchen beginnen sollte. Rubino hatte die Verbindung zwischen den Personen aufgezeigt: von Peyron zu Bézy und weiter zu Gaspard bis zur Familie Wu. Er hatte auch die Verbindung zwischen den Firmen dargestellt: von der Banque des Marins und New Asia Development Corp. zu NADC Ventures, S. A. Am besten versuchte ich es zunächst bei den Firmen. Das war konkreter, leichter zu überprüfen. Ich konnte an beiden Enden der Kette anfangen – in Paris oder in Hongkong – oder auch mittendrin, mit Gaspards Niederlassung in Bethesda. Mir war die Vorstellung sympathisch, in meiner näheren Umgebung mit den Recherchen zu beginnen; das erschien mir einfacher.

Bei dieser Art Recherche war es stets meine Technik (wenn man so sagen darf), aufs Ganze zu gehen. Keine Faxen; nicht durchs Hintertürchen eintreten. Sich vielmehr offen als Reporter ausweisen und die nötigen Fragen stellen. Das Bäumchen so kräftig wie möglich schütteln und schauen, was herunterpurzelt.

Also rief ich noch am selben Nachmittag unter der Nummer von New Asia Development Corp. in Bethesda an, die mir Rubino gegeben hatte. Eine junge Frau mit einem angenehmen, leichten französischen Akzent meldete sich. Ich stellte mich als Reporter beim *Mirror* vor und bat darum, mit Mr. Jean-Luc Gaspard sprechen zu dürfen. Sie wollte wissen, worum es ginge, und ich sagte, ich arbeite an einem Bericht über Unternehmen, die in Asien investierten, was ja so falsch nicht war. Sie bat mich zu warten und fragte bei jemandem nach, offenbar bei Gaspard.

»Tut mir leid«, beschied sie mir schließlich. »Mr. Gaspard kann nicht mit Ihnen sprechen. Er ist beschäftigt. Zeitungen gibt er keine Interviews.«

Fehlanzeige. Ich hinterließ meinen Namen und meine Telefonnummer, doch es lag auf der Hand, daß er mich nicht zurückrufen würde. Als ich so an meinem Schreibtisch saß und durch das Fenster hinaus auf das Verkehrschaos der Connecticut Avenue blickte, schien es mir, als böte sich genau jetzt die beste Gelegenheit, an Gaspard selbst heranzukommen, denn er war ja in seinem Büro. Also suchte ich in den Unterlagen von Rubino nach der Adresse von New Asia Development: 4825 Bethesda Avenue. Ich wußte ungefähr, wo das war: eine Abzweigung der Wisconsin Avenue in der Nähe der Old Georgetown Road, etwa einen halben Kilometer von der U-Bahn entfernt. Aber ich mußte mich beeilen; er konnte jederzeit das Büro verlassen. Ich griff nach einem Notizblock, nahm meinen Mantel und eilte hinaus.

Das Büro von New Asia lag in einem einfachen, zweistöckigen Gebäude mitten in dem kleinen Geschäftszentrum von Bethesda. Dort gab es alles, was zu einem echten Yuppie-Viertel gehört: feine Caférestaurants beiderseits der Straße, einen Laden mit teuren Tourenrädern und zwei Bäckereien. Ich betrat das

Gebäude und überflog das Firmenverzeichnis an der Wand. Das Haus wurde tatsächlich von TRC Properties verwaltet. Ich mußte schmunzeln, als ich mir vorstellte, wie Rubinos Agent in mühevoller Kleinarbeit den Büromüll durchkämmte. Das Schild von New Asia Development Corp. verwies auf »Suite 301«.

Ein Mann vom United Parcel Service betrat hinter mir den Aufzug. Sein brauner Lieferwagen parkte in zweiter Reihe vor dem Haus. Das Päckchen, das er in der Hand hielt, war adressiert an New Asia Development Corp. »Da muß ich auch hin«, sagte ich und deutete auf sein Päckchen. »Ich kann es für Sie abgeben.« Er sah auf die Schachtel. Sie enthielt eine neue Cartridge für einen Laserdrucker im Wert von rund zwanzig Dollar. »Danke«, sagte er. Er gab mir das Päckchen und lief nach draußen zu seinem Wagen.

An der Tür stand die Ziffer »301«, sonst nichts. Ich klopfte, das Päckchen in der Hand. Nach einer Weile wurde die Tür von einem Mann geöffnet, der einen Telefonhörer ans Ohr hielt und französisch sprach. Er sah genauso aus wie auf dem Foto – ein eleganter französischer Yuppie. Er trug einen schwarzen Rollkragenpullover und ein teures Tweedjackett. Mit abwesendem Gesichtsausdruck blickte er mich an.

»Ich habe da ein Päckchen für Sie«, sagte ich. Unaufgefordert trat ich ein. Das Büro bestand aus einem einzigen großen Raum. Mit einem großen Schreibtisch am Fenster und einem kleineren für die Sekretärin unweit der Tür. Offenbar war sie nicht da; niemand war da außer Gaspard und mir.

Er hob den Zeigefinger und formte mit den Lippen das Wort: einen Moment. Ich machte noch einen Schritt ins Zimmer und schloß die Tür hinter mir. Er hob nochmals den Zeigefinger, sprach noch ein paar Sätze auf französisch und legte dann auf. »Verzeihung«, sagte er. Er war mit seinen Gedanken anderswo.

»Das ist für Sie.« Ich reichte ihm das Päckchen. Nun nicht mehr durch das Telefon abgelenkt, blickte er mich fragend an.

»Sie sind von UPS?«

»Nein, nein. Ich bin Erich Truell. Journalist beim *New York Mirror.* Ich habe vorhin schon angerufen, aber Ihre Sekretärin sagte mir, Sie seien beschäftigt. Wir machen einen Bericht über gewerbliche Investitionen in Asien und sehen uns einige der neuen Firmen in diesem Bereich genauer an. Deshalb möchte ich Ihnen gerne ein paar Fragen stellen. Nur eine Minute.«

»Ich bin wirklich sehr beschäftigt.« Er schien sich unbehaglich zu fühlen – derart überfallen zu werden in seinem eigenen Büro – und überlegte offenbar, wie er sich verhalten solle. Was war riskanter: mich hinauszuwerfen oder meine Fragen zu beantworten? »Ich gebe der Presse keine Interviews«, sagte er.

»Nur ein paar Fragen, ich lasse Sie gleich wieder allein.« Ich zog meinen Notizblock heraus. Er durfte gar keine Zeit haben zum Nachdenken. »Sie sind Mr. Jean-Luc Gaspard, der Chef des Unternehmens?«

»Ja, richtig.« Was nun? Von sich aus würde er nichts preisgeben.

»In welchem Bereich ist Ihr Unternehmen aktiv?«

»Risikokapital. Wir tätigen Investitionen beim Aufbau neuer Unternehmen in Asien.« Auch das war einfach zu beantworten.

»Und wieviel Geld haben Sie bisher in Asien investiert?«

»Nicht wenig.«

»Mehr als 50 Millionen Dollar?«

»Ja, mehr.« Das waren jetzt konkrete Fragen. Seine Nervosität wuchs. Ich mußte mich beeilen.

»Mehr als 100 Millionen Dollar.«

»Nein, weniger. Wissen Sie, es tut mir leid – wie war gleich Ihr Name? Truell? Ich muß jetzt wirklich Schluß machen.«

»Nur noch ein paar Fragen, gleich bin ich fertig. Ich brauche nur ein paar Basisinformationen. Woher bekommt New Asia das Kapital? Sind Sie an der Börse notiert?« Meine Fragen waren vollkommen alltäglich. Dinge, über die jedes normale Unternehmen bereitwillig Auskunft erteilt hätte. Aber es waren auch die wichtigen Bausteine meiner Geschichte.

»Nein, wir sind ein Privatunternehmen. Der Großteil unseres Kapitals stammt von Banken.«

»Ich habe eine Aufstellung ihrer Kreditgeber gesehen, aus der hervorgeht, daß der Großteil Ihrer Gelder von der Banque des Marins stammt. Stimmt das?«

Jetzt wurde er mißtrauisch. »Ja, zum größten Teil. Jetzt muß ich aber wirklich abbrechen.«

»Nur eine Frage noch. Können Sie mir den Namen eines der Unternehmen nennen, in die New Asia investiert hat?«

»Nein, das kann ich nicht. Tut mir leid, aber ich muß Schluß machen.« Er legte mir den Arm auf die Schulter und versuchte mich sanft Richtung Tür zu schieben. Ich hatte den Vorteil, daß ich größer war als er. Und ich rührte mich nicht vom Fleck.

»Haben Sie in ein Unternehmen namens NADC Ventures investiert?«

Bei dieser Frage verlor er vollends die Fassung. »Raus jetzt, sofort, oder ich hole die Polizei. Dies ist Privatgrund. Ich bestehe darauf, daß Sie augenblicklich das Büro verlassen.«

»Ich gehe«, sagte ich. Ich reichte ihm meine Geschäftskarte. »Vielleicht können wir ein andermal sprechen, wenn es Ihnen besser paßt?«

»Raus«, wiederholte er. Er wirkte richtig verstört. Das war ein *cauchemar*, ein Alptraum, und er verstand nicht, was hier gespielt wurde. *»Salot!«* murmelte er, als er hinter mir die Tür schloß. *Hurensohn.*

Ich ging direkt ins Büro zurück, um selbst nach Asien zu telefonieren, bevor Gaspard und seine Freunde in Paris es taten. Es war vier Uhr nachmittags, als ich wieder im Büro war, also in Hongkong fünf Uhr morgens, einen Tag später. Ich wählte die Nummer von Wu Laozi – dem ältesten der drei Brüder –, die mir Rubino gegeben hatte. Eine verschlafene Stimme meldete sich auf chinesisch. Ich fragte mehrmals nach Mr. Wu, aber der Mann fing an, mich auf chinesisch anzubrüllen. Ich gab auf. Einer der Brüder müßte doch Englisch sprechen. Ich probierte die nächste Nummer, die von Wu Pufeng; ich ließ es lange läuten, aber niemand hob ab.

Auch beim dritten Versuch, der Nummer von Wu Yewin, ließ ich es lange läuten. Ich wollte schon auflegen, als sich eine Männerstimme meldete. Sie sagte etwas auf chinesisch, legte den Hörer beiseite, nahm ihn wieder in die Hand und sagte das gleiche wie zuvor.

»Mr. Wu Yewin?« fragte ich. Ich hielt den Atem an. Wenn diese Nummer falsch war, dann waren meine Möglichkeiten erschöpft. Der alte Herr in Peking würde mir bestimmt keine Auskunft geben. Die Stimme am anderen Ende der Leitung sprach wieder Chinesisch. Ich wiederholte: »Mr. Wu Yewin, bitte.«

»Ja«, sagte die verschlafene Stimme. »Hier ist Wu Yewin. Wer ist am Apparat?«

»Mr. Wu?« Ich war so überrascht, daß ich einen Augenblick nachdenken mußte, was ich als nächstes sagen sollte. »Es tut mir leid, Sie so früh am Morgen belästigen zu müssen. Ich arbeite für eine amerikanische Zeitung namens *New York Mirror* und schreibe eine Reportage über Unternehmen in Asien. Aus den mir vorliegenden Unterlagen ersehe ich, daß Sie der Geschäftsführer einer Firma namens NADC Ventures sind. Stimmt das?«

Eine lange Pause. Es war fünf Uhr morgens, ein Anrufer hatte ihn aus dem Tiefschlaf gerissen; irgend ein Amerikaner, der dumme Fragen stellte. »Ja«, sagte er mit der sanften, abwesenden Stimme eines Menschen, der eben aufgewacht ist. »NADC Ventures.«

»Meine Unterlagen zeigen, daß Ihre Firma von einem Unternehmen namens New Asia Development Corp. Investitionshilfe erhält. Ist das korrekt?«

»Ja, New Asia Development. Ja. Wer sind Sie?« Langsam wachte er auf.

»Ich heiße Eric Truell. Ich bin Reporter beim *New York Mir-*

ror. Darf ich Ihnen noch eine Frage stellen, Mr. Wu? Was macht NADC Ventures?«

»Investments. Familieninvestments. Vielen Dank. Ich muß jetzt aufhören.«

»Wieviel Geld hat Ihr Unternehmen von New Asia Development erhalten?«

»Wie?« fragte er in einem plötzlich scharfen Ton.

Als ich die Frage wiederholte, legte er auf. Ich rief noch einmal an, aber es war belegt. Es blieb auch den Rest des Nachmittags und am Abend belegt. Am folgenden Tag hatten die Gebrüder Wu ihre Telefone abgestellt.

»Du bist ein Narr, mein Lieber.« Unverkennbar Rupert Cohens Stimme. Sie klang sehr ruhig und völlig aufrichtig. Er rief mich zu Hause an, zwei Tage nach meinem Besuch in Langley. Ich lag gerade auf der Couch und sah fern. »Wirklich, ich bin tief enttäuscht von dir.«

»Wovon um Himmels willen sprichst du?« fragte ich.

»Von deinem jüngsten Besuch im *C*ulinary *I*nstitute of *A*merica. Hast du den Verstand verloren? Der Herr, mit dem du dich dort getroffen hast, ist ein Idiot. Der Mann ist ein Zinnsoldat. Hast du mir denn nicht zugehört, als ich es dir erklärt habe? Ich muß sagen, ich bin zutiefst enttäuscht. Ich hätte dir mehr Grips zugetraut.«

»Woher zum Teufel weißt du eigentlich von dem Treffen? Es sollte doch geheim sein?«

»Jemand hat es mir verklickert, mein Lieber. Wir sind eine kleine Zunft, brüderlich verbunden. Oder sollte man besser sagen: ein Käfig voller Ratten, die für ein Stückchen Käse ihre Großmutter verkaufen würden. Aber jetzt, da ich deine Anfälligkeit für diese Art von Propaganda im Dienste des Kults der nationalen Sicherheit kenne, bin ich bereit, dir meine Dienste anzubieten, um dich wieder auf den rechten Weg zu führen.«

Rupert schlug vor, wir sollten uns auf einen Drink in einer

Bar namens Tom-Tom in Adams Morgan treffen. »Dort werden wir nicht auffallen«, meinte er. Es war ein Aufreißerlokal mit blauem Neonlicht, toller karibischer Musik und jeder Menge langbeinigen Frauen, die auf jeden naserümpfend herabblickten. Um die Theke herum stand ein Grüppchen junger Männer in Oxford-Hemden und ohne Krawatte, die sich lässig gaben. Sie sahen aus wie Regierungsangestellte – und waren es wohl auch – auf der Suche nach einer Frau. Für Washington galt ein unwandelbares Gesetz – und es wurde über die Jahrzehnte hinweg von den Mitgliedern jeder Regierung und jeder Partei beherzigt: Die Stadt war ein Magnet für junge Leute, die ihrem Land dienen – und bumsen wollten. Inmitten dieses städtischen Fleischmarkts entdeckte ich Rupert Cohen, der sich eben einen Mai Tai genehmigte.

»Ich sollte berichtigen, was ich am Telefon gesagt habe«, meinte er und nahm mit einem langen bunten Strohhalm einen Schluck von seinem Cocktail. »Tom Rubino ist ein weniger großer Idiot als viele meiner Kollegen. Er bemüht sich zumindest um Professionalität. Aber im Grunde genommen ist er trotzdem ein Idiot.«

»Mir kam er gar nicht wie ein Idiot vor«, erwiderte ich. »Ich halte ihn im Gegenteil für ziemlich clever. Und im Gegensatz zu dir hat er mir brauchbare Dinge darüber erzählt, was die Franzosen in China so treiben. Ich war ziemlich beeindruckt. Der Kerl scheint sein Material optimal auszuwerten.«

»O mein Gott!« Rupert schüttelte den Kopf. »Hat also der große weiße Führungsoffizier einen neuen Agenten angeworben? Das beherrscht er gut: Journalisten beschwatzen, die ihn mit weit aufgerissenen Augen anstaunen. Er hat dir wahrscheinlich auch ein paar *Geheimnisse* verraten. Das gehört zum Spiel der Leute vom Operativen Bereich! Die gleiche Nummer ziehen sie dem Kongreß gegenüber ab. Sie schicken einen Medizinmann hin, der erklärt, wie geheim die Informationen sind, die er preisgibt und wie gefährlich dieser Kampf gegen die

Mächte der Finsternis ist. Der Kongreßabgeordnete denkt: Donnerwetter, das sind feine Kerle! Sie tun, was sie können. Wir sollten ihnen den Rücken stärken und sie ihre Arbeit machen lassen. Und dabei übersehen sie die Tatsache, daß der CIA unfähig ist. Morsch bis auf die Knochen. Eric, mein Freund, sie haben dich eingewickelt.«

Allmählich ging mir Rupert ganz schön auf die Nerven. Normalerweise rege ich mich nicht über meine Quellen auf. Das ist nur hinderlich, wenn man Informationen aus jemandem herausholen will. Also nicke ich immer nur und sage: »Sehr interessant«, egal, wie absurd die Äußerungen sind. Aber Rupert brachte mich jetzt wirklich auf die Palme.

»Paß auf«, sagte ich. »Ich habe keine Ahnung, weshalb du deinen Kollegen so sehr haßt, aber ich als Außenstehender muß dir sagen, daß ich Rubino für einen intelligenten, hart arbeitenden Burschen halte. Schon in Paris hatte ich diesen Eindruck, noch bevor ich dich kennengelernt habe, und daran hat sich nichts geändert. Ich arbeite an einer Reportage, und er war mir behilflich, was ich zu schätzen weiß. Ich hole mir die Informationen, wo immer ich sie kriegen kann. Und wenn dich das stört, dann ist das dein Problem.«

»Bist du denn einmal auf die Idee gekommen, den großen weißen Führungsoffizier zu fragen, weshalb er *dir* diese Informationen gibt, statt sie selbst zu verwenden? Ich meine, wenn der Laden etwas anderes wäre als eine hohle Nuß, warum bräuchte er dann dich, Mr. Reporter? Die Firma mag Reporter nicht, verstehst du? Du siehst den Wald vor lauter Bäumen nicht. Die Tatsache, daß er sich mit dir getroffen hat, ist ein weiterer Beweis dafür, daß ihnen das Wasser bis zum Hals steht.«

Ich hörte diese Tiraden von Rupert jetzt schon seit Monaten. Aber zum erstenmal erschien mir sein Angriff auf den Geheimdienst haltlos und schwachsinnig.

»Hör doch auf mit dem Mist, Rupert. Tom Rubino arbeitet an einer wirklich wichtigen Sache – nämlich wie man verhindern kann, daß China ein Waffensystem in die Hand bekommt, das schlimmer ist als Nuklearwaffen – und du läßt kein gutes Haar an ihm. Das begreife ich nicht. Er macht doch nur seinen Job.«

»Dann hat er dir also von der großen Bedrohung durch biologische Waffen erzählt, hm? Du bist also Mitwisser des großen Geheimnisses. Einer der *illuminati*, gratuliere. Rutsch ein Stück, Hugh Sidey, wir haben ein neues Mitglied. Die Verantwortungsbewußten. Die Insider. Die ehemaligen Journalisten.«

»Idiot. Ich bin kein Hugh Sidey.«

»Aha, er ist also beleidigt! Dann gibt es ja noch Hoffnung. Ihn kränkt die Vorstellung, daß er sich verkauft. Die meisten deiner *confrères* von der Presse würden sich geschmeichelt fühlen, als ›Insider‹ bezeichnet, zu den ›Verantwortungsbewußten‹ gerechnet zu werden. Sie würden dahinschmelzen. Du hast wenigstens noch einen Funken Schamgefühl, was bedeutet, bei dir ist noch nicht Hopfen und Malz verloren. Aber ich muß dir sagen, o Freund der Mächtigen, die etablierte Presse habe ich abgeschrieben. Ihr seid alle *infiziert*. Ich habe meine eigenen Nachforschungen angestellt und meine Schlüsse gezogen.«

»Infiziert womit? Wovon sprichst du?«

»Ich habe still und heimlich mit Vertretern verschiedener anderer Presseorgane zwecks einer Anstellung Kontakt aufgenommen, und sie alle haben mir dieselbe Antwort wie du gegeben. ›Tut mir leid, Rupert. *Keine Chance*.‹ Alle wollen sie keinen ehemaligen Geheimdienstoffizier, genau wie ihr. Auch die Zeitschriften. Man könnte meinen, wenn sie bereit waren, Hugh Sidey zu beschäftigen, dann würden sie auch jeden anderen nehmen. Aber nein: Tut uns leid. Es verstößt gegen die Vorschriften; es verletzt Empfindlichkeiten. Das ist der Kern der Sache – in eurer Branche haben die Duckmäuser das Sagen. Ihr habt die grundlegende Aufgabe des Journalismus nicht mehr im Blick: die Ruhe und Behaglichkeit zu stören und sich dabei diebisch zu freuen. Nein, ihr habt euch entschlossen, hier ernst zu sein, und für mich wird es Zeit, meine Talente anderswo einzusetzen – ohne Bierernst.«

Es hatte keinen Sinn, weiter mit ihm zu debattieren. Er kreiste in seinem eigenen Kosmos und war für die Argumente gewöhnlicher Sterblicher unerreichbar. »Was willst du denn tun?« fragte ich, »wenn du die großen Zeitungen und Zeitschriften abschreibst?«

»Die Zukunft lockt. Ihr seid die Vergangenheit – die Dinosaurier. Weißt du, warum sie ausgestorben sind, die Dinosaurier? Sie sind an ihrer Wohlanständigkeit zugrunde gegangen. Deshalb: Zum Teufel mit euch allen. Ich erwäge, meine Dienste den Organen anzubieten, die noch urwüchsigen Journalismus betreiben. *The Sun. The Star. Geraldo. Inside Edition. Hard Copy.*«

»*Hard Copy?* Das soll wohl ein Witz sein?«

»Du lachst, Mr. Sidey, aber diese Leute haben Mumm in den Knochen. Sie scheren sich nicht um irgendwelche Vorschriften. Sie sind Journo-Anarchisten, so wie meine Wenigkeit.«

Ich war fest überzeugt, daß er mich nur auf den Arm nehmen wollte. Aber das war das Problem bei Rupert. Man wußte nie, wann er es ernst meinte. Den Rest des Abends schlüpfte er in seine gewohnte Rolle als bohemienhafter Spion, und ich lachte und spielte mit.

Dennoch war dieser Abend ein Wendepunkt in unserer Beziehung. Trotz aller Scherze – er meinte es ernst mit dem, was er über meinen Beruf sagte, und ich meinte es ernst mit dem, was ich über seinen sagte. Jeder von uns war das Spiegelbild des anderen; enttäuscht von den Beschränkungen, die wir spürten, auf der Suche nach einem stärkeren und persönlicheren Bezug; aber in entgegengesetzter Richtung unterwegs.

Als wir das Tom-Tom verließen, zog mich Rupert zu sich heran, als wolle er mir ein letztes Geheimnis anvertrauen, bevor sich unsere Wege trennten. »Nimm diesen ganzen Hokuspokus mit den biologischen Waffen nicht so ernst, alter Junge. Es könnte dein Urteilsvermögen trüben.«

»Für mich hört sich das alles verdammt ernst an«, beharrte ich.

»Zu diesem Thema – wie übrigens zu allem, was mit der Welt der Geheimdienste zu tun hat, gibt es ein Pendant in der venezianischen Geschichte, wenn du gestattest. Im Jahr 1649 unterbreitete ein Mann namens Lunardo Foscolo aus Dalmatien dem Rat der Zehn einen Vorschlag. Er habe einen Freund, der Arzt sei, sagte dieser Mann, und der aus der Milz und aus den Eiterbeulen der von der Pest Befallenen Flüssigkeit entnehmen und destillieren könne. Der gute Doktor, dessen Name Michel Angelo Salamon war, schlug vor, mit dieser ›Quintessenz der Pest‹, wie er es nannte, die gesamte türkische Armee zu infizieren.

Und was glaubst du, beschloß der Rat der Zehn? Sie sagten sich: Was haben wir denn zu verlieren? Probieren wir's einfach mal! Und gaben ihre Zustimmung zu diesem schnöden Vorhaben. Die ›Quintessenz der Pest‹ wurde per Schiff in die Militärlager der Türken gebracht. Und am Ende – wie es in der wirklichen Welt immer geschieht – haben sie die Sache so gründlich vermasselt, daß rein gar nichts dabei herauskam.

Wenn also mein werter Kollege Mr. Rubino wieder versucht, dich auf das Thema biologische Waffen einzuschießen, erinnere dich daran, daß das alles schon einmal dagewesen ist.«

22

Die Anzeigeneinnahmen des *Mirror* waren auch im Februar und März weiter gesunken, und die Wall-Street-Analysten schätzten, daß die Zeitung im ersten Quartal einen Reinverlust verbuchen würde – den ersten in ihrer Geschichte. Der Aktienpreis fiel dementsprechend in den Keller. Die Investoren gingen nicht davon aus, daß es sich um einen zyklischen Abschwung handelte, von dem sich die Zeitung später im Lauf des Jahres erholen würde, sondern sahen etwas anderes darin – den langfristigen Niedergang eines »reifen Unternehmens«, das seine Kosten nicht rasch genug senken und daher nicht mehr gewinnbringend wirtschaften konnte. Schwarzseher behaupteten, den Zeitungen erginge es jetzt wie eine Generation zuvor den Eisenbahnen: ein nettes Unternehmen, von netten Leuten geführt, die ihr Produkt liebten und ihren Mitarbeitern gegenüber eine übertriebene Großzügigkeit bewiesen. Es war fast, als wollte der Aktienmarkt das Management des *Mirror* durch höhnische Kommentare reizen, die Gewinne mittels radikaler Maßnahmen zu steigern.

Den Reportern in der Redaktion entging nicht, daß die Zeitung auf eine Krise zusteuerte. Auch wenn wir mit den ökonomischen Aspekten des Zeitungsmachens nicht viel am Hut hatten, konnten wir doch zwei und zwei zusammenzählen. Wir begriffen, daß Sellinger in der Klemme steckte und seinen eigenen Job verlieren würde, wenn er nicht einige unserer Stellen strich. Gerüchte kursierten, die Probleme des *Mirror* seien so gravierend, daß die Zeitung Gefahr liefe, aufgekauft zu werden, oder sogar vor dem Bankrott stünde. Der Journalistenverband, darauf bedacht, aus der allgemeinen Verunsicherung Nutzen zu ziehen, warb im Februar verstärkt um Mitglieder.

Mitte März traf sich der Verwaltungsrat des *Mirror* zu seiner vierteljährlichen Sitzung. Am nächsten Tag wurde in New York ein Memo des Verlegers an alle Abteilungen verschickt. In Washington hatte sich im Nu eine Menschentraube um das Schwarze Brett versammelt, nachdem Marcus das Schreiben ausgehängt hatte.

> *Mirror Corp.* kündigt heute einen wichtigen Schritt an, um die wirtschaftliche Leistungskraft der Zeitung zu verbessern und damit ihren künftigen Wert für Leser, Mitarbeiter und Aktionäre zu steigern. Aufgrund steigender Papierkosten und rückläufiger Anzeigeneinnahmen sind wir gezwungen, unsere Kosten zu senken. Andere Abteilungen – Anzeigenabteilung, Marketing, Vertrieb und Herstel-

lung – haben im Lauf der vergangenen zwei Jahre bereits einen erheblichen Personalabbau vollzogen. Jetzt sind die Redaktionen an der Reihe.

Im Lauf der nächsten zwölf Monate werden wir in den Redaktionen rund sechzig Stellen streichen, das sind etwa zehn Prozent. Um die Auswirkungen dieser Einsparungen auf die Qualität der Zeitung so gering wie möglich zu halten, ersuche ich die Ressortchefs und Abteilungsleiter, ihr Arbeitsfeld zu prüfen und so bald wie möglich Vorschläge zur Umsetzung dieser Einsparungen zu machen. Soweit als möglich werden wir den Abbau durch den natürlichen Arbeitskräfteabgang vollziehen, aber das wird nicht in allen Fällen machbar sein, und einige Redaktionsmitglieder werden ihren Arbeitsplatz verlieren. Allen betroffenen Mitarbeitern bieten wir Beratungsgespräche über ihre weitere berufliche Laufbahn an.

Ferner gehen wir mit dem heutigen Tag ein Joint-venture mit *Press Alert* ein, einem privaten internationalen Nachrichtenunternehmen, um gemeinsam einen Finanznachrichtenservice zu produzieren, bei dem ein Teil unserer vorhandenen Belegschaft Beschäftigung finden wird. Mit diesem Produkt zielen wir auf den rasch wachsenden Markt für elektronische Nachrichten- und Datenübermittlung. Dieser neue Service erhält den Namen »Mirror Alert«. Unser Joint-venture-Partner beteiligt sich zudem mit beträchtlichem Kapitaleinsatz an unseren Unternehmen. Die heute angekündigten Maßnahmen werden viele von uns hart treffen. Sie sind jedoch unverzichtbar, um die Zeitung, die uns am Herzen liegt, zu retten.

Philip Sellinger, Verleger

Zwei Tage später bestellte der Abteilungsleiter meinen Freund George Dirk zu sich und teilte ihm in aller Freundschaft mit, daß er hiermit entlassen sei. Die Washingtoner Redaktion war aufgefordert worden, im Rahmen des Kostensenkungsplans fünf Stellen zu streichen, und Dirk gehörte zu den Pechvögeln. Weil Dirk im Lauf der Jahre soviel zum Wohle der Zeitung geleistet hatte, bot ihm der Abteilungsleiter eine andere Position an, die für ihn mit einer nur geringfügigen Gehaltseinbuße verbunden war: im Washingtoner Büro von *Mirror Alert*, dem neuen Finanznachrichtenservice. Das Büro solle in Nordvirginia eröffnet werden, wohin der Arm des Journalistenverbands nicht reichte. Daher biete die Stelle nicht dieselben Sicherheiten wie der Reporterposten beim *Mirror*, aber Dirk könne sie haben, wenn er wolle.

An diesem Abend lud ich Dirk auf ein Bier ein. Zuerst war er ziemlich niedergeschlagen, versuchte immer noch, mit dem Schock fertig zu werden. Er hatte es viel deutlicher kommen sehen als ich. Ja, er hatte schon so lange mit seiner Entlassung gerechnet, daß er regelrecht erleichtert war, als ihm die Zeitung einen anderen Job anbot. »Wahrscheinlich werde ich annehmen«, sagte er. »Habe ich denn eine andere Wahl? Ich habe zwei Kinder, eine hohe Hypothek auf ein Haus, das heute weniger wert ist als damals, als ich es gekauft habe, eine Frau, die studiert und überzeugt ist, daß ich alles vermassle. Wenn ich Marcus erzähle, daß ich gehe – was mich für fünf Minuten in Euphorie versetzen würde –, brauche ich ein halbes Jahr, bis ich etwas anderes gefunden habe. Und dann würde ich womöglich noch weniger verdienen als bei *Mirror Alert*, und es wird irgendwo in Seattle oder Austin sein, wo ich keinesfalls hin will. Habe ich eine andere Wahl, als den Knochen abzunagen, den sie mir hinwerfen? Ich bin dankbar, wenn du's genau wissen willst. Sie sind echt nett zu mir.«

Ich konnte es kaum ertragen. Er glich einem Ballon, dem die Luft ausgegangen ist, einem verschrumpelten Gummifetzen. Aber als er etwas mehr getrunken hatte, wurde er wieder ein bißchen praller. Er fing an, über die Heimtücke von Sellinger, Marcus, dem *Mirror*, der Zeitungsbranche allgemein zu wettern.

Und schließlich schmiedete er Rachepläne. Das war wirklich eine Erleichterung.

»Weißt du, was ich mache, wenn ich bei *Mirror Alert* anfange?« sagte er und schlug so fest auf den Tisch, daß Bier aus seinem Krug schwappte. »Ich werde selbst einen Trupp von Enthüllungsjournalisten auf die Beine stellen. Und wir werden den *Mirror* ruinieren. Wir werden so viele Enthüllungsstorys übers Pentagon bringen, daß Noel Rosengarten den Schwanz einzieht. Er wird es nicht mal bis Minneapolis schaffen. Er wird sich an die Jurafakultät verziehen, was er schon vor zehn Jahren hätte tun sollen, und sein Dasein hauptberuflich als ganz kleines Würstchen fristen. Wir werden so viele Enthüllungsstorys übers Weiße Haus bringen, daß Susan Geekas um ihre Versetzung bitten wird. Sie wird sich darum reißen, über die Schulbehörde in New Rochelle oder die Müllkommission in Albany berichten zu dürfen – alles, nur nicht mit mir konkurrieren. Wir werden so viele Knüller produzieren, daß mich Bob Marcus auf Knien bitten wird zurückzukommen. Und weißt du, was ich dann sage? Ich sage: ›Hey, Bob. Du kannst mich mal.‹«

Ende der Woche hatte Dirk seinen Schreibtisch geräumt; am darauffolgenden Montag würde er bei *Mirror Alert* in Arlington anfangen. Am Freitag gab es eine Abschiedsparty für ihn. Mehrere Leute, darunter ich, ergingen sich in sentimentalen Reden darüber, was für ein feiner Kerl er war. Dirk rettete den Tag mit einer boshaften Rede, in der er über alle Leute in der Redaktion herzog, die er nicht leiden konnte. Noel Rosengarten nannte er sogar einen »Scheißkerl«.

Trotz der Aufregung in der Redaktion arbeitete ich an meinem Bericht über New Asia weiter. Ich hatte noch ein paar offene Fragen. Angefangen mit dem ehemaligen chinesischen Kommunikationsminister Wu Jingsheng, der vermutlich Bestechungsgelder in Höhe von 15 Millionen Dollar erhalten hatte. Für den Anruf brauchte ich jemanden, der Chinesisch sprach –

der *Mirror* hatte sein Büro in Peking schon vor zwei Jahren im Zuge der Kostensenkungen geschlossen. Lynn Frenzel in New York bot mir die Übersetzungsdienste ihres neuen Assistenten in der Auslandsredaktion an. Eines Tages riefen wir spätabends mittels Konferenzschaltung Herrn Wu an und schafften es, ihn ans Telefon zu bekommen. Er bestätigte, er sei der ehemalige Kommunikationsminister und habe drei Söhne, die in Hongkong lebten, aber als wir nach seinen Kontakten zu französischen Regierungsbeamten fragten, war die Leitung tot.

Ich versuchte noch einmal, Jean-Luc Gaspard zu erreichen, aber in Bethesda ging niemand ans Telefon; es meldete sich nur der Anrufbeantworter. Ich hinterließ mehrmals eine Nachricht, wurde aber nicht zurückgerufen. Schließlich fuhr ich noch einmal zu seinem Büro, aber als ich anklopfte, öffnete niemand. Beim nächstenmal brachte ich einen Fotografen mit, der das Namensschild der Firma an dem Gebäude und die Fenster des Büros von der Straße aus aufnahm.

Zuletzt versuchte ich, eine Stellungnahme von der französischen Regierung zu erhalten. Mein alter Informant am Quai d'Orsay, Philippe Aurant, war inzwischen Stabschef des französischen Präsidenten im Élysée-Palast. Er gehörte zu den Guten – den neuen Reformern, die nach Costas Rücktritt angetreten waren. Ich rief ihn an und trug ihm – mit wortreichen Entschuldigungen dafür, daß ich ihm eine Handgranate in den Schoß warf – die Geschichte vor. Ich hätte Beweismaterial dafür, daß eine von der französischen Regierung unterstützte Investmentgesellschaft 15 Millionen Dollar an eine private Investmentgesellschaft gezahlt hatte, deren Inhaber zur Zeit der Zahlung der chinesische Kommunikationsminister war. Ich sagte, laut US-amerikanischen Regierungskreisen handle es sich um eine Bestechungszahlung an den Minister, um dessen Unterstützung bei dem großen Telekommunikationsgeschäft zu gewinnen. Ob sich die französische Regierung dazu äußern wolle?

»Sie sind ein ungezogener Junge«, meinte Philippe. »Ich

dachte, Sie wären heimgefahren und ließen uns in Frieden. Das ist ein schmutziges Spiel. Sie sollten lieber die Finger davon lassen.«

»Darf ich das als Bestätigung auffassen?« fragte ich. In Paris waren wir befreundet gewesen, und er wußte, daß auf einer Ebene jenseits dieser Verwicklungen all das keine Rolle spielte.

»Fassen Sie es als ›kein Kommentar‹ auf«, sagte er. »Ich werde die Sache mit meinen *chers collègues* besprechen. Wir rufen Sie zurück.«

Aber der Nachklapp kam nicht von Philippe, sondern von Arthur Bowman. Eines Nachmittags, als ich einen Entwurf für meinen New-Asia-Bericht fertig machte, blieb er an meinem Schreibtisch stehen. Er sah gut aus, da ihn seine Frau Mara zur Generalüberholung in einen Badeort mitgenommen hatte. Sein Haar war an den Seiten modisch kurz geschnitten, und das Grau schien nachgedunkelt, als hätte er es sich tönen lassen. Männer mittleren Alters kommen auf seltsame Ideen. Wenigstens hatte Bowman noch volles Haar, so daß ihm die Entwürdigung erspart blieb, es über die Geheimratsecken zu kämmen.

»Machen Sie wieder Ärger, Truell?« krähte er wichtigtuerisch. Unser letztes Gespräch lag schon einige Zeit zurück; genauer gesagt, wir waren uns wohl in den letzten Wochen aus dem Weg gegangen.

»Das hoffe ich doch«, erwiderte ich. »Ich gebe mir jedenfalls alle Mühe.«

»Und in welchem Misthaufen wühlen wir diese Woche herum?«

Seine Frage machte mich sofort mißtrauisch. Anscheinend war irgend etwas im Busch. Er beugte sich zu mir herunter und senkte die Stimme, weil er offenbar eine ernste Sache mit mir besprechen wollte.

»Der französische Botschafter hat mich heute angerufen«, vertraute mir Bowman an. »Er war sehr erregt, was gar nicht seine

Art ist. Anscheinend glaubt er, daß Sie im Begriff sind, einem CIA-Hirngespinst über die Franzosen in China auf den Leim zu gehen. Ich habe ihm geraten, Sie anzurufen, aber er sagte, daß er Sie nicht kennt. Also habe ich ihm versprochen, ein Wörtchen mit Ihnen zu reden.«

»Das haben Sie ja jetzt getan. Und bei einem Wort ist es nicht geblieben. Also ist Ihr Auftrag jetzt erfüllt.«

Bowman trat einen Schritt zurück. Das hatte er nicht von mir erwartet. »Was soll ich also dem Botschafter sagen, wenn er mich fragt, was Sie tun?«

»Sagen Sie ihm, das kann er im *Mirror* nachlesen, wenn es erschienen ist. Das kostet ihn nur fünfzig Cents.«

»Was ist mit Ihnen los?« entgegnete er scharf. »Warum sind Sie so grob?«

»Nicht grob, nur vorsichtig. Ich arbeite an einem Bericht über französische Aktivitäten in China, wie der Botschafter zweifellos weiß. Ich habe gestern im Élysée angerufen und um einen Kommentar gebeten. Offenbar hat ihn jemand aus Paris in panischer Angst angerufen, und jetzt wendet er sich an Sie. Beherzigen Sie meinen Rat, Arthur: Halten Sie sich da raus.«

Bowman entfernte sich. Das Gespräch hatte ihn offenbar erschüttert. Es war das erstemal, daß ich so mit ihm geredet hatte. In seinen Augen war ich ein Kind, jemand, der ihm immer mit der gebührenden Hochachtung begegnet war. Etwas hatte sich verändert, und er mußte wissen, was es war.

Ich wandte mich wieder meinem Bericht zu. Am Abend hatte ich einen Entwurf fertig, in dem ich die Informationen von Rubino mit dem verwob, was ich aus meinen eigenen Recherchen ergänzen konnte. Ich druckte den Text aus und las ihn ein letztes Mal durch, bevor ich ihn an höhere Stelle weiterleitete:

> WASHINGTON, 20. März 1996 – Eine von der französischen Regierung gestützte Investmentgesellschaft bezahlte im vergangenen Jahr 15 Millionen Dollar an ein Unterneh-

men, das der Familie des damaligen chinesischen Kommunikationsministers gehört. In gut informierten US-amerikanischen Kreisen wird vermutet, daß die chinesische Regierung auf diese Weise dazu bewegt werden sollte, einen Telekommunikationsauftrag in Höhe von 30 Milliarden Dollar an Frankreich zu vergeben. Die Investmentgesellschaft, New Asia Development Corp., hat ihren Sitz in Bethesda. Laut eines firmeninternen Memorandums, das dem *Mirror* vorliegt, bewilligte die Gesellschaft im April 1995 eine Zahlung der 15 Millionen Dollar an ein Unternehmen namens NADC Ventures, S. A. Aus informierten Kreisen war zu erfahren, daß NADC Ventures in Luxemburg registriert ist und der Familie des ehemaligen chinesischen Kommunikationsministers Wu Jingsheng gehört, der im vergangenen Oktober abgelöst wurde.
Der Chef von New Asia Development, Jean-Luc Gaspard, erklärte in einem Interview, »der Großteil« des gesellschaftseigenen Kapitals stamme von der Banque des Marins, die ihren Sitz auf den britischen Jungferninseln hat. Aus informierten Kreisen heißt es, die Bank gehöre zu Unétat, S. A., einem Unternehmen mit Sitz in Paris, das bei den Bemühungen Frankreichs um das 30-Milliarden-Dollar-Geschäft mit China eine tragende Rolle spielt.
Bei dem kurzen Interview erklärte Gaspard, sein Unternehmen habe in Asien zwischen 50 Millionen und 100 Millionen Dollar in neue Projekte investiert. Zu der Frage, ob zu den Empfängern auch NADC Ventures zählte, wollte er sich nicht äußern.
Wu Yewin, der Sohn des ehemaligen Kommunikationsministers, bestätigte in Hongkong bei einem telefonischen Interview, daß NADC Ventures Geld von New Asia Development Corp. erhalten habe, wollte aber nicht preisgeben, wieviel. NADC Ventures bezeichnete er als Firma, die lediglich Familieninvestments tätigt.

Auf telefonische Anfrage bestätigte Wu Jingsheng in Peking, er sei Kommunikationsminister gewesen und seine Söhne lebten derzeit in Hongkong. Eine Frage nach seinen Kontakten zu französischen Regierungsvertretern ließ er unbeantwortet.

Auf amerikanischer Seite geht man davon aus, daß New Asia Development Corp. eine Rolle in den breit angelegten Bemühungen Frankreichs spielt, sich den Telekommunikationsauftrag in Höhe von 30 Milliarden Dollar mittels Zahlungen an wohlgesonnene chinesische Politiker zu sichern. Nach dem Foreign Corrupt Practices Act von 1977, das Bestechung auch im Ausland verbietet, wären solche Zahlungen seitens US-amerikanischer Unternehmen illegal.

Philippe Aurant, ein Sprecher des französischen Präsidenten in Paris, erklärte bei einem telefonischen Interview, die französische Regierung lehne zu dem Bericht jeden Kommentar ab.

Frankreich und die Vereinigten Staaten haben sich aggressiv um den chinesischen Telekommunikationsauftrag beworben, den ein Sprecher des Weißen Hauses als »Jahrhundertgeschäft« bezeichnet.

Im vergangenen Monat berichtete der *Mirror*, daß ein CIA-Beamter, der verdeckt als Handelsvertreter der American Telephone Corp. in Schanghai arbeitete, fünf Millionen Dollar an einen chinesischen Politiker bezahlt hatte, um den Auftrag für ein US-amerikanisches Konsortium zu sichern, dem American Telephone angehört.

Ich brachte den Artikel in Bob Marcus' Büro und gab ihn seiner Sekretärin Sharon. Eine Stunde später ließ er mich zu sich rufen und schloß hinter uns die Tür. »Es ist sicherlich eine interessante Geschichte«, meinte Marcus, »aber auch problematisch.« Das war kein guter Anfang. »Ich habe Arthur Bowman gebeten, sie zu lesen«, fuhr er fort. »Ich hoffe, das macht Ihnen nichts aus.«

»Es macht mir etwas aus, Bob. Wenn ich Ihnen einen Artikel gebe, ist das vertraulich, schließlich sind Sie mein Chef. Ich habe nicht damit gerechnet, daß Sie einen Ausschuß zusammentrommeln. Warum haben Sie ihn Bowman gezeigt?«

»Weil er mich darum gebeten hat.« Marcus kratzte sich am Kopf. Er war ein Bürokrat, der versuchte, es allen recht zu machen; darin sah er seine Aufgabe. »Er kam gestern nachmittag bei mir vorbei und sagte, er hätte Klagen über einen Artikel gehört, an dem Sie arbeiten. Der französische Botschafter sei außer sich, und Sie hätten ihn angefahren, als er mit Ihnen darüber sprechen wollte. Deshalb sei er besorgt. Er fürchtet, daß wir benutzt werden. Also versprach ich, ihm eine Kopie von Ihrem Artikel zu zeigen, sobald er mir vorliegt.«

»Scheiße«, platzte ich heraus. »Ich wünschte, Sie hätten das nicht getan. Die Sache ist komplizierter als Sie ahnen.« Ich hielt inne, überlegte, ob ich mich weiter vorwagen sollte, und entschied mich dagegen. »Jedenfalls ist es geschehen. Was ist mit dem Artikel? Wie finden Sie ihn?«

»Ehrlich gesagt, irritiert er mich ein wenig. Ich habe ähnliche Probleme wie Bowman. Die Leute werden sich fragen, ob wir Wasserträger des CIA sind.«

»Hat Bowman das gesagt?«

»Ja, und vielleicht hat er nicht unrecht. Ich meine, wer sind diese ›informierten Kreise‹, die Sie in dem Artikel zitieren? Sind das Leute vom Nachrichtendienst?«

»Unter uns gesagt, ja. Der CIA hat mich bei dem Artikel unterstützt. Sie haben selbst gesagt, ich solle herausfinden, was die Franzosen in China unternehmen, um den Auftrag zu bekommen, und natürlich war der Nachrichtendienst in dieser Frage die richtige Adresse. Aber in dem Artikel stecken auch echte Recherchen. Ich habe mit dem Franzosen gesprochen, der das Geld bezahlt hat, und ich habe die Chinesen interviewt, die es bekommen haben. Da stecken viel mehr Nachforschungen drin als in Bowmans Artikel über die Bestechung mit den fünf Millionen Dollar. Das war in jeder Hinsicht ein Kinderspiel.«

»Ruhig Blut. Legen Sie sich nicht mit Arthur Bowman an, denn da ziehen Sie den kürzeren. Er ist der beste Freund des Verlegers, und er hat mehr Erfahrung als wir beide zusammen. Deshalb höre ich auf ihn. Nun, ich möchte Ihren Artikel zurückstellen und sehen, ob mir etwas einfällt, wie man ihn aufmöbeln kann. Lassen Sie mich ein paar Tage darüber nachdenken, okay?«

Ein eisiges, geschäftsmäßiges Lächeln spielte um Marcus' Lippen. Ich wußte, was da vor sich ging. Mein Artikel galt jetzt als »umstritten«. Ein einflußreicher Mann beim *Mirror* hatte sich dagegen ausgesprochen, den Bericht zu bringen, also ging Marcus auf Nummer Sicher. Er legte ihn für eine Weile auf Eis. Nach einiger Zeit – wenn der Artikel Schnee von gestern war –, würde er vielleicht in Betracht ziehen, ihn zu bringen. Diese Taktik hatte ich schon bei anderen »umstrittenen« Storys beobachtet, etwa einem Bericht über den Niedergang des städtischen Schulsystems von unserem Bildungsexperten. Solche Artikel hatte Marcus auf Eis gelegt, bis die Betroffenen ihr Schäfchen ins trokkene gebracht hatten oder tot waren.

Bob Marcus war nicht mein Problem. Er spielte einfach seine Rolle als risikoscheuer, bürokratischer Redakteur. Mein Problem war Arthur Bowman.

Als ich aus Marcus' Büro kam, unternahm ich einen langen Spaziergang. Draußen herrschte nach wie vor Winter; der Frühling ließ noch auf sich warten. Mir schien es, als hingen die Wolken direkt über den Baumwipfeln, wie ein Deckel. Ich ging die 17th Street hinunter, vorbei an den grauen Säulen und Türmchen des Old Executive Building. Früher hatte es die gesamte Exekutive der amerikanischen Regierung beherbergt, jetzt reichte es nicht einmal mehr für die Mitarbeiter des Weißen Hauses. Ich ging die 17th Street weiter hinab zum Tidal Basin. In einem Monat würden die Kirschbäume rosa und weiß blühen. Jetzt reckten sie nur ihre kahlen Äste über einen öden, schmutzigen See.

So viel Plumpheit hatte ich Bowman nicht zugetraut. Es war riskant, sich einzumischen, um zu verhindern, daß ein Bericht von mir in die Zeitung kam. Das war eine Dummheit und ein Anzeichen für den Druck, unter dem Bowman stehen mußte.

Als ich ins Büro zurückkehrte, rief ich Rubino unter der Privatnummer an, die er mir gegeben hatte. Es war kurz vor fünf. Am Telefon war er aalglatt. Höflich, freundlich, entgegenkommend. Ich sagte, ich müßte ihn dringend sehen. Als er sich erkundigte, worum es ginge, erwiderte ich nur »Arthur Bowman«, und er schien zu wissen, wovon ich sprach. Wir könnten uns am nächsten Morgen treffen, sagte er, aber nicht in der Firma. Er gab mir die Adresse eines Hochhauses in Shirlington, gleich bei der I-95 südlich von Washington, und bat mich, ihn dort morgens um acht aufzusuchen.

Ich glaube, mir war durchaus klar, daß er mich zu einem Treffen in einer konspirativen Wohnung aufforderte, aber ich fand nichts dabei.

23

Josette Towers war eines unter Dutzenden von Apartmenthäusern, die sich entlang der I-95 in Nordvirginia, der südlichen Zufahrt nach Washington, drängten. Es war eine von Autos, Beton und unverheirateten Soldaten geprägte Gegend, die eher an San Diego oder Norfolk erinnerte als an die Hauptstadt der Vereinigten Staaten. Ich fand eine Lücke auf dem Parkplatz, der das Gebäude umgab, und ging zur Eingangstür. Gerade strömten Frauen aus dem Haus. Alle waren jung, auf dem Weg zur Arbeit, hübsch, aber billig gekleidet. Neugierig musterten sie mich, denn sie merkten gleich, daß ich nicht hierher gehörte. In diesen schlichten Wohnblöcken, in bescheidenen Zimmern mit Kochnische oder kleinen Apartments, lebten die Sekretärinnen von Washington. Um acht Uhr morgens kam niemand nach Josette Towers, es sei denn Klempner oder Immobilienmakler.

Auf dem Klingelbrett an der Tür suchte ich nach dem Apartment 636, läutete und wartete auf eine Antwort aus der Sprechanlage. »Wer ist da?« fragte Rubinos unverkennbare Stimme.

»Hier ist Bob«, sagte ich, gemäß den Anweisungen, die er mir am Vorabend gegeben hatte. Der Türöffner summte, und ich betrat das Gebäude.

Ein trister Ort. Der Fahrstuhl war mit Hinweisen für Singles dekoriert – Bridge-Club, Tanz-Club, Softball-Verein. Ich drückte den Knopf für den fünften Stock. Als ich an die Tür klopfte, mußte ich wieder: »Hier ist Bob« sagen. Rubino trug einen Straßenanzug. Er war frisch gewaschen und gekämmt, wie auf dem Weg zur Arbeit. »Kommen Sie rein«, sagte er.

Es war ein kleines Zweizimmerapartment mit Blick auf die Betonschneise der Autobahn und Washington in der Ferne. Die Wohnung wirkte geradezu antiseptisch. Man merkte auf den ersten Blick, daß hier niemand wohnte. Die Möbel waren unbenutzt; die Gläser in der kleinen Küche standen säuberlich aufgereiht da. Über alles hatte sich ein weicher Staubfilm gelegt, wie eine dünne Schneedecke. Das einzige Zeichen von Leben war der Kaffeegeruch aus der Küche. Rubino hatte frischen Kaffee gekocht. Er reichte mir einen Becher, der mit gelb-weißen Gänseblümchen bemalt war.

Ich fühlte mich ziemlich unwohl. Obwohl ich geglaubt hatte, es würde mir nichts ausmachen, erschien mir das alles nun merkwürdig, abwegig. Nicht der Job eines Reporters. Rubino spürte mein Unbehagen. Er führte mich ins Wohnzimmer, zog sein Jackett aus und legte die Füße auf den Kaffeetisch. Aber seine Versuche, sich kumpelhaft zu geben, waren mir auch nicht recht. Ich wollte meine Frage stellen, die Antwort hören und gehen.

»Also, was haben Sie auf dem Herzen, Eric?« fragte er mit einer Stimme wie ein Fernsehmoderator. »Am Telefon haben Sie gesagt, daß sie über Arthur Bowman reden wollen. Aber er ist Ihr Kollege. Warum sollten Sie sich bei mir nach ihm erkundigen?«

»Lassen Sie uns Klartext reden«, sagte ich. »Ich möchte wissen, ob der CIA Beweise dafür besitzt, daß Bowman jemals Geld vom französischen Geheimdienst erhalten hat. Das muß ich wissen.«

»Warum ›müssen Sie es wissen‹? Diese Redewendung hat in meiner Branche einen besonderen Klang. Es ist ein Fachbegriff.«

»Ich muß es wissen, weil Bowman und ich auf Kollisionskurs sind. Er versucht, meine Vorgesetzten zu überzeugen, daß mein Artikel über New Asia nicht erscheinen darf. Ich will mich nicht auf eine Konfrontation mit ihm einlassen, solange ich nicht weiß, woran ich bin.«

»Aber wie kommen Sie auf die Idee, daß Bowman ein Spion sein könnte! Er ist ein bekannter Journalist, einer der angesehensten Reporter im Lande. Gewiß, er hat einige Artikel geschrieben, die den Franzosen bestimmt nicht geschadet haben, und vielleicht gefällt ihm der Bericht nicht, den Sie geschrieben haben. Aber das ist doch kein Verbrechen. Wir leben in einem freien Land.«

Während er sprach, kniff er ein Auge zusammen, als nähme er mit einem unsichtbaren Gewehr etwas ins Visier. Ich vermutete, daß er bei diesem Geplänkel herausfinden wollte, wieviel ich bereits wußte. Reporter machten es genauso. Um aus Rubino etwas herauszubekommen, würde ich meine Karten aufdecken müssen.

»Ich habe einen Informanten«, sagte ich. »Er hat mir mitgeteilt, daß die Spionageabwehr des CIA 1983 Nachforschungen über Bowman eingeleitet hat. Er sagte, ihr hättet einen Tip von einem Agenten beim französischen Auslandsnachrichtendienst bekommen, LV-irgendwas. Nachdem diese Untersuchung eingeleitet wurde, sei der Leiter des Operativen Bereichs persönlich damit betraut worden. Danach sei die Sache begraben worden.«

Rubinos Augen waren schmal geworden wie Schießscharten in einem Unterstand. Er verzog den Mund. Offensichtlich machte es ihm zu schaffen, daß ich derartige Einzelheiten kannte. »Ich würde sagen, Sie haben einen guten Informanten«, erwiderte er.

»Also, wie war das? Hat Bowman von den Franzosen Geld bekommen oder nicht? Ich *muß es wissen.*«

»In welcher Weise werden Sie davon Gebrauch machen? Ich könnte ins Gefängnis wandern, wenn ich Informationen über einen US-Bürger weitergebe. Wollen Sie das veröffentlichen?«

»Nein. Es ist nur für mich.«

»Okay. Der erste Teil Ihrer Geschichte ist vollkommen richtig, sogar der Deckname. Wir hatten einen Informanten beim französischen Geheimdienst, der fast zwanzig Jahre lang für uns gearbeitet hat. Er wollte sich zur Ruhe setzen, und die Sache belastete sein Gewissen. Er sagte, viele Jahre lang sei ein prominenter US-Journalist namens Bowman als Gewährsmann tätig gewesen – das ist eine elegante Umschreibung für einen Mann, der einem beim Abendessen erzählt, was er weiß. Aber Anfang der achtziger Jahre wandelte sich die Beziehung, und der amerikanische Journalist bekam nun auch Geld. Offensichtlich ein heikles Thema – ein heißes Eisen –, und zu diesem Zeitpunkt nahm sich der Leiter des Operativen Bereichs persönlich der Sache an. Aber Ihr Informant irrt, wenn er glaubt, daß die Sache begraben wurde. Das geschah erst später. Zunächst betrieben wir Feldforschung. Während einer Europareise Bowmans überwachten wir ein Treffen zwischen ihm und einem gewissen Salan, dem stellvertretenden Chef des französischen Geheimdienstes. Es lag auf der Hand, daß Salan sein Führungsoffizier war. Dann machte uns unser französischer Agent auf eine bestimmte *banque privée* in Genf aufmerksam, die die Gelder des Geheimdienstes verwaltet, und wir konnten die Nummernkonten überprüfen, auf die Zahlungen der Franzosen eingingen. Und dann mußten wir nur abwarten, bis Bowman Geld abhob.«

»Damit hatten Sie ihn doch in der Hand. Warum wurde die Untersuchung daraufhin eingestellt?«

»Weil das Foreign Intelligence Advisory Board, der Kontrollausschuß des Präsidenten, davon Wind bekam. Sie wollten wissen, warum der CIA Nachforschungen über einen prominenten Journalisten anstellte. Das war Mitte der achtziger Jahre. Man hatte das Church Committee noch lebhaft in Erinnerung. Wir gaben einen Teil unserer Informationen preis, aber man zeigte sich nicht beeindruckt. Der Ausschuß wollte wissen, ob wir Beweise dafür hätten, daß Bowmans Verhalten amerikanischen Interessen geschadet habe. Das mußten wir verneinen – die Franzosen waren damals unsere besten Freunde. Sie unterstützten uns im kalten Krieg gegen die Sowjets. Wir spielten alle in derselben Mannschaft. Also begrub die Leitung des operativen Bereichs die ganze Sache. Sogar die Akten sind vernichtet worden. Wir könnten die Sache heute nicht mehr beweisen, selbst wenn wir wollten.«

»Aber Bowman hat Geld von ihnen genommen.« Das blieb bei mir hängen. Das Geld. Das würde den Aufmacher für einen Zeitungsbericht abgeben.

»Ja, er hat Geld genommen. Sind Sie jetzt zufrieden, wo Sie es wissen?« Er sah mich an, wie ich unruhig auf meinem Sessel saß und auf die Skyline von Shirlington starrte. »Nein, natürlich nicht. Sie fragen mich, was Sie hier verloren haben.«

Ich blickte mich in der öden Wohnung um. Es war ein merkwürdiges Gefühl, als hätte ich eine Grenze überschritten und einen Ort betreten, wo ich nicht hingehörte. »Ich muß zugeben, daß mir unser Treffen in dieser Wohnung unangenehm ist. Hier fühle ich mich wie ein Agent.«

»Tut mir leid«, sagte er freundlich. »Hier konnte ich am schnellsten ein Treffen arrangieren. Wenn Sie in die Firma kämen, müßte ich Formulare ausfüllen und das Ganze von der Abteilung Presse und Öffentlichkeitsarbeit oder dem Direktor genehmigen lassen. Das wollte ich mir nicht antun. Das nächstemal treffen wir uns bei mir zu Hause.«

Es war halb neun vorbei. Auf der I-95 Richtung Stadt schleppte sich der Stoßverkehr dahin. Ich hatte, was ich wollte. Warum zögerte ich noch?

»Da ist noch etwas«, sagte ich. »Es hat nichts mit Arthur Bowman zu tun. Mein Informant sagt, daß der CIA im Niedergang begriffen ist. ›Mittelmäßigkeit greift um sich‹, sagt er. Angeblich verbirgt sich hinter all der Heimlichtuerei nur Inkompetenz, so daß kein Außenstehender ahnt, wie schlimm es steht. Er hält mich für verrückt, weil ich mit Ihnen rede. Hat er recht?«

Rubino musterte mich kalt. Er war auf der Hut.

»Ihr Informant hat recht. Wir haben Schwierigkeiten. Ein andermal, wenn wir uns besser kennen, erzähle ich Ihnen ein paar gute Sachen, die wir gemacht haben – die *ich* gemacht habe –, damit Sie sehen, daß wir nicht immer inkompetent sind. Aber im Augenblick haben wir zu kämpfen. Deshalb brauchen wir Hilfe – von jedem, der den Mut hat, mit uns zusammenzuarbeiten.«

»Ich hoffe, Sie meinen nicht mich«, erwiderte ich. Er war klug genug, darauf nicht zu antworten.

Die einzige Möglichkeit, meinen Bericht über New Asia aus Bob Marcus' Eisfach zu holen, bestand darin, den Chefredakteur einzuschalten. Ich rief Peggy Moran in New York an und erklärte ihr, ich müßte mit ihm sprechen. Sie erkundigte sich, um was es ginge, und ich erwiderte, darüber wolle ich am Telefon nicht reden, was die gewünschte Wirkung zeigte: Sie setzte mich ganz oben auf seine Telefonliste. Weiss rief mich ein paar Minuten später zurück.

»Was gibt's Eric? Was brauchen Sie? Ich hoffe nicht, daß man Sie wieder abwerben will«, sagte er knapp; die Stimme klang gequält.

»Ich wollte Sie nur wissen lassen, daß ich den Bericht fertig habe, über den wir gesprochen hatten, als ich in New York war.«

»Was war das noch mal?«

»Es ging um die Franzosen in China. Ich habe ihn fertig und glaube, daß er nicht schlecht ist. Aber Bob Marcus hat Muffensausen gekriegt. Er hat Arthur eingeschaltet, der wiederum mit dem französischen Botschafter gesprochen hat, und dem paßt der Bericht nicht. Aber ich halte das für vollkommenen Schwachsinn.«

»Natürlich ist das Schwachsinn. Was kümmert uns die Meinung des französischen Botschafters?«

»Genau. Aber der Artikel liegt auf Eis. Vielleicht nützt es was, wenn Sie Marcus wissen lassen, wie sehr Sie sich darauf freuen, den Bericht in der Zeitung zu sehen. Weil er gut ist, das verspreche ich Ihnen. Ich schicke Ihnen den Text.«

»Das brauchen Sie gar nicht. Ich bin überzeugt, daß er gut ist, wenn Sie es sagen. Mir geht es nur gegen den Strich, mich in solche Dinge einzumischen. Es demoralisiert den Redaktionsleiter.«

»Verstehe.« Ich machte eine Pause, um sicherzugehen, daß er meine nächste Bemerkung genau verstand. »Aber so etwas sollte nicht passieren. Es könnte ein schlechtes Licht auf die Zeitung werfen. Und ich will nicht die ganze Geschichte mit Arthur wieder aufrollen müssen.«

Das war freundlich formuliert, und ich hoffte, daß er verstand. Ich hatte dem Chefredakteur noch nie zuvor gedroht und war mir nicht sicher, wie er reagieren würde. Selbstverständlich reagierte er überhaupt nicht. Er tat, als wäre nichts gewesen.

Aber am nächsten Morgen blieb Bob Marcus an meinem Schreibtisch stehen. Er sagte, er habe einen Anruf von Weiss erhalten, der sich nach meiner Story erkundigte. Und er habe auch selbst darüber nachgedacht, wie er es mir versprochen hatte. Er fand, der Bericht bräuchte nur noch ein paar Hintergrundinformationen über das chinesische Telekommunikationsprojekt und ein paar Zitate von anerkannten Chinaexperten.

Mit diesen Ergänzungen und nach sorgfältiger Prüfung durch unsere Anwälte erschien am nächsten Tag der Bericht über New

Asia. Der Text war gut aufgemacht und trug die kursive Überschrift »*Auch die Franzosen mischen in China mit*«.

Mein Artikel erregte wesentlich weniger Aufmerksamkeit als Bowmans Knüller – aber das war nur verständlich. Die Tatsache, daß die Franzosen in Asien Bestechungsgelder zahlten, riß niemanden vom Hocker; das ging in Richtung Routinemeldung: »US-Jet sicher gelandet« oder »Philippinische Fähre nicht gekentert«. In China wurde der Artikel allerdings mit großer Aufmerksamkeit gelesen. Die chinesische Nachrichtenagentur Xinhua gab eine kurze Meldung heraus, in der es hieß, der ehemalige Kommunikationsminister Wu Jingsheng sei verhaftet worden.

Ich hatte einen kleinen Sieg errungen. Der klarste Beweis dafür war, daß Arthur Bowman vorbeikam und ein gemeinsames Abendessen vorschlug. Er wolle mit mir über meine Karriere reden.

24

Bowman schlug vor, im Athenian Club, unweit des Weißen Hauses, essen zu gehen. Von der Redaktion aus lag der Club jenseits des Farragut Square, und ich ging die paar Häuserblocks zu Fuß, um mir über meine Gefühle gegenüber unserem Chefkorrespondenten klarzuwerden. Bowman war einer meiner Helden gewesen, und jetzt empfand ich jene Wut, die uns befällt, wenn ein Held uns enttäuscht hat. Die meisten Menschen haben irgendwann einmal eine derartige Wut auf ihren Vater; diese Desillusionierung gehört zum Erwachsenwerden. Aber mein eigener Vater war physisch und psychisch so weit von mir entfernt – er lebte als Arzt in Nordkalifornien –, daß unsere Welten kaum miteinander in Berührung kamen. Bowman und ich hingegen arbeiteten auf engstem Raum zusammen. Vielleicht war es unvermeidlich, daß wir uns jetzt an die Gurgel sprangen.

Der Athenian Club war gar nicht zu verfehlen. Es war ein schönes altes Gebäude an der H Street mit Bogenfenstern und einer großen blauen Flagge mit den Clubinsignien über dem Eingang. Wie so vieles in Bowmans Leben war es ein Relikt aus einer versunkenen Welt.

Der Türsteher begrüßte mich am Eingang mit der höflichen, aber bestimmten Frage: »Kann ich Ihnen helfen?« Als ich erwiderte, ich sei mit Mr. Bowman verabredet, strahlte er sogleich übers ganze Gesicht. Er wies mir den Weg die Treppe hinauf, wo, wie er sagte, Mr. Bowman wartete. Ich fand ihn am Ende eines großen Salons vor dem Feuer sitzend. Er hatte einen Martini in der Hand, und auf seinem Schoß lag eine Ausgabe der *Foreign Affairs*.

Er begrüßte mich freundlich, wirkte aber auf der Hut. Wie es mir ginge? Ob ich den Club gleich gefunden hätte? Was ich trinken wolle? Als ich um ein Glas Wein bat, rief er den Kellner im Smoking, der meine Bestellung entgegennahm. Bowman fühlte sich hier wie zu Hause; offensichtlich gehörte das zu seinen heimlichen Lastern – in seinen Club zu kommen, Kellner und Türsteher beim Vornamen zu nennen und an einem Winterabend friedlich vor dem Feuer einzuschlafen.

»Von Weiss habe ich gehört, Sie bekommen den Posten des Auslandsredakteurs, wenn Sie wollen«, begann er. »Ich habe mich gefragt, ob Sie schon Bescheid wissen.«

Ja, erwiderte ich. Ich wußte es. Weiss und ich hatten vor ein paar Wochen über den Posten gesprochen. Ein merkwürdiger Anfang für ein Gespräch. Offenbar hatte sich Bowman mit Weiss unterhalten. Was hatte er gehört? Etwas, was ihm angst machte?

»Ich finde, Sie sollten annehmen«, fuhr er fort. »Der *Mirror* ist eine großartige Zeitung, aber er geht mageren Jahren entgegen. Die Leute haben heutzutage so viel zu tun, die Zeit ist knapp, und als erstes geben sie die Gewohnheit des Zeitunglesens auf. Wir müssen bei einer neuen Generation diese Gewohnheit wieder aufbauen. Leute wie Weiss und ich können das nicht leisten, dafür sind wir zu alt. Bob Marcus kann es nicht, er ist zu dumm dafür. Wir brauchen helle Köpfe wie Sie in den Startlöchern für die nächste Runde. Ihr sollt euch den Kopf darüber zerbrechen, wie ihr das Schiff über Wasser haltet.«

Das war Bowmans Spezialität. Schaumschlägerei auf hohem Niveau. Er palaverte noch eine Weile über die Geschichte der Zeitung, die Entstehung des modernen Journalismus und die Bedrohung, die von den Nullen und den Dampfplauderern ausging, und warum er mir empfehlen würde, obwohl er selbst nie Redakteur geworden war, nach New York zu gehen. Und warum er, ungeachtet unserer gelegentlichen Meinungsverschiedenheiten über einzelne Berichte, überzeugt sei, daß ich meine Sache gut machen würde. Das habe er erst kürzlich auch zu Weiss persönlich gesagt.

Alles, was er sagte, war gut formuliert, ja sogar klug, und in jeder anderen Situation hätte ich mich dafür bedankt. Aber an diesem Abend war mir sein Charme unerträglich. Er war aalglatt. Was hatte ihm Weiss gesagt? Was bedrückte ihn wirklich?

»Ich fühle mich überaus geschmeichelt, Arthur«, sagte ich. »Aber Sie haben mich doch nicht zum Essen eingeladen, um mit mir über meine Laufbahn zu reden.«

»Aber ja. Genau darüber möchte ich sprechen. Ich will Sie besser kennenlernen. Seit diesem Abend in Paris haben wir uns nicht mehr richtig unterhalten.«

Er hörte nicht zu. Ich hatte in den letzten Monaten auf Messers Schneide gelebt, und er übte sich immer noch in Spiegelfechterei.

»Ich will nicht unfreundlich erscheinen, Arthur, aber Sie und ich haben ernste Differenzen wegen dieses Chinaberichts. Das zeichnet sich schon seit Wochen ab. Sie waren nicht glücklich über meine Recherchen. Und ich hatte Fragen zu Ihren Artikeln.«

»Wir sollten das alles vergessen.« Seine Stimme klang einschmeichelnd. Die süße Vernunft. »So wie er dann erschienen ist, hatte ich keine Probleme mit Ihrem Bericht. Weiss hat deshalb bei mir nachgefragt. Ich sagte ihm, irgend etwas sei schiefgelaufen zwischen uns. Ich will nicht Ihr Feind sein. Ich halte Sie für einen guten Reporter.«

Jetzt war die Katze aus dem Sack! Weiss hatte etwas angedeutet. Und jetzt hatte Arthur voll und ganz auf Vernebelungstaktik umgeschwenkt. Er war ein durchtriebener Demagoge. Glaubte er wirklich, er könnte die ganze Sache bei ein paar Cocktails in seinem Club begraben?

»Mist!« sagte ich laut. Das Wort hallte durch den Salon im ersten Stock des Athenian Club. »Sie und ich haben ein Problem, und wir sollten darüber reden.«

Bowman war plötzlich eiskalt. Seine Charmeattacke war gescheitert. »Sprechen Sie leiser«, sagte er. »Worin besteht das Problem?«

»Das ist schwierig, Arthur. Ich weiß nicht, wie ich es höflich formulieren soll.« Ich schloß kurz die Augen. Mir fiel nichts Besseres ein, als damit herauszuplatzen. Andernfalls würden wir unseren Eiertanz den ganzen Abend weiterführen.

»Reden Sie. Ich warte.«

»Haben Sie jemals Geld vom französischen Nachrichtendienst angenommen?«

Er wandte sich abrupt ab, als hätte er einen Schlag erhalten. Es lag außerhalb seiner Vorstellungskraft, daß ein siebenunddreißigjähriger Reporter in seinem eigenen Club eine solche Anschuldigung gegen ihn vorbringen könnte.

»Das ist ungeheuerlich. Wer hat Ihnen so etwas gesagt?«

»Warten Sie, bis Sie Einzelheiten hören, bevor Sie es abstreiten. Haben Sie sich in den achtziger Jahren mit einem gewissen Salan getroffen, dem stellvertretenden Chef des französischen Nachrichtendienstes?«

»Gewiß weiß ich, wer Salan ist. Und vielleicht habe ich ihn auch getroffen. Warum, wurden wir etwa beobachtet?«

»Der CIA glaubt, daß er Ihr Führungsoffizier war.«

»Was für ein Schwachsinn.«

»Hatten Sie jemals ein Nummernkonto bei einer Bank in Genf? Der CIA hat Beweise dafür, daß ein französischer Geheimdienstoffizier dort Geld auf ein Konto einbezahlt hat und daß Sie es abgehoben haben.«

Seine Augen blitzten. »Das ist *ungeheuerlich*! Wie können Sie es wagen, mir derartige Fragen zu stellen? Und wie kann der CIA es wagen, Ihnen einen solchen Schwachsinn aufzutischen?« Er bebte vor Empörung. Ich hatte ihn in die Enge getrieben, und er war dementsprechend geladen.

»Arthur.« Ich griff nach seinem Arm, doch er wich mir aus. Es war fast, als duckte er sich. Ich sah den Schmerz und die Wut in seinen Augen und noch etwas, das mir schon an dem Abend bei Mrs. Parsons aufgefallen war, als er vom Kamin aufgeblickt hatte. Er hatte Angst.

»Arthur«, wiederholte ich. »Im Augenblick ist es nicht der CIA, der Ihnen Probleme macht, sondern ich. Ich habe nicht die Absicht, Ihnen zu schaden. Sie sind mein Kollege. Aber wenn Sie mir nicht die Wahrheit sagen, werde ich Philip Sellinger aufsuchen und ihm sagen, was ich weiß.«

»O Gott!« Als der Name des Verlegers fiel, sah ich an Bowmans Gesichtsausdruck, daß ihn gerade diese Drohung aus dem Gleichgewicht brachte. Mit allem anderen wäre er fertig geworden. Aber Sellinger war sein bester Freund, sein Rettungsanker in der Not. Und da gab es noch etwas, was ich nicht wußte, tief in dem unergründlichen See der Geheimnisse, etwas, das er Sellinger schuldete und nicht preisgeben wollte.

»Ich gehe jetzt, wenn Sie wollen«, sagte ich. »Das war's, was ich Ihnen sagen mußte.«

Bowman legte seine Hand auf meine. Er wirkte so müde, so erschöpft von seinen Lügen. In diesem Augenblick war ich der einzige Mensch, mit dem er offen reden konnte. »Gehen Sie nicht«, sagte er. »Lassen Sie uns hinaufgehen, etwas essen. Reden.«

Der Speisesaal des Athenian Club war ebenso großzügig und weitläufig wie der Salon darunter. Die Decke war mehr als zwei Stockwerke hoch, so daß man sich fühlte wie im Prunkzimmer eines englischen Palasts. Der pakistanische Oberkellner begrüßte Arthur mit der Ergebenheit eines Offiziersburschen aus der Kolonialzeit. »Mr. Bowman, Sir!« Es fehlte nur noch, daß er die Hacken zusammenschlug. Bowman schenkte ihm ein müdes Lächeln. Im Augenblick war er kein Mann für große Gesten. Der Oberkellner wies uns einen Tisch an der Fensterseite mit Blick auf die hell erleuchtete Fassade des Old Executive Office Building und das Weiße Haus. Außer uns waren fast keine Gäste mehr im Raum. Wir bestellten rasch, planlos. »Hier ist fast nichts gut außer den Weinen«, sagte Bowman. »Das erleichtert die Wahl.« Er bestellte ein Steak und einen 1979er Barbaresco. Der Wein schien ihn wieder aufzurichten.

»Ich wußte, daß es mit uns so ausgehen würde«, meinte er. »Das ahnte ich schon an dem Abend im Taillevent. Sie und ich, wir mußten aneinandergeraten. Und als ich vor einigen Wochen hörte, daß Sie zu Weiss gegangen sind und mich denunziert haben, war es nur noch eine Frage der Zeit.«

»Weiss hat Ihnen von unserem Gespräch erzählt?« Darauf antwortete er nicht, und ich war nicht schlau genug, um zu begreifen, daß er vielleicht noch jemand anderen schützte. Er nahm einen Schluck – aus dem Wasserglas, nicht von dem Wein – und räusperte sich.

»Ich bin kein Spion«, sagte er. »Ich bekomme kein Geld vom französischen Nachrichtendienst, ich habe nie welches bekommen. Es mag Gründe geben, die bei manchen Leuten Verwirrung stiften. Viele Jahre lang pflegte ich enge Beziehungen mit höheren Offizieren der DGSE, einschließlich dieses Salan, den Sie erwähnten. Sie gehörten zu meinen besten Informanten, und sie haben mich im Laufe der Zeit mit Dutzenden von guten Storys versorgt. Wenn die Regierung der Vereinigten Staaten angestrengt versucht hat, etwas zu vertuschen, habe ich von den

Franzosen oft die Wahrheit erfahren. Wenn es um die Amerikaner geht, machen sie gern Ärger. Und deshalb sind sie wertvoll.

Ein anderer Grund, der verwirrend wirken mag, ist die Tatsache, daß ich mehrere Jahre lang in beratender Funktion für eine französische Firma tätig war. Für eine Anwaltsfirma. Gelegentlich schreibe ich Gutachten für sie, berate sie. Und zwar freiberuflich. Manche Reporter treten in Fernsehshows auf, andere schreiben Artikel für *Vanity Fair*, wieder andere halten Reden. Ich habe meinen französischen Beratervertrag. Vielleicht hätte ich Weiss und Sellinger schon längst einweihen sollen, aber ich habe es nicht getan.«

»Wer ist der Chef der Anwaltsfirma?« fragte ich und vermutete, daß ich die Antwort schon kannte.

»Ein Franzose namens Michel Bézy. Ein brillanter Kopf, verfügt über ausgezeichnete Beziehungen.«

Ich nickte. Laß es, sagte ich mir. Endlich redet er. Unterbrich ihn jetzt nicht.

»Viele Jahre lang war mir meine Beratertätigkeit ganz angenehm. Meine französischen Kunden verlangten nicht viel von mir. Aber ich muß zugeben« – in seiner Stimme lag eine Schärfe, die mich überraschte –, »daß es unlängst schwieriger geworden ist. Sie haben mich bei … verschiedenen Themen stärker unter Druck gesetzt.« Seine Stimme erstarb.

»Zum Beispiel jetzt bei dem chinesischen Telekommunikationsgeschäft.«

»Ja, beispielsweise. Das war mir sehr unangenehm. Da wir heute abend offen miteinander reden – es war mir ausgesprochen unbehaglich zumute, als mich meine französischen Freunde kürzlich unter Druck setzten, Ihren Bericht über diese Firma New Asia zu torpedieren. Und was mir gar nicht gefiel, war, daß sie mich bedrohten – wie eine Horde Gangster –, als ich mich weigerte, in den redaktionellen Prozeß einzugreifen. Das machte mich wütend, und es machte mir angst. Aber ich wußte nicht, was ich dagegen machen sollte. Das ist das Problem, wissen Sie, wenn man über lange Zeit für jemanden tätig ist. Man weiß nicht, wie man da wieder rauskommt. Und ich befürchte, Eric, daß man noch wesentlich stärkeren Druck auf mich ausüben wird.«

»Wieso?« Er war jetzt so vertrauensselig. Sein Gesicht hatte sich völlig entspannt, nun da er die Maske der Rechtschaffenheit hatte fallenlassen.

»Weil ich für den kommenden Monat von meinen Klienten zu einer Konferenz in Peking eingeladen wurde. Dieser Verpflichtung kann ich mich nur schwer entziehen. Jedes Frühjahr sponsert ein französischer Geschäftsmann namens Alain Peyron ein Symposium über Fragen der globalen Wirtschaft. Ich bin sicher, daß Sie schon von ihm gehört haben. Er ist der Chef von Unétat, ein alter Freund von mir, in guten wie in schlechten Tagen, und er steht meinem Anwaltsfreund Bézy sehr nahe. In der Regel finden seine Tagungen an Orten wie Davos oder Aspen oder Martinique statt, und ich halte dann immer eine kurze Rede, für die ich sehr anständig bezahlt werde. Aber dieses Jahr hat Peyron beschlossen, eine Sondertagung über die Zukunft der Telekommunikation in Asien zu veranstalten. Er legte sie absichtlich auf diesen Termin – wenige Wochen, bevor die Chinesen bekanntgeben, wer den Telekommunikationsauftrag bekommt. Das ist sein Auftritt, seine Chance, die französische Fahne hochzuhalten. Und von mir erwartet er, daß ich ihm helfe – und zwar auf eine Weise, die ich nicht vorhersehen kann. Mir ist überhaupt nicht wohl dabei, aber ich weiß nicht, was ich machen soll.«

Für mich war das eine seltsame Situation. Der sonst so einschüchternd wirkende Arthur Bowman war weich geworden, bedürftig – fast kindlich. Er war in etwas hineingeraten, worüber er keine Kontrolle besaß, und er bat mich um Hilfe. Manchmal, in Augenblicken wie diesen, tauschen wir die Rollen mit unseren Altvorderern. Wir erweisen ihnen Fürsorge, und sie sind auf uns angewiesen. Aber dazu brauchen wir ihre Erlaubnis.

»Wollen Sie, daß ich Ihnen da raushelfe?«

»Ich glaube, ja. Solange es diskret abläuft. Es ist längst zu spät, um zum FBI zu gehen. Und ich würde lieber sterben, als Sellinger einzuweihen. Das meine ich ernst. Ich würde lieber sterben.«

Ich dachte darüber nach, welche Möglichkeiten ihm – und mir – offenstanden. Vielleicht fanden wir einen Weg, einander einen Gefallen zu tun. »Ich bin mir nicht sicher, wieviel es bringen würde«, erwiderte ich, »aber Sie könnten mich mit nach China nehmen. Ich könnte hinfahren, um über die Konferenz zu berichten, und versuchen, Ihnen Rückendeckung zu geben.«

Ich beobachtete sein Mienenspiel. Die Reaktion würde mir alles sagen – ob er da wirklich rauswollte oder ob er sich vollkommen in seinen Erklärungen und Rationalisierungsversuchen verstrickt hatte und verdammt war, mit dieser Last unterzugehen. Er sah mich verständnislos an, dann lächelte er – und runzelte die Stirn.

»Ich würde mich freuen, wenn Sie mitkommen, Eric. Wirklich. Es wäre eine große Erleichterung für mich, einen Verbündeten zu haben, der ein wenig darüber Bescheid weiß, was ich durchgemacht habe. Ich glaube, ich könnte Ihnen die nötigen Referenzen für die Konferenz besorgen. Aber selbst angenommen, es klappt, so glaube ich doch nicht, daß die Zeitung einverstanden wäre. Die finanzielle Lage ist derart angespannt. Weiss läßt die Leute nicht einmal nach Chicago fahren, geschweige denn nach Peking.«

»Die Zeitung wird mich hinschicken«, entgegnete ich, »wenn Sie mit Sellinger reden und seinen Segen bekommen.«

»Ich rufe Phil an«, sagte er leise. Dann schüttelte er versonnen den Kopf. An diesem Abend war viel passiert. Allmählich fiel eine schwere Bürde von ihm ab.

25

Tom Rubino wohnte in einer Vorortsiedlung von Maryland, direkt bei der Umgehungsstraße, in einer Sackgasse. Die Siedlung war nach Osten durch einen Steinbruch abgeschirmt, so daß Besucher sich erst einmal durch Staubwolken und eine Kolonne schwerbeladener Kipper durcharbeiten mußten. Auf der anderen Seite des Flusses lagen die CIA-Gebäude. An schönen Tagen konnten Rubino und seine Nachbarn (von denen viele ebenfalls für den Nachrichtendienst arbeiteten) die Abkürzung über die Brücke nehmen und waren in fünfzehn Minuten im Büro. Bei einem Besuch in Moskau konnte ich mir einmal eine Vorortsiedlung ansehen, in der viele KGB-Offiziere lebten. Dort gab es einen eigenen Spielplatz mit Schaukeln, einer Wippe, einem Karussell, einem Fußballfeld. Die Wohnungen waren geräumig, mit breiten Balkonen und Blick aufs freie Land. Das einzig Merkwürdige war der unglaublich hohe Zaun, der die Siedlung umgab. Ich hatte mich gefragt, ob er die KGB-Familien drinnen oder den Rest der Welt draußen halten sollte. Jetzt war dieses KGB-Refugium bestimmt verfallen. Aber in Tom Rubinos Viertel grünte der Rasen, und die ersten Osterglocken lugten aus der Erde.

Nach dem Abend mit Bowman hatte ich Rubino angerufen – nicht um ihm von unserer Unterhaltung zu erzählen, die ich als vertraulich ansah, sondern um ihn wissen zu lassen, daß ich nach China ging. Er schien sich über die Nachricht zu freuen, was mir nur recht war. Ich hoffte nach wie vor, ihn dazu zu bewegen, daß er mir das gemeinsame französisch-chinesische Rüstungsprojekt erklärte.

Damals bildete ich mir noch ein, ich könnte die Bedingungen meiner Beziehung zu Rubino selbst festlegen – von ihm bekommen, was ich wollte, ohne ihm mehr zu geben, als ich verantworten konnte. Im Rückblick erscheint das unglaublich, aber so war es. Er lud mich für nächsten Samstag zu sich nach Hause zum Essen ein und redete mit mir wie mit einem alten Schulfreund: Komm auf ein Bier vorbei, schau dir die Kinder an.

Rubino begrüßte mich an der Tür in Flanellhemd, Bluejeans und Turnschuhen. Ein kleines Mädchen, vielleicht sechs Jahre alt, stand hinter ihm; sie trug ein ausgebeultes Trikot und ein Ballettröckchen. »Sag guten Tag zu Mr. Truell«, drängte Rubino. Prompt rannte sie davon und versteckte sich. Wir gingen die Treppe hinunter in ein großes Wohnzimmer. Während Rubino Bier aus dem Kühlschrank holte, sah ich durch die Glasschiebetür hinaus auf den Garten – ein Tetherball, ein Grill, Gartenmöbel aus Plastik, ein paar armselige Büsche. Das war nicht die Welt von Arthur Bowman und Elsbeth Parsons. Rubino reichte mir ein Bier.

Wir tranken und plauderten eine Weile, als wären wir Freunde, die einen Samstagnachmittag miteinander verbringen. Unser bisheriges Berufsleben wies bestimmte Ähnlichkeiten auf. Er war Anfang der achtziger Jahre in China gewesen, ich ein paar Jahre später in Hongkong. Beide waren wir in den Neunzigern in Paris gelandet. Und je mehr wir redeten, um so klarer wurde, daß wir, von Äußerlichkeiten abgesehen, vergleichbare Arbeit geleistet hatten. Wir hatten uns beide damit befaßt, Informationen zu sammeln – sie einem widerstrebenden Informanten zu entlocken, darum zu feilschen, ihn zu nerven, bis er sie preisgab. Er nannte seine Informanten »Agenten« und bezahlte sie mit Geld. Ich nannte sie »Quellen« und belohnte sie mit anderen Mitteln. Aber wir waren auf verwandten Gebieten tätig.

»Was ist der beste Artikel, den Sie je geschrieben haben?« fragte er einmal. Ich mußte überlegen. In meinem Kopf lagen sie übereinander gehäuft wie ein Zeitungsstapel auf dem Boden. Ich erzählte ihm von einem Auftrag, der mich 1983 in den Libanon geführt hatte; ich war gerade angekommen und wollte begreifen, um was es hier eigentlich ging. Eine Woche lang interviewte ich Christen und Muslime in zwei Dörfern, die durch eine Schlucht getrennt im Libanongebirge lagen. Die beiden Dörfer bekämpften sich seit einem Jahrhundert, und ich wollte wissen, warum. Wie ich feststellen mußte, lautete die Antwort, daß die Dorfbewohner den Grund selbst nicht kannten. Sie wußten nur, daß sie sich haßten.

»Warum haben sie mit Ihnen gesprochen?«

»Keine Ahnung. Warum die Menschen Reportern etwas erzählen, gehört zu den großen Geheimnissen des Lebens. Ich habe es nie so recht begriffen. Wahrscheinlich weil sie das Bedürfnis haben, es jemandem zu erzählen, und wir werden fürs Zuhören bezahlt. In dieser Hinsicht sind wir wie Psychiater. Die Leute werden ihre Verrücktheiten los, und wir schreiben alles auf.«

Dasselbe wollte ich nun von ihm wissen. »Wie lautet Ihre Antwort auf dieses Rätsel? Warum sind Menschen bereit, CIA-Agenten zu werden? Warum reden sie mit Ihnen, wenn damit so große Risiken verbunden sind?«

Rubino wich meinem Blick aus. Ich hatte den Zauberer gefragt, wie seine Tricks funktionierten. »Die meisten guten Agenten kommen aus freien Stücken zu uns«, sagte er. »Da ist weder Geld noch Druck im Spiel. Sie tun es aus Überzeugung.«

Rubinos Frau brachte uns das Mittagessen auf zwei Tabletts herunter. Cheeseburger mit Pommes aus der Mikrowelle. Ich fragte mich, wie oft sie das schon im Laufe ihrer Ehe getan hatte: ihrem Mann Essen gebracht, während er seine dunklen Geschäfte mit jemandem abwickelte, den sie nie zuvor gesehen hatte und wahrscheinlich auch nie wieder zu Gesicht bekommen würde.

»Erzählen Sie von der Chinareise«, forderte er mich auf. Ich sagte, daß ich in ein paar Wochen zusammen mit Arthur Bowman abreisen würde – wie es kam, daß wir plötzlich so gute Freunde waren, erklärte ich nicht, aber vermutlich konnte er es sich vorstellen – und über eine Sondertagung in Peking berichten wollte, die von Alain Peyron veranstaltet würde. Darüber war er anscheinend gut informiert. Auch Michel Bézy werde dort sein, meinte er.

»Ich möchte diese Reise gut nutzen«, erklärte ich. »Darum wollte ich mich mit Ihnen unterhalten. Ich dachte an Ihre Bemerkung in Langley – die Forschung über biologische Waffen – und überlegte, ob ich bei meinem Chinaaufenthalt nicht zu diesem Thema recherchieren könnte.«

Er zögerte ein wenig mit seiner Antwort, wie ein Angler, der sichergehen will, daß der Fisch angebissen hat, bevor er die Leine einholt.

»Wieviel Mut haben Sie?« fragte er.

»Keine Ahnung«, sagte ich. »Genug, wenn's sein muß.«

»Ich frage, weil Ihre Reise die Möglichkeit zu wichtigen Nachforschungen bietet, wenn Sie die Nerven dazu haben. Es handelt sich um etwas, was nur Sie leisten können. Es ist harte Arbeit, und Sie werden Arthur Bowmans Hilfe brauchen, um überhaupt an die Sache heranzukommen. Aber wenn Sie Interesse haben, erzähle ich Ihnen davon.«

»Interesse habe ich«, erwiderte ich. »Sagen Sie doch, worum es sich handelt.«

Rubino beherrschte sein Metier. Heute ist mir klar, daß er sich auf dieses Treffen gut vorbereitet hatte, daß er in der Lage war, allem einen ganz natürlichen Anstrich zu geben. Wir hatten unser Bier getrunken, über uns geredet, Burgers gegessen. Er brauchte nicht einmal mehr zu sagen, »was jetzt kommt, ist inoffiziell«. Ich hatte stillschweigend akzeptiert, daß wir auf der Basis einer neuen Regel operierten: Kurzfristig wurde Stillschweigen vorausgesetzt, dafür winkte langfristig eine gute Ausbeute. Dieser Köder hatte mich in Rubinos Haus gebracht. Nun öffnete er flink eine Tür, und ich sah es nicht kommen – ich hatte nicht einmal die Tür bemerkt –, bis er mir zeigte, was jenseits davon lag.

»Als Sie in Paris waren, haben Sie einen französischen Neurobiologen namens Roger Navarre kennengelernt. Erinnern Sie sich? Es war unmittelbar vor der Geiselnahme in Taillevent.«

»Natürlich erinnere ich mich an Navarre. Ein netter Kerl bei Unétat, der von den Leuten gegängelt wurde, für die er arbeitete. Ich nehme an, Ihre Kollegen haben ihn auch observiert.«

»Wir hatten ihn überwacht, aus Gründen, die ich noch erläutern werde. Gedulden Sie sich noch eine Weile, ich glaube, dann werden Sie begreifen.«

»Okay. Was macht Navarre jetzt?«

»Er arbeitet nach wie vor für Unétat, aber im vergangenen Jahr wurde er in ein privates Forschungszentrum für Biotechnologie abberufen, das gemeinsam von Unétat und der chinesischen Regierung betrieben wird. Wir sind überzeugt, daß dort B-Waffenforschung stattfindet. Wir glauben, daß Navarre sehr unglücklich über seine Tätigkeit ist und nach Hause will. Aber seine Kollegen lassen ihn nicht. Er ist zu wertvoll.«

»Haben Ihre Leute in China mit ihm Kontakt aufgenommen?«

»Nein. Wir haben es versucht, aber wir kommen nicht an ihn heran. Vor einer Weile haben wir uns bemüht, ihm eine Botschaft zu übermitteln, aber das hat nicht funktioniert. Deshalb brauchen wir Sie. Wir glauben, daß Sie in dieses Labor gelangen und mit ihm reden könnten. Er kennt Sie bereits. Sie machen einen freundlichen Eindruck. Ihnen wird er vertrauen. Sie könnten mit ihm sprechen und herausfinden, was in diesem Labor vor sich geht.«

»Großer Gott!« Ich schüttelte den Kopf. Das war etwas anderes als meine bisherigen Gespräche mit Rubino. Da stand viel mehr auf dem Spiel. Für taktische Manöver war wenig Raum. »Woran arbeitet Navarre? Was für eine Waffe ist das?«

»Eine entsetzliche Sache. Es handelt sich um eine Waffe, die das menschliche Gehirn angreift. Sie übermittelt Signale an die Gehirnzellen, so daß diese Ihr Wachstum einstellen und absterben.«

»Meine Güte! Sie haben seine Forschung auf den Kopf gestellt.« Ich erinnerte mich an Navarre und seine Mäuse und wie er mir strahlend von dem Wunder der Wissenschaft erzählte, das die schwachsinnigen Mäuse wieder klug gemacht hatte. »Er arbeitete an einem Heilverfahren für Hirnschäden«, sagte ich, »und jetzt machen die eine Waffe daraus. Ich kann einfach nicht glauben, daß Navarre das zuläßt.«

»Er hat keine andere Wahl. Das ist der springende Punkt. Er ist ein Gefangener. Sie sind der einzige, der sich Zugang verschaffen und mit ihm sprechen könnte. Wenn Sie in das Labor gelangen und Ihre Recherchen machen könnten, wären Sie vielleicht in der Lage, Druck auszuüben, damit diese Experimente eingestellt werden. Wollen Sie es versuchen?«

»Mein Gott, ja. Natürlich.« Das sprudelte einfach aus mir heraus, ohne Nachdenken. In diesem Augenblick erschien es mir als die einzig richtige Entscheidung.

»Okay.« Lächelnd lehnte er sich in seinem Sessel zurück. Erst jetzt, da er so gelöst wirkte, begriff ich, unter welcher Anspannung er gestanden haben mußte. »Ich möchte, daß Sie zur Vorbereitung mit einer Expertin sprechen. Sie heißt Alicia Ginsburg und arbeitet als Biologin für den Nachrichtendienst. Von dieser Materie hat sie viel mehr Ahnung als ich. Sie gibt Ihnen eine Einführung in die wissenschaftlichen Grundlagen, damit sie Navarre die richtigen Fragen stellen können.«

»Das ist alles?« fragte ich. »Sie wollen nur, daß ich Fragen stelle?«

»Nein. Da ist noch etwas. Wenn Sie ein Treffen mit Navarre arrangieren können, sollen Sie ihm eine Nachricht übermitteln. Jetzt kann ich sie Ihnen noch nicht mitgeben, weil es eine heikle Sache ist. Ich will nicht melodramatisch werden, aber die Nachricht könnte ihm das Leben retten, und nicht nur ihm.«

Rubinos sechsjährige Tochter kam die Treppe herunter. Über dem Arm trug sie einen Mantel und schwenkte ihn vorwurfsvoll. »Daddy«, rief sie. »Du hast versprochen, mir ein neues

Meerschweinchen zu kaufen.« Mir erklärte sie: »Fifi ist nämlich *tot.*«

»Nur noch ein paar Minuten, Liebling. Daddy unterhält sich noch mit einem Freund. Dann gehen wir ganz bestimmt in die Zoohandlung, das verspreche ich dir.«

»Ich verabschiede mich jetzt besser, Tom«, sagte ich. »Das erscheint mir doch sehr ernst.«

Rubino erkundigte sich, ob ich am Dienstag vormittag Zeit für eine Besprechung mit Dr. Ginsburg hätte. Ich hoffte, wir würden uns in der CIA-Zentrale treffen – mittlerweile fand ich die Vorstellung, durch den Haupteingang zu treten, regelrecht beruhigend –, aber er sagte nein, das sei unklug. Er wolle mich am Montag abend anrufen und mir Ort und Zeit des Treffens mitteilen.

Er begleitete mich zur Tür und streckte mir zum Abschied die Hand entgegen. Ein weicher, feuchter Glanz lag in seinen Augen, der von Zufriedenheit und Stolz sprach. Ging er so mit seinen Agenten um? Ich kannte die Antwort.

»Das macht mich ganz nervös«, sagte ich.

Er sah mir in die Augen. »Kein Wunder. Es ist ja auch eine schaurige Angelegenheit. Sie stehen jetzt an der Grenze – Sie sind im Begriff, den wichtigsten Schritt Ihres Lebens zu tun. Natürlich ist das aufwühlend. Sie sind ein Mensch, keine Maschine. Und im Laufe der nächsten Tage wird das noch schlimmer, denn Sie können mit niemanden darüber reden, außer mit mir. Aber es ist die richtige Entscheidung. Das wissen Sie.«

»Ich bin mir nicht sicher, was ich weiß.« Ich schüttelte ihm die Hand und ging die Steinstufen hinunter, vorbei an Krokussen, Osterglocken und dem Fahrrad seiner Tochter, das auf Stützrädern in der Einfahrt stand.

An diesem Nachmittag fuhr ich zu Annie. Sie war in ihrem Garten hinter dem Haus, wo sie tote Äste forträumte und andere Verwüstungen des Winters beseitigte. Ich erbot mich, ihr beim

Mulchen der Blumenbeete zu helfen, eine Arbeit, bei der man glücklicherweise nicht viel nachdenken muß. Rubino hatte mir ausdrücklich eingeschärft, Stillschweigen über unser Gespräch zu bewahren, und eigentlich wollte ich gar nicht reden. Ich wollte nur nicht allein sein, während ich mir noch einmal vergegenwärtigte, was vor sich ging. Annie war dafür die ideale Gefährtin. Sie war eine Zen-Gärtnerin, so wie ich gerne ein Zen-Tennisspieler gewesen wäre. Ihr Leitsatz im Garten hieß stets Gedankenleere.

Während ich den Mulch verteilte, pflanzte Annie Stiefmütterchen in die Terrakottatöpfe, die ihre Terrasse säumten. Sie trug Gummistiefel über engen blauen Leggings und darüber einen weiten Wollpullover. Sie war so hübsch. In den Jahren unserer Beziehung hatte ich diese Schönheit besitzen, einsperren, für mich allein haben wollen.

Minutenlang starrte ich ihren Rücken an, während ich mich bemühte, mit dem Mulchen fertig zu werden. Ich wußte, was ich jetzt wollte. Es war zum Greifen nah. Worauf wartete ich? Schließlich legte ich den Rechen weg und ging zur Terrasse. Sie hatte ihren Pflanzenheber in der Hand, betrachtete die verschiedenfarbigen Stiefmütterchen in ihrem Karton und überlegte, welches sie als nächstes pflanzen wollte. Ich trat von hinten an sie heran und schlang die Arme um ihre Taille. Wie sie reagieren würde, wußte ich nicht; es war viele Jahre her, seit wir uns so berührt hatten. Ich drückte sie fest an mich. Sie legte den Pflanzenheber weg und drehte sich zu mir um. Überrascht war sie, aber nicht abgeneigt.

»Gehen wir hinein«, sagte ich.

»Hm«, machte sie. Erregung und Verlangen lagen in ihrer Stimme. »Du siehst jetzt aus, als wüßtest du, wo's langgeht.«

»So fühle ich mich auch. Zumindest weiß ich genau, wo ich bin. Und ich möchte mit dir schlafen.«

Sie nahm mich an der Hand und führte mich wortlos ins Haus. Wir hatten uns nie oben in ihrem Schlafzimmer geliebt.

Sobald wir drinnen waren, rissen wir uns gegenseitig die Kleider vom Leib. Die Nachmittagssonne strömte durch das offene Fenster herein. Das Licht spielte auf den weichen Rundungen ihres Körpers wie auf einem Weizenfeld, das sich zu wiegen scheint, obwohl es windstill ist.

Es war sieben Jahre her, seit ich diesen Körper zum letztenmal gesehen hatte. Obwohl ich jeden Zentimeter davon kannte, erschien er mir doch vollkommen neu und fremd. Ich streckte die Hand aus und streichelte ihre Hüfte. Ich war in Trance, als wäre ich aus dem bewußten Leben in meine Traumwelt gestürzt, in der sie all die Jahre existiert hatte. Ihren ganzen Körper wollte ich sehen, berühren, spüren.

»Jetzt!« flüsterte sie mir ins Ohr und zog mich an sich.

Als ich auf der Couch erwachte, war es Nacht. Annies Kopf ruhte auf meiner Brust, als gehöre er dorthin. Als ich die Augen aufschlug, hatte ich das Gefühl, wir hätten sieben Jahre geschlafen und wären nun aufgewacht, und alles wäre wie früher. Aber so etwas gibt es nicht.

Als wir so halbwach beieinanderlagen, sprach ich aus, was mir den ganzen Nachmittag durch den Kopf gegangen war. »Vielleicht sollte ich meinen Job an den Nagel hängen.«

»Was?« fragte sie schlaftrunken. Sie kuschelte sich enger an mich, ihre Brust berührte mich weich. Ich gab keine Antwort. Der Schlaf hüllte mich wieder ein.

»Annie«, fing ich ein paar Minuten später wieder an, »hast du dir je vorgestellt, du wärst ein Spion?«

»Natürlich«, sagte sie verträumt. »Das tut jeder.«

Ich dachte, sie hätte nicht zugehört. Aber als sie sich am nächsten Morgen anzog, fragte sie, was ich mit dem Spionieren gemeint hatte.

»Nichts«, erwiderte ich. »Es war nur ein Scherz.«

Sie nickte, aber es gab noch etwas anderes, was sie beschäftigte. »Was war eigentlich zwischen dir und Arthur Bowman, diese Sache, von der du mir erzählt hast? Da ging es doch ums Spionieren, oder?«

»Wir haben die Angelegenheit bereinigt. Ist alles in Ordnung. Wir fahren miteinander nach China.«

Als sie das hörte, lachte sie. »Was für ein reizendes Pärchen! Ihr habt so viel gemeinsam.« Auch ich lachte, denn ich glaubte zu verstehen, was sie meinte.

26

Alicia Ginsburg war eine unscheinbare, magere Frau mit einer schrillen Stimme. Rubino hatte mir kurz ihren Werdegang geschildert. Sie hatte Ende der sechziger Jahre, unmittelbar nach ihrer Promotion in Zellbiologie an der University of Maryland, ihre Tätigkeit beim Nachrichtendienst aufgenommen. Von Anfang an hatte sie sich auf den wenig erfreulichen Bereich der chemischen und biologischen Kriegsführung spezialisiert. Sie gehörte einem CIA-Team an, das sich in den letzten zwanzig Jahren mit allen größeren Krisen der B-Waffen-Technik befaßt hatte; angefangen mit der mysteriösen Milzbrandepidemie in der russischen Stadt Swerdlowsk im Jahr 1979 über den »gelben Regen« in den Achtzigern bis hin zum B-Waffen-Programm des Iraks in den Neunzigern. Sie war eine zähe Frau, die keine Mühe scheute; sie hatte den Großteil ihres Erwachsenenlebens in der abgeschotteten Welt der nationalen Sicherheit zugebracht. Diese Welt verlangte von ihr absolute Loyalität, für die sie mit dem Titel einer Abteilungsleiterin belohnt worden war.

Rubino hatte mir als Treffpunkt ein Bürogebäude ohne Firmenschilder an der I-270 in Rockville genannt, wo ein Teil des Wissenschafts- und Technikkomplexes des CIA untergebracht war. Das Haus wies keine Besonderheiten auf – von außen unterschied es sich nicht von den Gebäuden Dutzender Biotechnologie-Unternehmen, die in diesem Teil von Montgomery

County aus dem Boden geschossen waren. Maryland betrachtete sich als das Zentrum der Wissenschaft vom Leben; die Wissenschaft vom Tode hingegen war am anderen Flußufer untergebracht, in Virginia. Aber von innen unterschied sich das Gebäude erheblich von denen in der Nachbarschaft. Hier herrschten die strengen Sicherheitsvorkehrungen eines Ortes, wo Spezialabteilungen an streng geheimen Projekten arbeiten. Alle Mitarbeiter trugen ein Namensschildchen, selbst der Mann, der den Marmorboden in der Eingangshalle polierte.

Ich stellte meinen Wagen auf dem einzigen für Besucher vorgesehenen Parkplatz ab. Ein uniformierter Sicherheitsbeamter hielt mich an der Eingangstür auf und verlangte, daß ich mich auswies. Als ich ihm meinen Führerschein hinhielt – anstelle der CIA-Erkennungsmarke, die er erwartete –, griff er sofort zum Telefon. Sicherheitsüberprüfungen gehörten für mich schon zum Alltag; ich hatte mich damit abgefunden.

Ein paar Minuten später erschien Dr. Ginsburg in Begleitung von Tom Rubino. Die Tatsache, daß ein Besucher zu einer Unterredung mit ihr gekommen war, schien sie nervös zu machen. Rubino regelte die notwendigen Formalitäten, und kurze Zeit später durfte ich hinaufgehen. Sobald man die Sperre am Eingang überwunden hatte, fühlte man sich wie im Laborkomplex einer Universität – lange, von Regalen gesäumte Korridore, hin und wieder eine Tür mit auffälligen Warnsymbolen. Das Labor von Dr. Ginsburg nahm fast den ganzen Flügel in Anspruch. Neben dem eigentlichen Labor hatte sie ein großes Büro und einen Konferenzraum. Rubino entschuldigte sich, er habe einige Telefonate zu erledigen, werde aber später wiederkommen.

Dr. Ginsburg bot mir einen Stuhl in ihrem Konferenzraum an. Sie erinnerte mich an eine Naturkundelehrerin damals in Davis: eine Frau, die sich in ihrem Körper unwohl fühlt – das sah man an der linkischen Haltung ihrer Hände, wenn sie stand –, die sich aber mit Leidenschaft intellektuellen Themen widmet.

Sie begann ihren Vortrag, als handle es sich um eine Universitätsprüfung.

»Mr. Rubino hat mich gebeten, Ihnen einige Anhaltspunkte zu erklären, anhand derer Sie die Einrichtung eines Biotechnologielabors erkennen, in dem biologische Waffen entwickelt werden. Sind Sie bereit?« Ihre Stimme war so schrill, daß das Wort »bereit« wie ein Kreischen klang.

»Ich denke schon.« Ich hatte meinen Notizblock mitgebracht, wie es sich für einen guten Reporter gehört.

»Welche Vorkenntnisse haben Sie in Biologie?« fragte sie.

»So gut wie gar keine. Das ist nicht mein Fach.«

»Verstehe. Mr. Rubino war mir bei der Vorbereitung unseres Gesprächs keine große Hilfe. Im Grunde hat er mir gar nichts über Sie erzählt, außer daß Sie bald nach Peking reisen und dort nach Hinweisen auf von Frankreich geförderte B-Waffen-Forschung suchen. Ich hatte angenommen, Sie seien Wissenschaftler.«

»Nein. Wissenschaftler bin ich ganz und gar nicht. Tut mir leid.« Anscheinend wußte sie nicht, wer ich war, was merkwürdig beruhigend wirkte.

»Mir tut es ebenso leid, weil Ihr Briefing folglich etwas dürftig ausfallen wird. Ein kurzer Überblick. Aber ich werde mein Bestes tun. Ich will Ihnen zeigen, wie die verschiedenen Vorgänge aussehen. Verstehen werden Sie wahrscheinlich nicht viel, aber wenigstens können Sie die Prozesse dann visuell identifizieren. Haben Sie Grundkenntnisse über Genspaltung? Nein. Das sehe ich schon an Ihrem verständnislosen Gesichtsausdruck. Fangen wir also damit an.«

Sie verdunkelte den Raum und schaltete einen Diaprojektor ein; auf der Leinwand erschien ein Farbbild mit zwei Personen in weißen Kitteln, die sich über einen langen Kasten mit einer klebrigen Substanz beugten.

»Das erste, was Ihnen in einem ernsthaften Gentechnologielabor auffallen wird, ist die sogenannte Gel-Elektrophorese.

Daran erkennen Sie, daß in diesem Labor DNS-Sequenzierung durchgeführt werden kann – der erste Schritt der rekombinanten Genmanipulation. Das ist sehr schön für die Leute, für uns aber ein Warnsignal. Also, wonach suchen Sie? Die Sequenzierung beginnt mit dem Sortieren von DNS-Fragmenten nach Größe. Das geschieht, indem man sie auf ein Trenngel legt – was Sie auf Bild eins sehen – und sie durch elektrischen Strom in zuckende Bewegungen versetzt. Die kleinsten DNS-Fragmente haben unter Strom die höchste Wanderungsgeschwindigkeit; die größten Fragmente legen hingegen die geringste Entfernung zurück. Wenn Sie also eine solche Apparatur sehen, wissen Sie, daß dort DNS für die Sequenzierung gereinigt wird. Da wird kein Gelee gekocht.«

»Nach welchen Markennamen muß ich auf den technischen Geräten suchen?«

»Höchstwahrscheinlich französische Firmen. In einem Pariser Labor würden Sie viele Produkte eines Herstellers namens ESI finden, *Equipment Scientifique et Industriel.*«

Ich schrieb es mir auf. Schließlich wollte ich ein guter Schüler sein.

»Weiter im Text. Auf dem nächsten Bild finden Sie ein noch deutlicheres Warnsignal dafür, daß hier möglicherweise biologische Kampfstoffe hergestellt werden.« Sie drückte einen Knopf, und ein neues Dia erschien. Es zeigte einen Computermonitor, worauf das komplizierte graphische Modell der Molekularstruktur eines besonderen Arzneipräparats zu sehen war. »Das ist französische Software. Der sogenannte *Bio-Ordinateur.* Die Pharma-Tochter von Unétat benutzt ihn für computergestütztes Arzneidesign. Wenn Sie diesem Gerät in Peking begegnen, haben Sie eine wichtige Entdeckung gemacht. Alarmstufe rot.«

»Warum? Was kann man damit machen?«

»Mit Hilfe des Computers kann man die Struktur von Peptiden entwerfen, die man gerne synthetisieren möchte. Diese Peptidsynthese ist von größtem Interesse«, fuhr Dr. Ginsburg fort,

»weil sie es dem Anwender ermöglicht, Kampfstoffe von gewaltiger militärischer Schlagkraft zu entwickeln. Zu diesen Peptiden zählen auch die sogenannten ›Bioregulatoren‹. Sie kontrollieren zum Beispiel die Hormonproduktion und können den Körper buchstäblich an- und ausschalten. Wenn die Manipulation und Synthese dieser Peptide in großem Maßstab gelänge, könnten sie hochtoxische Kampfstoffe liefern. Ja, man könnte damit sogar völlig *unkonventionelle* Waffen herstellen. Es wäre nicht ausgeschlossen, Kampfstoffe zu schaffen, die die *Stimmung* der Zielbevölkerung beeinflussen – die dem Anwender erlauben, Angst, Depression, Erschöpfung, Ermattung, Verwirrung oder Panik zu erzeugen. Vom Stand der Wissenschaft her liegt dies durchaus im Bereich des Möglichen. Also halten Sie bitte die Augen offen.«

Das nächste Dia erschien. Es zeigte riesige Glas- und Edelstahltanks, die allem Anschein nach die Höhe eines mehrstöckigen Hauses hatten. »Das sind Bioreaktoren. Es handelt sich um hochmoderne Behälter für die Fermentation bakterieller Zellen im großen Stil. Solche Gärtanks können ein Volumen von mehreren tausend Litern haben. Diese Größenordnung reicht aus, um gentechnisch veränderte Bakterien in militärisch relevanten Mengen herzustellen. Mit anderen Worten, um viele tausend Menschen zu töten. Auch hier sehen wir französische Fabrikate, die alle nötigen technischen Voraussetzungen erfüllen. Bitte nehmen Sie sich die Zeit, dieses Dia genau zu betrachten. Hier handelt es sich ebenfalls um einen wichtigen Indikator. Wenn Sie solche Gärtanks entdecken, befinden Sie sich nicht in einem normalen Forschungslabor.«

»Wäre es nicht gefährlich, sich diesen Tanks zu nähern?«

»Aber ja, sehr gefährlich. Nächstes Bild.«

Wieder drückte sie den Knopf, und auf der Leinwand erschienen Menschen, die in einer Art Raumanzug steckten und Roboterarme bedienten. »Dies ist ein Beispiel für Sicherheitsstufe L 4: der Transfer von DNS pathogener Organismen. Die Geräte wurden ebenfalls von Franzosen entwickelt. Achten Sie bitte nicht nur auf die Anzüge, sondern auf das ausgeklügelte Luftfiltersystem oben im Bild und auf die Ausrüstung für die zweifache Autoklavierung von Abfallprodukten.

Wenn Sie dergleichen sehen – und ich muß sagen, ich halte es für höchst unwahrscheinlich, daß man Sie auch nur in die Nähe eines solchen Labors läßt, aber trotzdem –, ist das ein Anzeichen dafür, daß in diesem Labor mit hochtoxischen Substanzen gearbeitet wird. Erreger wie das Ebola-Virus oder das Marburg-Virus oder das Hanta-Virus – alles Filoviren, die als Angriffswaffen dienen können. Wahrscheinlicher ist, daß Sie einer niedrigeren Sicherheitsstufe mit Vorkehrungen wie dieser sterilen Werkbank begegnen.« Es klickte, und ein neues Dia erschien. »Dieses spezielle Modell heißt *Flu-France-Européenne*. Ich denke, es wird von ESI hergestellt. Es schützt den Arbeitsbereich durch eine Barriere feinstgefilterter Luft. Wenn nötig, kann der gesamte Arbeitsbereich abgeschirmt und in ultraviolettes Licht getaucht werden, das innerhalb von fünfzehn Minuten sämtliche Bakterien abtötet.

Nun das letzte Bild.« Es klickte erneut. Das Dia zeigte eine komplizierte schematische Darstellung mit dem Titel »Selbstmordgene«.

»Ich muß Sie warnen«, sagte Dr. Ginsburg, »dieses Bild enthält mit einem Codewort verschlüsselte Informationen. Ich mußte eine Sondergenehmigung einholen, um es Ihnen zeigen zu dürfen.«

»Was ist das?« Ich war mir nicht sicher, ob ich es überhaupt sehen wollte. Wenn man in derartige Geheimnisse eingeweiht wurde, zog das zwangsläufig gewisse Verpflichtungen nach sich.

»Das ist nach Meinung des Nachrichtendienstes der Bereich, in dem Dr. Navarre in China arbeitet. Er befaßt sich nur mit einem Teilgebiet dieser Forschungsrichtung – das Ganze hat man ihm nicht gezeigt –, aber vermutlich begreift er, wie sich die Teile zusammenfügen. Als Sie Dr. Navarre in Paris kennenlernten, arbeitete er an einem Verfahren, Neurotrophine ins Gehirn zu schleusen, um geschädigte Nervenzellen wiederaufzubauen. Ist das richtig?«

»Ja. Er glaubte, er könne Alzheimer heilen.«

»Dr. Navarres Verhängnis war, daß er sich im Laufe seiner Forschung über das Hirnzellenwachstum auch mit dem Zelltod befassen mußte. Wissen Sie, eine der verblüffenden Eigenschaften des Körpers ist die Tatsache, daß etwa die Hälfte der Hirnzellen, mit denen wir zur Welt kommen, absterben müssen. Dieser Prozeß wird durch den sogenannten Tumor-Nekrose-Faktor, TNF, in Gang gesetzt. Leider erkannten einige von Dr. Navarres Kollegen bei Unétat, daß der gleiche Chaperone, den er zum Geleitschutz heilsamer Substanzen – der Neurotrophine – einsetzte, auch schädliche Substanzen einschleusen kann. Sobald der TNF im Gehirn wirksam wird, aktiviert er sogenannte ›Selbstmordgene‹. Sie lösen eine todbringende Abfolge von Ereignissen aus – eine programmierte, planmäßige Vernichtung von Hirnzellen. Diesen Vorgang nennt man Apoptose. Wissenschaftler geben diesen Genen Namen wie ›Sensenmann‹ oder ›Schnitter Tod‹. Vermutlich finden sie das witzig.«

»Wie sieht dieses Absterben des Gehirns aus?« fragte ich.

»Es ist entsetzlich. Es hat Ähnlichkeit mit der Demenz, unter der Menschen im Endstadium von Aids leiden, nur schlimmer. Bewußtseinstrübung, akute Angstzustände, Verlust der Kontrolle über sämtliche Körperfunktionen. Es ist, als ob das Gehirn und das Zentralnervensystem sich auflösten. Nichts bleibt übrig. Die Opfer sterben einen qualvollen Tod, unfähig, sich ihrer Außenwelt mitzuteilen.«

Ihre Erklärung war detalliert und präzise, und sie sprach im leidenschaftslosen Ton eines Wissenschaftlers. Ich versuchte mir vorzustellen, wie Tausende von Menschen ohne ärztliche Hilfe auf grauenhafte Weise zugrunde gingen und Kinder voller Entsetzen das Sterben ihrer Eltern miterlebten. Diese Vorstellung war um einiges schrecklicher als ein Atomkrieg.

»Wie wird diese Waffe eingesetzt?« fragte ich.

»Das ist der schwierigste Aspekt. Unserer Meinung nach konzentrieren sich die Chinesen auf diese Frage. Wir vermuten, daß sie versuchen, diesen Tumor-Nekrose-Faktor und seinen Chaperone in ein durch die Luft übertragbares Virus einzuführen. Ein vielversprechender Kandidat ist das sogenannte Hanta-Virus. Wahrscheinlich würde man es mit einem Raketensprengkopf abfeuern, der das Virus über der Zielbevölkerung an die Luft abgibt. Menschen, die sich infiziert haben, würden das Virus mit jedem Atemzug weiterverbreiten. In den Augen der B-Waffen-Designer ist das Hanta-Virus besonders geeignet, weil es über einen langen Zeitraum hinweg in der Erde überleben kann. An jedem trockenen und windigen Tag wird es sich weiter ausbreiten und immer mehr Menschen befallen.«

So lakonisch und nüchtern, wie sie das sagte, vergaß man leicht, daß von einer neuen Massenvernichtungswaffe die Rede war. Ich wollte nichts mehr über deren Wirkungsweise hören. Ich wollte nur noch wissen, was man dagegen machen konnte.

»Was wäre, wenn Dr. Navarre China verläßt«, fragte ich, »wäre damit die Forschung beendet?«

»Nein, aber ohne ihn hätte man enorme Schwierigkeiten. Er ist der einzige, der sämtliche biologischen Zusammenhänge durchschaut. Ein Mann wie Oppenheimer oder Teller. Diese Leute sind auf ihn angewiesen.«

Sie schaltete das Licht wieder ein. Jetzt wirkte sie imposanter als vorher, als hätte sie durch ihren Vortrag an Format gewonnen.

»Muß ich Ihnen erklären, wie wichtig das ist? Ich glaube nicht. Als Wissenschaftlerin bedaure ich, sagen zu müssen, daß die moderne Biotechnologie die Schaffung einer vollkommen neuen Kategorie von Vernichtungswaffen ermöglicht, die auf ihre Art ebenso revolutionär sind wie die Atomwaffen. Das alte B-Waffen-Arsenal wie Milzbrand war furchteinflößend genug. Aber jetzt besitzen wir die Fähigkeit, Gene zu manipulieren und

Zellen genetisch zu verändern – und zwar in einer Weise, die es den Erfindern von Waffen ermöglicht, Toxizität, Reichweite, Streubreite und Schlagkraft zu erhöhen. Stellen Sie sich ein schreckliches Gift vor – sagen wir den Biß eines Skorpions oder einer Schwarzen Witwe. Heute ist es möglich, das spezifische Gen zu identifizieren, welches das Gift hervorbringt, und es unter Umständen in einem gewöhnlichen Virus zu reproduzieren.

Übrigens ist mein Beispiel nicht weit hergeholt. Das israelische Institut für Pflanzenschutz arbeitet daran, das Gen für das Neurotoxin des nordafrikanischen Skorpions in ein Baculo-Virus einzuschleusen, das Insekten befällt. Natürlich verfolgt man dabei nur die Absicht, ein wirksameres Insektizid zu erzeugen. Aber theoretisch wird es eines Tages möglich sein, Kampfstoffe zu erzeugen, die sämtliche Funktionen des menschlichen Körpers ausschalten. Ein Gegner könnte die Zielbevölkerung erblinden lassen, Inkontinenz oder Lähmungen hervorrufen. Er könnte die Zielbevölkerung mit hochresistenten Spielarten von Aids, der Pest, des Ebola-Virus erpressen.

Wie soll man das einem Nichtwissenschaftler verständlich machen? Stellen Sie sich die grauenhaftesten Todesarten vor. Es wird möglich sein, sie massenhaft zu reproduzieren – mit Hilfe dieser neuen Vernichtungswaffen. Das sind Waffen des Terrors. Ihre schiere Existenz kann eine Zielbevölkerung zur Kapitulation zwingen. Stellen Sie sich solche Waffen in der Hand der chinesischen Führung vor, die durch Drohung und Einschüchterung regiert. Diese Aussicht ist real. Die Sicherheit der Vereinigten Staaten wäre gefährdet. Also, halten Sie die Augen offen bei Ihrer Reise. Ich glaube, das ist nicht zuviel verlangt.«

Sie rief Rubino über die Sprechanlage. Prompt kam er aus dem Nebenzimmer. »Danke, Alicia«, sagte er. Steif verließ sie den Raum, ohne sich von mir zu verabschieden. Offensichtlich kannte sie meinen Namen nicht; während des Vortrages hatte sie ihn jedenfalls kein einziges Mal gebraucht. Rubino hatte eine große Karte bei sich, deren vier Ecken er nun an einer Korkpinnwand im Konferenzraum befestigte.

»Sehen Sie«, sagte er. »Das ist der Stadtplan von Peking. Wir haben ihn anhand von Luftaufnahmen erstellt, er ist detaillierter als jede andere Karte. Sie können ihn, ebenso wie Alicias Dias, mit nach Hause nehmen und gründlich studieren, aber nehmen Sie ihn um Gottes willen nicht mit nach China.«

Er deutete auf die Nordwestecke des Plans. »Wir glauben, daß sich Navarres Labor hier befindet. Dies ist eine Sperrzone, die Universität Qinghua – die chinesische Variante des MIT. Fremde haben offiziell zum gesamten Campus keinen Zutritt, aber dieser Bereich ist absolut tabu. Da kommen Sie nur mit Hilfe von Bowmans Freunden bei Unétat rein, die im Laborkomplex ein Büro haben, wo sie und ihre Gäste ein- und ausgehen dürfen. Es wird knifflig sein reinzukommen, aber unmöglich ist es nicht. Ich überlasse das Ihrer Erfindungsgabe.

Die Universität Qinghua liegt weitab vom Stadtzentrum, außerhalb der Vierten Ringstraße. Seien Sie vorsichtig bei der Wahl des Transportmittels. Die Hoteltaxis sind allesamt dem Büro für Öffentliche Sicherheit unterstellt. Wenn Sie Abenteuerlust verspüren, können Sie die U-Bahn nehmen, bei der 9. Haltestelle, Jishuitan, aussteigen und von dort ein Taxi nehmen. Aber seien Sie auf der Hut. Die Chinesen gehen grundsätzlich davon aus, daß alle amerikanischen Journalisten Spione sind. Wenn Sie erwischt werden, landen Sie womöglich im Gefängnis, und dann können wir nicht viel für Sie tun. Legen Sie Protest ein: Sie sind Journalist, Sie haben einen Auftrag. Der *Mirror* wird mit großem Tamtam um Ihre Freilassung kämpfen. Das war's.«

Er faltete den Plan zusammen und überreichte ihn mir mit der Aktentasche, in der sich Dr. Ginsburgs Dias befanden. Schweigend nahm ich die Sachen entgegen. Ich war wie betäubt. Draußen vor dem Fenster sah ich den Verkehr, der auf der I-270 vorüberzog. Jenseits der Autobahn lag ein schickes Fitneßcenter, das auf einem großen Schild für seine Tennisplätze und sein Hallenbad warb. »In Hochform in den Sommer!« Ich war irgendwo, nirgendwo, starrte aus dem Fenster, vermied es, nach unten zu blicken.

»Hören Sie, Eric«, sagte Rubino. »Ich muß Ihnen noch eins sagen. Da Sie Interesse daran gezeigt haben, über dieses B-Waffen-Programm zu recherchieren, habe ich etwas Unkonventionelles getan. Wir haben hier beim Nachrichtendienst eine Durchführungsverordnung, die uns normalerweise untersagt, US-Journalisten für Operationen jeglicher Art einzusetzen. Da wir Ihnen heute eine besondere Unterstützung zuteil werden ließen – und weil wir nach Ihrer Rückkehr mit Ihnen sprechen wollen –, habe ich beschlossen, eine Sondergenehmigung vom Direktor einzuholen. Er ist damit einverstanden, daß Sie es tun. Aber Sie sollen wissen, daß ein bestimmtes Verfahren damit verbunden ist.«

»Was für ein Verfahren? Ich kann Ihnen nicht folgen.« So wie er redete, klang es, als würde mir der Direktor des CIA einen großen Gefallen erweisen.

»Verfahrenstechnisch gesehen benutzen wir Ihre Tarnung als Journalist, um Nachrichten zu beschaffen – Informationen, die für die nationale Sicherheit lebenswichtig sind und die wir auf anderem Wege nicht erhalten könnten. Aufgrund dieses Sachverhalts haben wir die Genehmigung bekommen.«

Diese letzte Feststellung ließ den Nebelschleier zerreißen. Ich sah den Boden unter mir, der auf mich zuraste.

»Einen Augenblick! Das stimmt nicht. Ich beschaffe keine Nachrichten für Sie! Ich fahre nach China, um für den *Mirror* zu schreiben. Sie helfen mir, aber damit hat sich die Sache. Das verstehen Sie doch, oder? Andernfalls steige ich aus. Ich arbeite für mich, die Zeitung, unsere Leser – nicht für Sie. Sind wir uns in diesem Punkt einig?«

»Selbstverständlich.« Seine Stimme war so sanft, so entschuldigend, als müßte er einen Fehler richtigstellen, den ein anderer begangen hatte. »Es handelt sich um reine Formalitäten. Nur Papierkram, aber ich dachte, ich sollte es mit Ihnen durchsprechen. Die Gründe für Ihre Reise sind genau jene, die Sie eben aufgezählt haben. Sie fahren als Reporter. Der einzige Unterschied besteht darin, daß wir ein besonderes Interesse daran haben, Sie bei Ihrer Arbeit zu unterstützen. Machen Sie sich deshalb keine Gedanken. Wir haben schon früher ähnliche Genehmigungen für andere Reporter erhalten. Ich kann Ihnen keine Beispiele nennen, aber ich gebe Ihnen mein Wort. Das geschieht nicht zum erstenmal, und niemals ist etwas durchgesickert. Wir verstehen uns darauf, Geheimnisse zu hüten.«

Er schüttelte mir die Hand, bevor ich zu einer Antwort ansetzen konnte, und sah dann auf seine Uhr. »Ich muß gehen«, sagte er. »Rufen Sie mich an, wenn Sie noch Fragen haben. Der Wachmann bringt Sie nach unten.« Er öffnete die Tür des Konferenzraums. Draußen auf dem Korridor wartete ein Wachmann.

Oft sind die wichtigsten Entscheidungen, die wir im Leben treffen, gar keine Entscheidungen. Sie sind das Ergebnis von Gewohnheit und Impuls – Dinge, die schon so lange am Laufen sind, daß sie eine Eigendynamik entwickelt haben und nur schwer aufgehalten oder abgewendet werden können. Also läßt man sie geschehen. Viele Ehen kommen so zustande; dasselbe gilt häufig für die Berufswahl oder die Entscheidung, wo man studiert, ob man Kinder bekommt oder wo man wohnt. Das alles nennen wir Entscheidungen, aber in Wirklichkeit sind es keine. Sie kommen vorgefertigt auf uns zu, als Summe zahlloser früherer Ereignisse und Entschlüsse, schwer wie Sediment, das sich im Lauf der Zeit ablagert. Meine Reise nach China war ein Beispiel dafür. Wenn von einer Entscheidung die Rede sein kann, dann war sie lange vor diesem Besuch in dem gesichtslosen Gebäude an der I-270 gefallen.

Danach lief alles automatisch ab. All die Reisevorbereitungen – Flugticket kaufen, Hotelzimmer buchen, Impfungen absolvieren. Bob Marcus schlug mir eine ganze Liste von Themen vor, aber ich machte ihm klar, daß ich mich auf den Telekommunikationsauftrag und die Wirtschaftsbeziehungen zwischen China und Frankreich im allgemeinen konzentrieren wollte. Marcus hatte nichts dagegen; inzwischen wußte er, daß man sich in Angelegenheiten, die Bowman und mich betrafen, besser nicht einmischte.

Ein paar Tage vor meinem Abreisetermin bekam ich zu Hause einen Anruf von Rupert Cohen. So überdreht hatte ich ihn noch nie erlebt. Er sprudelte förmlich über vor Begeisterung. *»Ich hab's getan!«* schrie er ins Telefon. *»Ich hab's getan! Ich hab's getan! Ich hab's getan!«*

»Was hast du getan?« fragte ich.

»Ich habe gekündigt. Gekündigt, verdammt noch mal. Ich bin draußen. Ein freier Mann! Ich bin Journalist!«

Rupert schilderte die umfangreichen Prozeduren, die sein Abschied vom CIA mit sich gebracht hatte. Er hatte mehrere Eide, Verträge und Verzichtserklärungen unterzeichnen müssen, in denen er auf dutzenderlei Weise versicherte, daß er nie und nimmer seine Geheimhaltungsverpflichtung verletzen und Einzelheiten seiner Tätigkeit für den Nachrichtendienst offenbaren würde. Wenn er diese Versprechen brach, war er juristisch gesehen ein toter Mann –, denn dann hatte die Firma das Recht, alle Einkünfte, die er erhalten hatte, zurückzufordern, sein Eigentum zu konfiszieren und darüber hinausgehende Forderungen von seinen Erben und Rechtsnachfolgern einzutreiben. Der Papierwust belief sich insgesamt auf an die hundert Seiten. Aber Cohen hatte alles unterschrieben.

»Da du jetzt Journalist bist«, fragte ich, »wo hast du denn vor, dieses Handwerk auszuüben?«

»*Hard Copy*!« rief er. »Ich habe ihnen einen Washington-Beitrag vorgeschlagen, den ich jeden Abend machen will. Aktueller politischer Klatsch, Verschwörungstherorien, Schmutz aus allen Winkeln. Ich möchte es *The Hatchet Man* nennen. Das ist der Dreh dabei, verstehst du. Ich bin der Hatchet Man, der Henker. Ich gehe jeden Abend auf Sendung, mit unheimlicher Miene, und tische diesen Kram auf – manches ist wahr, anderes könnte wahr sein, alles ist interessant –, und die Zuschauer sitzen da, völlig gebannt, und fragen sich, *was zum Teufel ist das*? Im Fernsehen wird das fabelhaft rüberkommen. Wie eine Mischung aus *Cops* und *Nightline*. Ich meine, was soll da schiefgehen? Darauf wartet doch ganz Amerika. Das Land hat die Nase voll von David Gergen. Die Leute sind reif für den Hatchet Man. Habe ich recht, Eric? Hab' ich verdammt noch mal recht?«

Vor meiner Abreise besuchte ich George Dirk in seinem neuen Büro in Arlington. Es war ein modernes Gebäude unweit der U-Bahn-Station. Das Büro hatte mehr Ähnlichkeit mit einem Börsensaal an der Wall Street als mit einer normalen Redaktion. Auf Bildschirmen konnte man die aktuelle Kursentwicklung bei Aktien und festverzinslichen Wertpapieren in aller Welt verfolgen; dazu gab es die neuesten Computervorhersagen zur erwarteten Kursentwicklung und analytische Modelle, die sich an die Berechnungen und Vorhersagen von Regierungsexperten im Bureau of Labor Statistics und bei der Federal Reserve Bank anlehnten.

Dirk saß an einem Schreibtisch, um ihn herum Bildschirme, über die undurchschaubare Finanzinformationen flimmerten. Er hatte die Füße hochgelegt, als ich ankam, und telefonierte gerade mit einem seiner Vertrauensleute. »Ich muß aufhören«, sagte er ins Telefon, als er mich sah. Ich ging mit ihm in eine laute Bar über der Straße. Ein paar vierschrötige Kerle verfolgten ein Basketballspiel im Fernsehen und brüllten laut bei jedem Treffer. Etwas abseits fanden wir einen Tisch.

»Ich *hasse* meinen Job«, erklärte Dirk. »Das ist der reine Hohn. *MirrorAlert* hat nichts mit Journalismus zu tun. A. J. Liebling wäre nicht erfreut, wenn er sähe, was aus seinem Berufsstand geworden ist. Weißt du, was wir machen? Wir stellen Tips für die Wall

Street zusammen. Wir sind nur dazu da, um ein paar tausend Arschlöcher fünf Sekunden schneller als Reuters über die Gewinne von Micron Technology oder eine Dividendenkürzung bei General Motors zu informieren. Ein Knüller ist bei uns ein Exklusivbericht über die Prognosen des Landwirtschaftsministeriums zur Sojabohnenernte im September. Wir haben vier Leute, die sich um das Bureau of Labor Statistics kümmern, und fürs Außenministerium ist keiner zuständig. Wie gefällt dir das? Wir haben so viele Leute, die über die Federal Reserve Bank berichten, daß Alan Greenspan nicht aufs Scheißhaus gehen kann, ohne daß ihm einer von unseren Jungs das Klopapier abreißt. Das ist doch kein Leben.«

»Aber ein Job«, sagte ich. Im Augenblick wollte ich nichts von seinen Problemen hören.

»Ja, daß es ein Job ist, ist der Hauptvorteil daran. Zweifellos. Und die monatliche Gehaltszahlung. Aber abgesehen davon ist es ein Trauerspiel. Die Manager – so wollen sie übrigens bezeichnet werden, nicht als ›Redakteure‹ – kommen alle von unserem hochgeschätzten Joint-venture-Partner *Press Alert*, Eigentümer unbekannt. Und eines kannst du mir glauben, sie haben keine Ahnung von der Zeitungsbranche. Die meisten sind Nieten von der Wall Street, soweit ich das beurteilen kann. Ich frage mich, ob Sellinger weiß, wie mittelmäßig unsere neuen Partner sind. Ich kann nicht glauben, daß er sich auf so ein Geschäft eingelassen hat. Bisher dachte ich, Sellinger wäre ein heller Kopf.«

»Vielleicht hatte er keine andere Wahl.«

»Wir haben alle eine andere Wahl, Kumpel. Und ich sage dir, diese *Press-Alert*-Typen sind mir nicht geheuer. Ich stelle still und heimlich meine Nachforschungen an, wer sie sind und woher sie kommen. Das ist das einzige, was mich im Augenblick vor dem Hirntod bewahrt. Und ich sage dir, da steckt eine Story drin. Für so was habe ich einen Riecher.« In seinen Augen glomm das heilige Feuer der Rache. »Und wie steht's mit dir? Was treibst du so?«

»Ich fahre für eine Woche mit Arthur Bowman nach China«, sagte ich.

»Du willst mich wohl verscheißern. Du und Bowman. Das kann nicht gutgehen.«

»Ich bin hinter der besten Story meines Lebens her«, erwiderte ich ruhig. Diese Feststellung tat ihre Wirkung, selbst Dirk verschlug es momentan die Sprache. »Die Arbeit an der Sache ist sonderbar, und die Geschichte macht mir ein bißchen Angst. Es ist gefährlich, in mehr als einer Hinsicht.«

»Wovon redest du? Ich komme wirklich nicht mehr mit.«

»Ich kann es dir nicht sagen. Aber ich muß dich um einen Gefallen bitten. Deshalb wollte ich dich sehen, bevor ich fliege.«

»Mich? Ein erfolgreicher, weitgereister Journalist wie Eric Truell will, daß ich ihm einen Gefallen tue?« Dirks Selbstmitleid kehrte wieder mit Windstärke zwölf. »Von mir? Dem Mann, der seine Tage damit verbringt zu analysieren, ob Frühindikatoren hinterherhinken und ob Termingeschäfte für Rindviecher schneller oder langsamer wachsen als Schweinebäuche. Du brauchst Hilfe von mir? Das ist kaum zu glauben.«

»Halt den Mund, Dirk. Ich meine es ernst.«

Ich zog einen Schlüssel aus der Tasche und gab ihn ihm. »Das ist ein Schlüssel zur Mittelschublade von meinem Schreibtisch zu Hause. In der Schublade liegt ein versiegelter Umschlag mit einer Akte, auf dem steht ›L. A.‹. Wenn mir in China etwas passiert, möchte ich, daß du die Akte herausholst. Annie Baron hat den Wohnungsschlüssel – sie gießt mir die Blumen –, sie kann dich reinlassen. Die Akte erklärt, woran ich arbeite. Gib sie Ed Weiss.«

»Was bedeutet L. A.?« fragte Dirk.

»Liars Anonymous. Anonyme Lügner«, sagte ich. »Frag nicht, was es heißt. Ich weiß es selbst nicht genau.«

Am Abend bevor mein Flugzeug von Dulles startete, lieferte ein Kurier bei mir zu Hause einen Umschlag ab. Der Bote kam nicht von einem der kommerziellen Kurierdienste; er wollte meinen Ausweis sehen, bevor er mir das Päckchen gab, und ließ mich eine Empfangsbestätigung unterschreiben. Ich mußte an den Boten denken, der mich an jenem Nachmittag vor zwei Jahren in Paris aufgesucht hatte. In dem Umschlag steckte ein Brief von Tom Rubino:

Lieber Eric,
vor zwei Wochen erwähnte ich, daß ich Sie darum bitten würde, mir während Ihrer Pekingreise einen besonderen Gefallen zu tun. Da es sich um ein heikles Thema handelt, wollte ich Ihnen die Einzelheiten erst kurz vor Ihrer Abreise mitteilen.

Hier meine Bitte: Wenn es Ihnen gelingt, Roger Navarre zu treffen und unter vier Augen mit ihm zu sprechen, bitte ich Sie, ihn über seine Absichten zu befragen. Wenn meine Informationen richtig sind und er nach Hause zurückkehren will, aber nicht dazu in der Lage ist, möchte ich, daß Sie ihm folgende Nachricht übermitteln:

Bitte sagen Sie ihm, daß die Regierung der Vereinigten Staaten bereit ist, ihn aus China herauszuholen und in die Vereinigten Staaten zu bringen, wo man ihm eine großzügige Ausgleichszahlung für die Umsiedlung und ein Stipendium für seine Forschungstätigkeit anbietet. Wenn er interessiert ist, soll er sich jedoch *nicht* an die amerikanische Botschaft wenden, sondern an folgende Adresse: »Australia Shipping Desk, Gloria Plaza Hotel, 2 Jianguomennan Dajie, Peking. Er soll sich unter dem Namen Bob Thorpe dort melden. Die erledigen den Rest. Wenn er nachfragt, sagen Sie ihm, daß wir so etwas aus dem Effeff beherrschen. Wir machen es mit Frachtkisten, und es funktioniert immer.

Es gibt viele Gründe, warum Ihnen diese Bitte nicht behagen könnte, und Sie sind nicht verpflichtet, ihr nachzukommen. Aber ich hoffe, Sie werden es tun. Ich kann mir nicht vorstellen, wie Sie uns einen größeren Dienst erweisen könnten – mit einer Tat, die tatsächlich etwas Gutes bewirkt. Ich kenne Sie jetzt lang genug, um darauf zu vertrauen, daß es auch Ihnen im Grunde darum geht.

Viel Glück.

Tom Rubino

27

Ich hatte mich mit Arthur Bowman am Dulles Airport verabredet. Er trug eine Reisetasche bei sich, die seine roten Samthausschuhe, einen CD-Player mit einer Auswahl von Bach-Kantaten und sein Rasierzeug enthielt. Das eine mußte man Bowman zugute halten: Er verstand es zu reisen. Wie immer auf seinen Auslandsreisen flog er erster Klasse. Das war Bestandteil seiner Abmachungen mit Philip Sellinger. Sie hatten eine vernünftig klingende Begründung ausgeheckt, nämlich die Behauptung, es sei wahrscheinlicher, dort wichtige Informanten zu treffen, aber in Wahrheit schätzte Bowman bequeme Sessel, gutes Essen und noch besseren Wein, und er fand, von den Aktionären des *Mirror* sei es doch wirklich nicht zuviel verlangt, ihm diese bescheidenen Vergünstigungen zu gewähren, damit er sich wohl fühlte und produktiv blieb.

Als die Passagiere der ersten Klasse aufgerufen wurden, an Bord zu gehen, wollte ich Bowman zum Abschied die Hand schütteln. Ich flog zweiter Klasse und würde die nächsten vierzehn Stunden hinten im Rumpf verbringen, zweifellos umgeben von Kindern mit Ohrenschmerzen, die während des ganzen Fluges nach China wie am Spieß brüllen würden. Aber statt mir Lebwohl zu sagen, überreichte mir Bowman eine Bordkarte für die erste Klasse.

»Das habe ich organisiert«, sagte er. Es hing mit Vergünstigungen für Reisende, die häufig fliegen, und einem Freund bei einem Reisebüro zusammen. Ich verstand die Zusammenhänge nicht ganz, erhob aber keine Einwände. Statt dessen heftete ich mich an Arthurs Fersen, gefolgt von den neidischen Blicken der Reisenden, die beseite traten, um uns durchzulassen.

Eine lange Flugreise ist für mich eine Art seelischer Druckausgleich. Ich begebe mich an meinen Platz, schnalle mich an, schließe die Augen, und die Welt um mich herum versinkt. Insbesondere versinkt der Mensch neben mir. Im Laufe der Jahre habe ich die Kunst, meinen Nebenmann zu ignorieren, verfeinert und beherrsche sie jetzt recht gut. Egal, was er oder sie sagt oder tut, ich bin nicht da. Und wenn sich das große Flugzeug in Bewegung setzt und über die Rollbahn rumpelt, bin ich bereits abgehoben.

Aber auf diesem Flug war es anders. Ich hatte meinen Wohltäter Arthur neben mir, und nicht nur das. Statt der gewohnten Unbeschwertheit und Entspannung empfand ich Beklommenheit. Unruhig zappelte ich in dem riesigen Erste-Klasse-Sitz herum, auf dem zwei Leute Platz gefunden hätten. Als die Stewardeß Champagner brachte, verlangte ich ein Glas Mineralwasser. Zu sagen, daß ich mich vor dem, was auf mich zukam, fürchtete, ist kein Ausdruck für die Tiefendimensionen meiner Angst. Ich wußte wahrhaftig nicht, was mich am Ende dieser Reise erwartete: journalistischer Triumph, Verrat an mir selbst und meinem Beruf, körperliche Gefahren, Verhaftung. All das lag mir schwer im Magen. Wenn das Flugzeug aufsteigt und die Wolkendecke durchbricht, habe ich sonst immer das Gefühl, den gewöhnlichen Alltag hinter mir zu lassen. Diesmal aber fühlte ich mich unfrei, erdgebunden, ausgebrannt. Auch mein Nebenmann wirkte geistesabwesend. Lange Zeit starrte er gedankenverloren aus dem Fenster. Mühselig und beladen waren wir beide an diesem Tag. Hätte man das seelische Übergepäck, das Arthur und ich mit uns herumschleppten, auf die Waage gestellt, so wäre sie zusammengebrochen.

Irgendwo über Pittsburgh servierte die Stewardeß Cocktails, und wir beide begannen ein Gespräch. Seit jenem Abend im Athenian Club hatten wir nicht viel Zeit miteinander verbracht, und ich wußte nicht mehr recht, wie es um unsere Beziehung stand. Wir kannten einander seit Jahren unter dem Etikett, das jedem von uns anhaftete – Bowman, der allwissende Veteran der tausend Termine, und ich, der junge Draufgänger. Diese Rollenverteilung war an einem einzigen Abend in sich zusammengebrochen, aber was an ihre Stelle getreten war, wußte ich nicht. Um die Wahrheit zu sagen, wir kannten einander nicht besonders gut.

»Diese Reise kostet Phil Sellinger 5758 Dollar«, verkündete Bowman und hob zu Ehren des Verlegers sein Glas Glenfiddich. »Und das ist nur mein Ticket. Ist das nicht bemerkenswert? Nicht nur in finanzieller Hinsicht, sondern als Bekundung journalistischer Prinzipientreue. Ich mußte Peyrons Leute anschreien. Sie bestanden darauf, daß wir mit Air France fliegen. Sie wollten uns beide erster Klasse befördern, gratis. Ich habe ihnen einen Vortrag über journalistische Ethik gehalten und ihnen nahegelegt, sich zu verpissen. Wir fliegen mit United.«

»Wie haben Sie Peyron dazu gebracht, daß er mich an der Konferenz teilnehmen läßt? Das hat ihm sicher nicht gepaßt.«

»Nein, mein Lieber. Daß Sie mitkommen, hat ihn nicht gerade in Begeisterung versetzt, wie Sie richtig vermuten. Ihm und Bézy gefiel der Bericht über New Asia gar nicht. Aber ich habe einen *point d'honneur* daraus gemacht und ihnen klargemacht, daß Sie der beste junge Reporter bei unserem Blatt sind. Ich sagte, wenn sie Ihnen nicht gestatten wollten, über die Konferenz zu berichten, würde ich selbst nicht teilnehmen. Außerdem wies ich darauf hin, daß Sie ohnehin in Peking sein würden, egal was die unternehmen – da die Chinesen Ihnen ein Visum erteilt haben. An diesem Punkt siegte die Logik. Die beiden sahen ein, daß sie Ihre Reise nicht verhindern konnten, also fanden sie sich damit ab. Peyron sagt, er möchte sich mit Ihnen treffen. Er gibt Ihnen sogar ein Interview, wenn Sie wollen.«

»Ich würde gern mit ihm reden und auch mit Bézy. Und ich möchte mir die Technologieprojekte ansehen, die Unétat mit den Chinesen macht. Glauben Sie, denen wäre das recht?«

»Warum nicht? Die möchten jedermann wissen lassen, wie gut sie sich mit den Chinesen verstehen. Dadurch erhoffen sie sich bessere Chancen bei der Auftragsvergabe. Was möchten Sie sehen?«

»Soviel ich weiß, arbeiten sie an gemeinsamen Projekten im Bereich Biotechnologie«, sagte ich so unbefangen wie möglich. »Vielleicht könnten wir uns das einmal ansehen.«

»Fragen schadet nichts«, meinte er. Er hielt sein Whiskyglas ans Fenster. Das Kristall filterte das helle Sonnenlicht wie ein Prisma und ließ die goldene Flüssigkeit in einem Dutzend Schattierungen aufleuchten. »Schadet überhaupt nichts.«

Ich hätte Bowman am liebsten die Wahrheit gesagt – ihm die Verknüpfung von Ereignissen geschildert, die mich in dieses Flugzeug, auf den Sitz neben ihm gebracht hatten. Ich wollte ihm von den Treffen mit Rubino und Ginsburg erzählen, ihn in das Netz von Verpflichtungen hineinziehen, die ich eingegangen war – damit ich mich später an ihn wenden konnte, wenn ich Hilfe brauchte. Aber ich brachte es nicht über mich, ehrlich zu sein. Allmählich mochte ich ihn, war mir aber noch nicht sicher, ob ich ihm vertrauen konnte. Außerdem hatte er selbst genug Probleme. Leute, die ihm im Lauf der Jahre viel Geld bezahlt hatten, glaubten, über ihn verfügen zu können, und er war im Begriff, vertragsbrüchig zu werden.

»Machen Sie sich Gedanken darüber, was uns in Peking erwartet?« fragte ich. Auf seine Antwort war ich neugierig. Bowman gehörte zu den Menschen, die darauf bedacht waren, Gefühle nicht zu zeigen.

»Ich bin immer nervös, wenn ich zu neuen Ufern aufbreche, sagte er. »Aber in dem Augenblick, in dem wir in Peking landen, wird sich das verflüchtigen. Ich mag nur dieses Vorgefühl nicht. Kennen Sie das Sprichwort: Ein Feigling stirbt tausend Tode, ein mutiger Mann nur einen. Das klingt abgedroschen, aber es ist die Wahrheit. Ich erinnere mich, wie ich versuchte, 1980 nach Ausbruch des Krieges mit dem Iran in den Irak zu gelangen. Ich war nach Kuwait geflogen und hatte Ed Weiss versprochen, ich würde innerhalb von vierundzwanzig Stunden in Basra sein, wo die schwersten Kämpfe tobten. Die Iraner bombardierten die Stadt, und die Iraker stießen über den Fluß Richtung Korramschar vor. Aber ich brauchte einen ganzen Tag, um meinen Mut zusammenzunehmen. Am ersten Tag fuhr ich bis zur Grenze, doch dann bekam ich Schiß. Ich schämte mich so sehr, daß ich zu meinem Hotel in Kuwait City zurückkehrte und mich vollaufen ließ. Obwohl ich sturzbesoffen war, tat ich in der Nacht kein Auge zu, weil ich wußte, daß ich es am nächsten Tag doch tun mußte. Weiss wollte druckreifes Material sehen. Aber sobald ich die Grenze überschritten hatte, war es ein Kinderspiel. Ich tat einfach das, wovon ich etwas verstand. Nach ein paar Wochen in Basra war ich so euphorisch, daß sie mich gewaltsam heimschleifen mußten.«

Bowman war ein Profi; er hatte so viel Erfahrung. Aber ich fragte mich, ob er sich vorstellen konnte, was uns erwarten mochte. »Arthur«, sagte ich, »bei unserem Gespräch an jenem Abend im Athenian Club sagten Sie, Sie hätten Angst, daß Peyron versuchen würde, Sie in Peking unter Druck zu setzen. Was haben Sie damit gemeint? Was könnte er von Ihnen verlangen?«

»Eine Story zusammenbrauen, vermutlich. Keine Ahnung. Vielleicht auch mehr. Bei diesen Kerlen weiß man nie. Aber wenn er mich unter Druck setzt, werde ich ihn ebenfalls unter Druck setzen, und zwar massiv.«

»Wie wollen Sie das anstellen? Was haben Sie in der Hand?«

»Sie, junger Freund. Ich werde denen klarmachen, wenn sie sich nicht zurückhalten, wird Truell eine Story schreiben, durch die sie auffliegen wie die Engelchen – zwei Wochen bevor die Chinesen bekanntgeben, wer den Auftrag bekommt. Was glauben Sie, warum ich Sie mitnehme? Sie sind meine Versicherungspolice.«

Die Cocktailstunde war über Denver noch nicht vorbei. Bowman und ich griffen auf »Selbstmedikation« zurück, wie die Therapeuten so schön sagen. Aber ungeachtet unseres Suffgeredes blieb er mir ein Rätsel. Vor allem begriff ich nicht, was ihn bewogen hatte, Geld von Leuten anzunehmen, die, wie er wohl wußte, mit dem französischen Geheimdienst zusammenarbeiteten. Unter Alkoholeinfluß verliert man allmählich die normale Hemmung, Fragen zu stellen, die beleidigend wirken könnten. Also fragte ich.

»Wie kam es, daß Sie sich mit Peyron und Bézy und all denen eingelassen haben? Was hat Sie dazu veranlaßt?«

Die Frage überraschte ihn. Er zog sich in die Tiefen seines Erste-Klasse-Sessels zurück und schloß die Augen. Ich dachte schon, er wäre eingeschlafen, doch nach einer Weile begann er zu reden.

»Es klingt so banal und so erbärmlich. Aber mir war nicht klar, worauf ich mich da einließ. Seit meinem ersten Vietnamaufenthalt Mitte der sechziger Jahre war ich mit französischen Nachrichtenoffizieren bekannt. Ich beherrschte die Sprache, ich mochte die Kultur, und sie waren mir nützlich. Sie wußten einiges über Vietnam, was die Amerikaner nicht begriffen. Ich traf mich regelmäßig mit einem Mann in der französischen Botschaft in Saigon, und wenn hohe Tiere aus Paris anreisten, unterhielt ich mich auch mit ihnen. Ein Mann namens François Salan wurde eine gute Quelle. Ihn haben Sie an dem Abend im Athenian Club erwähnt. Er war mit allen Wassern gewaschen, das hat mich beeindruckt. Er wußte, was er tat.

Nach meiner Abreise aus Indochina blieben wir in Kontakt. Er machte eine steile Karriere beim französischen Geheimdienst, und er arrangierte für mich Treffen mit seinen Leuten, wenn ich auf Reisen war. Im Nahen Osten waren sie sehr nützlich für mich. Die Franzosen waren die einzigen, die begriffen, was im Libanon vor sich ging. Die Israelis glaubten, sie wüßten es, aber sie ließen sich von ihren eigenen Agenten, den Maroniten, auf eine falsche Fährte locken. Die Franzosen waren dafür zu zynisch. Sie wußten, daß im Libanon die Kacke am Dampfen war. Salan half mir in vielerlei Hinsicht: Er versorgte mich mit Storys; er machte mich mit Leuten bekannt; als ich einmal in Syrien von ein paar verrückten Alewiten gekidnappt wurde, organisierte Salan meine Freilassung. Und wenn ich konnte, revanchierte ich mich bei Salan. Meistens mit Kleinigkeiten: Ich sorgte dafür, daß die Franzosen die Möglichkeit bekamen, die Ereignisse in ihrem Sinne zu beeinflussen; ich bauschte Themen auf, die ihnen wichtig waren. Der Zeitung habe ich nichts von meinen Kontakten mit den Franzosen erzählt, aber seien wir doch mal ehrlich: Es gibt so einiges, was ein Auslandskorrespondent der Zentrale nicht auf die Nase bindet. Richtig?«

»Richtig«, sagte ich. Wir waren Verschworene, Mitglieder eines Geheimbundes, die wußten, wie man Barrechnungen als Telexkosten kaschiert; die ihre Hotelrechnungen mit billigem, auf dem Schwarzmarkt gewechseltem Geld bezahlten, sie sich aber zu dem inflationären offiziellen Wechselkurs erstatten ließen. Das alles verstand ich. Aber Geld von einem ausländischen Geheimdienst anzunehmen war eine andere Sache. Auch das mußte ich begreifen. Mir war nicht klar, daß Bowman mit seiner typischen Weitschweifigkeit auf das Thema zusteuerte.

»Als ich Mitte der siebziger Jahre nach Washington zurückkehrte, hatte sich etwas verändert. Mein wildes Vagabundenleben fand ein Ende. Ich lernte Mara kennen, sie wurde schwanger, wir haben geheiratet, und das war in Ordnung so. Ich war bereit, einen Hausstand zu gründen, und sie war eine Schönheit. Das Stadtgespräch. Plötzlich führten wir ein aufwendiges Leben. Sie wollte Gesellschaften geben, also brauchten wir ein elegantes Haus in Georgetown. Sie wollte perfekte Kinder großziehen, also mußten Privatschulen bezahlt werden. Sie suchte sich schicke Urlaubsziele aus, auch das kam nicht billig. Das alles kostete viel Geld, und mir fiel es schwer, sie zu zügeln, sie zu erinnern, daß ich nur Journalist war.

Also begannen wir uns finanziell am Rand des Abgrunds zu bewegen. Sie wissen nicht, wie das ist, nicht wahr, Truell? Sie haben ja keine Ahnung. Die größte Ausgabe, über die Sie sich den Kopf zerbrechen, ist das Essengehen nach dem Kino am Samstagabend. Aber wenn Sie erst mal verheiratet sind und Kinder haben, dann kommt eins zum anderen. Also ging ich einige Zeit nach meiner Rückkehr zu Sellinger und sagte ihm, daß die Bezahlung nicht hinhaut – ich würde kündigen müssen, wenn er nicht Mittel und Wege fände, mein Gehalt aufzubessern. Er tat sein Bestes, aber es reichte nicht.

Und dann, im Frühling vor fünfzehn Jahren, beging ich eine Dummheit. Ich hatte mich mit meinem Freund Salan in Washington zum Abendessen getroffen und beklagte mich über meine Midlife-crisis. Das ist immer ein guter Tip für Spione, wissen Sie, wenn ein Mann in mittleren Jahren anfängt zu jammern, wie hart das Leben ist. Ich sagte ihm, ich sei pleite, und Mara bestehe darauf, an einem aufregenden Ort Sommerurlaub zu verbringen. Vielleicht habe ich darum gebeten. Wahrscheinlich war es so. An diesem Abend erwähnte Salan, ein Freund von ihm hätte ein Haus an der Riviera, am Cap d'Antibes, das im August für ein paar Wochen leer stünde, vielleicht hätte ich Lust, dort den Urlaub zu machen.

Also sagte ich, klar doch. Ich stellte mir eine kleine Ferienwohnung am Strand vor. Aber es war ein Anwesen auf einer Anhöhe unweit des Hôtel du Cap mit Blick aufs Meer. Es hatte einen Swimmingpool und ein Gästehaus, ein halbes Dutzend Dienstboten inbegriffen. Mara und ich verbrachten fast den ganzen August dort. Alle unsere Nachbarn waren Ölscheichs und Filmstars und Milliardäre. Bei unserer Abreise machte ich einen schüchternen Versuch zu bezahlen, aber Salans Freund wollte davon nichts hören. Und überhaupt, war ich denn Krösus? Dieses Haus im August zu mieten hatte regulär 100 000 Dollar gekostet. Also sagte ich nur danke schön.

Und danach ging es wie von selbst bergab. Salan wußte, daß

ich bereit war, Geld zu nehmen, also bot er es mir an. Und ich hielt die Hand auf. Washington war so teuer geworden, und je mehr Mara hatte, um so mehr wollte sie. Man kauft das Kleid, also muß man auch die passenden Schuhe und die Handtasche dazu kaufen; dann braucht man noch die Perlen und die Diamantenohrringe und den Mantel. Und dann kann man nicht mehr mit der alten Schrottkiste fahren, sondern braucht einen neuen BMW.

Salan schlug im Gegenzug einen Beratervertrag mit Bézy vor. Aber was Sie im Athenian Club über das Genfer Nummernkonto sagten, war richtig. Die haben das Geld überwiesen, und ich habe es abgehoben, um meine Rechnungen zu bezahlen. Und raten Sie mal, was dann geschah: Als ich immer mehr Geld annahm, erwarteten sie natürlich eine Gegenleistung dafür. Also zeigte ich mich kooperationsbereit. Außerdem habe ich noch einiges getan – um Sellinger zu helfen –, aber darüber rede ich nicht, nicht einmal mit Ihnen, nicht einmal so betrunken, wie ich jetzt bin. Aber ich dachte, ich hätte die Sache im Griff, Eric, bis diese Geschichte mit China kam. Und dann kamen auch noch Sie. Und da haben wir den Schlamassel.«

Ich versuchte mir vorzustellen, was ich in seiner Lage getan hätte. »Warum haben Sie nicht versucht abzuhauen?« fragte ich. »Weg aus Washington.«

»Weil ich in Washington glücklich war. Mein tiefstes Geheimnis kennen Sie noch gar nicht, Eric. Mitten in dem Durcheinander habe ich mich in jemanden verliebt. Das sollte eigentlich nicht passieren, wenn man in den Fünfzigern ist. Beziehungen zwischen älteren Männern und jüngeren Frauen sind oft unehrlich. Aber das war Liebe.«

»Was hat sie an Ihnen geliebt?« Bei dieser Frage dachte ich an Annie und überlegte, was sie anfangs an mir geliebt hatte und warum sie jetzt auf der Hut war. Ich war so betrunken, so sentimental, so dumm.

Er wandte den Blick ab, als spräche er mit sich selbst und nicht mit mir. »Sie hat mich geliebt, weil sie sich bei mir sicher fühlte. Ich habe nicht zuviel von ihr gefordert, sie nicht gedrängt, zu heiraten oder Kinder zu kriegen. Aber ich habe sie geliebt. Das wußte sie, jeden Augenblick, den wir zusammen waren. Ich glaube, das wünschen sich Frauen am meisten – zu wissen, daß sie geliebt werden.«

»Und wie war sie, diese Frau?«

»Ach, das wollen Sie doch nicht wissen.« Er hatte einen merkwürdigen Gesichtsausdruck, fast als wäre er verlegen. »Sie ist ein komplizierter Mensch. Klug, hart nach außen hin – eine tolle Frau, würden die meisten Leute sagen. Schön und unsicher, so wie hübsche Mädchen nun mal sind. Aber sie wollte geliebt werden.«

»Ich glaube, ich kann verstehen, wie das war«, meinte ich versonnen.

»Keinen blassen Schimmer haben Sie. Trinken wir noch einen.«

Wir waren so betrunken, daß es schon egal war. Zum Essen probierten wir die guten Weine durch, und anschließend gingen wir zu den Brandys über. Viele Stunden später – nach zwei Filmen, drei weiteren Mahlzeiten, etwas Schlaf, noch mehr Alkohol, zweimaligem ersten Katzenjammer und einer grausamen Zwischenlandung in Tokio – kamen wir in Peking an. Wie immer meine Beziehung zu Bowman ausgesehen hatte, als ich in Washington ins Flugzeug stieg, wir gingen als Freunde auseinander. Ich würde gerne sagen, daß nun jeder die Geheimnisse des anderen kannte, aber das wäre nicht die ganze Wahrheit.

28

Bowman und ich trennten uns am Flughafen, und das war höchste Zeit. Ich fürchte, wenn ich noch mehr getrunken hätte, wäre ich abgekratzt. Selbstverständlich wohnte er im elegantesten

Haus der Stadt, dem China World Hotel, in dem Unétat die Konferenz abhielt. Ich stieg im bescheideneren Great Wall Sheraton an der dritten Ringstraße ab, einem der ersten Luxushotels, die in China nach der Kulturrevolution gebaut wurden, von dem aber nun langsam der Lack abblätterte. Wir verabschiedeten uns wie zwei alte Saufkumpane und gelobten, uns in vierundzwanzig Stunden wieder zu treffen, nachdem wir uns ausgeschlafen und die Nachwirkungen der Reise überwunden hatten.

Zuletzt hatte ich Peking Ende der achtziger Jahre besucht, als die Stadt noch am Anfang ihrer rasanten Entwicklung hin zur Moderne stand. Damals gab es von allem eins: ein französisches Restaurant, ein schickes Hotel, einen überdachten Tennisclub, einen Hamburger-Imbiß. Jetzt erlebte die Hauptstadt einen Boom ohne Netz und doppelten Boden. Fast in jedem Viertel waren neue Häuser aus dem Boden geschossen. Grelle Werbetafeln und Neonreklamen säumten die Straßen. Es gab zwei McDonald's, zwei Kentucky Fried Chickens, zwei Pizza Huts. Die Chinesen standen wahrhaftig bei McDonald's Schlange, um sich neben einer Statue von Ronald McDonald fotografieren zu lassen. Es gab über vierzig neue, schicke Hotels in der Stadt; viele hatten ihr eigenes Fitneßcenter, Disco, Hallenbad. In der guten alten Zeit war das lauteste Geräusch auf den Hauptstraßen das leise Surren der Fahrräder gewesen; jetzt drängten sich dort Autos, Motorräder, Lastwagen und Busse. Den ganzen Tag herrschte Rush-hour. Die Fahrt vom Flughafen war einst eine gemütliche Reise durch eine idyllische Parklandschaft gewesen. Jetzt zockelte man mühsam durch den Stau, vorbei an Neubauten, die im Taumel des Geldrausches aus dem Boden gestampft wurden. Angesichts dieser hektischen Wirtschaftsaktivität verstand ich um so besser, warum Franzosen und Amerikaner so erbittert um das Telekommunikationsgeschäft kämpften. China war die Zukunft des Kapitalismus, kein Zweifel.

Ich war so erschöpft von der Reise, daß ich sofort nach dem Einchecken ins Bett ging. Mein Zimmer lag im elften Stock, mit

Blick auf das wuchernde Stadtgebiet. Das Zimmer hätte sich, so wie es war, in einem von tausend Hotels rund um den Globus befinden können – Kommode, Badezimmereinrichtung, Nachttischchen, Teppiche, alles nach Schema F. Ich hängte das »Bitte-nicht-stören«-Schild nach draußen, verbannte China hinter zugezogene Vorhänge und hoffte, daß ich sehr lange schlafen würde. Leider erwachte ich, durch die Zeitverschiebung aus dem Rhythmus geworfen und völlig verkatert, um drei Uhr morgens und starrte einige Zeit an die Decke, bevor ich eine Schlaftablette schluckte. Nun versank ich in einen tiefen Schlummer, aus dem ich völlig groggy erst wieder auftauchte, als am nächsten Morgen um halb zwölf das Telefon läutete.

Es war eine forsche junge Frau namens Lisette, die sich als Mitarbeiterin der Public-Relations-Abteilung von Unétat vorstellte. Sie wolle mich in Peking herzlich willkommen heißen. Wie mein Flug gewesen sei? Ob ich mit dem Hotel zufrieden sei? Wann man mich bei der Unétat-Konferenz über Telekommunikation in Asien begrüßen dürfte? Ich versprach, am Nachmittag vorbeizukommen, und zog mir wieder die Decke über den Kopf. Doch Lisette hatte ganze Arbeit geleistet. Der Jet-Lag kehrte wieder, und ich konnte nicht mehr einschlafen.

Ich stand auf, verzehrte das Hotelfrühstück (Schema F wie das Zimmer) und machte mich zu Fuß auf den Weg ins China World Hotel. Es lag zwei Kilometer die Ringstraße hinunter, und ich hoffte, auf dem Spaziergang einen klaren Kopf zu bekommen. Aber als ich das Hotelgelände verließ, spürte ich ein Prickeln, ein Stechen im Gesicht. An dieses Sandpapiergefühl erinnerte ich mich noch von einem früheren Frühlingsaufenthalt in Peking. Das war die Jahreszeit des »gelben Winds«, der den Staub aus der Wüste Gobi in die Hauptstadt trug. Ich setzte unbeirrt meinen Weg fort, weil ich dachte, das könnte abhärtend wirken, und erreichte bald eines der beiden Diplomatenviertel Pekings. Die französische Botschaft lag in einer der Seitenstraßen. Ich überquerte die Ringstraße, betrat des Viertel und entdeckte bald die vertraute Trikolore, die über der Botschaft flatterte. Dort herrschte anscheinend rege Betriebsamkeit; vor dem Eingang parkten Limousinen in zwei Reihen. Eine große Woche für die Franzosen. Sie rechneten damit, den lukrativsten Auftrag in der Geschichte des Welthandels zu ergattern. Ich spazierte zum Vordereingang der Botschaft hinüber und fragte den Wachmann, ob Michel Bézy da sei. Der Wachmann blickte mich neugierig an, dann schüttelte er verneinend den Kopf.

Beim China World angelangt, fühlte ich mich wie nach einem Sandbad. Kein Ort für staubbedeckte Besucher. Die luxuriöse Lobby konnte es mit jedem Hotel in New York oder London aufnehmen: prächtige chinesische Teppiche; funkelnde Beschläge aus Messing und Edelstahl, die man spiegelglatt poliert hatte; geölte Teakmöbel, die tiefrot leuchteten. Lisette entdeckte ich am Besucherempfang im Tagungszentrum. Eine attraktive, geschmeidige junge Französin in Chanelkostüm nebst Schal von Hermès. Sie war mehr als attraktiv, sie war hinreißend.

»Ich wußte, daß Sie kommen«, sagte sie.

Ihre Augen waren von intensivem Kobaltblau, und ihre blonden Haare hatte sie hochgesteckt, so daß ihr schöner Hals zur Geltung kam. Ich musterte sie anerkennend. Bei Unétat hatte sich jemand die Mühe gemacht, sie mir zuzuweisen.

»Verschwende keinen Gedanken daran, Eric«, sagte ich mir. Die kommende Woche in Peking war auch so schon kompliziert genug.

Lisette führte mich durch die Ausstellung, atemlos vor Begeisterung über die neueste französische Telekommunikationstechnik, Satellitenkommunikationsgeräte, LAN-Software. Wunderbar! rief sie bei jedem Ausstellungsstück. Beeindruckend! Sie besaß die Gabe einer Kurtisane, Enthusiasmus zu heucheln. Ich versuchte mir vorzustellen, wie sie im Bett war: angenehm, willfährig, teuer.

Das Nachmittagsprogramm für die Konferenzteilnehmer war an einem Schwarzen Brett angeschlagen. Eine Veranstaltung über Handelsfinanzierung ging eben zu Ende. In einer Viertelstunde begann eine Podiumsdiskussion über »China und die Zukunft der Faseroptik«. Das nächste Thema auf der Tagesordnung entlockte mir ebenfalls ein Gähnen: »Internationale Währungspolitik aus asiatischer Perspektive«. Am liebsten wäre ich zu Bowman gegangen, wußte aber, daß er oben in seinem Zimmer lag und schlief. An diesem Abend stand ihm ein großes Ereignis bevor: Der französische Botschafter gab ein Festessen für Alain Peyron, und Bowman zählte zum Kreis der Auserwählten. Ich würde mir für den Rest des Tages allein die Zeit vertreiben müssen.

Also fragte ich Lisette, ob sie mit mir an der Bar der Hotellobby kurz etwas trinken wollte. Da sie mir zugeteilt war, schien es blödsinnig, sie nicht besser kennenzulernen. Sie setzte sich neben mich auf die Bank statt auf den Stuhl mir gegenüber; so könne sie besser zuhören, meinte sie.

»Ich würde gern Monsieur Peyron interviewen, während ich in Peking bin«, sagte ich. »Wäre das machbar, was meinen Sie?«

»Warum nicht?« schnurrte sie. »Ich kann es arrangieren. Wann würde es Ihnen passen?«

»Morgen, übermorgen. Irgendwann diese Woche.«

»Natürlich«, sagte sie.

Wir unterhielten uns und tranken. Sie stellte die für alleinstehende Frauen typischen Fragen. Sind Sie verheiratet? Haben Sie eine Freundin? Ich spürte, wie ihr Schenkel den meinen berührte, das glatte Gewebe ihrer Strümpfe rieb am Wollstoff meiner Hose. Das war unklug. Ich befand mich, wie es ein befreundeter Reporter aus Hongkong gern ausdrückte, auf »gefährlichen Pfaden«. Wenn wir in einer Bar in Bangkok oder Manila saßen und ich den Arm um eine Stripperin legte, sagte er stets mit trauriger Stimme: »Eric, du wandelst auf gefährlichen Pfaden.« Damit meinte er, es sei an der Zeit, zu zahlen und zu gehen.

Lisette hatte ein Konferenzprogramm bei sich, das ich mir ansah. Die meisten Veranstaltungen waren ebenso abgehoben wie die Podiumsdiskussionen an diesem Nachmittag, aber ein Thema stach mir ins Auge. »Was ist das?« fragte ich und deutete auf die Ankündigung. »Da heißt es ›Arzneimittelherstellung bei New Asia‹, aber es ist weder Zeit noch Ort angegeben.«

Sie warf einen Blick auf das Programm und zog dann ein Beiblatt zu Rate. »Ja, morgen früh um halb acht findet ein Frühstück zum Thema ›Französische Arzneimitteltechnologie‹ statt. Möchten Sie teilnehmen? Ich gehe auch hin! Ich reserviere zwei Plätze.«

»Großartig«, sagte ich. Offensichtlich war sie auch meine Aufpasserin.

»Haben Sie heute abend schon etwas vor?« erkundigte sie sich. »Wir könnten in die Oper gehen und danach spät zu Abend essen.« Das hörte sich an, als wollte sie persönlich für den Nachtisch sorgen.

Ich schüttelte den Kopf. Glücklicherweise war ich bereits vergeben. Vor meiner Abreise aus Washington hatte ich mich mit einem alten Freund aus Hongkong, einem chinesisch-amerikanischen Anwalt namens Michael Wee, zum Essen verabredet. Er hatte viele Jahre für Coudert Brothers gearbeitet und dann seine eigene Kanzlei eröffnet.

»Tut mir leid«, sagte ich, »aber ich habe schon etwas vor.«

»Dann machen wir es an einem anderen Abend«, meinte sie. Sie war wunderschön. Das Licht der Bar fing sich so in ihren blauen Augen, daß man genauer hinsehen und erkunden wollte, warum sie so funkelten. Ich wandelte auf gefährlichen Pfaden, kein Zweifel.

»Mal sehen«, sagte ich. »Diese Woche habe ich viel um die Ohren.«

Michael Wee holte mich in einem Rolls-Royce mit Chauffeur vor meinem Hotel ab. Zuerst erkannte ich ihn nicht. Er trug einen beigen Armani-Anzug und einen schwarzen Kaschmirpullover; seine Haare hatte er zu einem Pferdeschwanz zusammengebunden, und auf seiner Nase saß eine runde Schildpattbrille, die ihm das Aussehen einer chinesischen Eule verlieh. Der Mann, an den ich mich erinnerte, war ein schwer schuftender Mitarbeiter von Couderts Büro in Hongkong gewesen, ein verrückter Kerl chinesisch-amerikanischer Abstammung, der sich darauf verstand, juristische Einzelheiten internationaler Joint-venture-Verträge auszuhandeln. Jetzt war er ein Superstar.

»Hey-hey-hey, Eric«, rief er mir aus dem Fenster seines Rolls zu. Seinem Fahrer gab er auf chinesisch eine Anweisung, worauf dieser heraussprang, um den Wagen lief und mir die Tür öffnete.

»Du siehst aus, als hättest du in der Lotterie gewonnen«, sagte ich, während ich den Anzug, das Auto, den Mann selbst begutachtete. Das war also der Junge, der die Rechnung nicht begleichen konnte, als wir uns eines Abends mit einigen seiner japanischen Klienten in einem Hongkonger Nachtclub betranken. Ich mußte ihm damals mit 300 Dollar aushelfen.

»Ich kann nichts dafür«, meinte er. »Ich habe auf China gesetzt, und meine Nummer hat gewonnen. Jetzt bin ich reich.«

Während der Chauffeur den Wagen durch die überfüllten Straßen Pekings lenkte, erklärte Michael, wie es zu diesem Wunder gekommen war. Am Anfang stand die Tatsache, daß er ein gewiefter Anwalt war, der fließend Chinesisch und Englisch sprach. Dank dieser Eigenschaften wurde er ein gefragter Berater für westliche Unternehmen, die an Joint-ventures in China interessiert waren. Seine weißen Partner bei Coudert wußten lange Zeit nicht, was sie an ihm hatten, doch als die chinesische Wirtschaft Ende der achtziger Jahre einen rasanten Aufschwung erlebte, wurde ihnen klar, daß er eine der Säulen ihres Erfolgs war – und machten ihm zum Teilhaber. Von da an, sagte Michael, hatte er begonnen, sich für die Jahre zu rächen, in denen er als Fußabstreifer benutzt worden war. Immer wieder forderte er ein noch größeres Stück vom Kuchen, und 1991, als seine Partner sich schließlich sträubten, machte er sich selbständig – und nahm die meisten seiner alten Klienten mit. Seine Firma expandierte im selben Tempo wie die chinesische Wirtschaft.

»Ich bin Großunternehmer, Eric«, sagte er. »Inzwischen habe ich Kanzleien in Peking, Schanghai, Kanton, Hongkong, Taipeh. Ich habe so viele Aufträge, daß ich einen Teil davon an Coudert abgeben mußte.«

Michael hatte einen Tisch im Peking Hotel bestellt, einem riesigen stalinistischen Bau unweit der Verbotenen Stadt und dem Platz des Himmlischen Friedens. Wieder sprang der Chauffeur herbei, um die Tür zu öffnen. Beim Aussteigen fiel mir das ungewöhnliche Hongkonger Nummernschild auf: »8222«.

»Für die Chinesen bedeuten die Zahlen ›Wohlstand-leicht-leicht-leicht‹, erklärte Michael. »Dieses Kennzeichen ist tausend Empfehlungen wert.«

»Wie hast du es bekommen?«

Er rieb Daumen und Zeigefinger aneinander. »Auf demselben Wege, wie du in China alles bekommst, Eric. Ich habe dafür bezahlt.«

Das Restaurant lag im sechsten Stock. Der Oberkellner begrüßte Michael ehrerbietig und führte uns zu einem Tisch am Fenster mit Blick auf den »Kulturpalast der Werktätigen« und jenseits davon den Platz des Himmlischen Friedens – Tiananmen. Kurz darauf wurden die Speisen aufgetragen. Michael hatte ein wahres Festmahl bestellt. Bärenpfoten, heiße Szetschuan Shrimps, Pekingente. Ich fühlte mich wie in Gesellschaft eines Mandarins. Während wir aßen, kamen chinesische Politiker und Geschäftsleute an unseren Tisch und redeten in ihrer Sprache auf Michael ein. Er hörte jeden einzelnen an und erteilte ihm dann mit wenigen Worten Rat. Offensichtlich war er der chinesische Edward Bennett Williams – der Mann, den man aufsuchen muß.

»Ich brauche auch Hilfe, alter Freund«, sagte ich, als die Kellner den letzten Gang abgeräumt hatten und die Besucher verschwunden waren. »Ich arbeite an einer phantastischen Story, aber sie könnte mich in ernste Schwierigkeiten bringen, wenn ich einen Fehler begehe. Deshalb brauche ich Rat.«

»Ich stehe ganz zu deiner Verfügung, innerhalb vernünftiger Grenzen natürlich.«

»Ich bin unter dem Vorwand nach Peking gekommen, über die Unétat-Konferenz und den ganzen Rummel um den Telekommunikationsauftrag zu berichten. Aber was mich hier wirklich interessiert, sind die korrupten Machenschaften der Franzosen.«

»Ich weiß«, sagte er nachdenklich. »Ich habe deinen Bericht über die New Asia Development Corp. gelesen. Er ist mir einige Stunden nach seinem Erscheinen in New York gefaxt worden. Was du schreibst, ist völlig zutreffend.«

»Freut mich, daß er dir gefallen hat.«

»Daß er mir gefallen hat, habe ich nicht gesagt. Bei einigen meiner Klienten hat er zu schweren Magenverstimmungen geführt. Viele von ihnen tun genau dasselbe – die Deutschen, die Briten, die Japaner, die Taiwanesen. Es ist der reinste Sündenpfuhl hier, wirklich. Sie fragen sich alle, woher du deine Informationen hast und ob sie als nächste dran sind. Woher hast du übrigens deine Informationen?«

»Das kann ich dir nicht sagen. Ich glaube, in meinem Bericht war von ›informierten Kreisen‹ die Rede.«

»Okay, das ist auch eine Antwort. Aber es spielt ja eigentlich keine Rolle, weil es zutreffend ist. Und es ist ein klassisches Beispiel für die Vorgehensweise der Franzosen. Deshalb werden sie auch den Auftrag bekommen.«

»Glaubst du wirklich?«

»Da kommt sonst keiner ran. Das habe ich meinen amerikanischen Klienten schon vor Monaten klargemacht. Ich vertrat American Telephone, General Science und einige andere Unternehmen des US-Konsortiums. Ich sollte ihnen helfen, die richtigen Kontakte aufzubauen, gute Joint-venture-Partner zu finden. Also habe ich sie unumwunden gefragt, seid ihr bereit, das Gesetz zu brechen? Denn andernfalls werdet ihr leer ausgehen. Die Konkurrenz hat von hier bis Kanton jeden geschmiert, der die Hand aufhält.«

»Wie läuft das Spiel? Was machen sie?«

»Es ist genauso, wie du über New Asia geschrieben hast, nur hundertmal, tausendmal so schlimm. Man macht die Leute in der Regierung ausfindig, die das Geschäft blockieren können. Dann findet man Mittel und Wege, ihnen so viel Geld zu zahlen, daß sie einem keine Hindernisse in den Weg legen. In der Regel läuft das über die Kinder. Die Kinder der oberen Kader sind allesamt sehr reich, wenn dir das noch nicht aufgefallen ist. Der alte Herr läuft vielleicht immer noch im Mao-Anzug rum, aber die Kinder kaufen Grundstücke am Strand von Mali. Wir haben es hier nach wie vor mit einer konfuzianischen Gesellschaft zu tun. Sie beruht auf Respekt für die Älteren, und die elementare Wirtschaftseinheit ist die Familie. Die Kinder sind auf Achse und plündern westliche Unternehmen im Auftrag von Papa und Großpapa. Das gilt für normale Geschäfte. Aber der Telekommunikationsauftrag ist ein größeres Kaliber.«

»Richtig. Ich sehe das Gesamtbild, aber wie funktioniert es im einzelnen? Wen schmieren die Franzosen? Ich will dir nicht zu nahe treten, aber ich muß es wissen.«

Michael Wee senkte die Stimme. »Okay. In Peking gibt es eine Organisation, das Komitee für Wissenschaft, Technologie und Industrie – kurz ›KWTI‹. Es hat enge Verbindung zum Militär, an der Spitze steht ein Dreisternegeneral. Alle wirklich großen Geschäfte von nationaler Bedeutung – wie Zivilluftfahrt oder Telekommunikation – müssen vom KWTI genehmigt werden. Mit dem Komitee wird ein Grundpreis ausgehandelt – sagen wir zehn Milliarden Dollar –, und anschließend schickt es einen seiner Beauftragten, der erklärt, man müßte 13 Milliarden Dollar zahlen. Die zusätzlichen drei Milliarden sind der Anteil für das KWTI – eine Bestechungspauschale, die an alle Entscheidungs träger verteilt wird. Das ist eine Methode, öffentliche Gelder der privaten Nutzung zuzuführen.«

»Woher weiß man, an wen die drei Milliarden zu bezahlen sind?« fragte ich.

»Das KWTI teilt einem genau mit, wohin das Geld gehen soll – auf Konten in Hongkong oder auf den britischen Jungferninseln oder Neukaledonien oder sonstwohin. Der Anbieter erfährt, welche Vertreter das Geld in Empfang nehmen und verteilen. Ich weiß von einem kürzlich abgewickelten Geschäft, bei dem die Chinesen Flugzeugtriebwerke für neue Jets gekauft haben. Das KWTI erklärte den Anbietern, einer General-Electric-Tochter, auf welches Konto die Provision eingezahlt werden soll, aber sie haben sich geweigert. Folglich ging der Auftrag an eine andere Firma. Vor diesem Problem stehen amerikanische Gesellschaften. Sie können das Spiel nicht nach chinesischen Regeln spielen.«

»Aber die Franzosen können es ...«, bemerkte ich.

»Ja, genau, und das Geld summiert sich. Nimm das Telekommunikationsgeschäft. Bei den meisten chinesischen Geschäften kann man davon ausgehen, daß sich das Schmiergeld auf wenigstens fünf Prozent der Gesamtsumme beläuft. Oft ist es wesentlich mehr, aber schätzen wir mal vorsichtig. Bei einem Abschluß über 30 Milliarden Dollar wären Bestechungsgelder von 1,5 Milliarden Dollar zu zahlen! Bei solchen Dimensionen bleibt immer etwas an den Fingern der Leute kleben, die das Schmiergeld verteilen.«

»Mit anderen Worten illegale Provisionen. Ich höre immer wieder Andeutungen über Provisionen, die im Rahmen des Telekommunikationsgeschäfts nach Frankreich zurückfließen, aber ich habe noch niemanden getroffen, der wirklich Bescheid weiß.«

»Jetzt hast du jemanden getroffen.« Er lächelte wie ein Buddha mit Pferdeschwanz. »Ich weiß Bescheid, weil ich Leute beraten habe, die damit zu tun haben. Aber ich rede nicht.«

»Die Franzosen sind anscheinend ziemlich skrupellos. Werden sie denn nie erwischt?«

»Gelegentlich ja. Anfang der neunziger Jahre haben die Franzosen Fregatten an die taiwanesische Marine verkauft. Ein Kapitän in Taipeh veranlaßte eine amtliche Prüfung des Auftrags und stieß dabei auf Beweise für Korruption im großen Stil – einschließlich illegaler Provisionen für Frankreich. Rat mal, was ihm passiert ist. Man hat ihn umgebracht. Solche Leute fackeln nicht lange, Eric. Ich weiß nicht genau, worauf du mit dieser Story hinaus willst, aber sei vorsichtig.«

Ich sah mich im Restaurant um. Die meisten anderen Gäste waren schon gegangen. Ein Dutzend Meter entfernt standen ein paar Kellner. Hatten sie unser Gespräch belauscht?

»Kann ich dir gefahrlos erzählen, woran ich arbeite?« fragte ich.

Michael überlegte eine Weile. »Nein, das kannst du nicht, und ich will es auch gar nicht wissen. Hier ist es gefährlich. Die Leute halten sich nicht an amerikanische Spielregeln. Die Franzosen nicht und noch weniger die Chinesen. Wenn du Schwierigkeiten bekommst, versuche ich, dir zu helfen. Aber der beste Rat, den ich dir als Anwalt geben kann, ist: Laß dich nicht erwischen. Die Chinesen kennen keine Gnade bei Leuten, die Pech haben.«

Mein Jet-Lag hielt mich fast die ganze Nacht wach. Die Frage drängte sich mir auf, ob ich mit Lisette an meiner Seite besser geschlafen hätte. Als um 6.30 Uhr der Wecker läutete, schlummerte ich jedoch tief und fest. In einer Stunde fing das pharmazeutische Frühstück an. Ich duschte, rasierte mich und nahm ein Taxi zum China World Hotel. Lisette erwartete mich schon; sie trug einen engen, schwarzen Minirock.

»Wie haben Sie geschlafen?« flötete sie. »Nicht so gut? Wie schade. Aber ich habe gute Nachrichten für Sie. Ja! Monsieur Peyron hat heute nachmittag Zeit, um 15 Uhr, hier im Konferenzzentrum. Er gibt Ihnen ein Interview. Sind sie zufrieden?«

»Ja«, sagte ich, »vollkommen zufrieden. Wie wir in Amerika zu sagen pflegen: ›Ich schulde Ihnen einen.‹«

»Einen was?« fragte sie. Es war schwer zu beurteilen, ob sie mit mir kokettierte oder schwer von Begriff war. Sie führte mich in einen kleinen Tagungsraum, in dem die pharmazeutische Veranstaltung soeben begann. Die Besucherzahl hielt sich in Grenzen. Die drei Podiumsredner saßen vorne an einem Tisch mit Namenskärtchen. Einer war Chinese, die beiden anderen waren Franzosen. Roger Navarre war nicht dabei. Das Publikum bestand aus einem halben Dutzend Leuten, die wie Vertreter westlicher Arzneimittelhersteller aussahen, und etwa einem Dutzend professorenhaft wirkender Chinesen. Im hinteren Teil des Raums stand ein stämmiger Chinese und neben ihm ein drahtiger Weißer, wahrscheinlich ein Franzose. Beide sahen aus wie Bullen. Lisette und ich wirkten hier ziemlich fehl am Platz.

Die Diskussion wurde von einem Unétat-Manager namens François Minart moderiert, der sich als Leiter der Pharmazieabteilung des Unternehmens vorstellte. Er sprach etwa zehn Minuten lang über die Dimensionen des chinesischen Arzneimittelmarktes: eine Milliarde Fälle von Halsweh, von Ohrenschmerzen, von Akne. Anschließend rasselten die drei Podiumsredner ihre Sprüchlein herunter – alle zeigten sich den Chinesen überaus gewogen. Wie gewohnt lauschte Lisette mit vor Begeisterung feuchten Augen. Schließlich fragte der Moderator, ob jemand Fragen habe. Ich stand auf und gab mich als Reporter des *Mirror* zu erkennen.

»Wie steht es mit der Biotechnologie?« fragte ich. »Hat Unétat vor, gemeinsam mit den Chinesen auf gentechnischem Wege neue Medikamente oder landwirtschaftliche Produkte zu erzeugen?«

Die drei Podiumsredner sahen einander an. Keiner von ihnen hatte die richtige Antwort parat. Schließlich ergriff Monsieur Minart von Unétat das Wort.

»Wir arbeiten mit den Chinesen an einem kleinen Forschungsprojekt, um sie mit einigen Aspekten der modernen Biotechnologie vertraut zu machen. Aber im Augenblick gibt es keine Pläne, gemeinsam etwas zu produzieren.«

Die Podiumsredner beantworteten noch ein paar dröge Fragen – über die Kosten der Arzneimittelherstellung in China, chinesische Vorhaben zur Belieferung der restlichen asiatischen Länder und die chinesischen Regelungen für den Verkauf ausländischer Arzneimittel – und dann war die Veranstaltung, Gott sei Dank, vorbei. Ich ging zum Rednertisch und stellte mich Minart, dem Chef der Pharmazieabteilung von Unétat, vor.

»Ich bin mit Arthur Bowman hier«, erklärte ich in der Hoffnung, daß ihm der Name etwas sagte. »Wir würden uns gerne ausführlicher mit Ihnen darüber unterhalten, was Sie hier machen. Vielleicht könnten wir uns das Biotechnologieprojekt, das Sie erwähnten, auch einmal ansehen. Es klingt interessant.«

»Das glaube ich wirklich nicht«, entgegnete er. »Es ist ganz unbedeutend. Nicht der Mühe wert.«

»Vielleicht könnten wir uns dann diese Woche einmal zum Mittagessen treffen und uns eingehender unterhalten.« Ich gab ihm meine Karte, auf deren Rückseite ich mein Hotel mit Zimmernummer notiert hatte.

»Vielleicht«, meinte er. Er warf Lisette einen Blick zu und runzelte die Stirn, als wollte er sagen: Was ist das für ein Clown? »Ich werde unsere PR-Abteilung informieren, und wenn es sich machen läßt, hören Sie von uns.«

»Wie viele Leute arbeiten an Ihrem Biotechnologieprojekt?« fragte ich.

François Minart warf einen Blick auf die Uhr. »Ich muß gehen. Tut mir leid. Ich bin spät dran.« Es war offenkundig, daß ich aus ihm nichts herausbekommen würde. Er entfernte sich und ließ mich mit der schönen Lisette einfach stehen.

»Hat es Ihnen etwas gebracht?« erkundigte sie sich.

»Aber ja. Sehr viel. Ich interessiere mich für alles, was mit der Arzneimittelbranche zusammenhängt.«

Sie zog einen Schmollmund. »Es tut mir leid, daß das die einzige Veranstaltung zu diesem Thema war. Wie schade für Sie.«

»Ich werd's überleben.« Gemeinsam kehrten wir ins Pressezentrum zurück. Was für ein Glück, daß sie so beschränkt war. Eine weniger dekorative, aber aufgewecktere Aufpasserin hätte sich vielleicht gefragt, warum ein an Jet-Lag leidender Reporter in aller Frühe aufstand, um mit Arzneimittelherstellern zu frühstücken.

An der Mitteilungstafel im Pressezentrum hing ein Umschlag, auf dem mein Name stand. Wahrscheinlich wollte Lynn Frenzel von der Auslandsredaktion wissen, ob ich heute noch einen Bericht lieferte. Aber nein, die Mitteilung war von Arthur und sehr kurz. »Muß reden. Kommen Sie auf mein Zimmer, so schnell wie möglich.«

29

Arthur Bowman lief in seiner Suite auf und ab wie ein Tier im Käfig. Eine Weile hielt er es im Wohnzimmer aus, dann lief er ins Schlafzimmer, um etwas zu holen, dann wieder stürmte er auf den Balkon. Ich erzählte ihm, Peyron sei bereit, sich am Nachmittag mit mir zu treffen, aber er hörte kaum zu. Er knurrte mehr, als er sprach. »Solche Arschlöcher!« stieß er wütend hervor und setzte sich wieder in Bewegung. »Für was halten die mich eigentlich?« Ärgerlich fuchtelte er mit dem Zeigefinger herum. »Aus diesem Spiel steige ich aus.« Ich wußte immer noch nicht, wovon er sprach, ich sah nur, daß er völlig aus dem Häuschen war. So hatte ich ihn noch nie erlebt; normalerweise hielt er große Stücke auf Würde und Selbstbeherrschung. Und nun rastete er aus und war nicht einmal mehr in der Lage, mir zu erklären, was los war.

»Machen wir einen Spaziergang«, sagte er schließlich. »Ich muß an die frische Luft.«

Kurze Zeit später waren wir draußen auf der Jianguomenwai Dajie, der belebten Hauptstraße, die zum Platz des Himmlischen Friedens führt. Ich warf einen Blick zurück aufs Hotel, um zu sehen, ob uns jemand folgte. »Nicht!« befahl Bowman scharf. »Wenn die merken, daß wir uns nach Überwachern umsehen, werden sie nur noch mißtrauischer. Gehen Sie einfach weiter, reden Sie leise und achten darauf, daß niemand zu nahe herankommt.«

»Was zum Teufel ist passiert?« fragte ich beinahe im Flüsterton. »Warum regen Sie sich so auf?«

»Die haben den Bogen überspannt«, erwiderte er. »So wie ich es Ihnen vorausgesagt habe. Zur Hölle mit denen! Was glauben die, mit wem sie es zu tun haben? Diese Wichser.« Er war schon wieder auf hundertachtzig.

»Beruhigen Sie sich, Arthur«, sagte ich. »Erzählen Sie mir, was passiert ist.«

»Gestern abend …«, begann er und hielt dann inne. Er war so wütend, daß er immer noch Mühe hatte, etwas zusammenhängend zu erklären. Dann holte er tief Luft, was offensichtlich half. »Gestern abend war ich zu einer Dinnerparty des französischen Botschafters eingeladen. Peyron war da. Bézy war da. Und noch ein paar andere Leute von Unétat. Es ging sehr französisch zu, sehr kultiviert. Nach dem Essen bat mich Bézy, noch etwas zu bleiben. Er brachte mich nach oben in ein Zimmer, das wie ein abhörsicherer Raum wirkte. Wahrscheinlich besprechen sie dort ihre Geheimnisse. Innen wirkte es wie ein kleiner Konferenzsaal. Ich fühlte mich dort ziemlich unwohl mit ihm. Bézy ist ein Scheißkerl.« Er fing wieder an zu schreien.

»Nicht so laut. Was hat Bézy gesagt?«

»Er gab mir ein Dokument, das angeblich von der NSA, der Nationalen Sicherheitsbehörde, stammte. Es sei die Beschreibung eines Plans, den angeblich NSA und CIA ausgeheckt haben, um Zugriff auf das gesamte Fernmeldesystem der Chinesen zu bekommen, sofern das US-Konsortium den Auftrag erhält. Er behauptete, das sei eine Art doppelter Boden. Damit könnten die Amerikaner sogar verschlüsselte Botschaften der Chinesen lesen. Er verlangte, daß ich darüber einen Bericht für den *Mirror* schreibe. Eine große Enthüllungsstory, die jede Chance der Amerikaner, den Auftrag zu bekommen, zunichte machen würde.«

»Und was haben Sie ihm gesagt?«

»Ich habe abgelehnt. Das würde ich nicht tun.«

Ich gebe zu, ich war überrascht. Seit Monaten hatte ich beobachtet, wie Bowman alles schrieb, was die Franzosen in Auftrag gaben. Jetzt weigerte er sich. »Warum?« fragte ich. »Weil das Dokument gefälscht war?«

»Nein, das nicht. Wahrscheinlich ist es echt. Zum Teufel, ich hoffe, es ist echt. Eine verdammt gute Idee, würde ich sagen. Nein, ich sagte, dazu sei ich nicht bereit, weil ich es nicht mit meinen Grundsätzen vereinbaren könnte. Ich fühlte mich wie eine Hure, als mich Bézy in seinen konspirativen Raum schleppte und dazu bringen wollte, mein eigenes Land zu verkaufen. Es hat mich krank gemacht, Eric. Ich liebe meine Zeitung. Nichts auf der Welt liegt mir mehr am Herzen. Ich werde denen die Seiten des *Mirror* nicht als Spielwiese überlassen. Da mache ich nicht mehr mit. Und das habe ich ihm gesagt. Ich habe ihm laut und deutlich erklärt, er soll mich mal am Arsch lecken, in seinem abhörsicheren Raum.«

»Was hat er darauf gesagt?«

»Den ganzen Mist, der von so einem Kerl zu erwarten ist. Er meinte, es sei zu spät für mich, um zu kneifen. Es sei das letztemal, daß sie etwas von mir verlangen würden. Wenn ich es täte, könnte ich meinen Preis nennen: ein Apartment auf der Ile St.-Louis, die Villa in Cap d'Antibes, die mir so gut gefiel, was immer ich wollte.«

»Hat er Sie bedroht?«

»Eigentlich nicht. Er wußte wohl, daß es ein Schuß nach hinten wäre, mich öffentlich als französischen Spion bloßzustellen.

Nein, das hat er nicht getan. Er hat etwas noch Gemeineres versucht.« Bowman wandte peinlich berührt den Blick ab.

»Was hat er denn getan, wenn nicht Sie bedroht?«

»Ich möchte es wirklich nicht sagen. Die ganze Sache macht mich krank. Es ist widerlich.«

»Kommen Sie, Arthur. Sagen Sie schon. Ich muß es wissen.«

»Okay. Sie haben mich darum gebeten, also sage ich es. Bézy hat *Sie* bedroht.«

Ein eisiger Schauer durchzuckte mich. »Mich? Was kann er mir anhaben?«

»Oje, einen Haufen Dreck will er Ihnen anhängen. Vergessen Sie es. Sie würden sich nur aufregen.«

»Nein, ich will es wissen. Was hat er gesagt?«

»Er sagte, daß Sie für den CIA arbeiten. Er hatte eine ganze Latte von Vorwürfen, bis hin zu Ihrer Zeit in Paris. Ich habe nicht mal zugehört. Er sagte, wenn ich den Artikel nicht schreibe, würde er alle Hebel in Bewegung setzen, um Ihnen und dem *Mirror* zu schaden. Er würde das Ganze an die Öffentlichkeit bringen.«

»O Gott!« sagte ich. Ich blieb stehen und rang um Fassung. Mir waren die Knie weich geworden. Mein Gesicht schmerzte unter dem Ansturm des gelben Winds. »Was haben Sie ihm gesagt?«

»Daß er sich verpissen soll! Ich sagte, das sei himmelschreiender Blödsinn, Sie seien einer der besten jungen Journalisten in Amerika, und er könnte über sie behaupten, was er wollte, weil ihm das niemand abkaufen würde. Wenn er dergleichen versuchen sollte, hätte er eine Rufmordklage am Hals, und ich würde für Sie aussagen und alles wiedergeben, was Bézy mir berichtet hatte. *Alles*. Darauf hat er nichts mehr gesagt. So ein Arschloch, er glaubt, er könnte eine derartige Nummer abziehen.«

Ich schwieg. Es schossen mir so viele Gedanken gleichzeitig durch den Kopf, daß ich keinen zu Ende verfolgen konnte. Ich dachte an Ed Weiss, Rupert Cohen, Tom Rubino, Arthur Bowman – alle hatten sie sich an mich gehängt, jeder an einer anderen Stelle. Und ich stand auf einer staubigen Straße in Peking und zog sie alle in eine ziemlich schmutzige Sache hinein.

»So ein Arschloch, nicht wahr?« wiederholte Bowman. Er brauchte eine Bestätigung, ein Signal, daß seine Sicht der Dinge richtig war. Er wartete auf meine Antwort. Ich wußte, daß ich ihm etwas sagen mußte.

»Ich arbeite nicht für den CIA, Arthur.«

»Natürlich nicht, um Himmels willen! Die ganze Geschichte ist ungeheuerlich.« Er wollte es dabei belassen, aber ich war noch nicht fertig.

»Ich habe einige Male mit ihnen gesprochen. Ich habe mich vor dieser Reise mit CIA-Leuten getroffen.«

»Na und? Ich habe auch mit einer Menge CIA-Mitarbeiter geredet im Laufe der Jahre.« Er musterte mich eingehend. Ich glaube, jetzt las er dasselbe auf meinem Gesicht, was ich an jenem Abend bei Mrs. Parsons auf seinem gesehen hatte. Ich hatte Angst. Sein Ausdruck veränderte sich. Zuerst wirkte er verblüfft, dann freundlich, fast väterlich. »Gibt es da etwas, was Sie mir sagen möchten, Eric?«

Ich versuchte nachzudenken, aber alles, was sich in meinem Kopf bemerkbar machte, war das Dröhnen des Verkehrs. »Nein«, sagte ich.

Er blieb stehen, wandte sich von mir ab und sah mir dann in die Augen. »Gibt es irgendwelche *Recherchen*, die Sie in Peking machen möchten, Eric? Irgend etwas Heikles? Dann meine ich, Sie sollten das so schnell wie möglich erledigen. Schon morgen werden Sie sich in dieser Stadt nicht mehr bewegen können, ohne daß sich eine ganze Prozession an ihre Fersen heftet.«

Er wußte Bescheid. Ich hatte es ihm nicht gesagt, aber er wußte es trotzdem. Wir würden das Spiel zu Ende bringen, wie eine Pantomime. In diesem Augenblick liebte ich Arthur Bowman. Er besaß die Seelenstärke, keine weiteren Fragen zu stellen.

»Es gibt da etwas«, sagte ich. »Ich muß mir ein französisch-chinesisches Biotechnologieprojekt ansehen, ein Joint-venture, das von Unétat finanziert wird. Sie haben ein Labor an der Universität Qinghua. Ich möchte rausfahren und es mir ansehen. Heute morgen habe ich die Zuständigen bei Unétat um Erlaubnis gebeten, aber sie haben mich hingehalten. Vielleicht könnten wir noch mal nachfragen.«

»Nicht fragen, handeln. Das ist Arthur Bowmans erste Grundregel bei Recherchen. Wenn man fragt, haben die anderen eine Chance, nein zu sagen. Wo befindet sich das Labor?«

»Im Norden der Stadt, unweit der Peking-Universität. Aber Ausländer haben keinen Zutritt. Sie werden uns kaum reinlassen.«

»Keinen Zutritt gibt es nicht. Das ist die zweite Grundregel bei Recherchen. Sie bringen uns hin, und ich bringe uns rein. Ich bluffe mich an jedem Türsteher vorbei. Außerdem habe ich Referenzen.« Er öffnete seine Brieftasche und zeigte einen Unétat-Firmenausweis. »Die offizielle französische Du-kommst-aus-dem-Gefängnis-frei-Karte. Die habe ich für treue Dienste erhalten. Wie schön, daß ich mal Gelegenheit habe, davon Gebrauch zu machen.«

Bowman kam jetzt in Fahrt. Wenn man ihn daheim in Washington auf den Dinnerpartys parlieren sah, vergaß man leicht, was für ein guter Reporter er war. Er liebte es auszuknobeln, wie man sich in eine angebliche Sperrzone Zutritt verschafft. Nach einem Blick auf seinen Stadtplan meinte er, es sei das Beste, mit der U-Bahn in einen anderen Teil der Stadt zu fahren – weg aus den Touristenvierteln – und von dort ein Taxi zu nehmen. Und genau das taten wir: Wir stiegen am Pekinger Bahnhof in die U-Bahn, fuhren in einem Bogen von 180 Grad rund um die Stadt bis zur Haltestelle Fuchengmen. Dort nahmen wir ein Taxi, das uns vor den Toren der Universität absetzte. Ein Mann in der braunen Uniform des Büros für Öffentliche Sicherheit lehnte lässig am Tor und beobachtete das Kommen und Gehen.

»Benehmen Sie sich einfach so, als würden Sie hierhergehören«, sagte Bowman. »Wenn er uns anspricht, überlassen Sie die Sache mir.«

Würdevoll schritt Bowman auf das Tor zu. Ich blieb einen Schritt hinter ihm. Als wir näher herankamen, blickte uns der Sicherheitsbeamte scharf an. Bowman nickte und winkte ihm zu. Der Wachmann zögerte und sprach uns dann auf chinesisch an. Bowman zückte seinen Firmenausweis, sagte – auf sich deutend – »Unétat« – und ging weiter. Das Tor hatten wir passiert. Der Sicherheitsbeamte hätte nun eine Szene machen müssen, um uns aufzuhalten. Bowman lief einfach weiter, und der Wachmann verfiel wieder in seine Lethargie. Wir waren drinnen. Der Campus sah nicht viel anders aus als das restliche Peking: Staub und Beton verschmolzen zu einer gelbbraunen Landschaft. Streberhaft aussehende Studenten mit dicken, schwarzgerahmten Brillen eilten kreuz und quer über den viereckigen Innenhof. Das war also das chinesische MIT.

»Wo, zum Teufel, ist jetzt dieses Labor?« fragte Bowman. Ich deutete in die Richtung, die Rubino mir auf dem Plan gezeigt hatte. Am anderen Ende des Campus mußte das Gebäude mit der Nummer N-16 liegen.

Bowman ging entschlossenen Schrittes voraus, aber nicht so schnell, daß der Eindruck entstanden wäre, wir hätten es eilig. Wir kamen an Seminargebäuden und Laboratorien vorbei; nach etwa zehn Minuten hatten wir unser Ziel erreicht. Haus N-16 war ein großes einstöckiges Gebäude mit vergitterten Fenstern und einem Wächterhäuschen vor dem Eingang. Allem Anschein nach war es brandneu.

Bowman drehte sich zu mir um. »Da wären wir, mein Freund. Jetzt sind Sie an der Reihe. Suchen Sie jemand Bestimmten?«

»Ich muß einen französischen Biologen namens Roger Navarre sprechen. Er hat hier ein Labor. Und ich möchte einen Rundgang machen und mir die technische Ausstattung ansehen.«

Bowman ging auf den Wachmann zu, begrüßte ihn mit einer Floskel aus dem Sprachführer und bat darum, den französischen Biologen sehen zu dürfen. *»Ni hao. Wo yao Roger Navarre.«*

»*Bushi*«, meinte der Wachmann streng und schüttelte den Kopf. Das hieß offensichtlich nein.

»Roger Navarre«, wiederholte Bowman. Er zog seinen Ausweis heraus und deutete auf den Firmennamen. »Unétat«, erklärte er laut und deutlich. *»Unétat.«*

Der Wachmann ging hinein, um einen höheren Dienstgrad zu holen. Eine Minute später erschien ein Chinese in weißem Kittel.

»Ja, bitte«, sagte er. »Kann ich Ihnen helfen?«

»Ich heiße Arthur Bowman.« Er streckte dem Chinesen die rechte Hand entgegen, während er mit der linken seinen Ausweis vorzeigte. »Ich bin mit Unétat in Peking zur asiatischen Telekommunikationskonferenz und habe gehofft, hier Monsieur Roger Navarre zu treffen. Soviel ich weiß, arbeitet er in diesem Haus.«

»Einen Augenblick, bitte. Könnte ich bitte Ihren Ausweis haben.« Er verschwand in dem Gebäude. Wieder warteten wir, diesmal mehrere Minuten. Ich nutzte die Gelegenheit, Bowman von meinem Arbeitsfrühstück am Morgen und der Unterhaltung mit François Minart, dem Leiter der Pharmazieabteilung von Unétat, zu erzählen. Schließlich kam ein großer blonder Mann heraus und schüttelte Bowman die Hand. Er benahm sich äußerst zuvorkommend und sprach mit französischem Akzent.

»Guten Tag, Mr. Bowman. Willkommen in Qinghua. Was kann ich für Sie tun?«

»Sind Sie Roger Navarre?« fragte Bowman.

»Nein. Ich heiße Antoine Seraut. Roger ist im Augenblick im Labor beschäftigt. Leider ist diese Einrichtung für die Öffentlichkeit nicht zugänglich. Normalerweise empfangen wir hier keine Besucher.«

»Ja, ja«, erwiderte Bowman. »Ich weiß, wir haben uns heute

morgen mit François Minart unterhalten. Er sagte, Sie hätten hier ein großartiges biotechnologisches Forschungsprojekt und da fanden wir, es wäre eine gute Idee, uns das einmal anzusehen, solange wir noch in Peking sind.«

»Sie haben mit Minart gesprochen?«

»Mein Freund, Mr. Truell, hat mit ihm gesprochen.« Er nickte in meine Richtung.

»Das ist sehr schön, aber Monsieur Minart hat nicht die Befugnis, jemanden hierherzuschicken. Diese Einrichtung untersteht nicht seiner Kontrolle.«

»Ja, ich weiß«, entgegnete Bowman. Allmählich gingen ihm die Karten aus, die er ausspielen konnte, aber eine lag noch verdeckt auf dem Tisch. »Ich bin mit der Situation hier vertraut. Ich arbeite mit Michel Bézy zusammen.«

Der Franzose trat einen Schritt zurück. »Sie kennen Michel Bézy?« Dieser Name besaß offenbar magische Kräfte.

»Bézy und ich arbeiten zusammen. Gestern abend waren wir mit Alain Peyron auf einem Empfang des Botschafters. Wenn Sie irgendwelche Probleme haben, rufen Sie einfach Bézy an. Wahrscheinlich ist er in der Botschaft zu erreichen. Er wird es Ihnen erklären.«

Antoine zog sich Entschuldigungen murmelnd wieder in das Gebäude zurück. Es war ein großartiger Bluff. »Bézy ist nicht in der Botschaft«, flüsterte mir Bowman zu.

Der Franzose kam zurück; er sah unglücklich aus. »Ich konnte Monsieur Bézy nicht erreichen. Aber in Alain Peyrons Büro habe ich gehört, daß es stimmt – sie sind Unétat eng verbunden. Ich denke, es spricht nichts dagegen, daß ich Ihnen eine kurze Führung anbiete. Nur ein paar Minuten. Wäre das in Ordnung?«

Er öffnete die Eingangstür und führte uns durch einen langen Korridor. An einem Schwarzen Brett waren Warnsymbole zu sehen, wie ich sie von Dr. Ginsburgs Labor kannte. Ich blieb an der ersten Tür stehen, spähte durch ein Glasfenster und sah eine stattliche Reihe von Gärtanks hinter einer Trennwand aus

Glas. Die Tanks waren kleiner als jene, die mir Dr. Ginsburg gezeigt hatte. Daneben erkannte ich eine Schutzhaube der Marke »Flu-France«.

»Wir legen hier Zellkulturen an«, erklärte der Franzose schroff; er wollte uns so schnell wie möglich durchschleusen.

Wir gingen weiter den Korridor entlang. Ich spähte durch ein zweites Fenster. In dem Raum türmte sich ein Aufbau von Computern, ähnlich wie das System, das laut Dr. Ginsburg zum Design der Molekularstruktur neuer biologischer Kampfstoffe dienen konnte. Ich suchte nach dem Markennamen: »Bio-Ordinateur«.

»Wofür verwenden Sie das?« fragte ich.

»Design«, antwortete er.

»Design wovon?«

Antoine überhörte meine Frage und setzte seinen Weg fort. Ich blieb zurück, blickte aufmerksam durch das Fenster und versuchte, in meinem Gedächtnis ein Bild des Raums festzuhalten. Es war, als hätte ich Beweise eines Verbrechens vor mir, das sich vor unseren Augen vollzog, und Bowman und ich wären die einzigen Zeugen. Ich fühlte mich, als wäre mir die Aufgabe zugefallen, in den Lauf der Geschichte einzugreifen, als hätte ich die Chance, etwas Grauenhaftes zu verhindern. Als wäre ich auf der Wannsee-Konferenz zugegen gewesen, auf der die deutschen Nazis den Holocaust beschlossen. Was hätte ich getan? Wie hätte ich die Maschinerie des Unvermeidlichen aufgehalten? Einfach Zeuge sein – berichten –, das reichte nicht. Man mußte handeln.

»Ist Mr. Navarre hier?« fragte ich. Unser Gastgeber ignorierte mich weiterhin. Arthur nahm das Stichwort auf.

»Ja, was ist mit Roger Navarre?« drängte er. »Sie haben vorhin erwähnt, er sei in seinem Labor. Wir möchten ihm nur kurz guten Tag sagen, wenn wir dürfen. Es wäre mir sehr unangenehm, Michel Bézy zu sagen, daß wir so weit rausgefahren sind und ihm nicht einmal die Hand geschüttelt haben.« Bowmans

Auftreten versetzte mich in ehrfürchtiges Staunen. Mit wenigen Worten hatte er Antoine sanft in die Enge getrieben. Jedesmal, wenn Arthur sich auf Bézy berief, erstarrte das Gesicht des Franzosen in einem Ausdruck ängstlicher Unterwürfigkeit.

»Ich will sehen, ob wir Roger stören dürfen«, sagte er. Er ging zum Ende des Korridors, wo er eine große Eisentür aufschloß.

Ich wandte mich an Bowman. »Ich muß allein mit Navarre reden, eine halbe Minute. Könnten Sie unseren Gastgeber irgendwie ablenken?« Arthur nickte, er hatte verstanden.

Die Labortür öffnete sich, und ein kleiner Mann mit schwarzem Haarschopf trat heraus. Langsam kam er in Begleitung von Antoine auf uns zu. Er war der Forscher, den ich kannte, aber sein Gesicht war noch fahler als früher, und er hatte tiefe Ringe unter den Augen. Er sah abgehärmt aus, wie ein Gefangener.

»Guten Tag«, sagte Navarre und schüttelte uns die Hand. »Ich freue mich, Sie zu sehen. Ich bekomme hier nicht viel Besuch.« Er betrachtete mein Gesicht, und in seinen Augen blitzte ein Schimmer der Erinnerung auf, aber er war klug genug, nichts zu sagen.

Bowman nahm Antoine beseite. »Ich erkläre Ihnen, wie es zwischen mir und Bézy steht«, sagte er in vertraulichem Tonfall. »Er bezahlt mir sehr viel Geld. Ich kann es Ihnen erklären, *entre nous*.« Bowman dirigierte unseren Gastgeber ein paar Meter weiter den Korridor hinunter, um mit ihm zu sprechen, und gab mir Gelegenheit, mich ungestört mit Navarre zu unterhalten.

»Ich *kenne* Sie«, flüsterte der Franzose. Sein Augen funkelten jetzt. »Sie haben mich in meinem Labor in Paris aufgesucht.« Das Erstaunen stand ihm ins Gesicht geschrieben. Jemand aus seinem damaligen Leben stattete ihm einen Besuch ab.

»Ja, ich bin's«, nickte ich. »Eben derselbe. Ich muß Ihnen ein paar Fragen stellen, Mr. Navarre. Wie geht es Ihnen hier mit Ihrer Forschungsarbeit? Haben Sie irgendwelche Probleme?«

»Diese Forschungsarbeit macht mich krank.« Er senkte die Stimme. »Ich bin sehr unglücklich.«

»Warum?« Mir blieb nicht viel Zeit. Ich mußte ihn bedrängen. »Haben Sie Befürchtungen, daß Ihre Arbeit mißbraucht werden könnte?«

»Ja, genau«, erwiderte Navarre. Seine Miene hellte sich auf. Er warf einen Blick auf Antoine, der sich noch mit Bowman unterhielt. »Sie nehmen meine Arbeit und verdrehen sie, um entsetzliche Dinge zu entwickeln. Als ich hierherkam, war mir nicht klar, worum es bei diesem Projekt geht.«

Arthur gab plötzlich ein lautes Stöhnen von sich, einen Schmerzenslaut, als hätte er akute Darmbeschwerden. »Tut mir schrecklich leid«, sagte er zu Antoine und nahm ihn an der Hand, »aber ich habe mir den Magen verdorben. Etwas Unverdauliches gegessen. Ich muß sofort auf die Toilette. Würden Sie mich bitte hinführen.« Antoine warf einen besorgten Blick auf Navarre, aber Arthur zog ihn mit sich fort.

»Schnell!« drängte er. Der Franzose führte Arthur den Korridor hinunter und sah sich alle paar Schritte nach uns um, um sich zu vergewissern, daß wir noch da waren.

Rasch, aber ruhig sagte ich zu Navarre: »Ich habe eine Nachricht für Sie von der Regierung der Vereinigten Staaten. Wenn Sie sich hier nicht wohl fühlen und wegwollen, können die Amerikaner Ihnen bei der Flucht behilflich sein. Man bietet Ihnen Geld, um in Amerika ein neues Leben anzufangen. Möchten Sie weg? Brauchen Sie Hilfe?«

»Ja«, flüsterte Navarre. Eine Mischung aus Furcht und Erleichterung spiegelte sich in seinen Augen. »Ich will weg. Was wir hier tun, ist fürchterlich.«

»Die US-Regierung wird Ihnen helfen. Es gibt Mittel und Wege, Leute rauszuholen. Hören Sie mir genau zu; ich sage Ihnen, was Sie tun müssen. Halten Sie sich von der amerikanischen Botschaft fern. Suchen Sie so bald wie möglich das Australia Shipping Desk im Gloria Plaza Hotel auf und sagen Sie dort, Ihr Name sei Bob Thorpe. Können Sie sich das merken?«

Er nickte. Ich ließ meinen Blick durch den Korridor schweifen. Antoine hatte Bowman in der Toilette zurückgelassen und eilte bereits wieder auf uns zu.

»Wiederholen Sie es mir noch einmal, damit ich weiß, ob Sie es richtig verstanden haben.«

»Australia Shipping Desk«, flüsterte er. »Gloria Plaza Hotel. Bob Thorpe.«

»Richtig«, sagte ich. »Machen Sie sich so rasch wie möglich auf den Weg. Ich glaube, mein Besuch hier wird bald Verdacht erregen. Viel Glück. Bis bald in Amerika.«

»Danke, Sir.« Er blickte mit großen Augen zu mir auf, beinahe andächtig. Er konnte es noch gar nicht fassen. Ich war sein Befreier, sein Retter. Ich war an einem Frühlingsmorgen aus dem Nichts aufgetaucht, um ihn von diesem Alptraum zu erlösen.

Antoine kam auf uns zu. Er sah auf die Uhr. »Es tut mir sehr leid«, sagte er. »Monsieur Navarre muß wieder an seine Arbeit.«

»Ich verstehe«, erwiderte ich. »Herzlichen Dank, Mr. Navarre. Schade, daß Sie nicht über Ihre Forschungsarbeit sprechen können, aber ich sehe ein, daß Sie Ihre Vorschriften haben. Wenigstens kann ich François Minart sagen, daß ich das Laboratorium gesehen habe, von dem er bei seinem Vortrag heute morgen so begeistert erzählt hat.«

Wir schüttelten uns zum Abschied die Hände. Navarres Hand war schweißnaß. Antoine führte Navarre wieder in sein Labor und schloß die Tür hinter ihm ab. Dann begleitete er mich den Korridor hinunter zum Haupteingang. »Wie war noch mal Ihr Name?« fragte er im Gehen. »Ich habe ihn vorher nicht richtig verstanden.«

»Eric Truell. Ich bin ein Kollege von Mr. Bowman.«

Wir blieben an der Tür stehen und warteten auf Arthur, der kurze Zeit später mit verlegener Miene aus der Toilette kam. »Brrr!« rief er. »Tut mir leid, Leute.«

Als wir wieder draußen waren, schüttelte er Antoine kräftig die Hand. »Nochmals vielen Dank, Monsieur Seraut. Ich werde Michel Bézy von unserem Besuch erzählen. Er wird Ihnen für

Ihre Hilfe ebenso dankbar sein wie ich. Viel Glück hier. *A bientôt.*«

Beschwingten Schrittes strebte er den Toren zu. Auf dem Rückweg quer durch den Campus unterhielt er sich in liebenswürdigem Plauderton mit mir. Doch sobald wir das Tor passiert hatten, sah er mich ernst an.

»Ich will keine Einzelheiten wissen, aber ich gehe davon aus, daß es für eine gute Sache ist.«

»Die beste«, erwiderte ich lächelnd.

Ich musterte diesen Mann in seinem maßgeschneiderten Anzug, dessen scharfe Augen über den Gehsteig schweiften, dieser Mann, der auch fern der Heimat auf der anderen Seite des Erdballs seine aristokratische Haltung nicht verlor und gleichzeitig mit hohem Einsatz auf Sieg spielte.

»Arthur«, sagte ich, »Sie sind ein Held.«

30

Bowman wollte eine Weile verschwinden, sich für ein paar Stunden vom China World Hotel fernhalten, irgendwelche Sehenswürdigkeiten besichtigen, so daß wir behaupten konnten, wir hätten einfach nur unterwegs einen Abstecher zur Qinghua-Universität gemacht. Er schlug die Große Mauer vor, aber das hätte den Rest des Tages gekostet, und ich hatte am Nachmittag mein Interview mit Alain Peyron. Also einigten wir uns auf den Lama-Tempel, ein buddhistisches Kloster, das wir auf dem Rückweg von der Universität besuchten. Wir schlenderten durch farbenprächtige Gebäude, betrachteten glückliche Buddhas, boshafte Buddhas, die Buddhas der Vergangenheit, Gegenwart und Zukunft. Arthurs Geduld war rasch erschöpft, aber er wollte auch noch nicht in sein Hotel zurück; also machten wir in meinem Hotel halt, wo wir in aller Eile zu Mittag aßen und mein Tonbandgerät holten.

Allmählich fiel der Druck von mir ab. Mir war, als hätte ich einen absonderlichen Initiationsritus durchlebt. Ich hatte eine Pflicht erfüllt, vor der mir graute, und in tiefster Seele wußte ich, daß ich etwas Wichtiges und, nach gängigen Maßstäben, etwas Gutes getan hatte.Mein Leben hatte für einen Augenblick historische Dimensionen gewonnen, und ich war ein Handelnder gewesen, kein bloßer Zuschauer.

Arthur hingegen blieb solche Entspannung versagt. Er wurde eher noch nervöser. Er bestellte die teuerste Flasche Wein auf der Karte und ließ sie dann gereizt zurückgehen. Ich fragte ihn, ob er Anregungen hätte, welche Fragen ich Peyron stellen sollte. »Fragen Sie ihn, was Sie wollen, er wird sowieso nichts Brauchbares sagen. Er trifft sich nur mit Ihnen, um Sie auszuhorchen.«

Kurz vor drei kehrten wir ins China World zurück und begaben uns ins Pressezentrum. Die Unétat-Mitarbeiter verstummten, als sie uns kommen sahen. Selbst Lisette sah weg. Offensichtlich hatten wir es bei irgend jemandem verschissen. Am Schwarzen Brett hing eine Nachricht für Arthur. Als er sie las, wurde er sichtlich nervös.

»Das soll wohl ein Witz sein«, sagte er. »Bézy will, daß ich zu ihm in die Botschaft komme, sofort.«

»Was wollen Sie tun?«

»Hingehen. Ich habe doch keine andere Wahl, oder? Außer weglaufen, aber das will ich nicht. Nein, junger Freund, Sie und ich müssen dieses Spiel durchziehen.«

Schon fühlte ich mich schuldig. Ich hatte Arthur in eine Sache hineingezogen, über die er nur wenig wußte. »Treffen wir uns später wieder«, schlug ich vor. »Fünf Uhr, in meinem Hotel. Dann können wir einen Spaziergang machen und überlegen, was ansteht.«

Er nickte und faßte mich am Ellbogen. »Passen Sie auf, Eric«, sagte er. Im Augenblick machte er sich mehr Sorgen um mich als um sich. »Wir haben in einem ziemlich großen Hornissennest herumgestochert, und wenn wir nicht vorsichtig sind, werden wir arg zerstochen.«

Lisette begleitete mich hinauf zu Peyrons Suite. Die Enttäuschung stand ihr ins Gesicht geschrieben. Ich war ein unartiger Junge; mein Betragen entsprach nicht ihren Erwartungen; das Spiel war aus.

Peyron erwartete mich in seinem Wohnzimmer. Er trug eine Hausjacke aus bestickter chinesischer Seide und rauchte eine Gitane mit einer langen schwarzen Zigarettenspitze. Sein markantester Zug waren die buschigen schwarzen Brauen, schwer und mediterran, fast bedrohlich; Augen und Mund wirkten leichter, angenehmer, feiner. In diesem Gesicht mit seinen unterschiedlichen Elementen vereinigten sich die Widersprüche seines Landes; es war das Gesicht eines tugendhaften Gauners. Als ich mich vorstellte, sah er mich prüfend an; seine Augen unter der Last jener Brauen schienen zu fragen: Kann dieser schlaksige junge Mann tatsächlich derjenige sein, der uns so viel Ärger macht? Er schickte Lisette weg, aber auf einem Stuhl an der Tür blieb ein Wachmann zurück.

Ich holte mein Tonbandgerät heraus, doch er winkte sofort ab. »Sie bekommen ein viel besseres Interview, wenn Sie es nicht aufnehmen«, sagte er. Er sprach lupenreines, fast akzentfreies Englisch. »Schön«, erwiderte ich. Ich wußte nicht recht, wie ich anfangen sollte. Es war eine Weile her, seit ich mich als Reporter betätigt hatte. Ich hatte Rost angesetzt.

»Zu Hause in Amerika wird allgemein erwartet, daß Unétat den Auftrag von China bekommt«, begann ich. »Ist diese Erwartung begründet?«

Peyron lächelte und schüttelte den Kopf. In seiner Welt waren Reporter Narren, und ich hatte ihn gerade wieder in dieser Ansicht bestärkt. Statt meine Frage zu beantworten, stellte er selbst eine. »Warum sind Sie nach Peking gekommen, Mr. Truell?«

»Um an Ihrer Konferenz teilzunehmen. Wenn Sie den Auftrag erhalten, wird die Beziehung zwischen Ihrem Unternehmen und China eine der interessantesten Storys der Welt. Darüber möchte ich mehr erfahren – indem ich Nachforschungen darüber anstelle, was Sie hier tun.«

»Verstehe.« Er nickte, zog mehrmals an seiner Zigarette und drückte sie dann aus. »Warum haben Sie heute morgen unsere Forschungseinrichtung an der Qinghua-Universität besucht?«

Ich fand nicht die rechten Worte. Mich plagte weniger Angst als die Unsicherheit, was als nächstes kommen würde. Natürlich wußte er, daß wir im Labor gewesen waren. Wir hatten Antoine unsere Namen genannt, und er hatte daraufhin in Peyrons Büro angerufen. Das einzige, was mich beruhigte, war, daß er nicht wissen konnte, was während unseres Besuchs passiert war – denn andernfalls hätte er mir wohl kaum Fragen gestellt.

»Biotechnologie ist ein heißes Thema«, erwiderte ich. »Ich habe gehört, daß Sie ein Projekt in Qinghua haben, und das wollte ich mir ansehen. Heute morgen habe ich mit Ihrem Bereichsleiter, Mr. Minart, darüber gesprochen. Fragen Sie ihn, er wird sich an mich erinnern.«

»Bitte.« Er winkte ab, als würde ich mit einer solchen Antwort nur seine Zeit vertun. »Warum wollten Sie mit Roger Navarre sprechen?«

»Weil ich wußte, daß er ein bekannter Biologe ist, der an einem interessanten Thema arbeitet. Ich habe ihn in Paris schon einmal aufgesucht, um mit ihm über seine Forschungsarbeit zu sprechen. Prüfen Sie Ihre Akten, da steht es drin. Ich war neugierig, was er hier macht, also wollte ich ihn sprechen. Das ist mein Job. Ich bin Reporter. Ich unterhalte mich mit Menschen, die interessante Dinge tun, und dann schreibe ich darüber.«

Er hob abwehrend die Hand. »Genug«, sagte er und zog eine seiner imposanten Brauen hoch. »Wer hat Ihnen von Navarre erzählt? Sie sagen, Sie hätten ›gehört‹, daß er an einem interessanten Projekt arbeitet. Aber wo haben Sie davon gehört? Es ist nicht allgemein bekannt, das versichere ich Ihnen.«

»Von Informanten. Von Leuten in den Vereinigten Staaten, die sich mit Ihrem Unternehmen befassen.«

»Vom CIA.« Nun zogen sich beide buschige Augenbrauen nach oben. »Ist das die Antwort?«

»Von Informanten«, wiederholte ich. »Ich bin Journalist. Ich spreche mit Menschen, die Informationen haben. Das ist mein Job.«

Peyron preßte die Lippen zusammen und gab einen verächtlichen Schnalzlaut von sich. »Unsinn«, sagte er. »Was haben Sie zu Mr. Navarre gesagt, als Sie sich mit ihm unterhielten?«

Plötzlich packte mich die Angst. Ich versuchte zu sprechen, brachte aber kein Wort heraus. Eine Beklemmung ergriff mich, als wäre meine Brust in ein Korsett eingeschnürt. Ich klappte mein Notizbuch zu und steckte mein Tonband wieder in die Aktentasche.

»Das ist kein Interview«, sagte ich. »Sie stellen selbst ständig Fragen. Ich möchte jetzt gehen.« Ich stand auf. Sofort sprang der Wachmann auf die Beine.

»Setzen Sie sich«, befahl Peyron und gab auch dem Wachmann ein Zeichen. »Niemand wird Ihnen etwas tun, Mr. Truell. Aber ich muß wissen, worüber Sie mit Mr. Navarre gesprochen haben. Sagen Sie es mir bitte.«

»Ich habe ihn über seine Forschungsarbeit befragt«, log ich. »Navarre sagte, er dürfe darüber nichts erzählen. Das war alles.«

Peyron sah mich traurig an. Der Sonnenkönig war unglücklich. Seine elegante Methode wirkte nicht, bald würde er die Mächte der Finsternis zu Hilfe rufen müssen. »Sie begehen einen schweren Fehler, indem Sie mir diese Lügen auftischen, Mr. Truell. Wir befinden uns in China. Ich wünschte, Sie würden begreifen, wie machtlos Sie hier sind.«

Ich spürte, wie die Beklemmung wiederkehrte. Ich mußte aus dieser Falle entkommen – irgendwie mit ihm die Rollen tauschen. Alles, was ich besaß, waren die Waffen eines Reporters – die Fähigkeit, Fragen zu stellen. Das war meine geheime Macht.

»Was ist mit Roger Navarre?« fragte ich leise.

»Verzeihung?«

»Was tut Navarre eigentlich in diesem Labor, daß er nicht darüber sprechen kann? Warum machen Sie sich solche Sorgen darüber, was er gesagt haben könnte?«

»Hören Sie mit diesem Spiel auf, Mr. Truell«, erwiderte er mit einer abwehrenden Handbewegung. Das machte mich verwegener.

»Nein, das meine ich ernst. Warum ist dieses biotechnologische Forschungsprojekt eine so heikle Angelegenheit? Sie horchen mich unentwegt darüber aus, so daß ich mich fragen muß, warum. Das stachelt nur meine Neugier an.« Allmählich fand ich mein inneres Gleichgewicht wieder; ich befand mich auf vertrautem Terrain.

»In Ordnung«, entgegnete Peyron müde. »Dann spielen wir also das Reporterspiel. Schalten Sie Ihr Tonband ein, wenn sie wollen. Ich möchte selbst eine Aufzeichnung von diesem Gespräch, um zu zeigen, daß ich kooperationsbereit war und Ihre Fragen beantwortet habe. Und dann werden wir uns von Ihnen verabschieden.« Er steckte eine neue Gitane in den Zigarettenhalter und zündete sie an. »Was möchten Sie wissen? Ich werde ebenso offen mit Ihnen reden wie Sie mit mir.«

Ich drückte den Aufnahmeknopf, wußte aber, daß es völlig sinnlos war. Der Wert eines Interviews ist davon abhängig, inwieweit der Befragte bereit ist, Fragen zu beantworten. Andernfalls besteht es nur aus kaschierten Lügen. Aber wenn Peyron eine Aufzeichnung wünschte, würde ich so viele erdrückende Informationen wie möglich einflechten.

»Was macht Unétat an der Qinghua-Universität?« fragte ich. »Werden dort biologische Waffen erforscht?«

»Natürlich nicht. Diese Behauptung ist absurd und beleidigend. Beim Qinghua-Projekt geht es um Arzneimittelforschung. Fragen Sie Mr. Minart. Er wird sich näher dazu äußern.«

»Wenn Sie den Telekommunikationsauftrag erhalten, werden

Sie dann mit dem chinesischen Militär bei der Entwicklung neuer Waffensysteme zusammenarbeiten?«

»Auf gar keinen Fall. Unsere Beziehungen zu China sind rein wirtschaftlicher Natur. Das habe ich Ihnen eben schon erklärt. Wir befassen uns in keiner Weise mit militärischer Forschung. Nächste Frage.«

»In welcher Beziehung stehen Sie zu Michel Bézy?«

»Er ist mein Anwalt. Darüber hinaus habe ich keine Beziehung zu ihm.«

»Angenommen, Sie erhalten den Telekommunikationsauftrag – welcher Anteil von den 30 Milliarden Dollar geht dann als Provision an chinesische Vermittler?«

»Nichts. Nächste Frage.«

»Wieviel von den Bestechungsgeldern fließt in die Tasche französischer Politiker, wenn Sie den Auftrag bekommen?«

»Wirklich, Mr. Truell, das ist ein Trauerspiel. Sind das die Methoden von Journalisten in Amerika? Wenn Sie auch nur eine Ihrer Unterstellungen drucken, werden wir Ihre Zeitung verklagen und eine schöne Entschädigung erhalten.«

Ich hatte noch eine Frage, und die wollte ich stellen, um meinen Freund zu schützen, ihm Deckung zu geben, klarzustellen, daß er nicht mein Verbündeter war. »Welche Beziehung haben Sie zu Arthur Bowman? Einige seiner Kollegen beim *Mirror*, so auch ich, beobachten mit Sorge, wie nah er Ihrem Unternehmen steht.«

»Wir haben keine Beziehung zu Arthur Bowman«, antwortete Peyron. Er nahm seine Zigarettenspitze aus dem Mund und richtete sie auf mich, während er wiederholte: »Wir haben keine Beziehung zu Arthur Bowman.«

Ich fuhr mit dem Taxi ins Hotel zurück. Diesmal war die Überwachung nicht zu übersehen. Ein Auto mit chinesischem Fahrer klebte den ganzen Weg über an unserer Stoßstange, und noch ein Fahrzeug fiel mir auf, in dem ein Europäer saß. Ich ging in mein Zimmer hinauf und wartete auf Arthur. Als es fünf Uhr vorbei war, versuchte ich mir einzureden, alles sei in Ordnung. Dem alten Profi war bestimmt ein Trick eingefallen, die veränderte Situation zurechtzubiegen, so wie immer. Aber gegen sechs bekam ich es mit der Angst zu tun. Ich rief in seinem Zimmer an und hinterließ an der Rezeption und auch im Pressezentrum eine Nachricht für ihn. Ja, ich rief sogar den Nachtdienst in der New Yorker Auslandsredaktion an, weil ich hoffte, er hätte sich dort gemeldet. Aber überall Fehlanzeige.

Kurz vor sieben klopfte es leise an der Tür. Ich stürmte hin, um zu öffnen, und Arthur stolperte in mein Zimmer. Er sah fürchterlich aus. Sein Gesicht war aschfahl, bleicher als weiß, eher die Farbe von Knochen. Er krümmte sich vor Schmerz. Ich stützte ihn bis zum Bett und half ihm, sich hinzulegen. Das war meine Schuld.

»Mein Gott, Arthur! Was ist mit Ihnen passiert?«

»Schalten Sie das Radio an«, sagte er. Ich drehte am Knopf, und das Geräusch chinesischer Rockmusik erfüllte den Raum. Er wollte es noch lauter haben, bis der Lärm unsere Stimmen übertönte.

»Sie brauchen einen Arzt. Lassen Sie mich die Botschaft anrufen.«

»Rufen Sie niemanden an. Bringen Sie mir nur Whisky aus der Minibar. Den brauche ich jetzt.«

Ich schenkte Whisky in ein Glas und gab es ihm. Er leerte es in einem Zug. »Was ist passiert?« fragte ich wieder.

»Sie sind mir was schuldig. Und zwar eine ganze Menge.« Er brachte ein gequältes Lächeln zustande.

»Was ist passiert?« fragte ich ein drittes Mal.

»Bézy ist durchgedreht. Roger Navarre ist heute aus dem Labor geflüchtet. Sie wissen nicht, wo er steckt, und versuchen, ihn zu finden.«

Mein Herz machte einen Sprung. »Mein Gott. Er hat's getan. Er ist abgehauen!«

»Halten Sie den Mund!« sagte Bowman scharf. »Sagen Sie bloß kein Wort mehr.«

»Und die glauben, Sie wüßten, wo er hingegangen ist?«

Er nickte. »Die haben mir die Scheiße aus dem Leib geprügelt. Das ist wörtlich gemeint. Bézy wollte wissen, was Sie zu Navarre gesagt haben.«

»Was haben Sie geantwortet?«

»Nichts. Ich wußte ja nichts, also hatte ich nichts zu sagen. Hat lange gedauert, bis er mir glaubte.«

Bei der Vorstellung, was er durchlitten hatte, schauderte mir. »Was haben die mit Ihnen gemacht?«

»Darüber will ich nicht reden, Eric.«

»Erzählen Sie. Es war meine Schuld. Ich muß etwas wissen. Wohin sind Sie gebracht worden?«

»Bézy hat mich in den Keller eines Hauses unweit der Botschaft gebracht. Ein widerwärtiger Ort, es stank nach Verwesung. Dort hat er mich an einen Stuhl gefesselt, und dann ging's los.«

»Was? Sie müssen es mir sagen.«

»Elektroschocks. Wasser. Alles, was keine Narben hinterläßt.«

»O Gott! Es tut mir so leid, Arthur. Es war meine Schuld.«

»Nein, war es nicht. Und denken Sie nur nicht, daß ich tapfer war. Ich habe ihnen alles gesagt, was ich wußte. Ich hätte Sie verraten, glauben Sie mir, aber Sie hatten mir ja nichts gesagt. Das hat mir das Leben gerettet. Als ihnen klar wurde, daß ich nichts weiß, machte es keinen Sinn, mich noch länger zu quälen. Sie sind der Tapfere, Eric, weil Sie die Information für sich behalten haben. Aber das ist jetzt Ihr Problem. Sie sind der einzige, der das hat, was die wollen.«

Es klopfte vernehmbar an der Tür. »Hotelsicherheitsdienst«, rief eine Stimme draußen.

Ich öffnete die Tür einen Spalt, ließ aber die Kette im Schloß. Ein Chinese in Zivil stand vor der Tür. Hinter ihm sah ich zwei uniformierte Sicherheitsbeamte. »Was ist los?« fragte ich.

»Schalten Sie das Radio ab«, meinte der Zivilbulle. »Zu laut. Sie müssen das Radio abschalten, oder diese Männer werden Sie verhaften. Kein Fernsehen. Kein Lärm.«

»Okay«, sagte ich. »Ich schalte es aus.« Ich schloß die Tür.

»Wir müssen hier raus«, meinte Bowman. »Die möchten die Musik weghaben, damit sie hören, was wir reden. Packen Sie noch ein paar Flaschen aus der Minibar ein. Ich gehe solange ins Bad und wasche mich. Dann brechen wir auf.«

Bowman duschte sich rasch; anschließend sah er ein bißchen besser aus. Das Gehen fiel ihm noch schwer, aber sein Gesicht hatte wieder ein bißchen Farbe bekommen. Wir fuhren mit dem Lift hinunter in die Lobby und winkten dem ersten Taxi in der Reihe. Ein chinesischer Sicherheitsbeamter bedeutete dem Fahrer, sich zu entfernen, und rief einen anderen, der in der Nähe herumlungerte.

»Seien Sie vorsichtig, was Sie sagen«, bemerkte Bowman. »Das ist ein Bulle, und er versteht wahrscheinlich Englisch.« Bowman bat den Fahrer, uns zum Platz des Himmlischen Friedens zu bringen. Dort konnten wir reden, und wenn uns klar war, was wir tun würden, wollten wir in der Nähe essen gehen.

Während der Fahrt sprachen wir kein Wort. Unterwegs kippte Bowman einen Wodka und einen Gin.

Als wir auf der riesigen freien Fläche des Platzes standen, knüpfte Bowman wieder dort an, wo er aufgehört hatte. »Sie stecken in der Klemme, Eric«, wiederholte er. »Jetzt, da Bézy klar ist, daß ich nichts weiß, wird er sich an Sie halten. Er ist aufgebracht wegen Navarre. Er glaubt, Sie seien dafür verantwortlich, daß Navarre heute abgehauen ist. Und Bézy ist sicher, daß Sie für den CIA arbeiten.«

»Vielleicht wird mich das schützen.« Ein seltsamer Gedanke – nachdem ich so lange gefürchtet hatte, jemand könnte die Verbindung ahnen. Und nun erschien sie mir als möglicher Rettungsfaktor. »Vielleicht haben sie Angst vor dem Geheimdienst.«

»Vielleicht, aber darauf kann man sich nicht verlassen.«

Wir näherten uns dem riesigen Obelisk in der Mitte des Platzes, dem sogenannten Denkmal für die Helden des Volkes. Als wir auf den Steinstufen des Monuments standen, richtete ein Mann mit Kopfhörern eine Parabolantenne auf uns. Etwa fünfzehn Meter hinter uns standen zwei Männer, die uns verfolgt hatten, seit wir aus dem Taxi ausgestiegen waren. Die Chinesen beschatteten uns völlig ungeniert. Wir kehrten dem Mann mit der Antenne den Rücken zu. Bowman sprach nun leiser.

»Bézy überlegt es sich zweimal, bevor er sich mit jemandem anlegt. Ich glaube, er hat mich heute so übel zugerichtet, weil er denkt, daß er mich in der Hand hat. Bei Ihnen ist es anders. Vielleicht läßt er von Ihnen lieber die Finger, aber setzen Sie deshalb nicht Ihr Leben aufs Spiel, Eric. Diese Leute sind ernsthaft sauer. Ich weiß nicht, worauf Sie in Qinghua gestoßen sind – und ich will es gar nicht wissen –, aber die tun so, als wäre es das Manhattan-Projekt.«

»Das trifft den Nagel auf den Kopf.«

»Halten Sie doch den Mund! Großer Gott! Sie sind so... naiv!«Das war die schlimmste Beleidigung, die Bowman im Moment einfiel. Er lächelte sogar, als er es sagte, und zwar aufrichtig. Ich war naiv, und er mußte mich vor meiner Unerfahrenheit bewahren. »Wie sollen wir Sie schützen, Eric? Wie überstehen wir die nächsten paar Tage? Wie wär's, wenn Sie in die amerikanische Botschaft gehen?«

»Nein, das will ich nicht. Genau das erwarten sie von mir. Es würde nur bestätigen, was sie bereits vermuten.«

»Na und, wenn es Ihnen das Leben rettet?«

»Nein«, wiederholte ich. »Das kommt gar nicht in Frage. Also vergessen Sie's.«

»Okay. Wie wär's, wenn Sie morgen früh mit der ersten Maschine aus China abreisen.«

»Kommen Sie dann mit?«

»Nein. Das geht nicht. Ich muß meine Rede vor der asiatischen Telekommunikationskonferenz halten, vergessen Sie das nicht. Und ich möchte mit Peyron reden, bevor ich abreise. Ich will ihm selbst sagen, was sein sadistischer Freund Bézy mit mir gemacht hat. Peyron hält die Fäden in der Hand. Er soll wissen, was am anderen Ende dabei herauskommt. Außerdem – können die mir denn was noch Schlimmeres antun als das, was bisher geschehen ist?«

»Sie kennen die Geheimnisse dieser Leute, Arthur. Die werden Sie eher umbringen, als Sie gehen lassen.«

»Werden Sie nicht melodramatisch. Ich werde die Geheimnisse dieser Leute nicht herausposaunen, und das wissen sie, denn ich habe genausoviel zu verlieren wie sie. Wenn alle Einzelheiten bekannt werden, könnte ich ins Gefängnis wandern. Nein, wenn jemand Probleme hat, dann Sie. Heute abend können wir nichts tun außer vorsichtig sein. Aber wenn die Lage morgen brenzlig wird, setzen wir Sie ins Flugzeug.«

»Ich werde China nicht ohne Sie verlassen, Arthur.«

»Sie sind ein Narr«, meinte Bowman. »Gehen wir essen.«

Wir steuern wieder auf das Tor des Himmlischen Friedens mit dem roten Ziegeldach und dem bekannten Foto des Großen Vorsitzenden Mao Tse-tung zu. Bowman ging langsam und stützte sich gelegentlich auf mich. Der Schnaps schien seine Schmerzen zu lindern, und Bowman war eine Kämpfernatur; Wut hatte eine heilsame Wirkung auf ihn. Er dirigierte mich nach rechts, in das Wangfujing-Viertel, in dessen engen Gassen viele kleine Restaurants zu finden sind. Bowman glaubte, wir könnten dort gefahrlos reden.

Es war schon nach acht, doch auf den Straßen herrschte immer noch reges Treiben. In der Chang'an-Straße sah man die Leute vor McDonald's Schlange stehen. Wir aber hofften, in den Gassen von Wangfujing Sicherheit zu finden. Bowman erinnerte sich an ein Szetschuan-Restaurant in einer dieser *hutongs*. Unsere Aufpasser folgten uns nach wie vor. Wir bogen nach links in die Chenguang-Jie-Straße ein. Bowman meinte, sein Lokal sei ganz in der Nähe. Ich blickte mich um. Mir kam es so vor, als hätte sich unser Gefolge vergrößert; inzwischen beschatteten uns rund ein halbes Dutzend Leute.

Wir bogen in die *hutong* ein, in der sich laut Bowman das Restaurant befand. Es war eine schmale Straße mit nur einer Fahrspur. Nach etwa fünfzig Metern wurden oben in der Gasse aufgeregte chinesische Stimmen laut – aus ihrem Singsang hörte man heraus, daß in ihrer kleinen Welt mitten in Peking etwas Ungewöhnliches vor sich ging. Und schon sah ich, warum sie so aufgeregt plapperten. Ein großer Lastwagen war in die Gasse eingebogen. Breit wie er war, paßte er kaum hinein. In der Gasse beschleunigte er und riß Wäsche mit sich, die man aus Fenstern im ersten Stock gehängt hatte. Als der Lastwagen immer schneller wurde, schaltete der Fahrer die Scheinwerfer ein.

»Was zum Teufel soll das?« sagte Bowman und starrte ins Licht.

Was in den nächsten Sekunden geschah, werde ich mir nie verzeihen. Arthur ging mit ausgebreiteten Armen auf den Lastwagen zu und rief dem Fahrer zu, er solle abbremsen. Ich stand wie angewurzelt da und tat nichts. Arthur würde sich darum kümmern – er würde es in Ordnung bringen, das Problem beseitigen. Das hatte er sein Leben lang getan. Aber der Lastwagen beschleunigte weiter.

»Arthur!« schrie ich und lief zu ihm. »Aus dem Weg!«

Der Lastwagen raste auf ihn zu, die Scheinwerfer direkt auf Arthur gerichtet. Es mußte ganz klar zu erkennen sein, wer er war. Arthur war stehengeblieben, die Arme immer noch ausgebreitet, und rührte sich nicht vom Fleck.

»Arthur!« brüllte ich ein letztes Mal.

Ich hörte ein entsetzliches Geräusch, als ihn der Lastwagen mit voller Wucht traf. Es hörte sich so an, als wenn ein Hund von einem Auto angefahren wird – so viel lauter und massiver, als man erwartet, und dann der leisere, schmatzende Nachklang, wenn das zarte Gewebe platzt und das Leben entweicht. Ich muß beschämt zugeben, daß ich den Zusammenstoß nicht sah, sondern nur hörte – weil ich mich in eine Türöffnung verkrochen hatte, um mich in Sicherheit zu bringen. Arthur hätte sich auf die gleiche Weise retten können, wenn er nicht solche Schmerzen gehabt hätte und wenn er wirklich hätte leben wollen.

Der Lastwagen überrollte Arthur und fuhr einfach weiter, die Gasse hinunter und am anderen Ende wieder hinaus. Als er fort war, verließ ich mein Versteck und lief zu Arthur. Sein zerschundener Körper lag auf dem Pflaster. Er hatte an so vielen Stellen Brüche und Verletzungen davongetragen, daß er nur noch wie ein blutiges Bündel aussah. Sein Kopf blutete aus einem Dutzend Wunden, aber man konnte die Gesichtszüge noch erkennen. Er versuchte, den Mund zu bewegen. Er lebte noch.

»Arthur!« heulte ich. »Mein Gott!«

»Eric«, sagte er ganz, ganz leise, fast wie mit Geisterstimme, so wenig Kraft war ihm geblieben. »Eric«, wiederholte er.

Ich neigte mein Ohr nah an seinen Mund und hörte ihn flüstern, gebrochen, abgehackt. »Lassen Sie mich nicht im Stich.«

»Atmen Sie, Arthur. Nicht sterben.« Ich wischte ihm mit meinem Hemd das Blut von Mund und Augen. »Nicht sterben.«

Er wollte wieder sprechen, aber die Worte erstarben auf seinen Lippen. Ich nahm seine Hand. Sie war naß von Blut.

Kurze Zeit später traf ein Krankenwagen ein. Wahrscheinlich hatte man ihn im voraus bestellt. Es hieß, Arthur sei auf dem Weg ins Krankenhaus gestorben. Er war so schwer verletzt, daß er wohl an seinen Wunden starb. Aber ich glaube, sie hätten ihn getötet, wenn er den Zusammenprall überlebt hätte. Man ließ mich nicht in den Krankenwagen einsteigen. Ein Zivilbulle stieß mich weg. Und dann rannte ich los. Ich hatte Angst, daß sie mich auch umbringen würden, und ich wollte nicht sterben.

Am nächsten öffentlichen Telefon rief ich die US-Botschaft an. Der diensthabende Beamte schickte sofort einen Wagen, der mich abholte. Als er fragte, was passiert war, wußte ich nicht recht, wie ich anfangen sollte. Die Wahrheit war so kompliziert. Ich dachte an Arthurs letzte Worte, war mir nicht sicher, was er gemeint hatte, und beschloß, an dem Toten wiedergutzumachen, was ich an dem Lebenden versäumt hatte.

Die Chinesen teilten der Botschaft noch am selben Abend mit, Bowmans Tod sei ein Unfall gewesen. Der Fahrer des Lastwagens sei betrunken gewesen, hieß es. Man habe ihn festgenommen und unter Anklage gestellt. Es sei eine schreckliche Tragödie. Der Botschaftsmitarbeiter fragte mich, ob die Darstellung der Chinesen richtig sei. Das wisse ich nicht, antwortete ich. An diesem ersten Abend war ich nicht fähig, meine Geschichte zu erzählen. Sie war zu merkwürdig, führte in zu viele Richtungen, schadete zu vielen Menschen. Also verschwieg ich die entscheidenden Punkte.

Nachdem ich eine Stunde lang den Fragen des Beamten ausgewichen war und für die chinesische Polizei eine kurze Erklärung abgegeben hatte, bat ich darum, mit dem Botschafter sprechen zu dürfen. In diesem Augenblick wäre ich vielleicht mit der Wahrheit herausgeplatzt. Aber er war so ein Tölpel – ein wohlmeinender, aber hohlköpfiger Diplomat –, daß ich es für klüger hielt, ihm nichts zu erzählen. Immerzu wiederholte er, wie schmerzlich der Todesfall für ihn persönlich sei. Arthur sei ein guter Freund von ihm gewesen. Wahrscheinlich hatten sie sich auf einer Cocktailparty kennengelernt. Ich erwog, ob ich um ein Gespräch mit dem Chef der CIA-Residentur bitten sollte, entschied mich aber dagegen. An diesem Abend stand ich im Rampenlicht. Ich entwarf eine Darstellung der Ereignisse, mit der ich würde leben müssen. Ich mußte aufpassen, welche Türen ich aufstieß.

Dann setzte bei mir eine Art journalistischer Selbststeuerungsmechanismus ein. Ich rief Ed Weiss an, den Chefredakteur, der gerade über Agenturmeldungen von dem Todesfall erfahren und Arthurs Frau Mara benachrichtigt hatte. Dann telefonierte ich mit Philip Sellinger, dem Verleger und Arthurs bestem Freund. Sellinger weinte. Es war nach Mitternacht, als ich mich hinsetzte und für den *Mirror* eine Reportage über den tragischen Tod unseres außenpolitischen Chefkorrespondenten bei einem Verkehrsunfall in Peking schrieb. Auch Unétat gab noch am selben Abend eine Pressemitteilung heraus, in der Arthur als »der größte amerikanische Journalist seiner Generation« bezeichnet und tiefe Trauer über seinen Tod bekundet wurde.

IV

Washington – Boston – Montreal

Mai–Juli 1996

31

Am Tag nach seinem Tode überführte ich Arthurs Leiche mit dem Flugzeug nach Washington. Bevor ich Peking verließ, ging ich in sein Hotel, holte seine schönen Anzüge, Hemden, französischen Seidenkrawatten, Socken und Unterwäsche aus dem Schrank und packte alles in seinen Koffer. Wie sich herausstellte, hatte er eine Schwäche für seidene Boxershorts. Außerdem nahm ich die Zeitungen, die auf seinem Schreibtisch lagen, und seinen Laptop-Computer an mich. Das Büro für Öffentliche Sicherheit protokollierte am Morgen in aller Form meine Aussage. Ich schilderte, was sich am Abend zuvor in der schmalen Gasse abgespielt hatte. Der Lastwagen hatte ihn getötet, sagte ich. Das war eine Tatsache. Den Rest wußten sie selbst. Warum mußte ich es ihnen sagen? Wahrscheinlich waren die Chinesen erleichtert, daß ich keinen Ärger machte. Sie hakten die üblichen bürokratischen Formalitäten ab, so daß Arthurs Leiche mit einer Maschine der United Airlines in die Vereinigten Staaten gebracht werden konnte. Sie wollten uns beide außer Landes haben.

Der lange Heimflug war wie eine Fahrt durch einen dunklen Tunnel. Als Geste des Mitgefühls gab mir die Fluggesellschaft einen Platz in der Business Class. Ich saß mit geschlossenen Augen in dem großen Sessel und dachte über die Ereignisse der vergangenen Monate nach, und wie nun in Peking alle Fäden zusammengelaufen waren. Die Stewardessen boten mir in einem fort Drinks an, aber ich wollte das Unheil, das ich heraufbeschworen hatte, nicht mildern. Ich wollte den Schmerz spüren.

Phil Sellinger holte uns am Flughafen ab, den Arm um die trauernde Witwe Mara Bowman gelegt. Als sie den Sarg sah, begann Mara hemmungslos zu schluchzen – wie eine Frau auf einem arabischen Begräbnis. Sellinger versuchte vergeblich, sie zu trösten. Sie mußte weinen. Arthur war in seinem Leben bestimmt hundertmal nach Übersee geflogen, zu Kriegen und Revolutionen, Erdbeben und Massakern, und er war immer wiedergekommen. Ein solcher Mensch gewinnt allmählich den Nimbus der Unsterblichkeit. Wenn er schließlich doch stirbt, ist man dem Schock schutzlos ausgeliefert. Weiter hinten in der Menge, ein wenig abseits von Sellinger und der Familie Bowman, sah ich Annie. Sie trug eine dunkle Sonnenbrille. Sie kam zu mir und küßte mich ganz zärtlich auf die Wange. Wir umarmten uns, und ich spürte, wie sie in meinen Armen zitterte.

Wir wurden von Reportern erwartet, hauptsächlich Berichterstatter der lokalen Fernsehsender, die Arthur als kleine Washingtoner Berühmtheit betrachteten. Hinter der Zollabfertigung gab ich eine Pressekonferenz aus dem Stegreif. Ich hielt mich an die offizielle Darstellung.

Es galt, die nächsten Tage durchzustehen. In Arthurs Haus fand eine Totenwache statt. Seine Freunde, die echten und angeblichen, hatten sich dort versammelt, um die Ankunft der Leiche aus Peking zu erwarten. Als wir eintrafen, waren sie schon nicht mehr nüchtern, erzählten sich Anekdoten über Arthur Bowman und versuchten, ihren Kummer mit Lärm und Gelächter zu überspielen, wie es Zeitungsleute so an sich haben. Sellinger trat in diesen Raum voller unglücklicher Menschen, zwinkerte mit seinen funkelnden blauen Augen und führte die Versammelten auf den rechten Weg zurück. Er litt mehr als jeder andere, aber er munterte uns auf und verscheuchte die trübselige Stimmung. Aus New York hatte er seinen privaten Anwalt mitgebracht, um den Nachlaß zu regeln. Einige Leute wies er an, sich um das Begräbnis zu kümmern. Dann holte er uns alle ins Wohnzimmer und hielt dort eine kurze Rede über Arthur, die mit der Bemerkung schloß, Arthur wäre stinksauer gewesen, wenn er uns dabei ertappt hätte, wie wir kurz vor Redaktionsschluß so unsere Zeit verplemperten. Anschließend bat er mich zu schildern, was in Peking geschehen war. Ich wiederholte, was ich den Fernsehreportern erzählt hatte, wie Arthur als mutiger Held in dieser engen Pekinger Gasse gestorben war, sich geopfert hatte, um andere zu schützen. »Ich will Ihnen allen die Wahrheit sagen«, erklärte ich. »Er hat mir das Leben gerettet.«

Die Leute wollten mehr hören – mich berühren in der Hoffnung, so noch ein wenig von Arthur festhalten zu können –, und ich gab ihnen, was ich konnte. Ich erzählte, wie Arthur am letzten Tag seines Lebens im Great Wall Sheraton die teuerste Flasche Wein bestellt hatte und sie dann zurückgehen ließ, weil sie nicht gut genug war. Selbst in Extremsituationen hatte Arthur keinen Abstrich bei seinen Ansprüchen gemacht. Schließlich rief Ed Weiss aus New York an. Übers Lautsprechertelefon erzählte er, wie Arthur eines Tages in Vietnam vermißt worden war, man hatte ihn schon aufgegeben. An jenem Abend waren die anderen an der Bar im Majestic Hotel gesessen und hatten Geschichten darüber erzählt, was für ein feiner Kerl er gewesen war, und daß es so einen wie ihn kein zweites Mal gab, als plötzlich Arthur hereinspazierte, sich ausschüttete vor Lachen und ihnen zurief, sie seien alle Hosenscheißer. »Der Bastard steckt irgendwo da draußen«, sagte Weiss. Es war kitschig und sentimental, aber uns gefiel es.

Nach dem Trauergottesdienst stand ich draußen vor der St. John's Church und schüttelte den Trauernden die Hand, als sie ins Freie traten. Es war ein Frühlingstag, und vom Lafayette Park wehte eine milde Brise herüber, die Blütenblätter von Hartriegel und Azaleen mitbrachte. Unter den Menschen, die nach und nach aus der Kirche strömten, erkannte ich Freunde und Kollegen, die ich seit Jahren nicht mehr gesehen hatte – alles Leute, die irgendwie mit Arthur zu tun gehabt hatten. Henry Pelt, der Redaktionsassistent in der Auslandsredaktion, der sich jahrelang mit Arthurs Forderungen und Ausbrüchen auf Überseereisen hatte herumschlagen müssen; Chuck Marsh, der Techniker in der Nachrichtenzentrale, der Arthurs Telexe aus so vielen Kriegsgebieten entgegengenommen hatte; Erin Shaw, die Schreibkraft, die Arthurs Berichte vom Band getippt hatte, wenn er an irgendeinem entlegenen Fleck der Erde im Kugelhagel stand und seinen Text für die Zeitung nicht auf anderem Wege übermitteln konnte.

Die Belegschaft der Washingtoner Redaktion kam geschlossen heraus. Als Bob Marcus mich sah, lobte er mich in einer kleinen Rede dafür, wie mutig ich die Zeitung vertreten hätte. Susan Geekas bemerkte, der Präsident habe ihr persönlich versprochen, bei der Beerdigung zu erscheinen, sie verstehe nicht, warum er nicht gekommen sei. George Dirk schloß mich wortlos in die Arme.

Auf dem Bürgersteig kam ein grauhaariger Mann auf mich zu. Ich erkannte ihn nicht sofort, denn seit unserer letzten Begegnung war er sichtlich gealtert. Es war Senator James Abelard. Ich konnte mir nicht vorstellen, daß er mit mir reden wollte, nach allem, was geschehen war. Doch er steuerte auf mich zu und streckte mir die Hand entgegen.

»Sie haben gut gesprochen«, sagte er. »Sie haben alle gut gesprochen.«

»Danke, Senator«, erwiderte ich. »Wir alle haben Arthur geliebt.«

»Das weiß ich. Ich auch. Er war ein ungewöhnlicher Mann.«

Ich sah ihm ins Gesicht. Seit ich ihn in seinem Büro im Kapitol aufgesucht hatte, war er durch die Hölle gegangen. Ich mußte ihm etwas sagen, ihm klarmachen, daß ich nicht mehr der taktlose junge Mann war, den er kennengelernt hatte.

»Tut mir leid, was passiert ist, Senator. Ich habe seither viel darüber nachgedacht. Ich glaube nicht, daß es noch einmal so ablaufen würde.«

Er antwortete nicht, schüttelte mir nochmals die Hand und ging davon.

Anschließend fand ein paar Häuserblocks weiter ein Empfang im Athenian Club statt, wo sich das offizielle Washington versammelte, um mit weiteren Ansprachen und Gedenkreden von Arthur Bowman Abschied zu nehmen. Arthur gehörte zu den Menschen, um die sich ein gesellschaftlicher Zirkel schart: Journalisten, Kongreßabgeordnete, Diplomaten, Professoren. Arthur hatte diesem schwerfälligen Kreis über die Jahre eine Identität gegeben – sie alle waren seine Freunde und mußten sich nun gewiß fragen, wie sie jetzt, nach seinem Tod, als Gruppe überleben sollten. Ohne Arthur, der mit seinem Charme ihre Unternehmungen belebte, waren sie nur eine Ansammlung reicher, gebildeter Schwätzer.

Die Kirche hatte sich nun fast ganz geleert. Vereinzelt kamen noch Trauernde, die auf der Empore gesessen waren, heraus, aber die Show war vorbei. Ein Gefühl der Einsamkeit ergriff mich. Bis kurz vor dem Ende hatte ich Arthur nicht geliebt, ja nicht einmal gemocht, aber jetzt fühlte ich mich durch seinen Tod wie vernichtet. Auch mein Name stand auf der langen Liste der Leute, deren Geheimnisse Arthur kannte und hütete. Ich wußte nicht, ob ich die meinen je mit einem anderen Menschen würde teilen können. Ja, ich wußte nicht einmal, was mir die Zukunft bringen würde, als ich von der Kirche weg die Straße entlangging.

Ich versuchte mir gerade klarzuwerden, ob ich zu dem Empfang im Athenian Club gehen sollte, als mir jemand auf die Schulter klopfte. Ich drehte mich um und sah Tom Rubino. Er trug Trauerkleidung: dunkelblauer Anzug, weißes Hemd, rote Krawatte. Doch anders als die trübseligen Trauergäste strahlte er übers ganze Gesicht und schüttelte mir energisch die Hand.

»Wir müssen miteinander sprechen«, sagte Rubino und gab mir einen Zettel, auf dem ein Datum, eine Uhrzeit und eine Adresse standen.

32

Vermutlich hätte ich auch nein sagen können. Ich hätte Rubinos Zettel einfach zusammenknüllen und draußen vor der Kirche in einen Papierkorb werfen können. Theoretisch hätte ich den ganzen Schlamassel hinter mir lassen, meine Geheimnisse für mich behalten und beten können, daß niemand dahinterkam. Vielleicht hätte das sogar funktioniert, bei jemandem, der verschlossener gewesen wäre als ich und sich besser darauf verstanden hätte, Geheimnisse zu hüten. Aber ich war ein wandelndes Beispiel für Bowmans Gesetz des Journalismus: Ich mußte reden, ich mußte meine Erfahrungen mit jemandem teilen, der wußte, was ich durchgemacht hatte. Leider war der einzige Mensch, der dafür in Frage kam – der *einzige* – ein hochrangiger CIA-Beamter. Als der Tag unseres Treffens näher rückte, stellte ich fest, daß ich mich regelrecht darauf freute.

Die Adresse, die mir Rubino gegeben hatte, war die des Apartmenthauses in Shirlington, ebenjene »konspirative Wohnung«, in der ich mich bei meinem früheren Besuch so unwohl gefühlt hatte, aber diesmal erschien es mir selbstverständlich und ganz angemessen. Ich hätte mich geärgert, wenn wir uns anderswo getroffen hätten. Selbst die albernen Erkennungscodes waren mir nur recht.

Als Rubino die Wohnungstür öffnete, strahlte er. Einen ähnlichen Ausdruck hatte ich auf dem Gesicht meines Vaters gesehen, als ich meinen Abschluß in Stanford gemacht hatte. Rubino umarmte mich, dann ließ er mich in diesem schäbigen Wohnzimmer Platz nehmen, schenkte mir eine Tasse Supermarktkaffee ein und bot mir ein glasiertes Donut an. Er lächelte immer noch.

»Sie haben es geschafft«, sagte er.

»Was geschafft?« Mir fiel nur das Chaos ein, das ich in Peking zurückgelassen hatte.

»Roger Navarre ist nach Amerika gekommen. Gestern ist er eingetroffen. Wir haben ihn in einer Versandkiste herausgeschafft, über Kanton. Sie haben ihm das Leben gerettet, mein Freund.«

»Er hat's geschafft?« Ich schüttelte den Kopf. Das war überwältigend, der Gedanke, daß ich jemandem das Leben gerettet hatte. »Das ist großartig! Ich war mir sicher, daß ihn die Chinesen schnappen würden.«

»Sie haben's versucht. Sie haben unsere Botschaft komplett abgeriegelt. Aber die Operation im Hotel hat funktioniert. Eine Stunde nach seinem Auftauchen im Gloria Plaza war er schon unterwegs. Er war sehr aufgeregt. Er dachte, Sie wären da, um ihn rauszubringen. Zuerst hat er unseren Leuten nicht getraut, weil Sie nicht da waren. Für ihn sind Sie ein Held. Und nicht nur für ihn.«

Rubino griff in seine Aktentasche neben seinem Sessel und zog einen an mich adressierten Umschlag heraus. »Lesen Sie«, sagte er. In dem Umschlag steckte ein Brief auf dem dicken, geprägten Briefpapier des CIA-Direktors. »Lesen Sie ihn laut vor, damit ich mithören kann.« Also las ich:

> Lieber Mr. Truell,
> ich schreibe Ihnen, um Ihnen den tiefempfundenen Dank des Präsidenten der Vereinigten Staaten für den mutigen Dienst, den Sie Ihrem Lande geleistet haben, zu übermitteln. Durch Ihre Hilfe, die Sie der Central Intelligence Agency vor kurzem bei unserer verdeckten Aktion in Peking, China, zuteil werden ließen, haben Sie für die Sicherheit der Nation einen Beitrag von bleibender Bedeutung

geleistet. Manche Patrioten haben die Möglichkeit, ihrem Lande offen und unter den Augen der Öffentlichkeit zu dienen; andere müssen dies im geheimen tun und dabei zu Mitteln und Wegen greifen, die niemals bekannt werden dürfen. Aber ihr Dienst ist nicht weniger wichtig, auch wenn er geheim bleibt. Wir können Ihnen unseren Dank niemals offen aussprechen, aber die wenigen, die wissen, was Sie getan haben, werden Ihre Leistung immer in Ehren halten.

Als ich zu Ende gelesen hatte, streckte Rubino die Hand aus. Ich dachte, er wolle mir die Hand schütteln, aber er verlangte tatsächlich den Brief zurück. »Tut mir leid, Eric, aber Sie können ihn nicht behalten. Wir bewahren ihn für Sie in einem Tresorraum der Firma auf. Wenn Sie ihn noch mal sehen wollen, lassen Sie es mich wissen, und ich hole ihn für Sie heraus.«

»Danke«, sagte ich. Er konnte den Brief so tief im Tresor vergraben, wie er wollte. Wenn er ihn verbrannt hätte, wäre es mir auch recht gewesen. »Was wird Navarre jetzt tun?« fragte ich. Ich dachte an diesen dunkelhaarigen kleinen Troll in seinem Labor in Qinghua und den Ausdruck auf seinem Gesicht, als ich ihm sagte, die amerikanische Regierung könne ihn rausholen. Was würde er mit seiner Freiheit anfangen?

»Zunächst wird er sich einer ausführlichen Befragung unterziehen müssen. Als Gegenleistung für seine Befreiung aus der Hölle soll er uns erzählen, was er über die chinesische B-Waffen-Forschung weiß. Danach ist er ein freier Mann. Wenn er will, kann er für uns arbeiten. Oder wir verschaffen ihm einen Posten an einer guten Universität. Ganz wie er möchte. Wir haben bereits zwei Millionen Dollar beiseite gelegt, um ihm eine Rente zu sichern.«

»Kann ich mit ihm sprechen? Das würde mir, offen gestanden, mehr bedeuten als der Brief.«

»Nicht sofort. Wir versuchen, ihm eine neue Identität aufzubauen. Wenn wir nicht vorsichtig sind, werden diese Leute ihn aufspüren und umbringen.«

»Kann ich denn über ihn schreiben? Bekanntmachen, daß er sich abgesetzt hat. Es ginge mir wirklich besser, wenn ich die Sache journalistisch auswerten könnte.«

»Irgendwann einmal, gewiß. Es ist Ihre Story. Aber mir wäre es lieber, wenn Sie noch eine Weile damit warten. Im Augenblick wäre alles, was in der Zeitung erscheint, gefährlich. Es könnte die Leute dazu bringen, Dummheiten zu machen.«

Ich nickte. Sein Argument klang vernünftig, und er tat wenigstens so, als hätte ich eine Wahl. Ich schloß die Augen. Mein Magen schmerzte. Ich erinnerte mich an Arthur, wie er dort am Boden lag; wie seine Knochen sich durch die Haut bohrten; wie das Blut aus den Kopfwunden strömte; an seine zerschmetterte Nase.

»Das wäre nett von Ihnen, Tom, mit dem Brief und allem. Aber im Augenblick bin ich am Ende. Bowman ist keine zehn Meter von mir entfernt gestorben, und ich habe nichts getan, um ihm zu helfen. Ich habe ihn in Gefahr gebracht, und dann konnte ich ihn nicht retten. Ich habe das Gefühl, mich haben sie nur aus dem einen Grund nicht umgebracht, weil sie annahmen, ich arbeite für den CIA. Das beschäftigt mich ebenfalls. Und jetzt sitze ich in dieser Wohnung und lese einen Dankeschönbrief des CIA-Direktors – mit den Leuten, für die ich in Wirklichkeit arbeite, kann ich nicht offen reden. Und unterdessen kommen Arthurs Mörder ungeschoren davon. Sie haben sogar eine Presseerklärung herausgegeben, in der er als großer Journalist gewürdigt wurde. Haben Sie das gewußt? Es macht mich wahnsinnig. Ich möchte mit denen abrechnen, weiß aber nicht wie.«

Rubino hörte zu, starrte aus dem Fenster, drehte sich wieder zu mir um. Er hatte einen listigen Zug um den Mund. »Wissen Sie«, sagte er, »dabei könnten wir Ihnen helfen.«

»Ach, kommen Sie! Sie können niemandem helfen. Und ich

habe die Nase voll von diesen Spionagespielen. Ich möchte wieder Journalist sein.«

»Nehmen wir mal an, wir könnten Michel Bézy verhaften und vor ein amerikanisches Gericht stellen. Mit Ihrer Hilfe könnten wir ihn für lange Jahre hinter Gitter bringen. Was halten Sie davon, auf diese Weise mit ihm abzurechnen?«

»Das wäre großartig. Aber wie wollen Sie das zustande bringen? Und wie könnte ich Ihnen dabei helfen? Das ist doch lächerlich.«

»Sie haben die Trümpfe in der Hand, Eric. Sie sind der einzige, der die Wahrheit kennt. Damit können Sie Bézy unter Druck setzen. Ich verspreche Ihnen: Wenn Sie Bézy nach Amerika locken, können wir ihn festnehmen und als Terroristen vor Gericht bringen.«

Rubino war mir unheimlich, er verstand sein Handwerk. Nie sagte er mir, was ich tun sollte; nie gab er mir Befehle, versuchte nicht, mich anzuwerben. Er öffnete nur eine Tür und wartete, bis die Idee Fuß faßte. Ich versuchte, die Tür wieder zuzustoßen.

»Rache wäre süß«, sagte ich. »Aber ich bin nicht interessiert. In China habe ich getan, worum Sie mich gebeten haben, und ich bin froh, wenn Sie glauben, daß es sinnvoll war. Aber jetzt will ich wieder mein eigener Herr sein.«

»Verstehe.« Rubino widersprach mir nicht. Schweigend saß er da, weil er wußte, daß ich mit mir selbst rang. »Natürlich ist es eine riskante Angelegenheit«, sagte er nach einer Weile.

»Die Idee ist völlig absurd. Ich meine, wie soll ich ihn herbringen? Bézy ist doch nicht auf den Kopf gefallen.«

»Sie müssen den Stier bei den Hörnern packen, damit es klappt. Laden Sie ihn zu einem Interview in die Vereinigten Staaten ein, und drohen Sie ihm, wenn er nicht käme, würden Sie eine Story veröffentlichen, die ihm nicht gefällt.«

»Aber was habe ich denn in der Hand, das für Bézy so bedrohlich wäre, daß er sogar nach Amerika käme, um mich davon abzuhalten, es zu bringen?«

»Ah!« Rubino lächelte. »Hier kommen wir ins Spiel.« Er war so zufrieden mit sich, weil er mich auf seiner sorgsam gelegten Fährte genau dahin geführt hatte, wo er mich haben wollte. »Wir könnten Ihnen Informationen liefern.«

Er entnahm seiner Aktentasche einen weiteren Umschlag und reichte ihn mir. Auf einem Blatt Papier standen der Name »ALF Orient, S. A.« und eine Adresse in Luxemburg; darunter die Worte »PanAsiaCredit P-20-52-D«.

»Tut mir leid, Tom, aber ich habe keinen Schimmer, was das heißt.«

»Das ist Bézys größtes Geheimnis. Es ist der Name seiner Scheinfirma und die Nummer seines Off-shore-Bankkontos. Vorausgesetzt die Franzosen bekommen den Auftrag von China, werden in wenigen Wochen über 100 Millionen Dollar auf dieses Konto eingehen. Mit diesen Informationen haben Sie Mr. Bézy in der Hand.«

»Wunderbar! Dann muß er mich umbringen, genau wie er Arthur umgebracht hat.«

»Vielleicht will er das – Eric, offengestanden wollen wir ihn auch damit ködern –, aber er wird nicht dazu in der Lage sein. Wir haben dann den Heimvorteil. Wir haben ihn im Visier, sobald sein Flugzeug landet.«

»Zum Teufel mit Ihnen.« Der Vorschlag gefiel mir, und gleichzeitig verabscheute ich ihn; genau das wollte ich, und genau davor hatte ich Angst. »Angenommen, die Sache läuft so, wie Sie sagen: Er kommt in die Vereinigten Staaten, und Sie verhaften ihn. Was passiert dann? Muß ich vor Gericht aussagen?«

»Es steht Ihnen frei auszusagen, wenn Sie möchten. Die Geschichte, die Sie zu berichten hätten, wäre sehr kompliziert und müßte teilweise unter Ausschluß der Öffentlichkeit verhandelt werden. Aber wenn Sie auspacken wollen, sind wir dazu bereit. Gefahrloser wäre es, ihn wegen anderer Vergehen zu belangen. Wir würden ihn nicht wegen des Mordes an Arthur Bowman anklagen, aber abrechnen könnten wir trotzdem mit ihm.«

»Zum Teufel mit Ihnen«, wiederholte ich. »Sie sind eine richtige Schlange. Erst wirken Sie ganz normal, aber dann fällt die Maske des Biedermannes, und es stellt sich heraus, daß Sie total übergeschnappt sind.«

»Vielen Dank. Vermutlich heißt das, Sie sind bereit, sich die Sache zu überlegen. Ich lasse Sie wissen, wann es an der Zeit ist, den Köder auszulegen. In der Zwischenzeit müssen Sie entscheiden, ob es Ihnen ernst ist mit Ihrer Abrechnung.«

Warum zog ich es überhaupt in Betracht? Die Kerle hatten seit zwanzig Jahren eine Pechsträhne. Der Mißerfolg hatte sie so gelähmt, daß eine ganze Generation von ihnen nur im eigenen Saft geschmort hatte. Sie brachen unter ihrem eigenen Gewicht zusammen, in Washington genauso wie weltweit. Was sie heutzutage machten, war zum Großteil eine Farce. Sie taten so, als würden sie Leute anwerben, schrieben gefälschte Telegramme, in denen Klatschgeschichten als Geheimnachrichten aufgepeppt wurden. Sie waren Verlierer und nicht einmal in der Lage, sich selbst oder ihre Agenten zu schützen. Wie sollten sie mir helfen, Rache zu üben? Aber Rubino fieberte danach. Seine Augen blitzten wild entschlossen. Seiner Mannschaft drohte der Abstieg, und er brauchte einen Sieg. Ich steckte den Zettel mit Bézys Kontonummer ein und versprach ihm Bescheid zu geben. Dann bat ich ihn noch den Brief seines Chefs zu vernichten.

33

Arthur Bowmans Laptop stand immer noch bei mir zu Hause. Ich hatte ihn aus Peking mitgebracht, um ihn der Redaktion zurückzugeben, aber in dieser ersten Woche war so viel passiert, daß ich ihn schlicht vergessen hatte. Als ich eines Abends Papierkram erledigte, sah ich ihn an der Wand meines Arbeitszimmers lehnen und mußte mir eingestehen, daß ich neugierig war, was er enthalten mochte. Bowman hatte zu seinen Lebzeiten so viele Geheimnisse gehütet. Jetzt war er nicht mehr unter uns, und was immer er in seinem Computer hinterlassen hatte, war gewissermaßen sein Nachleben. Ich steckte den Stecker ein und schaltete das Gerät an. Der Bildschirm leuchtete auf und zeigte eine Liste der Dateien – den letzten Rest von Arthurs Leben.

Mein einziger Leitfaden bei dieser Seelenarchäologie waren die Namen der gut zehn Dateien. Die meisten waren uninteressant. Artikelentwürfe; Interviewnotizen; Telefonnummern. Aber es gab einiges darunter, was ein Fenster aufstieß und erstaunlich klaren Einblick in das Leben des Mannes eröffnete. Eine Datei hieß »PHIL.DOC«. Es handelte sich um eine Mitteilung an den Verleger Philip Sellinger, die Anfang März, ein paar Wochen vor jener entscheidenden Sitzung des Verwaltungsrats, entstanden war. Die Überschrift lautete »Mögliche Investoren«, und aus dem Text ging hervor, daß die finanzielle Lage des *Mirror* weitaus prekärer war, als die meisten Mitarbeiter geahnt hatten.

> Lieber Phil,
> hier der neueste Stand meiner Gespräche mit internationalen Investoren, die eventuell in der Lage wären, kurzfristig für die Kapitalspritze zu sorgen, die der *Mirror* nach Meinung der Geschäftsführung benötigt. Leider kann ich von keinem Durchbruch berichten:
> Die Jamil-Gruppe in Riad ist bereit, mindestens 100 Millionen Dollar, vielleicht mehr zu investieren. Sie bringt eine Zeitung in Saudi-Arabien und einige Zeitschriften in London heraus und ist im Aktiengeschäft im gesamten Nahen Osten sehr erfolgreich. Es würde der Eitelkeit des Inhabers schmeicheln, ein Aushängeschild in den Vereinigten Staaten zu haben. Aber für uns sind sie nicht die Richtigen. Trotz ihrer angeblichen Unabhängigkeit werden sie von

der königlichen Familie gegängelt. Dieses Problem sollten wir uns nicht aufhalsen.
Mein koreanischer Freund Jaehoon Park von der Horizon-Gruppe suchte mich auf, als er letzte Woche in Washington war. Er sagte, Horizon sei auf der Suche nach Beteiligungen an amerikanischen Medienunternehmen, aber sie denken vor allem an Elektronik-, weniger an Printmedien. Ich kann mit ihm im Gespräch bleiben, glaube aber nicht, daß es uns weiterbringt. In die Horizon-Gruppe setze ich ohnehin wenig Vertrauen. Diese Kapitalgeber werden nur investieren, wenn sie meinen, sie könnten aus unserer Schwäche Vorteil ziehen.
Ich habe mit meinem alten Studienkollegen Shigehiko Watanabe und mehreren anderen Japanern gesprochen, die unseren Journalismus kennen und schätzen. Sie würden uns gerne helfen. Aber Watanabe gibt zu bedenken, daß die meisten in Frage kommenden japanischen Investoren mit US-Kapitalbeteiligungen auf die Nase gefallen sind. Das heißt, sie werden nur dann investieren, wenn ihnen ein guter Ertrag garantiert wird oder wenn sie Aussicht haben, letztlich die Kontrolle über das Unternehmen zu gewinnen. Da wir weder das eine noch das andere versprechen können, dürfte uns auch das nicht weiterbringen.
Ich habe Chris Ricks von Cloward's in London angerufen und mich bei ihm erkundigt, ob britische oder niederländische Medienunternehmen an einer Investition im Rahmen von 500 Millionen Dollar interessiert seien. Er versprach, die Sache zu prüfen, aber unsere Emissionsbank in New York hatte bereits Kontakt mit ihm aufgenommen und von ihm erfahren, wir hätten kaum eine Chance. In Großbritannien stehen anspruchsvolle Zeitungen vor der Pleite, und man nimmt an, daß es uns nicht besser geht. Also kommen auch sie nicht in Frage.
Es gibt noch andere Kandidaten in Asien, Lateinamerika,

dem Nahen Osten und Europa. Einige von ihnen wären eher ungünstig für uns. Aber wenn Du keine Möglichkeiten mehr siehst, laß es mich wissen.

Ich bin mir im klaren, unter welchem schrecklichen Druck Du jetzt stehst, um die Zeitung zu retten, und ich weiß, daß wir schleunigst Bares brauchen.

Stets dein
Arthur

Eine andere Datei hieß »ABEL.DOC«. Es handelt sich um einen kurzen Brief, den Arthur an die Frau von Senator James Abelard geschrieben hatte, und zwar eine Woche nach meinem Besuch bei Abelard im Kapitol, der ihn zu seinem überstürzten Rückzug aus dem Präsidentschaftswahlkampf veranlaßt hatte.

Liebe Joan,
ich weiß, daß Du und Jim eine schwere Zeit durchmachen, und ich mache euch keinen Vorwurf daraus, wenn Ihr die Zeitungsbranche allgemein und den *Mirror* im besonderen dafür haßt. Aber was geschehen ist, war vielleicht zum Besten. Ein Präsidentschaftswahlkampf bringt jedes Geheimnis ans Licht. Jims Krankenhausaufenthalt wäre letztlich doch noch herausgekommen, und vielleicht in einer Weise, die für Jim noch weitaus schädlicher gewesen wäre. Ich wünschte, wir lebten in einer Welt, in der Politiker noch ein Privatleben haben dürfen, aber so ist es nun mal nicht. Verständlicherweise bist Du wütend auf den jungen Reporter, der Jim besucht und »gedroht hat, ihn zu vernichten«, wie Du es ausdrückst. Aber als er diese Fragen über Jims Erfahrung mit Depressionen stellte, tat er nur seinen Job. Vielleicht hat er die Sache ein wenig hart angepackt, aber er ist im Grunde ein heller Kopf, einer der Besten bei der Zeitung. Ich habe keinen Zweifel, daß er mich genau-

so mißtrauisch beobachtet wie Jim, wenn Euch das tröstet. Journalismus ist ein mörderisches und kreatives Geschäft, und die Mörderischen sind gleichzeitig die Kreativen.

Was mir an Deinem Brief am meisten Sorge bereitet hat, waren die Möglichkeit, daß Jims Rückzug aus dem Wahlkampf einen neuen depressiven Schub ausgelöst hat, und Deine Sorge, daß er sich etwas antun könnte. Ich habe mich so über Deinen Anruf gestern abend gefreut, als Du mir mitgeteilt hast, daß Jim auf eigenen Wunsch ins Krankenhaus zurückgekehrt ist. Das war die richtige Entscheidung, und ich werde alles, was in meiner Macht steht, tun, um seine Privatsphäre zu schützen.

Herzliche Grüße auch von Mara. Wenn wir irgend etwas tun können, um Dir jetzt beizustehen, bitte laß es uns wissen. Wir schließen Dich und Jim in unser Gebet ein.

Stets dein

Arthur

Weiteren Aufschluß über Arthur Bowmans Leben gab eine Datei mit dem Titel »BUDGET.DOC«. Darin waren die voraussichtlichen Einnahmen und Ausgaben für das laufende Jahr festgehalten, eine düstere Bestandsaufnahme seiner bedenklichen finanziellen Situation. Als ich die Liste durchsah, gewann ich besseren Einblick in die finanziellen Belastungen, die ihn in die Arme von Bézy und Peyron getrieben hatten.

1996 VORAUSSICHTLICHE AUSGABEN:

Hypothek	$	34 000
Haushälterin	$	18 000
Harry – Amherst, Studiengebühr etc.	$	30 000
Sarah – National Cathedral, Schulgeld	$	12 500

Haus auf Martha's Vineyard, Miete, Aug.	$	8 000
Winterurlaub	$	4 000
Essen etc.	$	9 000
Kleidung für Mara	$	10 000
Kleidung für AB	$	3 000
Kleidung und Sportausrüstung der Kinder	$	2 000
Taschengeld für Sarah	$	1 250
Maras Therapeut	$	7 500
Beitrag für Athenian Club	$	3 000
Beitrag für Chevy Chase Club	$	5 000
Essen gehen und sonstige Ausgaben für AB	$	5 000
Mara – Friseur, Maniküre etc.	$	8 000
Kosten für das Auto	$	8 400
Versicherungen etc.	$	3 000
Strom, Wasser etc.	$	6 000
Unterstützung für Maras Mutter	$	10 000
Spenden St. John's Church und wohltätige Zwecke	$	4 500
Gärtner	$	4 000
Gesamtsumme	$	196 500

1996 VORAUSSICHTLICHE EINNAHMEN:

Mirror, Gehalt	$	142 000
Sonderbonus von Sellinger	$	30 000
Reden etc.	$	10 000
Bruttoeinnahmen vor Steuer	$	182 000
Nach Steuer	etwa $	110 000

BENÖTIGT AUS DEM BEZY-VERTRAG 1996:

Falls off-shore und nicht versteuert	$	100 000
Falls versteuert	$	180 000

Eine letzte Datei trug den Namen »AB.DOC«. Zuerst dachte ich, AB stünde für Arthur Bowman und es handle sich um persönliche Aufzeichnungen. Aber so war es nicht. AB.DOC war ein Liebesbrief, den Bowman im Februar an eine Frau geschrieben hatte. Darin erinnerte er sich an eine Karibikreise, die er im selben Monat unternommen hatte. Ich mußte den Brief zweimal lesen, bevor mir ein Licht aufging.

> Liebste Annie,
> ich hasse es, wieder hier zu sein. Noch spüre ich Dich auf meiner Haut, schmecke Dich auf meiner Zunge. Normalerweise erscheint mir mein Leben nicht als Gefängnis, aber jetzt kommt es mir so vor, weil es mich von Dir trennt. Nach Antigua zu entfliehen war himmlisch, und ich glaube nicht, daß M. etwas gemerkt hat. Aber es ist mir zuwider, ein solches Leben zu führen. Ich weiß nicht, was schlimmer ist – ohne Dich einzuschlafen oder ohne Dich aufzuwachen. Liebst Du mich wenigstens ein bißchen? Ich liebe Dich von ganzem Herzen
> A.

Als ich den Brief zu Ende gelesen hatte, rief ich Annie Baron an. Glücklicherweise war sie nicht da. Was ich in diesem Augenblick gesagt hätte, wäre verheerend gewesen. Mit zittriger Stimme hinterließ ich eine Nachricht, ich müsse mit ihr sprechen. Am liebsten hätte ich es laut herausgebrüllt, so weh tat es. Wie hatte sie das tun können? Eine so maßlose Treulosigkeit nicht nur mir, sondern sich selbst gegenüber. Wie konnte eine attraktive, kluge Frau Mitte Dreißig ausgerechnet mit ihm ins Bett gehen? Einem eingebildeten Mann über fünfzig, der zuviel aß und zuviel trank. Wie konnte sie nur?

Es war wie bei einem Vexierbild: Stundenlang können wir es anstarren und sehen nichts, aber wenn wir es erst mal raus haben, sehen wir nur noch das – es ist so offensichtlich. Ich ließ all die

Szenen noch einmal Revue passieren. Wie vertraulich Arthur und Annie miteinander gesprochen hatten – an jenem Abend bei Elsbeth Parsons, wie sie sich zu ihm hinübergebeugt, wie sie gelacht hatte, wenn er einen Witz machte, wie sie ihn sanft berührt hatte. Ich war nicht auf die Idee gekommen, unter den Tisch zu schauen. Vielleicht hatten sie sich da auch berührt? Und die schöne Sonnenbräune? Jetzt wußte ich, daß sie von – dem »himmlischen« Urlaub auf Antigua stammte. Und Annies Fragen, als ich aus New York zurückgekehrt war, nachdem ich versucht hatte, Ed Weiss zu sagen, daß Bowman ein Spion war. Sie mußte es ihm verraten haben; auf diese Weise hatte er erfahren, daß ich ihm auf der Spur war. Und Annies spöttisches Lachen vor unserer Abreise nach China. »Ihr beide habt so viel gemeinsam«, hatte sie gesagt.

Und letzte Woche auf dem Flughafen, als ich mit Arthurs Leiche aus Peking zurückkehrte – wie sie ein wenig abseits von Mara und der Familie stand und ihre Augen hinter einer Sonnenbrille verbarg. Und in der Kirche bei der Beerdigung, als ihr die Tränen über die Wangen liefen. Und all die Jahre, als ich in Übersee war und versuchte, ein Auslandskorrespondent wie Arthur Bowman zu werden. Kein Wunder, daß sie während meiner Lehrjahre so spröde gewesen war. Sie hatte ja schon den Richtigen.

Annie rief mich gegen halb elf zurück. »Geht es dir gut?« fragte sie. »Auf dem Anrufbeantworter hast du dich schrecklich angehört.«

»Nein, mir geht's nicht gut.« Mir versagte beinahe die Stimme. »Ich muß dich sehen.«

»Es ist schon spät, Eric, und mir geht es nicht besonders. Hat es nicht Zeit bis morgen?«

»Nein, es hat nicht Zeit bis morgen. Ich weiß Bescheid über dich und Arthur. Ich habe seinen Laptop aus China mitgebracht und darin einen Liebesbrief gefunden, den er dir geschrieben hat. Mein Gott, Annie ...« Ich fing an zu weinen. Normalerweise passiert mir das nicht, aber die Tränen kamen einfach. »Entschuldige, aber es tut mir so weh.«

Am anderen Ende der Leitung hörte ich sie weinen. Sie weinte laut, wehklagend wie ein Kind. Lange Zeit sagte sie nichts.

»Ich habe gehofft, du würdest es nie herausfinden«, sagte sie schließlich. »Es war ein Geheimnis.«

»Kann ich zu dir kommen?«

»Warum? Was würde das nützen?«

»Ich möchte es begreifen, Annie. Ich muß ›in Verbindung‹ bleiben.« Als ich das sagte, konnte sie mich nicht mehr abweisen. Aber es war ein Fehler.

Es fing noch ganz gut an. Ich küßte sie auf die Wange. Sie hatte so viel geweint, daß ihre Augen rot und ihre Wangen mit Wimperntusche verschmiert waren. Auch als Trauernde wirkte sie zart wie ein Reh. In ihrer gebückten Haltung glich sie einer ruhenden Ballerina von Degas. Wir saßen engumschlungen auf ihrem Zweiersofa, jeder in seine Gedanken, seinen Schmerz versunken. Ich wollte ihr verzeihen; dann wäre es mir besser gegangen. Das tun wir immer, wenn wir verletzt sind. Wir müssen uns versichern, daß der andere uns noch liebt, also verhalten wir uns lieb und nett und drücken vielleicht ein wenig auf die Tränendrüse, um etwas Mitgefühl zu ergattern. Aber schließlich macht sich das Ungeheuer in uns bemerkbar, und wir zerstören die zärtliche Stimmung wieder, die wir geschaffen haben. Bei mir dauerte es etwa zehn Minuten, bis ich zu der entscheidenden, unerträglichen Frage vorstieß.

»Wie konntest du mit ihm schlafen?« sagte ich leise, den Arm immer noch um ihre Schulter gelegt. Sie riß sich von mir los.

»Stell mir nicht solche Fragen, Eric.«

»Aber wie konntest du nur? Er war so viel älter. Er war mit einer anderen verheiratet. Und nicht gerade attraktiv. Ich begreife es nicht.«

Sie hob abwehrend die Hand. »Bitte nicht.«

»Tut mir leid. Aber das ist für mich am schwersten. Ich dachte, das wüßtest du.«

»Eric.« Sie fing wieder an zu weinen. »Eric. Mein Gott, begreifst du es denn nicht? *Ich habe Arthur geliebt!* Ich habe ihn geliebt. Ich bin am Ende. Ich weiß nicht, was ich ohne ihn machen soll.«

Das war die Antwort, mit der ich nicht gerechnet hatte. Das änderte alles. Welchen Sinn hatte es, eifersüchtig zu sein? Sie hatte mehr verloren als ich. Ich nahm sie in die Arme; zuerst wehrte sie sich, aber dann ließ sie es geschehen, schluchzte und schluchzte. Jetzt begriff ich, daß Arthur im Flugzeug auf seine Weise versucht hatte, es mir zu sagen. Aber ich hatte nichts kapiert.

Ich machte ihr Tee, und sie zog ihren Pyjama an. Das war schon immer Annies Reaktion auf alles Unangenehme gewesen. Während sie ihren Tee schlürfte, versuchte sie, mir in groben Zügen ihre Liebesbeziehung mit Arthur Bowman zu schildern, zuerst rücksichtsvoll, dann unverblümt. Es hatte vor zehn Jahren angefangen, kurz nachdem ich nach Beirut gegangen und sie nach Washington gezogen war. Bowman war der schneidige Kriegsberichterstatter, der soeben von seinen Abenteuern heimgekehrt war. Er war bereits mit Mara verheiratet; als sie sich kennengelernt hatten, wollte er sich scheiden lassen, aber Annie verhinderte es. Sie stand am Anfang ihrer Karriere und war nicht darauf aus, ihn zu heiraten. »Ich wollte nur mit ihm bumsen«, sagte sie. Ich fragte, ob es gut gelaufen war zwischen ihnen, und sie sagte ja. Deshalb habe es so lange gedauert. »Das war die einzige Situation, in der Arthur seine Rolle ablegte ..., wenn wir miteinander schliefen. Er war einfach da, bei mir.«

»Aber er war so alt«, wandte ich ein.

»Ich weiß. Und dick. Es ist seltsam. Du siehst viel besser aus als er, und besser gebaut bist du auch. Es ist nur, er war älter. Er war schon, was du werden wolltest. Und die Art, wie er mich liebte ..., da fühlte ich mich wie etwas Besonderes. Er holte etwas aus mir heraus. Ich weiß nicht. Bei ihm war ich eine Frau. Ich fühlte mich lebendig.«

»Warum hast du es mir nicht schon längst gesagt?«

»Ich konnte nicht. Es war ein Geheimnis. Hast du je ein richtiges Geheimnis gehabt, Eric? Wahrscheinlich nicht. Du bist so normal. Der amerikanische Tennisstar. Wahrscheinlich hattest du in deinem ganzen Leben noch nie ein schreckliches Geheimnis.«

»Doch, ich habe eins«, sagte ich so leise, daß ich nicht sicher bin, ob sie es überhaupt gehört hat.

»Ich habe dich auch geliebt, Eric. Dadurch war es so schwer. Ich dachte immer, wir könnten doch noch heiraten. Das war der springende Punkt. Ich wußte, daß du mit anderen Frauen schliefst. Und dir war klar, daß ich andere Männer hatte, auch wenn du von Arthur nichts wußtest. Aber ich habe einfach gedacht, daß wir eines Tages wieder zueinander finden – heiraten und Kinder kriegen. Ich dachte, daß wir fast soweit wären, als wir wieder miteinander schliefen, bevor du nach China geflogen bist. Du hast mich gebraucht, und ich habe dich geliebt.«

»Hast du aus diesem Grunde nie einen anderen geheiratet? Weil du gedacht hast, daß wir eines Tages heiraten?«

»Ja, teilweise deshalb. Ich weiß nicht, teilweise deshalb. Und ich hatte mich daran gewöhnt, mit einem Geheimnis zu leben.«

34

Trotz des Traumas, das Arthurs Tod auslöste, ging das Leben beim *Mirror* seinen gewohnten Gang. Das ist ein angenehmer Zug von Zeitungen: Sie erscheinen jeden Tag, also müssen sich die Leute am Riemen reißen und weitermachen. In unserem Sonntagsmagazin brachten wir einen Sonderteil zur Erinnerung an Arthur Bowman mit Auszügen aus einigen seiner berühmten Berichte und Fotos von ihm in Vietnam und im Libanon, mit Tropenanzug und gelassenem Blick. Und Philip Sellinger stiftete in Arthurs Namen ein Stipendium in Harvard, wo sie beide studiert hatten. Aber damit hatte es sich. Arthurs schönes Büro wurde ausgeräumt; all die Fotografien und Erinnerungen wurden in eine Schachtel gepackt und an Mara geschickt.

Auch für mich war es wohl die beste Therapie, mich wieder an die Arbeit zu machen. Bob Marcus teilte ich mit, ich wolle eine ausführliche Reportage über den chinesischen Telekommunikationsauftrag schreiben, in die ich alle Recherchen hineinpackte, die ich in Peking gemacht hatte. Marcus war einverstanden. Ihm war alles recht. Zu der Zeit war er in hektische Betriebsamkeit verfallen, ununterbrochen brachte er Memos in Umlauf, über Leserumfragen und zündende Storys, Auflagenhöhe und Verbreitung. Es ging das Gerücht, in New York sei man unzufrieden mit ihm und werde ihn im Herbst absetzen, was einen regen Meinungsaustausch innerhalb der Redaktion auslöste. Außerdem wurde ruchbar, ich solle demnächst als stellvertretender Auslandsredakteur nach New York gehen, also waren alle besonders nett zu mir – insbesondere Noel Rosengarten, der immer noch bei uns ausharrte. Der Vertrag beim Fernsehen in Minneapolis war nicht zustande gekommen. Angeblich stand auch er auf der Abschußliste, und so glaubte er wohl, es sei seiner Karriere zuträglich, wenn er mir Honig ums Maul schmierte.

Meine China-Story sollte als Hintergrundbericht neben der Meldung über die Auftragsvergabe erscheinen, und deshalb arbeitete ich sorgfältig daran. Ich brachte alles unter, was sich ungestraft behaupten ließ. Ich schilderte, wie Franzosen und Amerikaner in der Volksrepublik China Geschäfte machen, wobei ich mich auf die Hinweise meines chinesisch-amerikanischen Freundes Michael Wee stützte. Ich skizzierte die weitreichenden Pläne von Unétat in China, vergaß auch nicht, ein »mysteriöses Biotechnologieprojekt« zu erwähnen, und zitierte dann François Minarts Bemerkungen beim Pressefrühstück in Peking. Ferner verfaßte ich ein Porträt des »umstrittenen« Unétat-Chefs Alain Peyron; im Aufmacher beschrieb ich ihn, wie er mit seiner seidenen bestickten Hausjacke in seiner Penthouse-Suite saß. Ich schrieb, informierte Kreise in den Vereinigten Staaten gingen davon aus, daß sein Unternehmen umfangreiche Zahlungen an chinesische Politiker geleistet habe; diese und andere Quellen prophezeiten, sofern die Franzosen den Auftrag erhielten, würde ein Teil der Bestechungsgelder wieder zurück nach Frankreich fließen. Es gelang mir sogar, einen Hinweis auf Michel Bézy einzuflechten, wobei ich erwähnte, er sei früher für den Geheimdienst tätig gewesen und sei jetzt der Anwalt Peyrons. Bézy habe als Vermittler in China eine Schlüsselrolle gespielt und werde mit Sicherheit Beträge in Millionenhöhe einstreichen, falls die Franzosen den Zuschlag erhielten. Die Anwälte prüften den Artikel sorgfältig, verlangten jedoch keine Änderungen. Marcus war begeistert.

Aber mich langweilte der Bericht. Ich hatte in China Blut und Wasser geschwitzt – war durch die Hölle gegangen –, aber das, was ich schrieb, wirkte papieren und blutleer. Der Artikel reflektierte zum Teil zwar die ungewohnten Zwänge, unter denen ich arbeitete, veranschaulichte aber auch den Prozeß der »Denaturierung« und Verknappung, der stets beim Schreiben von Zeitungsartikeln abläuft. Wir müssen so viel Leben aus den Ereignissen herauspressen, bis sie flach auf einer Zeitungsseite ausgewalzt daliegen. Wir müssen die Ungeheuerlichkeit menschlicher Erfahrung in mundgerechte Portionen zerhacken. Wir sind die Punktrichter des Lebens, nicht die Spieler. Wir stellen uns gerne vor, daß wir sämtliche Tugenden und Verdienste gepachtet hätten – wir, die Angehörigen der schreibenden Zunft, die mit reiner Weste an der Seitenlinie stehen –, im Gegensatz zu den armen Teufeln auf dem Spielfeld, die sich die Hände schmutzig machen.

Die Wahrheit war, daß ich es haßte, wieder im Büro zu sein. Ich saß vor dem Computer und versuchte mich zu konzentrieren, während der übliche Zirkus weiterging – Susan Geekas' Gejammere, wie gemein man im Weißen Haus zu ihr sei, Amory Small mit seinen lahmen sexistischen Witzen, das unaufhörliche Mahlwerk der Redaktionsintrigen. Normalerweise waren das für mich nur Hintergrundgeräusche, aber jetzt fand ich sie nervtötend und lästig.

Mein Widerwille gegen mich selbst hatte einen Höhepunkt erreicht, als ich einen Anruf von meinem Freund George Dirk erhielt. »Hallo, du Arschloch!« begrüßte er mich. Anders als die meisten Kollegen gab sich Dirk keine Mühe, nett zu mir zu sein. »Ich weiß, daß du wahrscheinlich keine Zeit hast, wo du dich doch darauf vorbereitest, nach New York zu gehen und Ed Weiss als Chefredakteur abzulösen. Aber vielleicht hast du ja Interesse, mit uns Lohnsklaven von *Mirror Alert* zu reden, weil hier merkwürdige Dinge vor sich gehen. Einer von euch Überfliegern sollte darüber Bescheid wissen. Die anderen lassen sich am Telefon verleugnen, also bist du der Glückliche. Falls du nicht gerade vollauf damit beschäftigt bist, einen Bestseller zu landen oder so was.«

Wir trafen uns am selben Abend in einem heruntergekommenen Steakrestaurant in Arlington. An der Wand hingen vergilbte Autogrammfotos von ausrangierten Hollywood-Stars und zwielichtigen Politikern, die irgendwann einmal das Lokal besucht hatten. Da war ein Hochglanzfoto von Rosemary Clooney; ein Bild von einem grinsenden, händeschüttelnden Kongreßabgeordneten Wayne Hays aus Ohio; ein Schnappschuß von Chuck Bednarek im Footballdreß – alle mit Grußworten an den Inhaber im großzügigen Stil von Leuten, die wissen, daß ihr Ruhm nie verblassen wird.

George zwängte seinen großen Körper in eine Sitzecke. Obwohl das Lokal fast leer war, sprach er so leise, daß ich ihn kaum verstand. An diesem Abend war er ganz in die Rolle des Verschwörers geschlüpft. Er hatte sogar – in diesem leeren Restaurant – unter falschem Namen einen Tisch reserviert.

»Du kennst mich, Eric«, fing er an, »also weißt du, daß ich kein Mensch bin, der vorschnell urteilt.« In Wirklichkeit wußte ich, daß er genau so ein Mensch war, aber Schwamm drüber. »Ich arbeite jetzt seit über einem Monat bei *Mirror Alert* und muß dir sagen, daß in dem Laden etwas nicht stimmt. Das verrät mir mein feines Geruchsorgan. Kannst du mir folgen?«

»Nein, ganz und gar nicht. Was stimmt denn nicht mit *Mirror Alert*?«

»Okay. Punkt eins: Was machen die eigentlich? Im Grunde existiert doch der Laden, um Händler an der Börse mit Insiderinformationen zu versorgen. Mit Tips zur Entwicklung der Handelsstatistik oder der Arbeitslosenzahlen, mit Ernteprognosen oder Voraussagen, was die Federal Reserve Bank bei ihrer nächsten Sitzung beschließen wird. Oder mit Listen von Unternehmen, die in jüngster Zeit die Dienste von Investmentbankern in Anspruch genommen haben, was bedeutet, daß sie mit Tender-Offerten oder Übernahmeangeboten zu tun haben könnten. Das ist alles ziemlich öde, aber wenn du an der Böse eine Information mit zwanzig Sekunden Vorsprung hast, kannst du enorme Gewinne machen. *Mirror Alert* versucht, derartiges Material 24 oder 48 Stunden im voraus zu beschaffen – möglichst noch bevor die Druckerschwärze getrocknet ist. Es handelt sich um absolute Insiderinformationen – normalerweise wäre es illegal, sie an der Börse zu nutzen, aber da *Mirror Alert* als offizielles Nachrichtenmedium gilt, dürfen wir sie rausbringen. Und weißt du was? Wir beherrschen unsere Sache ziemlich gut. Nicht wir alten Lahmärsche, die vom *Mirror* übernommen wurden, sondern die hellen Köpfe von *Press Alert*. Manche von diesen Informationen sind so heiß, daß wir sie erst mal abschwächen, bevor wir sie veröffentlichen, damit sie wie Prognosen aussehen und die Leute nicht merken, daß uns tatsächlich Zahlen vorliegen. Diese Senkrechtstarter bekommen das Material irgendwoher, aber frag mich nicht, wie. Besser gesagt, frag mich. Na, mach schon.«

»Okay, George, wie kommen sie an das Material heran?«

»Das kann ich dir sagen. Sie bezahlen dafür. Ich meine, sie müssen zahlen. Ich bin seit fünfzehn Jahren Reporter, und ich weiß, was man auf gewöhnlichem, geradem Wege von seinen Quellen kriegt, ohne daß sie die Hand aufhalten. Man bekommt Tips, Hinweise, ab und zu ein paar Dokumente. Aber dieses Material gehört zu einer anderen Kategorie. Es handelt sich um vertrauliche Informationen. Leute, die so etwas weitergeben, können ins Gefängnis wandern. Da wechselt irgendwo Geld den Besitzer. Jemand besticht die Leute, die den Müll rausbringen, oder die Fahrradkuriere, die die Briefe durch die Stadt transportieren, oder die Federal-Express-Angestellten oder die Schreibkräfte, die in Anwaltsfirmen Nachtschicht schieben oder sonstwen. Eine häßliche Sache. Auf jeden Fall ist das Punkt eins.

Jetzt kommt Punkt zwei: Selbst wenn man bereit ist, das Grundkonzept von *Mirror Alert* zu schlucken – da spielt jemand ein doppeltes Spiel. Was da abläuft, habe ich noch nie erlebt. Die Redakteure sind Verrückte. Sie kommen alle von *Press Alert* – das war, wie sich herausstellte, Bestandteil der Joint-venture-Vereinbarung – und arbeiten wie Roboter. Wir Reporter, die Lohnsklaven, schwärmen aus und sammeln Informationen, und dann geben wir sie in einen eigens eingerichteten »Redakteurskorb«. Und der erweist sich als schwarzes Loch. Wir haben keinen Zugriff mehr auf die Storys, die wir übers Datennetz abgeliefert haben, sobald sie in der Hand der Redakteure sind. Angeblich ist das eine Sicherheitsvorkehrung, aber, Eric – die sitzen auf dem Material. Es bleibt im Korb. Manchmal ein paar Minuten, manchmal Stunden, manchmal tagelang. Überleg dir das mal. Wir schicken den Redakteuren börsenrelevante Nachrichten, und die sitzen darauf. Was schließt du daraus?«

»Sie handeln selbst mit den Informationen, bevor sie sie ins Netz geben.«

»Genau. Oder vielleicht leiten sie sie an ein paar spezielle Kunden weiter, die dafür eine Stange Geld bezahlen. Aber die

Sache ist die, sie geben sich als Journalisten aus, um Informationen zu sammeln, und dann benutzen sie diese Informationen, um Geld zu machen. Sie waschen Informationen – damit sie sauber aussehen, benutzen sie aber für schmutzige Geschäfte. Das ist wenigstens meine Hypothese. Die Beweise sind ein bißchen dünn, wie dir vielleicht aufgefallen ist, aber was meinst du? Soll ich sie auffliegen lassen?«

»Noch nicht. Eine unheimliche Geschichte, aber bisher reine Spekulation. Im Grunde hast du nichts in der Hand. Weiss würde sagen: ›ein bißchen dürftig‹.« Dirk wußte nur allzugut, daß Dürftigkeit die Eigenschaft war, die der Chefredakteur an einer Story am wenigsten schätzte.

»Ich bleibe dran. Ich suche nach einer Möglichkeit, eine Information so zu kennzeichnen, daß ich sie auf dem Weg durch das System verfolgen und sehen kann, wer damit handelt. Was hältst du davon, du weisester aller Nachrichtenexperten?«

»Gute Idee. Sobald du Genaueres weißt, mußt du sofort zu Sellinger gehen. Vielleicht gibt er dir dann deinen alten Posten zurück.«

»Du Scheißkerl, Eric, du glaubst wohl, das ist lustig, zwei Kinder und die Aussicht, auf der Straße zu stehen? Halt dich ein bißchen zurück.«

»Okay. Gibt es noch einen Punkt drei?«

»Selbstverständlich. Punkte treten immer in Dreiergruppen auf, falls du das noch nicht gemerkt hast. Punkt drei also lautet: Wer zum Teufel ist überhaupt der Besitzer von *Press Alert*?«

»Das ist kein Punkt, Dirk. Das ist eine Frage.«

»Wem gehört der Laden, verdammt noch mal? Dein Freund Sellinger hat das verschwiegen, als er die Partnerschaft bekanntgab. Alles, was wir wissen, ist, daß es sich um ein internationales Medienunternehmen handelt, das bereit ist, 500 Millionen Dollar in eine nette Zeitung zu investieren, die Verluste schreibt. Also habe ich ein wenig nachgeforscht, und mit *Press Alert* ist irgendwas faul. Es steht in keinem Unternehmensverzeichnis, es ist an keiner Börse notiert, es hat noch nie Anleihepapiere ausgegeben. In der *Financial Times* und im *Wall Street Journal* wurde es im Laufe der letzten fünf Jahre nur ein einziges Mal erwähnt, und zwar bei dem Geschäft mit uns. Als normales Unternehmen *gibt es die gar nicht.* Sie behaupten, ihr Firmensitz sei in Genf, und ich habe einen Freund bei AP gebeten, das zu überprüfen. Aber das ist praktisch nur eine noble Postadresse mit einem hübschen Büro an der Rue du Rhône und ein paar Sekretärinnen, die am Telefon sitzen. Also hat mein Freund im Genfer Handelsregister nachgesehen, wer die Aktien von *Press Alert, S. A.*, kontrolliert. Und siehe da, es ist eine Scheinfirma mit Sitz auf den Bahamas. Möchtest du mir das erklären, du als Lieblingskind des Verlegers? Wie ist der *Mirror* mit einer solchen Firma ins Bett gekommen?«

»Sellinger brauchte Geld«, erwiderte ich. »Das ist das einzige, was ich wirklich weiß. Damals im März, bevor das Geschäft mit *Press Alert* bekanntgegeben wurde, war er so verzweifelt, daß er Arthur Bowman losschickte, um bei einigen Leuten anzuklopfen – auf der Suche nach 500 Millionen Dollar. Bowman hat mit Investoren aus Japan, Korea, Saudi-Arabien und Großbritannien gesprochen, aber nichts erreicht. Offenbar hat Sellinger das Geld dann woanders aufgetrieben.«

»Woher weißt du das, Eric? Mir wäre es zuwider, wenn du tatsächlich das Lieblingskind der Firma wärst.«

»Weil ich Bowmans Computer aus China mit nach Hause gebracht habe. Auf der Festplatte hat er unter anderem einen Brief an Sellinger hinterlassen, in dem er die Kontakte schildert, die er mit all diesen Investoren geknüpft hat.«

»Du schnüffelst. Das sieht einem Truell aber gar nicht ähnlich. Du legst ermutigende Anzeichen von Verkommenheit an den Tag.«

Hinter George an der Wand hing ein Foto von Ed »Kookie« Burns in einer Szene aus »77 Sunset Strip« mit der Widmung: »Great dinner, Emilio! Thanks a million, Baby!«

»Versprich mir eins«, sagte ich. »Du gehst zu Sellinger, sobald du etwas Wichtiges rausgefunden hast.«

Am Apparat war eine Mitarbeiterin der Washingtoner Redaktion von *Hard Copy*. Sie fragte, ob Sie mich mit Mr. Cohen verbinden dürfe. Mein Gott! dachte ich. Er hatte es tatsächlich geschafft. Der verrückte Historiker mit dem venezianischen Stadtstaat als Spezialgebiet hatte tatsächlich einen Job als Reporter gefunden.

»Ich bin's!« rief Rupert. »Der Hatchet Man. Nächste Woche mache ich meinen ersten Live-Beitrag, und ich bin auf der Suche nach Material. Du stehst auf meiner Liste, Mr. Sidey. Zweifelsfrei auf meiner Liste der Nachrichtenverdächtigen.«

»Ich habe nichts für dich, Hatchet Man. Du bist von der Konkurrenz.«

»Da fühle ich mich aber geschmeichelt. Ist das die Möglichkeit, daß eine große Zeitung wie der *Mirror* tatsächlich ein popeliges TV-Magazin wie *Hard Copy* als Konkurrenz betrachtet? Du meine Güte. Aber keine Sorge, Hugh. Ich will dir keine Storys klauen. Ich möchte dich interviewen.«

»Worüber?«

»Über das, was wirklich in China passiert ist, alter Junge. Wie ist Arthur Bowman ums Leben gekommen? Ich meine, ich habe den Scheiß gelesen, den du über einen Lastwagen geschrieben hast, der sich selbständig gemacht hat, aber das war nicht besonders glaubwürdig. Nicht für einen alten Hasen wie mich. All deine verschlafenen, verantwortungsbewußten Freunde bei der Zeitung haben das anstandslos geschluckt, aber der Hatchet Man arbeitet nicht für die etablierte Presse. Und der Hatchet Man will wissen, was passiert ist.«

»Ich habe die Wahrheit geschrieben. Wir waren in einer schmalen Gasse in Peking auf der Suche nach einem Restaurant. Da kam ein riesiger Lastwagen die Straße heruntergedonnert. Arthur sprang davor, um ihn zu stoppen, und er wurde niedergefahren. Das ist die ganze Geschichte. So ist er gestorben.«

»Eric, mein Süßer, das sind die kleinen Tatsachen. Ich will die großen Tatsachen, die Hintergründe. In Peking geschieht nichts, bei dem nicht die Chinesen ihre Hände im Spiel haben. Also warum wollten die Chinesen Arthur Bowman, den großen Journalisten dieses Jahrhunderts, umbringen? Was hat er im Schilde geführt? Oder vielleicht waren ja seine französischen Kumpels die Schuldigen, mit denen er – wie wir wissen – ziemlich dick befreundet war? So oder so, das ist eine Story. Also erzähl mal, was war da los?«

»Nimmst du das auf, Rupert?«

»Aber selbstverständlich. Der Hatchet Man nimmt alle seine Interviews auf. Warum? Gilt das unter euch Starjournalisten als unhöflich?«

»Du Scheißkerl. Ich dachte, wir hätten ein Vertrauensverhältnis. Ich habe dich monatelang gedeckt, als du noch beim Geheimdienst warst. Du solltest netter mit mir umgehen.«

Ich hörte das Klicken einer Taste. »Da hast du recht«, meinte er. »Ich sollte netter mit dir umgehen. Ich bin dir was schuldig. Und ich sollte aufhören, in der dritten Person über mich zu reden, das wird mir klar. Ich lege mich nur im Moment unheimlich ins Zeug. Ich brauche Stoff, und da dachte ich, du könntest mir vielleicht weiterhelfen. Aber unterm Strich heißt das, du wirst mir nichts erzählen, was ich nächste Woche verwenden kann. Ist das richtig?«

»Richtig, Rupert.«

»Mist! Ich bin wirklich nervös, Eric. Ich habe so was noch nie gemacht. Ich möchte ein Star sein, aber ich bin völlig konfus. Tut mir leid, daß ich so ein Idiot bin. Ich weiß, daß ich dir einen Gefallen schulde. Du hast dir mein ganzes Geschwafel angehört und mich ermutigt, während jeder andere mir nur die kalte Schulter gezeigt hat. Das ist mir klar. Und ich sollte dich auch nicht Hugh Sidey nennen. Ich weiß nicht, warum ich das mache. Du kannst mir vertrauen. Und solltest du je in der Klemme stecken, dann wende dich an den Hatchet Man. Okay?«

»Okay, Hatchet Man. Hals- und Beinbruch nächste Woche. Hast du denn schon etwas anderes für deinen ersten Auftritt, jetzt wo die Sache mit mir ausfällt?«

»Nur eins: Ich habe eine Quelle im Weißen Haus, die mir versichert, der Präsident habe Herpes. Richtig blühenden, dicken Herpes. Die Anwälte verlangen eine zweite Quelle, bevor ich das bringen darf, aber wie willst du so etwas beweisen! Wirklich! Und der Präsident wird uns bestimmt nicht verklagen. Kannst du dir vorstellen, wie bei einem solchen Prozeß die Beweisaufnahme laufen soll? Aber meine Produzenten sind besorgt. Weißt du, was sie gesagt haben? Sie meinen, es sei verantwortungslos, eine solche Story zu bringen. Ist das zu fassen! Wir sind doch hier nicht beim *New England Journal of Medicine*, um Himmels willen. Wir sind bei *Hard Copy*. Muß denn jeder auf diesem Erdball sich vor lauter Verantwortungsbewußtsein ins Hemd machen?«

35

Die chinesische Regierung gab am 1. Mai bekannt, sie werde den Telekommunikationsauftrag an das französische Unternehmen Unétat vergeben. Da dieser Auftrag laut Ankündigung »Modernisierung, Produktverbesserung und langfristige technische Unterstützung« umfaßte, würde sein Gesamtvolumen über sieben Jahre auf 38 Milliarden Dollar anwachsen. Zu dem Vertrag gehörte auch ein kompliziertes Finanzierungspaket: Die Europäische Gemeinschaft zeigte sich bereit, ein Abkommen zu unterzeichnen, das es China ermöglichte, die 38 Milliarden Dollar zu niedrigen Zinssätzen bei europäischen Banken zu leihen. Es stand zu vermuten, daß acht Milliarden der Gesamtsumme ihren Weg in die Tasche von Kommissionären, Beratern und anderen Mittelsleuten aus Frankreich und China finden würden, die bei der Einfädelung des Geschäfts eine Rolle gespielt hatten. Praktisch stellten die Bürger Europas Kredite bereit, die als Bestechungsgelder an Gauner ausbezahlt wurden.

Das Weiße Haus veröffentlichte eine Erklärung, in der es Unétat beglückwünschte, aber gleichzeitig bedauerte, daß das Angebot des US-Konsortiums abgelehnt worden war. Politische Berater im Weißen Haus teilten Susan Geekas allerdings vertraulich mit, der Präsident sei erleichtert, weil ihm die Vorstellung derartig enger Kontakte zu den Diktatoren in Peking nie behagt hatte. Die Politiker hatten es jedoch versäumt, den für Ostasien zuständigen Staatssekretär im Außenministerium entsprechend zu impfen, der vor Journalisten sagte, die neue französisch-chinesische Kooperation sei »möglicherweise eine Bedrohung« für die Vereinigten Staaten.

Am nächsten Morgen brachte der *Mirror* meinen Hintergrundartikel über das Chinageschäft in voller Breite auf der ersten Seite, und zwar in Verbindung mit einem Bericht über die Auftragsvergabe. Wir schlugen alle anderen Zeitungen vernichtend: Bei dem, was ich über die Schattenseite des Geschäfts herausgefunden hatte, konnte keine mithalten. Ed Weiss schwebte im siebten Himmel. Storys wie diese waren sein Lebenselixier. Die Produzenten von »McNeil-Lehrer« holten mich als Gast in ihre Sendung am Nachmittag, und abends sollte ich in »Nightline« auftreten. Ich saß schon im ABC-Studio in der DeSalles Street und wurde für die Sendung zurechtgemacht, als die Produzenten diesen Beitrag cancelten und durch einen Bericht über einen Serienmörder ersetzten; aber am nächsten Tag wurde ich in »All Things Considered« von Linda Wertheimer interviewt. Und der Redakteur unserer Sonntagsbeilage »Mirror on the World« bat mich, für das kommende Wochenende einen Essay über die Folgen des Chinageschäfts für die globale wirtschaftliche und politische Stabilität zu schreiben. Ein Thema, das Bowman alle Ehre gemacht hätte.

Allmählich begriff ich, warum Annie Gefallen daran gefunden hatte, ein Talk-Show-Dampfplauderer zu sein. Im Augenblick nahm ich an einem großen landesweiten Dialog teil, in dem die wichtigen Zeitungen, das Fernsehen, der Rundfunk denselben Ton anschlugen. Es ging darum, dasselbe Thema zu diskutieren, es zu Tode zu reden und dann weiterzuziehen. Es war wie ein gewaltiges Tischgespräch, bei dem immer nur einer zu Wort kommt – und diesmal war ich an der Reihe. Es machte Spaß, wenn die Leute sagten, sie hätten mich am Fernsehen gesehen oder im Radio gehört. Solcher Ruhm ist ein Ausgleich für die Passivität des Reporterdaseins; man hat das Gefühl, jemand zu sein, obwohl man eigentlich gar nichts tut.

Aber die innere Leere blieb. Die ganze Woche schlief ich schlecht. Der Ruhm allein reichte nicht, um mich von meinen Problemen abzulenken. Ich wollte *handeln*. Der passiven Welt des Journalismus war ich entronnen, als ich in China war und etwas bewirkt hatte – so hoch der Preis sein mochte. Ich brauchte das Gefühl, mich für etwas einzusetzen; ich wollte meine Aufgabe zu Ende bringen.

Rubinos Durchwahl im Büro hatte ich noch. Am Morgen des 3. Mai, zwei Tage nachdem die Chinesen die Vergabe des Auftrags bekanntgemacht hatten, rief ich ihn schließlich an. Ich sagte, ich hätte mir die Sache gründlich überlegt und sei daran interessiert, ausführlicher darüber zu sprechen, wie wir Michel Bézy vor Gericht bringen konnten.

»Sie wollen nur reden?« fragte Rubino.

»Nein, ich will es durchziehen. Aber bevor ich Ihnen meine Hilfe zusage, muß ich wissen, wie wir an Bézy herankommen wollen.«

»Geben Sie mir ein paar Stunden Zeit«, meinte er. »Dann zeige ich es Ihnen.«

Am späten Freitag nachmittag traf in der Redaktion ein Umschlag ein, auf dem nur mein Name und der Vermerk »Eilt« standen. Ich saß am Schreibtisch, als Viola, die Empfangsdame, ihn bei mir abgab. Zunächst beachtete ich den Umschlag nicht – PR-Leute versehen ihre Verlautbarungen immer mit dem Vermerk »Eilt«. Also legte ich ihn beiseite, um einen Brief an Michael Wee zu beenden, in dem ich für seine Hilfe in Peking dankte.

Als ich schließlich den braunen Umschlag öffnete, fand ich darin einen kleineren Briefumschlag mit meinem Namen und dem Vermerk »Persönlich und vertraulich«. Der kurze Brief hatte folgenden Inhalt:

> Von Informanten, die mit Einzelheiten des Chinaauftrags vertraut sind:
> Am Donnerstag, dem 2. Mai, wurden 120 Millionen Dollar auf das Konto P-20-52-D bei Pan AsiaCredit in Vanuatu auf den Neuen Hebriden überwiesen. Das Geld stammt vom Konto eines französisch-chinesischen Joint-venture-Unternehmens namens Inter/Orient, das gegründet wurde, um Abschlagszahlungen für den Telekommunikationsauftrag zu leisten. Heute morgen (Pariser Zeit), am Freitag, dem 3. Mai, wurden 40 Millionen Dollar von dem Konto in Vanuatu entnommen und auf das Konto 5371-77-244 bei der Organisation des Banques Suisses überwiesen. Aus Unterlagen von Schweizer Banken geht hervor, daß der Kontoinhaber ein französischer Staatsbürger namens Michel Bézy ist.

Rubino hatte mir das Instrument der Rache in die Hand gegeben. Das Material besaß die Überzeugungskraft knallharter Tatsachen. Über das technische Geschick der Leute, die diese Informationen gesammelt hatten, konnte ich nur staunen. Sie hatten Bézy kalt erwischt.

Am selben Abend gegen halb elf läutete bei mir zu Hause das Telefon. Der Anrufer nannte seinen Namen nicht, aber ich erkannte Rubino gleich an der Stimme. Er bat mich, ihn von einem Münzfernsprecher zurückzurufen. Ich zog eine Jeans und meine Hausschuhe an, ging zum Telefon in der Lobby meines Hauses hinunter und wählte die Nummer, die mir Rubino gegeben hatte.

»Haben Sie in letzter Zeit interessante Post bekommen?« fragte er.

»Ja. Gute Arbeit. Unser Mann wäre nicht gerade erfreut, wenn er wüßte, daß diese Information einem Journalisten vorliegt.«

»Also sind Sie dabei oder nicht? Wie müssen es wissen.«

»Ich bin interessiert, aber noch nicht sicher. Tut mir leid, daß ich so lange brauche, aber ich muß es erst sorgfältig durchdenken, mir klarwerden, ob es das Richtige ist. Ich nehme an, ich kann immer noch nein sagen, wenn mir nicht wohl bei der Sache ist.«

»Natürlich. Sie können immer nein sagen, aber ich hoffe, Sie sagen ja. Er ist ein schlechter Mensch. Ein Mörder und ein Dieb. Ich wäre so froh, wenn ich ihn hinter Gitter bringen könnte. Es wäre der Mühe wert.«

»Kann ich die Information, die Sie mir gegeben haben, für eine Story verwenden, auch wenn es mir nicht gelingt, unseren Mann nach Amerika zu locken?«

»Auf jeden Fall. Die Information gehört jetzt Ihnen. Sie können damit machen, was Sie wollen.«

»Und wenn ich ja sage, was passiert dann? Müssen Sie wieder eine Sondergenehmigung für mich einholen, mit dem Präsidenten reden und so weiter? Das war mir letztesmal ziemlich unangenehm.«

»Nicht unbedingt. Die Sache liegt anders – es handelt sich nicht um eine verdeckte Aktion, sondern um die Durchsetzung von Gesetzen. Das Ganze spielt sich auf dem Territorium der Vereinigten Staaten ab, ist also im Grunde eine FBI-Operation. Und Sie tun einfach Ihre Arbeit als Reporter und verabreden ein Interview mit jemandem. Ich schätze, darauf kommt es Ihnen an – ob Sie der Form halber in eigener Sache oder für uns tätig sind.«

»Ja, das ist mir sogar sehr wichtig. Vielleicht klingt das so, als wollte eine Hure beweisen, daß sie eigentlich noch Jungfrau ist, aber es ist mir wichtig.«

»Ich werde mein Bestes tun«, sagte er. Das nahm ich für ein Ja, was beweist, wie sehr ich es mir wünschte.

Ich versprach Rubino, mir die Sache übers Wochenende zu überlegen – und es fiel mir tatsächlich schwer, an etwas anderes zu denken. Am Samstag abend ging ich auf eine Party, wo ich eine attraktive Frau kennenlernte, die als Redaktionsassistentin bei der *New York Times* arbeitete. Ich saß im oberen Stockwerk mit ihr auf einer Couch und versuchte sie dazu zu bewegen, die Nacht mit mir zu verbringen. »Du wirkst ein bißchen geistesabwesend«, meinte sie. »Geht es dir wirklich gut?« Und ich mußte zugeben, daß es mir gar nicht gutging. Ich sei kürzlich dahintergekommen, daß meine Exfreundin seit zehn Jahren mit einem anderen schlief, der kürzlich gestorben sei, wofür ich mich persönlich verantwortlich fühlte. Und nun müßte ich überlegen, was da zu machen sei. In diesem Augenblick entschloß sich die junge Frau, wieder nach unten zu gehen, sich unter die Partygäste zu mischen und jemand anderen kennenzulernen.

Sonntag früh ging ich in die Kirche und betete. Das gehört nicht gerade zu meinen festen Gewohnheiten – Ausnahmen bildeten meine Zeit als Kriegsberichterstatter und die Phase, als meine Mutter sich einer Krebsoperation unterziehen mußte –, und es war ein Anzeichen meiner Orientierungslosigkeit. Wahrscheinlich finden die meisten von uns zum Glauben zurück, wenn wir starken Belastungen ausgesetzt sind und unsere anderen Erklärungsversuche und Wertvorstellungen ihre Gültigkeit verloren haben. Am tröstlichsten fand ich seltsamerweise die Mehrdeutigkeit der Heiligen Schrift. Am Kreuz glaubt sogar Jesus, er sei verlassen. Am Ostermorgen finden wir ein leeres Grab – keine Himmelsleiter mit Neonbeleuchtung. Das sagte mir etwas. Die göttliche Botschaft lautet: Er ist nicht hier. Du mußt selbst dahinterkommen.

Also versuchte ich dahinterzukommen, wie die Teile des Puzzles zusammenpaßten. Anscheinend stand ich immer noch vor einem Konflikt zwischen meinen persönlichen Verpflichtungen – als Staatsbürger, als Mensch, als Freund von Arthur Bowman – und meinen beruflichen Pflichten als Journalist. Erstere geboten mir zu handeln; letztere, nicht zu handeln. Ich kannte dieses Problem bereits – an diesem Punkt war ich schon einmal gewesen –, und nun prüfte ich die Sache noch einmal. Aber nach einer Weile kommt man durch Nachdenken nicht mehr weiter. Man läßt sich immer wieder dieselben Argumente durch den Kopf gehen, wägt die verschiedenen Gründe gegeneinander ab, folgt immer denselben Gedankengängen, die man zuvor entwickelt hat. Vielleicht war es eine Art Schwindelgefühl, das mich ergriff, nachdem sich meine Gedanken so lange im Kreise gedreht hatten; jedenfalls fragte ich mich allmählich, ob ich mir nicht einen Konflikt einbildete, der in Wirklichkeit gar nicht existierte. Ich hatte eine sensationelle Information über einen bekannten, international tätigen Anwalt, die bewies, daß er ansehnliche Bestechungsgelder kassierte. Zufällig hatte ich auch Grund zu der Annahme, daß ebenjener Mann einen Freund und Kollegen von mir ermordet hatte. Wie konnte ich eine solche Story auf sich beruhen lassen? Die persönlichen und beruflichen Erfordernisse waren dieselben.

Am Montag morgen ging ich zu Bob Marcus und sagte, ich hätte einen Knüller. Ein französischer Anwalt namens Michel Bézy – der persönliche Berater von Alain Peyron, dem Generaldirektor von Unétat – habe 120 Millionen Dollar als Schmiergeld im Zusammenhang mit dem chinesischen Telekommunikationsgeschäft kassiert. 40 Millionen davon habe er bereits auf sein Schweizer Bankkonto transferiert. Ich hätte sogar die Nummern von beiden Konten. Marcus war begeistert. Das sei »die nächste

Bombe«, meinte er, ein Beweis für die Behauptungen, die ich einige Tage zuvor in meiner Titelgeschichte aufgestellt hatte.

Marcus rief sofort den Justitiar des *Mirror* in New York an. Sein juristischer Rat lautete, wir müßten mit Bézy sprechen. Wenn wir nicht in der Lage seien, ihn zu interviewen, könnten wir den Bericht nicht bringen. Nun zeigte es sich: Die Sterne standen günstig. Die Erfordernisse des *Mirror* deckten sich mit jenen des Nachrichtendienstes.

Ich hatte eine Nummer von Bézys Anwaltskanzlei in Paris, die mir Rubino gegeben hatte, als er mich im März erstmals mit Material versorgt hatte. In Washington war es halb elf am Vormittag – früh genug, um Bézy noch in seinem Büro anzutreffen. Ich begann zu wählen – dann legte ich rasch wieder auf. Was sollte ich sagen? Welche Taktik sollte ich anwenden? Ich ging noch einmal in Gedanken durch, worauf es ankam, und wahlte wieder.

Es meldete sich eine Dame mit *»bon-jour, mon-sieur«* – dem gewohnten Singsang, den französische Verkäuferinnen und Sekretärinnen so gern anschlagen. Ich nannte meinen Namen, sagte, ich sei vom *New York Mirror* und wolle Michel Bézy für einen Bericht interviewen. »*Ne quit-tez pas, mon-sieur*«, sagte sie. Sie ließ mich so lange warten, daß ich schon dachte, die Verbindung sei unterbrochen, aber schließlich meldete sich ein Mann. Seine Stimme klang kühl, knapp und beherrscht.

»Hier spricht Jacques Alessi, Mr. Bézys persönlicher Assistent. Was kann ich für Sie tun?«

»Ich bin Reporter beim *New York Mirror*«, erklärte ich. »Ich möchte mit Ihrem Chef über einen Bericht sprechen, an dem ich arbeite.«

»Wir wissen, wer Sie sind, Mr. Truell. Das kann ich Ihnen versichern. Worum geht es in Ihrem Bericht?«

»Es ist ein sensibles Thema. Ich bin mir nicht sicher, ob es Mr. Bézy recht wäre, wenn ich am Telefon darüber spreche.«

»Wie Sie wollen. Wir können Ihre Frage nicht beantworten,

wenn Sie uns nicht sagen, worum es geht. Ich kümmere mich um alle sensiblen Angelegenheiten von Mr. Bézy. Wenn Sie wollen, erkläre ich Ihnen, wie Mr. Bézy wichtige Auslandsgespräche handhabt: Ich rufe Sie auf einer abhörsicheren Leitung zurück. Sie geben mir eine andere Nummer in Ihrem Büro – nicht Ihren gewohnten Anschluß –, auf der Sie das Gespräch entgegennehmen.«

Ich gab ihm Dirks alte Nummer. Sein Schreibtisch war noch unbesetzt, und das Telefon stand noch da. Fünf Minuten später rief mich Alessi zurück.

»Hier spricht Mr. A. aus dem Büro von Mr. B.«, sagte er. »Wenn Sie soweit sind, erklären Sie bitte Ihr Anliegen.«

»Gut.« Ich fragte mich, ob Mr. B. mithörte. »Ich habe über die geschäftlichen Vereinbarungen im Zusammenhang mit dem chinesischen Telekommunikationsgeschäft geschrieben. Jetzt habe ich eine neue Story. Hören Sie?«

»Ja, ja, wir verfolgen Ihre Berichterstattung, Mr. Truell. Fahren Sie fort.«

»Ich habe Beweismaterial dafür vorliegen, daß am 2. Mai, einen Tag nach Vergabe des chinesischen Auftrags, eine Zahlung von 120 Millionen Dollar auf ein Konto bei Pan AsiaCredit in Vanuatu einging, für das Mr. Bézy Zeichnungsbefugnis besitzt. Am folgenden Tag wurden 40 Millionen Dollar von dort auf Mr. Bézys Nummernkonto bei der Banques Suisses in Genf überwiesen. Ich habe die Kontonummern, glaube aber nicht, daß Sie sie übers Telefon hören wollen.«

»Nein, das ist nicht nötig.« Es folgte eine lange Pause – lang genug für eine hastige Beratung in Paris. »Und was werden Sie mit dieser Information tun, Mr. Truell?«

»Ich werde sie im *Mirror* veröffentlichen, es sei denn, Mr. Bézy kann mir gute Gründe nennen, warum ich es nicht tun sollte. Ich möchte ihn sobald wie möglich interviewen, in den Vereinigten Staaten. Sofern er nicht bereit ist, sich innerhalb einer Woche mit mir zu treffen, gehe ich davon aus, daß er sich nicht dazu äußern will, und wir werden den Bericht bringen.«

Wieder ein langes Schweigen. »Sie sagten, Sie seien bereit, die Angelegenheit mit Mr. Bézy zu besprechen. Heißt das, daß Sie möglicherweise von einer Veröffentlichung absehen?«

Was fragte er da? Glaubte er, daß ich ihm Absolution gewähren könnte? Mir war es gleich. Sollte er denken, was er wollte. »Richtig«, erklärte ich. »Möglicherweise werden wir am Ende nichts veröffentlichen. Meine Information könnte falsch sein. Vielleicht interpretiere ich sie nicht richtig. Deshalb muß ich Mr. Bézy interviewen.«

Erneut folgte eine Pause. Es war, als unterhielte man sich über Bord-Land-Funk und müßte immer warten, bis die Antwort formuliert und gefunkt wird. »Könnten Sie sich in Frankreich mit Mr. Bézy treffen, Mr. Truell?«

»Nein. Es muß in den Vereinigten Staaten sein. Nach allem, was in China geschehen ist, halte ich das für eine berechtigte Forderung.«

»Wo in den Vereinigten Staaten?«

»Das ist mir gleich. Suchen Sie sich einen Ort aus.«

»Sehr gut. Ich werde mit Mr. Bézy sprechen und Sie so bald wie möglich zurückrufen.«

Eine halbe Stunde später meldete sich Alessi wieder. Er sagte, Bézy sei zu dem Interview bereit. Er werde sich in einer Woche, am Montag,dem 13. Mai, mit mir treffen. Alessi wollte mich am Abend vor dem Gespräch anrufen, um Ort und Zeit vorzuschlagen. Ich fragte mich, ob Rubino und dem FBI damit genügend Vorbereitungszeit blieb. Ich hätte es gern mit ihm abgeklärt, um sicherzugehen, daß es machbar war.

»Kann ich Sie zurückrufen?« fragte ich.

Aber Alessi meinte, sein Chef wolle jetzt eine Antwort. Andernfalls werde es kein Interview geben. Also sagte ich, die Sache sei in Ordnung. Der Zug passierte meine Station, und ich wollte ihn nicht verpassen.

Als ich am Nachmittag Rubino unter seiner Privatnummer anrief, klang er förmlich, fast steif, der gewohnte, werbende Enthusiasmus fehlte. Zunächst dachte ich, er sei ungehalten, weil ich mich für das Treffen mit Bézy auf einen so kurzfristigen Termin eingelassen hatte, aber das war es nicht. Das FBI habe Außenstellen in allen größeren Städten des Landes, sagte er, die sollten sich darüber den Kopf zerbrechen. Nein, Rubinos neuer Tonfall signalisierte etwas Grundsätzlicheres. Ich war jetzt sein Mann.

»Sie brauchen eine Schulung«, mahnte er. »In China wären Sie beinahe ermordet worden, und wir können Sie nicht noch einmal einer solchen Gefahr aussetzen. Die Firma bekommt ernste Schwierigkeiten, wenn Ihnen etwas zustößt.«

»Aber ich will keine Schulung. Ich bin Reporter. Ich werde jemanden interviewen, über den ich schreibe. Das ist alles. Es braucht mir niemand beibringen, wie man ein Interview führt.«

»Sie haben in dieser Frage keine andere Wahl, Eric. Tut mir leid, aber so ist es. Die Entscheidung liegt nicht bei mir. Ich handle auf höhere Weisung. Ich brauche mindestens zwei Tage. Das ist nicht viel, aber wir können Ihnen wenigstens ein paar Grundbegriffe beibringen.«

»Einen Tag«, sagte ich. »Zwei Tage sind zuviel, aber ich gebe Ihnen einen Tag.«

Diese Taktik verfolgte ich damals – ich nahm alles, was mir unangenehm war, und teilte es durch zwei.

36

Meine Schulung fand in einem gesichtslosen Bürogebäude an einer Einkaufsstraße in Falls Church statt. Rubino hatte mir aufgetragen, pünktlich um neun Uhr morgens zu erscheinen. Von außen deutete nichts darauf hin, daß das Haus in irgendeiner Beziehung zur Regierung der Vereinigten Staaten stand. Über dem

Eingang prangten die Worte »Versicherungshaus«, und im Erdgeschoß des fünfstöckigen Gebäudes befand sich tatsächlich ein kleines Versicherungsbüro, um den Schein zu wahren. Das Haus wirkte beinahe schäbig: rostige Metallpfeiler, beschädigte Jalousien, abblätternde Farbe. Vor dem Gebäude befand sich ein kleiner Parkplatz, aber ich hatte Anweisung, meinen Wagen in der Tiefgarage abzustellen, um nicht aufzufallen. Das Bürohaus diente als Deckadresse für Leute, die sich aus dem einen oder anderen Grund von der Zentrale fernhalten sollten. Es wirkte jedoch wie ein Sinnbild für den inneren Verfall des Nachrichtendiensts. Diese Leute konnten heute ohne Schwierigkeiten als erfolglose Versicherungsvertreter durchgehen.

Im Fahrstuhl gab es nur Knöpfe fürs Erdgeschoß und den ersten Stock. Gemäß Anweisung drückte ich die »1«. Kurze Zeit später trat ich durch die Tür in einen öden Korridor mit verblichenen gelben Wänden und grauem Linoleumfußboden. Am Ende des Korridors befand sich eine geschlossene Tür; davor saß ein Wachmann.

»Ich habe hier einen Termin«, sagte ich nervös. »Mein Name ist Truell. Ich glaube, man erwartet mich.«

Er nahm meinen Führerschein, tippte einen Code ein, um die Tür zu öffnen, und verschwand. Während ich wartete, traf ein weiterer Fahrstuhl aus der Parketage ein. Ein Mann mit einer Erkennungsmarke kam heraus. Er steckte eine Karte in die Sicherheitsvorrichtung, die neben den Druckknöpfen in die Wand eingelassen war, und drückte dann den Aufwärtsknopf. Prompt traf eine weitere Fahrstuhlkabine ein und beförderte ihn nach oben. Offensichtlich diente der erste Stock des »Versicherungshauses« als eine Art Luftschleuse, um die eigentliche Tätigkeit im Haus vor Verunreinigung zu schützen.

Der Wachmann kam wieder und gab mir meinen Führerschein zurück. »Hier entlang, Sir«, sagte er und hielt mir die Tür auf.

Hinter der Tür herrschte reges Treiben. An einem Schwarzen

Brett hingen Anschläge der Kreditgenossenschaft des CIA; Auslandsreisende wurden daran erinnert, sich gegen Malaria impfen zu lassen; es wurde für eine Mutter-Kind-Gruppe geworben und sogar für einen betriebsinternen Yogakurs. Die Menschen auf den Korridoren waren das Inbild amerikanischer Gewöhnlichkeit: Frauen mit ungepflegten Frisuren, Männer mit Schmerbauch, schwarze und braune Gesichter, würdevoll und reserviert wie die Mitarbeiter einer Militärbasis. Diese Leute waren nicht »clubfähig«, um einen Ausdruck zu benutzen, den die »old boys« des CIA einer vergangenen Ära gern gebrauchten. Einer dieser gewöhnlichen Sterblichen kam auf mich zu. Er war klein und dick, hatte schütteres weißes Haar und trug einen alten grauen Anzug. Sein weißes Hemd war an den Knöpfen fadenscheinig, und sein Hosenschlitz klaffte ein wenig auseinander. Es sah aus wie der Kartenabreißer bei einem Spiel der Celtics in Boston Garden.

»Hallo!« sagte er. »Ich bin Frank vom Sicherheitsbüro. Ich bin Ihr Ausbilder für diesen verrückten eintägigen Gewaltmarsch. Ich habe denen gesagt, das ist unmöglich, und dann hieß es, ich soll's in einen Tag pressen, na dann mal los. Kommen Sie in mein Büro. Wir haben nur acht Stunden, also wollen wir keine Zeit verschwenden. Möchten Sie Kaffee? Ein Donut? Die sind da drüben – köstlich, vor allem die mit Gelee. Nehmen Sie zwei. Sie haben einen langen Tag vor sich.«

Ich nahm zwei Donuts – ungefüllt und mit Puderzucker. Dieser Frank, wer immer er sein mochte, war ein Mensch, dessen Vorschlägen man sich fügte. Auf seinem Schreibtisch lag ein Stapel alter Ausgaben der Zeitschrift *Guns and Ammo*. In seinem Bücherregal standen Titel wie *Beschatten und Überwachen*, *Wie man vollständig untertaucht und unauffindbar bleibt*, *Schmuggeln leichtgemacht*, *Das Handbuch des Einbrechers*, *Rasches Aufspüren: Arbeitsbuch des privaten Ermittlers*.

»Haben Sie Vorkenntnisse, mein Junge?« fragte er.

»Nein«, antwortete ich. »Leider gar keine.«

»Waren Sie beim Militär oder bei der Polizei? Oder vielleicht beim Reservistencorps an der Uni? Oder wenigstens bei den Pfadfindern?«

»Nein, Sir.«

»Da hört sich doch alles auf!« Er drohte mir mit dem Finger. »Warum denn nicht, verdammt noch mal? Was ist denn um Himmels willen mit Ihnen los?«

»Nichts ist mit mir los. Ich habe nur nie so etwas gemacht.« Für einen kleinen, dicken Mann um die Siebzig wirkte er ziemlich einschüchternd. Ich sah auf meine Uhr und dann zur Tür. »Vielleicht sollte ich lieber gehen, wenn Sie so viel an meiner Vorbildung auszusetzen haben.«

»Nicht doch. Beruhigen Sie sich. Ich mache doch Spaß. Ist nur ein Witz. Mein Sohn ist auch zu nichts zu gebrauchen. Da müssen Sie sich keine Sorgen machen. Denn nach einem Tag mit Frank wissen Sie alles, was sich zu wissen lohnt. Alles klar?«

»Ja, Sir.«

»Wir werden also heute eine Menge auslassen. Wir werden sogar fast alles auslassen, weil wir nur einen bescheidenen Tag haben. Zusammenstöße und Hochgeschwindigkeitsfahren können wir vergessen, weil Sie nicht mit dem Auto unterwegs sein werden. Verschlußklappen und Siegel übergehen wir, weil Sie keine Briefe über Wasserdampf halten müssen. Und Agentenanwerbung lassen wir auch beiseite, weil Sie niemanden anzuwerben brauchen. Verdeckte Kommunikation und Vermeiden von Funkstörungen lassen wir weg. Dito Fallschirmspringen, Uferlandung bei Nacht mit dem Schauchboot und den ganzen anderen Kram, den Sie nicht brauchen. Alles klar?«

»Das klingt vernünftig. Ich habe nicht vor, demnächst irgendwo mit einem Schlauchboot zu landen.«

»Seien Sie nicht so ein Klugscheißer, mein Junge. Das gehört sich nicht und ist reine Zeitverschwendung. Also, auf was wollen wir uns konzentrieren? Auf drei Bereiche: Wie stellt man fest, ob man überwacht wird? Wie schützt man Informationen?

Und: Selbstverteidigung. Das ist alles. Das lernen Sie brav, und Onkel Frank spendiert Ihnen noch ein Donut.«

»Klingt gut«, bemerkte ich. Anscheinend waren hier Donuts das Maß aller Dinge.

»Wir machen einen kleinen Ausflug«, sagte Frank. Er packte mich am Ellbogen und lotste mich aus seinem Büro auf den Fahrstuhl zu, wobei er mich vor sich herschob wie einen Einkaufswagen. In der Tiefgarage angelangt, dirigierte er mich zu einem alten Chevy Impala, öffnete die Tür und ließ mich einsteigen. Er fuhr ein paar Kilometer zum Tyson's Corner Mall, dem größten Einkaufszentrum in der Gegend, und parkte vor dem Kaufhaus Nordstrom.

»Hier findet die Ausbildung statt, mein Junge«, sagte er. »In diesem Einkauszentrum sind fünf Leute, die beauftragt sind, Sie zu beschatten. Sie haben die Aufgabe, drei von ihnen zu enttarnen. Wenn Sie es schaffen, bekommen Sie ein Mittagessen. Wenn nicht, dann nicht, Pech gehabt. Und versuchen Sie nicht, mich zu bescheißen, indem Sie sich im Einkaufszentrum durchfuttern. Ist das klar?«

»Aber wie soll ich erkennen, wer mich beschattet? Ich habe keine Ahnung, wie ich das anstellen soll.«

»Kluger Junge! Wenn Sie etwas nicht wissen, dann fragen Sie ruhig. Es gibt also drei Arten der Observierung. Erstens den lockeren Beschatter, der dem Zielobjekt aus einiger Entfernung folgt; zweitens den engen Beschatter, dem es darauf ankommt, das Zielobjekt auf keinen Fall zu verlieren, der aber Gefahr läuft, entdeckt zu werden; und drittens den harten Beschatter, dem es gleich ist, ob das Zielobjekt merkt, daß es verfolgt wird. Um es leichter zu machen, haben die fünf Leute, die Sie beobachten, die Anweisung, sie eng zu beschatten. Sie haben also eine Chance, die Beschatter zu erwischen.

Wenn Sie also Ihre Überwacher enttarnen wollen – und darum geht es hier –, müssen Sie auf den Mann achten, der sich auffällig benimmt. Der schneller geht, wenn Sie schneller werden, und langsamer wird, wenn Sie langsamer werden – obwohl sich alle übrigen mit normaler Geschwindigkeit bewegen. Oder derjenige, der mit ihnen hineingeht, während alle anderen rausgehen. Oder derjenige, den Sie bei Nordstrom sehen, und anschließend im Buchladen. Und ist es nicht ein Zufall, daß er dann auch noch im Hundesalon auftaucht? Alles klar?«

»Vollkommen. Auf den Mann achten, der sich auffällig benimmt.«

»Und dann noch ein paar gute Tricks von Onkel Frank, ein paar Kniffe, wie Sie einen Überwacher entlarven können: Aufzüge sind gut, weil dadurch Ihre Beschatter zum Handeln gezwungen sind. Einer von ihnen muß mit Ihnen in den verdammten Aufzug steigen, weil die sonst nicht wissen, wo Sie aussteigen. Freie Flächen, zum Beispiel Parkplätze, sind gut, weil Sie dann sehen, wer Ihnen folgt, Rolltreppen sind gut, weil Sie die ganze Schlange hinter sich überblicken, in der Ihr Beschatter notgedrungen stehen muß. Und noch ein Spezialgeheimnis von Onkel Frank, das nur wenigen aufmerksamen Mitgliedern der Überwacherzunft bekannt ist: Lassen Sie, wenn Sie unterwegs sind, einen Zettel an einem unwahrscheinlichen Ort fallen, und beobachten Sie dann, ob jemand kommt und ihn aufhebt. Der Beschatter denkt oft, es handelt sich um einen toten Briefkasten, und bleibt stehen, um nachzusehen. Und dann haben Sie ihn! Okay, mein Junge, das wär's.«

Er schob mich hinaus. »In zwei Stunden sind Sie wieder hier, pünktlich um 11.30 Uhr. Bauen Sie keinen Mist.«

Ich stand auf dem Bordstein und beobachtete, wie Frank davonbrauste. Es war noch recht früh am Morgen, und das Einkaufszentrum war relativ leer. Wahrscheinlich wirkte sich das zu meinem Vorteil aus. Irgendwo da draußen lauerten fünf Augenpaare und beobachteten mich angestrengt. Ich betrat das Kaufhaus Nordstrom, steuerte auf die Herrenbekleidungsabteilung zu und gab mir Mühe, alle Menschen in meinem Umkreis aufmerksam zu beobachten. Mir fiel auf, wie eine rundliche Blondine um die Fünfzig das Geschäft betrat. Sie trug eine weiße Radlerhose, die ihr eine Nummer zu klein war, und bewegte sich langsam auf mich zu. Aus der anderen Richtung kam ein junger Mann in Jeans, der ebenfalls zur Herrenabteilung schlenderte. In der Nähe bemerkte ich einen dunkelhaarigen Mann in einem gepflegten Straßenanzug; zuerst hielt ich ihn für einen Verkäufer und ging auf ihn zu, um ihm eine Frage zu stellen, aber er drehte sich um und entfernte sich. In der Schuhabteilung probierte ein gutgekleideter Schwarzer ein Paar spitze Schuhe an.

Wie sollte ich die Überwacher dazu bringen, sich auffälliger zu verhalten? Ich holte mir eine Cordhose von der Stange und ging damit in eine Ankleidekabine. Von dort aus beobachtete ich den Eingang. Bestimmt wartete jemand auf mich. Nach ein paar Minuten schoß ich hastig aus der Kabine. Direkt davor stand die Frau in der Radlerhose und sah sich Wintermäntel an. Im Mai? Sie mußte zu den Beschattern gehören. Ich nahm mein Reporternotizbuch heraus und schrieb »Blondine in enger weißer Hose«.

Als nächstes probierte ich Franks Parkplatztrick aus. Ich verließ das Kaufhaus und überquerte den großen leeren Platz. Wahrscheinlich würde mir nur einer aus dem Beschattungsteam folgen, aber wer? Links von mir sah ich einen großen Lastwagen, hinter dem ich mich verstecken konnte. Ich tauchte unter, wartete eine Weile und spurtete dann ans andere Ende des Parkplatzes. Hinter mir, weit abgeschlagen, sah ich den Schwarzen, der die Schuhe anprobiert hatte und nun zielstrebig in meine Richtung ging. Auch er mußte ein Beschatter sein. Ich machte kehrt und steuerte wieder auf das Einkaufszentrum zu, so daß wir uns begegneten. »Wie geht's«, fragte ich. Er machte ein finsteres Gesicht. Ich hielt eine kurze Personenbeschreibung in meinem Notizbuch fest.

Der dritte war am schwersten zu identifizieren. Ich lief kreuz und quer durchs Einkaufszentrum, besuchte Buchläden, Zoohandlungen, einen Optiker, Geschäfte für Damenunterwäsche, Spielzeugläden – und hielt dabei immer Ausschau nach jemandem, der sich auffällig benahm, nach dem Kunden, der nicht reinpaßte oder den ich schon anderswo gesehen hatte. Ich legte mich ins Zeug, probierte sogar Franks Trick mit den Zetteln, die ich in geeigneten Verstecken deponierte, aber niemand ließ sich ködern. Es war schon nach elf, und ich wurde langsam hungrig. Vor mir war ein Taco-Bell-Imbiß, und ich stellte mir vor, wie gut ein Burrito schmecken würde – vor allem, wenn ich meine Quote nicht erfüllte und aufs Mittagessen verzichten mußte. Beim Schlangestehen malte ich mir aus, wie mich Frank herunterputzen würde, weil ich mich nicht an die Regeln hielt, und bei dem Gedanken verging mir der Appetit. Ich bestellte nur eine Tasse Kaffee.

Während ich meinen Kaffee schlürfte, fiel mir ein, daß ich Franks Fahrstuhltrick noch nicht versucht hatte. Ich entdeckte den Haupteingang und drückte den Aufwärtsknopf. Als die Fahrstuhlkabine ankam, hatten sich ein halbes Dutzend Leute zu mir gesellt, die sich mit mir in den Aufzug drängten. Unter ihnen mußte sich mein Beschatter befinden. Ich betrachtete jeden von ihnen aufmerksam und verglich sie mit den Leuten, die ich anderswo im Einkaufszentrum gesehen hatte. Mein Blick blieb an einem dunkelhaarigen Mann hängen, der in einer Ecke stand. Er trug eine Sonnenbrille, eine rote Windjacke und Jeans. Ich ahnte, daß ich ihn zuvor schon gesehen hatte, aber in anderer Aufmachung. Und dann war es sonnenklar. Der Mann im Straßenanzug, auf den ich bei Nordstrom zugegangen war, um eine Frage zu stellen. Er hatte sich umgezogen. Ich machte eine dritte Notiz in mein Buch und ging nach draußen, um meinen Ausbilder zu suchen.

Frank wartete schon in seinem Chevy Impala. Er las die Listen für das Pferderennen und kreiste die Namen ein, auf die er heute abend in Charles Town gerne setzen würde. »Kommen Sie schon!« schnauzte er mich an. Sobald ich im Auto saß, legte er den Gang ein und fuhr los.

»Zeit zum Mittagessen, Onkel Frank!« erinnerte ich ihn. Ich beschrieb die drei Beschatter, die ich während der Übung entdeckt hatte und erklärte ihm kurz, wie ich jeden einzelnen von ihnen enttarnt hatte. Er war nicht so begeistert, wie ich gehofft hatte. Ja, er wirkte sogar wütend. »Also, wo werden wir essen?« fragte ich. Aber er starrte mich nur finster an.

»Sie kotzen mich an«, sagte er. »Wissen Sie das?« Er bog in eine Einfahrt ein und stellte den Wagen hinter einem Lagerhaus ab. Dann zog er an der Kofferraumsicherung, und hinter ihm sprang die Klappe auf. »Aussteigen!« knurrte er.

»Was habe ich denn getan?« fragte ich ängstlich. »Wo gehen wir hin?«

»Maul halten!« Er zog einen Revolver mit kurzer Mündung aus seinem Schulterhalfter. »Bei meinen Kollegen bin ich für zwei Dinge bekannt – ich habe immer eine Knarre dabei, und ich hasse junge Klugscheißer aus Eliteuniversitäten. Keiner würde sich im mindesten wundern, wenn ich Sie einfach umlege. Steigen Sie aus und verschwinden Sie im Kofferraum«

»Das soll ein Witz sein, richtig?«

»Falsch!« Er schlug mir mit seiner Pistole über die Wange, so daß ein roter Striemen entstand. »Steigen Sie in den verdammten Kofferraum, und zwar auf der Stelle!«

Der Kofferraum war schmutzig und staubig und roch nach Benzin. Ich stieg vorsichtig hinein und achtete darauf, daß ich mir nicht die Hose am Kreuzschlüssel aufriß. »Bitte machen Sie die Klappe nicht zu. Ich krieg sonst keine Luft.«

»Halten Sie Ihr dummes Maul.«

Er schloß den Kofferraum, und plötzlich war es eng und dunkel. Ich hörte, wie er wieder in den Wagen stieg und losfuhr. Er sang laut vor sich hin, eine Broadway-Melodie. Die Fahrt dauerte etwa zwanzig Minuten. Schließlich hielt der Wagen, und die Kofferraumklappe sprang auf. Wir befanden uns an einem dunklen Ort, anscheinend tief unter der Erde. Es war feucht und kalt.

»Aussteigen, mein Hübscher«, befahl er. Meine Beine waren

steif, und ich konnte zuerst kaum stehen. Er lachte und stieß mich zu Boden. »Jammerlappen«, meinte er.

»Mistkerl!« Ich schlug wie wild nach ihm, doch er wich flink aus – ungeachtet seiner Jahre und seines Körperumfangs. Er zog wieder seine Knarre heraus und fuchtelte damit vor meiner Nase herum.

»Keine Dummheiten«, sagte er. »Wenn ich Sie nicht mögen würde, wären Sie schon tot. Jetzt rein da.« Er deutete auf eine Holzkiste ein paar Schritte entfernt; sie war nicht viel größer als ein Sarg. Ich tat, was er befahl, weil ich Angst hatte, ihn noch mehr zu reizen.

In dieser Kiste brachte ich mindestens zwei Stunden zu, wenn nicht drei. Die Kälte, die Wunde an meiner Wange und der Schmerz in meinen Beinen – all das trug dazu bei, daß ich mich hundeelend fühlte. Ich hatte keine Ahnung, warum er mich hier eingesperrt hatte und wann ich wieder raus durfte.

Als Frank schließlich die Klappe öffnete, fiel ich ihm buchstäblich entgegen. Ich hatte Durst, fühlte mich benommen, alles tat mir weh. Nur mit Mühe konnte ich die Tränen unterdrücken. Frank stieß mich in eine Kammer, die von einer hellen Neonröhre erleuchtet wurde. Er schubste mich auf einen der beiden Stühle und setzte sich auf den anderen.

»Sie sind in Wirklichkeit gar kein Reporter, stimmt's?« fragte er.

»Doch. Ich arbeite für den *New York Mirror*. Und zwar seit ich vom College abgegangen bin.«

»Quatsch!« sagte er. »Sie arbeiten für den Geheimdienst. Warum sollten die mich sonst beauftragen, Sie auszubilden? Für Reporter gibt's so was nicht.«

»In meinem Fall schon. Ich kann nicht erklären warum, aber es ist so.«

»Und wer ist Ihr Führungsoffizier? Bestimmt dieses Arschloch Tom Rubino.«

»Ich habe keinen Führungsoffizier.«

»Es ist Tom Rubino. So eine Operation wäre typisch für ihn, nichts Halbes und nichts Ganzes. Ich lasse Sie hier nicht raus, bis Sie mir sagen, daß es Tom Rubino ist.«

In dem Stil ging es noch etwa zwanzig Minuten weiter: Frank setzte mir zu, und ich versuchte ihn mir vom Leibe zu halten. Je öfter er nach Rubino frage, um so nervöser wurde ich. Ich hatte nicht die geringste Lust, ihm irgend etwas zu erzählen. Ob er verrückt war oder seine Spielchen mit mir trieb, wußte ich nicht, aber ich hatte das Gefühl, es ging um Leben oder Tod.

Und dann war es vorbei. Frank stand auf, stieß seinen Stuhl zurück und verließ den Raum. Ich erwog, ob ich abhauen sollte, als mir Essensgeruch in die Nase stieg. Frank kam mit zwei Tüten wieder herein, eine von Pizza Hut, die andere von Burger King.

»Herzlichen Glückwunsch«, meinte er strahlend, »Sie haben Ihr Training für feindliches Verhör bestanden.« Er überreichte mir die Essenstüten. »Ich wußte nicht, was Sie lieber mögen – Pizza oder Hamburger –, also habe ich beides bestellt.«

»Sie Idiot! Das war alles nur ein Spiel?«

»Es war eine Simulation, junger Freund, kein Spiel. Und es war nicht mal halb so unangenehm wie die ›Farm‹, denn da stecken sie einen vierundzwanzig Stunden und länger in die Kiste. Aber es hat seine Höhepunkte. Tut mir leid, daß ich ein wenig die Beherrschung verloren habe – mit der Pistole. Ist Ihre Wange in Ordnung? Ihre Mutter wäre stolz auf Sie, mein Junge. Sie haben sich heute wacker geschlagen. Ich dachte, am Ende machen Sie sich noch in die Hosen, aber Sie haben durchgehalten. Reife Leistung.«

Er streckte mir seine fleischige Hand entgegen, um mir zu gratulieren.

»Danke«, sagte ich. »Sie haben den mordwütigen Irren sehr glaubwürdig verkörpert.«

»Hundertprozentig! In diesem Fall, mein Junge, lautet die Lektion: Bleiben Sie bei Ihrer Story. Verändern Sie nichts, wenn

Sie sie weiterspinnen. Und wenn Sie eine unwahre Geschichte auftischen, lassen Sie sich wirkliche Menschen und Orte dazu einfallen. Sollten Sie tatsächlich gefoltert werden – da sei Gott vor! –, platzen Sie nicht mit allem auf einmal heraus. Rücken Sie Stück für Stück damit raus. So als würden Sie sich ausziehen. Geben Sie denen ein Kleidungsstück nach dem anderen, vielleicht können Sie dann am Ende wenigstens die Unterhose anbehalten, wer weiß?«

Frank sah auf die Uhr. Es war nach drei. »Wir haben noch eine Sitzung«, sagte er. »Gehen wir wieder rauf.« Er führte mich eine Treppe hinauf und über einen Steg, bis wir schließlich wieder vor dem Fahrstuhl im Kellergeschoß standen. Die ganze Zeit über hatten wir uns in den Eingeweiden des Versicherungshauses befunden.

Der Selbstverteidigungskurs fand in einem kleinen Turnsaal im vierten Stock statt. Diesen Teil übernahm nicht der kleine, dicke Frank, sondern eine Frau Anfang Dreißig, die einen Jogginganzug trug. Sie zeigte mir auf einer graphischen Darstellung die Kung-Fu-Druckpunkte – Körperstellen, die man treffen mußte, wenn man den Gegner töten oder kampfunfähig machen wollte. Dann übte sie mit mir einige Grundtechniken zur Abwehr gefährlicher Angriffe – den Tritt in die Leistengegend; den Stoß mit den Fingern auf die Augäpfel; den Schlag, der in Sekundenschnelle ein Gelenk zertrümmern konnte. Als Jugendlicher hatte ich ein wenig Karate gelernt, und seither versuchte ich, mich durch Jogging und Gewichtheben fit zu halten. Aber bei den Übungen auf der Matte legte sie mich mühelos auf Kreuz.

»Benutzen Sie diese Kampftechniken nur, wenn Sie keine andere Wahl haben«, riet sie. »Wenn Sie sie gegen einen erfahrenen Gegner einsetzen, wird er Sie wahrscheinlich umbringen. Oft ist Nicht-Handeln und Zeit-Schinden die beste Verteidigung.«

Nach dem Selbstverteidigungskurs nahm mich Frank wieder

mit in sein Büro. »Werden Sie eine Schußwaffe bei sich tragen?« fragte er.

»Nein«, erwiderte ich.

»Schlecht. Ich hätte einige hübsche Stücke in der Waffenkammer, die Sie sich ansehen könnten.« Er nahm eine Ausgabe von *Guns and Ammo* von seinem Schreibtisch, schlug sie auf und blätterte die Abbildungen verschiedener Neunmillimeter-Automatikpistolen durch, alles in leuchtenden Farbfotos. »Toll!« meinte er und deutete auf eine Waffe. »Sind Sie sicher, daß ich Sie nicht für eine begeistern kann?«

»Auf keinen Fall. Ich wüßte nicht einmal, wie man damit umgeht. Das würde mich nur in noch größere Gefahr bringen. Ich bin Reporter. Das ist nicht meine Tarnung, sondern mein Beruf. Reporter haben keine Automatikpistolen bei sich.«

»Mag sein, aber irgend etwas brauchen Sie. Ich habe Sie ins Herz geschlossen. Und ich werde Sie nicht splitternackt da hinausschicken. Kommt gar nicht in Frage.«

Er führte mich den Korridor entlang zu einem muffigen Lagerraum mit Metallregalen an den Wänden. Dort nahm er etwas aus einer Schachtel und gab es mir. Es sah aus wie ein nobler Mont-Blanc-Füllfederhalter. »Das ist ideal für Yuppies. Ihr Arschlöcher kauft ja tatsächlich Füller für dreihundert Dollar. Dieser versprüht eine chemische Keule, wie CN-Gas, nur besser. Damit macht man mehrere Männer kampfunfähig. Die Goldhalterung ist der Auslöser. Ziehen Sie sie in Ihre Richtung, und er feuert. Entsichert wird er, indem Sie am Tintenbehälter drehen – so geht das. Benutzen Sie ihn nur, wenn Sie selbst ganz auf der Höhe sind.«

Ich nahm Frank den Füller aus der Hand und zielte damit direkt auf seine Augen.

»Ha, ha. Immer zu Späßen aufgelegt!« Er holte einen weiteren Artikel aus dem Regal, der aussah wie ein Bic-Einwegfeuerzeug. »Rauchen Sie? Nein, Sie sind ja ein Yuppie. Natürlich nicht. Das ist ein Fehler. Aber nehmen sie das Ding trotzdem mit und tun Sie so als ob. Das ist eine Betäubungsgranate. Die zünden Sie, indem Sie auf die Gasflamme drücken und das Zündrädchen drehen, so als wollten sie Feuer geben. Drei Sekunden später detoniert es. Werfen Sie es weg und suchen Sie schnell das Weite. Wenn es losgeht, sollten Sie es lieber nicht in der Hand halten, das versichere ich Ihnen. Hier nehmen Sie gleich ein paar mit. Was soll's.«

Ich nahm die explosiven Feuerzeuge und steckte sie zu dem gefährlichen Mont-Blanc-Füller in die Tasche.

»Gefällt Ihnen der Kram nicht?« fragte Frank. »Geht es nicht eigentlich nur darum? Was brauchen Sie noch? Etwas zum Verkleiden? Ich habe Perücken, Brillen, den ganzen Scheiß. Geräte zur Stimmveränderung? Falsche Papiere? Onkel Frank hat alles auf Lager, was das Herz begehrt.«

»Ich brauch nichts weiter«, sagte ich. »Ich bin nur ein Reporter, unterwegs zu einem Interview. Mit etwas Glück landet der Kerl, mit dem ich sprechen will, im Gefängnis.«

Frank musterte mich – einen mageren, großspurigen Siebenunddreißigjährigen, der sich gerade mal einen Tag Zeit genommen hatte, die Schwarzen Künste kennenzulernen. Er legte mir die Hand auf die Schulter.

»Haben Sie Angst, mein Junge? Vor dem, was Ihnen bevorsteht, meine ich.«

Ich dachte kurz nach. »Ja«, sagte ich. »Sogar ziemliche Angst.«

»Gut. Ich hatte schon angefangen, mir Sorgen zu machen. Aber solange Sie Angst haben, werden Sie keine Dummheiten machen. Kommen Sie her zu Papa.«

Er umarmte mich und drückte mir einen Kuß auf die Wange.

Rubino wartete in Franks Büro auf mich. Er war ordentlich gekleidet und sah im Gegensatz zu dem verlotterten Aufzug von Frank wie ein Bürokrat aus. Er forderte mich auf, mit in das angrenzende Besprechungszimmer zu kommen. »Na, wie war's?«

»Ganz gut, glaube ich. Ich habe eine Menge gelernt. Eins muß ich Sie fragen: Wer war dieser Frank, mein Ausbilder?«

»Frank Hoffman heißt er. Ein alter Versager aus der Nahost-Division. Früher hat er die Residentur in Beirut geleitet, aber das ist eine Ewigkeit her. Nachdem er aus dem Nachrichtendienst ausgeschieden war, machte er im Nahen Osten ein Vermögen, hat aber dann wieder alles verloren. Er ist völlig pleite. Wir haben ihm einen kleinen Posten gegeben, damit er sich über Wasser halten kann, aber ich weiß nicht, ob er die Mühe wert ist. Vielleicht setzen wir ihn nächsten Monat wieder an die Luft. Ein komischer Kauz, nicht wahr?«

»Ich fand ihn ganz sympathisch. Im Gespräch mit ihm ist mir aufgegangen, wie es früher gewesen sein muß, als ihr nur die Pistolen schwingen und Befehle bellen brauchtet, und die ganze Welt hat nach eurer Pfeife getanzt. Das muß ein Spaß gewesen sein.«

»Das ist lange her«, meinte Rubino. »Aber wir haben noch was vor.« Offensichtlich konnte er sich für Frank nicht begeistern. Es war schon nach fünf, und ich fühlte mich völlig erschlagen. Ich fragte, ob das nicht noch Zeit hätte, aber er sagte nein, wir müßten es gleich erledigen.

Er ging den Operationsplan mit mir durch, den er mit dem FBI vorbereitet hatte. Mitarbeiter des Nachrichtendienstes würden Bézy beschatten, sobald er in Paris zum Flughafen aufbrach. Sie würden wissen, wann seine Maschine abhob, sie über den Atlantik verfolgen und alle unterwegs gesendeten Funksignale abfangen. Sobald die Maschine gelandet sei, würde das FBI die Sache in die Hand nehmen. FBI-Beamten würden am Flughafen warten und eine kleine Armee am vereinbarten Treffpunkt. So wie er es schilderte, hörte sich alles perfekt an, aber Rubino machte sich offenbar immer noch Gedanken über die Möglichkeit eines »Flops«, – der Allroundausdruck des CIA für alles, was in der Praxis dann doch schiefging. Alles war besser als ein Flop.

»Wenn es Probleme gibt«, meinte er, »blasen wir die ganze

Sache ab. Haben wir uns verstanden?« Im Grunde ging es ihm jetzt nur um diesen einen Punkt. Offensichtlich war jemand beim Nachrichtendienst nervös geworden, hatte Rubino angebrüllt und ihn nervös gemacht, und jetzt machte er mich nervös. Er tat mir leid: Er mußte sich über den Generalinspekteur, über Untersuchungsausschüsse des Kongresses, über Bundesgerichte den Kopf zerbrechen. »Hören Sie, Eric!« sagte er. »Das ist eine ernste Sache. Wenn irgendwas schiefgeht – egal was –, ist es gelaufen. Coitus interruptus. Wir wollen nicht die Helden spielen. Wir steigen aus. Ist das klar?«

»Sicher. Ich will keinen Ärger bekommen. Aber warum hat mir dann Frank diesen Giftgasfüller gegeben?« Ich zeigte ihm den hochgerüsteten Mont Blanc.

»Scheiße! Den hat er Ihnen gegeben? Na, der spinnt eben. Benutzen Sie ihn einfach nicht. Wenn Sie am Sonntag abend den Anruf erhalten, möchte ich, daß wir uns in der konspirativen Wohnung treffen, damit wir die Einzelheiten ein letztes Mal durchgehen können.«

»Nicht dort. Mir ist der Ort zuwider. Kann ich nicht zu Ihnen nach Hause kommen?«

»In Ordnung. Aber erzählen Sie niemandem davon. Ich erwarte Sie dort.«

Ich nickte. Er schlug jetzt einen anderen Ton an als früher. Ich war kein Besucher mehr, zu dem man nett sein mußte. Ich gehörte zum Team – ich war sein Mann –, und er wollte nicht, daß ich alles vermasselte.

37

Am Donnerstag abend, vier Tage vor dem Treffen mit Bézy, bekam ich einen aufgeregten Anruf von George Dirk. Ich saß auf meinem Balkon, las ein Buch und betrachtete den Sonnenuntergang. Ich versuchte mich zu entspannen – und vermied es, darüber »nachzudenken«, was mir am Montag bevorstand. Dirk dagegen war völlig überdreht. »Ich hab's!« schrie er ins Telefon. »Du wolltest den Beweis dafür, daß sie krumme Geschäfte machen? Heute abend geht's ab. Du mußt in mein Büro kommen und dir ansehen, was passiert.«

»Ich wollte gerade zu Abend essen«, erwiderte ich, »und anschließend eine Zigarre rauchen.«

»Quatsch. Es ist wichtig. Komm sofort rüber, oder ich streiche dich endgültig von meiner Weihnachtskartenliste.«

Natürlich machte ich mich auf den Weg. Lieber zerbrach ich mir über Dirks Probleme den Kopf als über meine eigenen. Und es war ein betörend schöner Frühlingsabend, die Luft erfüllt vom Blütenduft der Bäume und Sträucher, die alle Straßen der Stadt säumten. Ich fuhr die 17th Street zur Memorial Bridge hinunter und überquerte den Potomac, als das letzte Licht auf dem breiten, trägen Fluß spielte. Die Bäume am Ufer traten schwarz hervor. Der Fluß selbst war in den Phantasiefarben der Dämmerung gemalt – Blau- und Grüntöne auf schwarzem Grund. Wäre dies eine andere Stadt gewesen, so hätten Dichter ihre Schönheit beschworen. Statt dessen war sie dazu verurteilt, Heimat von Journalisten zu sein, bei denen Schönheit einen Interessenkonflikt auslöste.

Dirk ging mit mir in die Redaktion von *Mirror Alert* hinauf. Das Büro war fast leer; im abgetrennten Bereich der Redakteure saß eine einsame Gestalt. Dirk führte mich nach hinten zu seinem Arbeitsplatz, an dem zwei Computerterminals standen: ein PC mit dem Nachrichtensystem von *Mirror Alert* und ein Bloomberg-Terminal, das Nachrichten von den Finanzmärkten in aller Welt übermittelte.

»Weißt du, was morgen auf der Titelseite des *Mirror* kommt?«

»Keine Ahnung.« Ich war damals so sehr in meinen Kokon eingesponnen, daß ich vom Tagesgeschäft der Zeitung so gut wie gar nichts mitbekam. »Was steht denn an?«

»Wir haben einen Knüller. Einen Bericht über den Präsidenten der Federal Reserve Bank: Er hat inoperablen Krebs und wird nächste Woche seinen Rücktritt bekanntgeben. Schau es dir an, ich hab's hier auf dem Bildschirm.« Er deutete auf den Bericht, der auf dem Monitor zu lesen war. Der Aufmacher war der voraussichtliche Rücktritt des Bankpräsidenten.

»Kannst du dir vorstellen, wie die Börse reagiert, wenn diese Story erscheint, Eric? Die Leute halten den Präsidenten der Federal Reserve für den lieben Gott! Sie glauben, wenn ihm etwas zustößt, wird der Präsident der Vereinigten Staaten einen Volltrottel auf den Posten setzen. Das sind Nachrichten, die an der Börse Kurse in Bewegung bringen, meinst du nicht auch?«

»Auf jeden Fall. Der Rentenmarkt wird verrückt spielen. Wann bringen wir das raus?«

»Aha! Das ist der springende Punkt. Der Inhalt des *Mirror* ist jeden Abend bis halb zehn gesperrt. Aber die wichtigen Artikel stehen uns und der Redaktion von *Mirror Alert* schon um halb acht zur Verfügung, damit wir unsere elektronische Version zur Veröffentlichung auf den Finanzmärkten fertig machen können, bis die Zeitung in New York in den Straßenverkauf kommt. Deshalb kann ich sie auch auf meinen Bildschirm holen, – weil wir die Nachrichten schon dahaben. Das ist Bestandteil des Joint-venture-Abkommens zwischen dem *Mirror* und *Mirror Alert*. Jetzt ist es gleich halb neun, das heißt, wir haben die Information schon fast eine Stunde lang. Wenn *Mirror Alert* dichthält, dürfte sich auf den Finanzmärkten bis halb zehn nichts tun. Richtig? Aber rat mal, was los ist?«

»Der Handel reagiert schon auf die Nachricht?«

»Du hast's erfaßt. Und was noch beängstigender ist, der Kursverfall setzte ein, kurz nachdem wir um halb acht das Material erhalten hatten. Hier, ich zeig's dir.«

Dirk griff in die Tastatur seines Bloomberg-Terminals und gab einige Symbole ein. »Überprüf es selbst«, sagte er. »Hier siehst du den Handel mit US-Schatzobligationen in Tokio im Lauf der letzten Stunde. Fällt dir irgend etwas auf?«

»Ja, die Kurse fallen in den Keller.« Der Bloomberg-Index zeigte einen jähen Kursverfall, der kurz nach 19.30 Uhr New Yorker Zeit einsetzte. Die Kurse für Schatzobligationen mit einer Laufzeit von dreißig Jahren waren in der vergangenen Stunde um volle zwei Punkte gefallen. Das war ein gewaltiger Einbruch. Rentenkurse werden in Zweiunddreißigsteln notiert, den sogenannten »Ticks«. Das hieß, die Kurse waren innerhalb einer Stunde um 62 Ticks gefallen, da die großen Spezialhändler für Obligationen ihre riesigen Bestände neu bewerteten. Die Anleiherenditen – das heißt der effektive Zins, den die Obligationen in Abhängigkeit von diesen Kursen bringen – schossen dementsprechend in die Höhe.

»Schau her!« sagte Dirk und zeigte auf ein neues Bild mit den Notierungen anderer asiatischer Börsen. »Dasselbe passiert in Singapur und in Hongkong. Und auch der Dollar gerät auf den dortigen Devisenmärkten unter Druck.« Er rief eine andere Tabelle auf, die im Überblick den Handel auf asiatischen Devisenmärkten zeigte. »Überzeug dich selbst!« sagte er und deutete unten auf den Bildschirm, wo eine Schlagzeile des *Bloomberg Business News Bulletin* zu sehen war: »Ausverkauf von Obligationen wegen Rücktrittsgerüchten.«

Dirk drückte eine andere Taste, und der Aufmacher eines Berichts erschien auf dem Bildschirm: »Analysten führten den scharfen Kursverfall von US-Schatzobligationen am Freitag morgen auf den asiatischen Märkten auf Gerüchte zurück, laut denen der *New York Mirror* am Freitag einen Bericht über den Rücktritt des Präsidenten der Federal Reserve Bank in der kommenden Woche veröffentlichen wird.« Ich betrachtete die beiden flimmernden Bildschirme: Ursache und Wirkung.

»Siehst du's!« sagte Dirk.

»Stichhaltige Indizien, aber es beweist noch nicht, daß unsere Kollegen von *Press Alert* nicht dichtgehalten haben. Genausogut könnte es ein bescheuerter Nachrichtenredakteur in New York sein.«

»Wenn dies das einzige Beispiel wäre, Eric, könnte ich dir zustimmen. Aber dem ist nicht so. Ich habe noch mehr auf Lager. Letzte Woche hat *Mirror Alert* vorausgesagt, daß die Arbeitslosenzahlen im April wesentlich niedriger sein würden als erwartet. Weiß der Teufel, aus welchen Quellen die Information stammt, aber sie erwies sich als richtig. Wir brachten sie – offiziell – um zehn Uhr morgens. Aber schon am Abend zuvor setzte ein Kursrückgang von US-Schatzobligationen in Singapur ein. Ich kann zwar nicht beweisen, daß die Händler schon früher unseren Bericht auf dem Tisch hatten und ihre Strategie daran orientierten, aber ich habe nicht den geringsten Zweifel daran.«

Ich warf einen Blick in das Büro der Redakteure hinüber. Der einzige noch vorhandene Redakteur bohrte gerade in der Nase. »Wer sind die Kerle überhaupt?«

»Arschlöcher. Sie nennen sich Journalisten, kommen aber zum größten Teil aus dem Rentenhandel. Abschaum von der Wall Street ist auch dabei. Jede Menge Europäer. Willst du noch ein Beispiel für ihre schmutzigen Geschäfte sehen?«

»Na klar, wenn du eins hast.«

»Okay. Vor zwei Wochen brachte der *Mirror* einen Bericht, in dem es hieß, T.J. Sedgwick Securities wolle ihren Chefstrategen in Sachen Investment feuern, weil es im Wertpapierhandel zu Unregelmäßigkeiten gekommen sei. Börsenrelevante Nachrichten, die wie vereinbart um halb acht an *Mirror Alert* gehen. Rat mal, was passiert ist? Unmittelbar darauf beginnt ein Kursverfall von Sedgwick-Investmentfonds an den asiatischen Märkten, wo sie gehandelt werden. Das hat Methode. Die holen sich die Information hier und verkaufen sie in Übersee, wo es, wie sie meinen, der amerikanischen Börsenaufsichtsbehörde nicht auffällt. Das ist Korruption! Wir liegen mit einer Bande von Betrügern im Bett! Und das Schlimmste ist, wir wissen noch nicht einmal, wer sie sind.«

»Das mußt du Sellinger sagen, Dirk. Ruf ihn morgen an.«

»Er ist unterwegs. Ich habe mich schon erkundigt. Vor Montag kommt er nicht zurück.«

»Dann ruf ihn am Montag an. Das mußt du tun. Es könnte den *Mirror* ruinieren. Du mußt sie verpfeifen.«

»Ich weiß nicht. Das ist nicht mein Stil. Ich muß mir erst sicher sein, wem der Laden gehört, bevor ich auf den Kriegspfad gehe. Ich habe einen Freund auf den Bahamas, der an der Sache arbeitet. Er ist kurz davor, Namen von Leuten herauszubekommen, denen die Scheinfirma von *Press Alert* da unten gehört. Ich würde lieber abwarten, bis ich Bescheid weiß, bevor ich zu Sellinger gehe.«

»Du kannst nicht viel länger warten, Dirk. Wenn es dir peinlich ist, mit Sellinger zu reden, können wir zusammen hingehen. Was hältst du davon? Am Montag bin ich unterwegs, aber wir könnten es am Dienstag machen. Wir sagen ihm, was du herausgefunden hast.«

»Mann! Ein Starreporter reicht einem Niemand wie mir die Hand. Bin ich aber geschmeichelt! Wenn ich es Sellinger erzähle, denkt er, es ist Scheiße, aber wenn ein bedeutender Mann wie du daherkommt, weiß er, daß es ernst ist.«

»Du kannst mich mal, Dirk. Ich habe dir nur meine Hilfe angeboten.«

Er wirkte betreten, denn er wußte, daß er zu weit gegangen war. »Ich entschuldige mich, Eric. Wirklich. Manchmal kann ich nicht anders. Ich bin nicht ich selbst, wenn ich nicht jemandem ans Bein pinkle. Aber es wäre schön, wenn du mir hilfst. Wir gehen am Dienstag hin, machen bei der Radio City Music Hall halt und sehen uns die Revuegirls an. Und schicken Sellinger die Rechnung.«

Ich kam gut zurecht bis Samstag nachmittag, als Annie an meine Wohnungstür klopfte. Sie trug weite Jeans und einen Kaschmirpullover. Ihre Haare hatte sie zu einem Pferdeschwanz zusammengebunden. In ihren Augen lag etwas Weiches, Verletzliches.

Anscheinend hatte sie sich durch die Eingangstür hereingestohlen, weil sie fürchtete, ich würde sie nicht hereinlassen, wenn sie klingelte.

»Was willst du hier?« fragte ich. Nach unserer letzten tränenreichen Begegnung hatte ich angenommen, das Kapitel Annie sei für mich nun endgültig abgeschlossen.

»Ich dachte, vielleicht möchtest du spazierengehen«, sagte sie. »Es ist so ein schöner Tag.«

Es war ein schöner Tag. Die Sonne schien. Um uns herum entfaltete der Frühling seine Pracht. Wir schlenderten durch das Botschaftsghetto Kalorama, wo Diplomatenkinder mit den Bediensteten spazierengingen, bis hinunter zum Rock Creek Park. Durch diese herrliche grüne Parklandschaft, die sich durch die ganze Stadt schlängelt, hatte man wohlüberlegt eine Art Hindernisbahn angelegt, so daß Hauptstadtbewohner mit echtem Sportsgeist alle paar hundert Meter Klimmzüge machen, über Holzzäune klettern oder auf schmalen Holzbalken balancieren konnten. Das war die Stadt, in die Annie und ich unsere romantische Liebschaft verpflanzt hatten; kein Wunder, daß wir gescheitert waren.

Ich fand es schön, mit ihr spazierenzugehen, und brauchte keine weitere Erklärung für ihren Besuch. Aber offenbar fühlte sie sich trotzdem dazu verpflichtet. Nachdem wir ein paar Minuten gegangen waren, sah sie mich ernst an. »Ich hab' den Gedanken einfach nicht mehr ausgehalten, daß es so mit uns enden soll. Mir schien es falsch, nach all den Jahren einfach auseinanderzugehen. Ich habe mich innerlich leer gefühlt.«

»Ich auch, aber ich dachte, das ist wahrscheinlich genau das richtige Gefühl. Ich meine, wir haben doch diese innere Leere, oder?«

»Wahrscheinlich. Aber warum will ich dich dann trotzdem sehen?«

»Macht der Gewohnheit. Sentimentalität. Angst vor der Zukunft. Lauter gute Gründe.«

Eine Zeitlang gingen wir schweigend nebeneinander her. Radfahrer und Jogger, irgendwohin unterwegs, spurteten an uns vorbei. In Annies Gesellschaft entspannte ich mich. Ich war immer gern mit ihr spazierengegangen. Mir gefiel die Art, wie sie beim Gehen die Zehen nach außen spreizte wie eine Ballerina. Sie tänzelte mehr, als sie ging.

»Möchtest du irgendwann mal Kinder haben?« fragte sie. Bei diesen Worten nahm sie meine Hand. Das war unfair. Ich hielt ihre Hand eine Weile, dann ließ ich sie wieder los.

»Ich weiß nicht, ob ich Kinder haben will. Erst muß ich eine Frau finden, die mich heiratet. Das erweist sich als schwerer, als ich dachte.«

»Ja. Ich habe da auch meine Schwierigkeit.«

Ein großer schwarzer Mann glitt auf seinen Rollerblades an uns vorbei; seine Muskeln spannten sich bei jeder Kurve, die er nahm. Er trug Spandex-Radlerhosen und eine blaugetönte Sonnenbrille und hörte Musik aus seinem Sony-Walkman. Er strahlte völlige Selbstgenügsamkeit aus, gab sich ganz der Freude an seinem Körper, der Musik und dem Tag hin. Hinter dem Rollschuhläufer kamen drei kleine Mädchen auf Rädern, gefolgt von einem Mann, der anscheinend ihr Vater war. Jede seiner Töchter brauchte bei irgend etwas seine Hilfe: anschubsen, Schnürsenkel binden, die kaputte Fahrradklingel inspizieren. Annie beobachtete die wechselvolle Szene aufmerksam.

»Wie wär's mit uns?« sagte sie. »Glaubst du, für uns ist es zu spät, noch Kinder zu kriegen?«

Ich blieb stehen und sah sie an. »Warum machst du das, Annie? Du weißt, daß ich dich noch liebe. Aber wir haben uns im Lauf der Jahre so sehr verletzt. Es ist nicht nur die Sache mit Arthur, sondern auch andere Dinge. Davon sind so viele Narben geblieben, ich weiß nicht, ob daraus etwas Echtes wachsen kann.«

»Ja, du hast wahrscheinlich recht. Ich weiß nicht. Und was willst du jetzt machen?«

»Mich weiter umsehen. Ich würde am liebsten mit einer anderen Frau ganz von vorn anfangen. Ich möchte in das Gesicht dieser Frau sehen und nichts wahrnehmen außer Offenheit. Vielleicht würde ich dann besser darauf achten, dieses Vertrauen nicht zu zerstören.«

Sie schwieg. Wir gingen noch ein paar Minuten so nebeneinander her, dann nahm sie wieder meine Hand. Diesmal ließ ich sie nicht los. Eine schöne Hand: lange, schlanke Finger. Sie paßte gut in meine.

Der Weg, dem wir neben dem Rock Creek Parkway gefolgt waren, mündete an der P Street auf eine große Wiese. Paare, homo und hetero, lagen im Gras und schäkerten. Annie beobachtete einen Jungen und ein Mädchen, die sich eng umschlungen hielten. Sie konnten nicht viel älter als sechzehn sein. Er hatte seine Hand unter ihrem T-Shirt und liebkoste ihre Brust. Sie hatte verzückt die Augen geschlossen.

»Setzen wir uns«, schlug Annie vor. Wir suchten uns ein Plätzchen auf der Wiese, ein Stück abseits von den anderen, mit Blick auf ein Osterglockenbeet an einem Hang. Annie sah mich mit gespielter Schüchternheit an. »Ich habe diese süße Sendung im Fernsehen gesehen. Sie haben berühmte Paare gefragt, was sie aneinander erotisch finden. Da hab' ich über uns nachgedacht.«

»Ja. Sprich weiter.«

»Eine der Fragen lautete, was am anderen erotisch ist. Und ich habe mich gefragt, was du wohl über mich sagen würdest. Was war das Aufregendste, was ich je getan habe, wenn wir zusammen waren?«

»Hmmm.« Ich lächelte. Sie war unmöglich. »Das ist schwierig. Da fällt mir so viel ein. Aber wahrscheinlich war es in unserer ersten gemeinsamen Nacht. Ich schob meine Hand unter deinen Rock, und du warst so naß, dein Höschen war durchtränkt. Es war dickflüssig wie Honig. Ich fand es unglaublich aufregend, daß du mich so gewollt hast. Daran habe ich immer gedacht, wenn wir getrennt waren.«

»Eric! Du machst mich ganz verlegen.« Sie wurde rot, warf

den Kopf zurück und schüttelte ihren Pferdeschwanz im Wind. »Auf jeden Fall gilt das nicht. Da konnte ich ja nicht anders.«

Sie schlang ihren Arm um meine Taille und zog mich an sich. Ich hatte eine Erektion, und als sie das spürte, streichelte sie die Haare an meinem Nacken, was mich noch mehr erregte. Ich war ihr verfallen, daran hatte sich nichts geändert.

»Wir könnten versuchen, noch mal von vorn anzufangen«, sagte sie. »Vielleicht klappt es ja diesmal.«

»Wir haben es oft genug versucht, Annie. Mit Versuchen ist es für mich nicht mehr getan. Ich brauche einen richtigen Neuanfang. Ich brauche eine Beziehung, die Wert und Bestand hat. Seit ich dich kenne, schwanke ich hin und her zwischen Verheiratetsein und Alleinleben, und das will ich nicht mehr. Das hat uns zermürbt. Wir können es nicht immer wieder versuchen.«

Sie machte große Augen. »Heißt das, du willst heiraten?«

»Ich weiß nicht, was ich will. Ich muß es mir überlegen. Ich habe versucht, mein Gleichgewicht zu finden, und jetzt fühle ich mich wieder ganz unsicher. In meinem Leben tut sich soviel, von dem du nichts weißt. Das ist mit ein Grund, warum es mir jetzt so schwerfällt, über uns beide nachzudenken.«

»Erzähl mir, was sich in deinem Leben tut. Du kannst mir vertrauen.«

»Mein Gott, das würde ich ja gerne. Vielleicht ist in ein paar Tagen alles vorbei. Dann könnte ich dir alles erzählen. Aber nicht jetzt. Ich habe mir zuviel aufgeladen. Es fehlt nicht mehr viel, und ich kollabiere, ehrlich.«

»Okay«, sagte sie. »Wahrscheinlich hast du recht. Wir brauchen es nicht mehr zu versuchen. Entweder wir tun es, oder wir lassen es.«

Wir standen vom Boden auf und richteten unsere Kleidung, um nicht aufzufallen. Ich begleitete sie noch bis zu ihrem Haus in Georgetown. Als wir vor ihrer Tür standen, küßte sie mich auf den Mund, zuerst zärtlich, dann leidenschaftlich.

»Ich liebe dich«, sagte sie.

Ausnahmsweise ließ ich das so stehen, statt es mit der gleichen abgenützten Phrase zu parieren. Ich küßte sie noch einmal auf die Wange. »Ich rufe dich nächste Woche an«, sagte ich. Auf dem Rückweg zu meiner Wohnung kam mir ein seltsamer Gedanke. Annie wollte mich jetzt nur aus dem Grund, weil sie fürchtete, daß ich sie nicht mehr wollte. Wir waren in einem Perpetuum mobile des Unglücklichseins gefangen. Es gibt einfachere Methoden, unglücklich zu sein, dachte ich.

Am Sonntag abend um halb sieben klingelte mein Telefon. Es war Alessi, der aus Paris anrief. Er sagte, das Rendezvous mit Michel Bézy werde am nächsten Morgen in Boston stattfinden. Ich sollte die 11-Uhr-Fähre vom Logan Airport in die Innenstadt von Boston nehmen. Am Anlegeplatz in Boston würde mich jemand abholen. Ich sollte allein kommen. Wenn mich jemand begleitete, wäre der Termin geplatzt. Mr. Bézy freue sich darauf, mich kennenzulernen. »Er hofft, daß es ein fruchtbares Treffen wird«, meinte Alessi.

Über die Massachusetts Avenue fuhr ich direkt hinaus zu Tom Rubinos Haus. An der Strecke lagen ein paar Dutzend Botschaftsgebäude, an denen sich deutlich zeigte, wieviel Immobilien über ihre Besitzer aussagen: Haiti, Guatemala und Burkina Faso waren in bescheidenen Stadthäusern untergebracht, die kaum für eine Familie gereicht hätten; Japan und Großbritannien residierten in vornehmen Anwesen, in denen auch die gekrönten Häupter dieser Länder hätten absteigen können. Frankreich hatte sich trotzig abgesondert und in einer Seitenstraße der Foxhall Road ein modernes Botschaftsgebäude bezogen, das den Charme eines Luftschutzbunkers besaß. Nach ein paar Kilometern schoß mir die Frage durch den Kopf, ob mir wohl jemand folgte. Meine eintägige Schulung hatte mich immerhin mißtrauisch gemacht. Was würde Frank Hoffman an meiner Stelle tun? An der National Cathedral fuhr ich an die Seite und achtete darauf, ob noch ein anderes Auto stehenblieb. Den

Westmoreland Circle umrundete ich dreimal, um zu sehen, ob ich verfolgt wurde. Dann bremste ich an einem Lebensmittelgeschäft an der River Road. Jedesmal hielt ich Ausschau nach Überwachern, entdeckte aber keine. Wenn Bézys Leute mich beschatteten, verstanden sie ihr Handwerk.

Rubinos Familie hatte sich gerade zum Abendessen versammelt, als ich ankam. Seine Tochter erkannte mich wieder. »Wir essen jetzt«, sagte sie. Rubino ging mit mir hinaus in seinen vernachlässigten Garten. Der Tetherball schaukelte im Wind und schlug scheppernd gegen den Pfosten. Rubino versetzte ihm einen Schlag – zu fest, fand ich. Er war nicht weniger nervös als ich.

»Das Treffen findet in Boston statt«, sagte ich. »Ich soll die Fähre nehmen, die um elf Uhr am Flughafen abgeht. Die schikken jemanden, der mich auf der anderen Seite abholt, am Anlegeplatz in Boston.«

»Verdammt!« Er schüttelte den Kopf. »Dadurch haben sie einige Trümpfe in der Hand. Sie können draußen auf See ihre Spielchen treiben. Das FBI wird sich ein paar Boote besorgen müssen. Verdammt!« wiederholte er. »Ich muß sofort das FBI anrufen, damit sie sich vorbereiten können.«

Er verschwand für zehn Minuten im Haus. Die Zeit überbrückte ich, indem ich den jämmerlichen Tetherball mit den Fäusten bearbeitete. Als Rubino zurückkehrte, wirkte er immer noch nervös. »Dem FBI gefällt das auch nicht«, meinte er. »Sie überlegen, ob wir die Sache abblasen. Ich sagte, ich würde erst Sie fragen.«

»Tut mir leid, aber ich muß dort sein. Ich bin schließlich im Auftrag des *Mirror* unterwegs.« Das sollte ein Scherz sein, aber heute ließ er sich nicht zum Lachen bewegen.

»Okay, Meister«, sagte Rubino. »Hören Sie zu. US Air fliegt am Montag morgen stündlich nach Boston. Sie nehmen den 8-Uhr-Flug, so daß Sie um halb zehn in Boston landen.«

»Aber dann muß ich so früh aufstehen. Und in Boston Däumchen drehen, bis ich auf die Fähre kann.«

»Bedaure. Der 9-Uhr-Flug ist zu knapp; da kämen Sie erst um halb elf an, und US Air hat immer Verspätung. Heute nacht werden Sie sowieso nicht viel schlafen, oder? Also fliegen Sie um acht. Das FBI schickt jemanden zu Ihnen ins Flugzeug, ein paar Leute auf den Flughafen und jemanden auf die Fähre.«

»Kann ich die Leute irgendwie erkennen?«

»Ausgeschlossen. Es sei denn, sie sind völlig unfähig. Aber wenn Ihnen irgendwas spanisch vorkommt, ziehen Sie die Notbremse. Gehen Sie nicht auf die Fähre. Oder steigen Sie auf der anderen Seite nicht aus. Wir verlassen uns auf Ihren gesunden Menschenverstand. Leider bleibt uns nichts anderes übrig, weil die Initiative bei Ihnen liegt. Sobald die FBI-Agenten Bézy sehen, greifen sie ein – und zwar hart, mit einer Menge Leute und Schußwaffen. Er ist der einzige, für den wir einen Haftbefehl haben, also können wir nichts unternehmen, bis wir ihn zu Gesicht bekommen.«

»Was ist, wenn Bézys Leute das Feuer eröffnen, sobald Sie anrücken? Das wäre unangenehm. Ich wäre mittendrin.«

»Das dürfte kein Problem sein. Die Leute vom FBI wissen, wie man so etwas anpackt. Aber für alle Fälle habe ich eine Kevlar-Weste für Sie besorgt. Sie ist leicht, wird auch von Polizisten getragen. Sie hält fast alles ab. Frank Hoffman ist auf die Idee gekommen, nachdem Sie fort waren. Er macht sich Sorgen um Sie. Ich möchte, daß Sie die Weste tragen.«

»Journalisten tragen keine kugelsicheren Westen.«

»Seien Sie nicht so kindisch. Ich kann Ihnen nicht befehlen, die verdammte Weste zu tragen, aber Sie wären dumm, wenn Sie es nicht täten.«

»Ich probiere die Weste an. Mal sehen, ob sie mir gefällt. Und legen Sie mir nicht noch mal nahe, nicht so kindisch zu sein. Wenn ich noch reifer werde, falle ich tot um.« Ich überlegte, ob es noch irgend etwas zu klären gab. »Eines noch«, sagte ich. »Angenommen, Bézy ist nicht da? Was mache ich dann?«

»Sie steigen sofort aus. Das heißt, man hat ein doppeltes Spiel mit Ihnen getrieben. Verschwinden Sie, sobald sich eine Möglichkeit bietet.«

»Und wenn sich keine bietet?«

»Sie meinen, wenn Sie gekidnappt werden?«

»Ich schätze, genau das meine ich.«

»Wir werden tun, was in unserer Macht steht, um das zu verhindern. Aber es wird kompliziert. Wir haben nur die Befugnis, Bézy zu verfolgen, und das FBI wird sich an die Spielregeln halten. Wenn alles in die Hose geht und Sie in irgendeinem Kerker auf Korsika landen, vergessen Sie nicht, daß Sie die 120 Millionen Dollar als Druckmittel einsetzen können.«

»Welche 120 Millionen Dollar?«

»Das Geld, das auf Bézys Konto in Vanuatu einging. Wenn wir dieses Geld aufspüren können – und Sie haben denen bereits signalisiert, daß wir dazu in der Lage sind –, dann können wir es uns auch holen. Solche Spielchen treiben wir zur Zeit auch mit Drogenhändlern, und wenn es sein muß, tun wir das auch mit Bézy und Konsorten. Wenn man Sie also nicht gehen läßt, können Sie damit drohen. Aber es ist albern, sich darüber den Kopf zu zerbrechen. Man wird Sie nicht kidnappen. Alles wird wunderbar glattgehen. Morgen abend sitzt Michel Bézy in einer Zelle im Bundesgefängnis von Boston und bereut seine zahlreichen Sünden und Untaten.«

Ich sah auf die Uhr. Es wurde spät. »Ich sollte Sie jetzt mit Ihrer Familie zu Abend essen lassen«, sagte ich.

Rubino ließ mich die kugelsichere Weste anprobieren, bevor ich ging. Sie paßte perfekt. Er schüttelte mir die Hand und blickte mich streng an, was wahrscheinlich Zuversicht vermitteln sollte.

»Ich bin stolz auf Sie«, sagte er. »Sie sind ein zäherer Bursche, als ich erwartet hatte.«

Zurück in der California Street rief ich von einem Münzfernsprecher in der Eingangshalle aus meinen Chef Bob Marcus an.

Ich teilte ihm die großartige Neuigkeit mit. Michel Bézy, der 120 Millionen eingeschoben hatte und über den ich schreiben wolle, sei bereit, sich am nächsten Tag mit mir in Boston zu treffen. Ich würde ihn nach dem Geld fragen können, wie unsere Anwälte es verlangten. Und dann konnten wir den Artikel bringen. Marcus wiederholte in einem fort: »Das wird der Knüller!« Ich glaube, bei ihm zu Hause war immer noch Cocktailstunde.

»Da oben könnte es etwas ungemütlich werden«, sagte ich. »Ich glaube, das FBI interessiert sich auch für den Knaben.«

»Das wird der Knüller!« wiederholte er noch einmal. »Da können Sie sich Lorbeeren verdienen.«

38

Die 8-Uhr-Maschine am Montag nach Boston war fast voll belegt mit der üblichen Fracht: Anwälte, Bankangestellte und Beamte, lauter Männer in langweiligen Geschäftsanzügen. Ich ließ meinen Blick über die Sitzreihen schweifen und fragte mich, wer von ihnen wohl der FBI-Agent sein mochte. Im Jahr 1996 ließ sich das kaum noch feststellen. Die kulturellen Symbole waren verwischt. Fast jeder sah gepflegt aus, hatte kurzgeschnittene Haare und einen im Fitneßcenter durchtrainierten Körper. Wir waren zu einer Nation von FBI-Agenten geworden. Egal. Ich hatte eine Zeitschrift dabei – eins jener Hochglanzmagazine, in denen links angehauchte Artikel über den kulturellen Verfall Amerikas mit schmeichlerischen Porträts von Hollywood-Stars koexistierten. Ich war zu nervös zum Lesen – selbst der Artikel über Demi Moores glanzvollen Aufstieg zu neuem Ruhm erschien mir zu mühsam –, aber die Werbung war nett.

In Streßsituationen klammern wir uns alle gern an die Illusion, wir wüßten, was wir tun. Probleme entstehen jedoch, wenn wir mehr als eine Antwort haben. Ich flog nach Boston, um einen korrupten, international agierenden Anwalt zu interviewen, der meinen Kollegen ermordet hatte, damit meine Zeitung eine Enthüllungsstory über ihn veröffentlichen konnte. Ferner flog ich nach Boston, um CIA und FBI dabei zu helfen, ebenjenen Mann zu verhaften und in den Vereinigten Staaten vor Gericht zu stellen. Die erste Aussage behagte mir mehr als die zweite, aber beide waren jetzt untrennbar miteinander verknüpft. Ich wollte mir Klarheit darüber verschaffen, was ich nun eigentlich war – Reporter oder Spion –, aber in diesem Augenblick gelang es mir nicht.

Die Maschine landete wegen Verzögerungen im Luftverkehr mit fünfundzwanzig Minuten Verspätung auf dem Logan Airport. Das war ein Segen, denn dadurch verkürzte sich die Zeit des nervösen Wartens nach der Landung. Nachdem ich aus dem Flugzeug ausgestiegen war, suchte ich mir eine wenig frequentierte Herrentoilette. Ich hatte die Kevlar-Weste in einer Reisetasche mitgebracht und mußte sie irgendwo anziehen. In den ersten beiden Toiletten nach der Sperre drängten sich die Reisenden, aber schließlich fand ich eine Treppe tiefer neben den Schaltern der Autovermietung ein leeres WC. Die Weste fühlte sich klobig an, aber mit zugeknöpftem Regenmantel sah ich fast normal aus. Den Mont-Blanc-Füller hatte ich in einer Tasche, die Feuerzeuge in der anderen.

Um 10.40 Uhr nahm ich den Bus zur Fähre. Jetzt sah ich mir alle Leute zweimal an: Mir war, als wäre ich von Engeln und Teufeln umgeben, alle unsichtbar, die jede meiner Bewegungen verfolgten. Nach zehnminütiger Fahrt hielt der Bus an einem schlichten grauen Kai. Als ich die metallene Rampe entlangging, schwankte und schepperte der Boden unter meinen Füßen. Drei Passagiere warteten bereits unter einem grauen Vordach: ein kräftiger Mann, der in einen dicken Roman über die Nazis vertieft war; eine Frau in einem adretten Kostüm, die das *Wall Street Journal* las; ein Mann mit Sonnenbrille und zweireihigem Anzug, der auf den Hafen hinausblickte. Der letztere konnte durchaus Bézys Abgesandter sein.

Die Fähre tuckerte langsam auf uns zu. Der Himmel war mit dunklen Regenwolken verhangen, und der Wind peitschte die schäumenden Wellen. Mir war, als stünde ich am Schnittpunkt von drei Dimensionen. Hinter mir die Rollbahnen des Flughafens; über mir das gleichförmige Dröhnen der startenden und landenden Jets; auf der anderen Seite der Hafeneinfahrt, eineinhalb Kilometer entfernt, die Anlegestelle, an der ich schließlich Bézy treffen würde. Ein paar Minuten vor elf legte die Fähre an. Die Mannschaft ließ Bug- und Achtertau über die großen Klampen gleiten, legte die Laufplanke aus und öffnete die Kette, so daß die Passagiere an Bord gehen konnten. Ich wollte gerade einsteigen, als der Mann im Zweireiher hinter mich trat.

»Ich bin Alessi«, sagte er. »Lassen Sie uns auf die nächste Fähre warten.«

Ich trat von der Laufplanke zurück. Es war ein vernünftiger Schachzug, wie aus dem Lehrbuch von Frank Hoffman, aber mir war es gleich. Mein Problem war nicht die Fähre, sondern was mich danach erwartete. Die beiden anderen Passagiere waren bereits an Bord gegangen. Die Frau, die das *Wall Street Journal* gelesen hatte, blickte sich besorgt nach mir um, wandte sich aber dann ab. Die Mannschaft machte die Leinen los, und die Fähre entfernte sich vom Kai.

Alessi nahm seine Sonnenbrille ab und schüttelte mir die Hand. Er hatte ein hageres Gesicht und zusammengekniffene Augen, die wenig preisgaben. Ein typischer Mittelsmann. »Wir freuen uns, Sie kennenzulernen«, sagte er.

»Wie geht es Mr. Bézy?« erkundigte ich mich.

»Gut«, erwiderte er, kein Wort mehr. Er wollte nicht reden; statt dessen sah er sich im Hafen nach möglichen Störfaktoren um. Schweigend warteten wir auf die nächste Fähre. Kurz darauf traf ein Bus mit weiteren Passagieren ein. Wahrscheinlich war mindestens einer von ihnen vom FBI.

»Wie war Ihr Flug?« brach ich erneut das Schweigen. Diese Frage hatte ich immer wieder den eintreffenden Gästen gestellt, als ich eines Sommers in einem Hotel in Palo Alto als Page jobbte. Dahinter stand der Gedanke, daß man ein höheres Trinkgeld bekam, wenn man jemanden im Fahrstuhl in ein Gespräch verwickeln konnte.

»Danke, gut.« Er beobachtete nun, was auf dem Wasser vor sich ging. Ich tat es ihm gleich. Im Binnenhafen war etwa ein halbes Dutzend anderer Schiffe zu sehen: ein paar schicke Ausflugsboote, ein Patrouillenboot der Bostoner Hafenpolizei; einige größere Schiffe. Ich fragte mich, welche Unterstützung zu Wasser Rubino und seine Freunde organisiert hatten.

Die nächste Fähre näherte sich dem Pier. Es war ein breites graues Boot mit offenem Achterdeck und einer kleinen geschlossenen Kabine. Der Wind frischte auf, so daß die Wellen noch höher gingen und die Mannschaft für das Anlegemanöver länger brauchte. Die Laufplanke wurde heruntergelassen und die Kette geöffnet.

»Gehen wir«, sagte Alessi.

Gefolgt von fünf oder sechs anderen Passagieren gingen wir an Bord. Alessi und ich lösten eine einfache Fahrt. Als alle an Bord waren, legte die Fähre ab, und wir fuhren auf den Kanal hinaus, den Wolkenkratzern der Innenstadt von Boston entgegen. Alessi stand vorne am Deck und sah prüfend hinaus aufs Meer. Ein Bostoner Walfänger näherte sich uns von steuerbord aus Richtung Chelsea und Mystic River. Unser Boot verlangsamte die Fahrt, um ihn vorbeizulassen. Auf der Seite des Hafens, von der wir kamen, sah man in der Ferne die alten Backsteinkais aus dem neunzehnten Jahrhundert, die jetzt für die Touristen aufpoliert worden waren.

Wir steuerten auf den Rowe's Wharf von Boston zu, den von neuen Bürogebäuden, Wohntürmen und Hotels gesäumten Kai. Direkt vor uns erhob sich ein gewaltiger Torbogen, vielleicht fünfzig Meter hoch, an dem eine riesige amerikanische Flagge flatterte. Ein Willkommensgruß. Den Kai hinunter zur Linken stand eine verrostete Metallbrücke. Als wir näher kamen, sah ich mehrere Kreuzfahrtschiffe und Privatjachten, die an den Stegen festgemacht waren. Ich musterte die Gestalten am Anlegeplatz eingehend und suchte nach FBI-Leuten.

Der Kai war noch etwa fünfzig Meter entfernt. Die Wellen schlugen gegen den Rumpf, als die Fähre ihr Tempo verlangsamte. Wir waren jetzt nah genug, so daß ich die Gesichter der Menschen am Anlegeplatz erkennen konnte. Unter den Torbögen eines Hotels, das auf die Rowe's Wharf blickte, standen Männer in mehreren Grüppchen und taten so, als beachteten sie uns nicht. Sie lauerten sprungbereit und würden sofort zuschlagen, wenn Bézy auftauchte und der Einsatzbefehl gegeben wurde.

Wir näherten uns den hölzernen Anlegeplätzen. Einer von der Mannschaft sprang hinaus und sicherte das Bugtau; die Laufplanke wurde ausgefahren. Die anderen Passagiere stiegen zuerst aus; Alessi und ich warteten. Ich sah deutlich die Anspannung auf den Gesichtern der Leute oben am Kai. Die kugelsichere Weste lag hart auf meiner Brust. Ich klopfte auf meinen Füller, meine Feuerzeuge. Jetzt war ich für diese albernen Dinger dankbar. Ich fühlte mich, als zöge ich in die Schlacht. In den nächsten Minuten würde sich der Ausgang meines bizarren unerklärten Krieges entscheiden. Alessi bedeutete mir, ihm zu folgen.

»Wo gehen wir jetzt hin?« fragte ich.

Er zeigte auf eine schicke Jacht, dreißig Meter den Kai hinunter, im Schatten der rostigen Brücke.

»Ist Bézy dort?«

»Sie werden Mr. Bézy bald sehen«, erwiderte er.

Das war keine Antwort. Alessi schob mich sanft Richtung Laufplanke. Ich sträubte mich. »Kommen Sie mit«, sagte er.

»Sie gehen voraus. Ich folge Ihnen.« Ich begriff nicht, was hier vor sich ging. War es ein fauler Trick? War jetzt der Augenblick gekommen, das Unternehmen abzubrechen, wie Rubino es mir eingeschärft hatte, falls irgend etwas schiefging? Das konnte ich erst entscheiden, wenn ich noch eine Weile mitspielte.

Alessi ging von Bord; oben auf dem Kai wandte er sich nach links. Jetzt hätte ich fliehen können, wenn ich gewollt hätte. Ich hätte in die andere Richtung lossprinten und rennen können, was das Zeug hielt. Aber wohin? Mit welchem Ziel? In diesem entscheidenden Augenblick hatte ich den Eindruck, daß ich damit nur einen Beweis meiner eigenen Feigheit liefern würde.

Also folgte ich Alessi mit mehreren Schritten Abstand. Als ich vom Anlegeplatz auf den steinernen Gehweg trat, der am Kai entlangführte, setzten sich hinter uns mehrere Männer in Bewegung. In der Richtung, die wir einschlugen, sah ich andere Männer, deren Gesichter stummes Einverständnis signalisierten. Ein Einverständnis gleichsam wie eine leichte Brise über einer Wiese, deren Halme sich kaum bewegen. Diese Leute lebten in einer Welt der Präzision und Disziplin. Ihre Gefechtsregeln waren klar und deutlich formuliert, sie wußten genau, was zu tun war. Ich hatte keine Regeln.

Alessi und ich gingen zielstrebig auf die wartende Jacht zu. Am Heck konnte ich den Namen erkennen: Serendipity. Sie war knapp zwanzig Meter lang und mit Radar und anderen Geräten für die Hochseenavigation ausgerüstet.

»Gehen Sie langsamer«, sagte ich zu Alessi. Wir waren fast da. Wieder durchzuckte die Leute am Kai dieses stumme Einverständnis: Männer in Straßencafés, die sprungbereit auf ihren Stühlen saßen; Spaziergänger unter den Torbögen, die aus dem Schatten traten. In der Nähe stand ein Bus mit getönten Scheiben und geöffneten Türen.

Alessi blieb stehen. Wir waren nun bei der Jacht angelangt. Auf Deck stand ein Steward, der die Hand ausstreckte, um mir beim Einsteigen zu helfen.

»Zeit für die Abfahrt«, sagte Alessi. Die Jacht hatte schon gewartet. Der Motor tuckerte im Leerlauf; die Mannschaft war zum Ablegen bereit. In der Kajüte saß jetzt wohl Michel Bézy und machte sich bereit, mit einem Reporter des *New York Mirror* zu feilschen.

Ich ging einen Schritt auf das Schiff zu, dann drehte ich mich um und warf einen letzten Blick zurück. Ein Mann war unter den Torbögen hervorgetreten und sah mich an. Er trug einen Trenchcoat mit einem Gürtel um die Taille. Er hatte die konzentrierte Miene eines Befehlshabers zur Stunde X. Als ich auf Alessis Schiff zuging, gab er mir ein Handzeichen. »Vorsicht!« schien es zu sagen oder vielleicht auch: »Steig nicht ein!« Zuerst reagierte ich nicht, aber als er das Zeichen wiederholte, streckte ich den Daumen in die Höhe. Alles okay. Ich gehe. Er ist da drin. Es wird schon klappen.

Ich sah, wie der Mann seinen Arm bis ans Gesicht hob. Wahrscheinlich steckte ein Mikrophon im Ärmel, und er gab Informationen weiter, bat um Anweisungen. Vielleicht unterhielt er sich mit Rubino. Wie würde er Tom meine Eigenmächtigkeit erklären? Schon setzte ich mich über Signale hinweg; ich war unzuverlässig; die Sache konnte ein Flop werden. Der Befehlshaber ließ den Arm sinken. Er lauschte jemandem, der in seinen Ohrhörer sprach. Das Bild auf dem Kai wirkte für einen Augenblick wie erstarrt: Die Männer und ihre Schußwaffen reglos, Befehle erwartend.

Ich bestieg die Serendipity. Der Steward stützte mich, da das Schiff vom Pier abtrieb. »Willkommen an Bord«, sagte er.

Alessi war in der Kajüte verschwunden. Ich blickte zurück ans Ufer. Der Mann im Trenchcoat ging an Bord eines Ausflugsschiffes weiter unten am Kai, dessen Motor im Leerlauf tuckerte. Offenbar war er für die Operation verantwortlich. Draußen im Binnenhafen bewegte sich ein anderes, größeres Schiff auf uns zu. Das Begrüßungskomitee war in See gestochen.

Die Serendipity fuhr auf den Kanal hinaus. Eine Böe schlug uns ins Gesicht, und die Wellen klatschten gegen den Schiffsrumpf, als die Jacht gegen Wind und Gezeiten ankämpfte. Alessi rief nach mir. Ich sollte in die Kajüte kommen. Noch einmal wiederholte ich in Gedanken, was ich zu Bézy sagen wollte, solange ich ihn für mich hatte und interviewen konnte: Dem *New*

York Mirror ist bekannt, daß Sie im Rahmen des Telekommunikationsauftrags eine Zahlung von 120 Millionen Dollar erhalten haben. Wofür haben Sie das Geld bekommen?

Ich betrat das Deckhaus und ging ein paar Stufen hinunter. Es dauerte eine Weile, bis sich meine Augen an die Dunkelheit gewöhnt hatten. Die Hauptkajüte war prunkvoll eingerichtet, mit Sofas und Sesseln und einem glänzenden Mahagonitisch in der Mitte. Ich rechnete damit, Bézy am Fußende des Tisches zu sehen, aber dort saß niemand. Ich blickte mich in dem Raum um, doch Bézy war nicht da.

»Wo ist er?« fragte ich.

Alessis Gesicht rötete sich. Nun mußte er mit der Sprache herausrücken.

»Es tut mir sehr leid. Mr. Bézy sah sich gestern abend gezwungen, seine Pläne zu ändern. Er möchte Sie heute nachmittag gerne in Montreal sehen, wo er dringende Geschäfte zu erledigen hat. Dort wird er Ihnen mit Vergnügen das Interview geben. Am Logan Airport erwartet uns ein Privatflugzeug, das Sie hinbringen wird. Dieses Schiff bringt uns wieder an den Anlegeplatz von Logan. Ich soll mich in Mr. Bézys Namen bei Ihnen für diese Unannehmlichkeiten entschuldigen. Er kann sich hier nicht mit Ihnen treffen.«

»Das ist gegen die Abmachung.« In diesem Augenblick hätten alle Alarmglocken klingeln müssen – ich hätte wütender oder ängstlicher sein sollen –, aber derartige Situationen hatte ich in meinem Leben schon oft erlebt: eine nicht eingehaltene Verabredung, eine verschobene Besprechung, geänderte Pläne. Man glaubt, mit Reportern könne man so umspringen, und geht davon aus, daß sie sich dem Terminplan der vielbeschäftigten Leute, die wirklich etwas zu tun haben, anpassen können. »Warum haben Sie mich angelogen und behauptet, er sei auf dem Schiff?« fragte ich.

»Für dieses Täuschungsmanöver entschuldige ich mich. Ich brauchte eine Gelegenheit, um ungestört mit Ihnen zu sprechen.

Da draußen wäre das unmöglich gewesen. Offensichtlich sind wir nicht allein.«

»Ich weiß nicht, ob ich nach Montreal fliegen kann«, wandte ich ein. »Das war nicht vorgesehen.«

»Mr. Bézy erwartet Sie. Er ist sehr an einem Gespräch interessiert.«

»Und wenn ich nicht nach Montreal komme? Kann ich dann trotzdem mit ihm reden?«

»Nein. Er möchte Sie persönlich sprechen. Für ihn ist es wichtig, daß Sie kommen. Da gibt es Dinge, die Sie vielleicht nicht verstehen und über die er mit Ihnen reden will – Geheimnisse, in die er Sie einweihen möchte.«

Was hatte das zu bedeuten? War das wieder ein Trick oder gab es einen Aspekt bei Bézys Machenschaften, der mir verborgen geblieben war? Ich sah durch die Bullaugen hinaus. Die beiden Schiffe, die uns beschattet hatten, seit wir von Foster's Wharf abgelegt hatten, rückten näher heran. Auch Alessi war das nicht entgangen.

»Ich sehe, daß wir eine Eskorte haben«, bemerkte er. Er wirkte weder überrascht noch ärgerlich. Fast schien er sich über den Anblick zu freuen, als würden dadurch seine Erwartungen bestätigt.

»Wenn ich Sie begleite, begebe ich mich nicht in Gefahr?« Das mochte eine dumme Frage sein, aber solche Fragen stellen Reporter nun mal.

»Selbstverständlich nicht. Wenn Mr. Bézy Ihnen schaden wollte, könnte er das jederzeit tun. Zum Beispiel jetzt.«

Ich sah wieder hinaus. Die Schiffe waren jetzt nur noch zwanzig Meter entfernt. Das größere befand sich an unserer Backbordseite. Auf Deck sah ich ein paar Männer in den schlichten Uniformen eines FBI-Sondereinsatzkommandos und vermutete, daß sich unter Deck noch einige Dutzend befanden. An der Steuerbordseite fuhr das kleinere Boot neben uns her. Der Mann im Trenchcoat sprach in ein Funkgerät; offenbar hielt er wieder

Rücksprache mit seinen Vorgesetzten. Sie hatten ihren Haftbefehl; wahrscheinlich nahmen sie an, daß sich Bézy an Bord der Jacht befand, und waren bereit zum Entern, wenn der Befehl kam. Sie waren im Begriff, einen Fehler zu machen.

»Wie lautet Ihre Antwort?« fragte Alessi. »Gleich sind sie neben uns.«

Ich überlegte noch, wußte aber, daß ich ja sagen würde. Im Augenblick der Entscheidung setzt sich bei den meisten Menschen ein Automatismus in Gang, und zwar stets derselbe. Dieser automatische Reflex lief bei mir immer auf ein Ja hinaus; ich bleibe am Tisch sitzen, steige nicht aus, spiele noch eine Runde. Und in diesem Fall war noch ein stärkerer Impuls am Werk. Die Antwort des CIA-Agenten wäre »nein« gewesen, die Antwort des Reporters mußte »ja« lauten. Von Rubinos Team konnte ich mich nur loseisen, indem ich zu meinem eigenen Team zurückkehrte. Das war meine Chance, wieder aus dem Spiegel herauszutreten.

»Ich fahre nach Montreal«, sagte ich.

»Gut, Mr. Bézy wird sich freuen.«

Wir hörten das Tuten einer Sirene, dann den jähen Knall einer Leuchtbombe an unserem Bug.

»Ich glaube, wir sollten an Deck gehen«, meinte Alessi. »Ich werde mit ihnen reden.«

Der Mann im Trenchcoat hatte ein Megaphon in der Hand. »Ahoi, Serendipity. Wohin fahren Sie?«

»Zum Flughafen«, rief Alessi. »Wir werden an Jeffries Jachtclub neben dem Anlegeplatz der Fähre festmachen.«

Der Einsatzleiter kehrte in seine Kajüte zurück und nahm sein Funkgerät, um diese neueste, reichlich sonderbare Mitteilung weiterzuleiten. Dann kam er wieder aufs Deck und brüllte erneut in sein Megaphon. »Wir werden Sie bis zum Anlegeplatz begleiten, Serendipity. Sind Sie damit einverstanden, daß wir Ihr Schiff durchsuchen, sobald wir dort anlangen?«

»Haben Sie einen Durchsuchungsbefehl?« fragte Alessi.

»Allerdings«, bellte der Einsatzleiter.

»Dann haben wir keine Wahl. Natürlich können Sie uns durchsuchen. Wir haben hier nichts, was Sie interessieren könnte.«

Alessi begab sich zum Kapitän seines Schiffs und wechselte einige Worte auf französisch mit ihm, dann kehrte er in die Kajüte zurück. Ich begab mich ans Heck. Das Ausflugsschiff des Einsatzleiters hielt sich ein paar Meter entfernt an der Steuerbordseite. Wieder machte er mir Zeichen, als wollte er sagen: Komm, spring, hau ab. Wieder streckte ich als Antwort den Daumen in die Höhe. Es war nach wie vor alles in Ordnung. Ich war in Sicherheit.

»Raus aus dem Boot, Truell«, rief er.

»Alles in Ordnung«, sagte ich. »Ich weiß, was ich tue.«

Der Einsatzleiter schüttelte den Kopf. Er begriff nichts mehr. Ich vermasselte den Plan. Wieder hielt er per Funkgerät Rücksprache mit seinen Kollegen. Nach ein paar Minuten drehte sein Ausflugsboot ab und enteilte Richtung Logan, um unsere Ankunft vorzubereiten. Das größere Schiff wich auf dem restlichen Weg nicht von unserer Seite.

Ein-, zweihundert Meter neben der Stelle, an der vor 45 Minuten die Fähre abgelegt hatte, ging die Jacht vor Anker. Eine umständliche Rundreise. Während die Serendipity vertäut wurde, kam Alessi zu mir. »Ich hoffe, die Durchsuchung wird nicht lange dauern«, bemerkte er. »Das Flugzeug wartet.«

»Vielleicht läßt sich da was machen«, sagte ich. Am Kai hinter dem Einsatzleiter warteten mehrere Dutzend Männer in blauen Overalls, bereit, an Bord zu gehen und die Jacht zu durchsuchen. Ich ging an Land, um mit dem Einsatzleiter zu sprechen, der bereits auf mich zueilte. Alessi blieb unterdessen mit dem Kapitän auf dem Schiff zurück.

»Was zum Teufel geht da vor?« fragte er. »Ich bin der zuständige Sonderagent. Ich arbeite mit Rubino zusammen. Alles in Ordnung?«

»Mir geht's gut. Es hat keinen Zweck, das Schiff zu durchsuchen. Bézy ist nicht da. Er ist in Montreal. Ich werde ihn dort interviewen.«

»Das ist gegen den Befehl.«

»Ich habe keine Befehle zu befolgen. Wie auch immer, ich habe mich entschieden. Ich fliege.«

Die Miene des FBI-Manns verdüsterte sich; er war bestürzt und verwirrt. Er wandte sich ab, sprach wieder in das im Ärmel verborgene Funkgerät und lauschte auf die Antwort. Das Gespräch dauerte mehrere Minuten.

»Wir durchsuchen das Schiff«, erklärte er. »So lautet der Befehl.«

Ich drehte mich zu Alessi um. Er schaute ungeduldig auf die Uhr.

»Durchsuchen Sie, was Sie wollen«, erwiderte ich. »Bézy ist nicht da. In der Zwischenzeit werden dieser Herr und ich gehen. Wir müssen ein Flugzeug erreichen.«

Der FBI-Einsatzleiter führte wieder eine hektische Unterredung mit seinem Ärmel. Als er sich zu mir umwandte, loderten seine Augen. Er war wütend, aber machtlos. Er konnte mich nicht verhaften, mir keine Befehle erteilen, mich nicht aufhalten. Er kam so nahe zu mir heran, daß wir uns fast berührten, und flüsterte mir ins Ohr: »Wenn Sie nach Montreal gehen, Truell, dann auf eigene Faust. Das ist von Rubino. Er ist stinksauer auf Sie. Er sagt, Sie haben ihn reingelegt.«

»Ich weiß. Richten Sie ihm aus, ich weiß, wie er sich fühlt. Aber mir passiert schon nichts, und für ihn wird das auch in Ordnung gehen.«

Ich ging zur Jacht zurück, wo Alessi auf mich wartete. Er hatte eine Kamera in der Hand. Offenbar wollte er die Szene für seine Akten festhalten.

»Wir können gehen«, sagte ich. »Die Polizei will das Schiff durchsuchen. Ich habe ihnen gesagt, daß Bézy nicht an Bord ist, aber sie wollen sichergehen.«

»Wie kommen die auf den Gedanken, Bézy sei hier?« fragte er mit süffisantem Grinsen.

»Da bin ich überfragt«, erwiderte ich. »Wahrscheinlich waren sie schlecht informiert.«

Die Limousine, die uns wieder zum Flughafen bringen sollte, wartete bereits. Als ich die lange Rampe entlangging, die den Anlegeplatz mit dem Pier verband, fühlte ich mich steif und unbehaglich. Die kugelsichere Weste besaß die Geschmeidigkeit eines Baumstamms. Ich mußte sie loswerden, bevor ich das Flugzeug bestieg. Im Flughafen würde ich bestimmt noch eine Toilette finden, wo ich sie deponieren konnte.

Als wir auf den Wagen zugingen, schaute ich mich noch einmal nach dem FBI-Einsatzleiter und seiner unglückseligen kleinen Armee um. Er schüttelte den Kopf und schimpfte vor sich hin. Ich glaubte zu verstehen, was er sagte: Arschloch. Zweifellos bestätigte ich ihm, was jeder Bulle in tiefster Seele weiß: Reporter bauen immer Mist. Ich winkte ihm zu. In diesem Augenblick wußte ich, daß ich aus freien Stücken in die Schlacht zog.

Alessi und ich stiegen hinten ein. »Was den Flug nach Montreal betrifft, möchte ich noch etwas klarstellen«, sagte ich, als der Wagen anfuhr. »Der *Mirror* wird für meine Reisekosten aufkommen. Wir haben da unsere Regelungen.«

Der Chauffeur fuhr in Richtung Abfertigungshalle, bog aber dann in eine Auffahrt ab, die zur Piste für den privaten Luftverkehr führte. Die Weste beengte mich. Ich mußte sie loswerden.

»Ich muß mal auf die Toilette«, sagte ich.

»Jetzt haben wir keine Zeit dafür«, entgegnete Alessi. »Im Flugzeug gibt es eine Toilette.«

»Aber es ist wirklich dringend.«

Er lächelte höflich. »Keine Zeit. Sie müssen warten.«

Fünf Minuten später rollte das Flugzeug an und hob bald darauf ab. Die ganze Operation war sorgfältig durchgeplant. Als wir Reiseflughöhe erreicht hatten, stand ich auf und ging zur Toilette. So schnell es ging, streifte ich die Kevlar-Weste ab. Ausgezogen war sie ebenso sperrig wie am Körper. Wo sollte ich sie deponieren? Unter dem Waschbecken entdeckte ich einen Schrank, in dem ein Vorrat von Papierhandtüchern und Toilettenpapier aufbewahrt wurde, und verstaute sie dort. Mit etwas Glück würde man sie erst in ein paar Tagen finden. Ich zog mein Hemd wieder an und steckte es in die Hose. Dann betrachtete ich mich im Spiegel. Alles in allem sah ich nicht schlecht aus.

39

Michel Bézy erwartete mich in seiner Suite im Ritz-Carlton Hotel in Montreal. Wir kamen am Spätnachmittag, vielleicht gegen sechs, dort an. Er saß in einem Ledersessel in der kleinen Bibliothek neben dem größeren Wohnzimmer und rauchte eine Zigarette. Ein dünner, drahtiger Mann mit eingesunkenen Wangen und dunklen leuchtenden Augen. Ich hatte ihn mir anders vorgestellt: jünger, gepflegter, besser bekleidet, eher wie einen Anwalt auf internationalem Parkett und weniger ganovenhaft. Ja, er sah aus wie ein zeitgemäßer Gangster – Jean-Paul Belmondo im Geschäftsanzug. Nach außen hin wirkte er vollkommen gelassen. Er befand sich in Freundesland, in einem feinen Hotel der zweitgrößten französischsprachigen Stadt der Welt, und sein Feind stattete ihm einen Besuch ab. Ich war im Nachteil – müde nach einem langen Reisetag, im ungewissen darüber, was auf mich zukam. Schon seine ersten Worte waren eine Provokation.

»Mr. Truell«, sagte er. »Ich warte schon seit Monaten darauf, Ihnen eine Frage zu stellen. Für wen arbeiten Sie? Sind Sie Journalist oder Spion?«

»Ich arbeite für den *New York Mirror*, und zwar schon seit über zehn Jahren.«

»Ja, ja, ich weiß. Aber für wen arbeiten Sie in Wirklichkeit?«

»Das sagte ich bereits. Für den *New York Mirror.*«

»Ich wußte, daß Sie das sagen, und es kümmert mich nicht. Sie können antworten, was Sie wollen. Ich freue mich, daß Sie bereit waren, nach Montreal zu kommen. Das ist ein Zeichen von Mut und Respekt. Diese Eigenschaften schätze ich.«

»Ich bin gekommen, weil ich Sie für einen Bericht interviewen will.«

»Selbstverständlich. Möchten Sie etwas trinken? Whisky? Champagner? Sie müssen müde sein. Alessi sagt, daß es in Boston ein ganz schönes Spektakel gab.«

»Ein Cola Light, danke.«

»Wie entzückend! Ein Cola Light. Amerikaner sind einfach wunderbar. Ein Cola Light darf es sein.« Er rief nach Alessi, der zur Bar ging und mir mein Getränk einschenkte. »Wir werden uns also ein wenig unterhalten, Sie und ich. Sie werden mir Fragen stellen, und ich werde Ihre Fragen beantworten. Ich möchte Ihnen auch einen Vorschlag machen, aber dazu kommen wir später.«

»Ich bin zuerst dran.« Ich holte meinen Notizblock und mein Aufnahmegerät heraus, aber er winkte ab.

»Seien Sie nicht albern!« sagte er. Ich steckte das Gerät wieder in die Tasche. Es spielte keine Rolle. Die beste Aufzeichnung dieses Treffens würde in meinem Gedächtnis stattfinden.

»Bei meiner Frage geht es um Geld«, begann ich. »Ich weiß, daß Sie vor einer Woche von Inter/Orient 120 Millionen Dollar erhalten haben, und zwar als eine Art Provision für das Chinageschäft, und ich weiß, daß 40 Millionen von diesem Betrag bereits auf Ihr Konto in der Schweiz eingegangen sind. Ich möchte Ihnen die Möglichkeit geben, sich dazu zu äußern, bevor wir die Sache im *Mirror* veröffentlichen.«

Er streckte die Arme aus, flehentlich, wie ein Bittsteller.

»Was kann ich machen? Ihre Leute sind so gut. Wie haben Sie das nur geschafft? Die elektronischen Buchungen und die Kontonummern sind alle verschlüsselt. Angeblich ist die Chiffrierung nicht zu knacken. Wirklich beeindruckend, das muß ich sagen. Hut ab!«

»Ist das Ihr Kommentar?« fragte ich. Wir redeten aneinander vorbei.

Er lachte über meine scheinbare Verwirrung. »Offensichtlich wollen Sie mir nicht sagen, wie Sie das gemacht haben. Aber das ist kennzeichnend für die Macht Amerikas, daß Sie in der Lage sind, diese Informationen aufzuspüren und sie skrupellos einzusetzen. Kein anderes Land bringt das zustande. Und wenn Sie diese Konten aufspüren können, dann entdecken Sie auch andere. Und wenn Sie chiffrierte Mitteilungen abfangen können, dann können Sie auch in die Banken eindringen und mein Geld stehlen. Diese Botschaft bringen Sie mir, und ich verstehe. Botschaft erhalten. Was wollen Sie also von mir? Was kann ich tun, um Sie zu überreden, davon abzulassen?«

»Nichts. Wir werden den Bericht bringen, es sei denn, Sie können mir beweisen, daß er nicht der Wahrheit entspricht.«

»Genug davon. Ihre Informationen sind richtig. Der Bericht ist das kleinere Problem; es gibt viele Möglichkeiten, es zu lösen. Mein großes Problem ist der CIA. Was kann ich tun, um mein großes Problem zu lösen?«

»Das weiß ich nicht. Da müssen Sie sich mit dem CIA unterhalten. Ich bin Reporter beim *New York Mirror.*«

»Das ist ermüdend. Warum wiederholen Sie das immerzu? Wir wissen seit zwei Jahren, daß Sie für den Geheimdienst arbeiten. Aus diesem Grund wollte ich mit Ihnen sprechen. Sie haben Alessi am Telefon gesagt, wir würden uns treffen und miteinander sprechen, und dann – vielleicht – würde der *Mirror* den Bericht nicht bringen. Deshalb war ich bereit, mich mit Ihnen zu treffen. Also will ich wissen: Wie hoch ist der Preis? Wie können wir den CIA bewegen, diese Kampagne einzustellen?«

»Mr. Bézy, ich versuche schon die ganze Zeit, Ihnen zu sagen, daß ich nicht für den CIA arbeite. Ich bin Reporter beim *New York Mirror.* Tut mir leid, wenn hier Verwirrung entstanden ist, aber das ist wirklich nicht meine Schuld.«

Bézy schüttelte den Kopf. Er versuchte, vernünftig mit mir zu reden, aber ich enttäuschte ihn. Er stand auf, ging ins Schlafzimmer seiner Suite und kam mit einer brennenden Zigarette im Mund wieder. »Warum machen Sie mir solche Schwierigkeiten, Mr. Truell? Ich habe den größten Respekt vor Ihnen. Die Art und Weise, wie Sie Arthur Bowman benutzt haben, war sehr geschickt. Noch geschickter war, wie Sie Roger Navarre zur Flucht verholfen haben. Das war brillant. Wir wissen, wer Sie sind. Wir wissen, was Sie mit Maurice Costa gemacht haben. Wir wissen, welche Kampagne Sie und Mr. Rubino gegen uns organisiert haben. Wir wollen Frieden schließen. Daher die Frage: Wie können wir Frieden schließen? Bitte. Sie sind auf mich zugekommen. Es ist an der Zeit, offen zu reden.«

»In Ordnung. Ich stelle Ihnen noch eine Frage, und Sie geben mir eine ehrliche Antwort. Warum haben Sie Arthur Bowman umgebracht?«

»Nicht wir haben das getan, sondern unsere chinesischen Partner. Aber wir haben sie wohl dazu ermutigt. Bowman war lästig, er hat Sie zu unserer biologischen Forschungsanlage gebracht und Ihnen geholfen, Navarre rauszuholen. Ihnen konnten wir Beifall spenden, Bowman nicht. Er gehörte uns. Wir hatten ihn gekauft, aber er verhielt sich nicht dementsprechend. Als ich schließlich begriff, daß der arme Arthur nichts über die Befreiung Navarres wußte – daß Sie ihn einfach als Werkzeug benutzt hatten –, hatte ich keine Verwendung mehr für ihn. Die Chinesen bestanden darauf, ihn zu beseitigen, und ich sagte, in Ordnung. Viele Leute freuten sich, ihn loszuwerden. Aber sie haben es nicht gewagt, sich an Ihnen zu vergreifen. Das ist eine ehrliche Antwort. Sind Sie zufrieden?«

»Ich bin froh, daß ich die Wahrheit weiß. Aber da wir offen miteinander reden, muß ich Ihnen sagen, daß Navarres Flucht nicht meine Leistung war. Das hat der Geheimdienst geregelt. Ich habe nur eine Botschaft überbracht.«

»Ich weiß, ich weiß. Ich komme auf meine Frage zurück: Wie hoch ist Ihr Preis, Mr. Truell? Wie können wir uns Ihre Unterstützung sichern?«

»Ich habe keinen Preis. Ich bin Reporter beim *New York Mirror.*«

Bézy lächelte. Daß ich ständig den *Mirror* beschwor, ermutigte ihn, mit dem eigentlichen Geheimnis herauszurücken, das er noch auf Lager hatte. Er beugte sich zu mir.

»Sie sagen, Sie arbeiten für den *Mirror.* In Ordnung, das glaube ich Ihnen. Aber wie würde es Ihnen gefallen, für mich zu arbeiten?«

»Nicht besonders. Ich bin Journalist.«

»Ich weiß. Auf meine Art bin ich auch Journalist. Also wiederhole ich: Wie würde es Ihnen gefallen, für mich zu arbeiten? Wenn Sie ja sagen, sind Sie morgen der Chef von *Mirror Alert*, und vielleicht dauert es nicht mehr lange, und Sie werden auch noch der Chef des *Mirror.*«

»Was zum Teufel reden Sie da?« Angestrengt versuchte ich, die Teile dieses Puzzles zusammenzusetzen. Ich kannte alle Einzelteile, nur das Gesamtbild nicht.

»Mr. Truell, *Mirror Alert* gehört *mir*, und zwar über meine Firma *Press Alert.* Und in den *Mirror* habe ich 500 Millionen Dollar investiert. Mit etwas Glück und gutem Management wird mir eines Tages auch der *Mirror* gehören. Und ich möchte Sie in mein Team holen. Ihre Verbindungen wären für uns von enormem Wert. Sie sind ein Mann von Welt, ein Journalist in der Tradition von Arthur Bowman, aber klüger als er. Deshalb frage ich Sie, wollen Sie für mich arbeiten?«

»Auf keinen Fall.« Ich zitterte – wie ein Tier, das plötzlich in seinem Versteck aufgespürt wird. Seit Monaten wußte ich, daß ein unbekannter internationaler Investor hinter *Press Alert* stand, und ich wußte von Bowmans Versuchen, Geld aufzutreiben.

Aber ich hatte mir nicht vorstellen können, daß Anteile meiner Zeitung in die Hände einer Verbrecherorganisation geraten waren.

»Bitte, Mr. Truell. Sie überstürzen die Sache. Es handelt sich um ein ernsthaftes Angebot. *Mirror Alert* ist ein gewinnbringendes Unternehmen, und es befindet sich im Aufwind. Unsere besondere Kompetenz besteht darin zu wissen, welche Informationen wertvoll sind, und sie an Leute zu verkaufen, die sie benötigen. Das ist die Seele des Journalismus. Da die Welt immer größer und komplizierter wird, besteht ein wachsender Bedarf an den spezifischen Informationen, die *Mirror Alert* liefern kann. Das Massenpublikum gehört der Vergangenheit an. Wir sind die Zukunft. Und Sie sind der richtige Mann, um dieses Unternehmen zu leiten – mit oder ohne Unterstützung des CIA, das ist mir gleich. Sie haben Können und Mut bewiesen. Und da Sie mir so gerne erzählen, Sie seien ›Journalist‹, würden Sie es sich bitte durch den Kopf gehen lassen?«

Als ich Bézy ansah, so selbstbewußt in seinem Ledersessel, in seiner 1500-Dollar-Suite, dämmerte mir, daß er recht haben mochte. Vielleicht gehörte die Zukunft der Nachrichtenbranche tatsächlich Leuten wie ihm. Dadurch wurde alles nur noch schlimmer.

»Bei dem Gedanken, daß Sie am *Mirror* beteiligt sind, wird mir schlecht«, sagte ich. »Die Vorstellung, für Sie zu arbeiten, ist widerwärtig. Ist das eine Antwort?«

»Seien Sie vorsichtig, Mr. Truell. Es handelt sich nicht um ein Angebot, das Sie ausschlagen können.«

»Warum nicht? Ich habe es doch gerade ausgeschlagen.«

»Weil ich Sie vernichten werde, wenn Sie nein sagen.«

»Ich habe keine Angst vor Ihnen. Zu viele Leute wissen, daß wir uns heute hier treffen. Der CIA weiß Bescheid. Der *Mirror* weiß Bescheid. Wenn mir etwas zustößt, werden Sie nicht nur Ihre 120 Millionen Dollar verlieren.«

Bézy lächelte. Er war ein alter Hase und ich ein blutiger Anfänger. »Ich bewundere Ihren Mut, mein Lieber. Wirklich. Aber seien Sie vorsichtig. Wenn ich sage, ich werde Sie vernichten, beabsichtige ich auch, die Glaubwürdigkeit Ihrer Zeitung zu zerstören.«

»Wie wollen Sie das machen?«

»Ich werde Ihre Beziehungen zum CIA offenlegen. Sie werden es leugnen, ich erwarte nichts anderes. Aber ich habe Beweise. Die kann ich Ihnen zeigen. Möchten Sie sie sehen? Alessi!« Er rief seinen Assistenten herbei, der im angrenzenden Wohnzimmer saß. »Alessi! Bringen Sie die Akte Truell.«

Alessi erschien mit einem braunen Umschlag, auf dem in Großbuchstaben mein Name stand. Bézy holte eine Akte hervor, die aus einem halben Dutzend Fotos und einem langen Begleitbrief bestand, der die Bilder erläuterte. Bézy breitete sie auf dem gläsernen Couchtisch aus.

»Hier«, sagte er. »Diese Fotos liegen morgen auf dem Schreibtisch von Ed Weiss, wenn Sie nein sagen. Der Chefredakteur der *New York Times* erhält den gleichen Satz.«

Ich betrachtete die Bilder auf dem Tisch. Sie hatten die grobe Körnung der Aufnahmen von Berühmtheiten durchs Teleobjektiv, so wie die Fotos von Prinzessin Diana im Bikini, die in der Regenbogenpresse erscheinen. Das erste zeigte Rubino und mich in einem Pariser Straßencafé, das zweite mich und Rupert Cohen beim Verlassen des Cochon d'Or in Paris, das dritte mich und Cohen in einer Bar in Adams Morgan. Auf dem vierten war mein Auto zu sehen, das vor Tom Rubinos Haus in Maryland parkte. Das fünfte war von einer Überwachungskamera in der Eingangshalle des Gebäudes N-16 an der Qinghua-Universität aufgenommen und zeigte mich im Gespräch mit Roger Navarre. Auf dem sechsten war ich neben Frank Hoffman in seinem Chevy Impala zu sehen. Das letzte Foto zeigte mich im Gespräch mit dem FBI-Einsatzleiter am Kai des Logan Airport vor wenigen Stunden. Ein beeindruckendes Dossier, das meine Kontakte mit dem Geheimdienst illustrierte. Der einzige Ort, der ihrer

Aufmerksamkeit entgangen war, schien die konspirative Wohnung in Shirlington zu sein.

»Gute Arbeit, was meinen Sie? Wir sind nicht so gut wie der CIA, aber auch nicht schlecht. Wir genießen den großen Vorteil, daß uns jedermann unterschätzt. An den schriftlichen Erklärungen zu den Fotos haben wir ebenfalls sorgfältig gearbeitet. Und wir haben noch ein Beweisstück. Alessi! Bringen Sie die Weste.«

Alessi trat wieder in den Raum, diesmal mit der Kevlar-Weste über dem Arm, die ich in der Toilette des Flugzeugs verstaut hatte. Er legte sie neben die Fotos auf den Tisch.

»Normalerweise werden Journalisten nicht mit dergleichen ausgerüstet, meine ich. Alessi sagt, es handelt sich um ein ungewöhnliches Modell, das eigens für CIA und FBI angefertigt wird. Das ist hilfreich. Wir werden es unserem Bericht beifügen.«

Bézy lehnte sich vollkommen zufrieden in seinen Sessel zurück. Er war mit großer Sorgfalt vorgegangen. Es ließ sich nicht leugnen, daß er über genügend Beweismaterial verfügte, um meine Karriere zu zerstören und die Zeitung in große Verlegenheit zu bringen.

»Vielleicht brauchen Sie etwas Zeit, um darüber nachzudenken«, sagte er.

»Ja«, entgegnete ich. »Ich brauche etwas Zeit.«

»Sie können es sich bis morgen früh überlegen. Ich muß mit Peyron in Paris sprechen, bevor wir etwas unternehmen, und jetzt ist es zu spat, um ihn noch anzurufen. Also sehen wir uns morgen beim Frühstück. Wir haben im Hotel ein Zimmer für Sie gebucht. Alessi bringt Sie hin. Glauben Sie nur nicht, daß die Verzögerung Ihnen etwas bringt. Die Unterlagen sind in jedem Fall morgen in New York. Um die Mittagszeit liegen sie dem *Mirror* und der *Times* vor, wenn Sie mein Angebot ablehnen. Und bitte, versuchen Sie keine Dummheiten. Aus Ihrer Situation gibt es kein Entkommen. Wir würden Sie gerne als unseren Kollegen begrüßen, aber wenn das nicht möglich sein sollte, ist uns Ihr weiteres Schicksal gleichgültig.«

Alessi führte mich den Korridor entlang zu meinem Zimmer. Es war ebenso verschwenderisch und modern eingerichtet wie Bézys Suite: die Wände in Pastelltönen gehalten, schwere bedruckte Vorhänge, gediegene Holzmöbel, mit Rohseide bezogene Sessel, eine reichhaltige Minibar, Blick auf den Garten hinter dem Hotel. Ein solches Luxuszimmer hätte ich mir als Reporter des *Mirror* nie leisten können. Vielleicht gehörte auch das zu Bézys Herausforderung: ein Ausblick auf mein künftiges Leben. Jetzt aber stand draußen auf dem Korridor, auf halbem Wege zwischen Bézys Suite und meinem Zimmer, eine Wache.

40

Ich legte mich aufs Bett und schloß die Augen. Von allen Enthüllungen des heutigen Tages war die beunruhigendste die Drohung, die Bézy gegen den *Mirror* ausgesprochen hatte – ein vollkommen unschuldiges Opfer. Eine Zeitung ist wie eine Kirche: Sie wird von gewöhnlichen Sündern aufgebaut, von Leuten, die jeder für sich genommen oft engstirnig und korrupt sind; aber als Gruppe schaffen sie eine Institution, deren Idee sich über die Beweggründe des einzelnen erhebt. Sie verkörpert die Suche ihrer Reporter und Redakteure nach dem Absoluten – nach der Wahrheit. Das Heilige an einer Zeitung ist dieses Streben unvollkommener menschlicher Wesen nach etwas Vollkommenem. Ich konnte den Gedanken nicht ertragen, daß ich meine Kirche schänden sollte, noch mehr schänden, als ich es schon getan hatte.

Ich habe oft gedacht, daß es den Menschen, die einen gewöhnlichen Beruf ergreifen, etwa Managern oder Juristen, an Ehrgeiz mangelt. Selbst die erfolgreichsten unter meinen Kommilitonen aus Stanford haben diesen Fehler begangen. Einer von ihnen ist heute Investmentbanker in New York – schon jetzt, mit siebenunddreißig, ist er *der* Experte für Fusionen und Übernahmen in der Kinobranche. Ich habe gehört, daß er letztes Jahr fast fünf Millionen Dollar verdient hat. Aber es fehlt ihm an Ehrgeiz. Er will reich und mächtig werden, gut leben, für seine Kinder sorgen. Ich habe beschlossen, Journalist zu werden, weil ich mehr wollte als nur das.

Wie sah meine Zukunft aus, wenn ich Bézys Angebot annahm? Geld, Macht, Schutz vor dem Skandal – erkauft um den Preis der völligen Abhängigkeit von meinen Beschützern. Mir würde die Rolle zufallen, den Schein der Ehrbarkeit zu wahren, während Bézy insgeheim alles unternahm, um sie zu zerstören. Wenn ich irgendwann einmal gegen dieses korrupte Geschäft rebellieren und versuchen sollte, unabhängig zu handeln, wäre ich in einem noch fataleren Netz aus Skandal und Erpressung gefangen. Abgesehen von der Demütigung würde man mich dann auch strafrechtlich belangen können. Der Handel, den mir Bézy anbot, war wahrhaftig ein Teufelspakt à la Faust: kurzlebige Erleichterung und irdische Freuden, erkauft durch ewige Qualen. Er schlug mir vor, der geheimen Macht beizutreten.

Und wie sah meine Zukunft aus, wenn ich Bézys Angebot ablehnte? Auf kurze Sicht drohte mir akute Gefahr und mit großer Wahrscheinlichkeit das Ende meiner »Karriere« als Journalist. Und überdies würde mir bis in alle Ewigkeit die Möglichkeit versperrt sein, mich für höhere Ziele einzusetzen.

Glücklicherweise fühlte ich mich durch Bézys Vorschlag gar nicht vor eine Alternative gestellt. Meine Ambitionen gingen in eine andere Richtung als sein Angebot. Wenn mir klarer gewesen wäre, was auf mich zukam, hätte ich mich vielleicht anders entschieden, wahrscheinlich aber doch nicht. Auch ein unverbesserlicher Sünder, dem die Exkommunikation droht, möchte nicht an die Gewißheit der ewigen Verdammnis glauben.

Ich hatte das Bedürfnis, jemanden vom *Mirror* anzurufen, um sie vorzuwarnen. In meinem Zimmer gab es ein Telefon, aber es war sicher verwanzt, also schien es mir besser, nach draußen zu gehen. Ich blieb noch ein paar Minuten liegen, bis ich mir meiner Sache sicher war, und stand dann auf. Jetzt mußte ich systematisch vorgehen. Ich suchte in dem Zimmer nach Reiseführern und fand einen mit detaillierten Karten von Montreal und der Provinz Quebec. Ich studierte die Pläne, riß die betreffenden Seiten aus dem Buch und steckte sie in die Tasche. Das Hotel lag an der Rue Sherbrooke, der Hauptstraße der alten Golden Square Mile. Östlich des Hotels lag der Campus der McGill University. Gewiß würde es dort öffentliche Fernsprecher geben.

Ich öffnete die Tür und spähte hinaus. Sofort begann der Wachmann draußen auf dem Korridor in sein Walkie-talkie zu zischeln. Er folgte mir bis zum Fahrstuhl und fuhr schweigend mit mir hinunter. In der Lobby übernahmen zwei andere Männer die Observierung. Um sie zu entdecken, brauchte ich keinen von Franks Tricks; sie hefteten sich einfach an meine Fersen.

Ich ging durch den Haupteingang des Hotels hinauf auf die Rue Sherbrooke und wandte mich dann nach rechts Richtung Universität. Es war ein angenehmer Maiabend; Straßen und Gehsteige waren belebt, da sich die Montrealer auf den Weg zu den Clubs und Restaurants der Innenstadt machten. Schließlich stand ich vor den großen Steintoren der Universität. Meine Beschatter hielten sich dicht hinter mir, als ich in eine Telefonzelle trat; einer von ihnen stellte sich vor die Tür, als wolle er als nächster telefonieren.

Mein erster Gedanke war, George Dirk anzurufen. Der Mann draußen vor der Zelle beobachtete, wie ich Dirks Privatnummer wählte und die Nummer meiner Kreditkarte eingab. Ich öffnete die Tür und forderte ihn auf wegzugehen, aber er trat noch näher heran, damit er besser hören konnte.

Dirks Frau nahm ab. Sie sagte, George sei am Nachmittag nach New York gefahren. Er wollte am nächsten Tag mit dem Verleger des *Mirror* sprechen. Sie wußte nicht, wo er in New York abgestiegen sei. Ob sie ihm etwas ausrichten solle, wenn er später am Abend anrief? »Sag einfach, Eric hat angerufen, und George soll Mr. Sellinger alles sagen, was er weiß«, antwortete ich. *»Alles.«*

Als nächstes rief ich Tom Rubino an. Das war ich ihm schuldig. Ich wollte nicht, daß er sich Sorgen machte, und jetzt konnte es auch nichts mehr schaden, wenn Bézy wußte, daß ich mit einem CIA-Beamten Kontakt aufnahm. Ich rief bei ihm zu Hause an. Seine Tochter meldete sich. »Rubino«, sagte sie laut und deutlich. Gleich darauf kam ihr Vater ans Telefon.

»Ich bin in Montreal«, sagte ich. »Mir geht's gut.«

»Sie haben heute großen Mist gebaut!« grollte er. »Ihretwegen habe ich ernste Schwierigkeiten bekommen.«

»Tut mir leid. Ich habe nur angerufen, um Ihnen zu sagen, daß alles in Ordnung ist.«

»Freut mich. Hoffentlich bleibt Ihnen das Glück treu. Denn ich kann nichts für Sie tun. Sie haben einen Befehl mißachtet. Sie haben mich und viele andere Leute hängenlassen. So arbeiten wir nicht. Es besteht die Gefahr, daß die Sache zu einem gewaltigen Flop wird. Der Generalinspekteur, Kongreßausschüsse. Ihretwegen stecke ich ganz schön in der Klemme.«

»Tut mir leid«, wiederholte ich. »Ich habe getan, was ich für richtig hielt.«

»Das ist aber verdammt egoistisch. Auf jeden Fall sind Sie nun ganz auf sich gestellt. Ich habe Anweisung vom Direktor erhalten, mich da rauszuhalten. Jetzt kann ich nichts mehr unternehmen, um Ihnen zu helfen. Verstehen Sie? Nichts.«

»Schon kapiert. Beste Grüße an Ihre Frau und Tochter.« Ich legte auf.

Im Grunde tat er mir leid. Er war ein Apparatschik, der Gefangene einer Bürokratie, die so marode und angeschlagen war, daß sie sich keine Fehler erlauben durfte. Er befand sich in der Zwickmühle: Sein Beruf forderte von ihm, Risiken einzugehen, aber wenn etwas schiefging, drohten ihm schwere Sanktionen. Das war das System, gegen das mein Freund Rupert Cohen rebelliert hatte. Der Geheimdienst log sich selbst in die Tasche.

Bézys Wächter klopfte an die Glastür der Telefonzelle. Er wurde ungeduldig.

Mir war klar, daß ich Ed Weiss anrufen mußte, bevor er die Unterlagen erhielt. Aber ich wollte ihm jetzt noch nicht alles erzählen. Was sollte ich ihm sagen? Wie sollte ich es ihm erklären? Ich wählte die Nummer der Redaktion in New York und hoffte, den Anrufbeantworter zu erreichen; wenn nicht, wollte ich auflegen. Ich hörte die vertraute, betont rauhe Stimme, die mich aufforderte, nach dem Signalton eine Nachricht zu hinterlassen.

»Hallo, Ed.« Ich räusperte mich. Es fiel mir schwer, selbst wenn es nur der Anrufbeantworter war. »Hier ist Eric Truell. Es ist jetzt Montag abend. Am Dienstag werden Sie Material erhalten, das Sie ziemlich aus der Fassung bringen wird. Aus den Unterlagen geht hervor, daß ich bei einigen Themen eng mit dem CIA zusammengearbeitet habe. Die Sache ist sehr kompliziert. Sie waren so gut zu mir, ich schulde Ihnen eine Erklärung. Die bekommen Sie, sobald wir uns sehen, also hoffentlich bald. Ich liebe den *Mirror* und will ihm keinen Schaden zufügen.«

Wieder hämmerten die Wächter gegen das Glas. Mehr hatte ich nicht zu sagen. Und sonst gab es niemanden, den ich hätte anrufen können.

Mir war noch nicht danach, ins Hotel zurückzukehren, also trieb ich mich noch eine Weile auf dem Campus herum und ging dann zur Rue Sherbrooke zurück. Bézys Leute folgten mir nach wie vor auf den Fersen. Ich betrachtete das Schaufenster einer Gianni-Versace-Boutique – starrte auf eine langbeinige Schaufensterpuppe in einem pastellfarbenen Kostüm, die mich an Annie erinnerte –, als einer von Bézys Männern angerannt kam. »Monsieur Bézy wünscht, daß Sie ins Hotel zurückkehren«, sagte er. »Heute abend wird nicht mehr spazierengegangen.«

Wieder auf meinem Zimmer, bestellte ich beim Roomservice ein teures Menü. Wenn ich schon Bézys Gefangener war, sollte er wenigstens für mich zahlen. Das Essen wurde auf einem eleganten Wägelchen serviert: Räucherlachs mit einem Dressing aus Honig und Lavendel beträufelt; Seebarsch vom Grill mit Tomatenmark und Estragon; eine Haselnußtorte zum Nachtisch und eine Flasche Chablis. Der Kellner servierte dieses Festmahl mit großem Zeremoniell. Ich schrieb ein Trinkgeld von 25 Dollar auf die Rechnung.

Aber ich stocherte nur im Essen herum. Allmählich dämmerte mir, daß ich mich aus dem Staub machen mußte. Bézy hinderte mich bereits daran, auch nur einen Stadtbummel zu unternehmen. Am nächsten Morgen, wenn ich sein Beschäftigungsangebot ablehnte, würde er zu härteren Methoden greifen müssen. Auf jeden Fall würde er seine Drohung wahr machen und das Dossier über meine Beziehungen zum CIA verschicken. Aber bestimmt hielt ihn das nicht davon ab, eine saubere Lösung zu suchen, die mich für immer daran hinderte, ihm weitere Scherereien zu machen. Er würde mich wohl kaum als freien Menschen weiterleben lassen.

Ich mußte fliehen, wußte aber nicht, wie. Jetzt wünschte ich, ich hätte mehr Zeit mit Frank Hoffman verbracht. Ich hatte den Füller und die anderen Spielsachen dabei, die er mir überlassen hatte, fürchtete aber, ich könnte etwas falsch machen. Mir den Weg aus dem Hotel freizukämpfen erschien mir selbstmörderisch; mich klammheimlich davonzumachen war eher mein Stil.

Oder rausspringen. Ich sah aus dem Fenster. Wir befanden uns im dritten Stock. Fünf Meter unter mir war das Dach eines Ballsaals und dahinter eine grün gestreifte Markise, die einen Teil des Gartenrestaurants überschattete. Auf der anderen Seite wurde der Garten durch einen grünen Holzzaun begrenzt, der so niedrig war, daß ich darüberklettern konnte. Wenn mich niemand beobachtete, war das ein denkbarer Fluchtweg: aus dem Fenster auf das Dach springen, die Markise hinuntergleiten, auf den Boden springen und über den Zaun klettern. Noch saßen ein paar Gäste beim Kaffee, aber vielleicht später. Ich wußte, daß ich Bézys Männer irgendwie ablenken mußte, damit ihre Aufmerksamkeit nachließ.

Ich nahm den Aufzug ins Erdgeschoß. Einer von Bézys Männern gesellte sich auf dem Flur zu mir und fuhr mit versteinerter Miene mit nach unten. Ich durchquerte die Lobby und ging in die Hotelbar, einen behaglichen Raum, der mit rotem und blauem Samt ausgestattet war. Dort winkte ich dem Barkeeper, einem weißhaarigen, rotgesichtigen Mann, der aussah, als sei er mit jedermann gut Freund. Ich drückte ihm zwanzig Dollar in die Hand und fragte ihn, ob er eine Frau wüßte, die gern den Abend mit einem einsamen Amerikaner verbringen würde. Dabei deutete ich auf eine üppige Rothaarige, die allein am anderen Ende der Bar saß. Der Barkeeper schüttelte den Kopf.

»Sie ist ein Todesengel«, meinte er. »Bumsen Sie mit ihr, und Sie sind ein toter Mann.« Offensichtlich gehörte sie einem anderen. Der Barkeeper meinte, er wolle sehen, was er für mich tun könne.

Ich setzte mich an einen Ecktisch, nippte an einem Ginger Ale und wartete. Meine Beschatter hatten sich in meiner Nähe niedergelassen und vertilgten Cashewnüsse. Eine Viertelstunde später schlenderte eine blonde Frau in einem blauen, geschlitzten Kleid zur Tür herein. Der Barkeeper zeigte auf mich und flüsterte ihr etwas ins Ohr. Sie kam an meinen Tisch. Ihr Gesicht wirkte müde, aber sie war vom Fach.

»Ich heiße Jacqueline«, sagte sie. »Der Barkeeper sagt, Sie wünschen Gesellschaft.« Ich bestellte auf Bézys Rechnung eine Flasche Champagner. Nach zwanzig Minuten nahm ich sie an der Hand und ging mit ihr nach oben. Zum erstenmal sahen meine Bewacher richtig unglücklich aus.

Als wir in mein Zimmer kamen, zog Jacqueline das blaue Kleid aus und legte es ordentlich auf einen Stuhl. Sie hatte üppige, wogende Brüste, die förmlich aus ihrem Büstenhalter quollen, und einen großen Hintern. Ich entschuldigte mich und ging ins Bad. »Ich bin gleich wieder da«, sagte ich. »Leg dich hin und schau, was im Fernsehen kommt.«

Im Bad schloß ich die Tür ab und öffnete das Fenster. Unter

mir sah ich das Flachdach des Ballsaals und die grünen Streifen der Markise. Der Garten war jetzt wie ausgestorben, die Lichter waren erloschen. Ich kletterte aus dem Fenster, setzte erst den einen Fuß, dann den anderen auf den Sims und hielt mich dabei am Fensterrahmen fest. Ich wollte schon springen, als unten im Garten jemand aus dem Schatten trat und einen Lichtstrahl auf mich richtete. Er rief etwas auf französisch, und ein anderer Mann kam angerannt. Ich kletterte wieder ins Badezimmer, schloß das Fenster und setzte mich auf den Toilettendeckel. Ich zitterte.

Nach einer Weile rief Jacqueline nach mir. Ich ging wieder ins Schlafzimmer, bitter enttäuscht, daß ich meine Chance verpaßt hatte. Jacqueline hatte sich inzwischen ganz ausgezogen. Wir schmusten eine Weile. Sie sah wirklich nicht übel aus, aber ich war nicht recht bei der Sache. Schließlich bat ich sie, mir den Rücken zu massieren, und dann gab ich ihr Geld. Als ich ihr Angebot, mir einen zu blasen, ablehnte, wurde sie ärgerlich. Ich hatte sie gekränkt.

Ich legte mich angezogen aufs Bett und warf ab und zu einen Blick auf das Baseballspiel, das im Fernsehen übertragen wurde. Doch die meiste Zeit lag ich nur mit geschlossenen Augen da. In meinem ganzen Leben hatte ich mich nur ein einziges Mal geprügelt; damals war ich auf der High-School in Davis, ein Klassenkamerad nannte mich »Niggerfreund«, weil ich ein schwarzes Mädchen zum Schulball eingeladen hatte. Außerdem war ich als Berichterstatter in Kriegs- und Krisengebieten gewesen. Mehr Kampferfahrung hatte ich nicht zu bieten. Ich hatte zwar schon viele Waffen aus der Nähe gesehen, aber noch nie eine benutzt. Diesmal würde ich kämpfen müssen. Ich würde versuchen, irgendwie aus dem Hotel zu entkommen. Ich wollte niemanden töten, nur abhauen.

Ich nahm den Mont-Blanc-Füller aus der Tasche. Es war ein schönes Stück, um den glänzenden schwarzen Tintenbehälter schlangen sich vier Goldbänder. Ich drehte an der Sicherung, wie Frank es mir gezeigt hatte, und legte den Finger auf die Goldklammer, die als Abzug diente. Er fühlte sich so kompakt an in meiner Hand, daß ich mir zutraute, ihn zu benutzen. Die explosiven Feuerzeuge bereiteten mir größere Sorgen; ich wußte nicht genau, wie schnell man sie werfen mußte, nachdem man am Zündrädchen gedreht hatte. Aber das würde ich später schon noch rausfinden.

Gegen zwei Uhr morgens stand ich auf. Ich holte den schikken Hotelbademantel aus dem Bad und zog ihn über meine Sachen in der Hoffnung, daß er mir etwas Tarnung bieten würde. Ich betrachtete mich im Spiegel; vor ein paar Stunden hatte ich noch deutlich besser ausgesehen. Jetzt war mein Gesicht von Müdigkeit, Erschöpfung und Streß gezeichnet. Fast eine Minute stand ich an der Tür und nahm meinen ganzen Mut zusammen.

Mit einer Hand umklammerte ich den Mont-Blanc-Füller, mit der anderen drehte ich behutsam den Türknauf. Der Wachmann war auf seinem Stuhl in sich zusammengesunken. Ich hatte es fast bis zum Treppenhaus geschafft, als er aufsprang und mir zurief, ich solle stehenbleiben. Ich rannte die Treppe hinunter, er hinterher. Er würde mich einholen, wenn ich im Erdgeschoß angelangt war. *Nimm den Füller!* sagte ich mir. Nach zwei Etagen blieb ich abrupt stehen und drehte mich zu ihm um. Der Füller lag schwer in meiner Hand; ich drehte die Sicherung.

Er war im Begriff, sich auf mich zu stürzen, als ich den goldenen Abzug drückte. Eine Gaswolke brauste aus dem Tintenbehälter. Das Geräusch war lauter, als ich erwartet hatte. Mit einem Aufschrei wich er zurück und sackte auf dem Treppenabsatz in sich zusammen. Verblüffend! Es funktionierte. Ich hoffte, daß er nicht tot war. Er hatte eine Pistole in der Hand und rührte sich nicht. Ich ließ ihn liegen und lief in meinem Bademantel weiter die Treppe hinunter, vorbei am Erdgeschoß und weiter in den Keller.

Am Fuße der Treppe war ein Korridor, der zu einigen Läden

und einer Tür führte, die offenbar in die Küche und zum Servicebereich führte. Durch diese Tür rannte ich. Ein verschlafener alter Kellner sah mich in meinem weißen Bademantel vorbeiflitzen und fragte auf französisch, ob ich etwas brauchte. Ich lief weiter den Korridor entlang bis zu einer Laderampe im hinteren Teil. Als ich die Tür erreichte, tauchte noch einer von Bézys Leuten im Servicebereich auf und rief, ich sollte stehenbleiben.

Jetzt war ich draußen auf einer Nebenstraße. Mein Verfolger blieb mir auf den Fersen und holte rasch auf. Meine einzige Hoffnung waren die verrückten explosiven Feuerzeuge von Frank Hoffman. Ich holte eins aus der Tasche und drehte das Zündrädchen, starrte einen beängstigenden Augenblick lang darauf, warf es dann nach ihm, ließ mich auf den Boden fallen und schützte meinen Kopf. Die Granate erzeugte ein Geräusch wie eine Leuchtkugel am 4. Juli – ein lautes »Plopp!« –, begleitet von einer blendenden Lichtexplosion.

»Ich sehe nichts!« brüllte er. Ich rannte die Straße hinunter bis zur Rue Drummond, die südlich der Rue Sherbrooke zum Sankt-Lorenz-Strom führte. Hinter mir sah ich niemanden, aber sie würden bald kommen, und zwar mit Verstärkung. Ich zog den Bademantel aus und legte ihn über den Arm.

Nun ging ich zügig auf das Viertel Ste. Catherine zu, das im Reiseführer als Zentrum des Nachtlebens von Montreal geschildert wurde. Auf den Straßen waren Menschen, die aus Bars und Striplokalen kamen. Ich mußte so schnell wie möglich aus der Gegend verschwinden und einen Ort finden, wo ich gefahrlos übernachten konnte. Hotels kamen nicht in Frage; Bézys Leute würden wahrscheinlich bald die Polizei benachrichtigen, und ein zerzauster Gast ohne Gepäck würde ohnedies Argwohn erregen.

Die besten Chancen hatte ich wohl, wenn ich es den Allerärmsten gleichtat und im Park übernachtete. Über der Stadt erhob sich der runde Gipfel des dicht bewaldeten Mont Royal. Ein Taxifahrer brachte mich hinauf zur Avenue des Pins, die südlich an den Mont Royal Park grenzte. Ich folgte der gewundenen Straße hinauf in den Wald; nach ein paar hundert Metern duckte ich mich ins dichte Laub und querte einige schmale Pfade, die zum Gipfel führten. Hoch oben schloß sich der üppige Wald dicht um mich. Der Weg führte auf eine kleine, von Birken gesäumte Lichtung. Ich legte mich unter das Blätterdach, hüllte mich in meinen Hotelbademantel ein und schlief zum erstenmal seit einer Woche friedlich ein.

Als ich in der Morgendämmerung erwachte, bot ich wahrscheinlich einen erbärmlichen Anblick. Ich war ungewaschen, unrasiert, hatte mir die Zähne nicht geputzt und war völlig verschwitzt. Aber wahrscheinlich war das eine gute Tarnung: Penner sind eben Penner; niemand beachtet sie sonderlich. Ich erleichterte mich im Wald, sah mich in der Gegend um, um sicherzugehen, daß mir keine Gefahr drohte, kehrte dann zu meinem Unterschlupf zurück und schlief noch zwei Stunden. Als ich zum zweitenmal erwachte, hatte ich Hunger. Ich wußte, daß ich meine nächsten Schritte umsichtig planen mußte: Heute war es noch gefährlicher als letzte Nacht. Bei Tageslicht sah ich, daß im Wald blaue und gelbe Wildblumen wuchsen.

Ich wollte so schnell wie möglich nach New York fahren, um mit Weiss und Sellinger zu sprechen und ihnen zu helfen, mit Bézys Anschlag auf den *Mirror* fertig zu werden. Fliegen kam nicht in Frage. Bézys Männer, möglicherweise unterstützt von der Quebecer Polizei, würden mich am Flughafen erwarten. Einen Wagen zu mieten war ebenfalls riskant, weil man sich dafür ausweisen mußte. Der beste Fluchtweg bestand darin, einen Bus Richtung Süden in den Staat New York zu nehmen. Sobald ich unbehelligt in den Vereinigten Staaten angelangt war, konnte ich nach LaGuardia fliegen.

Ich studierte die Karten von Quebec, die ich aus dem Reiseführer im Hotel gerissen hatte. Der kürzeste Weg in die Vereinigten Staaten führte südlich nach Plattsburg, New York, entlang der kanadischen Route 15, die westlich des Lake Champlain die Grenze überquerte und zur I-87 wurde. Das war die einfachste – aber, wie ich intuitiv erfaßte, auch die gefährlichste Route. Bézy würde damit rechnen, daß ich diesen Weg nach Süden einschlug. Die zweitschnellste Strecke führte von Montreal aus in südwestlicher Richtung auf der Route 20 am Sankt-Lorenz-Strom entlang und wandte sich bei Cornwall nach Süden; bei Massena überschritt man dann die Grenze zum Staat New York. Eine dritte Möglichkeit bestand darin, am Sankt-Lorenz-Strom entlang bis hinauf nach Kingston zu fahren und von dort in Richtung Süden bis Watertown, New York. Diese Route hatte den Vorteil, daß sie auf einem Umweg zum Ziel führte.

Gegen acht wagte ich mich aus dem Wald heraus und ging Richtung Osten zu dem Künstlerviertel Plateau Mont Royal, das laut den Reiseführern Ähnlichkeit mit Adams Morgan hatte. Ich fand einen Geldautomaten, der kanadisches Geld ausspuckte, und frühstückte ausgiebig in einem Café. Nach dem Essen kleidete ich mich neu ein – Bluejeans, eine Lederjacke, eine Expos-Baseballmütze. In einer Drogerie kaufte ich mir außerdem eine Zahnbürste und ein Deodorant. Dann suchte ich eine öffentliche Toilette auf, wo ich mich waschen konnte.

Als ich mich wieder wie ein Mensch fühlte, besuchte ich ein Museum, ging anschließend ins Kino und aß spät zu Mittag. Gegen vier hatte ich das Gefühl, mich gefahrlos zur Reisebusstation in der Innenstadt am Boulevard de Maisonneuve begeben zu können. Dort angekommen, setzte ich mich ein paar Minuten auf eine Bank im Wartesaal, um mich zu orientieren. Die Busse, die Richtung Süden nach Plattsburg und in die Vereinigten Staaten fuhren, gingen auf der rechten Seite des Busbahnhofs ab. Am Track 1, wo der nächste Bus in die USA abfahren sollte, kontrollierten mehrere Männer die einsteigenden Fahrgäste. Ich hatte also richtig getippt; diese Route war gefährlich. Der nächste Toronto Express, der in Kingston haltmachte, ging von Track 11 auf der anderen Seite des Gebäudes.

Vorsichtig, mit gesenktem Kopf, die Mütze tief in die Stirn gezogen, trat ich an den Fahrkartenschalter. Ich bezahlte 41,42 kanadische Dollars für eine einfache Fahrt nach Kingston. Der Fahrkartenverkäufer sah mich durch das Fenster an, musterte kurz mein unrasiertes Gesicht und gab mir dann das Ticket. Mir blieb noch eine Stunde Zeit, bis der Bus fuhr, also ging ich wieder hinaus auf die Straße und suchte in einem Buchladen nach Lektüre. Ich entschied mich für ein kürzlich erschienenes Buch von vier Prostituierten aus Hollywood, die die sexuellen Vorlieben ihrer Kunden schilderten.

Als ich mich zum Einsteigen anstellte, sah ich, wie ein Trupp Montrealer Polizeibeamte auf den Bus zukam. Anscheinend inspizierten sie jeden Bus, bevor er losfuhr. Hatte mich das Glück, das mir den ganzen Tag treu gewesen war, plötzlich verlassen? Ich wartete, bis sie unseren Bus fast erreicht hatten, und trat dann aus der Reihe. Dem Mann hinter mir sagte ich, ich müßte auf die Toilette. Ich blieb bis kurz vor halb sechs – das war die Abfahrtszeit – in der Toilette. Als ich wiederkam, hatte der Fahrer bereits den Motor angelassen. Die Polizisten waren weitergegangen.

Hinten im Bus fand ich einen Sitzplatz und begann mein Hollywood-Buch zu lesen. Etwa eine Stunde später erreichten wir Ontario. Wahrscheinlich war es albern, aber ich hatte das Gefühl, daß Bézys Macht schwand, sobald wir uns in einem Gebiet befanden, wo Französisch nicht mehr Amtssprache war. Als wir die Provinzgrenze überquerten, löste sich meine Beklemmung ein wenig.

Gegen neun trafen wir in Kingston ein. Ich hielt es für das beste, in einem billigen Hotel unweit des Busbahnhofs zu übernachten. Als mich der Portier fragte, woher ich käme, sagte ich: Toronto. Er gab mir ein Zimmer mit einer schönen Badewanne und einem sauberen Bett, wo ich die ganze Nacht tief und fest schlief.

Am nächsten Morgen in aller Frühe ging ich wieder zum

Busbahnhof und kaufte mir eine Fahrkarte für den ersten Bus nach Watertown. Der Bus fuhr gen Süden, vorbei an den grünen Ufern des Ontario-Sees. Wir hielten, kurz nachdem wir die Grenze zum Bundesstaat New York überschritten hatten, und ich mußte meinen Ausweis vorzeigen. Wenn ich tatsächlich gesucht wurde, so hatte sich das an diesem entlegenen Grenzübergang noch nicht herumgesprochen.

In Watertown kleidete ich mich noch einmal neu ein; ich kaufte mir Sachen, die meiner bußfertigen Stimmung entsprachen – einen grauen Straßenanzug mit weißem Hemd und unauffälliger Krawatte –, und nahm ein Taxi zum Flughafen. Ich erreichte den Flug um 13.05 Uhr nach LaGuardia und war noch vor vier in Manhattan. Telefonisch kündigte ich mich nicht an. Warum auch? Es blieb noch genug Zeit, mich anbrüllen zu lassen, wenn ich ankam.

41

Das Gebäude des *New York Mirror* strahlte an diesem Nachmittag die vornehme Schäbigkeit eines alten Herrensitzes aus, dessen Erben die Instandhaltungskosten nicht mehr bezahlen können, es aber nicht übers Herz bringen, das Haus zu verkaufen. Die Messingbeschläge in der Eingangshalle, früher täglich auf Hochglanz gebracht, waren stumpf und abgegriffen. Die Türsteher in ihren blauen Uniformen, die seit Generationen die Besucher des Hauses begrüßt hatten, waren durch Leute des privaten Wachdiensts Wackenhut ersetzt worden. Ich zückte meinen Ausweis, aber der Wachmann sah kaum hin. Er verdiente gerade den Mindestlohn: Was kümmerte es ihn, wer das Gebäude des *Mirror* betrat?

Selbst der Fahrstuhl sah heruntergekommen aus. In Holz und Metall waren Graffitis eingeritzt – keine intelligenten Witze über Ed Weiss oder Lynn Frenzel, sondern vulgäres Zeug von der

Marke: »Denise bläst dir einen auf der Pfeife.« Ich drückte den Knopf zum sechsten Stock. Als sich die Türen schlossen und ich zur Redaktion hinauffuhr, beschlich mich das klamme Gefühl, das hohes Fieber ankündigt. Die Türen öffneten sich vor der riesigen Weltkarte mit den Uhren – die die Ortszeit in all den Redaktionen des *Mirror* anzeigten, die ich nie wiedersehen würde.

Als ich die Redaktion betrat, spürte ich, wie Unruhe aufkam – die Leute an den Schreibtischen sahen mich und flüsterten einander zu, ich sei da –, und dann folgte ein entsetzliches Schweigen. Als ich meinen Weg zu Weiss' Büro fortsetzte, schien die Arbeit völlig zu ruhen. Es war ein langer Weg, vorbei an so vielen Gesichtern, die mich anstarrten. Ich schämte mich in Grund und Boden. »Man hat dich überall gesucht!« flüsterte mir Lynn Frenzel zu, als ich an der Auslandsredaktion vorbeikam. »Was haben Sie denn gemacht?« fragte eine der Redaktionsassistentinnen. Alle Mitarbeiter schienen zu wissen, daß ich in irgendwelchen Schwierigkeiten steckte und die Zeitung seit vierundzwanzig Stunden nach mir fahndete.

»O mein Gott!« rief Peggy Moran, als ich Weiss' Büro erreichte. »Er ist da!« Sie sagte Weiss Bescheid, der den Kopf aus der Tür streckte und donnerte: »Kommen Sie rein!«

Im Laufe der Jahre hatte ich oft miterlebt, wie sich Weiss' Zorn auf anderen Häuptern entlud. Er war für sein explosives Temperament berühmt, und wenn er wirklich wütend war, kam es nicht selten vor, daß er Leute anbrüllte und sogar mit Gegenständen um sich warf. Ich hatte gehört, daß Ressortleiter manchmal auflegen mußten, wenn er sie am Telefon anschrie, weil ihm etwas nicht paßte. Aber daß Weiss auf mich wütend war, hatte ich nie erlebt.

Sobald ich sein Büro betreten hatte, knallte er die Tür zu. Bézys Fotos lagen auf seinem Schreibtisch. Sein Gesicht war zornrot, und die Muskeln um seine Augen zuckten. Er starrte mich wutentbrannt an.

»Wie konnten Sie das nur tun?« Er nahm eines der Fotos und

fuchtelte mir damit vor der Nase herum. »Wie konnten Sie nur, verdammt noch mal?«

»Ich weiß nicht«, erwiderte ich. »Damals hielt ich es für richtig.«

Die knappe Antwort versetzte ihn nur noch mehr in Rage.

»*Für richtig?* Wie sollte denn eine Zusammenarbeit mit dem CIA richtig sein? Sind Sie vollkommen verrückt geworden? Können Sie sich überhaupt vorstellen, wie sehr das der Zeitung schadet? Wissen Sie, daß mich der Chefredakteur der *New York Times* bereits anruft und fragt, was dieser gottverdammte Mist soll? Richtig! Großer Gott. Es hat Sie schlimmer erwischt, als ich dachte. Das ist erbärmlich, Truell.«

»Beruhigen Sie sich, Ed.«

»Idiot! Ich verlange augenblicklich Ihre Kündigung. Ach was. Ich lasse Sie nicht kündigen. Das ist ein Entlassungsgrund. Ein Verstoß gegen unsere Berufsethik! Sie sind gefeuert!«

»Wollen Sie meine Erklärung hören, oder wollen Sie mich bloß anbrüllen?«

Das brachte das Faß zum Überlaufen. Er griff nach dem nächstbesten Ding, das ihm in die Hände geriet – zufällig war es ein Briefbeschwerer aus Bronze, den er als Auszeichnung vom amerikanischen Verlegerverband bekommen hatte –, und schleuderte ihn durchs Zimmer. »Sie arrogantes Arschloch!« schrie er. Dann packte er eine gerahmte Urkunde der Columbia University, die uns vor zehn Jahren den Pulitzer-Preis verliehen hatte, und warf sie an die Wand, so daß das Glas splitterte.

Der Wutausbruch besänftigte ihn ein wenig, oder vielleicht war es ihm auch nur peinlich, daß er sich so hatte gehen lassen. Er ließ den Kopf hängen. »Idiot!« murmelte er. Er hob den ramponierten Pulitzer-Preis vom Boden auf und legte ihn auf seinen Schreibtisch, dann sammelte er die Scherben ein und warf sie in den Papierkorb. Mit einer Handbewegung dirigierte er mich zu einer Couch, er selbst setzte sich auf einen Ledersessel.

»Okay«, sagte er. »Wie ist es dazu gekommen? Ich will es wissen.«

Nun, da sein Wutanfall vorbei war, wurde mir der Ernst der Lage erst richtig bewußt. Er feuerte mich tatsächlich. Ich hatte meine Zeitung verraten. Meine Karriere war beendet, jetzt, hier in seinem Büro.

»Es tut mir leid, Ed. Ich bereue es so, was passiert ist. Ehrlich, am liebsten würde ich weinen.«

»Tun Sie's nicht. Das ist das einzige, was die Sache noch schlimmer machen würde. Jetzt erzählen Sie mir, wie das geschehen konnte.«

Ich mußte nachdenken. Wo hatte diese Kette von Ereignissen und Umständen begonnen, die mir jetzt die Luft abschnürte? »Auf diese Frage gibt es viele Antworten, aber richtig schlimm wurde es, als ich das letztemal hier in diesem Büro war, an dem Tag, als ich mit Ihnen über Arthur Bowman sprach.«

»Es ist also meine Schuld? Ich habe Sie so weit getrieben! Das ist eine schwache Ausrede, Truell. Das ist tatsächlich erbärmlich!«

»Nein, es ist nicht Ihre Schuld. Aber Sie fragen, wie es passiert ist, also versuche ich, es Ihnen zu erzählen. An diesem Tag habe ich versucht, Ihnen klarzumachen, daß Arthur in ernsten Schwierigkeiten steckte – daß er Geld von Leuten annahm, mit denen er sich lieber nicht hätte einlassen sollen. Aber Sie waren so begeistert von ihm, Sie wollten das nicht hören. Also bin ich zu anderen Leuten gegangen, die mir zuhörten. Und die waren vom CIA. So hat alles angefangen.«

»Rufen Sie mir ins Gedächtnis, was für schreckliche Dinge Arthur getan hat. Ich hab's vergessen.«

»Arthur Bowman hat Geld vom französischen Geheimdienst bekommen. Im Lauf der Jahre wahrscheinlich Millionenbeträge. Nur so hat er es geschafft, auf so großem Fuß zu leben. Er hat für Verbrecher gearbeitet, in deren Auftrag er Storys fabrizierte, die Sie im *Mirror* gebracht haben. Erinnern Sie sich an all die Berichte, die er über das Telekommunikationsgeschäft mit China schrieb? Seine französischen Freunde haben diese Berichte bezahlt. Wenn Arthur noch am Leben wäre, könnte er Ihnen das bestätigen.«

»Dummes Zeug! Woher wissen Sie das?«

»Weil Arthur es mir gesagt hat. Als ihm klar wurde, daß ich wußte, von wem er Geld genommen hatte, war er geradezu erleichtert. Diese Leute haben immer mehr und mehr von ihm verlangt. Es war ihm zuwider. Deshalb wollte er, daß ich mit ihm nach China fuhr. Er dachte, ich könnte ihm Schutz bieten. Er wollte aussteigen. In China hat er eine solche Entschlossenheit an den Tag gelegt, daß ich allmählich begriff, warum ihn alle so verehrten. Aber die haben ihn geschnappt. Die Leute, für die er gearbeitet hat, haben ihn umgebracht.«

»Wovon reden Sie? Sie haben gesagt, daß Arthur durch einen Unfall ums Leben gekommen ist. Sie haben einen Artikel darüber geschrieben, den wir veröffentlicht haben.«

»Ich wollte Arthurs Renommee und den Ruf der Zeitung schützen. Und mich selbst. Aber der Bericht war eine Lüge. Arthur wurde von einem Lastwagen überfahren. Aber den hatte die chinesische Regierung geschickt, und jemand hat sie darum gebeten.«

»Wer, verdammt noch mal?«

»Diese Bilder?« Ich deutete auf die Fotos auf Weiss' Schreibtisch, die mich mit meinen verschiedenen Freunden vom CIA zeigten. »Die Leute, die Ihnen diese Bilder geschickt haben, sind Arthurs Mörder.«

»Ich weiß nicht, wer sie geschickt hat. Der Brief war anonym.«

»Dann sage ich es Ihnen. Der Mann, von dem sie stammen, heißt Michel Bézy. Er ist ein ehemaliger französischer Geheimdienstoffizier. Arthur hat über zehn Jahre lang für ihn gearbeitet. Bézy hat Arthur viel Geld bezahlt und daher geglaubt, mit ihm machen zu können, was er wollte. Als Arthur versucht hat, sich zu wehren, hat Bézy ihn ermordet.«

»Jetzt aber halblang! Das saugen Sie sich doch alles aus den Fingern.«

»Den Teufel tue ich!« Am liebsten wäre ich mit allem herausgeplatzt. Hätte Weiss erzählt, daß Bézy dem *Mirror* selbst an den Kragen wollte – daß er mit seiner Investition von 500 Millionen alles zerstörte, was Weiss aufgebaut hatte. Aber ich hielt den Mund. Ich mußte zuerst mit Philip Sellinger sprechen, das war ich ihm schuldig. Sellinger war das Bündnis mit Bézy eingegangen, und Sellinger mußte entscheiden, was zu tun war.

»Beweisen Sie das!« sagte Weiss. »Beweisen Sie mir, daß es nicht frei erfunden ist.«

»Das werde ich, wenn Sie mir zuhören. Ich weiß, daß Bézy Arthur umgebracht hat, weil Bézy es mir selbst gesagt hat, am Montag abend in Montreal. Und ich weiß, daß er Ihnen die Bilder geschickt hat, weil er sie mir vorher gezeigt hat, um mich einzuschüchtern. Ich habe Sie noch am selben Abend angerufen und eine Nachricht auf Ihrem Anrufbeantworter hinterlassen. Wie hätte ich sonst wissen können, daß die Fotos unterwegs waren, wenn ich nicht bei dem Kerl gewesen wäre? Haben Sie nicht die Angst in meiner Stimme gehört? Bézy wollte mich auch umbringen. Seine Leute haben an die Telefonzelle gehämmert, damit ich auflege.«

Weiss lächelte süffisant, wie er es zu tun pflegte, wenn ich ihm von einer unglaublichen Story erzählte, an der ich schrieb. »Quatsch!« sagte er. »Das ist der verrückteste Unsinn, den ich je gehört habe. Haben Sie noch alle Tassen im Schrank, Eric?«

»Es ist alles wahr. Es wird eine Weile dauern, alles von Anfang an zu erklären. Und da ist noch etwas, was ich Ihnen nicht gesagt habe, über das ich zuerst mit Mr. Sellinger sprechen muß. Aber Sie werden sehen, es ist alles wahr. Wahrscheinlich werden Sie dann zu dem Schluß kommen, daß ich mich nicht richtig verhalten habe, aber Sie werden wenigstens verstehen, wie es dazu gekommen ist.«

»Kann sein«, meinte Weiss, »aber jetzt haben wir erst mal was zu erledigen.«

Weiss ließ die Anwälte kommen, und ich erzählte die ganze Geschichte noch einmal. Das einzige, was ich ausließ, war Bézys Rolle bei *Press Alert,* und daß er 500 Millionen Dollar in den *Mirror* investiert hatte. Weiss und die Anwälte hörten mir aufmerksam zu und machten sich Notizen. Aber sie wirkten relativ unbeteiligt, bis wir zu den Fotos von mir und den verschiedenen CIA-Agenten kamen.

Es war eine stattliche Galerie: Rupert Cohen, Tom Rubino, Roger Navarre, Frank Hoffman, der FBI-Einsatzleiter in Boston. Sie hielten jedes Foto in die Höhe und baten mich, die betreffende Person zu identifizieren und zu erklären, was ich mit ihr zu tun hatte. Offenbar deckten sich meine Antworten weitgehend mit Bézys schriftlichen Erläuterungen zu den Bildern. Er hatte ganze Arbeit geleistet, aber schließlich stand ihm auch gutes Material zur Verfügung.

Als wir zu dem Bild von mir und Navarre, dem französischen Biochemiker kamen, fiel Bézys Erklärung dürftiger aus – jeder Hinweis auf die B-Waffen-Forschung fehlte. Als ich die CIA-Operation schilderte, mit der Navarre aus China herausgeholt und in die Vereinigten Staaten gebracht wurde, schüttelte Weiss den Kopf.

»Das haben Sie getan?« sagte er. »Sie haben Mumm. Das muß man Ihnen lassen.« Die Anwälte wirkten peinlich berührt, als wäre es ihnen unangenehm, daß er etwas Nettes zu mir sagte. Sie besprachen die Einzelheiten meiner Entlassung.

Als wir die Bilder durchgesehen hatten, gab ich Weiss einen weiteren Nagel für meinen Sarg. Für mich spielte das keine Rolle mehr – ich war schon mit einem Fuß draußen –, aber ich wollte, daß er Bescheid wußte. Ich sagte, Rubino habe mir vor meiner Chinareise mitgeteilt, daß er eine Ausnahmegenehmigung zu einer Durchführungsverordnung des Präsidenten erwirkt hatte, die den Einsatz von US-Journalisten bei Nachrichtendienstoperationen untersagt.

»Mein Gott, Eric«, sagte Weiss kopfschüttelnd. »Warum haben Sie das getan?« Er war jetzt nicht mehr wütend, sondern müde und traurig. Er hatte mich immer gemocht. Ich war sein Liebling gewesen, seine Hoffnung für die Zukunft. Und jetzt hatte ich solchen Mist gebaut, daß ich, beruflich gesehen, ein toter Mann war.

»Damals«, wiederholte ich, »hielt ich es für richtig.«

Diesmal warf Weiss nichts durch die Gegend, er wurde nicht einmal laut. Er schüttelte nur immerzu den Kopf. Er wußte, was als nächstes folgte, und er machte sich Vorwürfe. »Warum haben Sie es mir nicht gesagt?« fragte er. »Vielleicht hätte ich Ihnen helfen können.«

»Ich wollte es Ihnen sagen, aber ich wußte, daß Sie versucht hätten, es mir auszureden.«

»Ist damit alles gesagt?«

»Ja«, antwortete ich. »Das war's.« Jetzt wurde Weiss sehr ernst. Er sprach langsam und sah mir in die Augen.

»Ich habe Ihnen bereits gesagt, Eric, daß eine Tätigkeit für den CIA ein Kündigungsgrund ist, und das war ernst gemeint. Es ist ein grober Verstoß gegen unsere Berufsethik. Es verletzt die grundlegende Verpflichtung des Zeitungsjournalisten, gegenüber allen privaten und staatlichen Organisationen, über die wir berichten, Unabhängigkeit zu wahren – insbesondere gegenüber den Nachrichtendiensten. Unsere Leser können uns nicht vertrauen, wenn sie nicht überzeugt sein dürfen, daß wir uns an diese Normen halten. Wenn sie verletzt werden, muß sich die Zeitung wehren, indem sie denjenigen bestraft, der die Regeln gebrochen hat.

Deshalb muß ich Ihnen die fristlose Kündigung aussprechen. Die Anwälte haben die Papiere vorbereitet, die Sie unterschreiben sollen. Ich hoffe, Sie kommen dieser Aufforderung nach und machen uns keine Schwierigkeiten. Das sind Sie uns, glaube ich, schuldig. Ich habe gehört, daß Sie viele Kranken- und Urlaubstage gesammelt haben, so daß Sie sich wohl bis Jahresende über Wasser halten können. Und Sie bekommen das Geld aus Ihrem 401-K-Plan und was Ihnen sonst noch zusteht.

Sofern Sie zustimmen, werde ich heute abend eine Erklärung herausgeben, in der es heißt, daß wir Ihnen aus gutem Grund fristlos gekündigt haben. Wie wir es auch sonst bei ernsten Disziplinarfällen gehandhabt haben, wird die Zeitung zu den Gründen Ihrer Entlassung keinen weiteren Kommentar abgeben. In Redaktionen wird viel getratscht, und die Leute werden alle möglichen Vermutungen darüber anstellen, was passiert ist. Aber ich habe kein Interesse daran, daß Einzelheiten dieser Schweinerei bekannt werden, und ich nehme an, auch Ihnen ist nicht daran gelegen. Außerdem werde ich nach besten Kräften versuchen, die *New York Times* zu bewegen, von einer Veröffentlichung der Sache Abstand zu nehmen. Ich kann es Ihnen nicht versprechen, aber der Chefredakteur schuldet mir einen Gefallen, und das weiß er.«

Die Anwälte gaben mir die Papiere. Ich las, was Weiss geschrieben hatte – es war das höflichste Kündigungsschreiben, das unter diesen Umständen denkbar war –, und unterzeichnete dann die Papiere. Das war mein letztes Geschenk an den *Mirror*. Die moderne Methode wäre gewesen, einen Anwalt zu nehmen und eine großzügigere Abfindung auszuhandeln. Aber dafür hatte ich nicht die Nerven.

Als alles unterschrieben war, schüttelte mir Weiss die Hand, versicherte mir, wie leid es ihm tat, daß es soweit gekommen war. Er hoffe, ich würde eine andere Beschäftigung finden, die mich befriedigte. Dann wies er mir den Weg zur Tür.

»Darf ich Sie noch um einen Gefallen bitten?« sagte ich. »Ich ertrage es nicht, noch einmal durch die Redaktion zu gehen, wo mich alle sehen. Das tut zu weh. Ich muß jetzt noch hinauf und mit Mr. Sellinger sprechen. Könnten Sie mich über die Hintertreppe raufbringen?«

»Sicher, mein Junge«, sagte Weiss. Er rief den Verleger über die Haussprechanlage und kündigte ihm an, daß ich käme; dann begleitete er mich zum Treppenhaus vor seiner Bürotür.

Zuerst sah ich Sellinger nicht; sein Zimmer war so groß und die Sicht durch eine riesige Vase mit Schnittblumen behindert. Während Weiss' Büro mit journalistischen Trophäen geschmückt war, sah man in Sellingers Büro jene Trophäen, die für Geld zu haben waren. An den Wänden hingen große Gemälde im Stil des abstrakten Expressionismus – eine kühne Komposition drastischer Farben von Michael Heizer und ein leuchtend blaues Bild von Robert Natkin. Ein großartiger Raum, der richtige Rahmen für den freundlichen Mann, der nach besten Kräften versucht hatte, unser Schiff über Wasser zu halten.

Seine Sekretärin hatte die Tür offengelassen, aber ich bat ihn, sie schließen zu dürfen. Sein Gesicht sah verhärmt aus. Das Funkeln seiner blauen Augen war erloschen; selbst sein Äußeres, sonst so gepflegt und elegant, wirkte mitgenommen.

»Ich bin entlassen«, sagte ich.

»Ich weiß«, entgegnete er. »Ed hat es mir gerade gesagt. Er mußte es tun, um die Zeitung zu schützen.«

»Wahrscheinlich hat er recht. Ich habe nicht versucht, es ihm auszureden. Aber da sind noch einige Dinge, die er nicht weiß – die niemand weiß –, und über die ich mit Ihnen reden muß.«

»Einiges kann ich schon erraten. Aber schießen Sie los. Sie erzählen, und ich höre zu.«

»Vor seinem Tod hat Arthur Bowman versucht, Geld aufzutreiben, um den *Mirror* vor dem Bankrott zu retten, nicht wahr?«

Sellinger lächelte. »Ja. Er hat alle seine Beziehungen spielen lassen, um Kapital für uns aufzutreiben.«

»Anfangs hatte Arthur nicht viel Glück«, fuhr ich fort. »Er hat bei Arabern und Japanern, Koreanern und Briten angeklopft, doch niemand wollte Anteile einer unrentablen alten Zeitung kaufen. Aber eines Tages rief er Sie an und sagte, wenn alle

Stricke reißen, wüßte er eine französische Firma, die einspringen könnte.«

»Das ist fast richtig«, bemerkte Sellinger. »Nur war ich derjenige, der Arthur anrief. Ich sagte, alle meine Möglichkeiten seien erschöpft. Wenn wir nicht innerhalb von zwei Wochen 500 Millionen Dollar auftreiben könnten, würden sich unsere Gläubiger zu einem Konsortium zusammenschließen und uns zwingen, in Konkurs zu gehen. Er sagte, er wüßte noch eine Gruppe in Europa, die uns unter die Arme greifen könnte, und ich bat ihn, zu tun, was er konnte.«

»Also rief er seine Freunde an«, nahm ich den Faden wieder auf. »Und ihr Unternehmen hieß *Press Alert*. Sie waren bereit, die 500 Millionen Dollar aufzubringen.«

»Das ist richtig. Arthur sagte, sie wollten in die US-amerikanische Medienbranche investieren. Sie hatten diese Idee mit diesem elektronischen Finanznachrichtenservice, der den Namen des *Mirror* nutzen sollte, um Kunden anzuziehen, und hochspezialisierte Informationen anbot. So haben wir mit *Mirror Alert* angefangen.«

»Wußten Sie damals, wer das Unternehmen leitet?«

»Arthur sagte mir, der Leiter sei ein Franzose namens Bézy, der persönliche Anwalt von Alain Peyron. Peyron kannte ich natürlich. Ich war ihm auf Konferenzen in aller Welt vielleicht ein dutzendmal begegnet. Vielleicht hatte ihn mir Arthur sogar selbst vorgestellt. Ich hatte den Eindruck, daß ein Teil des Geldes, das *Press Alert* in den *Mirror* steckte, von Peyron kam. Aber woher das Geld stammte, war im Grunde nicht klar, und damals durften wir uns nicht anmaßen, Investoren, die 500 Millionen Dollar erübrigen konnten, irgendwelche Fragen zu stellen. Wir waren dankbar. Für die Zeitung war es die Rettung.«

»Wußten Sie, daß *Press Alert* ein korruptes Unternehmen war?«

»Nein, aber ich hatte den Verdacht. Offensichtlich fühlte sich Arthur in Bézys Gesellschaft unbehaglich, doch er wollte mir nicht sagen, warum. Aber wie gesagt, wir waren am Ende. Wir haben unsere ›verkehrsübliche Sorgfalt‹ nicht mit großem Eifer walten lassen. Das konnten wir uns nicht leisten.«

»Ist Ihnen inzwischen klar, daß diese Firma korrupt ist?«

»Allmählich ahne ich es. Ein seltsamer junger Mann namens George Dirk hat mich gestern aufgesucht. Er sagte, er sei ein Freund von Ihnen und Sie hätten ihn gedrängt, mit mir zu sprechen. Er hat mir die erschreckendsten Beweise dafür vorgelegt, was diese Leute machen – wie sie unsere Recherchen und unseren guten Namen für betrügerische Börsengeschäfte mißbrauchen. Ist das wahr?«

»Es ist alles wahr. Bézy hat mich vor zwei Tagen sogar aufgefordert, dieses Geschäft für ihn zu betreiben. Ich habe abgelehnt. Aus diesem Grund hat er die Fotos an Weiss und die *New York Times* geschickt.«

»Mr. Dirk behauptet, daß *Press Alert* gegen das Börsengesetz verstößt.«

»Dirk hat recht. Haben Sie ihm gesagt, welche Maßnahmen Sie dagegen ergreifen wollen?«

»Ich habe ihm versprochen, die Sache zu prüfen, und ihn gebeten, mir alle Beweise zu überlassen, derer er habhaft werden konnte. Ich würde sie mir dann ansehen und wieder Kontakt mit ihm aufnehmen. Ich hatte nicht das Gefühl, daß er von meiner Sorgfalt begeistert war. Ein etwas unbeherrschter Mann mit einem leichten Komplex, würde ich sagen.«

»Dirk ist ein verrückter Kerl. Aber was *Press Alert* betrifft, hat er recht. Diese Leute sind Gift. Sie werden die Zeitung zerstören. Sie müssen sie loswerden, so schnell es geht.«

Sellingers Augen weiteten sich, fast als wollte er weinen. »Anscheinend begreifen Sie das nicht, Eric. Wir haben kein Geld. Das Schicksal des *Mirror* hängt an einem seidenen Faden. Wenn wir unsere einzige neue Kapitalquelle abstoßen, müssen wir Konkurs anmelden. Die Zeitung muß verkauft werden. Ihre Freunde stehen dann alle auf der Straße. Das Schiff geht unter.«

»Mr. Sellinger, diese Leute haben Ihren besten Freund, Arthur Bowman, ermordet. Ist Ihnen das klar?«

Sellingers Gesicht bekam einen gespenstischen Ausdruck. Er war leichenblaß, und sein Blick wurde hart und bitter. »Ich habe es fast vermutet«, sagte er. »Nach Ihrer Rückkehr aus Peking wagte ich nicht, Sie zu fragen. Aber ich wußte, wie sich Arthur vor Bézy fürchtete, und ich fragte mich, ob er für Arthurs Tod mitverantwortlich war.«

»Bézy wird auch die Zeitung töten. Sie haben keine andere Wahl, Mr. Sellinger. Sie müssen die Geschäftsführung einberufen und offenlegen, was Sie von Dirk erfahren haben, und dann zur Börsenaufsichtsbehörde gehen. Diese Leute sind Verbrecher. Wenn Sie nicht rasch handeln, werden sie den *Mirror* mit sich in den Sumpf ziehen.«

»Was soll ich tun?« fragte Sellinger.

»Ich bin nur ein ehemaliger Mitarbeiter und nicht für mein gutes Urteilsvermögen bekannt«, sagte ich. »Aber ich schlage vor, daß Sie zunächst einmal George Dirk anrufen, ihn sofort nach New York holen und dann den Verwaltungsrat informieren.«

42

Ed Weiss tat, was in seiner Macht stand, um meine Geschichte geheimzuhalten. Er rief den Chefredakteur der *Times* an und lud ihn zum Essen ein. Wie ich erfuhr, waren auch sie alte Freunde aus Südostasien. Er, Weiss und Bowman hatten sich einmal denselben treuen Übersetzer geteilt, der sich schließlich als Vietcong-Agent entpuppte. Weiss redete offen mit ihm – das war es, was Journalisten am tiefsten verband, daß wir einander die Wahrheit sagten, selbst wenn wir die Außenwelt nicht informieren konnten. Weiss erzählte dem Mann von der *Times* so viel über mich und Arthur und den CIA, daß der arme Kerl in eine unmögliche Situation geriet. Vorher hatte er nicht genug gewußt, um eine Story zu schreiben. Jetzt wußte er zuviel.

Zur Sicherheit wandte Weiss noch einen etwas unfairen Trick an. Er erinnerte seinen Freund und Kollegen an den Fall eines ehemaligen *Times*-Kolumnisten, der viele Jahre lang dem CIA behilflich gewesen war. Das Problem, bemerkte Weiss, bestand darin, daß der Nachrichtendienst immer wieder Journalisten für verdeckte Operationen eingesetzt hatte, obwohl eine Durchführungsverordnung des Präsidenten das verbot. Das Klügste wäre es daher, wenn sich beide Chefredakteure einmal in aller Stille mit dem CIA-Direktor zusammensetzten – und am besten auch noch mit dem Präsidenten persönlich –, um zu fordern, daß diese Regelungen geändert wurden, damit nie wieder ein Journalist den unerträglichen Risiken und Versuchungen ausgesetzt würde, die Eric Truells Karriere zerstört hatten.

Der Chefredakteur der *Times* rief am nächsten Tag zurück; inzwischen hatte er mit dem Verleger gesprochen. Die *Times* teile Weiss' Ansicht, daß die Sache Truell sensible Fragen der nationalen Sicherheit berühre und am besten durch interne Disziplinarmaßnahme seitens des *Mirror* zu regeln sei. Damit war das Problem gelöst, und die Story für die *Times* gestorben. Weiss informierte mich telefonisch. Er war rundum mit sich zufrieden. »Ich habe Ihren Arsch gerettet«, sagte er. »Ich habe die *Times* so gut eingepackt und verschnürt, daß sie eine Woche lang nicht mehr pissen können.« Nichts bereitete Weiss größeres Vergnügen, als die *Times* auszutricksen. In solchen Situationen war er der brutalste, härteste Bursche, den man sich vorstellen konnte.

Ich freute mich für die Zeitung, obwohl es mir auch nichts nutzte. In New York und Washington kursierte das Gerücht, ich sei gefeuert worden, weil ich als Korrespondent in Paris Material aus der französischen Presse abgeschrieben hätte – und Weiss sei erst kürzlich dahintergekommen. Ich vermutete, daß Weiss das Gerücht selbst in Umlauf gebracht hatte. Es lenkte die Aufmerksamkeit von meinen tatsächlichen Verfehlungen ab – für die man Weiss nicht jede Verantwortung absprechen konnte – und sorgte gleichzeitig dafür, daß ich nie wieder für eine große Zeitung arbeiten würde.

Weiss war ein Meister seines Fachs. In einem anderen Leben hätte er Seeräuber oder General werden können. Er besaß jene Kaltblütigkeit, die jeden Anführer auszeichnet. Leute wie er konnten ihre Soldaten dazu bringen, aus dem Schützengraben zu springen und zu brüllen: »Fahrt zur Hölle, ihr Hunde!« – nur um des Ruhmes und der Ehre willen. Ein Offizier der Nordstaaten schrieb in seinen Memoiren nach der Schlacht von Gettysburg, die allerwichtigste Eigenschaft eines guten Offiziers bestehe darin, daß er vor seinen Soldaten niemals Angst zeigen dürfe, wenn seine Einheit unter Beschuß stand. Das traf auf Ed Weiss zu. Selbst nach allem, was er mir angetan hatte, wäre ich ihm noch in die Schlacht gefolgt.

Philip Sellinger fiel die weitaus schwierigere Aufgabe zu, den *Mirror* vor dem Bankrott zu retten, und dieser Herausforderung stellte er sich bewunderungswürdig. Am Tag nach unserem Gespräch zitierte er tatsächlich George Dirk zu sich, der auf einer Geheimsitzung den Verwaltungsrat des *Mirror* informierte. Mit Sellinger an seiner Seite legte Dirk seine Beweise vor, daß die Redakteure von *Mirror Alert* – allesamt Angestellte unseres Partners *Press Alert* – von Insider-Informationen profitierten, die auf unseren Recherchen beruhten. Daß sie diese Informationen an einige zwielichtige Kunden verkauften und sich ihr Wissen selbst bei ihren Geschäften zunutze machten. Auf Drängen Sellingers entschied der Verwaltungsrat des *Mirror*, die Börsenaufsichtsbehörde ins Bild zu setzen.

Am selben Tag schickte Sellinger Dirk zu Weiss, um ihn über die Probleme mit *Press Alert* zu informieren. Weiss beschloß, Dirk auf der Stelle wieder einzustellen, und beauftragte ihn damit, eine Enthüllungsstory über die ruinösen Beziehungen des *Mirror* zu seinen europäischen Partnern zu schreiben. Das fiel Weiss leichter: die Fehler der Geschäftsführung offenzulegen. Sellinger war zunächst nicht begeistert von der Vorstellung, die schmutzige Wäsche der Zeitung in aller Öffentlichkeit zu waschen, aber Weiss überzeugte ihn, es sei besser, den anderen dabei zuvorzukommen.

Mit bemerkenswerter Geschwindigkeit ergriff Sellinger Maßnahmen, um den *Mirror* aus der Verflechtung mit *News Alert* zu lösen. Er beauftragte die besten Juristen und Investmentbanker damit, den Vertrag zu durchleuchten. Sie fanden Klauseln, die es der *Mirror Corp.* erlaubten, die Partnerschaft einseitig aufzukündigen, weil Beweise für kriminelle Machenschaften vorlagen.

Am späten Freitag nachmittag, kurz nach Börsenschluß, gab Sellinger durch eine Pressemitteilung bekannt, die Partnerschaft mit *Press Alert* sei beendet. Das geschah nur zwei Tage nach meinem Gespräch mit ihm und einen Tag, nachdem er den Verwaltungsrat informiert hatte. In der Presseerklärung hieß es ferner, daß *Mirror Corp.* seinen ehemaligen Partner beim Bundesbezirksgericht wegen Betruges verklagen werde. *Press Alert* konterte daraufhin am späten Abend mit einer eigenen Pressemitteilung und kündigte an, die Firma werde die Kapitalbeteiligung von 500 Millionen Dollar sofort zurückziehen und ihrerseits den *Mirror* wegen verleumderischer Behauptungen über ihre Kunden verklagen.

Am folgenden Sonntag morgen brachte der *Mirror* George Dirks ausführlichen Bericht über die betrügerischen Praktiken der *Press-Alert*-Mitarbeiter. Der Artikel wurde in mehreren Talk-Shows als vorbildlich für verantwortungsbewußte Selbstkritik der Presse bewertet. In der öffentlichen Meinung hatte der *Mirror* an Ansehen gewonnen: Die Offenlegung des unredlichen Joint-ventures wog bei weitem die Peinlichkeit auf, sich überhaupt darauf eingelassen zu haben.

Aber als am Montag morgen die Börse öffnete, fielen die Aktien des *Mirror* in den Keller. Unterdessen bemühten sich Sellinger und die Investmentbanker fieberhaft, Ersatz für die fehlenden 500 Millionen Dollar Eigenkapital zu finden und die bröckelnde Bilanz des Unternehmens zu stützen. Aus hitzigen Diskussionen zwischen dem Topmanagement der Zeitung, Gewerkschaftsvertretern und Investmentbankern, die die ganze Nacht bis in die Morgenstunden andauerten, ging der Plan eines Leveraged Buyout hervor. Das hieß, die Mitarbeiter des *Mirror* kauften die Zeitung mit von Banken geliehenem Geld. Die Banken gewährten die Kredite unter der Voraussetzung, daß die Mitarbeiter empfindliche Gehaltskürzungen in Kauf nahmen, bis die Zeitung wieder schwarze Zahlen schrieb. George Dirk gehörte dem Verhandlungsausschuß an. Da er bei der Zeitung den Ruf des Unzufriedenen genoß, hatte er beim Journalistenverband einen Stein im Brett. Seine Empfehlung, die Vereinbarung zu akzeptieren, trug maßgeblich zur Verwirklichung des Plans bei.

Tom Rubino rief ich nur einmal an, und wir trafen uns zum Mittagessen in einem Restaurant in McLean. Ich wußte nicht genau, was ich mir von dem Treffen erhoffte; vielleicht wollte ich mich nur persönlich von ihm verabschieden oder noch einmal hören, wir dankbar er mir für meine Unterstützung bei Navarres Flucht sei. Aber Rubino war immer noch wütend auf mich. Der Flop, für den ich verantwortlich war, hatte ihn, wie er es vorhergesehen hatte, in ernste Schwierigkeiten gestürzt. Das Büro des Generalinspekteurs hatte eine Untersuchung eingeleitet, und im Repräsentantenhaus befaßte sich der Nachrichtendienstausschuß mit dem Fall. Wie durch ein Wunder war nichts durchgesickert. Aber Rubino meinte, seine Karriere beim CIA könne er damit wohl vergessen. Trotz des Erfolgs der Befreiung von Roger Navarre aus China waren alle seine Hoffnungen zerstört, jemals vom Abteilungsleiter zum Leiter des Operativen Bereichs aufzusteigen. »Ich hätte es wissen müssen«, wiederholte er mehrmals. »Sie waren Reporter. Wie dumm von mir zu glauben, daß es funktionieren würde.«

Am Morgen nach meiner Entlassung räumte ich meinen Schreibtisch in Washington leer. Ich dachte, jemand von meinen alten Kollegen würde mich anrufen, und sei es nur, um mich auszuhorchen. Aber für die anderen war ich gestorben. Mit Ausnahme von George Dirk, der sich regelmäßig meldete, blieb mein Telefon stumm. Ich war ruiniert. In gewisser Weise war das ein befreiendes Gefühl. Wir alle haben Angst davor, den nicht wiedergutzumachenden Fehler zu begehen, von der glitschigen Karriereleiter abzurutschen und in den Abgrund zu stürzen. Aber es stellte sich heraus, daß es den Abgrund gar nicht gab. Es gab nur die Erfahrung, in mich zu gehen und zu begreifen, was passiert war. Wahrscheinlich hätte ich irgend jemanden verklagen können. Das tut man heutzutage, wenn einem etwas Schreckliches geschieht. Aber daran dachte ich nicht einmal im Traum.

Annie Baron rief mich am Tag nach meiner Entlassung an. Sie war sehr hilfsbereit und bot mir an, mich zu besuchen, aber ich wollte mich nicht mit ihr treffen. Mehrere Wochen vergingen, in denen ich immer dachte, ich würde sie am nächsten Tag anrufen. Aber ich tat es nie. Seit jenem schönen Maitag, an dem wir spazierengegangen waren, hatte ich überlegt, welche Antwort ich auf ihre Frage geben sollte: Ob wir je wieder miteinander glücklich werden konnten? Konnten wir wirklich wieder von vorn anfangen – heiraten und eine Familie gründen, so als ließe sich die Uhr des Lebens zurückdrehen? Aber als Tage und Wochen verstrichen, begriff ich, daß es unmöglich war, so noch einmal anzufangen. Wir sind die Summe unserer Entschlüsse und Entscheidungen, Möglichkeiten und Mißgeschicke. Unsere Lebensgeschichte setzt sich aus Schichten zusammen, in denen unsere Erlebnisse enthalten sind, so wie in Gesteinssedimenten die Geschichte unseres Planeten aufgezeichnet ist. Ich konnte mein früheres Leben mit Annie ebensowenig ungeschehen machen wie die Ereignisse beim *Mirror*. Alles war zu einem Gewebe verknüpft, das mein Leben war.

Als ich eines Abends die M Street entlanggging, sah ich Annie Arm in Arm mit einem anderen Mann. Sie lächelte. Liebe leuchtete in ihren Augen, als sie zu ihm aufblickte. Er war Mitte Dreißig, sah nicht schlecht aus und strahlte das schlichte Selbstbewußtsein eines Menschen aus, der glaubt, ein Anrecht auf Glück zu besitzen, weil seine Hoffnungen noch nicht vereitelt wurden. Sie bemerkte mich nicht, und ich ließ sie vorübergehen. Ich empfand weniger Schmerz als Endgültigkeit. Sie fing neu an, und ich würde das irgendwann auch tun.

Ein warmer Vormittag im Juli; der Sommer lag schwer wie eine Glasglocke auf Washington, unter der sich Hitze, Insekten und Autoabgase sammelten. Ich kam aus einem Café am DuPont Circle, wo ich jeden Morgen meinen Cappuccino trank und die Zeitungen las. Draußen vor der Tür sah ich das vertraute Gesicht von Rupert Cohen. Er hatte einen modischen neuen Haarschnitt, kurz an der Seite und oben üppig; der struppige Spitzbart war ebenso verschwunden wie die alberne Bohemienkleidung. Statt dessen trug er einen gutgeschnittenen italienischen Anzug, an den Knien ein wenig ausgebeult; die Schuhe, die er anhatte, kosteten in New York wohl an die vierhundert Dollar. Rupert hatte ein Mikrophon in der Hand, und ich sah zu meinem Entsetzen, daß ihm ein Kameramann folgte.

»Was willst du denn hier, Rupert? Läuft die Kamera?«

»Hier meldet sich der Hatchet Man, vom DuPont Circle in Washington, wo die Starjournalisten wohnen«, sagte er ins Mikrophon. »Der Mann, der gerade aus diesem eleganten Café kommt – wo man für eine Tasse Java zwei Dollar bezahlt! –, ist Eric Truell, der ehemalige Reporter des *New York Mirror.*«

»Schalt die verdammte Kamera aus, Rupert!« rief ich. Ich hielt das für einen von Ruperts derben Späßen.

Ich schlug die Connecticut Avenue ein und wollte zu meiner Wohnung gehen, aber Rupert und der Kameramann folgten mir auf den Fersen und riefen mir zu, ich sollte stehenbleiben, damit sie mich interviewen konnten. Es wurde schwierig auszubrechen, weil sich bereits eine kleine Menschenmenge um uns versammelte. Sie wollten das Überraschungsinterview beobachten. Wie bei einem Sportereignis hänselten mich manche der Schaulustigen und fragten, wovor ich Angst hätte.

»Warum laufen Sie weg, Mr. Truell?« rief Rupert. »Der Hatchet Man möchte Ihnen ein paar Fragen stellen. Was ist im Mai in China passiert?«

»Nichts ist passiert. Hör auf! Ich kann nicht glauben, daß du das tust, Rupert. Du bist doch mein Freund.«

»Was ist in China passiert?« wiederholte er. »Ist es richtig, daß Ihr Kollege Arthur Bowman von der chinesischen Regierung ermordet wurde? Warum wurde er getötet? Was hat er getan?«

»Ich muß gehen. Kein Kommentar.« Ich bahnte mir einen Weg durch die Menschenmenge, durchbrach den Kreis der Zuschauer und lief davon. Die Leute buhten mich aus und jubelten dem Hatchet Man zu. Ich rannte einen Häuserblock weiter, wo ich an einer Ampel stehenbleiben mußte. Rupert holte mich wieder ein.

»Warum laufen Sie weg, Mr. Truell? Stimmt es denn nicht, daß Sie bei Ihrem Chinaaufenthalt eine geheime Operation für den CIA durchgeführt haben?«

»Verdammt noch mal, Rupert! Das ist meine Privatsache. Wie kannst du das nur tun? Kein Kommentar.«

»Warum vertuscht der *Mirror*, was passiert ist? Warum berichten auch die anderen Zeitungen nicht darüber? Wie kommt es zu dieser Verschwörung des Schweigens?«

»Hau ab, Rupert. Laß mich in Ruhe. Meine Karriere ist ruiniert. Reicht das nicht?«

»Der Hatchet Man läßt sich nicht mit dem Establishment ein. Wir berichten nur über die Ereignisse, wir machen sie nicht. Beantworten Sie die Frage! Die Öffentlichkeit hat ein Recht darauf, es zu erfahren!«

Endlich hatte die Ampel umgeschaltet. Ich spurtete über

die Straße. Er rannte mir, immer noch seine Fragen rufend, nach.

»Wann haben Sie zum erstenmal für den CIA gearbeitet? In Paris, nicht wahr?«

»Rupert, wie kannst du bloß? Das ist unmenschlich.« Ich rannte noch schneller, die steile Connecticut Avenue hinauf, aber er blieb mir auf den Fersen, das Mikrophon in der Hand.

»Wie konnten Sie Verrat an Ihrem Beruf begehen? Der Hatchet Man will es wissen! Der Hatchet Man will wissen ...«

Ich rannte noch lange. Als ich stehenblieb, war niemand mehr hinter mir.

V

Santa Rosa, Kalifornien

Oktober–Dezember 1996

43

Ich verließ Washington im Spätsommer. In dieser Stadt gab es nichts mehr, was mich hielt. Es war nicht zu vermeiden, daß Einzelheiten meiner Geheimdiensttätigkeit durchsickerten. Rupert Cohens überfallartiges Interview wurde bei *Hard Copy* gesendet, erregte aber kaum Aufmerksamkeit. Ernstere Probleme entstanden, als der Medienexperte des *Wall Street Journal* Wind von der vertraulichen Vereinbarung zwischen Ed Weiss und dem Chefredakteur der *New York Times* bekam, Einzelheiten meines Falls zu unterdrücken. Und damit war der Teufel los. Nichts erregt die Medienwelt so sehr wie Verfehlungen ihrer Kirchenältesten. Fast eine Woche lang wurde in Zeitungen und Zeitschriften über meine Beziehungen zum amerikanischen Nachrichtendienst spekuliert. Das einzige, was mich vor der totalen Vernichtung rettete, war Weiss' standhafte Weigerung, einen Kommentar abzugeben. Mein Weggang von der Zeitung sei eine persönliche Angelegenheit, sagte er, und als solche wolle die Zeitung sie nicht weiter erörtern. Punktum! Die Reporter konnten ihm zusetzen, solange sie wollten, er blieb unerschütterlich.

Wie gesagt, man mußte Weiss einfach lieben. Wahrscheinlich war er der letzte Kapitän, der ein so großes journalistisches Schiff wie den *New York Mirror* segelte, und in diesem Sinne hatte er es leichter als die Leute, die einmal seine Nachfolge antreten würden. Aber vorläufig stand er noch oben auf der Brücke und steuerte das verdammte Ding.

Das Problem in Washington bestand für mich darin, daß ich nicht allen klarmachen konnte, sich zu verpissen. Ich stand im Rampenlicht, hatte kein Recht mehr auf ein Privatleben. Nachts um zwei bekam ich Anrufe – von Reportern, Spinnern, keine Ahnung –, bis ich eine Geheimnummer beantragte. Ich war der Bösewicht, und man erwartete von mir, daß ich Zerknirschung zeigte. Meine ehemaligen Freunde bei den Medien rieten mir mit ernster Stimme, als sprächen sie mit einem Krebspatienten, ich solle mich dem Ritual der öffentlichen Beichte und Absolution unterziehen – am besten auf *Nightline*. Aber das war das letzte, was ich wollte. In meinem tiefsten Innern war ich mir immer noch nicht sicher, ob ich tatsächlich eine Todsünde begangen hatte. Daß ich gegen die Regeln meines Berufsstands verstoßen und die Kündigung verdient hatte, das wußte ich. Aber was den Rest betraf, hatte ich so meine Zweifel. Auf jeden Fall würde ich mit dieser schillernden Rolle in Washington nicht überleben, wo die Leute selbst an der Kasse bei Safeway in Georgetown hinter meinem Rücken tuschelten, ich sei der »CIA-Reporter«. Für mich stand fest, daß ich fortmußte. Schließlich brauchte ich Arbeit, und in Washington war ich ein Paria.

Über das böse Ende von Michel Bézy zu berichten bereitet mir besondere Freude. Er beging den Fehler, daß er zuviel Lärm machte. Als heimlicher Drahtzieher war ihm Erfolg beschieden, aber bald sollte sich herausstellen, daß er einer öffentlichen Auseinandersetzung nicht gewachsen war. Als Sellinger die Börsenaufsichtsbehörde aufforderte, Nachforschungen über *Press Alert* anzustellen, wurde ein offizielles Verfahren gegen die Firma eingeleitet. Anders als Bézy es bei seinen bisherigen Machenschaften erlebt hatte, ließen sich die Beamten der Securities and Exchange Commission weder bestechen noch einschüchtern oder gewaltsam in die Knie zwingen. Die Börsenaufsichtsbehörde war wie ein riesiges, schwerfälliges Tier; sobald es einmal in Bewegung kam, ließ es sich kaum noch bremsen. Eine Anklagejury trat zusammen; Vorladungen wurden verschickt. Noch schlimmer kam es für Bézy, als die Börsenaufsichtsbehörde Paris um Unterstützung bat. Nach mehrwöchigem Zögern willigten die französischen Behörden ein.

Offenbar hatte Bézy plötzlich den Schutz der höheren Mächte eingebüßt. Die neue französische Regierung suchte Mittel und Wege, um zu signalisieren, daß sie sich nicht mit derart dreisten Korruptionsfällen abfinden würde, wie ihre Vorgänger sie hingenommen hatten. Mein alter Freund Philippe Aurant aus dem Élysée-Palast besuchte mich Anfang August und erkundigte sich nach Einzelheiten im Fall Bézy. Ich erzählte ihm die ganze Geschichte, so wie sie sich zugetragen hatte. Einen Monat später rief Aurant an und teilte mir mit, Michel Bézy sei wegen Steuerflucht verhaftet worden. Das klang wie ein Witz – Steuerhinterziehung ist schließlich der Nationalsport der Franzosen –, aber Aurant versicherte mir, für Monsieur Bézy sei das Spiel aus. Das Belastungsmaterial gegen ihn kam vor allem von seinem alten Stammkunden Alain Peyron, der angeblich empört – empört! – war, als er von den Verfehlungen seines ehemaligen Anwalts hörte. In aller Stille wurde eine Vereinbarung mit der amerikanischen Börsenaufsichtsbehörde ausgehandelt; Bézy mußte sich auf eine langjährige Haftstrafe in Frankreich gefaßt machen. Das verschaffte mir eine gewisse Befriedigung, löste aber nicht das Problem, was ich als Reporter ohne Auftrag mit meinem Leben anfangen sollte.

Ich beschloß, nach Nordkalifornien zurückzukehren, nicht nur weil ich dort aufgewachsen war, sondern weil es mir wirklich gefiel. Nach meiner Ankunft im September wohnte ich die ersten Wochen bei meinen Eltern in Davis. Schon in dem Moment, als ich in San Francisco aus dem Flugzeug stieg, ging es mir besser. Die Luft war wie frisch gewaschen, glasklar, sauber und weich. Wer an der Ostküste lebt, macht sich irgendwann einmal nicht mehr bewußt, wie unangenehm das Wetter dort ist; es kommt einem normal vor, daß das Klima so feucht und drückend ist wie in der Küche einer schmuddeligen Imbißstube. Man glaubt, immer so leben zu müssen. Aber dann tritt man ins Freie und stellt fest, daß die Sonne scheint, bei Temperaturen über zwanzig Grad und geringer Luftfeuchtigkeit, Gott sei Dank. Ich fing wieder an, ernsthaft Tennis zu spielen, zum erstenmal seit Jahren, mit ein paar Leuten aus meinem High-School-Team. Ich war besser in Form als die meisten von ihnen, was mir das Gefühl gab, die letzten zwanzig Jahre nicht völlig vertan zu haben.

In den ersten Wochen zu Hause ließ ich mir durch den Kopf gehen, welche Alternativen mir jetzt noch offenstanden. Ich war noch nicht zu alt, um Jura zu studieren, aber dann hätte ich Anwalt werden müssen, was mir wenig behagte. Dasselbe galt für die Wirtschaftswissenschaften. Ich hätte auch etwas Gemütliches machen können, zum Beispiel einen Buchladen eröffnen, aber dann stellte ich mir vor, wie ich die ganze Zeit allein dasitzen und auf Kunden warten und immer mehr in Depressionen verfallen würde. Je länger ich darüber nachdachte, um so klarer wurde mir, daß ich nach einer Möglichkeit suchen sollte, in der Zeitungsbranche zu bleiben. Das war das einzige Handwerk, auf das ich mich wirklich verstand, und ich liebte den Journalismus selbst dann noch, als meine Zuneigung nicht mehr erwidert wurde. Auch meine Eltern liebte ich, aber als ich sie an meinem achtunddreißigsten Geburtstag mit zittriger Stimme »Happy Birthday« singen hörte, sah ich ein, daß es Zeit zum Aufbruch war.

Ich fand einen Job bei der einzigen Zeitung auf der Welt, bei der mein Name noch etwas galt – dem *Santa-Rosa News-Herald*. Dort hatte ich während meines Studiums in Stanford einen Sommer lang gejobbt. Santa Rosa lag am Rande des Weinanbaugebiets Sonoma Valley, und die Leserschaft war für eine Kleinstadt recht anspruchsvoll. Auch war der redaktionelle Teil nicht so geschrumpft wie bei vielen anderen kleinen Blättern. Der Verleger war ein Grundstücksmakler namens Sam Huber. Er behauptete, er würde sich noch von früher an mich erinnern. Anscheinend wußte er nichts Näheres darüber, was mir in letzter Zeit widerfahren war, nur daß ich mir Schwierigkeiten mit der Medienelite eingehandelt hatte, was in seinen Augen eher ein Pluspunkt war. Jetzt bat ich ihn um einen Gefallen, und er war ein Mensch, der sich gern großzügig zeigte, solange es ihn nichts kostete.

Huber arrangierte ein Vorstellungsgespräch mit seiner Chefredakteurin Candace Hardiman. Sie war eine ruhige, pragmatische Frau Ende Fünfzig, die als Nachrichtenredakteurin bei der *Chicago Tribune* angefangen hatte. Sie war nach Santa Rosa gekommen, um die Lokalredaktion zu leiten, und sechs Jahre später zur Chefredakteurin aufgestiegen. Für sie war es die Chance ihres Lebens, die sie sich auf keinen Fall verpfuschen wollte. Es schien ihr fast peinlich, ein Vorstellungsgespräch mit mir zu führen. Der Verleger hatte sie gebeten, mit mir zu sprechen, aber das war nicht der Grund. Ich war ein bekannter Journalist aus dem Osten; ich hatte den George-Polk-Preis erhalten. Ich steckte in Schwierigkeiten – ja, das wußte sie sicherlich –, aber ich war immer noch eine Berühmtheit in der Branche, und sie konnte nicht begreifen, warum ich mich bei einer kleinen Zeitung mit einer Auflage unter 80 000 um eine Stelle bewarb.

»Der Journalismus ist mein Metier«, erklärte ich. »Und ehrlich gesagt, brauche ich Arbeit. Die großen Zeitungen stellen mich nicht ein.«

Candace Hardiman hatte zwei Stellen zu besetzen. Die eine war ein Volontariat: Der Anwärter sollte über kommunale Bildungspolitik berichten. Das Jahresgehalt betrug 17 500 Dollar, und die Stelle war, wie sie sagte, für mich »nicht angemessen«. Dann suchte man noch einen Wirtschaftsredakteur, eine leitende Position mit einem Jahresgehalt von 42 000 Dollar mit Anrecht auf eine jährliche Gewinnbeteiligung. Der alte Wirtschaftsredakteur hatte vor ein paar Wochen gekündigt, um eine PR-Firma zu eröffnen, und Mr. Huber brauchte einen erfahrenen Journalisten, der den Posten übernehmen konnte.

»Dafür wäre ich geeignet«, sagte ich, ohne viel nachzudenken. Wirtschaftsredakteur klang wie eine Tätigkeit für Erwachsene. Beim *Mirror* hatte man mir ja schon seit Jahren nahegelegt, ich sollte Redakteur werden. Vielleicht hatten sie ja recht.

»Wir leben hier in einer ziemlich kleinen Stadt, Mr. Truell«, sagte sie und zog ihre säuberlich gezupften Brauen hoch. »Haben Sie eine Vorstellung, wie prosaisch unsere Wirtschaftsbeiträge sind? Wir berichten hier nicht über OPEC-Konferenzen. Für uns ist die Eröffnung eines neuen Supermarkts eine große Story. Aber wenn Sie es ernst meinen, ziehe ich Ihre Bewerbung natürlich in Betracht. Für mich ist das größte Problem, daß Sie überqualifiziert sind.«

Ich war in Hochstimmung. Aber ich hielt es für das beste, nun das heikle Thema anzusprechen. »Sie wissen, warum ich beim *New York Mirror* entlassen wurde, nicht wahr, Ms. Hardiman?« fragte ich ernst.

»Sie haben etwas für den CIA getan, was Sie nicht hätten tun sollen. War es das?« Sie versuchte sich an Einzelheiten zu erinnern, die sie in der Presse gelesen hatte. »Das billige ich selbstverständlich nicht. Aber soweit ich sehe, würden Sie mir jetzt beipflichten, daß es ein Fehler war, und ich nehme an, Sie werden es nie wieder tun – in dem unwahrscheinlichen Fall, daß der CIA darauf verfällt, die Metropole der nordkalifornischen Landwirtschaft zu infiltrieren.« Sie lachte, und damit war das Thema abgehakt.

Eine Woche später fing ich an. Mein offizieller Titel lautete Ressortleiter für Wirtschaftsnachrichten. Meine Mitarbeiter, vor allem junge Leute Anfang Zwanzig, waren begeistert. Ich war ein Star, hatte einen begehrten Preis erhalten; was mir sonst noch zugestoßen war, interessierte nicht. Sie hatten den Eindruck, daß ein patenter Kerl, der schon auf größeren Bühnen gespielt hatte, zu ihrer verschlafenen kleinen Zeitung gekommen war, um auch aus ihnen Stars zu machen. Am ersten Tag versammelte ich meine neuen Mitarbeiter um mich und gab ihnen zwei Versprechen. Erstens würde ich ihnen etwas beibringen und im Rahmen ihrer Möglichkeiten die besten Reporter aus ihnen machen. Und zweitens würde ich niemals etwas tun, was gegen die ethischen Grundsätze des Journalismus verstieß. Niemals.

Der Ärger fing ganz harmlos an. Ich will die Sache kurz schildern, weil ich dadurch meine Erlebnisse in den vergangenen Jahren besser verstehen lernte.

Ich hatte einen gescheiten jungen Reporter namens Jeff Jamgochian. Er war in Fresno aufgewachsen, hatte an der University of California in Santa Cruz studiert und wollte mit Leib und Seele ein guter Journalist werden. Er war der erste Berufsanfänger, den ich in diesem Herbst einstellte. Ich betraute ihn damit, über den Einzelhandel am Ort zu berichten. Die Themen seiner ersten Artikel waren ziemlich banal – zum Beispiel das Hinterfragen der Pläne zum Neubau eines Wal-Mart im Süden der Stadt –, aber einige hatten Biß. Er schrieb einen Bericht über eine Supermarktkette, die in ihrer Filiale im mexikanischen Viertel höhere Lebensmittelpreise verlangte als in den angloamerikanischen Stadtteilen. Der Manager der Supermarktkette tobte. Huber schickte mich zu ihm, und ich hörte mir eine Stunde lang seine Phrasen an, bis sich die Wogen allmählich glätteten. Ich hatte mir nie überlegt, wieviel Zeit Weiss damit verbracht haben muß, mit solchen Idioten zu reden, um den Reportern bei ihrer Arbeit den Rücken freizuhalten.

Im Spätherbst versuchte ich, Candace Hardiman für die Idee zu erwärmen, einen ernstzunehmenden wöchentlichen Autoteil einzurichten. Wir brachten zwar schon jeden Freitag eine Autoseite, aber die war Mist – eine Form des Journalismus, die in der Branche als Anzeigenjournalismus bekannt ist. Der Teil hieß beim *News-Herald* intern die »Registrierkasse«. Die Anzeigenabteilung verkaufte eine Menge Anzeigen und engagierte dann ein paar freiberufliche Hohlköpfe, die nichtssagende Fülltexte dazu schrieben, um die Leute auf die Verkaufsflächen der Händler zu locken. Mir schwebte vor, Jeff Jamgochian eine wöchentliche Kolumne rund um das Auto schreiben zu lassen. Wie die meisten unserer Leser in Sonoma County war er ein Autonarr. Mit Begeisterung redete er über Autos, fuhr sie, reparierte sie. Auf seiner Kolumne wollte ich einen richtigen Autoteil aufbauen, mit schönen Farbfotos und regelmäßigen Beurteilungen neuer Modelle und Kundendienstberichten. Geld ließ sich dabei auch herausschlagen: Ich tat mich um und entdeckte, daß es in diesem Bereich Gemeinschaftswerbung gab – die teilweise von den nationalen Verbänden der Automobilhändler finanziert wurde –, und die konnten wir uns holen, wenn wir einen ernstzunehmenden Autoteil auf die Beine stellten. Huber gefiel die Idee, und er war bereit, sie zu finanzieren: Der neue Teil sollte zum erstenmal am Freitag, den 25. Oktober 1996, erscheinen.

Was ich nicht bedacht hatte, war, daß Jeff Jamgochian wirklich darauf aus war, ein guter Journalist zu werden. Er machte sich auf die Socken und ging zum Kreisgericht von Somona County, wo er prüfte, welche Prozesse gegen die Autohändler der Stadt angestrengt worden waren. Und da machte er eine außerordentliche Entdeckung. Gegen den größten Händler von Santa Rosa hatten erboste Kunden über zwei Dutzend Klagen eingereicht; er hieß Fred Perrone, und sein Geschäft, »Fred's Auto World«, lag an der College Avenue. Die Kunden brachten eine Vielzahl von Beschwerden vor – irreführende Verkaufstaktiken, überteuerte Reparaturen, Autokauf auf Raten, bei dem arme Leute geprellt worden waren. Also ungefähr jede Gemeinheit, die sich ein Autohändler einfallen lassen konnte.

Als wir genug recherchiert hatten, um eine Story daraus zu machen, suchte ich meine Chefin Candace auf. Sie machte ein Gesicht, als sollte ihr ein Zahn gezogen werden – es war schmerzhaft, das Richtige zu tun, wenn man damit rechnen mußte, daß es anschließend Scheiße regnete –, aber sie sagte, ich solle die Recherchen fortsetzen.

Jeff wollte seinen Enthüllungsbericht über Fred's Auto World in der ersten Ausgabe von »Wheel People« bringen; das war der Name unseres neuen Teils. Das hielt ich nun keineswegs für eine gute Idee. Also erklärte ich meinem eifrigen jungen Reporter, daß ich damit einen Monat warten wollte, bis der neue Teil stand. Er musterte mich mißtrauisch, als ob sein tapferer Redakteur ihn verraten und verkaufen wollte. Wahrscheinlich fragte er sich, ob die unerfreulichen Gerüchte über mich nicht doch der Wahrheit entsprachen. Wenn ich wirklich ein Handlanger des CIA gewesen war, würde ich doch gewiß auch vor den Autobaronen von Santa Rosa klein beigeben.

Wir wollten Jeffs Artikel am Freitag, den 22. November, bringen. Am Montag dieser Woche schickte ich ihn zu Fred Perrone, den er um einen Kommentar bitten sollte. Der Autohändler hatte gehört, daß etwas im Busch war, aber anscheinend nicht damit gerechnet, daß wir die Sache tatsächlich durchziehen würden, bis Jeff in seinem Büro auftauchte.

Fred Perrone drehte durch. Am Dienstag morgen rief er Sam Huber an und beklagte sich über die Rufmordkampagne, die wir angeblich gegen ihn vorbereiteten. Sam, der keine Ahnung hatte, worum es überhaupt ging, sagte ihm, er solle mich, den Wirtschaftsredakteur anrufen. Ich versuchte, Perrone zu beschwichtigen, indem ich ihm versprach, den Bericht sorgfältig zu redigieren, unsere Anwälte würden ihn lesen, wir würden uns streng an die Tatsachen halten. Das beruhigte ihn natürlich überhaupt nicht. Er wußte nur zu gut, daß die Tatsachen in seinem Fall vernichtend waren. Er brüllte mich noch ein paar Minuten an, dann legte er auf, rief Candace an und reagierte sich an ihr ab.

Nach Perrones Schimpfkanonade kam Candace zu mir ins Büro und wollte sich den Artikel ansehen. Sie wirkte erschöpft. Beruflich war ihr nichts in den Schoß gefallen. Sie hatte Karriere gemacht, weil sie das Handwerkszeug hatte, eine Tageszeitung herauszubringen, und weil sie ihr Geschäft besser verstand als ihre Kollegen. Sie las Jeffs Artikel zweimal sorgfältig durch, dann gab sie ihn mir wieder.

»Ich mag Perrone nicht«, sagte sie. »Er ist ein brutaler Kerl. Sorgen Sie dafür, daß jedes Wort in diesem Bericht hieb- und stichfest ist. Zeigen Sie ihn den Anwälten. Gehen Sie das Material durch, das der Reporter gesammelt hat, und prüfen Sie genau, ob wir für jede Zeile, die wir drucken, Belege haben. Wenn Sie das alles getan haben, bringen wir den Bericht am Freitag. Perrone wird Lärm schlagen, sich dann aber wahrscheinlich wieder beruhigen. Er würde eine Dummheit begehen, wenn er der Lokalzeitung den Krieg erklärt.«

Candace unterschätzte Fred Perrones Dickschädel. Am Freitag morgen um halb neun meldete er sich bei Sam Huber und kündigte an, sämtliche Anzeigen im *News-Herald* zu stornieren, ab sofort und so lange, bis wir uns schriftlich für Jeff Jamgochians Artikel entschuldigten. Außerdem drohte er, persönlich einen Boykott der anderen Geschäftsleute vor Ort gegen den *News-Herald* zu organisieren, bis wir bereit seien, von unseren in jüngster Zeit entwickelten geschäftsfeindlichen Tendenzen Abstand zu nehmen. Den ehemaligen Wirtschaftsredakteur Al Burgle (der bei der heimischen Geschäftswelt hohes Ansehen genoß, weil er sich im Lauf der Jahre bei allen eingeschmeichelt hatte) hatte er gebeten, ihn bei der Organisation des Boykotts zu unterstützen.

Huber war am Boden zerstört. Die Zeitung war für ihn der Zeitvertreib eines reichen Mannes. Er hatte seine Chefredakteurin gedrängt, mich einzustellen, weil er mir einen Gefallen tun wollte, und jetzt flog ihm alles um die Ohren. Perrones Boykottdrohung war ernst gemeint. Als erstes schloß sich die Supermarktkette an, die Jamgochians Bericht über die höheren Preise in den Latino-Vierteln, der vor einigen Monaten erschienen war, noch nicht verschmerzt hatte. Auch die anderen Autohändler wollten nicht zurückstehen. Und viele andere Einzelhändler zogen ihre Anzeigen ebenfalls zurück.

Eine Woche nach Erscheinen der Enthüllungsstory über Fred's Auto World war der *News-Herald* bis aufs Gerippe abgemagert. Wir mußten große Fotos und jede Menge Agenturmeldungen bringen, um die verbliebenen Seiten zu füllen. Die Kleinanzeigen und die Kinowerbung hatten wir zwar noch, aber das war's dann schon. Die meisten Großkunden schlossen sich dem Boykott an. Ich ließ Jeff einen Bericht über den Boykott schreiben – das mußten wir, denn es war eine Meldung wert –, aber dadurch wurden die Anzeigenkunden nur noch ärgerlicher.

»Ich mag diese Leute nicht«, sagte Candace Hardiman. »Ich hoffe, sie setzen sich nicht durch.« Das zeugte zwar nicht gerade von begeisterter Unterstützung für unseren Journalismus, aber sie warf mich auch nicht über Bord. Huber ging in seinem Büro auf Tauchstation und hoffte, daß er nicht noch mehr erboste Anrufe von Anzeigenkunden bekam. Ihm war das zuwider, er wollte, daß es ein Ende hatte. Vielleicht hoffte er, daß ich das kapierte und kündigte.

Nach dreiwöchigem Boykott – während die Anzeigeneinnahmen weiter schrumpften und die Warnung laut wurde, wir könnten bald die Rechnungen für Druck und Papier nicht mehr bezahlen –, bestellte mich Sam Huber zu einer Unterredung in sein Büro. »Ich glaube, wir müssen die Entschuldigung veröffentlichen«, sagte er. »Bringen wir's hinter uns.«

»Wir haben keinen Grund, uns zu entschuldigen, Mr. Huber. Der Bericht war korrekt.«

»Ich habe eine Entscheidung getroffen«, erklärte der Verleger. »Ich möchte die Entschuldigung bringen.«

Ich schloß die Augen und lauschte dem Verkehrslärm, der von der Fourth Street heraufdrang. Jetzt stand ich mit dem Rücken zur Wand. Es gab keinen Ausweg mehr. Ich war in dieser kalifornischen Kleinstadt gelandet und versuchte, von meiner Karriere und meinem Selbstwertgefühl zu retten, was noch zu retten war. Diesen Streit hatte ich nicht gesucht. Ich wollte mich nicht als Kreuzritter gebärden. Mir war es nur darum gegangen, ein paar gescheiten jungen Leuten beizubringen, wie man Journalist wird. Jetzt, da ein Anfang gemacht war, konnte ich sie nicht im Stich lassen. Ich hatte mein Leben lang mit Vieldeutigkeiten gelebt. Aber hier gab es nur Schwarz oder Weiß.

»Das kann ich nicht machen, Sir«, erwiderte ich. »Wenn Sie sich für einen zutreffenden Bericht entschuldigen wollen, müssen Sie mich zuerst feuern. Weil ich da nicht mitmache.«

Und er hätte mich gefeuert und die Entschuldigung gedruckt, wenn er damit durchgekommen wäre. Aber an diesem Nachmittag geschah etwas Außergewöhnliches. Reporter und Redakteure, die gehört hatten, was da vor sich ging – wer hatte das nicht, es war Gesprächsthema Nummer eins in der Redaktion –, versammelten sich nach und nach vor meinem Büro. Die erste Delegation bestand aus dem Leiter der Nachrichtenredaktion, einem ruhigen Mann um die Fünfzig, und seiner Frau, der Layouterin. Zuerst dachte ich, sie wollten mich bitten, doch nachzugeben, aber im Gegenteil. Sie stärkten mir den Rücken, ich sollte durchhalten. Danach folgte eine geordnete Prozession. Einer nach dem anderen versicherte mir, wenn ich entlassen würde, wollten sie auch kündigen. Viele von ihnen waren junge Leute, die wenig Geld hatten. Sie brauchten ihren Job. Aber sie kamen grüppchenweise, den ganzen Nachmittag, und sagten, sie stünden hinter mir. Das war auch ihr Kampf.

An diesem Abend, nach der Redaktionskonferenz, berief Candace Hardiman eine Versammlung in der Redaktion ein. Überall im Raum stapelte sich Papier, die Möbel waren ramponiert, und es standen Teller mit Essensresten herum. Der *News-Herald* war nicht reich genug, um sich Ordnung leisten zu können. Candace Hardiman stellte sich auf einen Schreibtisch, damit alle sie sehen konnten. Sie hatte keine besonders laute Stimme, so daß sie fast schreien mußte, um sich Gehör zu verschaffen.

»Die letzten Wochen waren hart für die Zeitung«, begann sie, »und ich möchte nicht, daß die Situation für euch alle noch härter wird. Aber ich muß euch sagen, daß ich eine Entscheidung getroffen habe.« Es herrschte Totenstille im Raum. Niemand von uns wußte, was sie sagen würde. »Ich habe beschlossen, daß ich kündigen werde, wenn der Verleger unseren Wirtschaftsredakteur feuert.«

In der Redaktion brach Jubel aus – erst verhalten, dann ein Freudengebrüll, das die Redaktionsräume erzittern ließ. Die Leute klopften auf die Tische und stampften mit den Füßen. Es war der machtvolle Schrei von Menschen, die glaubten, daß sie selbst bei dieser albernen kleinen Zeitung in einem Winkel von Nordkalifornien Journalisten waren und nichts anderes. Sie traten für ihre Sache ein. Sie ließen sich nicht herumschubsen.

Alle wollten, daß ich etwas sagte, aber ich brachte kaum ein Wort heraus. Ed Weiss hätte jetzt eine Champagnerflasche entkorkt und eine Rede gehalten, aber das war in einem anderen Leben. Am liebsten hätte ich geweint. Candace, die ihr Leben lang gekämpft hatte, um ihre Position zu erringen, war bereit, ihren Job zu opfern, weil sie an das Allerheiligste des Journalismus glaubte. Die ganze Redaktion war bereit, alles aufs Spiel zu setzen für eine Idee, die besagt, daß eine seriöse Zeitung für ihre Unabhängigkeit kämpft. Sie läßt sich nicht von anderen Leuten drangsalieren. Also sagte ich: »Danke! Ich bin stolz darauf, euer Kollege zu sein.«

Dank

Ich möchte vor allem fünf Menschen danken, ohne deren Hilfe dieses Buch nicht entstanden wäre: meinem Lektor Jonathan Karp; meinem Agenten Raphael Sagalyn; meinen Freunden Lincoln Caplan und Garret Epps und meiner Frau Eve Ignatius. Der Roman ging aus Gesprächen hervor, die ich im Lauf der vergangenen Jahre mit ihnen allen geführt habe; auch ihre Kommentare zu den ersten Entwürfen waren hilfreich. Insbesondere danke ich Jonathan für seine Ratschläge. Großen Dank schulde ich meinem Cousin, Dr. Michael Ignatius, Neurobiologe an der University of California in Berkeley, der mich in die Welt der Prionen und Neurotrophine eingeführt hat, Richard Drezen, der mir bei den Recherchen geholfen hat, sowie meinen Kollegen Don Graham, Len Downie und Doug Feaver, die mir viel Zeit geopfert haben.

Niall Williams
Die Musik des Himmels
Roman
Aus dem Englischen von Martina Tichy
ca. 350 Seiten, gebunden

KARL BLESSING VERLAG

Alles beginnt bei einem Schachspiel. Als Stephen Griffin, ein scheuer, weltfremder Geschichtslehrer, seinen todkranken Vater in Dublin besucht, gesteht er ihm, daß er sich unsterblich verliebt hat – in die italienische Geigerin Gabriella Castoldi, die er nur ein einziges Mal bei einem Konzert gesehen hat. Eine aussichtslose Liebe? Zumindest der Vater glaubt das, aber er beschließt trotzdem, so lange am Leben zu bleiben, bis Stephen sein Glück gefunden hat. Und sein Ausharren wird schließlich belohnt...

Inspiriert von irischen Erzähltraditionen ebenso wie von der Fabulierkunst der großen Südamerikaner, entführt *Die Musik des Himmels* in eine Welt voller magischer Gestalten, wundersamer Fügungen und all der wahnwitzigen Zufälle, die das Leben manchmal mit sich bringt.